ullstein

Das Buch

Ein heißer Sommer im Messina der 60er Jahre. Der zehnjährige Gigi erlebt das Ende seiner Kindheit im Schoße einer echt sizilianischen Großfamilie, als seine Eltern beschließen, ins weit entfernte, kalte Deutschland auszuwandern.
Eine komische Sprache, viel zu blasse Mitschüler, seltsames Essen ... So vieles ist neu und befremdlich für den kleinen Gigi, als er mit seiner Familie von Sizilien nach Schwaben auswandert. Und das in den 70er Jahren, in denen Rucola und Caprese noch keinen Einzug in deutsche Küchen gefunden haben und noch niemand von der Toskana-Fraktion redet. Italien ist so weit weg von der schwäbischen Provinz! Doch zum Glück trägt Gigi die Erinnerungen an glückliche Sommer in der Heimat und seine quirligen Verwandten im Herzen. Und so lassen sich die seltsamen Gewohnheiten der Deutschen doch irgendwie mit Humor nehmen.

Der Autor

Luigi Brogna wurde 1961 in Messina geboren und verbrachte die ersten zehn Jahre seines Lebens in Sizilien, bevor seine Eltern als Gastarbeiter nach Schwaben zogen. Er lebte und arbeitete in Eislingen in Baden-Württemberg. Im Februar 2008 verstarb Luigi Brogna plötzlich und unerwartet während einer Recherchereise auf Sizilien.

Luigi Brogna

Das Kind unterm Salatblatt

Spätzle al dente

Zwei Bestseller in einem Band

Ullstein

Besuchen Sie uns im Internet:
www.ullstein-taschenbuch.de

Umwelthinweis:
Dieses Buch wurde auf chlor- und säurefreiem Papier gedruckt.

Sonderausgabe im Ullstein Taschenbuch
1. Auflage Dezember 2009
Das Kind unterm Salatblatt

Spätzle al dente

Lektorat: Angela Troni
Umschlaggestaltung: HildenDesign, München
Titelabbildung: © Henryk Sadura/shutterstock (Turm);
© mustio/shutterstock (Fahne)
Satz: Franzis print & media GmbH, München
Gesetzt aus der Excelsior und Helvetica
Druck und Bindearbeiten: CPI – Ebner & Spiegel, Ulm
Printed in Germany
ISBN 978-3-548-28126-1

Das Kind unterm Salatblatt

Prolog

Fast zehn Jahre hat es gedauert, bis ich nach Messina zurückgekehrt bin, und das auch nur, weil ich Angst hatte, meine Mama nicht mehr lebend wiederzusehen. Wie schon so viele andere, die ich in meiner Heimat zurückgelassen habe: *nonna* Mina, *nonno* Luigi, *nonna* Maria, *zio* Nuccio, *zio* Paolo. Alles Menschen, die früher, als ich noch Gigi hieß, eine große Rolle in meinem Leben gespielt haben. Sie sind in der Zwischenzeit gestorben, während ich weit weg in meinem jetzigen Leben war, und das findet schon sehr lange nicht mehr in Süditalien statt.

Heute heiße ich Luis, bin verheiratet, habe zwei Kinder und wohne in einer schwäbischen Kleinstadt.

Mamas Schlaganfall und die Woche, die ich in Messina verbrachte, haben so viele Erinnerungen geweckt …

Es war nicht immer alles lustig, auch wenn wir im Nachhinein darüber gelacht haben. Allerdings war es auch nicht so traurig, dass ich noch Jahre später deswegen weinen müsste, und die Schläge, die meine Geschwister und ich hin und wieder eingesteckt haben, schmerzten nicht lange genug, um nicht über unsere eigene Dummheit lachen zu können.

Bis zu dieser Reise in meine Heimat hatte ich nicht

die leiseste Ahnung, dass noch so viele Erlebnisse aus meiner Kindheit in meiner Erinnerung lebendig sind. Schließlich weiß ich manchmal am Abend nicht mehr, was ich zu Mittag gegessen habe. Oder ich suche minutenlang meine Brille, bis mir ein Spiegel sagt, dass ich sie längst gefunden habe. Und dennoch: Wenn ich grabe, dann entdecke ich immer mehr Bilder, immer mehr Träume, immer mehr Geschichten, die sich langsam zu dem formen, was damals war.

1. Eine lange Reise

Als ich am Abend dieses ereignisreichen Tages ins Bett ging, konnte ich nicht einschlafen. Mir schwirrte der Kopf, und meine Gedanken drehten sich einzig und allein darum, wie unser, wie mein Leben im fernen Deutschland aussehen würde.

Musste ich dort ebenfalls zur Schule gehen? Wo würden wir wohnen? Gab es dort jemanden wie meinen Lieblingscousin Gianni, der mein bester Freund sein würde? Und wie sollte ich mich mit ihm unterhalten? Schließlich konnte ich kein Wort Deutsch und die Deutschen sprachen sicherlich kein Italienisch.

Es war Anfang Oktober 1971 und ich war zehn Jahre alt. Ich lebte mit meiner Familie in Messina, und mein Vater hatte nach langem Überlegen endgültig entschieden, nach Deutschland zu gehen. Meine beiden Geschwister, Mama und ich sollten dann nachkommen, wenn er eine ordentliche Arbeit und eine passende Wohnung für uns gefunden hatte.

Ich dachte an heute Morgen, als ich mit meiner Mama alleine in der Küche gesessen hatte, ein seltsames Gefühl, so ohne Papa. Sie war schon früh auf den Beinen und hatte gerade die kleine Espressomaschine auf den Herd gestellt – ihr übliches Morgenritual: den ersten Kaffee des Tages genießen und dazu eine Zigarette rauchen. Wenn Papa zu Hause war, übernahm er das Kaffeekochen. Dann saßen beide schweigend am Küchentisch, nippten an ihrem Espresso und bliesen Rauchschwaden in die Luft.

»Hallo, Gigi! Schon wach?«, begrüßte sie mich. »Setz dich hin, kannst gleich was frühstücken.«

Ich schmierte mir ein Marmeladenbrot, während sie mir eine Tasse Milch einschenkte.

»Was Papa jetzt wohl macht?«, fragte sie nachdenklich.

»Hm ... keine Ahnung. Wie lange dauert eigentlich die Fahrt nach Deutschland?«

»Genau weiß ich es nicht, aber ich glaube, er kommt erst heute Abend an. Es ist ganz schön weit bis nach ... Keppinnenn.«

»Bis nach wo?«

»Der Ort muss in der Nähe von Stuttgart liegen, Keppinnenn hat Papa es genannt.«

»Keppinnenn? Was ist denn das für ein komischer Name?«

»So heißen die Städte in Deutschland nun mal. Die sprechen ja auch ganz anders als wir.«

»Ich sehe später mal in meinem Atlas nach!«

»Tu das! Aber jetzt mach dich für die Schule fertig, ich wecke inzwischen deine Geschwister.«

Am Nachmittag hatte ich versucht, den Ort mit dem seltsamen Namen in meinem Atlas zu finden, doch meine Suche war erfolglos geblieben. Wo mochte mein Papa jetzt sein? Ob es ihm gut ging? Ich machte mir Sorgen um ihn und mit einem unguten Gefühl im Magen schlief ich schließlich ein.

Plötzlich sah ich einen etwa Zwanzigjährigen vor mir. Er stand mit zwei anderen jungen Männern zusammen, in einer Straße, die ich nicht kannte, in einer Stadt, die mir fremd war, umgeben von mir unbekannten Leuten. Er sagte etwas in einer Sprache, die ich nicht verstand, woraufhin seine beiden Freunde lachten und ihm auf die Schulter klopften. Er redete weiter, und obwohl ich kein Wort kapierte, wusste ich eigenartigerweise ganz genau, was er sagte. Seltsam! Wer war dieser Kerl, und wieso konnte ich ihn verstehen, obwohl mir seine Worte völlig fremd waren? Ich schien unsichtbar zu sein, denn die drei nahmen mich nicht wahr. Der Mann stand mit dem Rücken zu mir, und seine Stimme hallte laut und deutlich in meinem Kopf wider, als ob ich selbst sprechen würde. Er trug schwarze, hohe, etwas klobige Stiefel und seine Hände steckten tief in den Taschen seiner dicken schwarzen Jacke. Er hatte lange, hellbraune Haare und eine seltsame, mir wohlvertraute Schirmmütze auf dem Kopf. Der Schirm war schwarz, die Mütze selbst war rot, blau und gelb, wie bei Tick, Trick und Track, Donald Ducks Neffen. So eine Mütze hatte ich haben wollen, seit ich angefangen hatte, Comics zu lesen. Ich wollte unbedingt das Gesicht des Mannes sehen und versuchte, um ihn herumzugehen. Doch egal wie schnell ich lief, er drehte mir stets den Rücken zu.

Nach einer Weile verlor ich die Geduld und schrie ihn an: »Wer bist du?«

Er verabschiedete sich von den anderen beiden und kam auf mich zu. »Wer ich bin? Das weißt du doch längst!«

»Nein, das weiß ich nicht! Bleib jetzt sofort stehen!«

»Warum denn? Du willst es doch gar nicht!« Er antwortete in der fremden Sprache, dennoch verstand ich ihn problemlos.

»Natürlich will ich!«, schrie ich weiter.

Da blieb er abrupt stehen und wandte mir das Gesicht zu: Er sah aus wie ich! Wie vom Donner gerührt stand ich da und starrte in mein eigenes Grinsen. Zwar sah der Junge älter aus als ich, aber er hatte zweifellos mein Gesicht. Als er meine entsetzte Miene bemerkte, fing er an zu lachen. Ein lautes, mir bestens bekanntes, endloses Lachen. Irritiert suchte ich den Grund für seinen Heiterkeitsausbruch zu ergründen, da sagte er auch schon: »Du solltest dich mal sehen! Als ob dir Papa in den Hintern getreten hätte! Haha …«

Ich verfolgte ungläubig, wie er sich vor Vergnügen auf die Schenkel klopfte, und das war so ansteckend, dass ich in sein Gelächter einstimmte. Da standen wir zwei plötzlich in einer fremden Straße einer fremden Stadt und bogen uns vor Lachen.

Erschrocken fuhr ich aus dem Schlaf hoch. Was für ein seltsamer Traum. Ich warf einen Blick auf meinen Wecker und stellte fest, dass ich gerade mal eine Stunde geschlafen hatte.

Sofort schob sich der Gedanke an Deutschland wieder in meinen Kopf. Ich wollte nicht weg aus Sizilien. Reglos lag ich da und starrte an die Decke.

Und mit einem Mal fielen mir all die schönen, spannenden, aber auch traurigen, schrecklichen und bisweilen gar schmerzlichen Ereignisse ein, die ich in den letzten Jahren erlebt hatte. Bei »schmerzlich« musste ich sofort an die wunderschöne Gallusblüte denken, die ich als Fünfjähriger gegessen hatte. Das Ganze geschah, kurz bevor mein Gesicht unappetitlich blaurot anlief und ich wie eine Feuerwehrsirene losheulte.

Als meine Mama, die sofort herbeistürzte, mich sah, erbleichte sie und stimmte spontan in mein Gejammer ein. Da standen wir nun: ich hilflos brüllend in den Armen meiner Mutter, während sie mir laut schreiend mehrere Finger in den Mund steckte, um die Überreste der giftigen Pflanze herauszufischen. In kürzester Zeit lief die gesamte Verwandtschaft herbei, und ich kann mich an mindestens drei verschiedene Geschmacksrichtungen der Finger erinnern, die damals in meinem Hals gesteckt haben. Irgendwann, als ich mich endlich erbrochen und alle ihre Finger aus meinem Rachen genommen hatten, bekam ich eine Maulsperre und den Mund für den Rest des Tages nicht mehr zu.

Das letzte Bild, das ich mit diesem Erlebnis verbinde, ist das Wartezimmer eines sizilianischen Arztes, der mich wieder und wieder aufforderte, endlich still zu sein. Und dann war da noch das weitaus grausamere Nachbrennen, nachdem die wunderschöne Blüte endlich meinen Darm passiert hatte.

2. Eine typische sizilianische Familie

Das Ganze geschah im Frühjahr 1966 in Messina, der Stadt, in der ich geboren wurde.

Wir wohnten damals in einem Haus, das mein Vater eigenhändig erbaut hatte – na ja, Haus ist vielleicht etwas übertrieben. Unser Heim bestand nämlich gerade mal aus zwei Zimmern, einem kleinen Bad, einem langen Flur und einer Küche.

Es war direkt an die Außenwand des »Hauses« von *nonno* Luigi gebaut und sein Badfenster war somit mitten in unserer Küche. Der Vorteil war, dass *nonno* Luigi und *zia* Lina nur das Fenster zu öffnen brauchten und mit Papa oder Mama ein Schwätzchen halten konnten, ohne das Haus verlassen zu müssen.

Der Nachteil war, dass sie ihre Toilette regelmäßig benutzten. Bei den anschließenden Lüftungsaktionen mussten wir oft fluchtartig an die frische Luft.

Dieses kleine architektonische Missgeschick war wohl der Grund dafür, dass wir im Sommer ausschließlich draußen in unserem kleinen Vorhof aßen, was aber sehr gemütlich war.

Wir waren eine typische sizilianische, sprich eine große Familie: Meine Mama hatte drei Schwestern, mein Papa sogar vier und einen Bruder. Da alle verheiratet waren, war die Anzahl an Onkeln, Tanten und natürlich Cousins und Cousinen entsprechend groß. Und ich rede hier nur von der engeren Verwandtschaft. Zähle ich auch den zweiten Kreis dazu, also Cousins, Onkel und Tanten meiner Eltern, dann wird es richtig unübersichtlich, zumal sich auch so viele Namen wiederholen. In Sizilien ist es nämlich Brauch, dass man das erste Kind nach dem Großvater oder der Großmutter nennt. Unter Umständen gilt das auch für die Zweit- bis Viertgeborenen, bis allen Elternteilen des jungen Paares genügend Ehre und Respekt erwiesen worden sind. Die Namen der weiteren Kinder kann man dann zum Glück frei auswählen. Allerdings führt dieser Brauch unweigerlich dazu, dass es in jeder anständigen sizilianischen Familie mehrere Giovannis, Francos, Luigis, Marias und Co. gibt. Die logische Konsequenz daraus: Zweit- und Spitznamen müssen her, also Abkürzungen wie Gigi und Gianni statt Luigi und Giovanni oder körperliche Besonderheiten wie der Kleine, der Bucklige, der Einäugige oder auch der Beruf.

Bei diesen ebenso großen wie chaotischen Familientreffen standen jedenfalls selbstverständlich wir Kinder im Mittelpunkt. Und nicht nur dann. Schließlich schaute mindestens einmal pro Woche irgendwer – egal ob *zio*, *zia*, *nonno*, *nonna* oder Cousin – kurz vorbei, um mal schnell Hallo zu sagen. Das allein wäre gar nicht so schlimm gewesen. Schlimm war die Begrüßungsorgie, die wir ertragen mussten. Die jüngeren Verwandten waren recht harmlos; sie nahmen uns höchstens mal in den Arm und küssten je einmal die linke und die rechte Wange. Die Älteren dagegen waren teilweise richtig grausam, jede Art von Folter war erlaubt, solange man sie als Begrüßung tarnen konnte. Wangen kneifen, Ohren ziehen, ein- und zweihändige Kinnladenpressungen oder Nacken drücken sind nur einige Varianten dieser besonderen Zuneigungsbezeugungen.

Am schlimmsten war es für mich, wenn mich einer dieser Don Brutalos hochnahm. Hilflos wie ein Karnickel im Würgegriff der Schlange, hing ich dann in der Umarmung. Der begeisterte Besucher presste mir die Luft aus den Lungen, bis ich mit dem vorletzten Atemzug ein »*Ci… Ciao, zzzssia*!« stammelte, während ich jederzeit auf das Knacken meiner brechenden Knochen wartete. Zu meinem Leidwesen begnügten sich diese Peiniger nie mit *einem* Kuss. Nein, meist ratterte gleich eine ganze Salve auf meine Wangen nieder, und wenn ich Pech hatte, erwischte es sogar mein Ohr – anhaltendes Ohrenpfeifen inklusive.

Der furchtbarste Begrüßer von allen war *zio* Paolo, der zweite Sohn von *nonna* Mina. Er war relativ groß und hatte ein scharf geschnittenes, kantiges Gesicht. Die stahlblauen Augen hatte er von seiner Mutter geerbt und er sah immer furchtbar ernst aus. Selbst wenn er fröhlich war, schien das Lächeln seine Augen nicht zu erreichen, es verlieh ihm eher etwas … Verschlagenes, Wölfisches.

Er hatte eine sehr grobe Art, mit Menschen umzugehen, und war wegen seines Jähzorns bei allen gefürchtet. Jedes Mal wenn er mich in den Arm nahm, drückte er so fest zu, dass ich mich hinterher wie eine frisch ausgepresste Zitrone fühlte. Und kniff mir *zio* Paolo in die Wange, dann zog er sie so weit auseinander, dass ich mir wie ein lebender Expander vorkam. Ich schaute danach jedes Mal in den Spiegel, um zu überprüfen, ob mein Gesicht noch seine normale

Form hatte oder ob ich für den Rest meines Lebens wie eine Bulldogge aussehen musste.

Als er mir zu meinem fünften Geburtstag gratulierte, zog er mich an beiden Ohren hoch und sang dabei »*Happy Birthday to you*«. Da es mir nicht sonderlich gefiel, in der Luft schwebend seine eher bescheidenen Gesangskünste zu ertragen, und es obendrein ziemlich schmerzhaft war, beschloss ich, dem Treiben durch einen gezielten Tritt unterhalb der Kniescheibe ein Ende zu setzen. Während er drauflosfluchte, fing ich an zu weinen, rannte zu meiner Mama und zeigte ihr meine eingerissenen Ohrläppchen. Daraufhin machte sie sich umgehend daran, ihm die gelockerte Kniescheibe zu entfernen, was ihm natürlich auch nicht gefiel. Immerhin hat er sich danach bei mir entschuldigt.

Ohne Widerspruch harrte ich Mal für Mal bis zum Ende der Begrüßungszeremonie aus, doch sobald der erste freie Atemzug pfeifend meine Lungen füllte und der Eilcheck bestätigt hatte, dass nichts gebrochen war, suchte ich das Weite. Ich konnte ja nie wissen, ob ein Nachschlag drohte! Was hätte ich auch sonst tun sollen? Respekt vor den Älteren wurde nun mal in jeder Familie groß geschrieben.

Aus diesem Grund waren auch die wöchentlichen Besuche bei meinen Urgroßeltern Pflicht. Immer sonntags traf sich ein Großteil der Familie im Haus von *nonno* Ciccio und *nonna* Teresa, Mamas Großeltern. Die meines Vaters waren Opfer eines alliierten Bombardements im Zweiten Weltkrieg geworden. *Nonno* Ciccio war ein kleiner, hagerer Mann und damals sicher schon achtzig Jahre alt. Seine Frau Teresa war ebenfalls nicht groß, dafür aber umso dicker und ziemlich unbeweglich. Die beiden waren vor dem

Krieg recht wohlhabend gewesen. *Nonno* Ciccio hatte mit einem Partner eine Bäckerei und Konditorei gegründet, die gut lief und ordentlich Gewinn abwarf. So hatten sich meine Urgroßeltern im Laufe einiger Jahre ein für damalige Verhältnisse beachtliches Vermögen aufgebaut.

Den Erzählungen zufolge, die in unserer Familie kursierten, hatten sie ihren gesamten Besitz in einer Bombennacht im Zweiten Weltkrieg verloren. Sie hatten bei ihrer kopflosen Flucht aus der Stadt nur ihre Haut gerettet, alles andere hatten sie zurücklassen müssen: Schmuck, Geld, Papiere, Besitzurkunden … praktisch ihr ganzes Leben. Als das Haus den Flammen zum Opfer fiel, standen sie mit einem Mal vor dem Nichts. Der ehemalige Partner von *nonno* Ciccio hatte damals die Gelegenheit genutzt, sich alles unter den Nagel zu reißen.

Trotz allem war *nonno* Ciccio ein ruhiger, zufriedener Mensch geblieben. So habe ich ihn jedenfalls in Erinnerung. Er war nie böse oder laut – ganz im Gegensatz zu seiner Frau – und uns Kindern steckte er immer wieder heimlich Süßigkeiten zu. »Psst … nichts der *nonna* sagen«, flüsterte er dann verschwörerisch. Natürlich hat sie es dennoch hin und wieder gemerkt und dann meckerte sie wie eine magenkranke Ziege stundenlang herum. Offenbar passte es ihr nicht, wenn außer ihr noch jemand im Raum kaute. Sie malmte jedenfalls unablässig … entweder Süßigkeiten oder widerlich stinkenden Kautabak, der im Laufe der Jahre ihre Zähne so verfärbt hatte, dass sie wie kleine dunkelbraune Kieselsteine aussahen.

Die Besuche bei meinen Urgroßeltern liefen immer nach demselben Muster ab: Sonntagsstaat anziehen und auf dem Hinweg die ewig gleichen Verhaltensregeln anhören. Ich kann mich heute noch an jedes Wort erinnern: »Ihr geht rein, küsst erst *nonna*, dann *nonno*, vergesst nicht, zu fragen, wie es ihnen geht, dann hinsetzen und still sein, bis wir wieder nach Hause fahren. Ist das klar?«

Klar war uns das schon, was nicht heißt, dass es auch unsere Zustimmung fand. Vor allem der Punkt »*nonna* küssen«. Igitt! Nie im Leben!, dachte ich jedes Mal entsetzt. Nach handfesten Argumenten von Seiten meiner Eltern fügte ich mich zwar, werde mich aber immer mit Ekel an diese Situationen erinnern. *Nonnas* Wange fühlte sich nämlich an wie dünnes, feuchtwarmes Leder und sie roch extrem unangenehm nach Moder, Tabak und Schweiß. Mein kleiner Bruder Filippo und meine Schwester Santina brachen jedes Mal bei *nonnas* Anblick in Tränen aus, weswegen ihnen diese Prozedur meistens erspart blieb.

Sonntag für Sonntag brachen wir also zu einem der bei uns Kindern verabscheuten Besuche auf und quälten uns durch den Tag. An jenem Wochenende im Juni 1966 war jedoch irgendetwas anders. Ich weiß noch genau, dass ich mich schon auf der Hinfahrt wunderte, weil meine Eltern kein Wort sprachen, nicht einmal die Verhaltensregeln zählten sie auf.

Als Papa an die Haustür meiner Urgroßeltern klopfte, ließ eine schwarz gekleidete Gestalt uns eintreten. Zu meiner Verwunderung war das ganze Haus voller schwarzer Gestalten, die alle herumstanden und vor sich hin murmelten. Wir gingen sofort in das Schlafzimmer und blieben vor dem großen Ehebett stehen. Das Zimmer war abgedunkelt und am Kopf- und Fußende des Bettes brannten dicke Kerzen.

Irgendwann entdeckte ich eine graue, mir unbekannte Gestalt darin, die allerdings eine entfernte Ähnlichkeit mit *nonno* Ciccio hatte. Die Augen waren geschlossen, der Mund stand halb offen, die Lippen waren schlaff in das dunkle Loch gefallen und kaum noch als solche zu erkennen. Die Hände waren über der Brust gefaltet, lagen da wie steife Holzklötze und hatten fast die gleiche Farbe wie die alte, dunkelgrau gestreifte Anzugjacke … das war zweifellos *nonno* Ciccios Jacke. Ich fragte meine Mama, ob diese merkwürdige Gestalt mein *nonno* sei, doch sie kniff mich nur in die Schulter und zischte: »Psst!«

Aha, ich soll also still sein, dachte ich. Ich will aber nicht still sein!, begehrte ich innerlich auf, und in diesem dunklem Raum will ich auch nicht bleiben. Das Gemurmel der alten Leute macht mir Angst und warum sollen wir *nonno* Ciccio beim Schlafen zusehen? Irgendwann beging ich dann die Todsünde, »*uffa*« zu sagen, frei übersetzt: wie langweilig. Doch das hätte ich mal lieber lassen sollen! *Nonna* Teresa zeterte sofort los und ich wurde des Raumes verwiesen – worüber ich gar nicht so traurig war –, während alle den Kopf schüttelten und mich mit strafenden Blicken bombardierten.

Warum, das war mir ein Rätsel. Woher hätte ich damals mit meinen gerade mal fünf Jahren denn wissen sollen, dass mein Urgroßvater tot war, wenn es mir keiner sagte? Tot! Was war das überhaupt? Und warum sollte ich *nonno* Ciccio nie wieder sehen können? Wie lange war überhaupt »nie wieder«?

Als die Klageweiber mit ihren weinerlichen Gesängen begannen, war es auch mit meiner Beherrschung vorbei: Ich fing an zu brüllen und hörte erst wieder auf, als wir zu Hause waren.

Mit meinem Auftritt hatte ich es mir mit *nonna* Teresa allerdings endgültig verscherzt, und von da an ließ sie keine Gelegenheit ungenutzt, mir zu zeigen, wie gern sie mich hatte.

Unser Verhältnis wurde im Laufe der Jahre nicht besser, denn an unschönen Erlebnissen mit *nonna* Teresa herrschte kein Mangel. Mit Schrecken erinnere ich mich an einen Sonntagnachmittag, etwa einen Monat nach *nonno* Ciccios Beerdigung, als bei einem der üblichen Pflichtbesuche die ganze Familie bei *nonna* Teresa im Wohnzimmer saß. Während sich die anderen angeregt unterhielten, langweilte ich mich mal wieder zu Tode. Also lief ich im Flur auf und ab, sang vor mich hin und überlegte krampfhaft, was ich spielen könnte.

Dabei kam ich auch an der Toilette vorbei und bemerkte *nonna* Teresa, die mir den Rücken zuwandte. Der Raum war so schmal, dass sie gerade so hineinpasste, in etwa wie der Korken in eine Weinflasche. Ich blieb stehen und beobachtete, wie sie ächzend ihren langen schwarzen Rock hochhob. Auweia, war das ein riesiger Hintern! Aber er war nicht glatt, wie ich es von mir oder meinen Geschwistern kannte. Er hatte eine total zerklüftete Oberfläche voller Krater und Erhebungen und sah aus wie eine dreidimensionale Landkarte. Wie gelähmt stand ich mit offenem Mund da und verfolgte, wie meine Uroma ihren mächtigen Hintern auf die – im Verhältnis dazu winzig kleine – Schüssel manövrierte. Der Anblick schockierte mich so sehr, dass ich erst durch ihr Geschrei wieder zu mir kam. Sie hatte mich gesehen. Auch das noch! Natürlich kam sofort die ganze Familie angerannt. Während *nonna* Teresa sich die Kutteln aus dem Hals schrie und mich alles Mögliche hieß, stammelte ich ein paar halbe Sätze als Entschuldigung. Was ein Perverser ist, wusste ich damals noch nicht, *nonna* Teresa jedenfalls war felsenfest davon überzeugt, dass ich einer war.

Jahre später, als ich die Bilder von der ersten Mondlandung sah, fragte ich mich, warum die Astronauten einen derart weiten Flug unternommen hatten. Bilder der Mondlandschaft hätten sie auch auf der Erde schießen können.

Meine andere Uroma, *nonna* Mina, war da ganz anders. Bei ihr musste ich immer an Märchen denken, an Elfen und Feen. Sie war kaum größer als wir Kinder und hatte eine dunkelbraune, von tiefen Falten und Furchen durchzogene Haut. Das Eindrucksvollste an ihr waren jedoch zweifellos die Augen: stahlblau und durchdringend. Dieser Blick verschaffte Respekt, und ich hatte jedes Mal das Gefühl, darin versinken zu müssen. Dass *nonna* Mina etwas Besonderes war, merkte ich vor allem deshalb, weil sich die Erwachsenen vor ihr verbeugten und ihr die Hand küssten. Ich kann mich nicht erinnern, jemals ein lautes Wort aus ihrem Mund gehört zu haben. Im Gegenteil, sie sprach immer ganz leise und wir waren gezwungen, ihr aufmerksam zuzuhören, wenn wir verstehen wollten, was sie zu sagen hatte. Auch war sie wohl sehr klug, denn wenn es in der Familie Probleme gab, kamen alle zu ihr und fragten sie um Rat. Im Sommer fanden diese Gespräche immer draußen im Hof statt. An manchen Tagen saßen wir bis spät in die Nacht auf kleinen, geflochtenen Holzstühlen rings um ein großes Holzrad, das in der Mitte ein rundes Loch hatte. Darin befand sich eine große, mit glühenden Holzkohlen gefüllte Blechschüssel. Jeder im Kreis stellte seine Füße auf das Holzrad, und so ließ es sich auch dann noch gut draußen aushalten, wenn es am Abend kühler wurde.

In derart geselliger Runde gab *nonna* Mina oft Märchen, Erlebnisse aus ihrem Leben, Geschichten von Verwandten, Bekannten und vor allem Geister- und Gruselgeschichten zum Besten.

Die alte Frau erzählte so gut, dass selbst den Erwachsenen manchmal der kalte Schweiß auf die Stirn trat. Niemand, am allerwenigsten wir Kinder, wusste, ob die Geschichten ihrer Fantasie entsprangen oder ob sie das alles selbst erlebt hatte. Doch nicht nur deswegen wirkte meine Uroma auf uns so geheimnisvoll, sie kannte sich außerdem mit Kräutern, Medizin und Aberglaube ganz gut aus.

Hatte jemand aus der Familie Kopfschmerzen, so griff er nicht zu Aspirin oder dergleichen, sondern ging schnurstracks zu *nonna* Mina. Die hatte garantiert das passende Mittelchen für jedes Wehwehchen. Heute weiß ich, dass ihre Medizin nicht immer von Erfolg gekrönt war, aber damals hielt ich sie für eine mächtige Zauberin.

3. Der böse Blick

Auch meine Mama suchte häufig bei meiner weisen Uroma Rat, vor allem weil sie früher häufig rasende Kopfschmerzen hatte. Als sie wieder einmal nicht mehr ein noch aus wusste, sprach sie *nonna* Mina an, die sich sofort bereit erklärte, sich die Sache einmal anzusehen.

Ich wollte Mama unbedingt begleiten, durfte aber nicht. Nach einer längeren ohrenbetäubenden Argumentation, die mit einem Klaps auf meinen Po endete, nahm meine Mama mich dann aber doch mit.

Als *nonna* Mina mich sah, strafte sie mich sofort mit einem eisigen Blick. Auweia, das wirkte immer. Sie sagte, ich solle mich in die Küche setzen und keinen Ton von mir geben, und fügte streng hinzu: »Sonst holt dich der Teufel.« Die Art und Weise, wie sie mich dabei anschaute, ließ mich auf der Stelle einen halben Meter schrumpfen und verstummen. Sie nahm meiner Mutter gegenüber am Küchentisch Platz, umfasste mit beiden Händen ihr Gesicht und sah ihr in die Augen – tief, lang. Dann fing sie an zu flüstern, und obwohl ich mich anstrengte, hörte ich so gut wie nichts.

»*Uffa*! Ich verstehe kein Wort, kannst du nicht lauter sprechen, *nonna*?«

Ihre Augen wanderten nur für den Bruchteil einer Sekunde zu mir herüber, dennoch hätte ich schwören können, dass es darin geblitzt hatte wie bei einem Unwetter. Sofort verhielt ich mich wieder ruhig und unauffällig. Nach einer Weile stand *nonna* Mina auf, um die Klappläden zu schließen, dann holte sie einen Teller, ein Glas Wasser und eine kleine braune Flasche und setzte sich wieder. Meine Mama sollte nun den Teller mit beiden Händen festhalten, während meine Uroma Wasser hineingoss und langsam die kleine braune Flasche öffnete. Vorsichtig träufelte sie etwas von der zähen gelben Flüssigkeit auf ihren Zeigefinger und berührte damit meine Mutter. Zuerst tupfte sie ihr auf die Stirn, danach auf das Kinn sowie auf die linke und rechte Wange.

Das Ganze machte sie drei Mal, während sie irgendetwas Unverständliches vor sich hin murmelte. Schließlich kreiste sie mit der Flasche über dem Teller und goss in der gleichen Reihenfolge vier Tropfen der gelben Flüssigkeit in das Wasser: oben, unten, links und rechts.

»Halte den Teller ganz ruhig«, sagte sie, verschloss die Flasche und legte ihre Hände auf Mamas.

Von den beiden unbemerkt, stellte ich mich auf meinen Stuhl, weil ich sehen wollte, was in dem Teller vor sich ging. *Nonna* Mina fing wieder an, ganz leise zu murmeln, und ich starrte gebannt auf die Flüssigkeit: Die gelben Tropfen bewegten sich aufeinander zu. Sehr langsam zwar, aber sie bewegten sich. Ich verstand beim besten Willen nicht, was hier vor sich ging, und die Sache wurde immer unheimlicher.

Je mehr *nonna* Mina die Stimme erhob, desto schneller bewegten sich die Tropfen. Sie stießen in der Mitte des Tellers zusammen, prallten voneinander ab und wanderten zurück zum Tellerrand, nur um sofort wieder Richtung Mitte zu driften. Beim zweiten Zusammenprall blieben die Tropfen zusammen und bildeten ein vierblättriges Kleeblatt. Allerdings nur für einen winzigen Augenblick, dann verschmolzen sie zu einem einzigen gelben Kreis, der genau in der Mitte des Tellers stehen blieb.

Nonna Mina besah sich den Kreis und sprach dann mit ernster, dunkler Stimme: »Da ist jemand furchtbar neidisch auf dich. Sein böser Blick ist der Grund für deine Kopfschmerzen.«

Sie tunkte ihren Zeigefinger in das gelbe Auge im Teller, berührte damit die Schläfen meiner Mama und wischte die Stellen mit dem Wasser aus dem Teller wieder ab, während sie weitersprach.

»Der böse Blick ist jetzt im Teller gebannt. Geh damit nach draußen, grabe ein Loch und gieße alles hinein. Dann schneidest du dir eine Haarsträhne ab, wirfst sie ebenfalls in das Loch und schließt es wieder. Achte darauf, dass du eine Stelle aussuchst, über die niemand drüberlaufen muss. Sonst geht der böse Blick auf einen anderen Menschen über und der wird ihn nie wieder los!«

Ich schluckte. *Mamma mia*, wo war ich da bloß hineingeraten?! Ich bekam es heftig mit der Angst zu tun. Meine Mutter war längst im Hof und ich stand immer noch reglos auf dem Stuhl und schaute ziemlich bleich aus der Wäsche. *Nonna* Mina merkte mir meine Verwirrung an und nutzte die Gunst der Stunde, um mir ein wenig Benimm beizubringen.

»Habe ich dir nicht gesagt, dass dich der Teufel holt, wenn du nicht still bist?«

Sie holte die kleine braune Flasche wieder heraus und tat so, als wollte sie mich damit übergießen.

»Uuuaaaaahhhhhh!« Laut schreiend stürzte ich nach draußen. *Nonna* Mina war mir gerade ohnehin unheimlich, und ich hegte nicht den geringsten Zweifel daran, dass in der Flasche der Teufel steckte. Schließlich hatte ich mit eigenen Augen gesehen, dass sich das Zeug von alleine bewegte. Grund genug, mir in die kurzen Hosen zu machen. Mit Überschallgeschwindigkeit überholte ich meine Mama, die gerade dabei war, eine passende Stelle für die Bestattung ihres bösen Blicks zu suchen, und rannte direkt nach Hause. Ich hatte endgültig genug von den Erlebnissen des Nachmittags, verkroch mich sofort in mein Bett und hoffte, dass Mama bald zurückkehrte. Allein beim Gedanken an den bösen Blick wurden meine Knie sofort wieder weich wie Pudding.

Leider ging es meiner Mutter trotz der erfolgreichen Beerdigung ihres bösen Blicks bis zum Abend nicht besser und so lud *nonna* Mina uns alle fünf zum Abendessen ein.

Nonna Mina machte den besten Tomatensalat aller Zeiten, und als wir alle um den Küchentisch versammelt waren, stellte sie eine große, mit Tomaten, roten Zwiebeln, Oregano und fein geschnittenen Gurken randvoll gefüllte Schüssel darauf. Rasch streute sie noch Salz darüber, dazu einen Schuss Weinessig und ... den Inhalt einer kleinen braunen Flasche.

Ich schrie sofort panisch auf: »Aaaahhh, *nonna* Mina will uns vergiften!«

Es dauerte eine ganze Weile, bis mich mein Vater davon überzeugt hatte, dass in der Flasche nichts anderes als Olivenöl war. Konzentriertes, wohlschmeckendes, pures ... Olivenöl.

Nach dem Essen saßen wir wie immer draußen um das Holzrad, und *nonna* Mina erzählte eine Geschichte, die mir aufgrund des aufregenden Tages in guter Erinnerung blieb.

Sie handelte von einem Schäfer namens Ciccio, der jede Nacht in den Bergen von Patti seine Schafe hütete. Eines Abends bemerkte er einen seltsamen alten Mann, der auf einem Zaunpfahl saß wie in einem großen Sessel. Er hatte sich nach hinten gelehnt, als wäre an dem Pfahl eine unsichtbare Lehne befestigt.

»Pietro, sieh mal!«, wandte er sich an seinen Freund, der ihm Gesellschaft leistete. »Dort oben.« Dann stand er auf, legte die Hände wie einen Trichter vor den Mund und rief: »He, Sie, kommen Sie da runter!«

Der Fremde reagierte jedoch nicht und verharrte reglos auf dem Pfahl. Als Ciccio ihn erneut anrief, fing der Mann an zu lachen, doch es klang nicht fröhlich. Ganz im Gegenteil.

Ciccio und Pietro bekamen es mit der Angst zu tun, und nachdem Ciccio den Fremden mehrfach erfolglos aufgefordert hatte, seinen Platz zu verlassen, hetzte er seine Hunde auf ihn. Die Tiere rannten auf den Fremden zu, doch anstatt sich auf ihn zu stürzen, blieben sie erst knurrend, dann winselnd vor ihm stehen und duckten sich.

Ciccio und Pietro verstanden die Welt nicht mehr, die Hunde hatten noch nie vor jemandem oder etwas Angst gehabt, und jetzt so etwas.

Da sprang der seltsame alte Mann von dem Pfahl herunter, nur wenige Meter von den Tieren entfernt, die nun laut aufjaulten und in Panik flüchteten.

Mit Entsetzen beobachteten der Schäfer und sein Freund, wie der Fremde in die Hocke ging, mit den

Händen seine Fersen umfasste und sich wie ein Rad in Bewegung setzte. Innerhalb einer Sekunde rollte der Mann mit einer unglaublichen Geschwindigkeit auf Ciccio und Pietro zu, die beide starr vor Schreck waren.

Der Alte hatte fast durchsichtige Haare, seine Kleider waren verschmutzt und er roch nach vermoderter Erde. Das Schlimmste aber war, dass in der Körpermitte, dort, wo gewöhnliche Menschen einen Bauch haben, ein riesiges Loch klaffte.

Der Mann konnte unmöglich noch am Leben sein, stellte Pietro steif vor Angst fest, und dass er so schnell den Berg heruntergerollt war, ließ nur einen Schluss zu: Er war kein Mensch, sondern ein Geist.

Plötzlich sprach der Mann: »Du hetzt deine Hunde auf mich? Wer bist du, dass du dir so etwas erlauben kannst? Hol mich raus … Ich will dir verzeihen, wenn du mich rausholst. Wenn nicht … nehme ich dich mit. Drei Tage hast du Zeit und keinen Tag länger.«

Noch während er das letzte Wort sprach, rollte er sich wieder zusammen, jagte den Berg hinunter und war verschwunden.

Ciccio und Pietro brauchten eine Weile, bis sie den ersten Schock verdaut hatten, und wollten nicht glauben, was sie da gerade erlebt hatten. »Hol mich raus«, hatte der Mann gesagt … nur: wo raus? Wo sollten sie anfangen zu suchen? Und wonach?

Der erste und der zweite Tag vergingen, ohne dass die beiden auch nur einen Schritt bei der Lösung des Rätsels vorankamen. Sie fragten alle möglichen Leute, aber niemand hatte je etwas von diesem merkwürdigen Geist gehört. Als der dritte Tag anbrach, war Ciccio derart panisch, dass er nicht mehr klar denken konnte. Am Morgen des vierten Tages fanden sie den Achtundzwanzigjährigen tot in seinem Bett. Herzinfarkt, hieß es.

Pietro war am Boden zerstört und zugleich fest davon überzeugt, dass der Geist etwas mit dem Tod seines Freundes zu tun hatte.

Kurz nach der Beerdigung kaufte ein Nachbar Ciccios Schafe und das Stück Land, das ihm gehört hatte. Als der Mann sich Wochen später daranmachte, den Zaun niederzureißen, fand er direkt an der Stelle, wo der Geist gesessen hatte, die Leiche eines Mannes.

Bei der Errichtung des Zaunes hatte jemand den Pfahl in den Boden getrieben und dabei offenbar die vergrabene Leiche durchbohrt. Woran der Mann gestorben war und wer ihn dort begraben hatte, weiß bis heute niemand. Fest steht nur, dass der arme Ciccio für dessen Tod hatte zahlen müssen, und das bloß, weil er aus Angst seine Hunde auf den Fremden gehetzt hatte.

Nonna Maria schloss ihre Geschichte mit den Worten: »Eins müsst ihr euch immer merken: Angst darf nicht lenken, Angst muss gelenkt werden.«

Die Bedeutung dieses Satzes habe ich lange nicht begriffen. Immerhin war ich damals ein furchtbarer Hosenscheißer und hatte jegliche Art von Ängsten, die man nur haben kann. So hielt ich mir ganz selbstverständlich meine eigenen Monster unter dem Bett, die mich regelmäßig daran hinderten, dasselbige zu verlassen.

Jeder Schatten, der sich bewegte, jedes Geräusch, jeder Windzug … eigentlich alles, was im Dunkeln passierte, löste furchtbare Angst in mir aus. Papas Schnarchen stammte in Wirklichkeit von einem beinlosen Monster mit riesigem Maul und langen Zähnen, das auf mich lauerte und nur darauf wartete, bis ich die Augen öffnete, um sich auf mich zu stürzen. Manchmal spuckte es große Mengen einer klebrigen Flüssigkeit auf den Boden. Die durfte ich auf dem Weg ins Bad auf keinen Fall berühren, denn dann würden meine Füße auf dem Boden festkleben.

Zum Glück blieben jedes Mal ein paar Bodenfliesen frei, so dass ich durch gezieltes Hüpfen auf diese »freie Fliesen« einer Gefangennahme entgehen konnte.

Manche Nächte waren aber so finster, dass die rettenden Fliesen nicht genau zu erkennen waren, und dann lag ich wie gelähmt im Bett, mein Herz schlug so laut, dass ich das Gefühl hatte, es sei in der ganzen Stadt zu hören. Rasch zog ich mir die Bettdecke über den Kopf, weil es das Einzige war, was mich in der Dunkelheit vor all den gruseligen Gestalten schützte.

Denn lag ich unter der Decke verborgen, so konnten sie mich nicht sehen. Während ich so darüber nachdachte, entwickelte ich eine Strategie. Wenn ich nun die Augen geschlossen halte, dachte ich mir, muss es doch dieselbe Wirkung haben. Endlich hatte ich sie überlistet! Und die Sache war so einfach: Solange ich die Augen geschlossen hielt, passierte mir nichts, denn solange ich sie nicht sah, konnten sie mir nichts antun.

Dass meine neue Strategie auch Nebenwirkungen hatte, merkte ich, wenn ich nachts aufwachte und zur Toilette musste. Die Beule, als ich einmal gegen die geschlossene Klotür krachte, und auch die Schrammen, als ich gegen die Wand lief, weil ich zu früh oder zu spät abgebogen war, schmerzten nämlich noch lange nach. Beim Blindpinkeln die Kloschüssel zu treffen war ein echtes Problem. Für mich zwar weniger, für Mama dagegen wurde es mit der Zeit sogar ein großes.

Deshalb heckte sie gemeinsam mit *nonna* Mina einen Plan aus, um meine Angst zu bekämpfen. Und das war der Beginn meiner neuen Karriere als Botenjunge mit Spezialauftrag: Nachteinsätze.

Sobald es dunkel wurde, beauftragte mich meine Mutter, irgendwelche Kleinigkeiten zu *nonna* Mina zu bringen: Zucker, Salz, Pfeffer und derlei Dinge. Ich fragte mich jedes Mal, warum das nicht tagsüber erledigt werden konnte, schließlich wussten alle um meine Angst vor der Dunkelheit. Aber da jede Gegenwehr zwecklos war und die Argumente meiner Mama (Teppichklopfer, Kochlöffel und sonstige Handgreiflichkeiten) überzeugend ausfielen, nahm ich all meinen Mut zusammen und wagte mich allein und mit geschlossenen Augen in die finstere Welt hinaus.

An einem Samstagabend, Mama hatte Pizza gebacken, bekam ich den Auftrag, *nonna* Mina ein Stück davon zu bringen. Ich legte den üblichen Protest ein, der mit der üblichen Argumentation hinweggefegt wurde, also machte ich mich auf den Weg. Bis zur Tür von *nonna* Mina musste ich genau dreiundsechzig Schritte zurücklegen: zwanzig Schritte an *nonno* Luigis Haus entlang, dann fünf Schritte nach links, fünfzehn Schritte geradeaus am großen Orangenbaum vorbei, drei Schritte nach rechts, damit ich um einen großen eisernen Tisch herumkam, und zum Schluss zwanzig Schritte am Haus von *zio* Paolo entlang, bei dem *nonna* Mina wohnte. Mit etwas Glück stand ich dann genau vor ihrer Tür … oder klopfte mir an der rauen Hausfassade die Knöchel blutig.

Vorsichtig schlich ich also die genau abgezählte Strecke entlang, als ich plötzlich über irgendetwas stolperte. Während ich einen Sturz gerade noch verhindern konnte, schoss die Pizza im hohen Bogen vom Teller. Dank des Vollmonds konnte ich ihre Flugbahn genau beobachten, denn ich hatte vor Schreck die Augen geöffnet. Zu meinem grenzenlosen Erstaunen war kein Monster über mich hergefallen. Was für ein Glück! Also hob ich die Pizza, die natürlich mit dem Belag nach unten auf die Erde gefallen war, wieder auf, schob sie auf den Teller zurück und entschied nach einer kurzen Inspektion, das gestrandete Teil wie befohlen zu *nonna* Mina zu bringen.

Ihr schnell die Pizza in die Hand drücken und den Rückweg antreten war mein Plan, doch so leicht kam ich nicht davon.

»Du hast doch keine Angst, oder?«, begann *nonna* Mina und musterte mich streng.

»*Nonna*, nein, ich hab keine Angst!« ... Ich mache mir vor Vergnügen in die Hosen, und bleich bin ich, weil der Teller so schwer ist.

»Das ist auch gut so«, sagte sie, »dazu gibt es nämlich überhaupt keinen Grund. *Buona notte*! Schlaf gut!«

Am nächsten Tag kam *zia* Gianna und fragte Mama, ob ihr der Pfefferstreuer in die Pizza gefallen sei. Die Pizza sei voller Körnchen gewesen und *nonna* Maria habe sie leider nicht essen können. Natürlich stellten mich die beiden daraufhin zur Rede, und ich musste zugeben, dass mir die Pizza heruntergefallen war, weil ich mit geschlossenen Augen das Dreirad nicht hatte sehen können, das mir ein Bein gestellt hatte.

»Mit geschlossenen Augen?«, staunte Mama. »*Ma che sei scemo?*«, erkundigte sie sich besorgt nach meinem Geisteszustand. »Wieso um Himmels willen tust du das?«

Zugegebenerweise hört sich das für einen Erwachsenen ziemlich bescheuert an.

Doch dann ging meiner Mama ein Licht auf und plötzlich hatte sie auch eine Erklärung für meine nächtlichen Kollisionen mit diversen Möbeln und Türen. »Deswegen stolperst du ständig über alles drüber, schlägst dir den Kopf an und pinkelst überall hin, nur nicht in die Schüssel!«, rief sie und stemmte die Hände in die Hüften.

Oh, oh … da hatte ich wohl ein bisschen zu viel verraten. Und in der Tat sollte meine Geschwätzigkeit nicht ohne Folgen bleiben. Ich musste ein für alle Mal kuriert werden, das stand fest – zumindest für Mama, *zia*, *nonna*, Papa, *zio* und Co.

Noch am selben Abend musste ich mich mit einem Stück Brot auf den Weg zu *nonna* Mina machen. Aus Schaden wird man klug, dachte ich und öffnete alle fünf Schritte todesmutig ein Auge, um es möglichst sofort wieder zu schließen.

Da hörte ich plötzlich seltsame Geräusche und blieb stehen, um zu horchen … alles still. Also ging ich weiter, bis ich ein leises Zischen vernahm. Was war das bloß? In meiner Fantasie schlängelte sich eine riesige hungrige Boa constrictor auf Nahrungssuche aus den Bäumen.

Nonno Luigi hatte mir schon öfter von Schlangen erzählt. Mein Großvater, ein kleiner, drahtiger Mann mit einer ausgeprägten Adlernase und grünblauen Augen, war freundlich, aber sehr wortkarg und meistens in sich gekehrt. Nur wenn er einmal anfing zu erzählen, taute er auf, und ich erinnere mich lebhaft an die Geschichte mit den Schlangen, die angeblich so groß waren, dass sie einen Menschen am Stück runterwürgen konnten.

Zweifellos war ein solches Untier gerade dabei, sich vor mir aufzurichten und sein Maul weit aufzureißen, um mich unzerkaut zu verschlingen. Noch einmal hörte ich das seltsame Zischen und mit einem Mal stieg Panik in mir hoch. Ich zwang mich, die Augen zu öffnen, und blickte direkt in ein anderes Augenpaar, ganz dicht vor meinem Gesicht.

»Aaahhhh!« Während ich vor Schreck aufschrie, schoss meine Hand vor. Als ich es klatschen hörte, befanden sich meine Beine längst wieder auf dem Weg zurück ins Haus.

Eine offenbar zu dem Augenpaar gehörende Stimme schrie mir nach, und irgendetwas im hintersten Winkel meines Kleinhirns sagte mir, dass ich die Stimme kannte. »Gigi, stopp, he, ich bin's!«

Ich war inzwischen vor unserer Tür angekommen und trommelte wie verrückt dagegen.

Mein Papa kam aus dem Haus und musterte mich entgeistert. »Was ist los? Was ist passiert?«, fragte er. Da ich statt zu antworten nur weinte und schrie wie ein Irrer, nahm er mich hoch, und ich sah die Gestalt, die mir im Hof aufgelauert hatte, ins Licht treten: mein Cousin Lorenzo!

Abrupt riss mein Geschrei ab. »Lorenzo? … Aber wieso …?«, rief ich entgeistert und erleichtert zugleich. Keine Boa constrictor weit und breit.

»Ja, wenn du Depp die Augen nicht aufmachst, ist doch klar, dass du Angst bekommst. Außerdem hast du mir eine geschossen und die kriegst du zurück«, drohte er, bevor er davonrannte.

Meine Eltern erklärten mir, nachdem ich mich beruhigt hatte, *nonna* Mina habe Lorenzo beauftragt, sich im Orangenbaum zu verstecken und zu beobachten, wie ich mich verhalte, wenn ich zu ihr hinüberlief. Als er jedoch sah, dass ich die Augen geschlossen hatte, kam er auf die Idee, sich an mich ranzuschleichen und mich zu erschrecken.

Die Ohrfeige hatte er sich wahrlich verdient!

4. Heldentaten

Solange es nicht dunkel war, konnten mir die Spiele nicht abenteuerlich genug sein, und zusammen mit meinen Cousins begingen wir so manche Heldentat.

Da schon am frühen Morgen die ersten Spielfilme liefen – *Herkules*, *Samson*, *Zorro*, *Tarzan* und Co. –, begann ich die Tage gerne gemütlich vor dem Fernseher, bevor ich nach draußen zum Spielen ging. Tarzan war damals mein absoluter Held.

Zwar konnten wir uns seinerzeit einen Fernseher leisten, doch unser Alltag war durchaus von Armut geprägt. Natürlich empfindet man das als Kind nicht unbedingt so. In Armut aufzuwachsen ist völlig normal, wenn man nichts anderes kennt. Meine Geschwister und ich merkten es lediglich daran, dass wir nicht alles bekamen, was wir uns wünschten, und dass an manchen Tagen der Tisch nicht so reichlich gedeckt war wie an anderen. Der Satz »Dafür haben wir kein Geld« war für uns ebenso alltäglich wie bedeutungslos. Wir Kinder empfanden uns nicht als arm, auch wenn Spielzeug bei uns eher Mangelware war.

Die meiste Zeit waren wir ohnehin draußen und spielten oder stritten uns mit den anderen Kindern aus unserem Viertel – und das waren nicht gerade wenige. Insgesamt wohnten im Umkreis von dreihundert Metern neunzehn Kinder, von denen zwölf zwischen fünf und acht Jahre alt waren. Da war vielleicht was los! Irgendeiner hatte immer eine Idee und fast immer herrschte Chaos – zu viele Häuptlinge, zu wenig Indianer. Tag für Tag endeten die schönsten Spiele in ausufernden Raufereien. Meistens bildeten sich zwei bis drei Gruppen, wobei der Verwandtschaftsgrad eine große Rolle spielte. Natürlich wurde bei diesen Raufereien niemand ernsthaft verletzt, schließlich herrschten strenge Regeln: Ohrfeigen, Fußtritte und Würgegriffe waren erlaubt, Faustschläge und das Benutzen von Gegenständen (Stöcken und Ähnlichem) dagegen strengstens verboten. Wer sich nicht daran hielt, wurde sofort aus der Gruppe ausgeschlossen und durfte tagelang nicht mehr mitspielen. Das war die schlimmste Strafe, die wir uns vorzustellen vermochten, schließlich konnten wir nicht den ganzen Tag vor dem Fernseher hocken, und so ein Tag war verdammt lang, wenn man niemanden zum Spielen hatte.

Nach dem Mittagessen trafen wir Jungs uns draußen auf der Straße, um Fangen zu spielen. Bald schon brach Orazio, ein kleiner dunkelhäutiger Junge mit vorstehenden Zähnen, einen Streit vom Zaun. Mein Cousin Umberto hatte ihn Hasenzahn genannt, was dieser sich nicht gefallen lassen wollte, und in Sekundenschnelle war eine Rauferei im Gange. Orazios Bruder stürzte sich auf Umberto, dessen Bruder Gianni schnappte sich Orazio, und ich sah, wie Pinos Augen sich auf die Suche nach mir machten.

Pinuccio, wie wir ihn nannten, war fast zwei Köpfe größer als ich und dementsprechend auch viel stärker. Er hatte es regelrecht auf mich abgesehen und nahm mich ständig in den Schwitzkasten, um mich dann minutenlang toben, schreien und betteln zu lassen. Ich Zwerg hatte gegen ihn einfach keine Chance. Um dem Ganzen zu entgehen, hatte ich mir angewöhnt abzuhauen, sobald sich der erste Ärger anbahnte.

Pinuccios Blick war mein Startzeichen: Wie von der Tarantel gestochen rannte ich los. Doch er war schneller als ich. Als ich mich umsah, bemerkte ich sein Gesicht direkt hinter mir. Panik schoss in mir hoch, denn ich spürte schon seine Hand an meinem Rücken. Unvermittelt ließ ich mich fallen, und Pinuccio, von meiner Aktion überrascht, stürzte über mich drüber.

Sofort rappelte ich mich auf und raste in die entgegengesetzte Richtung davon. Pinuccio hatte sich bei dem Sturz die Knie aufgeschürft und war jetzt richtig wütend auf mich. Zeit zum Nachdenken blieb mir nicht, also steuerte ich auf ein hohes eisernes Gartentor zu, das in den Hof von Orazios Eltern führte. Laut schreiend stürmte mein Verfolger hinter mir her ... und er holte verdammt schnell auf. Zum Glück erreichte ich in diesem Augenblick das Tor, drückte es einen Spaltbreit auf und schlüpfte hindurch. Da prallte Pinuccio auch schon mit einem lauten Knall gegen das Tor und blieb im wahrsten Sinne des Wortes daran kleben. Sein verwundertes und schmerzverzerrtes Gesicht werde ich nie vergessen. Offenbar hatte er nicht damit gerechnet, dass ich das Tor hinter mir zuzog. Er torkelte zwei Schritte zurück und sackte in sich zusammen.

Ich wollte gerade vor Erleichterung loslachen und ihn verhöhnen, als ich bemerkte, dass es ihn ziemlich hart erwischt hatte. Er blutete aus der Nase und einer kleinen Platzwunde direkt auf der Stirn. Ein Auge war geschwollen, die Knie aufgeschürft und er weinte jämmerlich. Ich öffnete das Gartentor, ging auf ihn zu und fragte ihn, ob er sich wehgetan habe. Eine blöde Frage – wie sein Geschrei und die Beleidigungen zeigten, mit denen er mich bedachte. Hätte er nicht so starke Schmerzen gehabt, er hätte sich gewiss gleich wieder auf mich gestürzt.

Inzwischen waren die anderen Kinder herbeigelaufen und gleich dahinter erblickte ich Pinuccios und Orazios Mutter. Oh, oh, dachte ich, nichts wie weg! Ich stammelte hastig: »Entschuldigung, Pinuccio, war keine Absicht!«, und rannte davon.

Doch leider war dieser Zwischenfall damit nicht beendet, denn kurze Zeit später klopfte es an unserer Haustür. Als meine ahnungslose Mutter öffnete, überschütteten sie die beiden aufgebrachten Mütter mit Gezeter und Vorwürfen. Aus einem sicheren Versteck hörte ich mir die Vorwürfe an: dieser Verbrecher ... ihn fast umgebracht ... ein Wunder, dass mein Pino kein Auge verloren hat ... wie kann ein Kind nur so gewalttätig sein ... Panik kroch in mir hoch. Was würde meine Mama mit mir tun? Und erst mein Papa? Ooohhh mein Gooott!

Da rief meine Mutter auch schon meinen Namen. Das Herz rutschte mir in die Hose, mein Hals war wie zugeschnürt und ich bekam keine Luft. Ich bin tot, dachte ich. Ja, gleich bin ich tot! Morgen früh werden sie alle um mein Bett herumstehen, wie bei *nonno* Ciccio. Ich sah den Schein der brennenden Kerzen im abgedunkelten Zimmer, dazu gebeugte alte Menschen, die unaufhörlich Gebete murmelten, vor sich hin jammerten und mein allzu frühes, wenn auch selbst verschuldetes Ableben beklagten.

»Giiiiigiiii! Komm sofort her!«, rief meine Mama erneut und holte mich in die Wirklichkeit zurück.

Schwerfällig setzte ich mich in Bewegung, denn ich wusste: Widerstand war zwecklos. Mit gesenktem Kopf schlurfte ich in Richtung Eingangstür und beim Anblick der drei Frauen war es um meine Fassung geschehen.

»Ich will nicht sterben«, schluchzte ich. »Huuu-aaaa! Fangspiel … Tür auf, Tür zu … dagegengeknallt … Blut … uaaahhh … nicht gewollt … schnief.«

Pinuccios Mutter war jedoch unerbittlich. Sie riss mir mit einem kalten Blick, der auch einem Profikiller der Mafia gut zu Gesicht gestanden hätte, den Kopf ab. Meine beste Waffe, die des kleinen, jämmerlich weinenden blonden Lieblings, war wirkungslos. Haarklein musste ich berichten, was passiert war. Ich beschönigte nur die Stelle, als ich das Tor zugezogen hatte, und erzählte es so, als sei Pinuccio selbst schuld. War ja auch nicht ganz gelogen. Jedenfalls beruhigten sich daraufhin die Gemüter und Pinuccios Mutter ging zurück nach Hause.

Puh, dachte ich, da bin ich aber noch einmal davongekommen! Doch leider hatte ich mich zu früh gefreut. Ehe ich mich's versah, schnappte mich meine Mama am linken Handgelenk, drehte mich in eine günstige Position und zog, wie Alessandro Mazzola, mein damaliger Lieblingsfußballer von Inter Mailand, einen sauberen Hattrick durch. Jeden Treffer ergänzte sie durch eine Benimmregel.

Das saß vielleicht! Na ja, ganz unschuldig war ich bei der Sache nicht gewesen, und so ein paar Tritte in den Allerwertesten waren immer noch besser, als tot zu sein.

Nur wenige Tage später, die Sache mit Pinuccio war so gut wie vergessen, kam vormittags mein geliebter Tarzan im Fernsehen. Nach dem Film stürzte ich voller Tatendrang hinaus und rannte an *nonno* Luigis Hof vorbei in *zio* Paolos Haus, wo meine fünf Cousins wohnten: Peppi, Umberto, Gianni, Franci und Lorenzo. Peppi mit seinen sechzehn und Lorenzo mit seinen dreizehn Jahren waren schon richtig alt und Franci war noch ein Baby. Umberto und Giovanni dagegen waren acht und fünf Jahre alt, ich inzwischen sechs, und wir drei ergänzten uns perfekt. Gianni war mein Lieblingscousin, mit ihm ging ich durch dick und dünn.

Die beiden hatten den Film auch gesehen und so machten wir uns gemeinsam auf die Suche nach Abenteuern. Der Sandberg, den *nonno* Luigi zum Betonieren des Hofes verwenden wollte, stach uns natürlich sofort ins Auge, und unsere erste Heldentat begann.

Wie in Sizilien üblich, hatte auch unser Haus ein mehr oder weniger begehbares Flachdach. Flott stiegen wir die Stufen zum Dach hinauf, um von dort aus auf den etwa drei Meter entfernten Sandberg zu springen. Umberto, der als Erster dran war, nahm ordentlich Anlauf, sprang und landete sicher im weichen Sand. Sofort jagte ich hinterher. Ein tolles Gefühl, fast wie Tarzan ... jaaaa, saubere Landung!

Jetzt fehlte nur noch Gianni, doch er traute sich nicht. Erst als Umberto und ich ihn »Jane« riefen, nahm er endlich Anlauf. Er setzte zum Sprung an, blieb mit dem Absatz seines linken Schuhs am Dach hängen, stürzte mit dem Kopf voran in die Tiefe und bohrte sich bis zu den Schultern in den Sand. Nachdem sein Geschrei, das dem echten Tarzanschrei gar nicht so unähnlich war, *nonno* Luigi aus der Wohnung gejagt hatte, zogen wir ihn aus dem Sandberg. Er sah aus wie ein frisch paniertes Schnitzel und machte sich sogleich auf die Suche nach einem Wasserloch. *Nonno* Luigi erteilte uns unterdessen mit sofortiger Wirkung Sprungverbot und so mussten Umberto und ich uns auf die Suche nach einem neuen Abenteuer machen.

Als wir Minuten später ein Stück Seil fanden, konnte die nächste großartige Idee in die Tat umgesetzt werden. *Zio* Paolo hatte in seinem Hof ein etwa drei Meter hohes Metallgestell montiert, an dem Wein rankte. Obwohl wir wussten, dass mein Onkel furchtbar streng war und er uns ungespitzt in den Boden rammen würde, falls wir etwas anstellten, schoben wir den großen Eisentisch direkt davor und stellten einen Stuhl darauf. Auf den kletterte Umberto dann und befestigte das Seil an einer Strebe in der Mitte des Gestells. Danach schoben wir den Tisch beiseite und platzierten den Stuhl neben dem Seil, um es weiter oben fassen zu können. Die Aufgabe bestand darin, mit den Füßen die Decke des Metallgestells zu berühren.

Umbertos erster Versuch war durchaus gelungen. Wie Tarzan an der Liane schwang er sich in die Höhe, von einer Seite zur anderen, nur an die Decke kam er nicht. Als seine Kräfte nachließen, war ich endlich an der Reihe. Ich umfasste das Seil und schwang mich vom Stuhl. Der erste Schwung war ganz gut, ich wusste, dass ich es schaffen konnte. Rückschwung, Anlauf nehmen, zweiter Versuch … kraftvoll warf ich die Beine nach vorne; diesmal würde es klappen. Plötzlich hörte ich einen Knall und spürte im gleichen Augenblick, wie ich wegsackte. Die Verstrebung, die das Seil hielt, war gebrochen. Mein kraftvolles Schwingen ging nahtlos in einen unkontrollierten Sturz über.

Unglücklicherweise stand mitten in meiner Landebahn der Metalltisch, dessen Vorderkante sich mir ungefragt in den Mund schob und die im Wege stehenden Vorderzähne nach hinten wegdrückte. Mein Tarzanschrei war übrigens auch nicht von schlechten Eltern.

Der eilig herbeigerufene Notarzt versuchte mir auf dem Weg ins Krankenhaus tatsächlich weiszumachen, dass man die Zähne nicht wieder gerade biegen könne. Ich glaubte ihm kein Wort! Als ich später ohne Zähne und ziemlich verschwollen nach Hause kam, erfuhr ich von *zia* Gianna, dass der einzige noch einsatzfähige Tarzan ein paar kräftige Ohrfeigen von »Jane« erhalten hatte. Wahrlich ein unvergesslicher Tarzanfilm.

Meine misshandelte Knabberleiste verursachte so starke Schmerzen, dass ich die ganze Nacht kein Auge zutat. Drei Tage lang konnte ich nur Flüssignahrung zu mir nehmen, für mich die härteste aller Strafen: Suppe … igitt!

Noch schlimmer waren eigentlich nur die zahllosen Besuche der Verwandten, denn eine derartige Sensation wollte sich niemand entgehen lassen.

»Mach mal den Mund auf!«, hieß es im Minutentakt.

»*No*! Ich denke ja nicht dran!«

»Mach sofort den Mund auf!«, übernahm meine Mama das Kommando.

»*Uffa*! Aaaaa.«

War mein Mund dabei nicht weit genug geöffnet, um einen befriedigenden Einblick zu gewähren, zog meine Mutter mir, wie bei einer Eselschau, mit der einen Hand die Oberlippe nach oben und mit der anderen die Kinnlade nach unten. »Da, sieh nur, was sich der Blödmann angetan hat!«, machte sie ihrer Empörung Luft.

Die Reaktion war immer dieselbe: »*Ooo Dio mio* …«

5. Bandenkriege

Eine knappe Woche später, die Schmerzen hatten inzwischen nachgelassen, durfte ich wieder raus zum Spielen. Es war ein schöner Tag, die Sonne schien, alle meine Freunde waren draußen und ich machte mich auf den Weg zu ihnen.

Das Viertel, in dem wir wohnten, liegt auf einem kleinen Hügel, und damals gab es nur einen Zugang zu unseren Häusern: eine lange, steile, etwa einen Meter fünfzig breite Treppe mit über hundert Stufen. Aufgeschichtete Steine bildeten links und rechts der Treppe eine Begrenzung. Wenn man aus der Stadt hinauflief, konnte man auf der linken Seite die Häuser sehen, die rechte Seite war unbebaut – und damit das für uns Kinder deutlich interessantere Gebiet.

Ein total verwildertes Stück Land, das wir »*a muntagna*« nannten. Na ja, Berg ist schon ein wenig übertrieben. Man stelle sich vielmehr einen richtigen Berg vor, beiße ihm anschließend die Spitze und ein großes Stück von der Seite ab – und fertig ist unsere *muntagna*. Die Seite war absolut unzugänglich, denn da wurde der Stein abgebaggert, der als Baumaterial dienen sollte. Den dadurch entstehenden Krater füllten sie dann immer wieder mit Hausmüll aus dem gesamten Viertel. Es war strengstens verboten, diesen

Teil des Berges zu betreten. Zum einen konnte man wirklich tief fallen, zum anderen vermochte der Geruch dieser wilden Müllkippe einen in die Bewusstlosigkeit zu stinken. Außerdem trieben sich dort allerlei Insekten, Kriech- und Nagetiere herum, die angeblich ein Kind innerhalb von wenigen Sekunden bis auf die Knochen auffressen konnten. Ab und zu entdeckten wir sogar Schlangen, lange schwarze Tiere, die sich stundenlang sonnten und sofort flüchteten, sobald sich ihnen jemand näherte. Auch gab es unzählige Ratten, so groß wie ausgewachsene Katzen.

Und überall Eidechsen. Bunt schimmernd sonnten sie sich auf beinahe jedem größeren Stein: gelbe, rote, grüne, und hin und wieder war auch mal eine der von uns Kindern gefürchteten blauen *tiraciato*-Echsen zu sehen. Das waren unseres Wissens die gefährlichsten ihrer Art. Sie konnten, laut Erzählungen einiger Kinder, giftigen Schleim spucken, und wenn sie einen trafen, war man auf der Stelle tot. Die größte Angst hatten wir alle jedoch vor den Skorpionen. Diese Kriechtiere sahen aber auch wirklich gruselig aus: so groß wie eine Menschenhand, mit unzähligen rötlich schwarzen Füßen und einem penetranten Geruch. Wenn man auf eines der Tiere trat, so die Legende, strömte aus seiner Giftblase ein Nervengas, das sich durch die Schuhe fraß und den sofortigen grausamen Tod des Unglücklichen zur Folge hatte. Natürlich war das Unfug, aber damals waren wir felsenfest davon überzeugt.

Oberhalb von unseren Häusern, direkt auf der Bergkuppe, befand sich das nächste Viertel, in dem die Menschen in Wellblechhütten hausten. Das waren die Ärmsten der Armen. In den Baracken gab es weder Strom noch fließendes Wasser und die Bewohner waren immer dreckig und zerlumpt. Darum nannten wir sie auch *zingari*, die Zigeuner.

Einige Einwohner von Messina hielten es für absolut überflüssig, Miete zu zahlen, denn bevor sie ihr Geld, das ohnehin immer zu knapp war, einem Vermieter gaben, zogen sie es vor, auf irgendeinem freien Gelände eine Baracke zu errichten. Als Baumaterial dienten ihnen Bretter, Steine, Wellblech und andere Materialien. Auf diese Weise entstanden an Messinas Stadträndern immer wieder Barackensiedlungen, in denen die Leute dann unter erbärmlichen hygienischen Bedingungen hausten. Da oft schon die kleinsten Unwetter, die in dieser Region mitunter sehr heftig werden können, verheerende Schäden anrichteten, befestigten die Menschen ihre Baracken im Laufe der Zeit mit Mauern. Da in Messina, auf Sizilien, eigentlich in ganz Italien, der Staat und die jeweilige Regierung an den Unwettern schuld sind, machten die Geschädigten nach jeder Katastrophe die Stadt Messina für die unzumutbaren Wohnverhältnisse verantwortlich und prangerten die mangelhafte Wohnungsbaupolitik an.

Dies wusste so mancher schlaue Kopf unter den Barackenbewohnern als einträgliche Einkommensquelle zu nutzen. Um die Baracken loszuwerden, baute die Stadtverwaltung Sozialwohnungen, die sie an die Ärmsten der Armen zu einem sehr günstigen Preis und mit extrem niedrigen Raten verkaufte. Signor Schlaukopf verließ also mitsamt seiner Sippschaft die Baracke und bezog für ein bis zwei Jahre die neue Wohnung. Danach verkaufte er die Wohnung für viel Geld an Dritte und baute in einem anderen Viertel eine neue Baracke. Erneut bekam er eine Sozialwohnung, die er erst bezog und dann … Wenn sie nicht gestorben sind, veräppeln sie sich noch heute. Nicht alle sind solche Schmarotzer, die meisten Barackenbewohner sind tatsächlich arme Teufel, die alles dafür tun, um dem Elend zu entfliehen.

Mit den Barackenkindern zu spielen war undenkbar. Für diese Kinder waren wir, die in normalen Häusern wohnten, »die Reichen« und damit der Feind. Sie hatten in unserem Revier nichts zu suchen und wir in ihrem ebenfalls nichts verloren. Trieb sich dennoch einer mal auf unserem Teil des Berges herum, so verjagten wir ihn sofort mit lautem Gebrüll.

Auf der Suche nach meinen Freunden beobachtete ich, wie knapp unterhalb der Bergkuppe ein Kind in unser Gebiet herunterkletterte. Sofort galoppierte ich näher heran. Immer wenn wir spielten, waren wir keine gewöhnlichen Kinder, sondern furchtlose Abenteurer, die den ganzen Tag auf ihren Pferden saßen. Also schlugen wir uns beim Rennen mit der flachen Hand im Laufrhythmus auf den Oberschenkel und das hörte sich dann an wie galoppierende Pferde … zumindest fast.

Als ich in Rufweite zu dem Jungen war, befahl ich ihm, sofort zu verschwinden, und drohte ihm gleichzeitig an, meine »Männer« zu holen. Offenbar hatte ich den einen oder anderen Western zu viel gesehen. Als er keine Anstalten machte umzudrehen, warnte ich ihn ein letztes Mal: »He, Bürschchen! Ich sag's dir nicht noch einmal; wenn du nicht hörst, wird es dir dreckig ergehen. Wir machen dich fertig. Verstanden?«

Als der Junge mich auslachte und so was wie »Verpiss dich!« sagte, sah ich mich gezwungen, davonzureiten und nach meinen Kumpels Ausschau zu halten. Zwar hätte ich ihn auch alleine verjagen können, nur war er noch etwas größer als Pinuccio, und ich sollte besser nicht darauf hoffen, dass er freiwillig gegen ein Tor lief, damit ich den Kampf für mich entscheiden konnte.

Nach ein paar Minuten entdeckte ich meine »Männer«, die beim Kartenspielen unter einem Baum saßen. Ich preschte auf sie zu und schrie ihnen schon von weitem entgegen, dass ein Barackenjunge, ein großer, unverschämter Angeber, in unser Gebiet eingedrungen sei, den wir sofort verjagen müssten. Schließlich müssten wir ihm zeigen, mit wem er es hier zu tun hatte.

Ich sah den vier Jungs deutlich an, dass sie keine große Lust verspürten, ihr Kartenspiel wegen so einer Lappalie zu unterbrechen. Mein Cousin Umberto musterte mich kurz und sagte: »Okay! Wir kommen gleich. Geh du schon mal vor und pass auf, dass er nicht noch weiter runterkommt.«

»Alles klar, aber beeilt euch«, antwortete ich und machte mich auf den Rückweg.

Am Berg angekommen, stand der Junge noch genau da, wo ich ihn verlassen hatte. Als er mich sah, fragte er sogleich, wo ich meine Männer gelassen hätte. Ich drohte ihm, dass sie jeden Augenblick hier sein müssten und dass es besser für ihn sei, jetzt zu verschwinden.

Daraufhin fing er wieder an zu lachen und verhöhnte mich: »Wieso soll ich denn verschwinden? Wenn die anderen so klein sind wie du, dann ist das Schlimmste, was mir passieren kann, dass ich mir vor Lachen in die Hosen mache!«

Das war zu viel! Außer mir vor Wut, nahm ich ein paar Steine in die Hand und warf sie nach dem respektlosen Idioten. Der würde sich noch wundern! Ich war nämlich ein ganz guter Steinewerfer. Problematisch war nur, dass ich nach oben werfen musste, denn er stand ein wenig über mir und gut zwanzig Meter entfernt. Ich warf drei Steine sehr schnell nacheinander und schaute zu, wie sie unterwegs verhungerten. Die Richtung stimmte, nur mit der Weite und der Höhe haperte es. Als ich den vierten Stein mit aller Kraft schleuderte, sah ich in Zeitlupe, wie der Junge sich bückte, einen Stein aufhob, ausholte und nach mir warf. Er hatte es bedeutend leichter als ich, denn er musste die Schwerkraft nicht überwinden. Ich verfolgte noch, wie mein Stein ein paar Meter neben ihm den Staub aufwirbelte, als sein Wurfgeschoss auch schon auf meiner Stirn explodierte. Boooommmm, machte es! Ich griff mir an die Schläfe, schaute auf meine Hand, sah das Blut und kippte stocksteif nach hinten.

Das tat vielleicht weh! Wie durch einen dicken Wattefilter hörte ich, wie der Junge laut um Hilfe schrie. Dann erklang plötzlich *zia* Giannas Stimme: »*O Gesú e Maria*, was ist passiert?«

Im selben Moment kam auch schon meine Mama angerannt. Sie hoben mich hoch, und meine *zia* drückte mir ein Handtuch auf die Stirn, das sich sofort mit Blut voll saugte. Sie trugen mich ins Haus und legten mich auf mein Bett.

Ich war noch immer so schockiert, dass ich keinen Laut von mir gab. Das war für meine Verwandten wahrscheinlich das Schlimmste, denn wenn jemand noch schreit, geht es ihm meist verhältnismäßig gut. In meinem Kopf rumorte es und ich hörte immer noch den klatschenden Aufprall des Steines.

Ein seltsamer, angsteinflößender Ton.

»Du schon wieder?« So begrüßte mich kurz darauf der Arzt, der mich erst wenige Tage zuvor über die Biegsamkeit von Zähnen aufgeklärt hatte.

Beim Anblick der großen Platzwunde auf meiner Stirn meinte er nur: »Du kriegst wohl nicht genug, was?« Während er mich versorgte, musste ich ihm die Geschichte erzählen. Sein einziger Kommentar dazu: »Das nächste Mal nimmst du Steine mit Flügeln!«

»Die gibt's doch gar nicht«, stutzte ich.

»Dann wirf eben keine«, antwortete er.

»Der Junge hat mich dazu gezwungen«, behauptete ich.

»Nein, du hast ihn gezwungen, du hast zuerst geworfen, und wenn *du* oben gestanden hättest, würde *er* jetzt hier liegen.«

Ich war also mal wieder selbst schuld ... *uffa*!

Ein Blick in den Spiegel am nächsten Morgen brachte es an den Tag: Der Nachfolger von Boris Karloff für die Fortsetzung von *Frankensteins Monster* brauchte nicht länger gesucht zu werden. Ich ging sogar ohne Maske durch, garantiert! So verschwollen, wie ich war, bekam ich ja vor mir selbst Angst ... und die gesamte Verwandtschaft lief wieder mal staunend bei uns zusammen! Wie immer bemühten sie alle möglichen Heiligen und jeder wunderte sich über so viel Dummheit, Gedanken- und Verantwortungslosigkeit.

»*O Dio mio, o San Christofero, o benedetta Maria!* Wie kann man nur so dumm sein?«

Um die versammelte Familie nicht vor den Kopf zu stoßen, setzte ich eine schuldbewusste Miene auf und seufzte ein leicht genervt klingendes »*uffa*«. Trotzdem musste ich mir von allen anhören, was alles hätte passieren können: der Verlust eines Auges, ein Hirntrauma, eine schmerzende Schädelfraktur, ein übler Hämorrhoidenbruch, totale Demenz.

»Was heißt das, Mama?«, schaffte ich es in dem Redeschwall zu fragen.

»Na, dass du komplett schwachsinnig wirst, blöd halt … Obwohl, was heißt hier wirst? Du bist es ja schon!«

»Okay, okay, war ja nur 'ne Frage, *uffa*!«

»Sag noch einmal dieses Wort, und ich verpasse dir eine Ohrfeige, das schwöre ich dir!«

»*Uf*… oh … ist mir nur rausgerutscht, ich hab gar nichts gesagt!«

6. Der Abgrund

Kaum ging es mir wieder besser, ereilte uns eine richtige Hiobsbotschaft: Mama war schwer erkrankt. Wochenlang hatte sie so viele »böse Blicke« und Haarsträhnen begraben, dass sie kaum noch Haare auf dem Kopf hatte, doch *nonna* Minas Wundermittel zeigten nicht die geringste Wirkung. Als sie schließlich auch noch kleine Mengen Blut hustete, beschloss sie, doch mal zu einem richtigen Arzt zu gehen, auch wenn das furchtbar teuer war.

Damit sollte für uns eine lange traurige Zeit beginnen. Der Doktor stellte eine Lungenkrankheit fest, die sofort operativ behandelt werden musste. Meine Schwester Santina, meinen Bruder Filippo und mich brachte Papa daher in den nächsten Wochen abwechselnd zu verschiedenen Verwandten und wir bekamen unsere Mutter fürs Erste nicht mehr zu Gesicht. Eure Mama ist schwer krank, hieß es immer nur, doch was genau sie hatte, sprach niemand aus. Als ob die bloße Erwähnung dieser Krankheit zur Ansteckung ausreichte!

Ein einziges Mal in diesen zwei endlosen Monaten durften wir vom Wohnzimmer aus ins Schlafzimmer linsen und ihr zuwinken. Sie saß auf dem Bett, unheimlich bleich, und als sie uns bemerkte, liefen ihr

Tränen die Wangen hinunter. An dem Tag beschloss die Familie, dass wir für die nächste Zeit bei *zia* Maria bleiben sollten.

Zia Maria und *zio* Baldo wohnten hoch oben auf einem Berg am Stadtrand von Messina in Puntale Arena, einem uralten Viertel. Da es in den Häusern nicht einmal fließendes Wasser gab, liefen die Frauen frühmorgens mit ihren Kanistern auf die große *piazza* zum Brunnen und schleppten den Tagesbedarf an Wasser zurück. Der Brunnen war der Treffpunkt für alle Bewohner des Viertels. Irgendwer war immer da und erzählte den neuesten Tratsch oder diskutierte über die Unfähigkeit der Stadt, sich endlich um eine anständige Wasserversorgung zu kümmern.

Das Haus von Maria und Baldo war ebenfalls uralt. Alle Wände waren schief, und das Dach bestand aus krummen Holzbrettern, die mit einer dicken Teerschicht bestrichen waren.

Da *zio* Baldo Antiquitätenhändler ist, sammelte er im Laufe der Zeit allerlei Schätze an, die den großen Hof verzierten. Vasen und Gefäße aus der Römerzeit (oder zumindest authentische Nachbildungen), Krüge, Töpfe, Holzräder, Waffen und zahllose andere Gebrauchsgegenstände aus verschiedenen Jahrhunderten. Auf der rechten Seite war der Hof durch eine verwitterte, meterhohe Steinmauer eingegrenzt, links standen noch zwei windschiefe, bis unters Dach voll gepackte Holzschuppen – wahre Fundgruben! Ich glaube, *zio* Baldo wusste selbst nicht mehr, was sich darin befand.

Unser erster Weg führte ins Haus, wo schon unsere Cousine und ihr Bruder auf uns warteten. Alba war ein Jahr älter, Tonio ein Jahr jünger als ich. *Zia* Maria zeigte uns dreien unsere Schlafplätze und dann durften wir zum Spielen in den Hof.

Natürlich mussten wir erst mal das Gelände erkunden, auf dem es eine ganze Menge zu entdecken gab. Wir waren fasziniert von den vielen Dingen, doch *zio* Baldo war von unserer Neugierde alles andere als begeistert. »Gucken ja, anfassen NEIN!«, lautete seine eindeutige Devise, und im Großen und Ganzen hielten wir uns auch daran. Doch irgendwann schaute ich über die verwitterte Mauer, die den Hof eingrenzte – und bekam erst mal einen Riesenschrecken.

Ich sah direkt in einen Abgrund. Es ging mindestens hundert Meter steil nach unten und die Pinien in der Tiefe erschienen mir winzig klein. Mir wurde ganz schummerig und ich traute mich nur noch langsam an die Mauer heran. So einen stabilen Eindruck machte die nämlich nicht. Nach einer Weile siegte aber doch die Neugier und es war nur noch faszinierend: Man hatte einen herrlichen Ausblick und konnte verschiedene Tiere beobachten, die man sonst nicht zu sehen bekam.

Tiere? … Aussicht? Wen zum Teufel interessierte das? Für mich war die Frage, wie lange ein Kieselstein – oder gleich eine Hand voll davon – wohl brauchte, bis er unten aufschlug, viel wichtiger. Oder in wie viele Scherben wohl die Flasche Wein zersprang, die ich gerade entdeckt hatte … Schwups!, da flog die Flasche auch schon über die Mauer. Ich konnte gerade noch sehen, wie ein kleiner Mann fluchend zur Seite sprang, weil die Flasche ihn nur knapp verfehlt hatte. Mist, der kleine Weg war mir gar nicht aufgefallen, und dass da Leute liefen, erst recht nicht. Nichts wie weg hier, dachte ich, bevor mich noch jemand sieht!

Kurze Zeit später stand der kleine Mann, der in Wirklichkeit gar nicht so klein war, vor *zio* Baldos Tür. Der Spaziergänger war ganz schön sauer und sofort ging ein riesiges Gezeter los. Zuerst stritt *zio* Baldo alles ab, aber als der Mann den Übeltäter als einen kleinen blonden Jungen beschrieb, entschuldigte er sich vielmals und gab ihm das Versprechen, besser aufzupassen. Ich war der einzige blonde Junge im ganzen Viertel – damit war jeder Irrtum ausgeschlossen.

Keine Ausreden, keine Schlupflöcher, kein Mittag- und auch kein Abendessen. Paff! Das hatte gesessen.

Während sich die anderen also beim Mittagessen genüsslich den Bauch voll schlugen, durfte ich ihnen dabei zusehen. Um die Qual noch zu steigern, musste ich am Tisch sitzen bleiben, bis alle aufgegessen hatten.

Gegen Abend hörte sich mein Magenknurren an, als ob ein Rudel hungriger Wölfe unter dem Tisch säße. *Zio* Baldo jedoch war gegen jede Argumentation immun und meinte lediglich: »Jemand, der nur Blödsinn im Kopf hat, braucht nichts zu essen.«

In der Nacht bekam ich so großen Hunger, dass mir schlecht wurde, und mein Magen knurrte mich böse an. Ich konnte mich mit ihm richtig unterhalten und er antwortete tatsächlich in ganzen Sätzen. Da an Schlaf nicht zu denken war, beschloss ich, aufzustehen und auf das Frühstück zu warten. Ich zog mich an und setzte mich an den Esstisch.

Ich hatte keine Ahnung, wie spät es war und wie lange ich noch warten musste. Irgendwann, mitten in der Nacht, schlief ich im Sitzen ein und erst *zio* Baldos schallendes Gelächter weckte mich. Er fand es irgendwie lustig, mich da sitzen zu sehen. Natürlich musste ich vor dem Frühstück beteuern, so etwas nie wieder zu tun, aber in diesem Augenblick hätte ich alles versprochen!

Nach dem Frühstück ging ich mit Tonio im Hof spielen. Er hatte aus einem Blatt Papier ein Flugzeug gefaltet und wir warfen es uns zu. Irgendwann flog das Ding über die Mauer und wir schauten gebannt dem Papierflieger nach. Die Thermik hob den Flieger an und trug ihn ein Stück weit weg, bevor er weiter nach unten segelte, wo er wieder angehoben wurde ... er war minutenlang in der Luft. Das faszinierende Spektakel war für uns der Startschuss! Mit einem Mal bastelten alle Kinder mit. Papier falten, an die Mauer rennen, werfen, zugucken und neue Flieger basteln; wir arbeiteten wie am Fließband. Irgendwann waren vier Tageszeitungen, drei Hefte, zwei Zeitschriften, zwei Schulbücher aus Albas Schulranzen, zwei Schreibblöcke und ein paar Seiten eines alten Buches, das wir im Schuppen gefunden hatten, über die Mauer gesegelt. Bis *zia* Maria aus dem Haus rannte und unser Treiben mit dem Satz: »Was um Gottes willen macht ihr da?« beendete.

In meiner Begeisterung riss ich gleich noch eine Seite aus dem alten Buch heraus, um es ihr vorzuführen, doch wider Erwarten bekam sie einen hysterischen Anfall.

»*O Dio mio*! Das Buch ist eine Antiquität aus dem neunzehnten Jahrhundert ... *zio* Baldo wird euch umbringen!« Nach einem Blick über die Mauer folgte gleich der zweite Tobsuchtsanfall. »*O Gesú e Maria ... scemuniti* – ihr Wahnsinnigen! Was habt ihr da noch alles runtergeworfen?«

Als ihr die ganze Tragweite unseres Tuns bewusst wurde, beschloss sie, nicht auf *zio* Baldos Heimkehr zu warten, und staubte uns mit einem Teppichklopfer kurzerhand die Hosenböden ab. Als sie sich nach der Aktion über ihre schmerzende Hand beklagte, verspürten wir Kinder kein bisschen Mitleid mit ihr.

Der richtige Ärger begann aber tatsächlich, als *zio* Baldo nach Hause kam. *Zia* Maria hatte das alte Buch auf den Tisch gelegt, und als er es sah, entgleisten ihm die Gesichtszüge. Er schnappte nach Luft und fasste sich an die Brust. Kein schöner Anblick! Seltsamerweise blieb er dabei völlig ruhig. Mit leiser Stimme verpasste er uns die grausamste aller Strafen: »Kein Mittag- und kein Abendessen!«

Nein! Eine Ohrfeige, einen Tritt in den Allerwertesten oder was auch immer, dachte ich, aber nicht schon wieder hungern. Doch *zio* Baldo ließ sich nicht erweichen.

Den Rest des Tages mussten wir im Haus verbringen und die schlechte Laune aller anwesenden Erwachsenen über uns ergehen lassen.

Wir spielten so leise wie möglich, und ich stellte bald fest, dass mein Magen nicht nur noch lauter knurren konnte als vergangene Nacht, sondern auch als der Wachhund unserer Nachbarn. Offenbar war mein Bauch so leer, dass das Knurren schon Echos erzeugte.

Später im Bett unterhielten wir uns noch ein bisschen mit unseren immer geschwätziger werdenden Mägen und bemitleideten uns gegenseitig.

»Ich könnte jetzt glatt einen ganzen Elefanten essen, ohne Brot.«

»Ich hab so Hunger … schnief … dass ich den Elefanten mit Brot essen könnte.«

»Und ich würde ihm sagen, er soll noch seinen Bruder mitbringen.«

Irgendwann schliefen wir ein und ich hatte in dieser Nacht den verrücktesten Albtraum meines Lebens.

Er handelte von frisch gebratenen Hähnchenschlegeln in dem Tal hinter der Mauer und von riesigen Walzen, die mich zu zerquetschen drohten. Als die eisernen Rollen mich halb zermalmt hatten, wachte ich von meinem eigenen ohrenbetäubenden Schreien auf.

Zia Maria stürzte herein, und als sie mich schweißgebadet und fiebrig in meine Bettlaken eingewickelt fand, begann sie sofort mit ihrer Spezialbehandlung. Sie zog mich um, machte mir Wadenwickel und verabreichte mir trotz erbittertem Widerstand ein torpedoförmiges Zäpfchen. Dafür kochte sie mir mitten in der Nacht eine herrlich duftende Hühnerbrühe ... Hmmm!

Dachte ich. Aber dann saß ich in der Küche vor meinem Teller und bekam keinen Bissen herunter. Die Suppe begann zu mir zu sprechen. »Iss mich, mach mich alle, schlürf mich ... schnell, bevor sie es sich anders überlegen. Wenn morgen noch was schief geht, darfst du wieder hungern ... los jetzt!«

Mein Magen war wie zugeschnürt, ich starrte in den Teller und sah darin ein Augenpaar, das böse zurückstarrte.

»Wer bist du?«, fragte ich. »Was hast du in der Hühnerbrühe zu suchen und wer soll die jetzt noch essen, hä?«

»Du kannst mich doch gar nicht essen, du kleiner Jammerlappen«, wurde nun auch die Brühe böse und beschimpfte mich. »Du Versager, du Nichtsnutz!«

»Lass mich in Ruhe, von einer Hühnerbrühe muss ich mir so was nicht sagen lassen. Halt deine blöde Klappe!«

»Ich sage, was mir passt, Bürschchen. Und ich zeig dir, wer hier eine blöde Klappe hat.«

Wie ein Blitzschlag schoss eine große schwarze Faust aus dem Teller und traf mich mit voller Wucht mitten auf die Nase.

Mein Gesicht wurde glühend heiß und mir blieb die Luft weg. Ich spürte, wie sich eine Hand in meine Haare krallte und daran zog.

»Gigiii! *O Gesú e Maria*! Was ist los mit dir?«

Da war ich im Fieberwahn doch glatt eingeschlafen und mit dem Gesicht in die Brühe gefallen.

Zwei Tage lang musste ich das Bett hüten, dann erst durfte ich wieder aufstehen. Als ich beim Spielen im Hof über die Mauer linste, verschlug es mir die Sprache. Das ganze Tal war mit Papierfliegern überzogen, kein Baum, auf dem nicht mindestens ein weißer Fleck zu sehen war. Da hatten wir wirklich ganze Arbeit geleistet.

Trotz aller Strafen war dieser innere Drang, etwas von der Mauer zu werfen, noch immer vorhanden, und wo ich ging und stand, suchte ich nach etwas Flugfähigem. *Zia* Maria ertappte mich natürlich prompt, als könnte sie meine Gedanken lesen.

»Ich schwöre es bei Gott«, schimpfte sie sofort drauflos. »Wenn du noch einmal was über die Mauer wirfst, schmeiß ich dich hinterher!«

»*Uffa*!« Konnte man hier denn überhaupt nichts machen?

Natürlich sollte das nicht unser letzter Streich bleiben und so wurden die Nulldiäten so langsam zu einer Art Dauereinrichtung. Um in Zukunft nicht ganz so hungrig schlafen gehen zu müssen, beschlossen wir irgendwann, Gegenmaßnahmen zu ergreifen. Wir besorgten uns eine Holzkiste und versteckten sie hinter einem der Schuppen. Darin lagerten wir dann Bonbons, Schokolade, Brotscheiben – eigentlich alles, was nur irgendwie essbar war. Dumm war nur, dass Tonio und ich zu achtundneunzig Prozent aus Magen bestanden, und wenn einer von uns morgens eine Brotscheibe in die Kiste legte, so wurde sie spätestens zwei Stunden später entweder von ihm oder von mir verputzt.

Dass wir in jenem Sommer relativ häufig hungrig schlafen gingen, hatte allerdings noch einen zweiten Grund. *Zia* Maria kochte nämlich regelmäßig was besonders »Leckeres«: Pferdefleisch! Wir Kinder liebten das ach so gesunde Pferdefleisch über alles. Wir liebten es sogar so sehr, dass wir jeden einzelnen Bissen wie Kaugummi kauten. Ich rede hier von kauen, nicht schlucken. Das Zeug schmeckte einfach wi-der-lich. Irgendwie süß und gleichzeitig fleischig und zäh ... puaahh!

Allerdings entwickelten wir Kinder auch hier bald einen ausgeklügelten Plan. Wir saßen beim Essen alle in einer Reihe gegenüber von den Erwachsenen, hinter denen ein großer Holzschrank mit gedrechselten Füßen und verzierten Türen stand: eine echte Antiquität – und unsere Rettung. Wir kauten zunächst artig auf dem Fleisch herum, spuckten es jedoch in einem unbeobachteten Augenblick in unseren Schoß und gaben es dann jeweils an den Nächsten weiter, bis zum Letzten in der Reihe. Der hatte die Aufgabe, die zerkauten Brocken unter den Schrank zu werfen. Nach dem Essen mussten wir dann nur noch die Teile einsammeln und verschwinden lassen, bevor jemand sie entdeckte. Das Ganze funktionierte blendend und ging auch einige Male gut, besonders sättigend war diese Art der Nahrungsaufnahme aber nicht. Irgendwann kam uns *zio* Baldo dann doch auf die Schliche und die Strafe war perfide: Es gab tagelang nur noch Pferdefleisch!

Pferdefleisch zum Frühstück, zum Mittag- und zum Abendessen. Pferdefleisch gekocht, gegrillt, gebraten, geschnetzelt, geraspelt, eingelegt. Pferdefleisch als Gulasch in Tomatensoße ertränkt, zu Suppe verarbeitet und, für den kleinen Hunger zwischendurch, aufs Brot gestrichen. Wer seinen Teller nicht leer gegessen hatte, bekam die Reste aufgewärmt wieder vorgesetzt, bis der letzte Bissen vertilgt war.

Kurz bevor wir zu wiehern begannen, waren unsere empfindlichen Geschmacksnerven zum Glück so weit abgetötet, dass wir das Zeug ertragen konnten.

Zia Maria kannte kein Pardon und predigte uns dreimal täglich: »Es wird gegessen, was auf den Tisch kommt. Schließlich weiß man nie, ob es morgen noch was zu essen gibt. Andere Kinder wären froh, wenn sie etwas zu essen hätten.«

Ich für meinen Teil hätte nichts dagegen gehabt, meine leckere Scheibe Pferdefleisch in einen Briefumschlag zu stecken und mit Briefmarke versehen an eines dieser frohen Kinder zu schicken.

7. Stille

Es war einer dieser extrem heißen Tage im Juli, an denen man die Hitze förmlich knistern hört. Als ich am frühen Vormittag über die Mauer schaute, sah ich die heiße Luft flirrend aufsteigen.

Zwei derartige Tage reichen aus, um die gesamte Landschaft zu verändern. Waren die Berghänge und Wiesen am vergangenen Abend noch saftig grün, so waren sie am Tag darauf strohgelb und völlig ausgetrocknet. Eine am Boden liegende Glasscherbe genügt, um einen Flächenbrand auszulösen – was auch in regelmäßigen Abständen passierte. In den ländlichen Vierteln von Messina herrscht bei dieser Wetterlage stets höchste Alarmbereitschaft.

Auch für uns Kinder waren diese heißen Tage mit Abstand die schlimmsten. Tagsüber setzten wir meist keinen Fuß vor die Tür, weil wir sonst einen Hitzschlag riskierten, und nachts, wenn die überhitzten Häuser die gespeicherte Wärme wieder abgaben, konnten wir nicht einschlafen. So übten wir uns den ganzen Tag in gepflegter Langeweile und brachen, um etwas Leben in die Bude zu bringen, den einen oder anderen Streit vom Zaun. Über vierzig Grad im Schatten animierten selbst uns nicht zu schweißtreibenden Tätigkeiten im Freien und allein der Gedanke an Bewegung verursachte bei mir einen Schweißausbruch.

Wie üblich gingen wir sehr spät schlafen, ich lag in meinem Bett und fächerte mir mit einem Stück Karton Luft zu. Die Hitze stand im ganzen Haus wie warme Watte und der Luftzug sorgte zumindest für eingebildete Abkühlung auf meiner verschwitzten Haut. Während ich versuchte einzuschlafen, fiel mir die seltsame Stille auf, die sich auf einmal breit machte. Hier war es nachts nie still: Grillen zirpten, Fledermäuse gaben ihre hohen, schrillen Pfeiftöne von sich, Eulen riefen in die Dunkelheit und die zahllosen streunenden Hunde kläfften bis in die frühen Morgenstunden.

In dieser Nacht jedoch hörte ich gar nichts. Es herrschte eine absolute, völlig unnatürliche Ruhe. Mitten in diese seltsame Stille erklang plötzlich ein leises, tiefes Brummen wie von einer weit entfernten Gewitterfront. Es schwoll ungemein schnell an und mit einem Mal fing mein Bett an zu zittern. Voller Angst richtete ich mich auf und schwang die Beine aus dem Bett. Das Brummen steigerte sich immer weiter und es mischten sich andere Geräusche darunter. Dann klapperte das Geschirr in den Schränken, Bilder schlugen gegen die Wand, die Deckenlampe klirrte und schwang wild hin und her, die Schränke schleiften über den Boden, und mein Bett wurde, wie von einer riesigen Hand gepackt, geschüttelt und gerüttelt.

Da stürzte auch schon *zia* Maria im Morgenmantel ins Zimmer und schrie uns hysterisch an: »Schnell alle raus! Ein Erdbeben! Alle raus! Sofort!«

Wir sprangen schreiend aus unseren Betten und versuchten torkelnd, das Haus zu verlassen. Richtig laufen kann man nämlich nicht, wenn sich der Boden unter einem bewegt. Ich kämpfte darum, auf den Beinen zu bleiben, und hoffte, nicht zu stürzen. Auf dem Weg nach draußen sah ich verschwommen, dass kein Möbelteil mehr dort stand, wo es sich zuvor befunden hatte, und von der Decke bröckelte der Putz als feiner Staub herab.

Es war ein Erdbeben!

Klar, den Namen kannte ich von Erzählungen her, Sizilien war schon immer Erdbebengebiet und Messina war am Anfang des Jahrhunderts von einem Erdbeben komplett zerstört worden. Aber Geschichten sind das eine, die Wirklichkeit ist das andere.

Ich malte mir schon die furchtbarsten Szenen aus, doch genauso unvermittelt, wie das Beben begonnen hatte, hörte es auch wieder auf. Mit einem Mal war, bis auf das Weinen von uns Kindern, alles still. Zum Glück war keiner von uns ernsthaft verletzt worden, bis auf den einen oder anderen blauen Fleck waren wir alle wohlauf.

Erleichtert wollten wir zurück ins Haus gehen, als die Erde noch einmal bebte. Diesmal allerdings ohne Vorwarnung und noch stärker als zuvor. Auf einen Schlag riss es uns alle von den Beinen und wir lagen kreuz und quer im Hof. Einer der Schuppen war in sich zusammengebrochen und rings um uns herum schien die Welt polternd und klirrend unterzugehen. Wir verfielen in panisches Geschrei, unser Gebrüll wurde richtig hysterisch und … erneut war das Beben schlagartig vorbei.

Auch diesmal waren wir alle unversehrt geblieben; dennoch beschloss *zia* Maria, für diese Nacht nicht mehr ins Haus zurückzukehren. Also holten wir so schnell wie möglich unser Bettzeug und legten uns im Hof auf den Boden, um die Nacht im Freien zu verbringen.

Das ganze Viertel war auf den Beinen. Polizei, Feuerwehr und Krankenwagen fuhren mit lauten Sirenen durch die Straßen und halfen, wo Hilfe nötig war. Unzählige Menschen trafen sich am Brunnen, nahmen sich in die Arme, und alle waren glücklich darüber, dass nichts Schlimmeres passiert war. Natürlich musste jeder erzählen, wie er das Erdbeben erlebt hatte, und wenn das Beben tatsächlich so lange gedauert hätte, wie manche schilderten, wäre von Messina nichts übrig als Schutt und Asche. Nachdem ein jeder seine Version der Geschichte erzählt hatte, kam das Viertel langsam wieder zur Ruhe.

Wir legten uns auf unsere Notbetten und redeten noch eine Weile. Es war eine herrliche Nacht; der Mond stand hell am Himmel und es war angenehm frisch. Ich schlief trotz der Aufregung und des erhöhten Adrenalinspiegels sofort tief und fest ein.

Als es hell wurde, öffnete ich die Augen, blinzelte in den strahlend blauen Morgenhimmel, hörte Vögel zwitschern ... es war alles in Ordnung.

Sofort war ich beruhigt – bis mein Blick auf das weiße Bettlaken fiel, mit dem ich mich zugedeckt hatte. Es war nicht mehr weiß, außerdem bewegte es sich und summte leise. Ich rieb mir die Augen, und tatsächlich: Da waberte und schwirrte eine braunschwarze Masse. Als ich die Masse identifiziert hatte, schrie ich panisch auf und sprang so schnell von der Matratze, dass meine Schlafanzughose liegen blieb. Fliegen! Tausende, Millionen von Fliegen! Und alle saßen auf dem weißen Laken.

Durch mein Geschrei geweckt, sprangen die anderen ebenfalls aus ihren Betten. Gemeinsam führten wir einen wilden Tanz auf, wir schüttelten uns und klopften uns schreiend die Fliegen aus den Schlafanzügen. Innerhalb von Sekunden war aus der friedlichen Stille ein lautes Durcheinander geworden. »Aahh … iihhhh … oh, oh … weeeeg von miiirrr!« Ein Außenstehender hätte sich beim Betrachten dieser Szenen vermutlich halb totgelacht, uns war dagegen gar nicht nach Lachen zumute.

Offenbar fühlte sich der Schwarm von uns lauten, hektischen Geschöpfen belästigt und stieg auf, um sich einen ruhigeren Liegeplatz zu suchen. Der ganze Hof war vom lauten Summen der Insekten erfüllt und ein paar Sekunden später waren sie über die Mauer hinweg im Abgrund verschwunden. Damit hatte der neue Tag mindestens so gut begonnen, wie der alte geendet hatte.

Nachdem wir uns von dem Schrecken erholt hatten, betraten wir nacheinander das Haus und waren entsetzt über das Chaos, das dort herrschte. Einige Mauern hatten tiefe Spalten und breite Risse und es stand so gut wie nichts mehr an seinem Platz. Ein Geschirrschrank war zusammengebrochen und das ganze Geschirr lag über den Boden verstreut – überall Töpfe, Pfannen und Kochutensilien aller Art zwischen Glas und Keramiksplittern. Alles war von einer weißen Staubschicht bedeckt, da sich der Putz von den Wänden und der Decke gelöst hatte.

Als die Erwachsenen mit dem Aufräumen begannen, halfen auch wir Kinder mit, das heißt, wir taten so, als würden wir helfen. In Wirklichkeit war das ganze Haus für uns zu einem riesigen Abenteuerspielplatz geworden. Wir stiefelten überall herum, kickten mit Scherben, und es dauerte nicht lange, bis uns *zia* Maria aus dem Haus jagte. »Verschwindet auf der Stelle, sonst täusche ich einen Tollwutanfall vor und bringe euch alle um!«

Unter diesen Umständen war es vielleicht doch gesünder, das Haus zu verlassen, also verzogen wir uns nach draußen. Unser erster Weg führte uns zu dem eingestürzten Schuppen, und wir begannen, die lose herumliegenden Teile auf die Seite zu räumen. Bald schon kam eine Truhe zum Vorschein, in die wir natürlich sofort hineinschauen mussten – ein interessanter Fund!

Neugierig öffneten wir den Holzdeckel und stießen auf unzählige kleine Schachteln. Manche aus Holz, manche aus Pappe, andere kunstvoll bemalt, dazu schlichte, unauffällige weiße Blechdosen.

Vorsichtig öffnete Antonio die erste, und als über seine Lippen ein überraschtes Oh! drang, wollten wir sofort alle sehen, was er entdeckt hatte. Antonio holte den Inhalt der Dose heraus: ein Vogel, das konnte ich genau erkennen. Genauer gesagt: ein Küken mit gelben, flauschigen Federn, zwei Flügeln, einem Schnabel, zwei Knopfaugen und ... vier Beinen. Vier Beine? Wir zählten noch mal genau durch. Eins, zwei, drei, vier.

Das Küken hatte vier Beine, ohne Zweifel! Das machte uns sprachlos. So etwas hatten wir noch nie gesehen.

»Was ist das?«, fragte schließlich mein Bruder Filippo.

»Das siehst du doch, ein Küken«, antwortete ich, »*zio* Baldos Monsterküken, besser gesagt.«

»Lebt es noch?«, wollte er nun wissen.

»Klar, wenn Antonio es loslässt, rennt es wie der Blitz davon. Was glaubst du, warum es vier Beine hat? Es ist schneller als eine Rakete«, sagte ich.

»Echt? – Stimmt das, Alba?«, wandte sich Filippo verwundert an unsere Cousine.

»Quatsch!«, sagte Alba. »Das ist doch ausgestopft!«

»Heißt das, dass es tot ist?«

»Ja, schon lange«, antwortete sie.

Wir öffneten die zweite Dose und holten ein weiteres Tier heraus. Es war eine Maus, eindeutig: graues Fell, langer Schwanz, vier Beine, zwei Köpfe, vier Ohren …

»Pfui Teufel, schnell wieder rein damit!«, schrie Alba angewidert.

»Nein, lass sehen!«, schrie ich dagegen. Das Tier sah wirklich gruselig aus. »Okay, pack es wieder ein. Ich muss nicht alles ganz genau gesehen haben, machen wir die nächste auf.«

Aus der dritten Dose kam eine Eidechse mit zwei Schwänzen heraus, aus der vierten etwas, was wir nicht kannten, aber es hatte Ähnlichkeit mit einem Minischwein – mal abgesehen davon, dass es doppelt so viele Beine hatte und nur ein Auge in der Mitte des Kopfes.

Mein Magen versuchte mir klar zu machen, dass wir die letzten beiden Dosen besser zulassen sollten … aber wer hört schon auf seinen Magen? Außerdem hatten wir uns langsam in Mutprobenstimmung gesteigert.

Alba hatte als Erste genug und sagte: »Jetzt hören wir aber auf. Mir ist schon ganz schlecht von diesen widerlichen Viechern.«

»Ach komm, jetzt stell dich nicht so an«, antwortete ich, »es sind sowieso nur noch zwei Dosen da.«

Mein Bruder wollte auch nicht mehr und verabschiedete sich mit den Worten: »Ist mir egal, ich geh jetzt woanders spielen!«

»Du Memme«, rief ich ihm hinterher, »dann geh halt! Bei Alba kann man das verstehen, sie ist ja nur ein Mädchen, aber du?«

Mein Bruder lief einfach wortlos davon und Alba ging mit. Tonio und ich tauschten einen Blick aus, wie ihn nur Zorro oder Tarzan hinbekommen hätten. Der Wir-sind-die-einzigen-Helden-auf-diesem-Planeten-Blick. Und alle anderen sind Weicheier, Hosenscheißer und kleine Rockzipfelgreifer. Mit einem hinterlistig coolen Lächeln im Gesicht nahmen wir uns die letzten Dosen vor.

Tonio öffnete die fünfte Dose und holte zwei wunderschön gefärbte Falter heraus – oder war es nur einer mit vier Flügelpaaren? Bei näherer Betrachtung merkten wir, dass es zwei waren, die offenbar am Unterleib zusammengewachsen waren.

Ich öffnete die letzte Dose und beförderte das mit Abstand seltsamste Tier ans Tageslicht ... Tier?

»Was ist das denn?«, fragte Tonio.

»Keine Ahnung«, antwortete ich.

Wir schauten uns das Etwas genauer an: Es war so groß wie eine Maus, hatte zwei Beine, zwei Arme, zwei Füße, zwei Hände, einen im Verhältnis zum Körper extrem großen Kopf ... dazu ein Gesicht mit Augen, Nase, Mund und Ohren.

»Ein Mensch ...«, stellte ich fest und wurde so bleich, wie Tonio schon war. »Das ist ja ein Kind! Ist dein Papa ein Mörder?«

Plötzlich bekamen *zio* Baldos in der Wut ausgestoßene Drohungen eine völlig andere Bedeutung. Vielleicht hatte dieses Kind auch mal ein paar Seiten aus einem alten Buch herausgerissen und war infolge der verhängten Hungerstrafe gestorben und in die Dose gelegt worden. Sozusagen als Warnung an die Nachkommenden. In meinem Kopf dröhnte die Stimme meines Onkels: »Kein Frühstück, kein Mittag- und kein Abendessen. Und das so lange, bis du nur noch fünf Zentimeter groß bist, damit du in meine Dose reinpasst.«

»Tonio, schnell, pack alles wieder ein, bevor dein Papa sieht, dass wir ihn entdeckt haben. Nicht dass demnächst acht Dosen hier rumliegen.«

Tonio schaute mich aus großen Augen an. »Meinst du?«

»Keine Ahnung. Los, lass uns aufräumen und die Kiste zumachen!«

Hektisch begannen wir mit der Spurenbeseitigung, als unvermittelt *zio* Baldo hinter uns stand.

»Was macht ihr denn da?«

Tonio und ich sprangen erschrocken hoch und starrten ihn an. »Ähm, Kisten aufräumen, ähm, und so … äh, ähm.«

»Ah ja, da sind ein paar interessante Sachen drin. Habt ihr die angeschaut?«, fragte er.

»Neeein! Nein, gar nichts angeschaut«, beeilten wir uns zu sagen. Tonio war kurz davor, in Tränen auszubrechen, und ich nicht weit davon entfernt. Ich rechnete fest mit einer Hungerstrafe bis an mein Lebensende und sah bereits meinen Onkel vor mir, wie er zwei neue Dosen in die Truhe legte. Eine mit Tonio als Inhalt und die andere mit meinen kümmerlichen Überresten.

»Kommt her, Jungs! Ich zeig euch was.« Und dann präsentierte er uns, was wir sowieso schon gesehen hatten. Dennoch taten wir so, als ob das alles völlig neu für uns wäre. Als die Leichendose an der Reihe war, hielten Tonio und ich die Luft an. *Zio* Baldo öffnete die Dose, schaute hinein und rief: »Maria! Wer zum Teufel hat diese Wachspuppe hier reingesteckt? Und wo ist das Meerschweinchen, das hier drinlag? Wie oft muss ich euch noch sagen, dass ihr meine Sachen in Ruhe lassen sollt!«

Wachspuppe? Hatten wir uns etwa gerade wegen einer Wachspuppe fast in die Hosen gemacht? Aber ... die hatte sich so echt angefühlt.

Tonio rammte mir seine Ellenbogenspitze in die Rippen. »Wegen dir wäre ich fast gestorben, du Spinner. Mein Papa ist kein Mörder und du hast was am Kopf!

8. **Bea**

Die Reparatur- und Aufräumungsarbeiten nach dem Erdbeben zogen sich länger als eine ganze Woche hin. Gekocht und gegessen wurde in der Zeit draußen im Hof. Ich fand das richtig schön, fast wie Camping! Wir lachten, scherzten und hatten trotz des Chaos sehr viel Spaß miteinander.

Als Tonio seinem Vater am vierten Tag nach dem Beben beim Mittagessen die Geschichte von der Wachspuppe erzählte, wurde ich in meinem Stuhl immer kleiner. *Zio* Baldo amüsierte sich prächtig darüber, wurde auf einmal jedoch todernst und stand auf. Er hatte die Hände hinter dem Rücken verschränkt, ging langsam um den Tisch herum und sagte: »Soso, Gigi, du hast mich also für einen Mörder gehalten.«

»Wer? Ich? Neeeiin! Niemals, da hat Tonio was falsch verstanden, war sowieso alles nur Spa…« Ich kam nicht dazu, den Satz zu beenden, denn mein Onkel hatte hinter seinem Rücken die Schale einer Wassermelone versteckt und seifte mich damit nun ordentlich ein. Das war der Startschuss für die schönste Wassermelonenschlacht aller Zeiten. Innerhalb von Sekunden flogen die Schalen der Frucht über den ganzen Tisch, jeder seifte jeden ein und alle

Kinder stürzten sich zum Schluss auf *zio* Baldo. Die Schlacht endete erst, als keine Schalen mehr übrig waren. Danach marschierten wir gemeinsam zum Brunnen, um uns die klebrigen Melonenreste abzuwaschen.

Ich war als Letzter an der Reihe, blickte mich am Brunnen um und entdeckte einen großen schwarzweißen Vogel auf einem Dach, der uns beobachtete. Ich wollte gerade *zio* Baldo fragen, was das für ein Vogel sei, als das Tier anfing zu krächzen: Crrruuaa … Baaalldooo … crrruuaaa…

Mein Onkel drehte sich um, entdeckte den Vogel und rief: »Bea? *Dio mio*, Beeaaa! Maria, Alba! … Bea ist wieder da!«

Bei diesen Worten stieg der Vogel auf, flog in den Hof und landete auf dem Esstisch.

Zio Baldo ging hinterher und begann ihn mit Brotkrümeln zu füttern.

Ich war völlig durcheinander; hatte der Vogel wirklich Baldo gesagt? Oder hatte ich mich verhört? Jedenfalls freute sich mein Onkel wie ein Kind über den Vogel, und später erzählte er mir, dass er die Elster vor ein paar Jahren gefunden habe. Sie war aus dem Nest gefallen, und er hatte sie gepflegt und gefüttert, bis sie groß genug war, um für sich selbst zu sorgen. Er hatte ihr auch ein paar Wörter beigebracht.

Das war vielleicht ein Ding: ein sprechender Vogel! Ich kam aus dem Staunen nicht mehr heraus. Bea war für mich so etwas wie ein Märchenwesen. So wie im Märchen Prinzen in Frösche verwandelt werden, so hatte jemand Bea in eine Elster verwandelt. Sie war vorher ganz bestimmt eine wunderschöne Prinzessin gewesen. Ich wollte sie unbedingt streicheln, aber als ich die Finger nach ihr ausstreckte, hackte Bea mir unter lautem Krächzen ihren großen schwarzen Schnabel in den Handrücken.

Ich erschrak fürchterlich, woraufhin der Vogel sich offenbar von mir bedroht fühlte und sich mit wild schlagenden Flügeln auf mich stürzte. Bea war ein garstiges Vieh, und das Bild von der wunderschönen, verzauberten Prinzessin zerplatzte wie eine zu groß geratene Seifenblase.

Da endlich reagierte *zio* Baldo. Er schrie Bea an und stieß sie mit der Hand von mir weg. Der Vogel stieg in die Luft, setzte sich mit halb angelegten Flügeln – eine typische Drohgebärde – auf das Dach und musterte mich aus seinen verschlagenen schwarzen Knopfaugen. Na toll! Da hatte ich mir mit einer einzigen Handbewegung einen Feind geschaffen.

Bea spielte mir in den nächsten Tagen einen Streich nach dem anderen. Wenn ich im Hof mein Spielzeug auch nur eine Minute aus den Augen ließ, war sie sofort zur Stelle und schleppte es aufs Dach. Das Schlimmste war jedoch, dass sie, sobald ich allein draußen war, Angriffe gegen mich flog. Sie stürzte sich auf mich, pickte nach mir und versuchte mich mit ihren scharfen Krallen zu fassen. Ich schrie sie an und schlug nach ihr, traf sie aber nur selten, denn sie war sehr schnell und wendig. Ein paar Mal kam mir *Zio* Baldo zu Hilfe und verscheuchte sie, aber er war nicht immer zu Hause und bald traute ich mich alleine nicht mehr aus dem Haus.

Stunden nach dem Angriff aus der Luft ging ich mit den anderen in den Hof und spielte gedankenverloren mit meinem Jogibären, meinem ständigen Begleiter. Ich warf ihn in die Luft, fing ihn auf, warf ihn wieder in die Luft … und wollte gerade die Hände ausstrecken, um ihn aufzufangen, als ein schwarzweißer Schatten heranflog und sich meinen Jogibären krallte.

Mein entsetzter Aufschrei mischte sich mit dem Kreischen des Vogels: harr, harr, harr … Beeea … harr, harr, harr. Das Biest lachte mich doch tatsächlich aus!

Meine Tante versuchte mich zu beruhigen. »*Zio* Baldo wird dir deinen Jogibären schon wiederholen. Du brauchst dir keine Sorgen zu machen«, sagte sie.

Ich machte mir aber Sorgen. Mein Jogibär, mein über alles geliebter Jogibär war vor meinen Augen entführt worden. Jetzt war das Maß voll. Ich beschloss, meinen Freund zu befreien und dem Vogel eine Lektion zu erteilen.

Ich bastelte mir aus zusammengerollten Tageszeitungen ein Schwert und ging dann, wie Prinz Eisenherz, hinaus, um den fiesen Kidnapper zu bestrafen … schwer zu bestrafen.

»Beeaa! Beeeaaa! Komm raus, du Feigling … kämpfe mit mir Mann gegen Mann! Ich werde dir sämtliche Federn einzeln ausrupfen!«, drohte ich. »Wenn ich mit dir fertig bin, bist du reif für die Pfanne … Lass meinen Jogibären sofort wieder frei!«

Bea kam tatsächlich – und wie sie kam. Sie hatte offenbar auf mich gewartet, denn ich hatte noch nicht einmal richtig das Haus verlassen, da schlug sie mir schon ihre schweren schwarzen Flügel ins Gesicht. Daraufhin holte ich mit meinem Schwert aus und streifte einen ihrer Flügel. Sie kam aus dem Rhythmus und stürzte zu Boden, woraufhin ich mich schleunigst wieder ins Haus zurückzog.

Mit einer derart heftigen Attacke hatte ich nicht gerechnet. Ich brauchte noch einen Schild, schließlich zieht kein Ritter ohne Schild in die Schlacht. Ich ging in die Küche und besorgte mir einen großen Aluminiumdeckel mit einem Metallgriff, der recht gut in der Hand lag. So gerüstet, bereitete ich meine zweite Attacke vor.

Das Schwert in der rechten, den Schild in der linken Hand, rannte ich hinaus und stemmte mich mit dem Rücken gegen einen Baum. Aber Bea griff mich nicht an. Sie war nirgends zu sehen. Also ging ich einen Schritt vor und rief sie. »Gib mir meinen Jogibären zurück, sonst muss ich dich töten … nein, besser noch, ich stopfe dich aus und werde dich mit einem Ich-habe-Gigi-geärgert-Schild um den Hals an die Wand nageln.«

Aber der Vogel dachte nicht daran, sich blicken zu lassen, und bei dem Gedanken, dass ich meinen Freund womöglich nie wieder sehen sollte, füllten sich meine Augen mit Tränen.

Ich wartete noch ein paar Minuten und ging dann enttäuscht auf das Haus zu. Kurz bevor ich eintreten konnte, erwischte mich etwas am Kopf und schon rann mir eine schwarzbraune Brühe die Wange hinunter. »Harr, harr, harr … Beeea … harr, harr«, hörte ich noch.

»Aahhh, igitt! Du widerliches Tier. Na warte, wenn ich dich erwische!« Angewidert lief ich zum Brunnen und wusch mir Beas flüssige Munition aus dem Gesicht. Die wildesten Rachepläne gingen mir durch den Kopf, doch ich kam zu dem Schluss, dass dem Vieh mit Gewalt nicht beizukommen war. Eine Kriegslist musste her, nur welche?

Als *zio* Baldo nach Hause kam, holte er mir meinen leicht ramponierten Jogibären vom Dach, den ich überglücklich in die Arme schloss. Bea war, sobald er in der Nähe war, der friedlichste Vogel der Welt.

Beim Essen saß sie auf dem Dach, beobachtete uns und ließ sich von *zio* Baldo mit ein paar Brotkrumen locken. Mein Onkel nahm ein kleines Stück Brot, tunkte es in sein Weinglas und warf es dann in die Luft, wo Bea es in Windeseile auffing und fraß.

»Warum tunkst du das Brot in deinen Wein?«, fragte ich neugierig.

»Bea ist, seit sie klein war, ganz verrückt danach. Wenn du ein Glas Wein stehen lässt, trinkt sie es innerhalb von Minuten leer«, antwortete er.

»Aha!«, sagte ich bloß, möglichst unbeteiligt, während sich eine Idee in meinem Kopf formte, die genauso genial wie diabolisch war. Ich sah den schwärzesten Teil meiner Seele teuflisch grinsen.

Gleich am nächsten Morgen lief die Geheimoperation »Rache für Jogibär« planmäßig an.

Ich schlich mich in die Küche, füllte ein Glas mit Wein, stellte es draußen auf den Tisch und legte mich im Haus auf die Lauer. Es dauerte nicht lange und Bea flog herbei, um sich wie von Sinnen auf die rote Flüssigkeit zu stürzen. Kurze Zeit später hatte sie das Glas tatsächlich geleert und flog in aller Seelenruhe wieder auf das Dach zurück.

So hatte ich mir das nicht vorgestellt. Am Ende freute sich Bea noch über meine Kriegslist. Das durfte ich nicht hinnehmen! Also schlich ich mich wieder in die Küche und füllte das Glas erneut. Als ich es draußen auf den Tisch stellte, warf ich einen Blick auf das Dach und sah Bea von einem Bein auf das andere tänzeln. Aha, meine Kriegslist zeigte offenbar doch Wirkung. Auf dem Weg zurück ins Haus grinste ich breit in mich hinein. Bald hab ich dich, hihihi.

Kaum war ich drin, begann das Schauspiel von vorn. Der Vogel hatte viel von seiner Eleganz verloren, torkelte von einer Seite auf die andere, setzte sich auf sein Hinterteil und sah benommen das Weinglas an. Schließlich flatterte er davon, zog einen weiten Kreis am Himmel, um dann, mit schwerer Schlagseite, einen Landeanflug auf den Tisch zu versuchen. Das konnte nur schief gehen. Bea flog viel zu tief an, verpasste die Tischplatte und purzelte unter den Tisch. Sie stieß sich sofort wieder ab und krachte gegen dessen Unterseite, versuchte es noch einmal, streifte ganz knapp die Tischplatte und flog direkt … in eine zum Trocknen aufgehängte Tischdecke. Das Tier wickelte sich regelrecht in die Tischdecke ein, riss sie von der Leine und stürzte wie ein Sack Kartoffeln zu Boden. Das war mein Augenblick! Ich rannte hinaus, schnappte mir die Tischdecke und begann Bea zu befreien, doch sie rührte sich nicht. Sie machte den Schnabel auf und krächzte ein ganz leises »Beeaa«.

Auf einmal war meine ganze Wut über den hinterlistigen Vogel verflogen und er tat mir nur noch Leid. Vorsichtig schüttelte ich ihn, damit er wieder zu sich kam, aber der Vogel war einfach sturzbetrunken. Also legte ich Bea in eine Schachtel, stellte diese in den Schatten und schaute immer wieder nach, ob sie noch lebte. Ich brachte ihr Brotkrumen und eine Schale kühles Wasser, suchte sogar in der Erde nach Würmern und fütterte sie damit.

Die ganze Zeit befürchtete ich, *zio* Baldo könnte mich mit der betrunkenen Bea erwischen. Doch ausnahmsweise hatte ich Glück. Niemand bekam etwas mit, außer Alba, und die hielt dicht und kümmerte sich ebenfalls um Bea. Am nächsten Tag war der Vogel so weit ausgenüchtert, dass er einen Flug riskieren konnte. Die erste Landung auf dem Dach war zwar noch etwas wackelig, aber das gab sich im Laufe des Tages. Seit diesem Tag griff Bea mich nicht mehr an.

Der Vogel hatte bei seiner Bruchlandung so viele Federn verloren, dass ich mir den schönsten Indianerkopfschmuck des ganzen Viertels basteln konnte. Und Alba bekam für ihr Schweigen auch einen, wenn auch mit nur einer Feder dran. Schließlich war sie »nur« eine Squaw.

Zwei Tage später holte unser Papa mich, Filippo und Santina mit unserem nagelneuen Fiat Seicento ab. Wir hatten uns bei *zia* Maria, *zio* Baldo, Alba und Tonio ganz gut eingelebt und waren richtig traurig, sie verlassen zu müssen. Zum Abschied kochte uns meine Tante ein gigantisch gutes Mittagessen: eine Kartoffeltorte, die ihresgleichen suchte.

Dafür zerdrückte sie gekochte Kartoffeln mit einer Gabel, nahm eine große Pfanne, goss etwas Öl hinein und bedeckte den Boden mit Semmelbröseln. Zunächst legte sie eine Schicht Kartoffeln in die Pfanne, danach Mortadellascheiben und Mozzarella und würzte das Ganze mit etwas Pfeffer. Darauf kam dann die zweite Kartoffelschicht, bis der Käse und die Mortadella ganz im Kartoffelteig eingebettet waren, und zum Schluss Semmelbrösel obendrauf. Das Ganze wurde dann bei schwacher Hitze gebraten, bis sich eine feine braune Kruste auf der Oberfläche gebildet hatte.

Herrlich, wie sich beim Essen der geschmolzene Mozzarella zog, wenn man die Gabel zum Mund führte, es schmeckte absolut köstlich.

Nach diesem delikaten Abschiedsessen machten

wir uns auf den Weg, und ich glaube, *zia* Maria war im Grunde ihres Herzens froh, dass sie nun wieder bloß zwei statt fünf Kinder hatte. Wir hatten ihre Nerven aber auch ordentlich strapaziert.

Ich habe das Puntale Arena, die alte Mauer am Abgrund und Bea nie wieder gesehen. Das Beben hatte dann doch größere Schäden angerichtet als zunächst vermutet und meine Tante zog mit ihrer Familie ins Zentrum von Messina. Die neue Wohnung war zweifellos schöner als das alte, marode Haus, aber dieses Flair und das wohlige Gefühl hatte sie ganz sicher nicht.

9. Maria Cannibale

Wir kletterten also alle drei auf die Rückbank des Autos und freuten uns über die Fahrt. Es war jedes Mal etwas Besonderes für uns, schließlich hatte damals nicht jeder ein Auto.

Auch Papa hatte lange Zeit nur eine Vespa besessen, mit der wir zu zweit, zu dritt und manchmal auch zu viert – eine recht abenteuerliche Variante – durch die Gegend gekurvt waren.

Diese Fahrten waren sicher nicht bequem, aber lustig waren sie allemal und wir Kinder hatten immer riesigen Spaß. Natürlich war die Vespa als Familiengefährt völlig ungeeignet, aber lieber schlecht gefahren als gut gelaufen – das galt damals genauso wie heute.

Das Fahren an sich war im Grunde auch gar kein Problem, Anfahren und Halten dagegen waren durch die ungünstige Gewichtsverteilung mit einem Glücksspiel vergleichbar. Nicht selten kam es vor, dass die Vespa sich an einer roten Ampel wie ein müder Maulesel auf die Seite legen wollte. Mit deftigen Flüchen und roher Gewalt versuchte Papa dann, sie wieder in die Senkrechte zu drücken, und meistens schaffte er es auch.

Ganze Familien auf zwei Rädern waren in den 1960er Jahren nichts Ungewöhnliches. Es war zwar nicht erlaubt; aber da die Polizisten mit ihren Dienstvespas oft auch ihre Familien transportierten, drückten sie bei solchen – und vielen anderen – Fällen sämtliche Augen zu, einschließlich der Fett- und Hühneraugen.

Ein Unfall kurz vor Mamas Erkrankung hatte Papa in seinem Entschluss bestärkt, endlich ein größeres Fahrzeug anzuschaffen.

Wir waren zu viert auf der Vespa unterwegs, Filippo und ich standen vorne auf dem Trittbrett. Ich umfasste mit beiden Händen den Lenker, mein Bruder stand hinter mir und hielt sich an mir fest. Papa fuhr und sicherte uns mit seinen Beinen und Armen, hinter ihm saß Mama. Wir waren auf dem Heimweg und bogen von der breiten Hauptstraße in die schmale, steil ansteigende Straße ab, die zu unserem Viertel führte.

Heute würde man zu diesem besseren Feldweg ganz sicher nicht Straße sagen, und Asphalt war damals ein Fremdwort, das Bauingenieure gerne benutzten, um den gemeinen Bauarbeiter zu beeindrucken. Die Straße bestand aus großen Steinquadern, und wenn es regnete, wurde der vom Abrieb polierte Belag zu einer schlüpfrigen Rutschbahn.

An jenem Abend regnete es in Strömen, und als Papa die Steigung hochfahren wollte, machte sich die rutschige Fahrbahn bemerkbar. Das Hinterrad drehte nach nicht mal zwanzig Metern Steigung durch und rutschte von einer Seite auf die andere. Papa versuchte, die schlingernde Vespa zu stabilisieren, aber durch die Überladung und dadurch, dass ich und mein Bruder am Lenker hingen, waren seine Bemühungen ziemlich aussichtslos. Die Vespa rutschte wie in Zeitlupe rückwärts die Straße runter. Da jeder starke Bremsversuch unweigerlich zum Sturz geführt hätte, bremste Papa nur ganz vorsichtig. Wir waren fast schon wieder unten angekommen, als ein Auto in die unübersichtlich enge Straße einbog und mit einem lauten Krachen in uns hineinfuhr.

Filippo und ich wurden nach hinten gegen die Sitzbank gepresst, kollidierten mit Papa, stürzten mit ihm und der Vespa zu Boden und schrammten über das Kopfsteinpflaster. Mama kippte nach hinten auf die Motorhaube und schlug mit dem Hinterkopf gegen die Windschutzscheibe des Autos.

Die Hektik und Hysterie, die nun losbrachen, blieben mir unauslöschlich im Gedächtnis haften. Von überall eilten Menschen herbei und wollten helfen; sie zogen und zerrten an uns, fragten pausenlos, wie es uns ging, und ich hörte in dem Wirrwarr immer wieder nur einen, von mehreren Stimmen gesprochenen Satz: »*È morta? … O Dio mio*!«

Tot? Wer war tot? Das Herz rutschte mir in die kurze Hose und ein riesiger Frosch machte sich in meinem Hals breit. Ich schaute mich nach meinen Eltern um und entdeckte durch die Beine der Leute hindurch meinen Papa. Er kniete am Straßenrand und hielt Mamas Kopf, die regungslos am Boden lag. Ich wollte sie rufen, aber meine Stimme klang so, als ob der Frosch das Sprechen übernommen hätte. Ich kämpfte mich durch die Menschenmenge zu meinen Eltern durch, starrte in das bleiche Gesicht meiner Mama und heulte wie ein Wasserfall los.

Woher der Krankenwagen und die Sanitäter so schnell gekommen waren, hatte ich nicht mitbekommen. Tatsache war, dass Mama innerhalb von Sekunden, so kam es mir wenigstens vor, weg war. Einfach verschwunden. Ich bekam nicht einmal mit, wer uns nach Hause gebracht und ob Papa mich ins Bett gesteckt hatte. Ich schlief irgendwann einfach ein.

Als ich am nächsten Morgen aufwachte, hatte ich das Gefühl, alles nur geträumt zu haben. Ich ging ins Schlafzimmer meiner Eltern, sah Mama im Bett liegen und war endgültig davon überzeugt, dass der Unfall nicht wirklich passiert war ... aber woher stammten dann die blauen Flecken und die Schürfwunden an beiden Knien?

Mama bemerkte mich, holte mich zu sich ins Bett und fragte, ob es mir gut gehe. Ich hatte also doch nicht geträumt. Mama erzählte mir, dass sie bewusstlos geworden sei, aber ebenfalls nur Prellungen und Schürfwunden abbekommen hatte, und dass sie nach ein paar Untersuchungen das Krankenhaus hatte verlassen dürfen.

Wir hatten mal wieder mehr Glück als Verstand gehabt!

Die alte Vespa war nach dem Unfall nur noch wertloser Schrott und so wurde ein paar Tage später ein kleiner froschgrüner Fiat Seicento mit tomatenroten Sitzen unser erstes Auto. Für uns war es das beste, schnellste und schönste Auto der Welt.

Und auch jetzt saßen wir wieder voller Stolz darin und fuhren mit Papa zu *nonna* Maria, der Mutter von Mama. Sie war eine herzensgute, aber ungemein strenge Frau. Die meiste Zeit lief sie mit mürrischer Miene herum und lachte oder lächelte nur selten. Wenn sie es jedoch tat, ging in ihrem dunklen Gesicht förmlich die Sonne auf. Wir Kinder liebten sie genauso innig, wie wir sie fürchteten, und ihr Ärgere-mich-und-du-bist-tot-Blick sprach eine deutliche

Sprache. Man hatte bei ihr immer den Eindruck, dass ein falsches Wort ausreichte, um einen Tobsuchtsanfall auszulösen.

Nonna Maria hatte schon frühzeitig damit begonnen, sich den nötigen Respekt zu verschaffen. So hatte ihr ein Streit mit einer Klassenkameradin in der Grundschule gar den Spitznamen »*Maria a cannibale* – die Kannibalin« eingebracht.

Und das kam so: Nach den unanfechtbaren Augenzeugenberichten von *nonna* Maria höchstpersönlich hatte sich das Mädchen nach einem kurzen Disput in Marias Haaren festgekrallt und ihr gleich ganze Büschel davon ausgerissen.

»Ich habe ihr hundertmal gesagt, dass sie mich in Ruhe lassen soll, aber sie ist wie eine Furie auf mich losgegangen. Sie war viel größer und stärker als ich«, erzählte sie uns – nach über fünfzig Jahren allein beim Gedanken an die damaligen Ereignisse noch immer aufgebracht. »Ich habe sie immer wieder angefleht aufzuhören und meine Haare loszulassen, doch vergebens. Irgendwann habe ich dann vor Schmerzen nur noch rotgesehen und sie in den Bauch gebissen. Je stärker sie an meinen Haaren gezogen hat, desto fester habe ich zugebissen. Plötzlich hatte ich ein Stück Fleisch im Mund, das ich sofort vor ihr auf die Straße gespuckt habe.« Sie schüttelte den Kopf bei der Erinnerung an das Erlebnis. »Zwar habe ich nach diesem Kampf auch nicht gut ausgesehen«, fuhr sie mit ruhiger Stimme fort, »aber ich habe ihr ein Andenken verpasst, das sie an mich erinnern wird, so lange sie lebt.«

Nonna Maria hatte über Jahrzehnte hinweg mit ihrem Spitznamen zu kämpfen, denn solche Geschichten vergessen die Missinisi so schnell nicht. Die Einwohner von Messina sind nämlich berüchtigt für ihr Elefantengedächtnis und ihre nachtragende Art. Und das ist längst nicht alles. Es gibt zum Beispiel noch eine andere prägende, das tägliche Leben nicht unmaßgeblich bestimmende Eigenschaft: Die Missinisi tratschen für ihr Leben gern.

Egal ob groß oder klein, jung oder alt: Es wird keine Gelegenheit ausgelassen, über Feinde, Nachbarn, Freunde … eigentlich über jeden herzuziehen. Nichts ist so unwichtig, als dass man nicht mindestens ein Drama in drei Akten daraus machen könnte. Unbedeutende, kurze Auseinandersetzungen zwischen zwei Personen sind damit eigentlich ein Ding der Unmöglichkeit. Wenn schon Streit, dann bitte schön so, dass die ganze Familie – oder am besten gleich die ganze Straße – etwas davon hat.

Gibt also Klein Giovanni Klein Antonio eins auf die Rübe, steht mit an Sicherheit grenzender Wahrscheinlichkeit ein paar Stunden später die gesamte Sippschaft von Klein Antonio, einschließlich der entferntesten Anverwandten und aller Haustiere, aufgebracht vor der Tür von Klein Giovanni und fordert Genugtuung.

Sollte die daraus zwangsläufig ergebende Massenkeilerei wie durch ein Wunder dank der Anwesenheit einiger vernünftiger Menschen (ja, die soll es geben) verhindert werden, so werden sämtliche beteiligten Parteien in naher ebenso wie in ferner Zukunft trotzdem kein gutes Wort mehr übereinander verlieren.

Sehr hilfreich ist dabei die nicht unbedeutende Tatsache, dass die Missinisi in einer Art Mehrklassengesellschaft leben. Die Einteilung in die verschiedenen Kategorien ist denkbar einfach, denn es gibt im Grunde nur zwei davon: die Angehörigen der Unterschicht und die der Oberschicht. Zu Ersteren gehören die Menschen mit niedrigem Besitzstand, die gerne mal als *zalli* (Verwahrloste) oder *zingari* (Zigeuner) bezeichnet werden.

Die zweite Gruppe umfasst Menschen mit mittlerem oder hohem Besitzstand, welche man unschwer an diversen Titeln wie *professore, dottore* oder *ingegnere* (Ingenieur) erkennen kann. Doch Vorsicht: Diese Regelung heißt noch lange nicht, dass diese Leute tatsächlich einen solchen Titel innehaben. Vielmehr handelt es sich hierbei um eine simple Respektsbekundung der Niedriggestellten gegenüber den Höhergestellten, wovon vor allem in wirtschaftlich schlechten Zeiten inflationär Gebrauch gemacht wird.

Ansonsten gilt mit zeitweiligen Abweichungen Folgendes: Einer, der Schuhe trägt, nennt einen, der barfuß gehen muss, einen *zallo*. Einer, der zu seinen Schuhen auch noch einen feinen Anzug besitzt, nennt denjenigen, der lediglich Schuhe hat, ebenfalls einen *zallo*. Diese Hierarchie zieht sich im Übrigen durch alle gesellschaftlichen Schichten. Was bedeutet, dass grundsätzlich jemand gleichzeitig *zallo* und *professore* sein kann – je nachdem wer gerade über ihn redet.

Selbstverständlich will keiner etwas mit den *zalli* zu tun haben, was wiederum erklärt, weshalb den Missinisi eine gewisse Nähe zu Titeln nachgesagt wird.

Nonno Filippo ging zeit seines Lebens nur in Anzug und Krawatte auf die Straße, um sich von den vielen *zalli* abzugrenzen.

Nonna Maria sagte immer: »Einen leeren Magen

kann niemand sehen, eine kaputte Hose dagegen kannst du nicht verbergen.« Das Fazit der beiden lautete: Lieber hungern, als von den anderen als *zallo* angesehen zu werden.

Von dieser Betrachtungsweise wird das ganze Leben der Missinisi bestimmt. Der Schein muss gewahrt werden, koste es, was es wolle! Angesichts der Tatsache, dass ein gewöhnlicher Eierdieb aus dem Jahre 1850 durch seine Untat noch heute die Verbindungen und den Ruf seiner Nachkommen belasten kann, erweist sich diese Betrachtungsweise leider als nicht ganz falsch. Großfamilien haben ein langes Gedächtnis und Neid ist eine unerschöpfliche Antriebskraft!

Aber *nonna* Maria verstand es von jeher, sich mit ihrer spitzbübischen Art irgendwie durchzuschlagen. Als sich zum Beispiel die Nachbarn die Mäuler darüber zerrissen, dass ihr Verlobter ihr während seiner Militärzeit niemals Briefe schickte, schrieb sie sich kurzerhand selbst welche. Sie lief hinunter in die Stadt, um die Briefe dort aufzugeben, und ließ sie vom Postboten am nächsten Tag wieder hochtragen. Wenn der Briefträger dann am Morgen im Viertel stand und die Empfänger ausrief, war ihr Name jedes Mal dabei und die Tratschmäuler waren gestopft – zumindest bis zur nächsten Gelegenheit.

Während ihrer Ehe mit *nonno* Filippo hatte *nonna* Maria vier Mädchen bekommen. Die Zeiten waren hart, und ein paar Jahre nach der Geburt von Rosetta, der jüngsten Tochter, veränderte ein Arbeitsunfall ihr ganzes Leben.

Nonno Filippo hatte sich vom einfachen Maurer zum Bauleiter hochgearbeitet. Als er einem Maurer zeigen wollte, wie man ein Fenster ausmisst, kippte das Gerüst, auf dem er stand, einfach um. Er schlug hart mit dem Hinterkopf auf den Boden auf und blieb bewusstlos liegen. Ein paar Bauarbeiter kamen ihm zu Hilfe, zogen ihm seine Straßenkleidung an und schafften ihn ins Krankenhaus. Als er dort wieder zu sich kam, wollte er nicht glauben, dass er sich bei dem Sturz ernsthaft verletzt hatte, da er sich nur etwas schwach auf den Beinen fühlte. Der Unfallarzt ging davon aus, dass der gut gekleidete Herr in Anzug und Krawatte einen Schwächeanfall erlitten hatte, und da niemand dieses Missverständnis aufklärte, bekam *nonno* Filippo eine Vitaminspritze und durfte nach Hause gehen.

Obwohl *nonna* Maria ihn gegen seinen Willen noch mal in die Klinik brachte, wo die Ärzte diesmal eine lebensgefährliche Gehirnblutung feststellten, konnten sie ihm nicht helfen. Zwar willigte sie in eine Punktion ein und unterschrieb Hunderte von Formularen, die das Krankenhaus und die behandelnden Ärzte von sämtlicher Verantwortung für das wahrscheinliche Ableben ihres Mannes entbanden, doch die Behandlung brachte nicht die erhoffte Besserung.

Drei Tage später war *nonno* Filippo tot und die ganze Familie war über diese Tragödie zutiefst bestürzt.

10. Die Taverne

Nonna Maria musste sich und die Kinder also alleine durchbringen – in einem Land, in dem staatliche Unterstützung so gut wie nicht vorhanden ist, eine schier unlösbare Aufgabe.

Mit Hilfe der Familie und Aushilfsjobs hielt sie sich und ihre Familie irgendwie über Wasser. Maria, die älteste Tochter, war bereits verheiratet, und Teresa, meine Mama, war ein halbes Jahr nach *nonno* Filippos Tod von zu Hause ausgerissen, um Papa zu heiraten. Ihre jüngere Schwester Anna war ganztägig in einer Nonnenschule untergebracht und half, als *nonna* Maria in einer Taverne endlich Arbeit gefunden hatte, jeden Mittag beim Abwasch. Rosetta, die Kleinste, wohnte eine Zeit lang bei Maria und bei uns.

Während Papa mit Santina zu *nonno* Luigi weiterfuhr, sollten Filippo und ich eine Woche bei *nonna* Maria verbringen, bis Mama wieder genesen war.

Ich mochte ihre triste, dunkle Wohnung mit den schweren, dunklen Möbeln und den immer geschlossenen Fensterläden nicht. Obwohl sie immer sagte, das sei nur, um die Hitze abzuhalten, hatte ich manchmal das Gefühl, als ob sich *nonna* Maria vor dem Sonnenlicht fürchtete.

Im Wohnzimmer hing ein großes Bild von *nonno* Filippo, sein Totenbild. Diese Art der Fotografie ist in Sizilien heute noch sehr verbreitet, und man erkennt sofort, dass ein Verstorbener darauf abgebildet ist. *Nonno* Filippo war ein stattlicher Mann mit gütigen Augen und einem gepflegten Oberlippenbart gewesen. Auf dem Bild hatte er die schmalen Lippen zu einem leichten Ich-weiß-etwas-was-du-nicht-weißt-Lächeln verzogen. Rings um dieses Foto waren Dutzende von Madonnenbildern, Jesusbildern, Heiligenbildern, Kreuzen und Devotionalien aller Art aufgebaut. Das war das Zentrum ihrer Wohnung … ihres ganzen Lebens.

Als wir die Wohnung betraten, schlug mir die düstere Stimmung sofort wieder aufs Gemüt; dennoch hätte ich nie gewagt, etwas zu sagen.

Diskussionen gab es bei *nonna* Maria nämlich nicht. Und das war auch besser so, denn sie beherrschte ihre verschieden großen hölzernen Kochlöffel so meisterhaft wie Zorro seinen Degen.

Sie hatte die Dinger im Bedarfsfall oft so übernatürlich schnell in der Hand, dass sich unter uns Kindern hartnäckig das Gerücht hielt, sie habe ein Reservemagazin im Ärmel versteckt.

Gäbe es eine Maßeinheit für Strenge, dann hieße sie: 1 Nonna Maria (NM). So wie bei hundert Grad Celsius das Wasser kocht, ist bei 3 NM eben ein gewaltiges Donnerwetter oder bei 5 NM eine Backpfeife fällig.

Bei Erreichen von nur 2 NM verwandelte sich ihr Tonfall in den eines Generalfeldmarschalls aus dem Ersten Weltkrieg.

»Aaachtung! Stillgestanden! Bauch raus! Brust rein! In dreißig Sekunden wird geschlafen! Zeit läuft, RUUHEE!«

»Au Mann ... Sir! Jawohl, Sir! Bitten, vorher noch ins Bett fallen zu dürfen!«

»Sehr witzig, Gigi ... noch einen Satz und ich häng dich an deinen Ohrläppchen auf die Wäscheleine.«

KLIRR! ... Da war sie wieder, die Stimme aus dem Grab, jetzt war es besser, den Mund zu halten und so schnell wie möglich zu schlafen.

So genau *nonna* Maria es mit unserer Erziehung nahm, so akribisch war sie auch in der Küche. Dementsprechend kochte sie sehr gut, wenn auch nicht gerade abwechslungsreich.

In der Taverne, wo wir in jener Juliwoche die meiste Zeit verbrachten, gab es zu jeder Tages- und Nachtzeit nur drei Gerichte: Gulaschsuppe, Stockfischsuppe mit Kartoffeln und Bohnensuppe. Die Gulaschsuppe war sensationell und ich erklärte sie schon beim ersten Löffel zu meinem Leibgericht. Die Bohnensuppe kam gleich als Nächstes auf meiner Hitliste, und auch der Stockfisch konnte sofort einen Spitzenplatz belegen – wenn auch auf einer ganz anderen Liste, auf der Begrabt-es-bitte-mitsamt-dem-Teller-Liste.

Eigentlich mochte ich Fisch sehr gerne, aber diese Kreation aus *nonna* Marias Kochtopf hatte mit richtigem Fisch in etwa so viel zu tun wie eine durchgelaufene Schuhsohle mit einem zarten Schnitzel. Ein abgekochter, gut gewürzter alter Putzlappen vermochte mit Sicherheit keinen schlechteren Geschmack zu entwickeln als dieses Kleinod der Haute Cuisine.

Dabei ist Stockfisch, ein getrockneter und mit Salz konservierter Dorsch, der vor der Zubereitung mehrere Stunden in Wasser eingeweicht werden muss, eine sizilianische Spezialität.

Das war mir allerdings reichlich egal, als ich beim Abendessen entsetzt auf meinen Teller starrte und vor einer folgenschweren Entscheidung stand: runterwürgen oder Ärger. Ich entschied mich nach kurzem Zögern todesmutig für die zweite Variante und weigerte mich, den Putzlappen ... äh ... Stockfisch zu essen.

Noch bevor *nonna* Marias Donnerwetter auf mich niederprasseln konnte, übernahm jedoch mein Bruder die Hauptrolle in unserem kleinen Drama, denn er hatte sich für eine ungleich spektakulärere Variante entschieden. Gleich nach dem ersten Löffel Suppe verdrehte Filippo theatralisch die Augen und täuschte eine nahezu perfekte Ohnmacht vor. Eine mögliche allergische Reaktion war immer ein guter Grund, ungeliebte Nahrungsmittel zu verweigern, und daher bei uns entsprechend beliebt.

Er kippte so professionell vom Stuhl, dass ich regelrecht neidisch wurde, nicht als Erster auf diese Idee gekommen zu sein. Allerdings hatte er die Rechnung ohne *nonna* Maria gemacht. Noch bevor er Bodenkontakt hatte, zog sie ihn an einem Ohr wieder auf seinen Stuhl zurück. Sein Ohrläppchen erwies sich dabei als fast so elastisch wie die Gummidichtung eines Einmachglases.

»Es wird gegessen, was auf den Tisch kommt!«, machte sie ihrer Empörung über das heimtückische Täuschungsmanöver, das sie in letzter Sekunde hatte vereiteln können, lautstark Luft. »Ich habe die Suppe extra für euch aus der Taverne mitgebracht und ihr werdet sie aufessen. Und wenn es verfaulte Zwiebeln gibt, dann werden eben verfaulte Zwiebeln gegessen, und niemand, NIEMAND!, steht vom Tisch auf, bevor die Teller blitzblank geleckt sind.«

Von unserer leidvollen Erfahrung im Umgang mit Pferdefleisch nachhaltig geprägt, versuchten wir, den Fisch möglichst ohne zu kauen runterzuschlucken, und spülten mit viel Wasser nach. Schließlich wollten wir eine ähnliche Tortur wie bei *zia* Maria nicht noch einmal durchstehen.

Als unsere Teller endlich leer waren, standen vier große Wasserkaraffen auf unserem Tisch und wir fühlten uns wie überfüllte Wasserkanister auf zwei Beinen. Den Rest des Abends verbrachten wir dann damit, die angestaute Flüssigkeit auf die Toilette zu tragen – *nonna* Marias Ermahnungen ständig im Ohr.

Wenn es für die metallische Stimme von Darth Vader aus *Krieg der Sterne* je eine lebende Vorlage gegeben hat, dann hat der junge George Lucas in der Taverne seinen Stockfisch nicht aufgegessen und damit *nonna* Maria verärgert.

Nonna Maria kochte in der Taverne für die einfachen Leute: Tagelöhner, Arbeitslose, Obdachlose und behinderte Menschen, die keiner Arbeit nachgehen konnten oder wollten. Alles in allem harmlose Menschen, die vom Leben benachteiligt worden waren und tagtäglich den Sinn ihres Daseins in einem Glas Wein suchten.

Für uns Kinder war diese Taverne eine Geisterbahn voller gruseliger Gestalten. Oh mein Gott, was hatten wir vor diesen Leuten Angst! Wenn wir die Taverne betraten, klebten wir früher buchstäblich an den Beinen von Papa und Mama. Sobald einer der Gäste den Kopf hob und uns anschaute, erstarrten wir regelmäßig zu Granitsäulen. Noch schlimmer war es, wenn einer von ihnen die Stimme erhob:

durchweg harte, raue, knurrende, bellende Männerstimmen, die durch Mark und Bein gingen. *Nonna* Maria hatte zu meinem Erstaunen keine Angst, sie hatte die Gestalten mit ihrer energischen Art und dem grimmigen Gesichtsausdruck fest im Griff.

Einer von ihnen war der kleinwüchsige Fischer Anselmo, der immer nach verwesendem Fisch stank und wahrscheinlich deshalb so oft allein an einem Tisch saß. Er hatte muskulöse Arme, die mehrere Tätowierungen zierten, unter anderem eine blaue Meerjungfrau mit riesigen Brüsten. Sie waren so groß, dass der Rest der Meerjungfrau kaum zu erkennen war. Ich nahm all meinen Mut zusammen und fragte Anselmo, was das für ein seltsames Tier sei.

Der Fischer antwortete: »Das ist ein Busenfisch … ein Raubfisch. Er geht in Strandnähe auf die Jagd und manchmal verfolgt er auch Schiffe. Er lauert darauf, dass ein Fischer über Bord geht oder zu weit rausschwimmt. Dann kommt er blitzschnell herbei, packt das arme Opfer, zerquetscht es zwischen seinen Brüsten und frisst es auf. Das ist aber noch nicht alles: Wenn ein Busenfisch seine Beute richtig lange quälen will, dann verwandelt er sich in eine Frau und heiratet den erbarmungswürdigen Kerl.«

»Echt? Und woran erkennt man, dass man mit einem Busenfisch verheiratet ist?«, hakte ich neugierig nach.

»Da fragst du mich was«, antwortete er. »Hmm … wenn ich es mir genau überlege, war ich niemals mit etwas anderem als einem Busenfisch verheiratet, glaube ich. Wer sagt dir eigentlich, dass deine *nonna* nicht auch einer ist?«

»*Nonna* Maria?« Ich war entsetzt.

Da kam meine Oma auch schon an unseren Tisch und unterbrach unser Männergespräch mit den Worten: »Anselmo, wenn ich es nicht besser wüsste, würde ich dich für den Sechsjährigen halten. Aber der Blödere von euch beiden bist du allemal.«

Dennoch war ich so beeindruckt, dass ich noch Monate später das Meer nach den ominösen Busenfischen absuchte.

Greifbarer als Anselmos Busenfische waren jedoch Eduardo und Salvatore, die ebenfalls Stammgäste waren. Eduardo sah aus, als ob jemand sein Gesicht als Bügelunterlage verwendet hätte: platt wie ein Pfannkuchen, mit seltsam abstehenden Ohren und strähnigen, halblangen mausgrauen Haaren. Einen Kamm bekamen die offenbar nur dann zu sehen, wenn er zufällig an einem Friseursalon vorbeilief. Er trug immer die gleichen Kleider: eine alte, abgewetzte grau gestreifte Jacke und eine in der Farbe undefinierbare Hose. Er erzählte für sein Leben gern Geschichten über den Zweiten Weltkrieg.

Kaum entdeckte er mich, fing er auch schon wieder mit seinen Schützengräben und dem Kugelhagel an. Tagelang, so schilderte er in allen Farben, habe er nur Ratten und Würmer gegessen und dreckiges Wasser aus Pfützen getrunken.

»Ja, ja«, warf Salvatore lachend ein, der wie immer neben ihm saß, »und in genau diesen Pfützen hat er sich und seine Klamotten das letzte Mal gewaschen.«

»Hör bloß nicht auf ihn!«, sagte Eduardo. »Der ist nicht ganz richtig im Kopf. Mir dagegen hat Mussolini persönlich die Tapferkeitsmedaille angesteckt!«

»Mussolini, Mussolini … du hast den *Duce* doch nicht mal mit dem Fernglas gesehen! *Dottore* Jandolini vom Irrenhaus, den hast du gesehen, aber der hat dir keine Medaille angesteckt, sondern dir eine Zwangsjacke verpasst! Haha, hehe«, erwiderte Salvatore.

»Der schlimmste Irre von Messina warst doch schon immer du, *occhimobili*. Außerdem bist du bloß neidisch, weil sie dich damals wegen deiner Froschaugen nicht beim Militär haben wollten!«

Salvatore war etwas kleiner, dafür dreimal so breit wie der schmächtige Eduardo. Den Spitznamen *occhimobili*, die beweglichen Augen, verdankte er seinen riesigen Froschaugen, die er unabhängig voneinander bewegen konnte. Ich hatte jedes Mal den Eindruck, als führten seine Augen ein Eigenleben. Dafür war es ein ständiges Rätselraten, mit wem er gerade sprach. Wollte er seinem Gegenüber in die Augen sehen, so musste er entweder links oder rechts an ihm vorbeischauen.

Das führte sehr oft zu Missverständnissen und auch ich blieb an diesem Tag nicht davon verschont. Da er mich nicht ansah, fühlte ich mich auch nicht angesprochen, als er den leeren Stuhl links neben mir fragte, ob er Hunger habe. Ich musterte Salvatore verwirrt und dachte: Was will er denn? Stühle können doch keinen Hunger haben!

Da schwenkten seine Augen nach rechts, und er fragte aufgebracht: »Warum antwortest du mir nicht? Hat man dir den Mund zugenäht?«

Doch der Schirmständer rechts neben mir hatte gar keinen Mund … und genau das sagte ich ihm auch.

Seine Augen wanderten wieder zum Stuhl, und er sagte: »Herrgott, den meine ich ja auch nicht, ich rede mit *dir*!«

Empört stemmte ich die Hände in die Seiten und antwortete: »Der Stuhl hat auch keinen Mund und ganz bestimmt keinen Hunger. Und überhaupt, warum sprichst du mit den Möbeln? Stimmt was nicht mit dir?«

Salvatore war von meinen Worten irritiert und schleuderte dem Schirmständer wütend seine Antwort entgegen: »Ich spreche mit *dir*, du *maleducato* – unerzogener Bengel. Ich habe dich freundlich etwas gefragt, kannst du mir denn keine normale Antwort geben?«

»Du hast mit den Möbeln geredet, deshalb habe ich nicht geantwortet.«

»Ja bist du denn blöd?! Ich rede doch nicht mit Möbeln!«

Die Sache drohte zu eskalieren, und ich rief nach Verstärkung: »*Nonna, nonna*, hilf mir! Der Mann hier spinnt!«

Sofort stürzte sie mit einem Kochlöffel bewaffnet aus der Küche und klärte die Geschichte auf. Sie schüttelte sich vor Lachen über meine Version der Geschichte und ermahnte mich, nicht mit den Gästen zu sprechen.

Mein Blick fiel auf Salvatore *ú ciecu*, den Blinden, der gerade zur Tür hereinkam. Er war der gruseligste von allen Stammgästen mit seinen milchig trüben Augen, und obwohl er blind war, hatte ich das Gefühl, als ob er mich ständig anstarrte. Er war immer dreckig, roch entsetzlich nach Alkohol und Schmutz, sprach nur das Nötigste und unterhielt sich mit niemandem. Seine Stimme hörte sich an, als würde man große Steine gegeneinander reiben.

Wie so häufig war *ú ciecu* sturzbetrunken und streitsüchtig, und als *nonna* Maria ihn sah, schickte sie uns sofort in die Küche und warnte uns eindringlich, den Gastraum nicht zu betreten. Sie konnte ihn ebenfalls nicht leiden und stöhnte jedes Mal bei seinem Anblick.

Keine fünf Minuten später hörten wir die Reibeisenstimme von *ú ciecu*, der gerade versuchte, gegen Darth Vader anzustänkern. Das Duell dauerte allerdings nicht lange, denn *nonna* Maria machte ihm unmissverständlich klar, dass er von ihr nichts mehr zu trinken bekam und gefälligst das Weite suchen solle.

Der beleidigte Blinde ging in Richtung Ausgang und schleuderte *nonna* Maria noch einen letzten Satz entgegen: »Pass bloß auf, sonst nimmst du noch das gleiche Ende wie mein Esel. *Mi hai capito*? – Hast du mich verstanden?«

Nonna Maria winkte nur ab und ließ die Sache auf sich beruhen. Doch die Drohung des Blinden ging meinem Bruder und mir nicht aus dem Kopf und wir nötigten *nonna* Maria, uns *ú ciecus* Geschichte zu erzählen. Demnach hatte er früher einen Hund, den Esel Vincenzo und ein paar Ziegen besessen und in einer Hütte in der Nähe vom Hafen gewohnt. Lange Jahre lebte er davon, dass er Ziegenmilch und Frischkäse verkaufte, den er selbst herstellte. Er war jeden Tag auf Vincenzo zum Marktplatz geritten, war mittags in die Taverne gekommen und anschließend nach Hause gegangen. Doch dann erlitt er einen folgenschweren Unfall und wurde blind. Schlagartig änderte sich alles, und obwohl er mit Hilfe seiner Tiere sein Leben und seine Arbeit weiterführen konnte, wurde er immer verbitterter und immer häufiger betrank er sich bis zur Besinnungslosigkeit. Sein kleiner Esel, an dem er regelmäßig seine Wut ausließ, trug ihn trotzdem immer zuverlässig nach

Hause. Bis zu jenem Tag, als er wieder mal betrunken aus der Taverne taumelte und sich auf Vincenzo setzte, um ihn mit einem Faustschlag auf den Kopf nach Hause zu treiben. Vincenzo blieb einfach stehen und weigerte sich, noch einen weiteren Schritt zu tun. *Ú ciecu* wurde so zornig, dass er immer härter auf seinen Esel eindrosch, und als sich ein paar Gäste aus der Taverne auch noch schützend vor Vincenzo stellten, machte ihn das so rasend, dass er ihm mit den Worten: »Wenn ich nicht sehen kann, soll der verfluchte Esel auch nichts mehr sehen!« die Augen aus dem Kopf drückte, mit bloßen Fingern. Vincenzo starb direkt vor der Taverne.

Nur wenige Tage, nachdem er unserer *nonna* gedroht hatte, starb *ú ciecu*. Wieder mal betrunken, war er auf dem Heimweg von der Taverne über eine Mülltüte gestolpert und mit dem Kopf gegen einen Begrenzungspfahl gedonnert. Er war auf der Stelle tot. Als ich das hörte, ging mir nur eines durch den Kopf: Hätte er seinen Esel nicht umgebracht, wäre ihm das nicht passiert. Im Grunde hatte er damals den Grundstein für seinen eigenen Tod gelegt.

Die Woche bei *nonna* Maria ging schnell vorbei, und es war gar nicht so schlimm geworden, wie wir es uns ausgemalt hatten. Den verhassten Stockfisch hatte sie uns auch nicht mehr vorgesetzt und allein das war Grund genug zum Jubeln. Ich war so sehr von ihrem Gulasch begeistert, dass meine *nonna* mir versprechen musste, meiner Mama das Rezept zu verraten.

Sie meinte daraufhin nur: »Gigi, das ist so einfach, das könntest sogar du für deine Mama kochen. Also: Zuerst werden zwei Zwiebeln fein geschnitten, dann nimmst du das Fleisch, am besten Rindergulasch, und brätst es zusammen mit den Zwiebeln scharf an. Anschließend schneidest du zwei Tomaten in Würfel und gibst sie in den Topf, bevor du Salz, etwas Pfeffer und ein paar Blätter Petersilie hinzugibst. Das Ganze wird mit einem Liter Wasser aufgefüllt und dann so lange gekocht, bis das Fleisch gar und die Soße dickflüssig ist. Zum Schluss kommen noch mal ein paar Blätter Petersilie rein, die dürfen aber wegen des besseren Geschmacks nicht mehr durchgekocht werden. So einfach ist das.«

Ich nahm mir fest vor, mir das Rezept zu merken, und erzählte gleich Papa davon, der uns am Nachmittag abholte.

Unserer Mama ging es viel besser, sie hatte die Krankheit wohl überwunden. Allerdings war sie noch ziemlich geschwächt, und deshalb wohnte ihre Schwester, *zia* Rosetta, ein paar Wochen bei uns, um ihr bei der Hausarbeit zu helfen und sich um uns zu kümmern.

Ich freute mich riesig auf meine Cousins, sie hatten mir richtig gefehlt, und wir feierten unser Wiedersehen ausgiebig mit einem Cowboy-und-Indianer-Spiel. Natürlich endete es gleich wieder mit Streit und Geschrei, was uns den Zorn von *zio* Paolo einbrachte.

Schuld daran war einzig und allein Gianni, der uns nicht glauben wollte, dass ein Cowboy mit zwei Pfeilen in der Brust, einem Speer im Rücken und einem Tomahawk im Kopf beim besten Willen nicht mehr am Leben sein konnte. Er ritt immer noch lustig durch die Gegend und schoss auf uns Indianer.

»Du bist tot, tot, tooooot … leg dich hin und rühr dich nicht, bis wir sagen, dass du wieder lebst!«, schrie ich aufgebracht.

»Ich bin nicht tot, kapiert? Vielleicht gerade mal schwer verletzt, aber Schwerverletzte können immer noch reiten und schießen«, behauptete Gianni stur.

»Du hast meinen Tomahawk im Kopf, hast du das vergessen? Mein Kriegsbeil steckt in deinem Schädel. Du bist toter als tot … Wenn nicht, dann wärst du Superman und dürftest sowieso nicht mitspielen«, erklärte ich genervt.

»Warum nicht? Vielleicht bin ich Superman und ihr wisst das nicht, dann wäre ich noch lange nicht tot«, erwiderte Gianni.

»Du bist aber nicht Superman … verstanden? Du sollst nur tot sein … ist das denn so schwer?« Meine Geduld war aufgebraucht.

»Das will ich aber nicht«, heulte er, »immer muss ich der Tote sein! Ihr seid so gemein!«

Es war zum Verzweifeln … schön, denn ich hatte die Jungs die ganze Zeit vermisst.

11. Der Werwolf von Messina

In jenem Sommer, in dem unsere Mama so krank war, brachen harte Zeiten über uns herein, das bekamen zumindest die Erwachsenen deutlich zu spüren. Papa, *zio* Paolo und *nonno* Luigi hatten seit Monaten keinen Lohn mehr erhalten.

Italien stecke in der Krise, hieß es, und die Firmen konnten keinen Lohn auszahlen. Wenn die Arbeiter überhaupt Geld bekamen, dann höchstens dreißig Prozent des normalen Lohns als Anzahlung. Da das Lohnniveau in Sizilien ohnehin nicht hoch war, hieß das: Nimm deinen Lohn, kauf dir einen Lutscher und sei für den Rest des Monats damit zufrieden.

Besonders schwer fiel das *zio* Paolo, der ein Musterbeispiel für einen harten, aber gerechten, fairen und überkorrekten Menschen war. Er hatte lange Zeit als Handelsvertreter von Süßwaren im Außendienst gearbeitet und war mächtig stolz darauf gewesen, dass er mit seiner geringen Schulbildung nicht als Bauarbeiter sein Geld verdienen musste. Und nun hatte die Krise auch ihn erwischt.

Dabei sind Krisen in Sizilien der Normalzustand, konkret bedeutet das: Arbeitslosigkeit, eine hohe Kriminalitätsrate und sehr viele Menschen, die bemüht sind, sich in Anstand durchzuwursteln.

Jeder in unserer Familie hatte einen kleinen Garten, dazu ein paar Hühner und Hasen. Einer unserer Nachbarn betrieb eine Hühnerzucht und brachte uns jeden Tag Eier von seinen Junghennen. Da diese Eier keine harte Schale haben und der Dotter nur von einer dünnen, nachgiebigen Haut umgeben ist, sind sie nicht zum Verkauf geeignet. Daraus und aus dem, was der Garten hergab, briet meine Mutter die besten Omeletts in jeder nur erdenklichen Variation: Kartoffeln, Frühlingszwiebeln, Brokkoli, Kräuter, Paprika, Artischocken, Auberginen, Pilze, Blumenkohl … es gibt eigentlich nichts, was nicht zu einem schmackhaften Omelett verarbeitet werden kann. Not macht eben erfinderisch, wenn der Gürtel enger geschnallt werden muss, und ab und zu wurde auch ein Huhn oder Hase geschlachtet, damit etwas Abwechslung auf den Tisch kam.

Doch in jenem Sommer war es besonders schwierig, und so fingen *zio* Paolo, Papa und auch *nonno* Luigi an, den Metzgern der Stadt ein paar frische Markknochen abzuschwatzen oder beim Bäcker Mehl, altes Brot und alles, was wenig oder nichts kostete, zu erstehen. Am Ende ihrer Tour gingen sie zum Markt und nahmen alles mit, was die Händler den Tag über nicht verkauft hatten und am nächsten Tag nicht mehr anbieten konnten: Obst, Gemüse und ganz selten auch mal Fisch oder Meeresfrüchte. Die Frauen kochten aus den wenigen Zutaten ein karges Mahl, und schließlich saß die ganze Familie um das alte Holzrad, kaute auf Markknochen herum und aß dazu warmes Brot, das mit Olivenöl benetzt und mit getrockneten Peperoni bestreut wurde.

In diesen Notzeiten machten in Messina die skurrilsten Geschichten die Runde. Die Familien rückten enger zusammen, sprachen mehr miteinander, und das war der ideale Nährboden für die eine oder andere Gruselgeschichte, die selbstverständlich alle für wahr hielten.

Zum Beispiel das Schicksal eines kleinen Mädchens aus einer Barackensiedlung, das angeblich wegen der Milchreste an seinen Lippen von Ratten angegriffen worden war.

Die vor Hunger fast tollwütigen Tiere hatten dem wehrlosen Kind die Lippen abgenagt. Das las mein Papa uns sogar Tage später aus einem von diesen Sensationsblättern vor, die sich auf solche und ähnliche Geschichten spezialisiert hatten. Die Schilderung des Rattenangriffs erweckte den Eindruck, dass einer der Reporter als Ratte verkleidet an dem Überfall teilgenommen hatte.

Eine andere handelte von einem Werwolf, der nachts auf der Suche nach Opfern durch die Straßen von Messina strich.

Ende Juli saßen wir nach dem Abendessen um das Holzrad, als Lorenzo von dem Schauermärchen berichtete: »Mein Schulfreund Enzo hat mir heute erzählt, dass in Messina ein *lupo mannaro* gesehen worden ist!«

»Was ist ein Werwolf?«, fragte ich mit einem leichten Schauern.

»Das ist ein Mensch, der sich bei Vollmond in einen Wolf verwandelt und Jagd auf Menschen macht.«

»Oh … einfach so?« Ich versuchte mir vorzustellen, was einen Erwachsenen dazu bewegen könnte, etwas Derartiges zu tun. Hunger? Durst? Heimweh? Konnte das denn jeder – vielleicht sogar aus Langeweile?

»Nein, das ist eine Krankheit«, erklärte Lorenzo. »Jeder, der von einem Werwolf gebissen wird und überlebt, wird selbst zur Bestie. Enzo hat ihn mit eigenen Augen gesehen, der Werwolf saß auf einem Dach und heulte den Mond an. Als die Polizei eintraf, lief der Wolf vor ihnen davon, und obwohl sie mit dem Streifenwagen hinter ihm herjagten, konnten sie ihn nicht einholen. Später berichteten sie, dass sie in den engen Gassen von Messina keine Chance gehabt hatten, weil der Werwolf mindestens achtzig Stundenkilometer schnell gewesen sei – und das auf drei Beinen.«

»Auf drei Beinen?«, staunte ich.

»Ja! Werwölfe haben so starke Krämpfe, dass sie nicht aufrecht gehen können und wegen der Schmerzen einen Arm in die Luft strecken müssen; deshalb berühren auch nur drei Beine den Boden. Die Krämpfe sind übrigens auch der Grund, warum sie so schnell laufen können, da sie viel mehr Energie aus ihren Muskeln holen können als gesunde Menschen. Werwölfe sind ja auch mindestens zehn Mal stärker als normale Menschen. Ist der Anfall vorbei, müssen sie allerdings drei Tage am Stück durchschlafen, so kaputt sind sie dann«, erzählte Lorenzo.

»Wahnsinn! Wenn die Polizei ihn nicht einholen konnte, dann läuft er ja immer noch in der Stadt herum«, sagte Umberto.

»Klar! Er wird auch bestimmt noch jemanden anfallen!« Während Lorenzo das sagte, sah er mich ganz ernst an und warnte mich: »Pass nur auf! Kleine Jungs, die im Dunkeln mit geschlossenen Augen herumlaufen, sind die Lieblingsbeute von Werwölfen.«

»Hör bloß auf, hast die Ohrfeige, die du von mir kassiert hast, wohl vergessen, was?«, erwiderte ich angriffslustig.

»Ein Werwolf frisst dich auf, noch bevor du die

Hand hebst, das kannst du mir glauben. Der hat sooo große Zähne und sooo große Augen und sooo 'ne lange Zunge und sooo stinkenden Atem, dass du gleich in Ohnmacht fällst!«

»Haha, der Werwolf sieht genauso aus wie dein Papa, wenn er morgens aus dem Bett steigt!«

Für diesen Satz erntete *nonna* Mina nicht nur allgemeines Gelächter, sondern auch einen grinsenden, bösen Blick von *zio* Paolo.

Es war spät geworden und Zeit, schlafen zu gehen. Die Geschichte hatte mich schwer beeindruckt, und ich löcherte meine Eltern mit Fragen, die sie jedoch nicht beantworten konnten. Scheinbar war Lorenzo der einzige Werwolfexperte in unserer Familie.

Vor Aufregung lag ich noch lange wach und dachte über diese seltsame Krankheit nach. Zehnmal stärker als ein normaler Mensch sein, wer wünscht sich das nicht? Na gut, die Schmerzen müssten nicht sein ... und die Jagd auf Menschen eigentlich auch nicht ... und auf drei Beinen zu laufen ist bestimmt auch nicht angenehm. Fast ohne Übergang schlief ich ein und driftete in einen Traum. Darin bestellte ich mir in einem Laden nicht meine Wunschpizza, sondern einmal Werwolfskrankheit. Der lange, hagere Verkäufer musterte mich und nahm meine Bestellung entgegen: »Jawohl, der Herr, einmal Werwolfskrankheit. Ohne Krämpfe, ohne Schmerzen, ohne Jagd auf hilflose Menschen. Dafür mit aufrechtem Gang, zehnfacher Kraft und einer kleinen Portion Unverwundbarkeit. Kommt sofort! – Wie bitte? Fliegen? Nein, mein Herr, tut uns Leid. Das Superman-Paket ist leider ausverkauft.«

Hundert Lire sollte der Spaß kosten, das konnte ich gerade noch bezahlen. Ich legte die Münze auf den

Tresen, schnappte mir das Glas, das der Verkäufer mir hinstellte, und leerte es in einem Zug.

Die Wirkung war sofort zu spüren und die Verwandlung setzte ein: Mein Körper wurde langsam mit einem dichten Fell überzogen, ich bekam lange Krallen und große Zähne.

Verwirrt drehte ich mich um und fuhr den Verkäufer an: »Das habe ich aber nicht bestellt. Ich wollte mein normales Aussehen behalten, ich bin ja ein Monster!«

»Tut mir Leid, mein Herr! Sie haben einmal Werwolfskrankheit bestellt und keine Schönheitsoperation.«

»Grrr … na gut, hoffentlich geht das auch wieder weg!«, knurrte ich und ging auf den Ausgang zu.

Kaum auf der Straße, musste ich aufstoßen – und entfesselte einen regelrechten Sturm. Die Druckwelle aus meinem Mund hatte nicht nur ein paar Fensterscheiben eingedrückt, Autos umgestoßen und Laternenpfähle verbogen, sondern auch sämtliche Passanten zu Boden geworfen. Einige kamen für ein paar Sekunden wieder auf die Beine, wurden aber sofort grün im Gesicht, hielten sich die Nase zu und fielen wieder auf den Boden zurück. Ich dachte an den stinkenden Atem, den Lorenzo erwähnt hatte, und die Sache war mir furchtbar peinlich. Hastig lief ich an meinen Opfern vorbei und entschuldigte mich ausgiebig. »Kommt nicht wieder vor … werde mir gleich die Zähne putzen«, stammelte ich, doch meine Stimme glich eher einem Knurren.

Ich beschloss, meine Geschwindigkeit zu testen, und rannte einmal die Straße runter. Bald war ich so schnell, dass ich meine Beine nicht mehr sehen konnte, und ich dachte panisch: Wie soll ich nur bremsen? Davon hatte Lorenzo nämlich nichts gesagt. Pfeifend raste ich aus der Kurve und rammte die Außenmauer des Staatsgefängnisses von Messina. Während hinter mir die Wachen von der einstürzenden Gefängnismauer fielen, versuchte ich verzweifelt zu bremsen, bevor das nächste Hindernis mir den Weg versperrte. Zu spät! Ein Heulen verließ meine Kehle ... »Oouuuhhhhuuhhuhh.«

Ich schreckte hoch, das Heulen immer noch im Ohr. Auch Mama und Papa waren von dem Lärm aufgewacht. Gemeinsam sahen wir aus unserem Schlafzimmerfenster auf die Straße, doch da war nichts. Noch ein Mal ertönte das Heulen, dann wurde es still.

»Was war das, Papa?«, fragte ich. »Etwa der Werwolf?«

»Keine Ahnung!«, sagte Papa, was ich nicht gerade beruhigend fand.

»Frisst der uns jetzt? Der sucht uns bestimmt und will uns fressen.«

»Quatsch!«, sagte Papa. »Das ist bloß irgendein streunender Hund. Wir werden ganz bestimmt nicht gefressen, außerdem sind alle Türen abgeschlossen.«

»Bist du dir ganz sicher?«, hakte ich noch einmal nach.

»Ganz sicher!«, antwortete Papa. »Geh jetzt ins Bett, es ist sehr spät.«

Also verkroch ich mich in mein Bett und beobachtete, wie Papa alle Fenster kontrollierte und die Eingangstür noch einmal verriegelte. So ganz wohl war ihm offenbar auch nicht.

Am nächsten Morgen herrschte helle Aufregung im Viertel. Einige Leute wollten den Werwolf dabei beobachtet haben, wie er von einem Dach aus den Mond angeheult hatte. Ein paar ganz Mutige berichteten, sie seien auf das Dach gestiegen und hätten die Bestie auf die Straße geschcucht. Sie hätte blutunterlaufene Augen, die im Dunkeln wie Scheinwerfer leuchteten, das Fell sei grau und blutverschmiert gewesen, die Fangzähne so lang wie der Zeigefinger eines erwachsenen Mannes. Der Werwolf habe die Männer angeknurrt und dabei gesprochen: »Verschwindet, wenn euch euer Leben lieb ist!«

Als die Leute nicht zurückwichen, war der Werwolf mit einem gewaltigen Satz vom Dach gesprungen – aus zehn Metern Höhe! Er landete völlig unverletzt auf seinen drei Beinen und rannte pfeilschnell in Richtung Stadtmitte, wo ihn seine Verfolger im Gassengewirr aus den Augen verloren.

Die wildesten Gerüchte machten wieder einmal die Runde und tagelang gab es kein anderes Gesprächsthema. Seltsamerweise hatte niemand das Tier wirklich gesehen, aber ein jeder kannte jemanden, der es ganz bestimmt gesehen hatte. Und dieser Jemand hatte die Verfolgung des Tieres so hautnah und detailliert beschrieben, dass man den Eindruck bekam, er habe sich als Werwolfsfurz verkleidet an den Hintern der Bestie geheftet.

Aber so schnell, wie die Geschichte für Aufregung gesorgt hatte, so schnell geriet sie auch wieder in Vergessenheit. Ein paar Wochen später hielten all die vermeintlichen Augenzeugen das Ganze nur noch für eine Zeitungsente, schließlich hatten sie genügend andere Sorgen.

Genau wie wir, denn nur einen Monat später passierte etwas, was unser zukünftiges Leben entscheidend beeinflussen sollte. Es ging um meinen Bruder Filippo.

12. Filippos Auge

Im August 1967 spielten Filippo und ich am frühen Morgen in der Nähe der steilen Treppe, die in die Stadt hinunterführte.

Wir genossen die Sommerferien, und ich war erstaunt, dass mein erstes Schuljahr im Nu verflogen war. Ich hatte nämlich zunächst gar nicht hingehen wollen. Schließlich war ich um den »Kindergarten« auch ganz gut herumgekommen. Wie? Ganz einfach: Mama brachte mich kurz nach meinem vierten Geburtstag zu einem rosafarbenen Haus mit traditionell grün gestrichenen Klappläden an den Fenstern und der Eingangstür. Ich durfte an einer Schnur ziehen und eine kleine Glocke an der Tür klingelte die Kindergärtnerin heraus. Die junge, leicht füllige Frau mit braunen Haaren begrüßte uns herzlich und ließ uns eintreten. Sie führte uns in ein großes Zimmer, in dem bereits acht bis zehn Kinder spielten. Zwei der Kinder waren ihre eigenen, und sie verdiente sich etwas hinzu, indem sie auch andere Kinder betreute. Das Ganze nannte sich dann Kindergarten.

Am ersten Tag fand ich es dort noch ganz in Ordnung. Ich lernte die anderen Kinder kennen und wir spielten ein bisschen miteinander. Doch nach einer

Weile hatte ich genug und wollte wieder gehen. Da eröffnete mir die Kindergärtnerin, dass ich erst nach Hause könne, wenn mich meine Mama abholte. Ich war empört und fing an zu toben. »Ich will nach Hause! Nach Haaauuuuseee! Uuaahh!«

Die Kindergärtnerin hielt sich verzweifelt die Ohren zu, wahrscheinlich versuchte ihr Trommelfell gerade, wie ein Taschenkrebs aus der Ohrmuschel zu krabbeln, um sich in eine stille Ecke zu verkriechen. Ich konnte ihr genau ansehen, dass sie mich am liebsten knebeln, fesseln und in einen Kleiderschrank sperren wollte. Tapfer hielt ich so lange durch, bis Mama endlich kam und mich beschimpfte, weil ich so einen Zirkus veranstaltet hatte.

Das erleichterte Gesicht der Kindergärtnerin ließ keinen Zweifel daran aufkommen, wie glücklich sie darüber war, mich endlich von hinten zu sehen. Meine Taktik schien aufzugehen. Ermutigt begann ich am nächsten Tag einfach früher mit dem Geschrei und am dritten, noch bevor Mama den Raum verlassen hatte. Das zog.

Die Kindergärtnerin verabschiedete uns für alle Zeit, nicht ohne uns noch ein paar freundliche Worte mit auf den Weg zu geben: »Kommen Sie ja nicht auf die Idee, Ihren Sohn noch mal hierher zu bringen. Sollte ich in naher Zukunft einen Nervenzusammenbruch benötigen, werde ich ihn besuchen kommen. Signora, *arrivederci*!«

Nach diesem Erfolgserlebnis stand meine Strategie für den ersten Schultag fest: Erst mal schauen, was das für Typen sind, und dann so lange Terror machen, bis sie mich freiwillig nach Hause schickten.

Meine Schuluniform, eine schwarze Kutte, die mir bis zu den Knien reichte und hinten zugeknöpft wurde, fand ich ziemlich affig, aber da alle Kinder so rumlaufen mussten, protestierte ich nicht länger. Meine Mama drückte mir im Flur meine dünne Schultasche, die gerade mal ein Heft, einen Bleistift und einen Kugelschreiber enthielt, in die Hand, und wir machten uns auf den Weg.

Die Schule und das Gefängnis waren vermutlich vom selben Architekten gebaut worden, denn die Fenster und Türen waren mit schweren Eisenstäben gesichert. Das Ganze sah ziemlich unheimlich aus und meine Abneigung gegen die Schule nahm sofort konkretere Formen an.

Mama begleitete mich in meine Klasse, wo wir zusammen mit vielen anderen auf die Lehrerin warteten. Sie begrüßte tatsächlich jeden Einzelnen von uns mit Handschlag. Als ich an der Reihe war, stieß sie einen überraschten Laut aus: »Oh, was für ein hübscher, blonder junger Mann! Ja, was für ein süßer Bengel!« Und während ich vor Verlegenheit Tomate spielte, unterhielt sie sich mit meiner Mama über ihren hübschen, blonden Liebling. Wie peinlich, mein guter Ruf als zukünftiger messinisischer Tarzan war bereits am ersten Schultag Geschichte.

Als Mama das Klassenzimmer verlassen wollte, verzog ich den Mund, kniff die Augen zusammen und bereitete mich konzentriert darauf vor, meine Geheimwaffe einzusetzen. Aber noch bevor der erste Ton meine Kehle verließ, hatte mich die Lehrerin geschnappt und auf ihren Schoß hinter dem Lehrerpult gesetzt. Diesen Ehrenplatz belegte ich während des ganzen ersten Schuljahrs, und es machte mir richtig Spaß, in die Schule zu gehen.

Dennoch freute ich mich jetzt riesig über die Ferien

und war jeden Tag draußen, um mir die Zeit zu vertreiben.

An jenem Morgen im August warteten Filippo und ich auf die anderen Kinder und kickten, um uns die Zeit zu vertreiben, eine alte Blechdose hin und her.

Irgendwann fingen wir an, die Dose in die Luft zu werfen; wer am höchsten kam, sollte gewinnen. Filippo begann und schleuderte die Dose in die Höhe, die scheppernd auf den Stufen landete und liegen blieb. Daraufhin hob ich sie auf, holte aus und warf sie so hoch, wie ich nur konnte. Ich verfolgte die Flugbahn der Dose und sah entsetzt zu, wie sie mitten im Gesicht meines Bruders landete. Er hatte, ebenso wie ich, die Dose beobachtet, war aber irgendwie nicht in der Lage gewesen, zu reagieren und wenigstens den Kopf wegzudrehen.

Der scharfkantige, verrostete Rand der Blechdose bohrte sich knapp unterhalb des linken Auges in Filippos Haut und riss sie auf. Mein Bruder fing an zu weinen, und ich lief entsetzt auf ihn zu, um nachzusehen, wie tief die Wunde war.

Er blutete nur ganz leicht, und noch während ich versuchte, ihn zu beruhigen, kam *zia* Gianna hinzu. Sofort ließ sie eine Schimpfkanonade vom Stapel, schnappte sich Filippo, der sich schreiend die Augen zuhielt, und zog seine Hände weg, um ihn untersuchen zu können. Inzwischen war etwas Blut ins Auge gelaufen und *zia* Gianna erschrak bis ins Mark. Sie beschimpfte mich auf das Heftigste und fragte immer wieder, was ich mit meinem kleinen Bruder angestellt hätte.

Es dauerte keine Minute, bis Mama und Papa vor uns standen. Ich duckte mich vorsichtshalber gleich gegen die Hauswand. Während Mama nach meinem Bruder schaute, nahm mich Papa in die Mangel und fragte mich, wie das habe passieren können.

Zwischen einer Ohrfeige und der nächsten erzählte ich, dass wir mit der Dose gespielt hatten und dass ich eigentlich nichts dafür konnte. Doch das sah Papa ganz und gar nicht so, wie er mir schnell klar machte: Ich war der Ältere … demnach war ich der Schuldige. Ende der Diskussion!

Meine Eltern brachten Filippo sofort ins Krankenhaus, wo er stationär behandelt werden musste. Obwohl die Dose das Auge nicht direkt getroffen hatte, ließ seine Sehkraft mit jedem Tag, der verging, merklich nach. Die Ärzte machten Mama und Papa schwere Vorwürfe, weil sie den Jungen angeblich nicht sofort nach dem Unfall in die Klinik gebracht hatten, was allerdings gar nicht stimmte. Meine Eltern seien selbst schuld, wenn das Kind die Sehkraft völlig verlöre. Die Mediziner entschlossen sich zu einer Operation, die jedoch nicht die geringste Besserung brachte. Nach ein paar Wochen im Krankenhaus durfte mein Bruder nach Hause zurück. Er musste eine Brille tragen und über dem verletzten Auge ein weißes Pflaster. Außerdem nahm er mehrmals täglich Tabletten, die sehr starke Nebenwirkungen hatten.

Die Medikamente waren vermutlich schuld daran, dass Filippo sich im Laufe der Zeit immer mehr in ein Tier verwandelte. Er wurde von Tag zu Tag aggressiver, vor allem, wenn es nicht nach seinem Kopf lief, jeder falsche Satz zog sofort einen Wutanfall nach sich. Er schrie und tobte, schlug gegen Wände, Türen, Möbel, und nicht selten ging er auch auf mich, Santina und unsere Eltern los. Meistens richtete sich seine Wut gegen sich selbst, wenn er zum Beispiel vor lauter Zorn den Kopf wieder und wieder auf den Boden schlug oder aus vollem Lauf gegen die Wand rannte. Er ließ sich überhaupt nichts mehr sagen, und nicht selten flogen, wenn wir gerade beim Essen saßen, Messer, Gabeln, Gläser oder Teller durch die Luft. Wir mussten alle ständig auf ihn Acht geben, Tag und Nacht.

Sein aggressives Verhalten besserte sich erst, nachdem meine Eltern die Medikamente nach und nach abgesetzt hatten. Die Ergebnisse, die dank der Therapie erzielt worden waren, ließen sich an einer Hand abzählen: ein zugeklebtes linkes Auge, nachlassende Sehkraft auf dem rechten Auge, eine Brille und ein verhaltensgestörtes Kind.

So langsam kam in uns der Verdacht auf, dass nicht die Verletzung, sondern die Behandlung zur Erblindung des Auges geführt hatte.

Meine Eltern versuchten alles, damit es Filippo besser ging, und obwohl nur wenig Geld da war, machten wir zum allerersten Mal Urlaub.

Wir fuhren mit einer Fähre auf die Liparischen Inseln, und ich war furchtbar aufgeregt, weil ich noch nie zuvor auf einem Boot gestanden hatte. Es war wunderschön und ich genoss die Überfahrt ... bis zu dem Augenblick, als mein Magen beschloss, sein Innerstes nach außen zu kehren.

Kaum an Land, ging es mir besser, und ich freute mich darauf, die Inseln mit ihren aktiven Vulkanen, bei denen allerdings seit Jahrzehnte von Aktivität keine Rede sein konnte, zu erkunden. Die kleinste Insel heißt auch passend Vulcano.

Gleich am zweiten Urlaubstag stiegen wir auf den

Gipfel des Kraters, was für uns Kinder ungeheuer spannend war. Überall qualmten kleine Schlote und es stank bestialisch nach faulen Eiern. An manchen Stellen waren die Schwefelwolken so dicht, dass ich keine Luft mehr bekam, und als wir endlich oben standen, konnten wir einen Blick auf die glühende Lava werfen, die am Grund des Kraters vor sich hin brodelte. Ich war völlig fasziniert von diesem Anblick, der geradezu danach schrie, etwas in die glühende Masse zu werfen, damit es mit ihr verschmolz und sofort verbrannte. Filippo, Santina und ich sammelten vor dem Abstieg noch ein paar besonders schöne Lavabrocken, die wir als Erinnerungsstücke mit nach Hause nehmen durften. Einen davon benutzt mein Papa übrigens heute noch als Aschenbecher.

Am nächsten Tag gingen wir zum Baden. Auf der Suche nach einem geeigneten Liegeplatz spazierten wir am herrlichen Strand entlang und wurden recht schnell fündig. Sofort zogen wir Kinder uns aus und stürmten in die Fluten. Das warme Wasser brodelte wegen der zahlreichen kleinen, heißen Gasquellen, das an manchen Stellen sogar richtig heiß war.

Auf der ganzen Insel gab es nur ein Dorf mit wunderschönen alten Häusern, in denen ausschließlich Fischer mit ihren Familien wohnten. Manche von ihnen boten in der eigenen Gaststätte ihren frischen Tagesfang an und wir genossen das reichhaltige Angebot an köstlichen Speisen.

Leider gingen die paar Tage viel zu schnell vorbei, und wir kehrten bald schon nach Messina zurück, da Papa unbedingt unser neues Bad zu Ende bauen wollte.

Er hatte direkt neben unsere Küche ein Badezimmer gebaut und eine neue Wanne, ein Bidet, ein großes Waschbecken und eine Toilette installiert. Alles war nagelneu und in einem rosa Farbton statt, wie bis dahin üblich, in Weiß. Für warmes Wasser sollte ein elektrischer Boiler sorgen, was bedeutete, dass wir endlich nicht mehr in der kleinen Sitzwanne baden und das Wasser vorher eimerweise in großen Töpfen erhitzen mussten.

Ein paar Tage nach unserer Rückkehr aus dem Urlaub war das Bad fertig. Natürlich mussten Filippo und ich gleich die neue Wanne einweihen und badeten ausgiebig. An jenem Abend war *zia* Anna mit ihrem Verlobten, einem netten Kerl namens Fortunato (der Glückliche), den alle Nuccio riefen, zu Besuch gekommen.

Zia Anna war eine resolute, aber liebenswerte Person, mit einem feinen Sinn für Humor. Wenn allerdings etwas nicht so lief, wie sie es sich dachte, konnte sie richtige Hörner auf die Stirn bekommen, Feuer spucken und nach Schwefel stinken. Das heißt im Klartext: Dann war mit ihr nicht zu spaßen.

Da Mama Fieber hatte, sollte Anna uns baden und anziehen. Wie auch unsere Mutter ermahnte sie uns, keinen Unsinn zu machen, bevor sie das Bad mit den Worten: »Ich bin gleich wieder da, seid bitte brav und rührt euch nicht vom Fleck!« verließ.

In der riesigen Wanne war es herrlich, wir planschten ausgiebig und kamen bald schon auf die großartige Idee, uns alleine fertig zu machen und *zia* Anna zu überraschen. Also stieg Filippo auf den Badewannenrand, um die große Shampooflasche aus dem ebenfalls neuen Spiegelschrank zu holen.

Da passierte auch schon das Unglück und mein

Bruder rutschte auf dem nassen Wannenrand aus. Zwar konnte er sich wieder fangen, doch er musste dazu die Shampooflasche loslassen, die auf den Rand des Waschbeckens knallte und eine Ecke abschlug.

Er stand noch immer wie gelähmt da, da ging auch schon die Tür mit Schwung auf und Mama stürzte mit kalkweißem Gesicht herein. Als sie sah, was mit dem neuen Waschbecken passiert war, wurde sie noch weißer und schlug die Hände vors Gesicht. Sie konnte einfach nicht glauben, was sie da sah. Wortlos ging sie wieder, woraufhin *zia* Anna hereinkam und uns entsetzt musterte. Das, was unsere Mutter nicht fertig gebracht hatte, holte sie jetzt nach. Sie hielt Filippo mit einer Hand fest, damit er nicht ausrutschte, und mit der anderen klatschte sie ein paar Mal hintereinander auf sein nasses, nacktes Hinterteil. Danach kam ich an die Reihe, obwohl ich diesmal wirklich völlig unschuldig war. Aber so war das nun mal: mitgefangen, mitgehangen. Schließlich ist geteiltes Leid – doppeltes Leid!

Das hatten wir nun davon: Mama heulte wegen des kaputten Waschbeckens, wir heulten wegen der brennenden Backen, und Papa war so sauer, dass er uns am liebsten noch mal verprügelt hätte.

Normalerweise mochte ich *zia* Anna ganz gern, doch an dem Abend wünschte ich mir, sie nicht zu kennen. Eigentlich war sie auch ganz nett, auch wenn sie *nonna* Maria sehr ähnlich war. Sie war ebenfalls sehr ernst und lächelte nur dann, wenn es unbedingt sein musste. Außerdem hatte sie eine sehr dunkle Haut mit noch dunkleren Augenringen.

Als ich Mama einmal fragte, warum *zia* Anna so aussehe, begann sie zu erzählen: »Als Anna ganz klein war, ist sie mal schwer krank geworden. Sie wurde ganz gelb und musste ins Krankenhaus. Dort stellten die Ärzte fest, dass sie sich einen Virus eingefangen hatte, der ihre Leber vergiftete.«

»Was ist ein Virus?«, fragte ich verwirrt.

»Das ist ein winziges Tier«, antwortete Mama. »Es ist so klein, dass man es kaum sieht. Der böse Virus saß auf einer Banane; Anna hat nicht aufgepasst und ihn verschluckt, als sie die Banane gegessen hat. Tja, und der Virus hat sie dann krank gemacht. Deshalb ist es wichtig, dass man, bevor man etwas isst, guckt, ob nicht ein Virus darauf sitzt. Die sind nämlich echt gefährlich.«

Gebannt lauschte ich ihren Worten und versuchte mir einen Virus bildlich vorzustellen.

Jetzt war *zia* Anna jedenfalls kerngesund – zum Glück. Nuccio und sie wollten nämlich in ein paar Wochen heiraten und das war der Grund ihres Besuches bei uns gewesen.

Eigentlich war das Ganze für uns Kinder nicht weiter aufregend, wenn ich zu diesem Anlass nicht zum ersten Mal in meinem Leben einen Anzug hätte tragen müssen, noch dazu mit passenden glänzend schwarzen Lackschuhen.

In der Woche vor der Feier versuchte ich mit allen möglichen Mitteln, mich dagegen zu wehren. Ich wollte keinen Anzug, und schwarze Lackschuhe schon gar nicht, und so nahm ich mir vor, mich auf der Feier, so gut es ging, zu verstecken. Schließlich sollte mich ja keiner in diesen gelackten Klamotten erkennen. Musste Tarzan etwa so rumrennen oder Herkules? Denen reichte doch auch ein Lendenschurz, warum bloß mir nicht? Ich dachte an Tarzan und versuchte mir vorzustellen, wie er sich mit glänzend schwarzen Lackschuhen von Liane zu Liane schwang. Unmöglich! Sogar die Affen hätten ihn ausgelacht und Jane würde sich sicher lieber von Löwen fressen als von so jemandem retten lassen.

Da war ich mir ganz sicher.

13. Hochzeit alla siciliana

Die Suche nach passenden Anzügen für mich und Filippo entwickelte sich zu einer wahren Nervenzerreißprobe für alle Beteiligten. Stundenlang mussten wir in einem Bekleidungsgeschäft Hosen anprobieren, die fürchterlich an den Beinen kratzten, und ich veranstaltete ein Spektakel sondergleichen. Bis Mama irgendwann der Kragen platzte und sie bedrohlich zischte: »Ich täusche gleich einen Anfall vor und stranguliere euch vor der Verkäuferin.«

Damit war die Schlacht für uns verloren und die überglückliche Verkäuferin packte zwei schicke Anzüge in eine Tüte. Sie war so glücklich, dass sie uns sogar noch bis zur Tür begleitete und sie wortlos hinter uns schloss. Ohne Abschiedsgruß.

»Mit euch muss man sich ja richtig schämen!«, polterte Mama wütend los, als wir wieder auf der Straße standen.

»Warum?«, fragte ich, so unschuldig ich nur konnte.

»Weil ihr die schlimmsten Kinder aller Zeiten seid. Ihr habt keinerlei Benehmen und keine Erziehung! Ich schwöre bei Gott, dass ich euch in ein Klosterinternat sperren lasse!«

Das war nun wirklich die schlimmste aller Drohungen.

Ein Klosterinternat, so hatten wir gehört, war ein Ort, an dem böse Kinder wie wir Tag und Nacht gequält wurden. Sprechen durfte man dort auch nicht, es sei denn, die Mönche forderten einen dazu auf. Außerdem herrschten strenge Regeln und jeder, selbst der allerkleinste Verstoß zog rigorose Strafen nach sich. Die Übeltäter mussten in winzigen dunklen Zimmern ausharren und stundenlang laut und ohne Pause beten. Schwerere Vergehen ahndeten die Ordensbrüder mit Stockhieben, und Wiederholungstätern drohte die schlimmste aller Strafen: einen Tag lang auf getrockneten Kichererbsen knien, bis sich die Hülsenfrüchte so tief in die Kniescheiben eindrückten, dass man sie nur noch mit einem spitzen Gegenstand aus der Haut pulen konnte. Die Mönche hatten mit solchen Mitteln noch jedem verwahrlosten Jugendlichen Anstand und Benehmen beigebracht.

Zum Glück blieb es auch diesmal bei der Drohung und so konnten wir unversehrt an den Feierlichkeiten teilnehmen.

Am Morgen der Hochzeit herrschte im ganzen Haus hektische Betriebsamkeit. Wir zwängten uns in unsere Anzüge und achteten dabei peinlich genau darauf, dass kein Staubkorn auf unsere makellose Hülle fiel. Bestimmt hundert Mal hörten wir an diesem Tag den einen, von mehreren Stimmen gesprochenen Satz: »Und dass ihr euch heute ja gut benehmt! Wenn sich zu so einem Anlass die ganze Familie versammelt, müsst nicht gerade ihr beweisen, dass wir in Wirklichkeit von den Schweinen abstammen!«

»*Si*, Mama/Papa/*nonno*/*nonna*/*zio*/*zia*«, sagten wir dann nur ergeben.

Schon im Feststaat, ging ich ein bisschen nach draußen, wobei ich sorgfältig darauf achtete, dass mein neuer hellbrauner Anzug mit den eingewebten Karos den nötigen Abstand zur Hauswand, den Pflanzen, den umherschwirrenden Fliegen und sonstigen hinterhältigen, Flecken verursachenden oder Anzug ruinierenden Objekten einhielt.

Ich stand also ziemlich verkrampft in unserem Hof und stellte mir die dumme Frage, ob es nicht besser gewesen wäre, die Plastikhülle anzuziehen und den Anzug im Schrank zu lassen. Dort konnte ihm sicherlich weniger passieren, und ich musste mir nicht bis in alle Ewigkeit Vorwürfe machen, falls es einer von den Hunderten Tauben, die sich auf dem Kirchplatz herumtrieben, doch gelänge, auf mein nagelneues Kleinod zu scheißen. Trotz aller Vorsicht!

Da die anderen noch immer nicht fertig waren, beschloss ich, ins Haus zurückzugehen, mich in eine Ecke zu stellen und dort möglichst reglos zu warten.

»Wie sehen denn deine Schuhe aus?!«, empfing Mama mich schon an der Tür. Erschrocken blickte ich auf meine Füße hinunter und betrachtete entsetzt den feinen Staubschleier, der sich über die vorher noch strahlend schwarzen Lackschuhe gelegt hatte.

»Huch! Aber … ich hab doch gar nichts gemacht. Darf man in den Dingern denn nicht einmal draußen rumlaufen?«, verteidigte ich mich sofort.

»Doch, aber man muss verdammt noch mal aufpassen, wo man hintritt!«

»Ich war bloß kurz im Hof!«, erwiderte ich empört.

»Putz dir die Schuhe, setz dich an den Tisch und pass auf deine Sachen auf!«, befahl Mama.

»*Uffa*, okay!«

Rasch bürstete ich meine Schuhe, setzte mich hin und überlegte mir ernsthaft, ob es nicht besser wäre, zwei Löcher in den Deckel des Schuhkartons zu schneiden, die Füße hindurchzustecken, die Schuhe anzuziehen und anschließend in die Schachtel zu steigen. Die geschlossene Schachtel könnte ich außerdem mit Klebestreifen umwickeln, damit sie mir nicht von den Füßen fiel. Dann wären meine neuen Schuhe garantiert staubsicher verpackt. Ich müsste die Schachtel dann nur noch mit »Lackschuhe schwarz, glänzend« beschriften und jeder wüsste, was ich für Schuhe trug, ohne dass ich Gefahr lief, mir gleich wieder eine magnetische Staubschicht zuzulegen. Außerdem müsste ich nicht darauf aufpassen. Nur das Laufen wäre vielleicht etwas problematisch; aber dafür, so schien es mir, waren die Schuhe ohnehin nicht gemacht.

Endlich waren alle so weit und wir fuhren los.

Eine sizilianische Hochzeit beginnt, wer hätte das gedacht, mit einer endlos langen Messe in einer festlich geschmückten Kirche. Der Priester, die Ministranten und die Mönche, die links und rechts des Altars ihre Bänke besetzten, steckten in feierlichen Gewändern, und es herrschte, abgesehen von vereinzeltem Hüsteln und Rascheln, absolute Stille.

Schließlich bewegte sich der Pfarrer zur Kanzel und eröffnete mit tiefer, lauter Stimme auf Lateinisch die Messe. Für uns Kinder war diese Prozedur eine unendlich scheinende Qual. Verstehen konnten wir sowieso nichts, und ein Blick in die Gesichter meiner Leidensgenossen entlarvte die wahren Gedanken, die in ihren Köpfen verborgen waren: Wann ist dieser Kram denn nur zu Ende, damit es endlich etwas zu essen gibt?

Die verkrampfte Sitzhaltung und die nervösen Blicke der Jungen in meinem Alter verrieten eine weitere Tatsache: Alle waren mehr oder weniger damit beschäftigt, auf ihre neuen Anzüge und ihre Schuhe aufzupassen.

Als die Ministranten gegen Ende der Messe auch noch kokelnde Weihrauchbehälter schwangen und sich ein beißender Gestank in der Kirche ausbreitete, wurde mir fast schlecht. Mein Magen rumorte, und ich war heilfroh, als der Priester die für mich wichtigsten Worte der ganzen Zeremonie sprach: »Und nun gehet hin in Frieden, amen!«

Die Brautleute verließen als Erste die Kirche, dicht gefolgt vom Priester, den Ministranten, den Familien und den Kindern, die durch ihre steife, ungelenke, roboterähnliche Körperhaltung und wegen ihrer leicht abgespreizten Arme auffielen. Alles nur, damit ja nichts zerknitterte!

Vor der Kirche versammelte sich dann die ganze Gesellschaft, um dem Brautpaar zu gratulieren, Fotos zu schießen und die beiden unter lautem Gejohle mit Reis zu bewerfen.

Endlich wurde es mal ein bisschen lustig! Bis die Erwachsenen einschritten und uns Kinder ermahnten, die Reiskörner in die Luft zu werfen und nicht in die Gesichter der frisch Vermählten.

Anschließend begann endlich das eigentliche Fest, das in einem Restaurant stattfand. Der riesige Saal war mit bunten Blumengestecken feierlich geschmückt. Überall standen Menschen in kleineren Gruppen herum und unterhielten sich, während wir uns bis zum Beginn des Essens ein bisschen im Saal umsehen durften – natürlich nicht ohne die obligatorische Ermahnung: »Aber passt auf eure Anzüge auf!«

Bei unserem Streifzug durchs Lokal trafen wir auf unsere gesamte Verwandtschaft. Manche der Kinder im Saal kannte ich sehr gut, andere dagegen gar nicht. Filippo und ich suchten als Erstes an den langen Tischreihen unsere Sitzplätze. Als wir sie gefunden hatten, sah ich mich nach Mama um und wollte ihr unseren Platz zeigen. Sie stand noch immer in der Nähe des Eingangs und unterhielt sich mit einem älteren Ehepaar.

Der Mann blickte sich teilnahmslos im Saal um, während die Frau auf Mama einredete und dabei heftig gestikulierte. Ich kannte sie, hatte sie schon mehrere Male gesehen, und sie hatte uns auch schon des Öfteren zu Hause besucht. Die Art, wie sie die Hände zum Kopf führte und so tat, als ob sie mit einem Hammer gegen ihren Schädel klopfte, um anschließend die gefalteten Hände vor der Brust hin und her zu schwenken und dabei an die Decke zu schauen, ließ nur einen Schluss zu: Mama hatte den fatalen Fehler begangen, sich nach ihrem Gesundheitszustand zu erkundigen! Sicher kannte sie die Krankheiten der Frau bald besser als ihre eigenen.

Dabei weiß Mama ganz genau, dass man solche Menschen niemals mit Standardsätzen wie: »Wie geht es dir?« begrüßen darf. Denn meist lassen sie einen erst gehen, wenn man a) sie einfach, aber unhöflich stehen lässt oder b) die Kunst beherrscht, die eigenen Zipperlein und Krankheiten viel schlimmer darzustellen als sie die ihrigen. Denn sonst ist man leicht in ein Gespräch verwickelt, das sich folgendermaßen anhören könnte:

»Du hast Bauchkrämpfe? *Madonna*! Aber das ist noch gar nichts gegen die brodelnde Lava, die ich tagtäglich im Magen habe. Die kriecht langsam die

Speiseröhre hoch und verwandelt sich dabei in ätzende Schwefelsäure, die mich langsam und unerbittlich von innen zerfrisst. Manchmal sind die Schmerzen derart unerträglich, dass ich nachts im Bett liege und am liebsten sterben möchte!«

Da ertappt man sich schnell mal bei dem Gedanken, dass sich doch möglichst bald eine mächtige übermenschliche Macht ihrer erbarmen und ihnen einen gnadenvollen Tod schenken möge, damit sie endlich von diesem unerträglich schmerzhaften Dasein erlöst würden.

Aber dieser Menschenschlag wird seltsamerweise viel älter als der Durchschnitt derjenigen, die sich ihre Geschichten anhören müssen.

So war es auch bei der Frau, die meine Mutter nicht mehr aus ihren Fängen lassen wollte, wie ich aus sicherer Entfernung beobachtete. Näher musste ich gar nicht rangehen, denn die italienische Sprache ist so reich an Gesten und Gebärden, dass auch ein Gehörloser am anderen Ende des Raumes der Erzählung der Dame hätte folgen können. Ich wusste genau, was sie gerade zu berichten hatte, ohne auch nur ein Wort davon zu hören.

Sie stach sich mit der Faust seitlich in den Oberschenkel und deutete einen langen Schnitt in Richtung Hüfte an. Danach griff sie mit beiden Händen in die imaginäre klaffende Wunde, rührte darin herum und schüttete mit der hohlen Faust etwas hinein. Anschließend wischte sie sich nicht vorhandenen Schweiß von der Stirn, legte beide Hände auf ihre Wangen und warf einen leidensvollen Blick an die Saaldecke.

Übersetzt sollte das wohl heißen: »Ich habe solche Schmerzen im Hüftgelenk, als ob mir jemand bei lebendigem Leib ein Messer in die Hüfte gerammt, die Wunde mit bloßen Händen aufgerissen, den Knochen freigelegt und Salz hineingestreut hätte. Unerträgliche Schmerzen! Ich bin froh, dass es mit Gottes Hilfe gerade rechtzeitig zur Hochzeitsfeier wieder besser geworden ist.«

Ebenso deutlich war zu sehen, wie Mama sich anstrengte, eine interessierte Miene zur Schau zu stellen, während sie zwischendurch immer wieder hilfesuchend zu Papa schaute, als wollte sie sagen: »Wieso holst du mich hier nicht endlich weg?«

Sie tat mir furchtbar Leid, und ich beschloss, zu den beiden rüberzugehen und Mama zu sagen, dass ich unsere Sitzplätze gefunden hatte und dass es gleich was zu essen gab. Mama verabschiedete sich artig von der Signora und lächelte mir erleichtert und dankbar zu.

Es gab ein köstliches Viergängemenü, das sich bis zum späten Nachmittag hinzog: Schnecken als Vorspeise, mit Käse überbackene Ofennudeln als zweiter Gang und gegrillte Fischfilets mit reichlich Salat als Hauptspeise, für den Abend wurde dann noch eine Überraschung als Nachspeise versprochen.

Das Essen zog sich also über mehrere Stunden hin und für uns Kinder wurde es nach einer Weile unerträglich. Längere Zeit ruhig auf einem Fleck sitzen zu bleiben ist schließlich selbst für Erwachsene oft eine nur schwer zu bewältigende Kunst.

Da blieb es natürlich nicht aus, dass wir unruhig auf unseren Stühlen umherrutschten, immer lauter sprachen und irgendwann auch mal losbrüllten. Sobald wir es zu bunt trieben, schritt einer der Erwachsenen ein und versuchte beruhigend einzuwirken. Und zwar mit den immer gleichen Sätzen, gesprochen mit einer weichen, einlullenden Stimme: »Gigi, jetzt bleib doch mal ruhig sitzen. Da, sieh nur, das kleine Mädchen dort drüben! Wie brav es dasitzt, nimm dir ruhig mal ein Beispiel daran!«

Uffa, ich wollte mir aber kein Beispiel an der scheintoten Göre nehmen! Ich wollte mich bewegen, brüllen, Dampf ablassen.

Stattdessen blieb ich weiterhin auf meinem Stuhl kleben und schaukelte mit den Beinen. Ich beobachtete zufrieden, wie die Göre irgendwann anfing zu quengeln. Kurz darauf zeigte ihr Vater auf mich und beide sahen zu mir herüber.

Oh! Jetzt war wohl ich der brave Scheintote, an dem das Mädchen sich ein Beispiel nehmen sollte. Wie furchtbar! Das musste ich unter allen Umständen verhindern. Krampfhaft überlegte ich, was ich anstellen könnte, um nicht als Vorbild herhalten zu müssen.

Ich wartete ab, bis sie wieder zu mir herübersahen, und verzog das Gesicht zu einer Grimasse. Das reichte jedoch nicht aus, denn der Papi fing an zu lachen. Also führte ich die Hände an die Schläfen, wedelte mit ihnen, als ob es Elefantenohren wären, und streckte ihm die Zunge heraus. Diese Maßnahme wirkte deutlich besser: Er machte ein ernstes Gesicht und strafte mich mit einem verächtlichen Blick. Hihi, diese Runde war eindeutig an mich gegangen!

Wie sehr ich diese dummen Vergleiche hasste! Während ich mich noch diebisch über meinen Sieg freute, musste ich an eine Kindersendung mit dem Titel *Lo Zecchino D'oro* – die Goldmünze – denken, die eine Zeit lang im italienischen Staatsfernsehen gelaufen war. Der Moderator dieser Mini-Play-back-Show aus den Sechzigern lief die ganze Zeit in einem albernen Magierkostüm herum und nannte sich Mago Zurlì. Wir mochten die Sendung eigentlich ganz gerne, nur die anwesenden Erwachsenen, die meistens hinter uns in der zweiten Reihe standen und regelmäßig dahinschmolzen, störten uns. Wann immer ein Knirps mit dünner Piepsstimme vor sich hin trällerte, vor Scham ein Loch in den Bühnenboden starrte oder sich verhaspelte und dunkelgrau anlief (Farbfernsehen hatten wir damals nicht), waren sie begeistert. Ebenso wenn sich ein kleines, süßes Mädchen im Puppenkostüm mit ebenso dünner Stimme zu unbekannten Höhen sang, dabei die Gläser in den Vitrinen zum Vibrieren brachte und die Zuschauer im Studio mit blutenden Ohren aus den Sitzen kippten.

Dabei war das nicht einmal das Schlimmste. Der absolute Knüller der Sendung waren die Kommentare nach einer jeden mehr oder weniger gelungenen Darbietung: »*Dio mio*, ist der niedlich!« oder: »Madonna! Was für ein süßer Fratz – und wie schön die Kleine singen kann!«

»Und was haben wir hier zu Hause rumsitzen? Freche Nichtsnutze!«

»Nehmt euch ruhig mal ein Beispiel an den kleinen Sängern hier. Das sind doch mal wirklich brave Kinder.«

Nach einer derartigen Geringschätzung meiner eigenen Werte, sofern ich denn welche hatte, war ich regelmäßig beleidigt und sauer auf Mama und die anwesenden Tanten. War es denn so wichtig, wenn man sich vor vielen Leuten zum Affen machen konnte? Und warum sollte ich mir ausgerechnet daran ein Beispiel nehmen?

Ich wollte gerade zur Toilette gehen, als die Band anfing zu spielen. Das war vielleicht toll! Alle stürmten auf die Tanzfläche und bewegten sich ausgelassen zu bekannten Schlagern und sizilianischen Volksliedern. Als die erste Tarantella angestimmt wurde, tobte der ganze Saal, alle sangen mit und lachten fröhlich.

Bis auf meine Eltern. Sie hatten kurzzeitig die Feier verlassen müssen, weil sich Filippo in der Klinik seiner täglichen Augentherapie, eine Art Augengymnastik, unterziehen musste. Leider waren sie knappe zehn Minuten später im Krankenhaus angekommen als vereinbart und die Krankenschwester hatte sie als verantwortungslose Eltern beschimpft.

Das würden sie so leicht nicht vergessen, doch als endlich die Nachspeise aufgetischt wurde, sahen sie schon nicht mehr ganz so geknickt aus.

Das Dessert bestand aus einer dreistöckigen Hochzeitstorte und einer Eisbombe – aus meiner Sicht eine angemessene Entschädigung für den verhassten kratzenden Anzug.

Der verschwand nach der Feier übrigens gleich im Kleiderschrank, ganz im Gegensatz zu den Lackschuhen, die mich bei jedem Spaziergang verfolgten, solange sie passten. Das taten sie zu meinem Leidwesen sehr lange, weil Mama in weiser Voraussicht Schuhe immer gleich zwei Nummern größer kaufte.

14. Der Imperator

Als bald darauf die Schule wieder begann, blieben die Schuhe jedoch erst mal im Schrank stehen und ich machte mich voller Vorfreude auf den Weg.

So locker wie in der ersten Klasse war es allerdings nicht mehr, denn wir bekamen einen sehr strengen Lehrer, *dottor* Nunziato, und nun begann der Ernst des Lebens.

Sobald er den Raum betrat, mussten alle Schüler links neben die Schulbank treten und strammstehen. Mit seiner tiefen, militärisch geschulten Stimme sagte er dann: »*Buongiorno, scolari* – guten Morgen, Schüler«, worauf wir im Chor: »*Buongiorno, signor maestro* – guten Morgen, Herr Lehrer« antworten mussten. Er stellte sich dann ebenfalls neben sein Pult, schlug die Hacken zusammen und verbeugte sich leicht. Danach klopfte er mit seinem Bambusstock, den er bei der Begrüßung wie ein englischer Offizier unter dem Arm hielt, auf sein Pult.

Das war das Zeichen, die italienische Nationalhymne anzustimmen. Er trat während der ersten Strophe neben das Bild des amtierenden Staatspräsidenten, das in jedem Klassenzimmer neben dem Kruzifix hängen musste, und salutierte bei der letzten Strophe. In so gut wie jeder Stunde setzte er seinen gefürchteten Bambusstock ein. Dabei kam es durchaus vor, dass er einen Schüler zu Unrecht bestrafte, und wenn dieser es nachweisen konnte, entschuldigte sich der *maestro* offiziell vor der ganzen Klasse.

Eines Tages kam *dottor* Nunziato in Begleitung einer Lehrerin. Er stellte uns Signora Alessandri vor und fügte an, dass sie neue Stimmen für den Schulchor suche. Wir mussten uns neben unsere Pulte stellen und ein jeder ein beliebiges Lied singen.

O je, ich konnte doch gar nicht singen und jetzt musste ich es vor der ganzen Klasse tun – das sah verdammt nach Blamage aus.

Je näher Signora Alessandri meinem Platz kam, desto mehr wünschte ich mir, so klein wie ein Virus zu werden, damit mich niemand mehr sah. Da sich aber meine Größe nicht entscheidend veränderte, suchte ich in meinem Kopf verzweifelt nach etwas, was ich nachträllern konnte. Das einzige Lied, das mir einfiel, war »Volare« von Domenico Modugno, damals schon ein Klassiker. Als ich die kläglichen Versuche von vielen Mitschülern hörte, dachte ich: Na ja, schlechter als die wirst du schon nicht sein. Leider hatte ich mich geirrt!

Signora Alessandri hörte sich jeweils eine Strophe an, nickte oder schüttelte den Kopf und ging dann weiter zum nächsten Schüler. Sie hatte schon häufiger den Kopf geschüttelt als genickt und auf ihrem Zettel stand bisher nur ein Name.

Als sie vor mich hintrat und nickte, wurde ich glühend rot, setzte zu meinem »Vooolaaaa…« an, brach ab, räusperte den Frosch auf die Seite und versuchte ihn runterzuschlucken.

Die freundliche Lehrerin sprach mir Mut zu: »Ganz ruhig, junger Mann, konzentrier dich. Denk daran, dass eine schöne Männerstimme jedes Frauenherz zum Schmelzen bringen kann.«

Also fing ich noch mal an:

»Vooolaaaaree ohhh oohhh. Cantaaaree oh oh oh ohhh.«

Ich sah überdeutlich, wie sich das Gesicht von Signora Alessandri schmerzlich verzog. Ihre Mundwinkel sackten nach unten, die Augenbrauen zogen sich zusammen, und ihre Ohren machten den Eindruck, als wollten sie sich zusammenrollen:

»Basta, basta!«, rief sie. »Es reicht, danke!« Sie führte einen Finger zum Ohr, als wollte sie eine hängen gebliebene Note aus ihrem Gehörgang entfernen, und sagte: »*O Madonna mia*! Den könnte man ja als Waffe einsetzen!«

Ich war vernichtend geschlagen. Sie hatte bisher keine einzige Stimme kommentiert, auch wenn sie noch so grässlich war. Mich dagegen hatte sie mit einem Satz zum Gespött der gesamten Klasse gemacht! Wie sollte ich das jemals verkraften?

Ganz locker!, sagte ich mir. Muss ich denn singen können? Nein! Singen ist sowieso nur was für Mädchen und Weicheier. Richtig harte Männer trällern keine Liedchen. Die trommeln sich gegen die Brust, nachdem sie einen Löwen erwürgt haben, und stoßen höchstens Siegesschreie aus.

Was interessierte mich Signora Alessandri und was sollte ich bitte schön mit geschmolzenen Frauenherzen anfangen?

Geschmolzene Frauenherzen ... Igitt! Geschmolzene Schokolade war ja schon ungenießbar!

Dennoch wurde ich die Geschichte nicht so schnell

los, wie es mir lieb gewesen wäre. Wochenlang sang die ganze Klasse bei jeder Gelegenheit aus voller Brust »Vooolaaree«, und trotz Androhung der schlimmsten Strafmaßnahmen konnte selbst der strenge *dottor* Nunziato sie nicht davon abhalten.

Unser Lehrer für Geschichte hatte dagegen eine tolle Art, zu unterrichten, vor allem konnte er unglaublich gut aus der Römerzeit erzählen.

Innerhalb kürzester Zeit begeisterte sich die ganze Schule für das Römische Reich und dessen militärische Struktur. In den Pausen fanden Gladiatorenkämpfe, Wagenrennen, Zirkusspiele oder Christenverfolgungen statt. Natürlich musste sich jeder Beteiligte einen römischen Namen zulegen. Dazu hängten wir an den jeweiligen Namen einfach nur die Endung »us« an. So wurde ruck, zuck aus Flavio ein Flavius, aus Nino ein Ninus, aus Giovanni ein Giovannius. Nur ich hatte mal wieder Pech, denn aus Luigi wurde Luigius – und das klang so gar nicht nach einem römischen Helden.

Mein Vorschlag, man solle mich Giulio Cesare nennen, fand irgendwie keine Mehrheit, und so kam es, dass ich entweder einen Christen oder einen Sklaven spielen musste. Und was macht man mit Sklaven und verfolgten Christen? Richtig, man bindet sie mit Stricken an Bäumen fest und bereitet ihre Hinrichtung oder Auspeitschung vor.

Nachdem ich an drei Tagen in Folge die große Pause an einen Baum gefesselt verbracht hatte, teilte ich den anderen mit, dass ich dieses blöde Spiel nicht mehr mitspielen wolle. Doch mit dieser Bekanntmachung hätte ich besser bis zum Ende der Pause warten sollen. Nach meiner Totalverweigerung fühlte sich nämlich keiner verpflichtet, einen Spielverderber wie mich wieder loszubinden. Während alle Schüler in die Klassen zurückströmten, versuchte ich verzweifelt, mich zu befreien. Ich zog und zerrte an den Stricken; aber sosehr ich mich auch anstrengte, es gelang mir nicht. Herkules würde jetzt mal kurz die Muskeln der linken Brust anspannen und ssssttt würden die Stricke zu Boden fallen. Dann würde er sich die drei Übeltäter mit einer Hand schnappen und sie am ausgestreckten Arm verhungern lassen.

Okay, dachte ich, so mache ich das auch. Ich spannte die Brustmuskeln an – nichts geschah. Zugegeben, bei Herkules sah das Ganze etwas spektakulärer aus, da kamen große, gewaltige Muskeln in Bewegung. Groß und gewaltig, genau davon konnte bei mir keine Rede sein. Die beiden schmalen Würste, die sich unter meiner Schuluniform abzeichneten, wären bestimmt nicht in der Lage, die Stricke zu zerreißen. Ich suchte den Boden nach etwas ab, was ich als Werkzeug benutzen konnte, doch leider vergeblich. Mir blieb also nichts anderes übrig, als die Stricke durchzubeißen. Ich nahm den Strick in den Mund und kaute darauf herum. Es schmeckte fürchterlich. Nach einem genaueren Blick darauf war mir auch klar, warum: Das Ding war dreckig, schmierig und es stank.

Angewidert spuckte ich die widerlichen Reste auf den Boden und beschloss, um Hilfe zu rufen. Gedacht, getan. Zuerst in normaler Lautstärke, und als sich nichts tat, brüllte ich richtig los: *Aiuto! Aiuutoo!* Heeeeee! Hört mich denn niemand?«

Nach ein paar Sekunden kam einer meiner Klassenkameraden angerannt und war verblüfft, dass ich immer noch festgebunden war.

Nino zog an einem Ende des Stricks, direkt neben

meinem Handgelenk, und das faulige Teil fiel einfach von mir ab. Ich wollte meinen Augen nicht trauen.

»War das alles?«, fragte ich verdattert.

»Hast du dir denn noch nie alleine die Schuhe zugebunden?«, fragte Nino ebenso verdattert zurück. »Oder macht das noch immer deine Mama?«

»Äh … ja klar … ich kann Schuhe binden, aber … das war doch gerade nicht dasselbe, oder?«

»Doch, das war eine simple Schleife«, antwortete Nino ungerührt.

Mein Gott, wie peinlich! Ich war so überzeugt davon gewesen, dass der Knoten nicht aufgehen würde, dass ich nicht einmal versucht hatte, ihn zu lösen. Wie hatte ich nur so dämlich sein können?!

Als ich endlich im Klassenzimmer stand, baute sich *dottor* Nunziato drohend vor mir auf und fuhr mich an: »Fesselspiele kannst du zu Hause spielen. Warum bist du wohl hier?«

»Ähm … weiß nicht … äh … zum Lernen?«

»Richtig! Das hier war die erste und letzte Ermahnung, das nächste Mal lernst du mich von einer anderen Seite kennen, verstanden?«

»Jawohl, aber ich hab mich doch nicht selbst gefess…«

»Setzen! Das interessiert mich nicht!«, fuhr er mich an.

Beleidigt ging ich zu meinem Pult zurück und sagte für den Rest des Tages kein Wort mehr.

Als die Schule endlich aus war, packte ich meine Tasche zusammen und machte mich auf den Heimweg. Unterwegs kam ich wie jeden Tag an einer großen *piazza* mit einem wunderschönen Brunnen vorbei. Die umliegenden Häuser waren im Kreis angeordnet und jedes einzelne hatte eine schöne Bepflanzung im Vorgarten: bunte Blumen, Palmen-, Pfirsich-, Orangen- und Mandelbäume. An jeder Hauswand hingen kleine Vogelkäfige, oft sogar vier bis fünf nebeneinander, mit gelben Kanarienvögeln und anderen Exoten, die den ganzen Platz mit ihrem Gezwitscher erfüllten.

Ich lief weiter bis zu einem steinernen Tor, als mir ein seltsames Gefährt entgegenkam. Ein Brett auf Rollen, das mit ein wenig Fantasie aussah wie eine Seifenkiste. Zwei Kinder zogen das Brett an Seilen hinter sich her, während ein drittes auf dem Brett saß und lenkte. Ein weiterer Junge stand breitbeinig dahinter und hielt sich mit einer Hand an dem Sitzende fest. Die andere Hand hielt er zum römischen Gruß an die Brust gedrückt.

Als er mich sah, reckte er stolz den Kopf und seinen rechten Arm in die Höhe und blickte demonstrativ an mir vorbei. Ich blieb kurz stehen und wollte gerade weiterlaufen, als der Junge mich anschrie: »He, du! Wieso grüßt du deinen Imperator nicht? Bist du lebensmüde?«

Ich sah ihn an, wie man einen Geisteskranken so ansieht, und fing an zu kichern. »Haha ... Imperator, hihi ... ich lach mich tot. Ein Imperator auf 'nem Holzbrett, mit zwei Affen als Pferden ... hahaha!«

Das hätte ich besser nicht sagen sollen, denn der Imperator wurde mit einem Mal knallrot im Gesicht und brüllte herrisch seine Untertanen an: »*Acchiapatelo* – ergreift ihn!«

Ehe ich an Flucht auch nur denken konnte, stürzten sie sich zu zweit auf mich. Einer schnappte mich am Hals und drückte mich gegen die Wand, der andere versuchte meine Arme festzuhalten. Ich schlug in blinder Angst einfach zu und erwischte ihn am

Kinn. Daraufhin verstärkte der andere seinen Griff um meinen Hals und schnürte mir die Luft ab. Ich trat nach ihm und versuchte ihn von mir wegzuschubsen.

Da stürzte sich der Erste mit dem Kopf voran in meine Magengrube und wir fielen alle drei übereinander. Jetzt hatten sie mich. Während sich die beiden auf mich setzten und zu Boden drückten, benutzte mich der Dritte als Fußball und trat auf mich ein.

Irgendwann gab ich auf und blieb reglos liegen, der Schmerz pochte in meinem Bauch.

Nun lachte der selbst ernannte Imperator mich aus. »Haha … jetzt ist dir das Lachen vergangen, was? Wenn dein Imperator vorbeifährt, hast du gefälligst zu grüßen. Ist das klar? Oder muss ich noch deutlicher werden?«

»Lass mich endlich in Ruhe, du Affe! Vier gegen einen, da gehört echt Mut dazu. Warte nur ab, wenn ich heimkomme, hole ich meine Männer und suche dich. Dann wirst du schon sehen, was du bist … du *deficiente*!«

Als Geisteskranken hätte ich ihn nun nicht beschimpfen dürfen, denn jetzt schlugen alle vier gleichzeitig auf mich ein. Ich versuchte, mein Gesicht zu schützen, aber die Schläge meiner Angreifer prasselten nur so auf mich nieder und bald hing mir mein Hemd nur noch in Fetzen am Leib.

Schließlich gab der Imperator den anderen ein Zeichen und sie ließen von mir ab. Unter höhnischem Gelächter schnappten sie sich ihre Seifenkiste und liefen die Straße hinauf in Richtung der Barackensiedlung. Das hätte ich mir denken können!

Langsam stand ich auf und betrachtete meine aufgeschürften Knie. Mir tat einfach alles weh und ich machte mich auf den Weg nach Hause. Dort warteten sie bereits mit dem Mittagessen auf mich. Während Mama meine vielen Schürfwunden versorgte, musste ich erzählen, was sich zugetragen hatte, und die Jungen beschreiben.

Peppi, Lorenzo und Umberto machten sich sofort auf die Suche nach den gemeinen Kerlen, doch sie kehrten kurze Zeit später unverrichteter Dinge zurück.

Gianni, mein Lieblingscousin, schlug meiner Mama vor, mich in Zukunft zu begleiten, wenn ich zur *piazza* gehen wollte, dann könne mir nichts mehr passieren.

Als wir am Abend um das Holzrad saßen und den Zwischenfall im Kreise der Familie diskutierten, schlug Gianni mir eine, seiner Ansicht nach, raffinierte Bestrafungsmethode vor: »Wenn du die Burschen hart bestrafen willst, dann musst du sie verfluchen.«

»Verfluchen? Wie soll ich das denn machen?«, staunte ich.

»Ganz einfach«, belehrte mich mein kleiner Cousin, »ich habe mir das von *nonna* Mina abgeguckt. Du musst dir bloß das Gesicht von den Burschen vorstellen und in deinem Kopf festhalten. Dann siehst du zum hellsten Stern am Himmel hinauf und sprichst die Verwünschung aus.«

»Und wie geht die?«, fragte ich.

»Also«, erklärte er, »du zeigst zu dem Stern und sagst: ›*Stella la, berretta qua* – Stern dort, Warze hier.‹ Wenn du es ganz schnell sprichst, bekommen die Burschen so viele Warzen im Gesicht, dass nicht einmal ihre eigenen Mütter sie wiedererkennen werden.«

»Das ist doch Quatsch!«, widersprach ich ungläubig.

»Ist es nicht«, beteuerte Gianni. »Ich zeige es dir.«

Er nahm meine Hände in die seinen und zeigte abwechselnd in den Himmel, *»stella la«*, und auf meine Hände, *»berretta qua«*. Er sprach den Satz ganz schnell hintereinander, mindestens dreißig Mal.

Genau an dieser Stelle unterbrach uns *nonna* Mina. »He! Was macht ihr denn da? Das ist kein Spaß, mit solchen Dingen treibt man keine Scherze. Hört sofort auf!«

»Glaubst du tatsächlich daran, *nonna*?«, fragte ich skeptisch.

»Glauben? Glauben muss man nur an Dinge, die man nicht weiß oder nicht beweisen kann. An solche Dinge muss ich nicht glauben, ich weiß, dass es sie gibt. Kennst du etwa die Geschichte von deinem Uropa Ciccio nicht?«

»Welche von den vielen meinst du denn?«

»Die Geschichte des Fluchs«, erwiderte sie geheimnisvoll. »Was ist, kennst du sie nun oder kennst du sie nicht?«

»Nein, ich glaube nicht. Erzähl!«, forderte ich sie auf, und das ließ sie sich nicht zweimal sagen.

15. *Nonno* Ciccios Fluch

»*Nonno* Ciccio hieß eigentlich Conte Francesco Bulino«, begann *nonna* Mina mit ihrem Bericht. »Er war einer der Söhne des Grafen Bulino, mit rechtlichem Anspruch auf Namen, Titel und Ländereien der Grafschaft.«

»Unser *nonno* Ciccio, der Bäcker und Konditor?«, staunte ich.

»Ja, dein Uropa«, sagte sie. »Als er deine Uroma Teresa kennen lernte, verliebte er sich sofort in die schöne junge Frau. Sie stammte aus einer armen bürgerlichen Familie, die den Ruf hatte, ausschließlich aus Säufern zu bestehen. Die Gräfin Bulino warnte ihren Sohn eindringlich, sich mit dieser ›unstandesgemäßen Person‹ einzulassen, aber Ciccio wollte nichts davon wissen. Er erklärte seiner Mutter, dass er Teresa liebe und sie heiraten wollte. Da wurde die Gräfin richtig wütend und verfluchte ihn.

›Das Unglück soll dich treffen, wo du gehst und stehst! Ich verfluche dich, deine Nachkommen und alles, was du machst und am Leib trägst! Auf dass du nicht einmal mehr Hosenknöpfe besitzen sollst! Verschwinde von hier und heirate deine Hure, ich will dich nie wieder sehen! Ich verstoße dich aus meiner Familie!‹

Ciccio ging tatsächlich und heiratete seine Teresa und die beiden führten ein turbulentes Leben. Sie waren mal reich gewesen und hatten alles verloren, nun mussten sie hart arbeiten, um wieder einigermaßen auf die Füße zu kommen.

Sie hatten dreiundzwanzig Kinder, von denen die meisten noch vor ihrem vierten Geburtstag starben. Gerade mal vier von ihnen haben überlebt und eine davon ist deine *nonna* Maria. Als Ciccio starb, besaß er nichts, bis auf das, was er am Leib trug. Er hat sein Leben lang keine Knöpfe an den Kleidern gehabt, denn er verlor sie schneller, als seine Frau sie ihm annähen konnte. Sogar die Knöpfe von seinem Totenhemd waren am Tag darauf nicht mehr da.

Dies ist eine wahre Geschichte, und jetzt weißt du, weshalb du mit Flüchen sehr vorsichtig sein solltest.«

Ich kam aus dem Staunen nicht mehr heraus. *Nonno* Ciccio ein Graf und reich, *nonna* Teresa jung und hübsch? Noch dazu so sehr, dass mein *nonno* auf Titel, Erbschaft und … (was musste der Mann glücklich über die Erfindung des Reißverschlusses gewesen sein!) Hosenknöpfe verzichtet hatte. Warum nur?

Nonna Mina versuchte mir zu erklären, dass die Liebe manchmal stärker sei als alles andere und dass die Menschen dafür auf vieles verzichteten. Das meiste sei dann auch gar nicht so wichtig, denn war die Liebe zwischen zwei Menschen stark genug, hatte Geld keine Bedeutung, Titel spielten keine Rolle und Zukunftspläne gab es entweder gemeinsame oder gar keine.

Für solche Dinge war ich sicher noch nicht reif, beeindruckt haben mich ihre Worte trotzdem. Ich fragte *nonna* Mina, ob der Fluch nach *nonno* Ciccios Tod denn mit ihm gestorben sei oder ob er zwangsläufig auf seine Nachkommen übergegangen sei.

Sie zögerte ein wenig, bevor sie antwortete. »Wer weiß das schon. Sicher ist nur, dass ein einmal ausgesprochener Fluch nicht wieder zurückgenommen werden kann, genauso wenig wie man eine vergangene Sekunde zurückdrehen kann, um sie noch mal zu erleben.«

Die Gräfin Bulino hatte nicht nur ihren Sohn verflucht, sondern auch seine Nachkommen. Das waren nun einmal *nonna* Maria, ihre Töchter, zu denen ja auch meine Mama zählte, und schließlich ich und meine Geschwister. Hatte *nonna* Maria aus diesem Grund so ein hartes Leben gehabt? Und meine Eltern? Und was wurde aus mir?

Die Gedanken wirbelten mir nur so durch den Kopf und *zia* Maria kam mir in den Sinn. Die älteste Schwester meiner Mutter hatte vierzehn Kinder geboren, doch nur zwei hatten überlebt: Alba und Tonio. *Nonna* Marias geliebter Filippo hatte die Familie durch seinen Sturz vom Baugerüst in die Armut gestürzt und dann war da noch *zia* Anna mit ihrer dunklen Hautfarbe von dem verschluckten Virus. Reich waren wir alle nicht, und es sah auch nicht so aus, als ob sich dieser Zustand in naher Zukunft bedeutend ändern würde.

War daran der Fluch schuld? Wer konnte mir diese Frage beantworten? Mit einem Mal bekam ich richtig Angst und beschloss, dass ich mit Flüchen nichts zu tun haben wollte.

Später setzten sich *nonna* Maria und meine Mama zu uns, und *nonna* Maria bestätigte die Geschichte, die *nonna* Mina mir erzählt hatte.

»Ja, die Gräfin Bulino war eine böse Frau. Ob ihr

Fluch an allem schuld ist oder nicht, spielt eigentlich keine Rolle. Die Tatsache, dass sie ihrem Sohn niemals verziehen hat, wiegt viel schwerer als das, was sie in ihrer Wut an Verwünschungen ausgestoßen hat. Aber manche dieser Geschichten waren schon mehr als seltsam, und dass sie ausgerechnet meinem Vater passieren mussten ... da kommt man schon ins Grübeln und sucht nach Erklärungen, ohne jemals welche zu finden.«

»Was meinst du denn?«, fragte ich neugierig.

»Also gut, ich erzähle es dir. Pass auf!«, begann sie, und so hörte ich an jenem Abend die zweite Geschichte über meinen Uropa. »*Nonno* Ciccio war sehr gläubig und hat die heilige Madonna sehr geliebt, mindestens so sehr wie seinen Wein. Er hat nämlich gerne Wein getrunken, manchmal sogar mehr, als ihm gut tat. Er konnte an keiner Statue der heiligen Maria vorbeilaufen, ohne sie zu küssen. Und da er jeden Tag auf dem Weg zur Arbeit an einer vorbeilief, küsste er zweimal am Tag die Madonna. Eine Zeit lang schmeckte ihm der Wein besonders gut und er lief abends meist recht angetrunken an der Madonna vorbei. An solchen Tagen küsste er die Figur noch inbrünstiger. Meine Mama sagte ihm eines Tages, dass die heilige Maria es bestimmt nicht besonders gerne hätte, von einem Betrunkenen geküsst zu werden.

Er antwortete jedoch abwehrend: ›Wenn es so ist, dann wird es mir die Madonna schon sagen.‹

Ein paar Tage später blieb er wieder mal stark angetrunken und singend vor der Madonna stehen, beteuerte seine Liebe zu ihr, umarmte und küsste sie und wandte sich ab, um weiterzulaufen. Schon beim zweiten Schritt stieß er so heftig mit der Stirn gegen einen eisernen Laternenpfahl, dass er kurzfristig bewusstlos wurde.

Blutverschmiert lief er nach Hause und betastete die riesige Beule auf seiner Stirn. Als er zur Tür hereinkam, erschraken wir über das viele Blut, das ihm übers Gesicht gelaufen war. Mama versorgte seine Wunde, während er erzählte, was passiert war. Schließlich fragte Mama ihn, ob er verstanden hätte, was ihm die Madonna mitgeteilt hatte … und er fing an zu weinen.

Vierzehn Tage lang hat er die Beule an seiner Stirn vor sich hergetragen und seine Arbeitskollegen nannten ihn nur noch ›das Nashorn‹.«

»Aua, das muss aber ordentlich wehgetan haben«, sagte ich.

»Das kannst du annehmen«, antwortete *nonna* Maria, »aber das war lange nicht so schmerzhaft wie das, was ihm ein paar Monate später passiert ist.«

»Was denn?«, fragte ich neugierig und konnte kaum erwarten, dass sie fortfuhr.

»Wir sind ein paar Monate später nach Catania gezogen. Da wir nicht viele Möbel hatten, gerade mal einen Tisch, zwei Schränke, vier Betten und sechs Stühle, war der Umzug innerhalb eines Tages erledigt. Am Abend fielen wir alle todmüde ins Bett und schliefen sofort ein. Als wir am Morgen aufwachten, war Papa nicht mehr da. Er war mitsamt seinem Bett verschwunden. Wir waren zutiefst erschrocken, und Mama wollte schon die Polizei rufen, als sie aus dem Fenster sah.

Unser neues Haus stand direkt gegenüber der Kirche von St. Crispino. Und was stand da auf den Stufen der Kirche? Das Bett meines Vaters. Er lag darin und schlief noch immer tief und fest. Sofort lief Mama nach draußen, um ihn zu wecken.

›Heilige Madonna, steh uns bei!‹, rief er erstaunt. ›Wie bin ich denn nur hierher gekommen? Was ist passiert? Teresa, nun sag doch was!‹

›Ich weiß es nicht‹, antwortete meine Mama. ›Ich habe dich heute Morgen vom Fenster aus hier liegen sehen.‹

›Oh Madonna! Was ist das für eine Teufelei? Schnell, hilf mir, das Bett reinzutragen, bevor jemand vorbeikommt‹, sagte mein Vater, und gemeinsam trugen sie das schwere Bett ins Haus zurück.

Er grübelte den ganzen Tag darüber nach, was da passiert sein könnte, doch er vermochte es sich nicht zu erklären und das machte ihm große Angst.

Am nächsten Abend konnte er vor Angst, dass ihn jemand heimlich davontragen könnte, nicht einschlafen. Er starrte in die Dunkelheit und versuchte noch immer, eine logische Erklärung für das seltsame Ereignis zu finden.

Irgendwann, mitten in der Nacht, meinte er ein leises Zischen zu hören, aber er konnte nicht feststellen, aus welcher Richtung es kam. Das Zischen wurde lauter und bildete einzelne, zunächst unverständliche Wörter, und er hatte den Eindruck, als ob die seltsame Stimme, die zu ihm sprach, direkt in seinem Kopf entstand.

›Sss … versssschwindet, sss … versssschwindet aus unserem Hausss … wir wollen euch nicht hier haben, sss … geht! Sss … geht fort von hier … ssszzz …‹

Papa erschrak fast zu Tode und setzte sich im Bett auf, er war hellwach und träumte ganz sicher nicht. Kalter Schweiß trat auf seine Stirn, er atmete laut und stoßweise und würgte ängstlich ein paar

Worte heraus: ›Was? Wie? *Santa Maria* … Wer seid ihr?‹

›Sss … keine Fragen, sss … keine Antworten, sss … keine Lügen, keine Schmerzen, sss … geht sofort!‹, antwortete die seltsame Stimme.

›Lasst uns in Ruhe!‹, rief mein Vater zitternd vor Angst.

Inzwischen war Mama aufgewacht, denn sie hatte die Stimme ebenfalls gehört. Auch sie hatte furchtbare Angst und betete so laut, dass sie uns Kinder damit aufweckte.

›Sss … geht, solange noch Zeit ist, sss … solange noch Zeit ist!‹, rief die unheimliche Stimme.

›Ciccio, was ist das?‹, flüsterte meine Mutter.

Wir Kinder hatten panische Angst und wagten nicht einen Laut von uns zu geben.

›Ich weiß es nicht, Teresa‹, antwortete Papa. ›Irgendwer will uns nicht hier haben.‹

Wieder ertönte das bedrohliche Zischen.

Der Schlag kam aus dem Nichts und traf Papa völlig unvorbereitet mitten ins Gesicht, und zwar so heftig, dass er gegen die Wand geschleudert wurde.

Mama schrie laut auf, da bekam sie auch schon den zweiten Schlag ab, bevor meine Geschwister und ich an der Reihe waren. Wir wurden regelrecht zusammengeschlagen, bis mein Vater irgendwann schrie: ›Raus hier, schnell! Na los, macht schon!‹

Schützend stellte er sich hinter uns und geleitete uns aus dem Haus. Wir rannten in Richtung Kirche und hörten noch, wie Papa den letzten Schlag abbekam, bevor auch er ins Freie stürzte. Hastig stiegen wir die Stufen zur Kirche hinauf und blieben völlig außer Atem vor dem Tor stehen. Einige Nachbarn hatten sich draußen versammelt, und keiner konnte fassen, was sich da gerade abgespielt hatte. Wenn uns nicht alle Knochen wehgetan hätten, so hätten wir es vermutlich auch nicht geglaubt.

Mama untersuchte uns nach Verletzungen, doch es war kein Blut geflossen. Papa hatte es von uns am härtesten erwischt, und als er seine Schlafjacke auszog, sah ich die blutunterlaufenen Abdrücke mehrerer Kettenglieder auf seinem Rücken.

Wir waren schockiert. An Schlaf war jetzt nicht mehr zu denken und so verbrachten wir den Rest der Nacht auf den Stufen der Kirche.

Erst als es hell wurde, trauten wir uns zurück ins Haus. Es war alles ruhig, und Papa suchte zusammen mit einem Nachbarn jedes einzelne Zimmer ab, doch sie konnten nichts Außergewöhnliches entdecken. Mama drängte darauf, dass wir dieses Haus sofort verließen und uns eine neue Bleibe suchten. Papa versprach ihr, sich noch am selben Tag darum zu kümmern.

Der Tag verlief völlig normal, abgesehen davon, dass wir alle vor Angst am Rande eines Nervenzusammenbruchs standen. Als am Abend die Dunkelheit hereinbrach, machten wir uns daran, in die Betten zu steigen. Obwohl wir alle wussten, dass in dieser Nacht niemand von uns ein Auge zubekommen würde. Wir löschten das Licht und warteten. Es dauerte nicht lange, als urplötzlich und in einer Lautstärke, die uns erschaudern ließ, das uns bekannte, von einem schaurigen Klirren begleitete Zischen einsetzte.

Sofort sprangen wir aus unseren Betten und rannten aus dem Zimmer in Richtung Tür. Während wir wieder hinüber zur Kirche liefen, prasselten von überall her Schläge auf uns nieder. Die paar Sekunden bis zum Erreichen der Haustür kamen uns vor wie eine Ewigkeit. Doch kaum standen wir im Freien, hörten die Schläge auf.

Wieder versammelte sich eine kleine Menschenmenge vor unserem Haus und alle sahen uns an, als ob wir selbst Geister wären.

Weinend und schluchzend standen wir vor dem Haus und rätselten, was diese seltsamen Zwischenfälle zu bedeuten hätten. Uns stand die Furcht ins Gesicht geschrieben und auch unsere Nachbarn waren sichtlich betroffen. So etwas hatte es hier vorher nicht gegeben, schließlich war ihr Viertel eines der ruhigsten in ganz Catania, und sie kamen zu dem Schluss, dass wir die Geister mitgebracht hatten.

Bis wir eine neue Bleibe gefunden hatten, wohnten wir tagsüber im Haus und verließen es, sobald es dunkel wurde. Wir schliefen mehrere Nächte auf den Stufen der Kirche von St. Crispino, wo wir endlich Ruhe gefunden hatten.«

»Das ist ja unglaublich«, staunte ich völlig gebannt.

»Und jetzt ab ins Bett mit euch, es ist schon spät und morgen ist Schule.«

»*No … uffa*, muss das sein? Es war gerade so spannend«, sagten alle Kinder gleichzeitig, die sich während der Erzählung zu uns gesellt und ebenso wie ich aufmerksam gelauscht hatten. Nun waren wir alle enttäuscht, dass sie schon zu Ende war. Mir standen immer noch die Haare zu Berge und an Schlafen war jetzt sowieso nicht zu denken. Widerwillig ging ich ins Bett, wartete auf die zischende Stimme und bereitete mich seelisch darauf vor, mir vor Angst in die Schlafanzughose zu machen.

Als Filippo kurze Zeit später anfing zu zischen, setzte mein Herz einen Schlag aus und ich zog mir schnell die Bettdecke über den Kopf.

»Psst … Gigi, die Geschichte war richtig gruselig, nicht? Hast du Angst?«, fragte er mich.

Ich war richtig erleichtert, dass es nur mein Bruder war, und antwortete leise: »Angst? Wer, ich? Ha … das war eine tolle Geschichte, ich liebe solche Geschichten und könnte jeden Abend eine davon hören. Ich bin eben schon älter als du und viel mutiger.«

»Ach so, du kannst wohl deswegen nicht schlafen und ziehst dir die Decke über den Kopf, nicht? Alter Angeber!«, stichelte Filippo.

»Wer, ich? Ich ein Angeber? Niemals nicht! Manche haben eben Angst und andere ni… uahhhh!«

Filippo hatte sich, während ich sprach, an mich rangeschlichen und mir direkt ins Ohr gezischt.

Ich zuckte zusammen und schrie ihn an: »Bist du wahnsinnig? Du Depp, ich hätte fast einen Herzinfar… äh … dir eine gescheuert, dass dir der Kopf abfällt!«

»Haha, hihi, manche haben Angst, aber du nicht, hehe … niemals nicht … haha, hihi.«

»Geh ins Bett und schlaf, du Plage von einem Bruder!«, stöhnte ich und versuchte, mir meine Erleichterung nicht anmerken zu lassen.

Genau in dem Moment kam Papa herein und drohte uns altbekannte erzieherische Maßnahmen an, falls nicht sofort Ruhe sei. Irgendwie hatten wir das gebraucht, denn kurze Zeit später schlief ich ohne weitere Gedanken an kettenschwingende Geister ein.

Der neue Tag begann mit einem typisch messinisischen Frühstück: eine Tasse *zabaione*. Das ist ein mit

Zucker vermischtes schaumig geschlagenes Ei, dazu gab es eine Tasse Milch und, je nach Hunger, ein Marmeladebrot.

Die Fragen, mit denen ich Mama an diesem Morgen zur Verzweiflung trieb, hingen natürlich mit der Geschichte vom Vorabend zusammen. »Warum hat *nonno* Ciccio damals auf Titel und Vermögen verzichtet? Wieso hat *nonna* Teresa, wenn sie doch mal so wunderschön gewesen ist, sich so sehr verwandelt? War es so was Ähnliches wie die Werwolfskrankheit? Warum hat *nonno* Ciccio nicht gemerkt, dass er mitsamt seinem Bett aus dem Haus getragen wurde? Und warum haben sie *ihn* rausgetragen und nicht *nonna* Teresa?«

Na ja, die letzte Frage konnte ich selbst beantworten, denn *nonna* Teresa war bestimmt dreimal so schwer wie ihr Mann, und die Geister hatten bestimmt keine Lastesel dabei gehabt.

»Das mit dem ›reich‹ darfst du nicht so wörtlich nehmen«, antwortete Mama. »Die Bulinos gehören dem verarmten Landadel an, das heißt, sie besitzen einige Äcker und hier und da ein paar vernachlässigte Grundstücke, aber reich sind sie bestimmt nicht. Deshalb war es auch so wichtig, dass die sieben Nachkommen standesgemäß heirateten, um etwas mehr daraus zu machen. Die Gräfin befürchtete, dass jeder arme Schlucker, der neu in die Familie einheiratete, ihr etwas wegnahm. Daher auch die Enterbung. Außerdem war dein *nonno* sehr stolz darauf, dass er auch ohne die Hilfe seiner Familie was zustande gebracht hatte. Er hatte ein großes Herz und konnte an niemandem vorbeilaufen, dem es schlecht ging. Einmal ist er sogar ohne Schuhe von der Arbeit nach Hause gekommen. Er hatte sie einem Bettler geschenkt, der keine Schuhe besaß, und als die *nonna* ihm deswegen Vorwürfe machte, sagte er ihr, dass er immer noch ein Paar Schuhe hätte und zwei Paar Schuhe könnte er sowieso nicht gleichzeitig tragen.«

»Das hat er gesagt?«, fragte ich beeindruckt.

»Ja. Als sein Geschäft noch richtig gut lief, kam er niemals alleine nach Hause. Ständig schleppte er Obdachlose oder Bettler an, denen er allen etwas zu essen, zu trinken und manchmal sogar ein Bett anbot. Dass es dadurch für seine eigene Familie manchmal ziemlich eng wurde, störte ihn nicht weiter. ›Der liebe Gott wird uns schon nicht verhungern lassen‹, sagte er oft.«

»Mussten die anderen denn deswegen hungern?«, wollte ich wissen.

»Nein, natürlich ging es immer ... irgendwie. Aber er hätte seiner Familie viel erspart, wenn er ein bisschen eigennütziger gewesen wäre. Denn hatte er mal nichts zu essen, dann fand sich keiner, der ihm etwas gab. Niemand bot ihm einen Schluck Wein an oder schenkte ihm Schuhe, wenn seine kaputt waren. Alle seine so genannten Freunde nahmen gerne an, sobald er etwas verteilte, aber niemals haben sie ihm, wenn er es gebraucht hätte, etwas davon zurückgegeben. Trotz allem hat er sich niemals beschwert und es auch nie verlangt, und jedes Mal wenn wieder genug da war, verteilte er wieder mit offenen Händen. Ich kann dir nicht sagen, ob er wirklich so gutherzig war oder einfach nur zu dumm, um zu begreifen, dass ihn alle nur ausnutzten.«

Ich staunte. *Nonno* Ciccio war in meinen Augen schon ein bisschen seltsam gewesen ... aber irgendwie bewunderte ich ihn dafür.

16. Die taumelnde Santina

Ich musste noch den ganzen Vormittag an *nonno* Ciccio denken und konnte mich kaum auf den Unterricht konzentrieren. Die Geschichte mit den Geistern war wirklich zu seltsam.

Doch auch bei uns zu Hause geschahen merkwürdige Dinge. Als ich nach dem Mittagessen zu meinen Cousins hinübergehen wollte, kam mir meine kleine Schwester im Flur torkelnd entgegen. Der schmale, etwa fünf Meter lange Korridor, der die Küche mit dem Wohnzimmer verbindet, ist nicht breiter als neunzig Zentimeter.

Santina schwankte von einer Seite zur anderen, knallte mit der einen Schulter gegen die linke Wand, stolperte zur rechten und schrammte mit der anderen Schulter daran entlang, bevor sie stolperte und auf dem Gesicht landete. Sie fing jämmerlich an zu weinen, woraufhin sofort Mama und Papa herbeisprangen und sie hochhoben. Kaum auf Mamas Arm, schlief sie auch schon ein.

Die Angst und die hilflose Panik im Gesicht meiner Eltern machten mir und meinem Bruder fast noch mehr Angst als der merkwürdige Zustand meiner Schwester.

Mama holte das Fieberthermometer, Papa nasse

Handtücher, und sie überprüften immer wieder besorgt, ob Santina noch atmete. Alles wirkte normal, bis auf den leicht säuerlichen Geruch, und Papa machte sich Gedanken darüber, was das wohl für eine Krankheit sein mochte. Mama rief sofort *nonna* Mina herbei, die Santina untersuchte, noch während sie schlief. Aber auch sie konnte nichts Außergewöhnliches feststellen. Also beschlossen meine Eltern, erst mal abzuwarten, bis sie wieder aufwachte.

Sie verdonnerten Filippo und mich zu absoluter Ruhe, damit Santina sich erholen konnte, und wir gingen zu unseren Cousins hinüber. Als sie aufwachte, hatte sie nur Kopfschmerzen und von ihrem Sturz eine Beule auf der Stirn. Mama und Papa untersuchten sie erneut und ließen sie mehrmals ein paar Meter gehen, weil sie sehen wollten, ob Santina gerade laufen konnte. Alles klappte bestens und meine Eltern beruhigten sich wieder.

Beim Abendessen spekulierte die ganze Familie über Santinas merkwürdigen Schwächeanfall, und Mama glaubte sich zu erinnern, dass sich meine Schwester schon seit ein paar Tagen seltsam verhielt. Irgendwie apathisch sei sie gewesen, meist direkt nach dem Mittagessen. Aber so schlimm wie am heutigen Nachmittag war es bisher noch nicht gewesen.

»Bitte nicht noch ein krankes Kind«, sagte sie seufzend mit einem Seitenblick auf Filippo, dessen Auge noch immer Probleme bereitete.

Da man immer wieder von seltsamen Allergien hörte, fragte sich Papa, ob Santinas Taumeln eine allergische Reaktion sein könnte. Schließlich lebten wir in einer verrückten, neumodischen Welt, die uns alle krank machte. Selbst die gesündesten Nahrungsmittel seien mittlerweile so vergiftet, dass man sich alles Mögliche holen konnte.

Mama fühlte sich daraufhin in ihrer Ehre gekränkt und entgegnete, dass sie Obst und Gemüse immer gründlich wasche, bevor sie es ihren Kindern zu essen gebe.

»Und was ist mit DDT?«, fragte *nonna* Mina, die zum Abendessen geblieben war. »Meint ihr nicht, es könnte das sein?«

»Nein!«, bestritt Mama entschieden. »DDT ist das neueste und gesündeste Insektengift, das es auf der ganzen Welt gibt. Das kann es auf keinen Fall sein, außerdem kenne ich niemanden, der es nicht verwendet, und ich habe noch nie davon gehört, dass es Krankheiten auslöst.«

»Aber es bleibt doch immer noch Gift«, entgegnete *nonna* Mina. »Ich denke nicht, dass es ein ›gesundes‹ Gift gibt, immerhin tötet es Lebewesen, oder nicht?«

Dieser Satz stimmte Mama schließlich doch nachdenklich.

DDT, die neueste Errungenschaft der chemischen Industrie, war aus einem modernen Haushalt nicht mehr wegzudenken und jede ordentliche Hausfrau benutzte es. Auch Mama schloss ihr tägliches Putzritual immer mit dem DDT-Zerstäuber ab. Die unzähligen toten Fliegen, die sie danach jedes Mal aufsammelte, bestätigten sie in ihrem Tun. Schließlich war sie früher mit der Fliegenklatsche stundenlang den Viechern hinterhergejagt, um irgendwann festzustellen, dass sie doch nicht alle erwischt hatte. Das DDT war da richtig gründlich, ein wahrer Segen der modernen Technik.

Der schwere DDT-Duft begleitete uns den ganzen Tag, sämtliche Kleider, die Betten und die Bettwäsche rochen danach. In unserem Haus gab es kein Möbelstück, das nicht eine feine DDT-Schicht auf der Oberfläche hatte. Eine Zeit lang brachte man den Geruch von DDT sogar in direkte Verbindung mit der Sauberkeit der jeweiligen Familie: Solange irgendetwas außer der Hausfrau in der Wohnung lebte, war es nicht sauber.

Klar wusste ein jeder, dass es ein Gift war, und alle schützten sich so gut wie möglich: nicht einatmen, Zimmer verlassen und erst nach ausgiebigem Lüften wieder betreten. Das DDT war selbstverständlich geworden und mit der Zeit gingen die Leute sträflich sorglos damit um. Natürlich befreite das Auslüften die Zimmer von den Giftschwaden, doch das Zeug setzte sich in jede Ritze und jeden Winkel. Dass es unmöglich gesund sein konnte, sahen mein Bruder und ich alleine daran, dass unsere Goldfische nie älter wurden als drei Monate und die armen Tiere häufig seltsame Wucherungen hatten.

Dennoch wollte meine Mutter nicht glauben, dass Santina an einer DDT-Vergiftung litt – und sie sollte Recht behalten.

Als Mama am nächsten Tag nach dem Mittagessen in die Küche lief, stolperte ihr Santina entgegen.

Sie schrie vor Schreck und fing ihre Tochter auf, bevor sie hinfallen konnte. Filippo und ich rannten gleich herbei und beobachteten fassungslos, wie Santina schwer atmend und röchelnd die Augen schloss, während Mama verzweifelt versuchte, sie irgendwie wach zu halten. Unsere Schwester riss immer wieder die Augen weit auf, verdrehte sie, bis nur noch das Weiße zu sehen war, und schloss sie wieder. Da konnte Mama schütteln und rütteln, wie sie wollte.

Ausgerechnet jetzt war Papa nicht zu Hause und Mama war total verzweifelt. Sie schickte mich zu *nonna* Mina und in kürzester Zeit versammelte sich die gesamte Verwandtschaft in unserer Küche und beratschlagte das weitere Vorgehen. Von so einer seltsamen Krankheit, die sich immer nur um eine bestimmte Tageszeit herum zeigte, hatte noch keiner gehört.

»Wer weiß, was sich die Kleine für einen bösartigen Virus eingefangen hat«, mutmaßte *zia* Gianna. Ein Virus, ein richtig fieser, bösartiger Virus …

Sofort musste ich an die Geschichte mit den Bananenschalen denken, die Mama mir erzählt hatte. Krampfhaft überlegte ich, wann wir das letzte Mal Bananen gegessen hatten, und kam zu dem Schluss, dass es schon eine ganze Weile her war. War dieser Virus etwa so hinterhältig, dass er sich einfach auf andere Früchte gesetzt hatte? Pfirsiche hatten wir nämlich fast jeden Tag gegessen … Hatten diese Viecher denn nichts Besseres zu tun, als den ganzen Tag auf irgendwelchem Obst herumzusitzen und darauf zu warten, dass irgendwer davon aß?

Das war wieder mal eine Frage, die mir niemand beantworten konnte, außerdem hatten die Erwachsenen gerade beschlossen, dass Mama mit Santina ins Krankenhaus gehen sollte.

Als Papa am frühen Abend nach Hause kam, war Santina gerade aufgewacht und verhielt sich wieder völlig normal.

Papa war verblüfft, dass sich die Geschichte fast identisch wiederholt hatte. Er nahm Santina in die Arme und bemerkte wieder einen leicht säuerlichen Geruch in ihrem Atem. Doch weder er noch Mama konnte sich erklären, woher dieser kam. Sie verschoben den Krankenhausbesuch kurzerhand auf den nächsten Tag, da es meiner Schwester offensichtlich wieder ganz gut ging.

Beim Abendessen gab es wieder nur ein Thema: Santina und ihre seltsame Krankheit. Anschließend setzten sich *zio* Paolo und Papa noch bei einem Glas Wein zusammen und unterhielten sich. Als *zio* Paolo einen Schluck aus seinem Glas nahm, verzog er das Gesicht und schimpfte unvermittelt über die immer schlechter werdende Qualität des sizilianischen Landweins. Papa gab ihm Recht und sagte, dass alle Weine in letzter Zeit irgendwie gepanscht schmeckten. Ihrer Meinung nach war die Geldgier der Bauern und Händler schuld daran, dass es keine guten Weine mehr gab.

Am nächsten Tag freute ich mich schon den ganzen Morgen auf das leckere Mittagessen, denn es gab Bohneneintopf mit Brokkoli und kleinen Nudeln. Nachdem wir den Tisch abgeräumt hatten, gingen Filippo und ich ins Wohnzimmer. Bald darauf hörten wir Mamas Geschrei und rannten in die Küche. Mama brüllte Santina wie von Sinnen an und wir verstanden nur Bahnhof. Sie war bisher immer so sanft und liebevoll mit ihrem kranken Kind umgegangen, dass wir diese Verhaltensänderung beim besten Willen nicht nachvollziehen konnten. Erst nach und nach kapierte ich, was vorgefallen war.

Mama hatte sich offenbar im Bad versteckt und Santina beobachtet. Meine vierjährige Schwester war nach dem Essen zurück in die Küche geschlichen, hatte sich ein Glas Rotwein eingeschenkt, die Weinflasche anschließend mit Wasser aufgefüllt und in den Schrank zurückgestellt. Raffiniertes Kind!

Mama wollte eingreifen, bevor Santina das Glas leerte, doch meine Schwester kippte den Wein so schnell hinunter, dass sie nur noch fassungslos die Überreste anstarren konnte.

Mama war außer sich, Santina sturzbetrunken.

Als sie wenige Minuten später wieder anfing zu taumeln, zu torkeln und die Augen zu verdrehen, wussten wir endlich, warum. Mama informierte sofort die ganze Verwandtschaft und alle waren erleichtert und zugleich erstaunt über so viel Schlitzohrigkeit. Auf die Idee, den fehlenden Wein durch Wasser zu ersetzen, muss eine Vierjährige erst mal kommen.

Mama fragte sich in den nächsten Tagen ernsthaft, ob sie in Zukunft eine minderjährige Alkoholikerin zu betreuen hatte und – vor allem – was sie in ihrem Leben Schlimmes verbrochen hatte, um mit derart geisteskranken Kindern bestraft zu werden. Dabei setzte sie, wie schon so häufig in solchen Situationen, ihren Märtyrerblick auf, der uns sagen sollte: »Seht her, was Gott mir für Prüfungen auferlegt hat. Was muss ich für euch eigentlich noch alles ertragen?«

Dabei wussten meine Eltern genau, wie raffiniert Santina tatsächlich schon war, denn sie hatte es uns eindrucksvoll am vergangenen Weihnachtsfest bewiesen, als sie von allen unbemerkt unseren Weihnachtsbaum geplündert hatte.

Der war natürlich wie jedes Jahr reichlich geschmückt mit glitzernden bunten Glaskugeln, Krippenfiguren, Lametta in Silber, Gold oder Violett und in farbige Metallfolie eingepackten Schokofiguren und Schokoladenkugeln. Aus Erfahrung wusste Mama, dass der Großteil der weiter unten hängenden

Schokoladenkugeln die Zeit bis zum Abschmücken des Baumes nicht überstand. Deshalb hatte sie uns eindringlich davor gewarnt, auch nur eine Kugel schief anzusehen, geschweige denn zu berühren.

Im Jahr davor waren nämlich alle Schokoladenkugeln von einem unbekannten Eindringling geraubt worden. Der unbekannte Dieb war so dreist gewesen, die Kugeln an Ort und Stelle zu verputzen und die bunte Folie an Ort und Stelle liegen zu lassen. Um seine Spuren zu verwischen, ging er sogar so weit, Santinas Kopfkissen und ihren Mund mit Schokolade einzuschmieren. Ein wahrhaft raffinierter Einbrecher!

Natürlich hofften wir Kinder, dass die Weihnachtstage möglichst schnell vorübergingen, um die Schokolade endlich essen zu dürfen. Doch bis dahin rief uns Mama jeden Morgen zum Baum und zählte die Kugeln ab … sie waren noch alle da, Gott sei Dank. Und jeden Morgen hörten wir uns den gleichen Satz an: »Gnade euch Gott, wenn eine fehlen sollte!«

Endlich war Weihnachten vorbei und somit der heiß ersehnte Tag des Abschmückens gekommen. Zuerst entfernte Papa die Lamettastreifen, dann nahm Mama die Glaskugeln ab und legte sie in ihre Schachtel zurück, wo sie bis zum nächsten Jahr lagerten. Zum Schluss kamen dann … die Schokokugeln dran.

Mamas Miene an jenem Morgen werde ich nie vergessen, und vermutlich hatten wir alle den gleichen Ausdruck im Gesicht, als sie die erste Kugel öffnete und ihr ein Wattebausch in den Schoß fiel. Entgeistert betrachtete sie den Inhalt ihrer Handfläche, als läge dort ein Stück Mondgestein, etwas, was nicht von dieser Welt war. Fieberhaft öffnete sie eine zweite, dritte, vierte Kugel – und jedes Mal dasselbe Spiel.

Der clevere Meisterdieb hatte wieder zugeschlagen.

»Ich war's nicht«, »Ich war's nicht«, »Ich war's nicht!«, beteten wir drei unsere Unschuldsformel herunter, um größeres Unheil zu vermeiden. Doch als Mama ihren Ich-tue-so-als-ob-ich-gleich-wahnsinnig-werde-und-schlage-euch-alle-tot-Blick aufsetzte, wussten wir, dass es für jegliche Beteuerungen zu spät war. Jetzt galt es, den Schuldigen zu finden.

»Santina war es!«, schrie Filippo.

»Nein, du warst es«, verteidigte sich Santina.

»Gigi war es!«, behaupteten nun beide.

Ich lief rot an und nannte meine Geschwister zwei verkommene Lügner.

»Na gut!«, ging Mama dazwischen. »Da es mal wieder niemand von euch gewesen sein will, muss wohl der Heilige Geist vom Himmel heruntergekommen sein.«

Derweil untersuchte Papa die geschändeten Kugeln und war über die Präzisionsarbeit mehr als erstaunt. Wie konnte ein kleines Kind die Schokolade austauschen, ohne dabei die Folie einzudrücken? Das grenzte seiner Ansicht nach an Zauberei.

Dieses Mysterium wäre wohl nie aufgeklärt worden, wenn Mama nicht ein paar Tage später beim Überziehen von Santinas Bett geschmolzene Reste einer Schokoladenkugel unter ihrer Matratze gefunden hätte. Sie war es tatsächlich gewesen. Wir kamen nicht umhin, ihr für diese Meisterleistung Respekt zu zollen. Ein wahrhaft raffiniertes, begabtes Kind – wenn auch mit einem schmerzenden Hintern, denn diese Tat blieb nicht ohne Folgen für meine Schwester.

Obwohl meine Eltern unserer Meinung nach diesen Streich durchaus verdient hatten, denn sie hatten uns bei der Bescherung böse an der Nase herumgeführt.

Wir hatten uns wie alle Kinder unglaublich auf die Bescherung gefreut und warteten seit Tagen darauf, endlich unsere Geschenke in Empfang nehmen zu dürfen. Stundenlang spekulierten wir, was wir wohl alles bekommen würden: tolle Autos, einen Minibagger, eine Puppe.

Endlich war es so weit. Als Mama, Papa und *nonna* uns ins Wohnzimmer riefen, konnten wir die Spannung kaum noch ertragen und stürzten uns auf die Geschenke wie ein Rudel ausgehungerter Löwen auf eine frisch gerissene Gazelle. Unter dem Weihnachtsbaum lagen drei riesige, in buntes Papier eingewickelte Geschenke.

Ungeduldig riss ich die Schachtel auf und starrte ungläubig auf zerknülltes Zeitungspapier. Wie meine Geschwister, denen es nicht anders erging, schaufelte ich das Zeitungspapier aus der Schachtel, bis endlich ein Paket zum Vorschein kam, das ebenfalls in Geschenkpapier eingewickelt war. Ich riss es mit einem Ruck auseinander ... und unter meinem entsetzten Blick purzelte eine Rolle Klopapier heraus!

Meine Gesichtszüge entgleisten und ich drehte mich entsetzt erst zu meinen Eltern und dann zu meinen Geschwistern um. Santina hockte hemmungslos weinend wie ein Häufchen Elend vor zwei großen, roten Salatzwiebeln, Filippo trommelte vor Wut mit den Fäusten auf den Boden und warf sein Geschenk wütend in die Ecke: ein Säckchen Holzkohle!

»Ihr seid alle nicht brav gewesen und deswegen bestraft euch jetzt das Jesuskind!«

Mamas feierlich verkündete Erklärung drang nur bruchstückhaft zu mir durch, denn ich brach ebenfalls in Tränen aus. Der nun folgende Wettstreit unter uns dreien, der den Titel »Wer kann am längsten, lautesten und verzweifeltsten heulen?« trug, ließ schließlich die Erziehungsfront der Erwachsenen bröckeln und sie brachten uns tatsächlich unsere richtigen Geschenke.

Mit geladenen und entsicherten Tränendrüsen begannen wir erneut mit dem Auspacken. Wenn die echten Geschenke diesmal nicht zum Vorschein kamen, konnten unsere Eltern schon mal anfangen, die zweite Arche Noah zu bauen.

Wir hatten Glück, doch unser Misstrauen blieb, und es dauerte eine ganze Weile, bis sich Santina über ihre Puppe, Filippo über seinen Bagger und ich mich über mein tolles Auto freuen konnten.

Meine Eltern sahen in Zukunft von derartigen Späßen ab, denn eines hatten sie an jenem Abend gelernt: Bei Geschenken hört für jedes Kind der Spaß auf.

17. Mata und Grifone

Eine Sache, bei der wir Kinder dagegen nie genug Spaß haben konnten, war das traditionell jedes Jahr am 15. August stattfindende Gründungsfest Messinas. An diesem Feiertag, bei dem sämtliche Missinisi auf den Beinen sind, zieht sich ein riesiger Festzug über Kilometer durch die Straßen, und in der gesamten Innenstadt herrscht Ausnahmezustand.

Wie es in Sizilien Brauch ist, tragen an jenem Tag junge, kräftige Männer die so genannten *vare* durch die Straßen. Das sind Heiligenstatuen, die zuvor auf mit Blumen reich geschmückte, tragbare Gestelle montiert werden. Besonders große und schwere *vare* kommen auf festlich geschmückte Wagen, die dann von Pferden gezogen werden.

Dem Festzug voran laufen Priester mit ihren Ministranten und segnen die Gläubigen. Zu Tausenden stehen die Menschen, betend, singend, schauend, am Straßenrand oder schließen sich der Prozession an. Im Anschluss an die *vare* folgen dann die mitlaufenden Musikkapellen. Die meisten dieser Hobbykapellen klingen so, als spielten sie drei verschiedene Musikstücke auf einmal. Na ja, ganz so schlimm ist es nicht, aber die ein oder andere zufällig eingestreute Ohrenbieger-Note kann bei den gläubigen Zuhörern schon mal Nasenbluten verursachen. Doch das Ganze hat auch sein Gutes: Die Abtrünnigen kommen dem Glauben wieder etwas näher, weil ihr misshandelter Gehörgang sie zu einem verzweifelten Gebet nötigt: »Santa Lucia, vergib mir meine Sünden, lass mich diese Prüfung überstehen und sorge dafür, dass sich der Krampf in meinem Gesicht wieder löst. Amen!«

In manchen Kreisen hält sich hartnäckig das Gerücht, dies sei die moderne Variante der Inquisition. Aber vermutlich handelt es sich nur um ein paar Hobbymusiker, die ihren Mitmenschen eine kleine Freude bereiten wollen.

Der feierliche Umzug beginnt jedenfalls Jahr für Jahr mit den Statuen der angeblichen Stadtgründer: Mata und Grifone.

Als ich das erste Mal vor den Furcht einflößenden Statuen stand, bekam ich vor Staunen den Mund nicht mehr zu. Die beiden Figuren waren Riesen, ganze acht Meter hoch! Mata, eine hübsche, hellhäutige Frau, saß auf einem Schimmel; Grifone, ein muskulöser, dunkelhäutiger Mann, auf einem Rappen. Der alte Grifone soll zu Lebzeiten ein richtiger Stinkstiefel gewesen sein.

Der Legende nach, die mir Mama auf meine bohrenden Fragen hin erzählte, fand der Riese keine passende Partnerin. Und was tut ein Mann, wenn er seine überschüssige Manneskraft nicht loswird? Richtig, er fängt mit jedem, der ihm gerade über den Weg läuft, Streit an. Grifone war da nicht anders. Der einzige Unterschied: Der Gute hat seine zahlreich abgeschlachteten Feinde anschließend gegessen.

»Menschen gegessen? Igitt!«, rief ich entsetzt. »Gab's denn damals nichts anderes?«

»Doch«, antwortete Mama, »aber er hat sich wahrscheinlich gefragt, warum man all das gute Fleisch verkommen lassen sollte. Seine Feinde waren sowieso viel kleiner als er. Die müssen ihm wie Schafe oder Ziegen vorgekommen sein. Irgendwann tauchte dann Mata auf. Sie war auch eine Riesin und hatte bis dahin ebenfalls keinen Partner gefunden. Als die beiden sich sahen, wussten sie sofort, dass sie zueinander passten. Mata zeigte Grifone, dass er seine Tage auch gut ohne Raufereien verbringen konnte. Außerdem erklärte sie ihm, dass er seine Nachbarn auch mal zum Essen einladen könne, wenn er nur endlich aufhörte, sie zu verspeisen. Als sie Grifone so weit hatte, dass er ein paar zusammenhängende Sätze grunzen konnte, gründeten sie die Stadt. Kurz und gut: Mata hat einen zivilisierten Menschen aus ihm gemacht. Genau das, was alle Frauen mit ihren Männern tun müssen ... bis zum heutigen Tag! Ohne uns Frauen würden die Männer nämlich heute noch in Höhlen leben und ihre Nahrung mit der Keule jagen, weißt du?«

»Echt?«, staunte ich. »Denkst du das wirklich, Mama?«

»Aber ja!«, antwortete sie knapp.

Mich schauderte bei dem Gedanken, dass aus mir in ein paar Jahren auch ein Mann wurde und damit automatisch, nach Mamas Theorie, ein wilder, unzivilisierter Kannibale – bis mir eine Frau Manieren beibrachte.

Die dringendste Frage, die sich mir stellte, war, wann sich wohl diese Verwandlung vollzöge. Schließlich wollte ich auf keinen Fall ein Kannibale werden und mit einer Keule bewaffnet nach einer bewohnbaren Höhle suchen müssen. Das taten andere ja auch nicht, genau genommen tat niemand, den ich kannte, so etwas. Auch nicht die unverheirateten Männer, meine älteren Cousins zum Beispiel. Sie lebten in richtigen Häusern, konnten klar und deutlich sprechen und sie waren ganz sicher keine Kannibalen – zumindest hatte ich sie noch nie mit einer Keule in der Hand gesehen. Irgendetwas an Mamas Geschichte stimmte nicht, so viel stand fest.

Als ich sie darauf ansprach, sagte sie nur: »Das verstehst du nicht, dazu bist du noch zu klein. Wenn du groß bist, reden wir weiter.«

Die nächste Frage, die sich mir beim Anblick der riesigen Statuen stellte, blieb ebenfalls unbeantwortet: »Wenn Mata und Grifone wegen ihrer Körpergröße Probleme hatten, einen Partner zu finden, wo hatten sie denn die riesigen Pferde her?« Offenbar war auch an dieser Geschichte etwas faul, ich wusste nur nicht so genau, was.

Nachdem alle Fragen hinreichend unbeantwortet geblieben waren, schlenderten wir weiter durch die festlich geschmückten Straßen. An jeder Ecke standen als Clowns verkleidete Straßenhändler, die riesige Luftballontrauben in allen erdenklichen Farben und Formen verkauften.

Überall standen auch wunderschöne, bunt bemalte sizilianische Pferdekarren herum, mit allerlei Spezialitäten voll beladen: geröstete Mandeln, Erdnüsse, gebratene Äpfel und Bananen, Zuckerwatte und Süßigkeiten in allen erdenklichen Variationen. Der Duft dieser Köstlichkeiten erfüllte jeden Winkel der Stadt, und ich hatte den Eindruck, als ob mich dieser schwere Geruch durch die Straßen trüge.

Die Pferde vor den Karren waren mit bunten Decken behängt, an denen goldfarbene, glitzernde

Metallplättchen befestigt waren. Die Tiere hatten lange, bunte Federbüschel auf dem Kopf und am Geschirr, was ihnen ein geradezu unwirkliches Aussehen verlieh. Manche Karren waren über und über bemalt, etwa mit Rittern in goldenen Rüstungen, die auf Schimmeln in die Schlacht ritten, wehende Fahnen mit einem roten Kreuz darauf in den Händen. Ihre Feinde waren dunkelhäutige, grausam aussehende Männer, Sarazenen und Muselmanen, die sich mit den tapferen Kreuzrittern große, verlustreiche Schlachten lieferten. Das konnte ich eindeutig an der Zahl der am Boden liegenden Körper und Körperteile erkennen.

Ein Bild blieb mir besonders in Erinnerung: das eines Ritters, der in einer weißen Rüstung durch ein Meer von Blut watete, in der einen Hand ein großes Schwert, in der anderen den Kopf eines Sarazenen. Unter dem Bild stand in kleinen Buchstaben der Titel: »*La Morte di Saladino* – Saladins Tod«. Das Bild war so beeindruckend, dass ich mich gar nicht davon losreißen konnte, bis Papa mich irgendwann mit sanfter Gewalt weiterzog.

An den Seiten der Karren hingen verschieden große Puppen, welche die tapferen Krieger in schönen, glänzenden Rüstungen darstellten. Allesamt handgearbeitet, wie ein jeder Händler mehrfach versicherte. Die größten mit ihren silbern oder golden glänzenden Rüstungen hatten es mir besonders angetan.

Wir standen an einem aufwändig geschmückten Wagen, auf dem der Händler große, bemalte Leinwände aufgebaut hatte. Er war selbst kostümiert und erzählte mit lauter, tiefer Stimme die Geschichte der auf den Leinwänden dargestellten Szenen. Er sprach auch von Orlando Furioso, einem tapferen, aber unglücklichen Ritter, der zwar Glück in der Schlacht, aber Pech in der Liebe gehabt hatte. Es war faszinierend, zu beobachten, wie der Erzähler Groß und Klein vom ersten Satz an in seinen Bann zog. Sicher war er der erfolgreichste Puppenverkäufer von ganz Messina.

Ich bekam natürlich keine Puppe … zu teuer.

Wir liefen weiter bis zu den Ständen, an denen die Händler gegrilltes Fleisch anboten. Wie das duftete – köstlich! Selbst wenn man gerade satt und zufrieden war, bekam man davon automatisch Hunger. Auf großen Kohlegrills brutzelten die Fleischbrocken, die irgendwie seltsam aussahen: röhrenförmig. Die Röhren, etwa so dick wie der Daumen eines Erwachsenen, weckten unsere Neugier und wir wollten sie unbedingt probieren. Also kaufte Papa eine Schale voll und wir Kinder verspeisten sie mit Hochgenuss.

»Was ist das?«, fragte Santina.

»Das ist *dajuni*«, antwortete Papa.

»Woraus wird das denn gemacht?«, wollte Filippo nun wissen.

»Rindfleisch«, sagte Papa nur wortkarg.

»Aha, schmeckt echt klasse«, stellte ich fest.

Erst Jahre später erfuhr ich, dass *dajuni* ein typisches sizilianisches Armeleuteessen ist: Speiseröhre, Gedärme und Innereien vom Rind. Doch das störte mich damals nicht sonderlich, schließlich fand ich es lecker – und Papa verriet es uns nicht.

Nachdem wir alles bis auf den letzten Krümel vertilgt hatten, schlenderten wir die schöne Hafenpromenade entlang, die an der *fiera* endete. Das ist eine jährlich stattfindende Verbraucher- und Informationsmesse – im Grunde ein richtiges Volksfest.

Wir Kinder waren langsam müde geworden, vor allem Santina fing an zu quengeln, und so machten wir uns allmählich auf den Rückweg. Als wir eine große Menschenmenge bemerkten, die sich um einen der zahlreichen Verkaufsstände auf der *fiera* drängte, war unsere Neugier geweckt. Wir arbeiteten uns nach vorne durch, um zu sehen, was es dort so Besonderes gab.

Als wir endlich einen Blick auf die Ware werfen konnten, waren wir überrascht: lebende, bunt gefärbte Küken. Hunderte von grünen, blauen, roten, gelben, lila- und rosafarbenen, kuschelig aussehenden kleinen Küken.

Das Piepsen der winzigen Vögel erfüllte den Stand und das Schreien unzähliger Kinder, die unbedingt eines der Tiere haben wollten, ebenfalls. Filippo, Santina und ich schlossen uns, aus Gründen der Solidarität, dem Geschrei der anderen an und nötigten unsere Eltern, je ein farbiges Hühnchen für uns zu kaufen.

Papas Einwand, dass eingefärbte Küken in der Regel nicht länger als zwei Tage überlebten, ließen wir nicht gelten.

Wir wollten bitte, bitte, bitte welche haben und damit baaastaaaa!

Angesichts des bevorstehenden langen Heimwegs mit drei nervenden, plärrenden Kindern beschloss Papa schweren Herzens, uns drei Küken zu kaufen. Jeder von uns durfte sich eines aussuchen: Filippo ein rotes, Santina ein grünes und ich ein blaues. Die Vögel wurden in kleine, bunte Schachteln mit winzigen Luftlöchern verpackt und ein jeder von uns durfte seines selbst tragen. Wir konnten es kaum erwarten, endlich nach Hause zu kommen, und waren überglücklich über unsere lebenden Kuscheltiere.

Bis dahin hatten wir außer den erwähnten Goldfischen und einer Schildkröte, die sich alle so gar nicht zum Kuscheln eigneten, keine Haustiere besessen.

Den ganzen Abend waren wir damit beschäftigt, die Küken zu füttern, warm zu halten und herumzutragen, um ihnen ihr neues Zuhause zu zeigen. Wir polsterten eine alte Schuhschachtel, die als Bett für die drei Kleinen fungieren sollte, sorgfältig mit Watte aus. Als Mama und Papa uns ins Bett schickten, waren wir um unsere Schützlinge so besorgt, dass wir gar nicht einschlafen konnten. Wir lagen im Dunkeln und unterhielten uns noch ein bisschen.

»Gigi, glaubst du, dass es die Kleinen bequem haben in der winzigen Kiste?«, fragte Santina.

»Ich glaube schon«, antwortete ich, obwohl ich mir da gar nicht so sicher war.

»Die haben ganz bestimmt noch Hunger«, stellte Filippo fest. »Sie haben ja kaum was gegessen.«

»Das stimmt«, bestätigte ich, »nicht dass sie uns bis morgen früh verhungert sind.«

»Seid jetzt endlich still und schlaft!«, rief Papa aus dem Schlafzimmer.

»Denen ist es bestimmt saukalt«, flüsterte Santina.

»Bestimmt!«, bestätigte Filippo. »Mit der Watte, die wir reingelegt haben, können sie sich nicht einmal zudecken.«

»Warum nicht?«, fragte Santina.

»Na, weil sie keine Hände haben!«, erklärte Filippo. »Hast du schon mal versucht, dich zuzudecken, ohne die Hände zu benutzen?«

»Nein«, sagte Santina, »habe ich nicht.«

»Siehst du, das geht nämlich gar nicht«, meinte Filippo zufrieden.

»Aber dann frieren sie bestimmt die ganze Nacht«, erwiderte Santina. »Sollen wir sie noch schnell zudecken?«

»Wenn jetzt nicht sofort Ruhe ist«, erklang Mamas wütende Stimme aus dem Schlafzimmer, »lege ich die Küken zum Aufwärmen in die Pfanne. Dann frieren sie garantiert nicht mehr! Ich will keinen Ton mehr hören, war das deutlich genug?«

Um die Situation nicht eskalieren zu lassen und vor allem um unseren kleinen Freunden die Bekanntschaft mit Mamas Bratpfanne zu ersparen, antworteten wir brav im Chor: »Ja, Mama, wir sind schon still.«

Am nächsten Morgen führte mich mein erster Weg zu der Schuhschachtel, um nach den Küken zu sehen. Meine Geschwister folgten mir auf dem Fuße.

Da bahnte sich auch schon die erste Tragödie an: Filippos Zögling war über Nacht gestorben und lag reglos in seinem Karton. Von jetzt auf gleich spielten sich in unserer Küche richtige Dramen ab. Wir weinten um das arme kleine Tier, als ob wir es seit Jahren gekannt hätten. Mama und Papa versuchten verzweifelt, uns zu beruhigen, was natürlich nicht so einfach war. Schnell organisierten wir ein Begräbnis mit Kerzen, Blumen und einem kleinen Sarg. Gemeinsam gruben wir ein kleines Loch im Hof und bestatteten unseren kleinen Freund feierlich.

Nachdem die Zeremonie vorbei war, kehrten wir zurück zu den Überlebenden und bekamen gleich den nächsten Schlag. Mein blaues Küken hatte es ebenfalls erwischt, und wir sahen fassungslos weinend zu, wie es starb. Als es sich nicht mehr regte, beschlossen wir unter Tränen, es neben seinem Kameraden zu begraben. Wir organisierten das zweite Begräbnis an diesem Tag und rechneten damit, bald auch das grüne Küken zu verlieren, schließlich hatte Papa es vorausgesagt. Also bereiteten wir, da wir ohnehin gerade dabei waren, das Begräbnis für das dritte Küken vor. Wir gruben ein drittes Loch neben den beiden anderen und legten Blumen und eine kleine Schachtel bereit, die als Sarg dienen sollte. Dann gingen wir zurück in die Küche und stellten überrascht fest, dass Santinas Küken noch lebte. Gianni, so hatte sie ihn genannt, war putzmunter und piepste fröhlich vor sich hin.

»Na gut«, sagte Filippo, »dann warten wir eben.«

»Ja«, schlussfolgerte ich, »solange es lebt, brauchen wir es wohl nicht zu begraben.«

»Stimmt«, meinte Filippo, »aber wenigstens haben wir schon das Loch gegraben, dann brauchen wir es später nur noch reinzulegen, Blumen drauf und fertig.«

Santina fing an zu weinen. »Maaamaaa«, schrie sie, »Gigi und Filippo warten nur drauf, dass mein Gianni auch noch stirbt! Bloß weil ihre Küken schon tot sind!«

»Das stimmt überhaupt nicht!«, riefen Filippo und ich. »Wir haben nur schon mal alles vorbereitet, falls Gianni stirbt.«

»Vielleicht stirbt er auch gar nicht«, sagte Mama. »Möglicherweise ist Gianni stärker als die beiden anderen und er überlebt die Farbe.«

»Heißt das, unsere Küken waren zu schwach?«, wollte ich nun genauer wissen.

»Ja, vermutlich hat ihr kleines Herz die Belastung

durch das Einfärben nicht verkraftet«, erklärte uns Mama.

»Warum werden sie denn eingefärbt, wenn die meisten es sowieso nicht überleben?«, fragte Filippo erstaunt.

»Weil sie besser verkauft werden können, wenn sie so schön bunt wie Plüschtiere sind.«

»Die Leute, die so etwas machen, sind alle Verbrecher!«, entschied ich, und alle stimmten mir zu.

Gianni starb nicht. Zwei Wochen später bekam er nach und nach sein weißes Federkleid und wir mussten ihn in Gianna umtaufen. Gianni war nämlich ein Huhn und kein Hahn, wie wir anfänglich vermutet hatten.

Gianna wurde eine tolle Spielkameradin und galt schon bald als echtes Familienmitglied. Kein Wunder, denn sie war so gar nicht wie eine Henne. Ihr Verhalten erinnerte eher an einen Hund oder eine Katze, sie folgte uns nämlich überallhin. Das einzige Problem, das sie uns bereitete, waren die Häufchen, die sie überall hinterließ. Mama hatte nämlich kein Verständnis dafür, dass unsere Henne ausgerechnet IHR Haus als einen einzigen großen Misthaufen ansah.

Nach tagelangen Debatten, ob ein Huhn nun ins Haus gehört oder in einen Stall, gaben wir schließlich nach. Mamas Argument, Gianna in einem mit Tomatensoße gefüllten Kochtopf auf dem heißen Herd einzuquartieren, hatte uns überzeugt. Also bauten wir zusammen mit Papa einen kleinen Hühnerstall neben unserer Haustür und so konnte Gianna den ganzen Tag im Hof herumstolzieren.

Sobald wir aus dem Haus liefen, kam sie angerannt, und wir hatten den Eindruck, als ob sie sich riesig darüber freute, uns zu sehen. Oft strich sie um unsere Beine, so wie es Katzen manchmal tun, wir konnten mit ihr Fangen spielen, und manchmal forderte sie uns, auf ihre eigene unmissverständliche Art, dazu auf, mit ihr zu spielen. Hatte einer von uns etwas Essbares in der Hand, war sie wie der Blitz zur Stelle, um zu schauen, was derjenige da gerade aß und warum sie nichts abbekam.

Immer wenn wir barfuß gingen, stapfte sie mit suchendem Blick zwischen unseren Füßen herum und pickte nach unseren Zehen. Für Gianna waren unsere Zehen wie fette Würmer, die sie zu erwischen versuchte.

Wir lachten uns über ihr Verhalten so manches Mal schief, doch das Faszinierendste an Gianna war, dass sie auf ihren Namen hörte. Wenn man sie rief, kam sie sofort angerannt. Manchmal dauerte es ein paar Minuten, wenn sie weiter weg war, aber sie kam immer. Es dauerte nicht lange und Gianna wurde der Liebling der ganzen Nachbarschaft. Überall war sie willkommen und von jedem bekam sie was zu fressen hingestellt. Mit der Zeit wurde sie zu einem echten Gesprächsthema im Viertel.

Eine Henne, die sich so verhielt, hatte noch niemand gesehen, und wir waren die stolzesten Kinder von ganz Messina.

18. Die Heimkehrer

In der letzten Augustwoche kamen zwei von Papas Schwestern, Tina und Mina, die inzwischen in der Schweiz lebten, mit ihren Männern zu Besuch und ich lernte *zio* Bert kennen. Er war blond, hatte ein markantes Gesicht, blaue Augen und war über zwei Meter groß. Gegen ihn sahen die übrigen Erwachsenen aus wie Kinder und wir Kinder wie kleine Puppen.

Als ich dem Mann meiner Tante Tina zum ersten Mal gegenüberstand, musste ich sofort an die beiden Riesen Mata und Grifone denken, doch das waren nur Statuen – irgendwie ein komisches Gefühl.

Jedenfalls war die Wiedersehensfreude groß und es gab wie immer viel zu erzählen. Unsere Familie hatte sich nämlich im Laufe der Zeit in der ganzen Welt verstreut. Drei von Papas Schwestern lebten in der Schweiz, eine Schwester von *nonna* Maria, von allen nur *zia* Rosa genannt, lebte in London, einen der Brüder von *nonno* Luigi hatte es nach Argentinien verschlagen, manch andere in die Vereinigten Staaten und der große Rest war über ganz Italien verteilt.

Die meisten Auswanderer in unserer Familie kehrten nie wieder in die Heimat zurück oder machten höchstens mal die eine oder andere Stippvisite, um anschließend gleich wieder abzureisen. Diejenigen, die Europa verlassen hatten, habe ich niemals kennen gelernt, der Kontakt zu den im europäischen Raum gebliebenen riss dagegen nicht ab.

Diese enorme Auswanderungswelle, die Ende der 1960er, Anfang der 1970er Jahre auch Italien, vor allem den Süden des Landes, erfasst hatte, war eine Folge der katastrophalen Wirtschaftslage und der damit verbundenen Perspektivlosigkeit.

Papas Schwestern zum Beispiel hatten kurz nach dem Tod ihrer Mutter im Jahr 1961 die Koffer gepackt, allerdings hauptsächlich aus persönlichen Gründen. Nach Omas Tod war nämlich zwischen den vier Geschwistern und *nonno* Luigi ein heftiger Streit entbrannt. Mein Großvater hatte vor dem Tod seiner Santa nämlich eine andere Frau kennen gelernt: die verwitwete Lina. Sie zog nur wenige Monate später mit ihrem Sohn Enno bei *nonno* Luigi ein, was seine Kinder zutiefst empörte.

Wie konnte ihr Vater nur nach so kurzer, ihrem Empfinden nach viel zu kurzer Trauerzeit eine fremde Frau in sein Haus lassen? Wie konnte sie nur bei ihm einziehen? Hatte sie denn überhaupt kein Schamgefühl? Das konnte doch nur ein Flittchen sein!

Nonno Luigi hatte ganz bestimmt schon länger ein Verhältnis mit ihr und damit zum frühzeitigen Ableben der geliebten Mutter beigetragen – so die vorherrschende Meinung. Nach mehreren heftigen Streitigkeiten und Wortgefechten kam es dann schließlich zu Handgreiflichkeiten. Mein Papa ging auf seinen Vater los, weil dieser dem Andenken der Mutter schweren Schaden zugefügt hatte. Während des kleinen Handgemenges vergriff sich Tina, die jüngste Schwester, im Ton und nannte ihren Vater einen *buttanaro*, einen Nuttengänger. Als mein Papa das hörte, ließ er sofort *nonno* Luigi los und stürzte sich auf seine Schwester. Egal was der Vater getan hatte, er war immer noch das Familienoberhaupt und eine solche Respektlosigkeit konnte er seiner Schwester unmöglich durchgehen lassen. Bei dieser kurzen, aber heftigen Auseinandersetzung brach sich Tina einen Arm.

Das war zugleich der Bruch der Familie. Ein paar Wochen später wanderten die drei Schwestern aus.

Der Kontakt riss zuerst vollständig ab, doch allmählich gab es wieder erste Annäherungen. Zeit heilt bekanntlich alle Wunden. Irgendwann, meistens im Sommer, kamen die Schwestern wieder in die Heimat zurück und verbrachten ihren Urlaub in Messina. Sie hatten alle drei in der Schweiz ihre Lebenspartner gefunden, und wie es der Zufall so wollte, waren ihre Männer Italiener. Nur Tina hatte einen Schweizer geheiratet: Bert, diesen Baum von einem Mann.

Und mit ihm war sie jetzt für einige Tage bei uns zu Gast. Ich habe *zio* Bert damals stundenlang belagert und alle seine Gliedmaßen mit den meinen verglichen. Seine Hände waren etwa viermal so lang wie meine, die Füße fünfmal. Allein seine Nase war schon halb so groß wie mein ganzer Kopf. Als er mir eine Hand auf den Scheitel legte, musste er sich vorkommen, als halte er eine Bocciakugel in der Hand. Wenn er mir gegenüberstand, waren seine Kniescheiben für mich auf Augenhöhe – faszinierend!

Die Begegnung mit diesem freundlichen Riesen, der kein Wort Italienisch sprach und uns dennoch verstand, war tatsächlich märchenhaft. Ich war derart beeindruckt von ihm, dass ich ebenfalls so groß werden wollte. Dementsprechend löcherte ich meine Mama mit meinen Fragen.

»Wie konnte *zio* Bert so groß werden, Mama?«

»Hm … keine Ahnung«, sagte sie. »Vielleicht ist er als Kind oft gegossen worden.«

»Gegossen? So wie man Pflanzen gießt?« Ich verstand nicht.

»Ja«, sagte Mama, »gegossen. Seine Eltern haben ihn bestimmt jeden Tag gegossen, haha. Quatsch! Er hat bestimmt viel gegessen und sein Papa ist sicher auch so groß wie er und hat es ihm vererbt.«

»Vererbt? Heißt das, ich könnte nur dann so groß werden, wenn Papa auch so ein Riese wäre?« Meine Hoffnung schwand dahin, Papa ging *zio* Bert gerade mal bis zu den Brustwarzen. So gesehen standen meine Chancen, die Brustwarzenhöhe zu überschreiten, nicht sonderlich gut.

Schade, ich begrub also meine Vorstellung von mir als Riesen-Tarzan.

Zia Mina hatte dagegen einen Italiener geheiratet. Auch er war ein netter Kerl, wenn auch nicht so groß wie Bert. Die beiden wollten uns gleich am frühen Morgen abholen, um mit uns einen Tag am Meer zu verbringen. Einen ganzen Tag am Strand liegen und im Meer planschen, das hörte sich gut an und ich freute mich schon sehr darauf.

Als sie ankamen, ging die übliche Begrüßungszeremonie los und ich hätte mich am liebsten aus dem Staub gemacht. Silvio, der Mann von *zia* Mina, war zwar sehr nett und gab uns freundlich die Hand, doch meine Tante ist eine von den gefürchteten Wangen ziehenden, Luft auspressenden Salvenküsserinnen. Die Gefahr, dauerhaft an Tinnitus zu erkranken, ist angesichts ihres Temperamentes besonders hoch. Deshalb steckte ich mir bei der Begrüßung die Finger in die Ohren und hoffte, dass es im Trubel der allgemeinen Wiedersehensfreude nicht weiter auffiel.

Diesmal hatten Filippo, Santina und ich tatsächlich Glück und nach wenigen Minuten ging es auch schon los. Mit unserem Strandgepäck liefen wir die Treppe hinab zu den parkenden Autos und vor Staunen bekamen wir alle drei den Mund nicht mehr zu. Da stand ein nigelnagelneues, uns völlig fremdes Fahrzeug. So ein Auto hatten wir noch nie gesehen.

Es war rot und alles daran war rund. Die Kotflügel waren in einem perfekten Bogen um die Oberseite der Räder geschwungen, die Motorhaube war gerundet und lief in eine chromblitzende Stoßstange über. Unterhalb der Türen waren schwarze Trittbretter angebracht und die Heckscheibe bestand aus zwei ovalen Glasscheiben. Es sah aus, als ob das Auto eine Brille trüge. Ein tolles Gefährt!

Während wir noch immer sprachlos dastanden und das feuerrote Ding anstarrten, bog Gianni um die Ecke. Als er das Auto sah, klappte auch ihm die Kinnlade herunter.

Seine Augen wurden riesengroß, und er rief begeistert: »Das ist ja Herbie! Das ist Herbie, der Wunderkäfer. Ich habe dieses Auto im Kino gesehen. Es kann fliegen, ist schnell wie eine Rakete, verspritzt auf Knopfdruck Öl und fährt sogar Hauswände hoch. In dem Film hat Herbie mit den Radkappen und den Griffen sogar ein paar Diebe vermöbelt, die ihn stehlen wollten.«

»Echt?«, staunten wir und traten sicherheitshalber einen Schritt zurück. Nicht dass Herbie uns für

Diebe hielt und uns seine Radkappen um die Ohren schlug.

Gianni erzählte uns die unglaublichsten Geschichten über dieses Wunderauto. Es sprudelte nur so aus ihm heraus, und wir, die den Film nicht kannten, starrten Herbie voller Bewunderung an.

Nach einer Weile kam *zio* Silvio auf uns zu. Er lief an uns vorbei, griff in seine Hosentasche, holte einen Schlüsselbund heraus und ... schloss die Fahrertür auf. Herbie war *zio* Silvios Auto!

Damit war es nun endgültig um unsere Fassung geschehen.

»IIICHHHH will mitfahren! Ich, ich, ich!«

»Nein, ich, nein, ICH, ICH, ICH!«

»Nein, du nicht, ich hab's zuerst gesehen!«

»Ich hab als Erste gefragt ... Maaaaammmmaaaa!«

Das ging so lange, bis Mama ein Machtwort sprach. »Keiner fährt mit, und wenn ihr so weiterschreit, gehen wir nirgendwohin!«

Doch so leicht gaben wir nicht auf. Schließlich hatten wir nicht jeden Tag die Gelegenheit, in einem Wunderauto mitfahren zu dürfen.

Wir änderten unsere Taktik und warfen uns an *zio* Silvios Hosenbeine.

»Bitte nimm uns mit ... bitte, *zio*! Bitte, *zio*, bitte! Wir sind auch ganz brav ... *ziiioooo*!«

Das starre, leicht verkrampfte Lächeln von Minas Mann zeigte, wie begeistert er von dieser Idee war. Ich konnte seine Gedanken direkt von seinem Gesicht ablesen. Da stand geschrieben, dass er unzweifelhaft lieber ein paar tausend Kakerlaken in sein Auto gekippt hätte, als seine Nerven und die Sitze seines Wagens von einer brüllenden Horde Milchzahnterroristen zertrampeln zu lassen.

Mit zerknirschter Miene willigte er schließlich doch ein, denn er hatte erkannt, dass er diese Autofahrt nur unter Anwendung nackter Gewalt hätte verhindern können.

Allerdings dämpfte Papa unsere lautstarken Dankesbekundungen wirkungsvoll mit einem Satz. »Ich zähle jetzt bis drei, entweder seid ihr dann still oder ihr bleibt zu Hause: EINS …«

Sofort kehrte Ruhe ein und wir stiegen schweigend in das Auto. Kaum saßen wir auf der Rückbank, begannen wir jedoch, *zio* Silvio mit unseren Fragen zu löchern.

Das Auto stammte aus Deutschland. Er hatte es erst vor kurzem gekauft und war sehr zufrieden damit. Nein, es konnte nicht fliegen. Seine Höchstgeschwindigkeit betrug etwas mehr als 130 Kilometer pro Stunde. Nein, es konnte keine Hauswände hochfahren. Öl verspritzen konnte es auch nicht, und seine Radkappen konnte es zwar verlieren, aber keine Diebe damit verhauen.

Wie enttäuschend!

Trotzdem war es eine wunderschöne Fahrt und der Tag am Meer wurde noch schöner.

Nachdem wir uns ein geeignetes Plätzchen gesucht hatten, erzählte *zio* Silvio uns vom Leben in der Schweiz und in Deutschland. Dort hatte er lange Zeit gelebt, bevor es ihn in die Alpenrepublik verschlagen hatte. Er berichtete von den Menschen, den Sitten, den hohen Bergen, der Kälte und … Schnee.

Den kannten wir bisher nur von Fotos. *Zio* Silvio erklärte uns, dass er im Winter, wenn sich eine richtig dicke Schneeschicht über die Berge legte, zum Skifahren gehe.

Skifahren … lautloses Gleiten über herrliche, mit

weicher, weißer Zuckerwatte bestreute Hänge ... und dazu klirrende Kälte.

Bis zu zwanzig Grad unter null konnten die Temperaturen durchaus fallen, so kalt, dass einem beim Atmen die Nase gefriert.

Uah! Das hörte sich ja furchtbar kalt an und mir ging ein kurzer Schauer über den Rücken. Das muss man sich mal vorstellen: Wir saßen am Strand, die Sonne brannte uns fast ein Loch in den Pelz, und wir dachten darüber nach, welche Körperteile bei dieser Kälte als Erste abfallen würden.

»Die Nase! Ganz bestimmt die Nase!«, behauptete Filippo.

»Quatsch, die Ohren natürlich! Die stehen viel weiter vom Körper ab als die Nase. Die fallen garantiert als Erste ab«, widersprach ich heftig.

»*Zio*, was tun die Schweizer, wenn sie dringend pinkeln müssen und es ist keine geheizte Toilette in der Nähe?«, fragte Filippo.

»Hm ... weiß nicht, vielleicht unterdrücken sie es.«

»Ja, glaube ich auch ... bevor ihnen der Schniepel abfällt. Außerdem würde das Pipi doch bestimmt sofort gefrieren, und dann würden überall da, wo jemand hingepinkelt hat, so gelbe Pipisäulen in der Landschaft stehen«, sagte ich.

»Haha, das würde aber ganz schön komisch aussehen«, lachte *zio* Silvio und wollte sich gar nicht mehr beruhigen.

Die Schweizer waren für mich dasselbe wie die Deutschen und von denen hatte ich schon einiges gehört. Viele alte Männer kannten sie schließlich noch vom Krieg.

Sie bewunderten ihren Fleiß ebenso wie Disziplin, Sauberkeit und Ordnung, wovon wir Sizilianer sicher auch gut ein bisschen gebrauchen könnten.

Alle Deutschen waren für mich so groß wie *zio* Bert, blond und blauäugig und sprachen, vielmehr schrien eine harte Sprache. Salvatore und Eduardo aus der Taverne, in der *nonna* Maria arbeitete, hatten auch ein paar Brocken Deutsch auf Lager und brachten sie stolz an, wann immer es eine Geschichte zuließ. Harte, abgehackte, wütende Wortfetzen, die sie in Erinnerung behalten hatten: AAAKKTUNG! SNELL, SNELL! FEUEERRR!

Zio Silvio erzählte wahre Wunderdinge über Deutschland. »Die Straßen dort sind so sauber, dass man vom Boden essen könnte. Nicht wie in Sizilien, wo sich der Müll an jeder Ecke stapelt, weil sich Straßenfeger und Müllmänner an 350 Tagen pro Jahr im Generalstreik befinden.

Arbeitslose und *zalli* gibt es in Deutschland auch nicht, weil dort nämlich für jeden gesorgt wird. Anders als hier bei euch, wo dir finstere Gestalten an fast jeder Straßenkreuzung mit dreckigem Meerwasser und manchmal auch mit vorgehaltener Pistole die Windschutzscheibe putzen wollen.«

Wir staunten und lauschten gebannt seinen immer schneller hervorsprudelnden Worten, denn er redete sich gerade in Rage.

»Und erst das deutsche Gesundheitssystem … vorbildlich! Wenn du krank bist, gehst du zum Arzt und der behandelt dich dann sofort. Ohne Wenn und Aber. In Sizilien stehst du dagegen vor der Praxistür und musst dich von einem Schild belehren lassen, dass du erst dem Arzthelfer ein angemessenes Trinkgeld zahlen musst, bevor du eintreten darfst.«

»Genau«, fügte Papa nickend hinzu. »Und wenn du dem Kerl nicht genug geben kannst, lässt er dich warten, bis du im Wartezimmer an Altersschwäche stirbst.«

»So ist das nun mal hier bei uns«, meinte Mama. »Die sizilianischen Krankenkassen übernehmen nur das Notwendigste an Kosten. Wenn du einen eingewachsenen Zehennagel hast, bezahlen sie zwar die Amputation des Zehs, aber nicht die viel teurere Behandlung.«

»Siehst du«, meinte *zio* Silvio. »In Deutschland dagegen gehst du zum Arzt und sagst ihm, dass du zum Friseur musst. Der sieht dich kurz von der Seite an, diagnostiziert eine dringend notwendige Haarspitzenamputation und gibt dir ein Rezept. Damit gehst du dann zum Friseur und lässt dir die Haare schneiden. Auf Kosten der Krankenkasse!«

»Unglaublich!«, riefen wir im Chor.

»Kriminelle gibt es dort auch nicht, weil die Deutschen äußerst fleißige, effektive Polizisten haben, die mit Deutschen Schäferhunden arbeiten. Jeder, der auch nur an ein Verbrechen denkt, wird sofort verhaftet und in den Knast gesteckt. Unerbittlich! Mafia, Bandenkriege, Verbrecher und übermutige Jugendliche, die alten Frauen die Handtaschen rauben – so etwas gibt es in Deutschland nicht. Die Polizei weiß alles. Sie kommen, holen dich ab, sperren dich weg und gut ist! Nicht wie in Sizilien, wo sich die Polizisten nach der Tat mit den Handtaschenräubern die Beute teilen. In Deutschland kannst du auf der Straße nicht einmal einen Pups lassen, ohne dass es die Polizei erfährt!«

»Huch! Darf man da nicht einmal auf der Straße pupsen?«, fragte ich entsetzt und rechnete schnell aus, wie viele Jahre ich schon im Gefängnis hätte verbringen müssen, wenn das Pupsen in der Öffentlichkeit ein Verbrechen wäre.

»Nein, das ist natürlich nicht verboten«, antwortete *zio* Silvio grinsend. »Ich habe nur gesagt, dass die deutsche Polizei sofort davon erfahren würde.«

»Hm, sie arbeiten also mit Schäferhunden, damit sie immer wissen, wer wann auf der Straße gepupst hat, obwohl es gar nicht verboten ist. Warum?«, wollte nun Gianni erstaunt wissen.

»Aber nicht doch!«, erwiderte *zio* Silvio. »Das sagt man doch nur so. Deutsche Schäferhunde sind sehr intelligente Tiere, deswegen werden sie auch bei der Polizeiarbeit eingesetzt. Sie können Drogen aufspüren, Verbrecher suchen und fangen, und sie riechen sogar, ob ein Mensch gut oder böse ist und ob er eine Straftat begehen will.«

»Echt? Wow!«, staunte ich. Dieses Land war ja wirklich unglaublich. »Da spaziert also einer durch die Gegend und denkt darüber nach, ob er einer *nonna* die Handtasche klauen soll, und schnapp, verbeißt sich ein Schäferhund in seinen Hintern.«

»Wenn wir hier solche Hunde hätten, würde halb Messina mit Bisswunden im Krankenhaus liegen!«, behauptete Mama.

»Haha ... Los, gehen wir ins Wasser, bevor uns die Hitze noch das Gehirn austrocknet!«, meinte *zio* Silvio lachend und beendete das Gespräch.

Das ließen wir uns natürlich nicht zweimal sagen. Mit Geheul stürmten wir ins Wasser und planschten ausgiebig im herrlich kühlen Meer.

19. Landleben

Nachdem der Besuch aus der fernen Schweiz wieder abgereist war, wartete bald schon das nächste Abenteuer auf uns Kinder.

Im Spätsommer lud Biagio, ein Freund und Arbeitskollege von Papa, uns fünf zur Weinlese ein. Eine ganze Woche sollten wir ihn und seine Familie besuchen und bei der Lese mithelfen. Er wohnte in einem kleinen Dorf mit dem seltsamen Namen Scaletta, was so viel wie »kleine Treppe« bedeutet.

Meine Eltern sagten spontan zu und so packten wir unsere Sachen, gaben schweren Herzens unsere Henne in *zia* Giannas Obhut und fuhren los.

Scaletta liegt nur knapp zwanzig Kilometer von Messina entfernt, wir waren also nicht sehr lange unterwegs. Eine gut ausgebaute Küstenstraße windet sich in leichten Kurven am Fuße der kargen, spärlich bewachsenen Berge vorbei. Auf der einen Seite, direkt hinter der etwa einen Meter hohen Begrenzungsmauer, lag das Meer, auf der anderen die typische sizilianische Berglandschaft.

Pinien, Olivenbäume und riesige Kakteenfelder wachsen in den an manchen Stellen sehr steilen Hängen. Die überall wild wuchernden Kakteen tragen an ihren großen, blätterförmigen Enden köstlich schmeckende Feigen. Der Kaktusbaum ist mit großen Dornen gespickt, während die Frucht winzige, mit Widerhaken versehene Stacheln besitzt. Der unvorsichtige Griff nach den leckeren Früchten kann daher leicht zu einer sehr schmerzhaften Erfahrung werden – was ich aus eigener Erfahrung bestätigen kann.

Nach meiner ersten Begegnung mit einer Kaktusfeige heulte ich in der Lautstärke einer wild gewordenen Fliegeralarmsirene los und hüpfte von einem Bein auf das andere, während Mama versuchte, mit Lupe und Pinzette die Stacheln zu entfernen. Ihr war deutlich anzumerken, dass sie sich Mühe geben musste, mich einigermaßen freundlich zu behandeln.

Am liebsten hätte sie mich gefesselt und geknebelt in eine Gummizelle geworfen oder mir mit einer Keule eine Vollnarkose verpasst. Tagelang spürte ich die winzigen Stacheln in meiner rechten Hand, denn sie völlig zu entfernen war schier unmöglich. Von manchen steckte nur noch der Widerhaken im Fleisch, mit dem bloßen Auge nicht mehr zu erkennen. Aber jedes Mal wenn ich nach etwas griff, tat es tierisch weh. Alles in allem eine Erfahrung, auf die ich gern verzichtet hätte.

Als ich aus dem Autofenster die Kakteen sah, war mir, als pikte es mich wieder in die Finger, und ich schüttelte automatisch die Hand.

Ich betrachtete die ausgedörrte und trockene Landschaft. Im Spätsommer gibt es in Sizilien nur sehr wenige grüne Inseln, dort, wo Bauern ihre Felder bewässern. Die restlichen Pflanzen müssen mit den spärlichen Regengüssen auskommen.

Als wir ankamen, machte uns ein Straßenschild klar, dass Scaletta aus zwei Dörfern besteht. Scaletta

Marina liegt direkt am Meer: ein kleines, malerisches Dörfchen, weiß gekalkte kleine Häuser mit grün gestrichenen Fensterläden, ein kilometerlanger Sandstrand, wuchtige Klippen vor dem kleinen Hafen und ein paar vor sich hin schaukelnde, bunt bemalte Fischerboote.

Unser Ziel dagegen hieß Scaletta Zanclea. Wir blickten den steilen Hang hinauf, wo das kleine Dorf aus dem Berg ragte. Scaletta Zanclea war mindestens so schön wie Scaletta Marina, und ich fragte mich, wie es die Leute geschafft hatten, ihr Dorf an so einer steilen Stelle zu bauen.

Wir fuhren weiter bis zu einer *piazza*, die von einer alten Steinmauer umgeben war, und da wartete auch schon Biagio mit seinem Sohn Nino auf uns. Biagio, etwa so alt wie mein Papa, trug eine kurze graue Hose und ein weißes Unterhemd. Als Erstes fiel mir seine außerordentlich starke Körperbehaarung auf. Aus den kurzen Hosenbeinen quollen gekräuselte schwarzgraue Haare, die seine Beine wie ein dichtes Fell überzogen, und der Oberkörper sah nicht viel anders aus. Die Arme, die Brust, der Rücken – alles war mit einem dichten Pelz überzogen. Einzig das frisch rasierte Gesicht war haarfrei.

So sehen Werwölfe aus, dachte ich mit einem Schauern und musste an meinen schrecklichen Traum zurückdenken. Santina ging es nicht besser, denn sie hatte offenkundig riesige Angst vor diesem behaarten Mann. Dabei wog Biagios außerordentlich strahlendes Lächeln alles Düstere und Unheimliche auf. Dieser Mann strahlte eine Freundlichkeit aus, die einem nur selten begegnet. Er hatte hellbraune, wache Augen, die ebenfalls lächelten, und eine ruhige, tiefe Stimme.

Sein Sohn Nino war so alt wie ich, und als ich sein freches Lausbubengrinsen sah, mochte ich ihn sofort. Die rabenschwarzen Haare fielen ihm wild ins Gesicht, und er sah aus, als ob er ständig überlegte, was er als Nächstes anstellen könnte. Er war immer zu Späßen aufgelegt, ein richtiger Kumpeltyp, und wir verstanden uns auf Anhieb.

Nachdem wir uns begrüßt hatten, schnappte sich jeder eine Tasche, und wir liefen auf eine etwa zwei Meter breite Treppe zu, die hinauf ins Dorf führte. Nun wussten wir auch, woher dieser Ort seinen Namen hatte: Er war nur über diese lange Treppe zu erreichen. Bei den ersten Häusern verzweigte sie sich dann, und zu jedem Haus führte eine eigene Stiege, jeweils bis zum Hauseingang. Die Haupttreppe führte um das Haus herum zu dem dahinter liegenden Gebäude, so war jedes Haus mit dem nächsten verbunden – ein faszinierendes, unüberschaubares Labyrinth an Stufen.

Etwas Derartiges hatten wir Kinder noch nicht gesehen. Das ganze Dorf bestand aus ineinander verschachtelten Stufen, Treppen und engen Stiegen, die teilweise so steil in den Berg gehauen waren, dass ich mich fragte, wie man den Aufstieg schaffen sollte, wenn man keine Bergziege war. Die letzten Stufen bis zur Haustür unserer Gastgeber legte ich mit am Boden schleifender Zunge und auf allen vieren zurück und meinen Eltern und Geschwistern ging es nicht viel besser. Mama sah aus, als ob sie demnächst aus den Schuhen kippte: knallrot im Gesicht und völlig außer Puste. Auch Filippo, wegen seiner Augenbinde ohnehin benachteiligt, ächzte mit letzter Kraft die Stiegen hoch und Papa und Santina waren ein ganzes Stück zurückgeblieben.

Biagio dagegen machte es offenbar überhaupt nichts aus und Nino drehte extra für uns noch eine Ehrenrunde zum Auto und wieder zurück. Das fing ja gut an!

Nun lernten wir auch Peppina kennen, eine kleingewachsene, sehr gastfreundliche, sympathische Frau. Nach einer kleinen Verschnaufpause, in der wir uns kurz gestärkt hatten, gingen wir Jungs nach draußen, um das Dorf zu erkunden.

Scaletta Zanclea ist ein sehr alter, wirklich schöner Ort; einige der Häuser sind bestimmt schon mehrere hundert Jahre alt. Manche hatten damals nicht mal einen Stromanschluss, dennoch wirkten sie gemütlich.

Den ganzen Vormittag hüpften wir treppauf, treppab von Haus zu Haus, und als wir das Dorf einmal umrundet hatten, konnten wir keinen Schritt mehr gehen, so sehr schmerzten unsere Oberschenkel. Nino machte das Ganze nichts aus, aber er war es ja auch gewohnt. Mein Bruder und ich dagegen waren echte verwöhnte Stadtkinder.

Wieder zurück in Ninos Haus, hatte Peppina schon ein leckeres Mittagessen vorbereitet: hausgemachter Schinken und Salami, drei verschiedene Sorten Käse, weißer, scharf gewürzter Bauchspeck, selbst gebackenes Brot und jede Menge frisches und eingelegtes Gemüse. Die Tomaten, Auberginen, Paprika, Artischocken und Oliven in verschiedenen Farben und Geschmacksrichtungen sahen so lecker aus, dass mir sofort das Wasser im Mund zusammenlief und ich aß, bis mir schlecht wurde.

Nach diesem herrlichen Mittagessen packten wir unsere sieben Sachen zusammen und machten uns auf den Weg in den Weinberg. Wir marschierten über einen Trampelpfad bergauf und machten zwischendurch an kleinen Lichtungen auf alten, verwitterten Holzbänken Rast. Zwischen undurchdringlichen Brombeersträuchern standen neben vereinzelten Mandelbäumen vor allem Orangen-, Nuss- und Mandarinenbäume. Dazu Feigen- und Johannisbrotbäume und solche, die dunkelrote bis dunkelblaue Beeren trugen. Die länglichen, braunschwarzen, bohnenähnlichen Karoben des Johannisbrotbaumes waren nicht unbedingt nach meinem Geschmack, die dunkelblauen Beeren kannte ich dagegen nicht.

Als hätte er meine Gedanken erraten, fragte Nino: »Hast du schon mal Maulbeeren gegessen, Gigi?«

»Nein, aber die sehen sehr lecker aus.«

Als Biagio dies hörte, ließ er sich nicht lange bitten und pflückte uns ein paar sorgfältig ausgesuchte Beeren. »Die roten Früchte sind ungenießbar«, erklärte er uns. »Nur die dunkelblauen sind reif. Allerdings sind sie nur wenige Tage genießbar, danach fangen sie an zu gären und schmecken faulig.«

Andächtig hörte ich ihm zu und steckte mir eine Maulbeere in den Mund, und sie war so köstlich, dass wir sie innerhalb weniger Minuten alle verputzt hatten. Dementsprechend sahen wir auch aus, denn der starke Farbstoff der Früchte hatte unsere Hände, unsere Gesichter, ebenso wie Zähne und Zungen rötlich blau gefärbt. Bevor wir weitergingen, pflückte Biagio einen kleinen Korb voll, den er vorher sorgfältig mit Blättern ausgelegt hatte. »Für heute Abend zum Nachtisch«, betonte er.

Eine halbe Stunde später waren wir am Ziel und bestaunten die herrliche Landschaft. Der Weinberg war terrassenartig angelegt, jede Stufe hatte eine Breite von etwa drei Metern und eine Länge von mehreren hundert Metern. Die Weinreben waren in drei Reihen gepflanzt, gerade so weit auseinander, dass sie von zwei Seiten erreichbar waren. Von jeder Terrasse führte eine schmale, mit wuchtigen Steinbrocken befestigte Treppe auf die darunter liegende.

Auf der obersten, breiteren Stufe stand eine gemauerte Scheune, in der wir die nächsten Tage wohnen sollten, weil der Auf- und Abstieg zu viel Zeit in Anspruch nahm. Als wir eintraten, stellten wir erstaunt fest, dass sie gar nicht so klein war wie vermutet. Es waren drei mittelgroße Zimmer und eine große Küche mit einem alten gemauerten Ofen, auf dem eine große eiserne Herdplatte mit verschiedenen Kocheinsätzen lag. Ein riesiger Holztisch mit sechs geflochtenen Stühlen stand in der Mitte des Raumes. Unter dem Tisch lag eines dieser Holzräder, wie wir es zu Hause auch benutzten, um an kühlen Abenden die Füße zu wärmen.

Betten gab es nicht, sondern mehrere Schlaflager aus mit Stroh gefüllten Matten, auf denen die eigentlichen Matratzen, die traditionell mit gekämmter Schafwolle gefüllt waren, und für jeden dicke Wolldecken lagen. Hier oben gab es keinen Strom und damit auch kein elektrisches Licht, weswegen es in jedem Zimmer kleine verrußte Petroleumlampen gab. Fließendes Wasser gab es auch nicht, nur einen großen gemauerten Wasserspeicher, den eine mit Brettern und Ästen beschwerte Wellblechtafel abdeckte. Gespeist wurde die Zisterne vom Regenwasser und einem kleinen Bach, der in der Nähe des Grundstücks leise vor sich hin plätscherte.

»Das Wasser aus der Zisterne ist nur zum Bewässern der Pflanzen geeignet«, erklärte uns Biagio.

»Warum?«, fragten Filippo und ich neugierig wie aus einem Munde.

Wortlos hob Biagio den Deckel mit einer Holzstange an und wir sahen den Grund: Die Zisterne war nur etwa halb mit Wasser gefüllt, und im hellen Lichtstrahl, der auf die Oberfläche fiel, wimmelte es von Tieren: Eidechsen, Fröschen, Blindschleichen, Mäusen, Ratten. Dazu jede Menge Tausendfüßler, Insekten und Käfer aller Art sowie Spinnen in verschiedenen Größen – ein echtes Biotop. Die meisten Tiere flüchteten vor dem Licht in die dunkleren Bereiche, doch nicht wenige trieben tot an der Oberfläche.

»Iiiih!«, rief Santina und verkroch sich schnell hinter Mama.

»Angsthase!«, sagte ich großspurig, obwohl ich auch am liebsten vor Ekel das Gesicht verzogen hätte. Neugierig sah ich zu, wie Biagio mit einem großen Holzschöpfer, der extra für diesen Zweck bereitstand, die großen, toten Tiere aus der Zisterne holte.

Klatsch, machte es, und eine Ratte, etwa so groß wie eine ausgewachsene Katze, landete neben der Zisterne.

Das war nun endgültig genug für meine Schwester, sie drehte sich auf dem Absatz herum und lief davon.

Als Filippo, Nino und ich das sahen, mussten wir trotz allen Ekels lachen. Santinas Flucht erinnerte mich stark an die Zeichentrickserie *Roadrunner und Coyote* – nur der charakteristische Bee-beep-Schrei hatte gefehlt.

Als Santina um die Ecke der Scheune biegen wollte, raste sie geradewegs gegen einen Johannisbrotbaum. Mit rudernden Armen prallte sie vom Stamm ab und setzte sich verstört auf ihr Hinterteil.

Das Lachen blieb uns im Hals stecken und wir rannten ihr schnellstens hinterher. Papa erreichte sie als Erster und nahm sie auf den Arm. Sie hatte sich an der Schläfe, direkt über dem linken Auge, eine kleine Platzwunde zugezogen, die leicht blutete und verarztet werden musste. Wir übergaben sie in Mamas Obhut und gingen zurück zur Zisterne, wo Biagio weiterschöpfte.

»Das muss ich jeden zweiten, dritten Tag tun«, erzählte er. »Damit das Wasser nicht verdirbt und der Verwesungsgeruch noch mehr Tiere in die Zisterne lockt.«

In der Tat setzte der Gestank, der von den Kadavern ausging, unseren verwohnten Mägen stark zu, doch beim Anblick dessen, was der nächste Schöpfer zu Tage förderte, standen mir sämtliche Haare zu Berge. Eine lange, vom Wasser aufgedunsene schwarze Schlange lag vor uns auf dem Boden.

Eine Gänsehaut, wie ich sie in dieser Form bisher nicht gekannt hatte, überzog meine ganze Hautoberfläche, und ich sah, wie mein Bruder neben mir ganz weiß im Gesicht wurde.

BEE-BEEP-zziiuuunnggg ... unsere Flucht war keineswegs langsamer als die unserer Schwester.

Nino lachte laut auf und rief uns nach: »Halt, kommt zurück, die ist doch tot und kann euch nichts mehr tun!«

Biagio lachte noch immer und fragte: »Was glaubt ihr, warum ich die Zisterne mit einem Stock aufmache?« Die Antwort gab er gleich selbst: »Weil ich nie weiß, was mich anspringen oder beißen wird. Da drin sind schon Hunderte von Schlangen ertrunken und sie waren nicht immer harmlos. Am schlimmsten sind aber die großen Ratten. Die fühlen sich sofort angegriffen, und anstatt sich zu verstecken, springen sie dir ins Gesicht. Aber wenn sie erst mal hier auf dem Haufen liegen, sind sie allesamt harmlos – tot eben.«

»Was machst du denn mit den ganzen Kadavern?«, fragte Papa. »Lässt du die hier liegen?«

»Nein«, antwortete Biagio. »Wir sammeln sie ein und werfen sie auf der anderen Seite des Berges hinunter. Im Haus befinden sich übrigens Wasserflaschen und Kanister. Dort oben, ein paar hundert Meter den Weg entlang, verläuft eine Trinkwasserleitung, die ist aber nur morgens ganz früh für eine Stunde in Betrieb. Danach wird das Wasser wieder abgestellt. – Und jetzt lasst uns mit der Lese anfangen.«

Nino verteilte die Körbe, während Biagio jedem eine Schere in die Hand drückte und uns zeigte, wie man die Trauben richtig liest. Dann ging es ohne weitere Verzögerungen an die Arbeit: Trauben abschneiden, in die Körbe legen und die vollen Körbe in noch größere Körbe kippen. Biagio und Papa leerten diese dann in einen Behälter, der wie ein Waschzuber aussah, aus dem eine dicke Gewindestange ragte.

Irgendwann war der Zuber vollständig mit Trauben gefüllt. Wir hatten volle fünf Stunden gearbeitet und es wurde langsam Abend. Während sich Peppina und Mama um das Abendessen kümmerten, sahen wir zu, wie Biagio aus den Trauben Wein machte.

Dafür schob er erst einen schweren Holzdeckel über die Gewindestange auf den Zuber und darauf eine riesige Mutter. Die drehte er dann bis auf den Deckel und schob zwei dicke Holzstangen in die dafür vorgesehenen Löcher in der Mutter. Gemeinsam mit Papa drehte er nun die Mutter immer weiter nach unten, bis der Druck auf den Deckel so groß wurde, dass er die Trauben zerquetschte. Aus einer Öffnung am unteren Teil des Zubers lief der frisch gepresste Traubensaft in ein bereitgestelltes Holzfass. Schließlich befestigte Biagio die beiden Holzstangen mit Seilen, damit der Druck nicht nachlassen konnte, und wir gingen zurück ins Haus.

Beim Abendessen durften alle von dem frischen Traubensaft probieren und ich war sofort begeistert von diesem unvergleichlichen, geballt süßen Traubengeschmack. Sofort verlangte ich Nachschub, doch Biagio riet uns davon ab.

»Kinder«, sagte er, »meinetwegen könnt ihr das ganze Fass austrinken. Aber die Wahrscheinlichkeit, dass ihr dann die ganze Woche nicht von der Toilette runterkommt, ist sehr hoch.«

Wir waren mittlerweile so müde, dass wir am liebsten sofort ins Bett gefallen wären, aber ein zweites Glas musste sein ... ebenso wie die halbe Nacht in dem kleinen Klohäuschen draußen vor der Scheune. Bei nahezu völliger Dunkelheit, abgesehen von dem fahlen, spärlichen Mondschein, saß ich mit dem unguten Gefühl auf dem Balken, dass da hinten gerade mehr rauszischte, als ich in meinem ganzen Leben jemals vorne reingestopft hatte.

Wenn das so weitergeht, verwandele ich mich in dieser Nacht noch in einen flüssigen braunen Haufen, dachte ich und musste trotz meiner bleiernen Müdigkeit lachen. Ich sah mich auf dem Balken sitzen und immer kleiner werden, während der Haufen wuchs und wuchs. Irgendwann kehrte sich dann das Innere nach außen und fiel auf den Haufen. Was würde wohl auf meinem Grabstein stehen?

»Hier liegt Gigi … er hat sich selber ausgeschissen.
Wir werden ihn wohl sehr vermissen.«

Plötzlich musste ich so laut lachen, dass Papa herauskam und mich besorgt fragte, ob alles in Ordnung sei.

20. Jäger und Gejagte

Der nächste Morgen begann früher, als mir lieb war, und mir fielen immer wieder die Augen im Stehen zu, während wir uns im Hof gemeinsam der Morgenwäsche widmeten.

Biagio stand im Vorhof der Scheune mit nacktem Oberkörper vor einer mit Wasser gefüllten, weiß emaillierten Blechschüssel und zeigte uns, wie das ging. Er tauchte beide Hände in das Wasser und schaufelte es sich ins Gesicht, dass es nur so spritzte, und machte dabei auch noch brummende Geräusche.

Ich war schwer beeindruckt und musste es ihm natürlich gleich nachmachen. Das Wasser war eiskalt, und so war ich nicht nur nass bis auf die Unterwäsche, sondern auch schlagartig wach. Ernüchtert beschloss ich, ab morgen wieder die konventionelle Methode anzuwenden: zwei Finger ins Wasser tunken und damit den Schlaf aus den Augen reiben.

Anschließend frühstückten wir ausgiebig und genossen Peppinas selbst gemachte Marmelade und den würzigen Frischkäse, den sie uns vorgesetzt hatte. Dazu tranken wir Kinder eine Tasse frische Ziegenmilch, die ein Hirte in aller Frühe vorbeigebracht hatte. Die Milch war gewöhnungsbedürftig, und ich fand, sie roch, als ob die Ziege ihre Füße darin gewaschen hätte. So schmeckte sie dann auch.

Gleich nach dem Frühstück fuhren wir mit der Weinlese fort und im Laufe des Vormittags kamen noch einige Dorfbewohner hinzu. Alle halfen sich gegenseitig, die Presse war ununterbrochen im Einsatz und wir füllten Fass um Fass.

Wir Kinder hatten nach einer Weile keine Lust mehr, Trauben zu schneiden und Körbe zu schleppen, und die Erwachsenen waren wohl ganz froh darüber, dass wir ihnen aus dem Weg gingen. Filippo und ich kundschafteten das Gelände aus und spielten mit Nino, der sich hier bestens auskannte.

Wir tobten über die Hänge, kletterten auf Bäume, pflückten Maulbeeren, Brombeeren, Feigen und was sonst noch alles wuchs, und spielten Picknick.

Irgendwann gingen wir zu dem nahen Bach, der kaum wenig mehr als ein schmales Rinnsal war, und taten das, was alle Kinder auf der ganzen Welt mit kleinen und größeren Rinnsalen tun: Wir bauten aus Ästen, aufgeschichteten Steinen und Erde einen Staudamm. Nach einer Weile hatte sich auch richtig viel Wasser angestaut und wir schauten stolz auf unser Werk.

Mit einem Mal fing Nino an zu schreien: »*Aranci i ciumi*! Da, guckt, schnell! Schnell!«

Ich wusste gar nicht, wo ich überhaupt hinsehen sollte, da war Nino auch schon in den Bach gesprungen und ich konnte mir aus seinem Geschrei keinen Reim machen. *Aranci i ciumi* … Orangen der Flüsse … Flussorangen. Was um Gottes willen waren Flussorangen?

Ich beobachtete Nino, der wie von Sinnen im Wasser herumstapfte und versuchte, etwas zu fangen, was nur er sehen konnte. Auf einmal blieb er reglos stehen, um im nächsten Augenblick pfeilschnell mit ausgestreckten Händen ins Wasser zu fassen.

»Ich hab einen! Ich hab einen!«, rief er, von seinem Fang ganz begeistert. Er drehte sich zu uns um und hielt uns einen roten Stein entgegen. Nein, es war gar kein Stein, es bewegte sich. Das seltsame Tier hatte mehrere Beine und an den beiden vorderen große Scheren. Der Rücken des Panzers war rötlich braun und endete mit zwei Fühlern, an denen sich ausdruckslose schwarze Knopfaugen befanden: ein Flusskrebs.

Filippo und ich hatten zwar noch nie einen lebenden Flusskrebs gesehen, aber musste er deswegen so ein Geschrei veranstalten? Genau das fragte ich ihn auch.

»Ihr habt ja gar keine Ahnung«, antwortete Nino. »Diese Flusskrebse sind die leckersten, die es auf der ganzen Welt gibt. Außerdem sind sie so selten, dass manche Leute sogar einen Mord begehen würden, um so einen mal zwischen die Zähne zu bekommen.«

»Echt?«, staunte ich, davon hatte ich tatsächlich keine Ahnung.

»Ja, ganz echt!«, bekräftigte Nino. »Schnell, ich habe eben noch ein paar gesehen. Wenn wir noch welche fangen, gibt es heute Abend ein Jahrhundertfestessen.«

»Na gut!«, antworteten mein Bruder und ich.

Erst hatte ich keine große Lust, diese seltsam aussehenden Tiere zu jagen, geschweige denn in die Hand zu nehmen, aber dann packte auch mich das Jagdfieber. Die Krebse waren ungemein schnell und perfekt getarnt, und selbst wenn ich sie mit den Augen fixierte, hatte ich das Gefühl, als ob sie sich kurzzeitig unsichtbar machen könnten, bevor sie ein paar Meter weiter dann plötzlich wieder auftauchten.

Wir jagten geschlagene zwei Stunden nach den Flusskrebsen, waren nass bis auf die Knochen und hatten gerade mal zwei Stück gefangen. Unser spärlicher Fang schwamm in einem Eimer, den Nino aus der Scheune geholt hatte. Wir brauchten wenigstens noch einen Krebs, damit jeder von uns einen essen konnte – obwohl ich mir nicht sicher war, ob ich das überhaupt wollte.

Ich lief also am Ufer entlang und suchte das Wasser nach so einem rötlichen Panzer ab. Plötzlich sah ich einen, einen ziemlich großen sogar. Er kauerte neben einem Stein und versuchte sich zu verstecken.

Sofort duckte ich mich, schlich mich so leise wie möglich heran und sprang schließlich mit ausgestreckter Hand in den Bach.

»Ich hab ihn!«, schrie ich stolz. »Ich hab ihn! Schnell, kommt!« Im gleichen Augenblick spürte ich, wie sich etwas glühend Heißes zwischen Daumen und Zeigefinger meiner rechten Hand bohrte, und ich ließ den Krebs sofort los. Dennoch blieb der Schmerz, und als ich den Arm aus dem Wasser zog, sah ich den Krebs auf meiner Handfläche liegen.

Er hatte *mich*!

Verzweifelt versuchte ich, das Tier loszuwerden, aber je mehr ich schüttelte, desto stärker kniff der Krebs zu und umso heftiger schmerzte meine Hand. Ich geriet immer mehr in Panik, schrie lautstark und hüpfte wie eine wild gewordene Kakerlake im Bach herum. Als mich das Biest immer noch nicht loslassen wollte, rannte ich laut um Hilfe brüllend in Richtung Scheune.

Biagio kam mir als Erster entgegen, und ich wollte

einen Bogen um ihn herum machen, da es mich instinktiv zu meiner Mama zog. Bei starken Schmerzen kann nur Mama helfen. Doch der Winzer streckte schnell den Arm aus und bekam mich an meinem nassen Hosenbund zu fassen. Er bremste mich so heftig herunter, dass ich in der Luft wie ein Taschenmesser zusammenklappte und der Schrei, den ich gerade noch ausgestoßen hatte, in einem Quietschen erstarb.

Biagio packte meine Hand, fuhr mit zwei Fingern zwischen die Scheren des Krebses und drückte sie so weit auseinander, dass ich meine Hand herausziehen konnte.

Ich schrie noch immer wie am Spieß, während Biagio beruhigend auf mich einredete. Als Papa und Mama herbeigelaufen kamen, beruhigte ich mich jedoch ziemlich schnell, vor allem, als Mama mit drohendem Unterton in der Stimme die Frage stellte, warum wir alle so nass und dreckig seien.

»Äh ... wir waren auf der Jagd«, sagte ich kleinlaut. »Und zwar nach den besten Krebsen der Welt. Manche würden sogar dafür einen Mord beg...«

»Wer soll das dreckige Zeug denn waschen?«, brüllte Mama ungerührt. »Ich würde jetzt am liebsten auch zwei Morde begehen, aber ganz sicher nicht wegen der Krebse!«

Plötzlich tat meine Hand gar nicht mehr weh und Minuten später saßen wir in einer kleinen Wanne und ließen uns gründlich abschrubben. Mama stieß zwar noch den einen oder anderen Fluch aus, aber dabei blieb es – zum Glück!

Zwei Krebse hatten wir gefangen und einer hatte mich gefangen, weshalb insgesamt drei Tiere im Eimer darauf warteten, zubereitet zu werden. Ich freute mich schon riesig auf unser Festmahl.

Aber nicht lange.

Denn als Peppina einen Topf mit Wasser auf den Herd setzte und die lebenden Flusskrebse in das brodelnde Wasser warf, bereute ich, die Flusskrebse gefangen zu haben. Was für ein grausamer Tod! Nach wenigen Minuten waren die Krebse gar, Peppina fischte sie aus dem Topf und legte sie auf einen Teller, stellte eine Soße aus Olivenöl, ein paar Spritzern Zitronensaft, etwas Knoblauch, Salz und Oregano sowie ein paar Scheiben Brot dazu und sagte: »So, euer Festmahl ist fertig. Haut ordentlich rein.«

»Ich mag nicht mehr«, erwiderte ich.

»Warum denn nicht?«, fragte sie mich völlig entgeistert.

»Du hast sie bei lebendigem Leib gekocht«, antwortete ich vorwurfsvoll.

»Ja, so macht man das«, sagte Peppina ungerührt. »Das muss so sein, sonst verlieren sie den Geschmack und das Fleisch wird zäh.«

»Trotzdem«, antwortete ich trotzig.

Darauf hatte Nino offenbar nur gewartet. »Nicht so schlimm, dann esse ich ihn halt.«

»Nichts da«, sagte Peppina, »Gigi hat ihn gefangen, also darf er ihn auch essen. Wäre doch jammerschade, wenn er so eine außergewöhnliche Köstlichkeit nicht wenigstens probieren würde.«

Inzwischen hatten Nino und Filippo schon angefangen, und ich musste zugeben, es roch fantastisch.

Nino schmatzte und rief ständig »Hmmm!« und »Aaaah!« und »Ist das lecker!«

Also setzte ich mich zu ihnen an den Tisch, schnappte mir meinen Flusskrebs und versuchte den Panzer aufzuknacken. Ich beobachtete, wie Nino es machte, und tat es ihm nach. Der Krebs schmeckte hervorragend, so ähnlich wie Garnelen, nur etwas intensiver und fruchtiger. Jetzt verstand ich auch, warum sie Flussorangen hießen.

Mein schlechtes Gewissen war nach dem ersten Bissen wie weggewischt und ich ließ mir den Krebs mit der leicht säuerlichen, frischen Soße schmecken. Leider war er viel zu klein und viel zu schnell aufgegessen.

Während wir uns noch die Finger leckten, sagte Nino: »Mann, war das gut! Schade, dass es nicht noch mehr gibt.«

»Stimmt«, sagte Filippo. »Sollen wir schnell noch welche fangen gehen?«

»Au ja!«, rief ich begeistert und wollte schon zur Tür hinausrennen. Doch ich hatte die Rechnung ohne Mama gemacht, deren Schrei mich abrupt stoppte.

»Haaaalt! Wohin geht ihr? Dageblieben!«

»Och, Mama, die Krebse schmecken super. Wir wollen nur noch ein paar holen«, erklärte ich.

»Nichts da«, wandte sie ein. »Für heute ist es genug, außerdem habt ihr euch wie die Schweine im Dreck gesuhlt und ich darf das ganze Zeug dann wieder waschen.« Darauf folgte eine heilige Messe an Vorwürfen und Beschimpfungen, ergänzt von einer Grundsatzpredigt über gutes und schlechtes Benehmen sowie ein feierlich verkündeter Strafmaßnahmenkatalog, der mit den Worten: »Ihr geht heute nirgendwo mehr hin!« endete.

»Aber Mama …«, startete ich einen letzten Versuch – vergeblich.

»Nichts aber, ich sagte, ihr bleibt hier, und damit *baaastaaa*!«

»*Uffa!*«, sagten wir im Chor.

Plötzlich veränderte sich Mamas Blick oder vielmehr ihre ganze Mimik. Ihre Augen bekamen einen seltsamen Glanz, der uns ohne Zweifel sagte: Jungs, ihr seid zu weit hinausgerudert und gerade dabei, über den Tellerrand der Welt zu fallen, um am Abgrund zu zerschellen.

Diesen Gesichtsausdruck kannte ich nur zu gut, denn als Mama ihn das letzte Mal aufgesetzt hatte, faltete sie kurz darauf eine Schaukel, ein Dreirad und eine fahrbare Pferdekutsche zusammen – mit einem Vorschlaghammer! Danach waren die Überreste der Spielsachen allerhöchstens noch als Briefbeschwerer zu gebrauchen.

Um die Situation nicht eskalieren zu lassen, sagte ich daher schnell: »Ist schon gut, Mama, wir bleiben hier«, und sie beruhigte sich tatsächlich.

Puh, das war mal wieder knapp gewesen!

21. Rituale

Nach dem Abendessen saßen wir dann alle noch ein bisschen um den Tisch. Die Erwachsenen unterhielten sich und tranken eine Flasche Rotwein aus dem letzten Jahrgang, nach Papas Worten einen der besten Landweine, die er je getrunken hatte. Wir Kinder spielten eine Runde Briscola, ein in Sizilien sehr beliebtes Kartenspiel.

Irgendwann holte Biagio eine neue Flasche Wein, und wie schon beim letzten Mal goss er den ersten Schluck in sein Glas, ging nach draußen und kippte den Wein auf den Boden.

»Warum tust du das?«, fragte ich neugierig.

»Das ist eine lange Geschichte«, antwortete Biagio.

»Egal«, sagte ich, »erzähl sie uns«, und legte meine Karten zur Seite, um ihm besser zuhören zu können.

Das ließ er sich nicht zweimal sagen. Er nahm einen tiefen Schluck Wein und begann. »Meine Familie lebt inzwischen schon sehr lange hier und ein jeder kennt jeden. Der beste Freund meines Vaters hieß Turi, die beiden waren wie Brüder, und sein Sohn Nino wurde mein bester Freund. Wir konnten uns blind aufeinander verlassen. Nino war immer für mich da, ganz egal was für Sorgen ich hatte, und das Gleiche galt für ihn. Wir arbeiteten, teilten unseren

Spaß und unsere Sorgen, ebenso wie unser Essen und unseren Hunger.

Eines Morgens kam ich in den Weinberg und sah Nino auf den Stufen der ersten Terrasse sitzen. Ich rief ihn, aber er antwortete nicht. Irgendetwas stimmte nicht mit ihm, das habe ich sofort gespürt. Also lief ich zu ihm hin.

›Nino! Nino, warum antwortest du nicht?‹, fragte ich, als ich mich näherte.

Nino schwieg. Er musste mich doch gehört haben! Ich beugte mich zu ihm herunter und legte ihm eine Hand auf die Schulter. Die Kälte, die meine Finger hinaufkroch, erschreckte mich, und ich zog meine Hand schnell wieder weg.

›Nino! Was ist los mit dir?‹, sprach ich weiter. ›So rede doch mit mir!‹

Die Kälte, die von ihm ausging, war noch einen Meter neben ihm zu spüren. Die Angst hatte mir die Kehle zusammengeschnürt. Mein Herz raste und ich hörte es direkt hinter meinen Schläfen schlagen.

Ninos Augen waren geschlossen, aber er öffnete sie plötzlich, nicht sehr weit, nur ein schmaler Schlitz, und er fing an zu reden. Er redete, aber nicht zu mir: ›*Nonno*‹, sagte er, ›*nonno*, lass mich hier, ich will nicht gehen, noch nicht. Ich bin noch so jung, zu jung.‹

Er verstummte wieder, und ich hatte panische Angst, denn er sprach offensichtlich mit seinem Opa. Der wohnte mit ihm und seinen Eltern in einem Haus und war ein netter alter Mann, den Nino über alles liebte. Und jetzt saß er hier, war kalt wie ein Eiszapfen und sprach mit ihm. Um diese Uhrzeit saß Ninos Opa für gewöhnlich am Frühstückstisch und schlürfte seinen Espresso. Er war schon über achtzig, glaube ich, aber noch sehr rüstig.

›Ich weiß, dass es bei dir schön ist‹, redete Nino weiter. ›Ja, ich liebe dich auch, aber … was soll aus Mama werden, die wird traurig sein … und Papa, wer soll ihm helfen? Und Biagio, soll ich nie wieder mit ihm zusammen sein?‹

Hatte ich vorher schon Angst gehabt, so kroch jetzt ein derart beklemmendes Gefühl in mir hoch und umklammerte mein Herz, dass ich unfähig war, auch nur einen Muskel zu bewegen. Ich wollte weglaufen, ich wollte nichts mehr hören, ich wollte Hilfe holen. Ich spürte, dass ich niemals die Kraft hätte, Nino da rauszuhelfen. Ich konnte ihm nur zuhören.

›Ich will dich nicht allein lassen … das Licht ist schön, ja, ich sehe es auch. Ich werde dich ein Stück weit begleiten, aber dann lässt du mich gehen … einverstanden, *nonno*? Nein, nicht für immer, *nonno*, ich verspreche es dir, ich werde immer an dich denken und dich ehren. Die ersten Tropfen eines jeden Weins, der von dieser Erde stammt, werde ich … *ho capito, nonno* – ich habe verstanden.‹

Nino begann zu zittern und nun konnte ich mich endlich wieder bewegen. Ich stürzte mich auf meinen Freund, der schwer atmete, und schleppte ihn hoch in die Scheune. Dort legte ich ihn auf das Bett, redete auf ihn ein und sagte ihm, dass ich Hilfe holen gehe. Ich deckte ihn noch mit zwei Wolldecken zu und rannte zurück ins Dorf, als ob alle Teufel dieser Welt hinter mir her wären.

Ich erreichte unser Haus nach einem halsbrecherischen Lauf und schrie meinem Vater schon auf dem Hof zu, er solle zur Scheune laufen und Nino helfen. Ich muss wie der leibhaftige Tod ausgesehen haben, denn mein Vater stellte mir nicht eine Frage.

Er rief nur zurück: ›Geh und hol Turi!‹

Ich hastete ohne Pause weiter, nahm zwei, drei Stufen auf einmal und versuchte die Treppen bis zu Turis Haus ohne zu stürzen hinter mich zu bringen. Ich wusste, dass mein Vater mindestens eine halbe Stunde brauchte, bis er bei Nino eintraf, und hoffte, dass es nicht zu spät sein würde.

Endlich stand ich vor Ninos Elternhaus und trommelte verzweifelt gegen die Tür. Turi machte verwundert ein Fenster auf, und als sein Gesicht in dem schmalen Rechteck erschien, schrie ich ihn an:

›Schnell, komm! Nino … irgendetwas stimmt nicht mit ihm! Beeil dich, er liegt in der Scheune!‹

Turis Gesicht verschwand im Innern des Hauses, um eine Sekunde später in der Haustür aufzutauchen. Er war kalkbleich und stammelte: ›*O Dio mio* … Madonna, was ist das nur für ein Tag! Nicht auch noch Nino … *No! Madonna mia!*‹

Er stürmte wie eine Furie an mir vorbei und ließ mich einfach stehen. Ich konnte nicht mehr, ich war völlig erschöpft und musste erst mal Luft holen. Da kam Ninos Mutter die Treppe herunter, zog mich ins Haus und rannte hinter Turi her. Ich stand im Hausflur bei Ninos Eltern und schnaufte wie eine alte Dampflokomotive. Allmählich erholte ich mich und bemerkte, dass noch mehr Leute im Haus waren.

Ninos Tante kam auf mich zu, sie war schwarz gekleidet, trug ein schwarzes Kopftuch und hielt einen Rosenkranz in den Händen. Als sie mich sah, brach sie in Tränen aus und sagte: ›Oh Biagio, er ist tot! *Nonno* ist gerade von uns gegangen.‹

Jedes Wort, jede Silbe traf mich wie ein Faustschlag ins Gesicht. Ich taumelte gegen die Haustür und hatte das Gefühl, als ob sich meine Muskeln in eine weiche Masse verwandelt hätten. Ich konnte mich kaum noch auf den Beinen halten.

›*Nonno,* lass mich hier … ich bin noch so jung, zu jung …‹ Ninos Worte drehten in meinem Kopf eine endlose Schleife. Mein Herz krampfte sich zusammen und ich fing an zu beten. Was wird aus Nino, fragte ich mich, was wird aus meinem Freund? Wollte *nonno* ihn auf seine Reise mitnehmen? Ich rappelte mich auf und rannte aus dem Haus.

Noch immer völlig erschöpft, machte ich mich an den beschwerlichen Aufstieg, und meine Lungen brannten wie Feuer. Ich lief den Trampelpfad völlig mechanisch entlang, setzte immer einen Fuß vor den anderen. Zwar hatte ich keine Kraft mehr, doch ich musste wissen, was mit Nino war. Tausend Gedanken schossen mir durch den Kopf. Ninos Opa war tot, was für ein Jammer! Die traurigen Gedanken um den lieben alten Mann wurden von der Sorge um meinen Freund beiseite gedrängt. Ich hatte deutlich gehört, dass sich Nino mit seinem *nonno* unterhalten hatte. Das musste um die Zeit gewesen sein, als sein *nonno* im Sterben gelegen hatte – oder vielleicht schon tot gewesen war. Wie konnte das sein? Wie konnte er sich mit jemandem unterhalten, der ein paar Kilometer entfernt war? Warum war Nino so kalt gewesen? Vor lauter Fragen wurde mir schwindelig und von der Anstrengung bekam ich einen Brechreiz. Lauf langsamer!, befahl ich mir. Wenn du so weitermachst, springt dir noch das Herz aus der Brust und hüpft alleine in die Scheune zurück. Ich verringerte mein Tempo, sah den Hang hinauf und schätzte, dass ich noch ungefähr zehn Minuten zu gehen hatte.

Nach ein paar Metern blieb ich wie angewurzelt stehen.

Nino kam mir entgegen!

Langsam und gemächlich lief er den Weg hinunter, direkt auf mich zu. Ich stand mit offenem Mund da und war völlig sprachlos, gleichzeitig war ich überglücklich, dass es ihm wieder gut ging.

Als er sich weit genug genähert hatte, sprach ich ihn an: ›Nino, mein Freund, geht es wieder? Ist alles in Ordnung mit dir?‹ Doch er sah mich nicht einmal an und mir krampfte sich schon wieder alles zusammen. ›Nino, verdammt noch mal!‹, schrie ich ihn an. ›Ich bin dein bester Freund. Würdest du mir bitte sagen, was mit dir los ist?‹

Während ich brüllte, war Nino einfach an mir vorbeigelaufen. Plötzlich blieb er stehen und sprach mit mir. Seine Stimme klang so kraftlos, als ob er sich jedes Wort aus den Rippen pressen müsste. ›Biagio, mein Freund. Komm mit mir, begleite mich ins Dorf, *nonno* hat nach mir gerufen.‹

›Nino‹, sagte ich, ›das kann nicht sein. Dein *nonno* kann dich nicht gerufen haben. Wo sind deine Eltern? Du musst sie doch gesehen haben. Und mein Vater ist auch zur Scheune hochgelaufen, er muss als Erster bei dir gewesen sein. Wo sind sie alle?‹

›Ach Biagio‹, antwortete er, ›es war niemand da. Ich habe niemanden gesehen und ich wollte auch gar niemanden sehen. Komm mit, lass uns runterlaufen.‹ Er drehte sich um und ging einfach weiter.

Aufgebracht lief ich hinter ihm her. ›Was war mit dir los, als ich dich in der Scheune zurückgelassen habe? Kannst du mir das erklären?‹, fragte ich.

›Es war nichts Besonderes‹, sagte Nino. ›Kein Grund zur Angst, Biagio. Hab keine Angst. *Nonno* hat mich gerufen und ich gehe jetzt zu ihm. Das ist alles. Es gibt Dinge, die man nicht vergessen darf,

Biagio, die ersten Tropfen eines jeden Weins, der von dieser Erde stammt ... den Wein wollen wir nicht, aber dass man unser gedenkt.‹

›Was meinst du damit? Das hast du vorhin schon mal gesagt. Was soll das bedeuten?‹

Jetzt sah Nino mich direkt an. Seine Augen hatten einen Glanz, den ich nie zuvor gesehen hatte, und er lächelte sanft. ›Biagio, mein Freund, du wirst es verstehen, wenn du so weit bist. Lass mich jetzt bitte allein, ich muss jetzt zu *nonno* und werde mich danach ein bisschen ausruhen. Geh jetzt bitte zur Scheune hoch, ich glaube, dein Vater braucht dich. Sag meinen Eltern, dass ich bei *nonno* bin und dass sie sich keine Sorgen machen sollen und du auch nicht. Geh jetzt. *Ciao, amico ... ci vediamo* – wir sehen uns!‹

Er ließ mich einfach stehen und lief weiter.

Ich rief ihm noch lange hinterher: ›Nino, geh nicht! Bitte, geh nicht!‹

In diesem Augenblick habe ich gespürt, dass ich Nino zum letzten Mal gesehen hatte. Ich blieb einfach stehen und beobachtete ihn, bis er nicht mehr zu sehen war. Dann lief ich zur Scheune hoch.

Als ich die Tür aufstieß, schlug mir eine Trauer entgegen, die mir die Luft zum Atmen raubte und körperliche Schmerzen bereitete. Ninos Eltern kauerten neben dem Strohlager und weinten völlig haltlos und meinem Vater liefen die Tränen wie Sturzbäche über die Wangen. Ich drängte mich an ihm vorbei, um Nino anzuschauen.

Als ich den bleichen Körper im Bett liegen sah, brach für mich eine Welt zusammen. Ich konnte mir das alles nicht erklären ... und im Grunde wollte ich es auch gar nicht. Warum sollte ich versuchen, Dinge zu verstehen, für die es keine Erklärungen gibt? Das

Einzige, was zählte, war, dass Nino sich von mir verabschiedet hatte. Ich war der letzte Mensch, an den er gedacht hatte, und ich werde der letzte sein, der ihn vergessen wird. Die ersten Tropfen eines jeden Weins, der von dieser Erde stammt … gehören meinem Freund Nino und seinem Großvater, so lange ich lebe.«

Als Biagio aufhörte zu reden, breitete sich augenblicklich eine tonnenschwere Stille in der gemütlichen Küche aus. Uns allen standen die Tränen in den Augen und die Frage nach dem Warum blieb nicht nur mir im Halse stecken. Vermutlich hätte Biagio sie ohnehin nicht beantworten können.

Es war spät geworden und wir gingen bald darauf ins Bett. Ich brauchte lange, bis ich einschlafen konnte, und die Geschichte wollte mich nicht loslassen. Hatte Ninos Opa seinen Enkel so lieb gehabt, dass er nicht ohne ihn gehen konnte? Wie hatte er das gemacht? Wie konnte ein Toter einen Lebenden einfach mitnehmen? Vor allem, wenn der Lebende noch so jung war! Fragen über Fragen und keine einzige halbwegs befriedigende Antwort.

Irgendwann fiel ich in einen für meine Verhältnisse unruhigen Schlaf. Ich träumte davon, das *nonno* Luigi im Sterben lag und mich mitnehmen wollte. Ich träumte davon, wie ich mit ihm lange Diskussionen führte, um ihn zu überzeugen, alleine zu gehen und mich hier zu lassen. Ich redete und redete, aber ich schaffte es nicht. Er nahm mich an der Hand und führte mich zu einem Blumenstrauß. Je mehr wir uns den Blumen näherten, desto größer wurden sie. Oder wir wurden kleiner. »Das sind die Blumen der Toten«, sagte *nonno* Luigi. »Hier beginnt unser Weg.«

Da öffnete sich eine der Blüten und streckte uns ein leuchtend rotes Blütenblatt entgegen, das wir betraten, um in die Blüte hineinzulaufen. Tief in ihrem Innern strahlte ein helles Licht, es kam langsam auf uns zu und leuchtete uns den Weg.

»Dahin gehen wir«, sagte *nonno* Luigi, »du wirst sehen, es wird dir gefallen.«

Langsam liefen wir dem Licht entgegen, als wir plötzlich ein seltsames Knacken hörten, so als ob man auf Käfer oder Kakerlaken tritt. Gleichzeitig bemerkte ich, wie sich der Lichtstrahl immer schneller näherte. Er wurde größer und größer, strahlte eine unerträgliche Hitze aus und raste mit einer ungeheuren Geschwindigkeit auf uns zu. Weiter vorn begann der Boden sich wie eine große Welle aufzuwerfen, als ob sich ein großes Tier unter der Oberfläche bewegte. Die Welle stieg höher und höher, und kurz bevor sie die Decke berührte, platzte sie lautlos auf und entließ eine riesige Menge kleiner Tiere und Insekten, die sich laut kreischend im ganzen Raum ausbreiteten.

In mir stieg eine nie gekannte Panik hoch, und ich schrie: »Neeeiiin! *Nonno*, ich will nicht mit! Lass mich hier raaauuus!«

Ich fing an zu weinen und wachte auf. Minutenlang war ich wie erschlagen und zitterte wie Espenlaub. Krampfhaft versuchte ich, wach zu bleiben, da ich Angst hatte, weiterzuträumen.

Natürlich schlief ich irgendwann doch ein, und als ich am nächsten Morgen aufwachte, war ich darüber ganz verwundert.

22. **Ciao, Nino!**

Die restlichen Tage vergingen wie im Flug. Wir hatten ja auch nichts anderes zu tun, als zu spielen, diese herrliche Gegend zu erkunden und ab und zu ein paar Weintrauben in einen Korb zu werfen.

Den letzten Tag verbrachten wir im unteren Dorfteil, in Scaletta Marina, am Meer. Badetag war angesagt und wieder mal war es ein unvergessliches Erlebnis. Nino war in der kurzen Zeit ein ganz wunderbarer Freund geworden, wir hatten uns richtig gern und ich genoss die Zeit mit ihm sehr.

An unserem letzten gemeinsamen Tag zeigte Nino mir geduldig, wie ich mich im Wasser verhalten musste, damit ich nicht sofort wie ein Stein unterging. Zunächst hatte ich große Angst, denn ich hatte Anfang des Sommers ein furchtbares Erlebnis, bei dem ich mich bis auf die Haut blamiert hatte – und das alles, weil ich nicht schwimmen konnte.

Eigentlich sollte man annehmen, dass in einer großen Hafenstadt, deren Bevölkerung eine jahrhundertealte Fischfangtradition pflegt und für die das Meer ein zweites Zuhause ist, alle Kinder automatisch mit Schwimmhäuten zwischen den Zehen auf die Welt kommen. Doch dem ist nicht so. Weder Santina noch Filippo oder ich konnten schwimmen, und wir gerieten sofort in Panik, wenn uns ein Erwachsener in tieferes Wasser zerrte.

Dabei meinten es alle nur gut mit uns, schließlich mussten wir es irgendwann mal lernen. Wir weigerten uns jedenfalls standhaft und regelmäßig endeten diese Lehrversuche mit hysterischem Gebrüll. Das ging sogar so weit, dass wir Kinder uns nur dann ins Wasser trauten, wenn kein Erwachsener in der Nähe war.

Während sich also meine Cousins mit ihren Erfolgen als Taucher und Meisterschwimmer schmückten, musste ich meine Heldentaten erfinden.

Seltsamerweise glaubte mir keiner der Jungs, was ich da erzählte. Wahrscheinlich lag es daran, dass ich immer genau dann, wenn wir gemeinsam ans Meer fuhren, urplötzlich keine Lust hatte, tauchen oder schwimmen zu gehen.

Eines Tages bearbeiteten sie mich so lange, bis mir kein Ausweg mehr blieb. Wenn ich all das, was ich so erzählte, tatsächlich gemacht hätte, dann solle ich es ihnen auf der Stelle beweisen, forderten sie und bauten sich vor mir auf. Also mindestens hundert Meter rausschwimmen, die Hälfte der Strecke im Tauchgang. Dann mindestens eine halbe Stunde draußen bleiben und die Fische unter mir beobachten. Besser wäre es natürlich, die Harpune mitzunehmen, einen Riesenfisch zu harpunieren und ihn an Land zu ziehen. Schließlich sei das ja alles nichts Neues für mich.

»Nein, ich mag jetzt nicht. Hab meine Taucherbrille vergessen. – Meine Schwimmflossen sind verschwunden. – Ich habe die falsche Badehose dabei. – Die Harpune ist seit dem letzten Tauchgang kaputt. – Ich habe einen Krampf im großen Zeh und ausgerechnet heute plagt mich eine furchtbar juckende Salzwasserallergie. – Mir ist schlecht. – Ich hab Fieber. – Hab gerade gegessen, und das weiß doch jeder, dass man nach dem Essen nicht ins Wasser darf. – Papa hat mir das Tauchen verboten, weil … Haie gesichtet worden sind … Mama und ich unsere Tage haben.«

Ich suchte verzweifelt nach einer gewichtigen Ausrede und starrte in die hämisch grinsenden Gesichter meiner Cousins.

Umberto legte mir seine Taucherbrille und seine Schwimmflossen hin. »Ist doch alles kein Problem«, sagte er. »Du kannst meine haben. Eine Harpune haben wir leider nicht dabei, aber das ist ja nicht so schlimm und dein Papa wird uns schon nicht sehen. Also mach jetzt!«

Panik schoss in mir hoch, hatte ich mich doch mal wieder mit meinem losen Mundwerk um Kopf und Kragen geschwatzt.

Aber was hätte ich erzählen sollen? Die wahre Geschichte etwa? Hätte ich tatsächlich zugeben sollen, dass ich statt durch die reißenden Fluten zu pflügen bäuchlings am Ufer gelegen und durch eine Taucherbrille die nicht mehr als fingergroßen Minifische im seichten Wasser beobachtet hatte? War das eine Heldentat, die man stolz erzählt? Nein, ganz sicher nicht.

Dass die Harpune in Wirklichkeit eine Gabel gewesen war, mit der ich versucht hatte, einen der Minifische aufzuspießen, hörte sich auch nicht gerade gefährlich an. Dass ich beim Zustechen tiefer ins Wasser gerutscht war, mich fürchterlich erschreckt und mindestens drei Liter eklig schmeckendes Meerwasser geschluckt hatte, wollte ich nun auch nicht jedem auf die Nase binden. Und dass ich beim Versuch, aus dem Wasser zu robben, heftig gehustet, um mich geschlagen und dabei mit der Gabel eine alte Fischgräte aufgespießt hatte, war auch kein Stoff, aus dem Legenden gestrickt werden.

Widerwillig packte ich also die Schwimmflossen und stülpte sie mir über die Füße. Das war der erste Fehler. Jemand, der gut schwimmen kann, zieht die Dinger erst an, wenn er im Wasser ist. Dann setzte ich die Taucherbrille auf und watschelte die circa fünfzehn Meter bis zum Wasser wie eine Ente. Nach knapp drei Metern lag ich das erste Mal auf dem glühend heißen Sand. Das Aufstehen mit den Schwimmflossen war gar nicht so einfach, und meine Cousins lachten so laut, dass sie sich den Bauch halten mussten.

Die restliche Strecke lief ich langsam und vorsichtig – rückwärts. Die Jungs sahen aus, als ob sie sich gleich in die Badehose machten, so sehr verhöhnten sie mich. Was für eine Blamage! Und dabei stand mir das Schlimmste ja noch bevor.

Ich setzte mich ins Wasser und versuchte die Panik, die in mir aufstieg, zu unterdrücken. Theoretisch wusste ich ja, wie man schwimmt. Ich hatte es oft genug gesehen und Papa hatte es mir auch oft genug erklärt: heftig mit den Füßen strampeln und mit den Armen abwechselnd rudern, ganz einfach. Ich ignorierte die nächste Panikattacke und sprang todesmutig in die Wellen.

Sofort ging ich wie ein Stein unter. Hektisch strampelte ich mit den Füßen und ruderte mit den Armen, aber ich gelangte nicht mehr an die Oberfläche. Jetzt bekam ich richtige Todesangst. Ich brüllte und hörte unter Wasser dumpf und wie aus weiter

Ferne mein eigenes Geschrei. Verzweifelt kämpfte ich gegen den Drang an, den Mund zum Luftholen aufzureißen. Ich war tatsächlich am Ertrinken. Plötzlich packte mich jemand im Nacken und zerrte mein Gesicht an die Oberfläche. Luft, endlich Luft! Ich hustete um mein Leben und hörte Papa fragen, was ich denn um Gottes willen da mache. Ich stand im Wasser, das mir gerade mal bis kurz über die Knie reichte. Ich war seit meinem Sprung nicht einmal ein paar Zentimeter geschwommen.

Während ich mir immer noch die Innereien aus dem Leib hustete, packte mich Papa am Arm und zog mich hinter sich her. Dabei sagte er diesen einen Satz, der sich in mein Gedächtnis einbrannte: »Du gehörst wohl zu den Leuten, die auch in einem Glas Wasser ertrinken würden, was?«

Gott, wie peinlich! Meine Cousins hatten nur kurz aufgehört zu lachen, als ich geschrien hatte, allerdings wohl mehr aus Furcht, sie könnten hinterher einen Satz kräftiger Ohrfeigen kassieren. Wie konnten sie lachen, wenn ihr Cousin um sein Leben kämpfte! Jetzt, da ich wieder auf dem Trockenen stand, gab es für sie kein Halten mehr.

»Haha … hundert Meter rausschwimmen, hehe … mindestens, haha … die Hälfte tauchen, hihi, und dann riieesige Fische harpunieren, haha, hihi … am besten einen Hai, haha … oder einen Wal, hehe … Ich lach mich tot, ich kann nicht mehr, haha, hihi.«

Zutiefst beleidigt setzte ich mich für den Rest des Tages abseits und schwor mir, nie wieder etwas zu erzählen, was ich nicht jederzeit beweisen konnte. Wohin das andere führte, wusste ich ja nun – mit allen dazugehörigen Peinlichkeiten.

Nino dagegen war ganz anders, ihm musste ich nichts beweisen oder seinetwegen den Helden markieren. Und so wie er es mir zeigte, hatte ich es auch sofort begriffen. Kaum ging ich nicht mehr unter, drückte er mir meine Taucherbrille in die Hand und sagte nur: »Komm mit!«

Mit Schnorchel und Brille führte er mich zu den gewaltigen Steinquadern, die in Ufernähe aus dem Wasser ragten und als Wellenbrecher dienten. Zum ersten Mal in meinem Leben warf ich einen Blick in die herrliche Unterwasserwelt – einfach unbeschreiblich. Obwohl ich zugeben muss, dass ich mir manchmal vor Angst fast in die Badehose gemacht hätte, vor allem, als ich meinen Blick von den Felsen abwendete und für einen kurzen Augenblick ins offene Meer hinaussah.

Diese unendlich scheinende, blaue Wasserwand wirkte damals faszinierend und zugleich zutiefst bedrohlich auf mich. Daher war ich froh, als wir endlich wieder festen Boden unter den Füßen hatten und uns auf den Heimweg machten.

Unser letztes gemeinsames Abendessen stand an und zu meiner großen Freude stand mein absolutes Lieblingsgericht auf der Speisekarte: selbst gemachte Maccheroni mit einer herzhaften Soße aus frischen Tomaten – *alla contadina*.

Während Peppina, Mama und Santina den Teig vorbereiteten, sammelten Biagio, Nino und ich trockene, langstielige Gräser und Papa mit Filippo trockenes Holz für den Grill. Die Grashalme sollten wir an beiden Enden abschneiden, so dass ein langes, gleichmäßig dickes, schmales Röhrchen übrig blieb.

Nun zeigte Peppina uns, wie man Maccheroni dreht. Sie schnitt aus dem sehr dünn ausgerollten

Teig einen schmalen Streifen, wickelte ihn um einen Grashalm, walkte ihn auf der Tischplatte so lange hin und her, bis der Teigstreifen die für Maccheroni typische Röhrenform hatte. Wir taten es ihr nach und legten die fertigen Nudeln auf große weiße Leintücher zum Trocknen in die Sonne.

Da wir alle mithalfen, war innerhalb einer Stunde eine große Fläche mit Maccheroni belegt. Die um diese Jahreszeit noch immer sehr heiße sizilianische Sonne trocknete die Nudeln innerhalb weniger Stunden. Nach dem Trocknen zogen wir die Grashalme heraus und unser Abendessen war fast schon fertig. In der Zwischenzeit hatten Mama und Peppina die Soße vorbereitet. Sie stellten einen großen Topf auf die Herdplatte und gossen duftendes Olivenöl hinein. Dann schnitten sie mehrere Knoblauchzehen in kleine Scheiben und brieten sie goldgelb an. Jetzt kamen die frischen Tomaten dazu, außerdem ein paar Blätter frisches Basilikum, Salz und etwas Pfeffer.

Während die Soße vor sich hin köchelte, zündeten Papa und Biagio den Grill an und holten das Fleisch hervor. Sie hatten Lamm, Rind und frische *salsiccia* gekauft, eine meiner Lieblingsspeisen. Eigentlich ist es eine Frischwurst, die aus grob geschnittenem Rind- oder Schweinefleisch besteht, doch wenn man sie an der Luft trocknet, wird daraus Salami. Die frische Wurst kann man braten, grillen oder kochen. Der typische Geschmack der *salsiccia* kommt von den Gewürzen, Salz, Pfeffer und Samen von wildem Fenchel, und er ist einfach unvergleichlich gut.

Als Nächstes bereiteten wir die Tafel vor, denn Biagio hatte zur Feier des Tages noch ein paar Leute aus dem Dorf eingeladen, die in den vergangenen Tagen tatkräftig bei der Lese geholfen hatten, und wir brauchten entsprechend viel Platz. Also trugen wir den Tisch in den Hof und stellten ihn auf eine freie Fläche zwischen den Bäumen. Biagio holte zwei große Holzplatten aus der Scheune, die er eigens für diesen Zweck hatte anfertigen lassen, und legte sie auf den Tisch, so dass eine ausreichend große Fläche entstand.

Inzwischen waren auch alle Gäste eingetroffen und die Soße samt Maccheroni war ebenfalls fertig. Unter großem Gelächter setzten sich alle an die festliche Tafel, es duftete verführerisch nach der frischen Tomatensoße, und ich konnte es kaum noch abwarten, bis mein Teller vor mir stand.

Endlich kamen Mama und Peppina mit einem riesigen Topf heraus und verteilten die Maccheroni auf die Teller, bevor Peppina von Platz zu Platz ging und auf jeden Teller einen Klecks Soße und ein Blatt Basilikum gab. Da noch nicht alle am Tisch saßen und wir mit dem Essen noch warteten, hypnotisierte ich hungrig meine Maccheroni und kaute sie in Gedanken schon mal durch. Ich hing mit der Nase tief über dem Teller, hatte die Augen geschlossen und saugte wie ein Staubsauger den herrlichen Duft ein.

Als Biagio mich sah, grinste er und sagte: »He, Gigi, wenn du so weitersaugst, hängen dir die Maccheroni gleich quer unter der Nase.«

Ich war so mit meinen Nudeln beschäftigt, dass ich Biagios Scherz gar nicht hörte. Erst als alle zu lachen anfingen, sah ich hoch und merkte, dass alle Blicke auf mich gerichtet waren. Kurzerhand passte sich meine Gesichtsfarbe der Soße an.

Die Maccheroni waren hervorragend, wenn auch ein wenig widerspenstig in der Handhabung, weil man sie nicht wie Spaghetti auf die Gabel drehen konnte. Die Soße spritzte nur so über den Tisch, und nach dem Essen sah ich aus, als ob ich mich mit meinen Nudeln geprügelt hätte. Ich drehte mich zu meinen Geschwistern und Nino um und stellte beruhigt fest, dass es ihnen nicht anders ergangen war. Die Erwachsenen, die das Pech gehabt hatten, neben einem Kind zu sitzen, hatten ebenfalls deutliche Kampfspuren davongetragen. Aber das tat dem einmaligen Geschmack der selbst gedrehten Maccheroni keinen Abbruch.

Als zweiten Gang durfte sich jeder ein Stück Fleisch oder eine *salsiccia* vom Grill holen, und dazu gab es frischen Feldsalat, der wie Unkraut zwischen den Weinreben wuchs. Und als Dessert die Krönung des Essens: gekühlte Maulbeeren mit Schlagsahne. Ich stand kurz vor einer Explosion, aber es war alles so lecker, dass ich unmöglich Nein sagen konnte.

Die ersten Schritte nach diesem Megaessen fielen mir unglaublich schwer, und ich kam mir vor, als ob mir jemand einen zentnerschweren Felsen um den Bauch gebunden hätte. Nino schlug vor, dass wir noch ein paar Krebse fingen, die wir dann mit nach Hause nehmen konnten. Aber er war auch so voll gegessen, dass wir nach ein paar Metern umdrehten und uns unter einen Baum setzten.

»Für die Krebse wären wir jetzt sowieso viel zu langsam«, sagte Nino.

»Ja«, antwortete ich, »das glaube ich auch. Außerdem … kannst du dir vorstellen, was meine Mama sagen würde, wenn wir mit einem Eimer voll Krebse auftauchen würden?«

»Hmm … sie würde vor Begeisterung in die Hände klatschen, nur wäre leider dein Gesicht dazwischen«, grinste Nino.

»Vermutlich hast du Recht«, sagte ich, und bei dem Gedanken mussten wir beide lachen.

Nach etwa einer Stunde war es Zeit, sich zu verabschieden, Papa wollte noch am Abend losfahren. Wir hatten eine wunderschöne Woche hier verbracht und waren alle traurig darüber, dass sie so schnell vergangen war. Nino wollte uns nicht gehen lassen, bis wir ihm fest versprachen, ihn ganz bald wieder zu besuchen.

Leider kam alles ganz anders, als wir uns das damals noch vorstellen konnten, und so sahen wir Scaletta Zanclea, das Haus und die Hütte am Weinberg an jenem Tag zum letzten Mal.

23. Straßenalltag

Nun fuhren wir tatsächlich zurück nach Messina, dabei hatte ich noch am Tag davor nicht glauben wollen, dass unsere Zeit bei Nino je vergehen könnte. Als mein Papa in die wunderschöne Küstenstraße einbog, blickte ich ein letztes Mal zurück und sah meinen neuen Freund noch immer winken.

Er würde mir fehlen. Ich starrte aus dem Seitenfenster auf das Meer, das in vielen verschiedenen Blautönen leuchtete, und die Fischerboote, die ab und zu vorbeitrieben. Doch leider konnte ich diesen idyllischen Anblick nicht genießen. Mein Magen war dagegen. Wahrscheinlich hatte er das viele Essen nicht verkraftet oder das Starren aus dem Seitenfenster. Oder beides. Jedenfalls musste Papa auf den Heimweg häufiger anhalten und mich schnell rausspringen lassen. Mir ging es so schlecht, dass ich dachte, ich müsste sterben.

Als wir nach Dutzenden unfreiwilligen Zwischenstopps endlich zu Hause angekommen waren, hatte ich das Gefühl, ein Loch habe sich in meine Körpermitte gebrannt. Was war ich froh, endlich aus dem Auto aussteigen zu können! Kaum hatte ich festen Boden unter den Füßen, ging es mir wieder richtig gut und ich hatte einen Bärenhunger.

Keine zwei Tage später hatte der Alltag Einzug gehalten. Da wir noch knapp eine Woche Ferien hatten, beschloss Mama, am nächsten Morgen mit mir einkaufen zu gehen. Filippo und Santina mussten solange bei *zia* Gianna bleiben, was ihnen nur recht war. Meine Schwester war ohnehin nicht von ihrer Gianna wegzubekommen, den sie unendlich vermisst hatte.

Sie weckte uns also an besagtem Morgen zeitig, und wir beide gingen nach dem Frühstück los in das etwa zwei Kilometer entfernte Provinciale, einem von mehreren Knotenpunkten Messinas, wo der Markt stattfand.

Unterwegs kamen wir an meinem ehemaligen Kindergarten vorbei. Die Eingangstür stand offen, und als ich meine ehemalige Kindergärtnerin entdeckte, hob ich eine Hand zum Gruß. Sie sah herüber und hob in einem ersten Reflex ebenfalls die Hand, um zurückzugrüßen, doch dann erkannte sie mich und das Lächeln in ihrem Gesicht gefror. Offensichtlich hatte sie mir bis heute nicht verziehen; es fehlte nur noch, dass sie ein Kreuz schlug und sich eine Knoblauchkette um den Hals hängte.

Wenige hundert Meter später erreichten wir den Krämerladen von Signora Nanna. Sie stand auf der Straße und lächelte uns mit ihrer typischen süßsauren Miene an, und wie jedes Mal fragte ich mich, ob die gute Frau ständig unter quälenden Magenschmerzen litt. Sie war etwa so klein wie ich, ziemlich dick und um die sechzig Jahre alt, aber sie war nett und sehr geschäftstüchtig.

In ihrem Laden, einem recht kleinen Verkaufsraum, der mit allerlei Waren bis unter die Decke voll gestopft war, gab es außer Salat und Gemüse so gut wie alles zu kaufen. Wenn jemand mal etwas verlangte, was sie nicht im Verkaufsraum hatte, flitzte sie nach hinten in das angrenzende Lager und kam nur Sekunden später mit dem gewünschten Gegenstand zurück. Konnte sie einem mal nicht genau das anbieten, was man gerade wünschte, versuchte sie einem etwas Ähnliches anzudrehen. Und wehe, man sagte zu ihrem Kompromissangebot nicht sofort Ja, dann war sie beleidigt und fing manchmal sogar Streit an. Dabei rief sie dann laut klagend alle ihr bekannten Heiligen an, um sich bei ihnen über die immer verwöhnter werdende Kundschaft zu beschweren. Ein Kunde, der Signora Nannas Laden verließ, ohne etwas zu kaufen, fügte ihr beinahe körperliche Schmerzen zu.

Am glücklichsten war sie um die Mittagszeit herum, wenn die Bauarbeiter und Handwerker aus der Umgebung ihren Laden stürmten, um ihre berühmten *panini* zu kaufen. Die waren wirklich gut und Signora Nanna bereitete sie mit sehr viel Liebe zu. Ihr dabei zuzusehen war schon ein Genuss, bei dem man unweigerlich Lust auf so ein Brötchen bekam. Sie schnitt die länglichen *panini* in der Mitte auf, schöpfte mit einem Löffel in würziges Olivenöl eingelegte getrocknete Tomaten aus einer Stahlwanne und legte zwei Scheiben auf das Brötchen. Anschließend kamen zwei feine Scheiben eines pikanten Provolone-Käses und eine große, fein säuberlich zusammengelegte Scheibe Mortadella darauf. Das Ganze krönte sie mit ein paar entkernten, eingelegten schwarzen Oliven und deckte es mit der zweiten Hälfte des Brötchens zu. Sie wickelte das *panino* in Papier ein und übergab es mit feierlicher Miene ihrem Kunden, der es kaum erwarten konnte, sich das Ding zwischen die Zähne zu schieben. Hungrig drängten sich die Leute um Signora Nannas Tresen und sahen ihr beim Belegen der *panini* zu, wobei sie sich ständig mit der Zunge über die Lippen fuhren und unsichtbare Brötchen schluckten. Dann strahlte die Ladenbesitzerin jedes Mal über beide Wangen; doch kaum war der letzte Kunde bedient, setzte sie ihre magenkranke Miene wieder auf.

Schräg gegenüber von Signora Nannas Laden arbeitete Signor Mazza, ein Tischler, der Möbel aller Art herstellte. Er sang den ganzen Tag neapolitanische und sizilianische Volkslieder oder irgendwelche aktuellen Schlager. Ich war noch nie an seiner Werkstatt vorbeigelaufen, ohne seine kräftige, tiefe, klare Stimme zu hören. Sobald ein Bekannter oder eine Bekannte vorbeilief, improvisierte er und band den täglichen Gruß in das Lied ein, das er gerade schmetterte.

So auch jetzt: »*Voolaaree … Buongiorno, signora … oh ooh! Cantaree.*«

Während meine Mama freundlich zurückgrüßte, musste ich wie immer laut loslachen. Er nannte mich deswegen nur noch *riso*. (Das steht für Reiskorn und ist gleichzeitig in der messinisischen Umgangssprache die Abkürzung von *sorriso* – Lächeln. Von jemandem, der ständig lächelt, heißt es auch, er habe zu viel *riso* gegessen.)

Drei Häuser weiter rasierte ein *barbiere* gerade einen Kunden und die beiden politisierten lautstark. Sie waren unterschiedlicher Meinung über den diebischen italienischen Staat, und der *barbiere* machte mit Händen und Füßen deutlich, was er von der aktuellen Regierung hielt. Der Kunde hatte offensichtlich schon mehrmals sein Veto eingelegt, denn der *barbiere* ermahnte ihn lächelnd, besser niemandem zu widersprechen, der ihm ein Rasiermesser an den Hals halte.

Dem Laden gegenüber verrichtete eine Schneiderin ihr Tagewerk und im Haus daneben hämmerte ein Schuhmacher auf einer Schuhsohle herum. In Messina findet das Leben im Sommer auf der Straße statt.

Die schmale, mit großen Steinen gepflasterte Straße, die zu unserem Viertel hinaufführt, verläuft eng an den Häusern. Tagsüber kann man daher in jedes Haus hineinsehen und beobachten, was die Leute gerade so machen. Die Haustüren sind nur selten geschlossen; wenn überhaupt, dann bei Einbruch der Dunkelheit oder bei schlechtem Wetter.

Auch jetzt standen zwei ältere Frauen auf der Straße und unterhielten sich über unsere Köpfe hinweg miteinander, um den neuesten Tratsch auszutauschen.

An uns vorbei führte ein fahrender Händler seinen Eselskarren den Berg hinauf und bot lautstark seine Waren an: Salat, Obst und Gemüse, manche verkauften aber auch Fisch oder Fleisch. Plötzlich kam ihm ein zweiter Eselskarren entgegen, und da die beiden auf dieser engen Straße kaum aneinander vorbeipassten, begann ein wilder Disput. Ich blieb stehen und lauschte gebannt, wie die beiden sich lautstark beschimpften. Endlich entschloss sich einer von ihnen, seinen Karren in eine kleine Seitenstraße zu steuern und den anderen vorbeiziehen zu lassen. Normalerweise konnte das durchaus eine Weile dauern, denn niemand nahm so ein kompliziertes Manöver gerne auf sich. Doch diesmal waren sich die Händler recht schnell einig und Mama trieb mich ungeduldig zum Weitergehen an.

Am Fuße des Berges angekommen, bogen wir links in die durch die ganze Stadt führende Hauptverkehrsstraße ein. Gleich an der Ecke gab es in der Bar Colucci das meiner Meinung nach beste Schokoladeneis von Messina.

Im Vorbeigehen erkannte ich meinen Klassenkameraden Nino, den Sohn des Besitzers, der eine *garzone*-Uniform trug: weiße Jacke, schwarze Hose. Er jonglierte ein mit zwei Tassen Espresso und zwei süßen *brioche* beladenes Tablett über die Straße zu irgendwelchen Kunden. Während der Schulferien half er seinem Vater in der Bar aus.

Als *garzone* konnten Kinder sich in den Sommermonaten ein paar Lire verdienen, indem sie Botengänge für Bars erledigten. Die meisten besserten mit ihrer Arbeit die Einkünfte ihrer Familien auf, und nicht selten war ihr Aushilfsjob die einzige Einkommensquelle. Dann kam es schon mal vor, dass die Eltern das Kind von der Schule nahmen, damit es jeden Tag arbeiten gehen konnte. Ein Brauch, der sich teilweise bis zum heutigen Tag gehalten hat.

Ich wollte Nino grüßen, doch er hatte mich nicht gesehen, und ein paar Minuten später hatten wir den Eingang zum Markt erreicht. Sofort war ich wieder völlig fasziniert von dieser bunten Mischung aus orientalischem Bazar und sizilianischem Geschrei.

Eine Vielzahl an Gerüchen lag in der Luft, eine Mischung aus frischem Fisch und alten, achtlos auf die Straße geworfenen Fischresten, die langsam in der Sonne verwesten, dazu die Mülltüten, die wohl wieder mal tagelang am Straßenrand gestanden hatten – all das sorgte dafür, dass sich an diesem Morgen eine Duftmischung zusammenbraute, die mich sofort an eine Mülldeponie denken ließ.

An guten Tagen ist es anders, da kann man durchaus die verschiedensten Gerüche unterscheiden, und der Duft des Marktes reizt die Sinne und weckt die Neugier. Besonders die Stände mit Gewürzen aus aller Welt verbreiten ein Aroma, das einen ganz benommen macht.

Mama sagte etwas zu mir, doch ich konnte sie kaum verstehen. Die Lautstärke, mit der einige Verkäufer die Kunden an ihre Stände locken wollen, ist fast so ohrenbetäubend wie ein startender Jumbojet. Wir standen gerade neben so einem Verkäufer, der meiner Mama ein paar Tomaten einpackte. Ich beugte mich leicht über den Stand, um in die Tüte sehen zu können, als er unvermittelt losbrüllte, direkt neben meinem Ohr.

»*Poomodori beelli a cento all' uno* – schöne Tomaten, hundert Lire das Kilo.«

Das »*Poo*...« hatte auf mein Trommelfell die gleiche Wirkung wie eine mittelschwere Explosion. Ich zuckte heftig zusammen, hielt mir die Hände gegen die misshandelten Ohren und schrie vor Schmerz auf. Mama fragte den Mann sogleich, ob er noch ganz bei Verstand sei, ihrem Sohn direkt ins Ohr zu brüllen, woraufhin dieser sich entschuldigte und uns noch ein paar schöne Pfirsiche schenkte.

Ein paar Pfirsiche gegen ein fast neues Trommelfell? Ein schlechter Tausch!, dachte ich, und zum Glück kaufte mir Mama noch ein leckeres Zitroneneis als Trostpflaster.

Wir gingen weiter zu den Fischständen, die ich mit Abstand am interessantesten fand. Die Fische lagen in großen Flechtkörben zwischen Eisbrocken, damit sie nicht zu schnell verdarben: Sardinen, Schwertfische, Thunfische, Makrelen – es waren wohl an die hundert Sorten. Die Verkäufer standen meistens hinter einem großen hölzernen Schneideblock und schnitten die Fische in Scheiben. Die Köpfe der fertig zerlegten Tiere warfen sie dann auf und neben die Körbe – kein Anblick für Zartbesaitete.

Ein riesiger Tintenfisch glotzte mich aus großen, trüben, toten Augen an. Er hatte gewaltige Tentakel mit riesigen Saugnäpfen und ich kam aus dem Staunen nicht mehr heraus.

Mama kaufte gerade ein kleineres Exemplar zum Abendessen, da fiel mein Blick auf die Attraktion des Nachbarstandes: ein Hai!

Der Fischer nebenan verstand sein Handwerk und bot eine richtig gute Show. Sobald die Menschenmenge vor seinem Stand kleiner wurde, fing er an zu schreien und riss dem Hai das Maul auseinander, um die Zähne zu präsentieren. Sofort blieb wieder jemand neugierig stehen und auch ich starrte völlig gebannt auf das riesige Tier. Es war viel größer als ich und jeder einzelne Zahn war dicker als einer meiner Finger.

Der Verkäufer machte sich einen Spaß daraus und forderte einen kleinen Jungen neben mir auf, eine Hand in das Maul des Hais zu legen. Langsam wagte er sich vor und wollte gerade vorsichtig die Hand nach dem Tier ausstrecken, als der Fischer aufschrie und so tat, als ob der Hai zuschnappen würde. Es bereitete ihm sichtlich Vergnügen, zu sehen, wie der kleine Hosenscheißer weiß im Gesicht wurde und »Maamaaa!« brüllte, während die meisten Erwachsenen ringsum in schallendes Gelächter ausbrachen.

Ich beschloss, dass ich den Mann auf gar keinen Fall leiden konnte, und als er mich ansprach, verdrehte ich die Augen, streckte ihm die Zunge heraus und ging hinter dem Rock meiner Mama in Deckung. Doch leider half es mir nicht.

»Was für eine hässliche Zunge!«, schrie der Fischer jetzt und griff nach einem riesigen Messer. »Komm her, mein Junge!«, fuhr er fort. »Ich kann doch nicht zulassen, dass so ein hübscher Bengel so eine hässliche Zunge mit sich rumträgt. Wir schneiden sie ab, vielleicht wächst eine schönere nach. Ha!«

»*Ma tu sei pazzo* – du bist ja verrückt!«, brüllte ich angsterfüllt zurück und zerrte an Mamas Rock, damit wir endlich von diesem Stand wegkamen.

»*Dove vai* – wohin gehst du? Komm gefälligst zurück!«, brüllte mir der Fischer feixend hinterher und hieb das große Messer in seinen Schneideblock, dass es zitternd stecken blieb. Dann wandte er sich übergangslos der nächsten Kundin zu, die darauf wartete, bedient zu werden.

Wir liefen über den ganzen Marktplatz, an etlichen Kleider-, Schuh-, Spielzeug-, Gewürz-, Lebensmittel- und sonstigen Ständen entlang, bis Mama endlich alles eingekauft hatte. Ich bekam noch ein paar Artischocken, die ich so gerne mochte, und wir machten uns schwer beladen auf den Rückweg.

Der hatte es ganz schön in sich. Ich trug zwei leichte Tüten und Mama vier weitere, die etwas schwerer waren. Unterwegs kauften wir noch eine *ciambella* – ein ringförmiges Brot – beim Bäcker, und als wir in die steile Gasse zu unserem Viertel abbogen, wurden die Tüten immer schwerer. Nach ein paar hundert Metern keuchte ich vor Anstrengung und hatte das Gefühl, als ob die Tüten in meinen Händen dreimal so viel wogen wie vorher.

»Gigi, lass die Tüten nicht am Boden schleifen!«, mahnte Mama.

»Jaahaa. Ich krieg sie nicht hoch, ich glaube, meine Arme sind länger geworden«, klagte ich.

»Dann lauf eben wieder aufrecht!«, erwiderte Mama genervt. »Wenn die Tüten reißen, kannst du was erleben!«

»Ich sterbe sowieso gleich vor Erschöpfung«, röchelte ich, »und dann kannst du auch noch meine Leiche hochtragen.«

»Übertreib nicht so«, sagte Mama nur. »Ich laufe diese Strecke jeden zweiten Tag hoch und lebe auch noch.«

»Geeelaaatiii! Graaanitaaa!«, ertönte die Stimme eines Eisverkäufers hinter uns – welch ein wundervoller Klang.

»Okay«, sagte ich zu Mama, »ich versuche, nicht zu sterben, du musst mich nicht tragen, und dafür bekomme ich ein Schokoeis. Abgemacht?«

»Nichts da«, antwortete sie. »Du hattest schon eins und du wirst die Tüten auch so hochtragen.«

»Aber das war für mein kaputtes Trommelfell, jetzt geht es um Tod durch Erschöpfung. Wenn ich ein Eis kriege, schweige ich wie ein Grab, bis wir zu Hause sind.«

»Und wer trägt die Tüten?«, fragte Mama.

»Ich! Ich nehme sie beide in eine Hand, ja?«

»Da hast du hundert Lire und jetzt will ich keinen Ton mehr hören«, sagte Mama.

Während ich mir die Tüten über die Schulter warf und genüsslich mein Eis verdrückte, schüttelte Mama immer wieder kichernd den Kopf. Aber da ich geschworen hatte, zu schweigen, fragte ich sie nicht nach dem Grund.

Erwachsene waren manchmal schon seltsam.

24. Jagdmethoden

In jenen Tagen, kurz bevor die Schule wieder anfing, entwickelte ich eine neue Leidenschaft: Comics lesen. Am liebsten mochte ich *Topolino* und *Paperino*, die italienische Ausgabe von *Mickymaus* und *Donald Duck*.

Da *zio* Baldo ein leidenschaftlicher Sammler von Comics aller Art war, stand mir jederzeit eine schier unerschöpfliche Quelle an Lesefutter zur Verfügung. Ich musste nur bei meinem Leben schwören, die Comics wie meinen Augapfel zu behandeln.

Stundenlang saß ich reglos auf einem Fleck und las, bis *nonno* Luigi meinem neuen Hobby ein Ende setzte. Er konnte das »Elend« nämlich nicht mit ansehen, denn er war der Meinung, dass ein junger Bursche wie ich ständig in Bewegung sein müsse. Also bat er meinen Papa, mich mit auf die Jagd zu nehmen, was dieser auch sofort tat.

Widerwillig zog ich wie befohlen meine Schuhe an, obwohl ich doch am liebsten barfuß herumlief, und eine von *nonnos* Mützen sollte ich auch noch aufsetzen. Die war mir zwar viel zu groß, aber sie schütze mich gegen die Sonne, behauptete *nonno* Luigi. Er trug immer eine Mütze und hatte bestimmt Dutzende davon, allerdings nicht nur wegen der glühend heißen sizilianischen Sonne, sondern weil er bis auf einen kleinen Kranz am Hinterkopf keine Haare mehr hatte.

Mein Großvater machte immer den Eindruck, als ob er über wichtige Dinge nachdenke. Es musste schon einen triftigen Grund geben, wenn er sich mal zu Wort meldete, und da er keinen Widerspruch duldete, konnte er dann sehr laut werden. Dass er so war, hatte natürlich einen Grund, und zwar folgenden:

Irgendwann während des Zweiten Weltkriegs hatte eine Fliegerbombe das Haus seiner Eltern getroffen. Im Moment des Einschlags befanden sich neun Personen im Haus: seine Eltern, sechs seiner Geschwister und eine Schwägerin, für die es kein Entrinnen gab. Das Haus stürzte ein und begrub alles und jeden unter sich. *Nonno* Luigi war wenig später zur Stelle und hatte die entsetzliche Aufgabe, die in Stücke gerissenen Toten auszugraben und die durch die Wucht der Explosion verstreuten Einzelteile einzusammeln.

Vom Blutgeruch angezogen, tauchten von überall her streunende Hunde auf und schleppten einzelne Körperteile davon. Während ein paar eilig herbeigerufene Nachbarn die Leichen bewachten, verfolgte *nonno* Luigi die Hunde, nahm ihnen die Beute ab und trug sie zum Ort des Geschehens zurück.

Mit Stöcken und Steinen versuchte er, die Tiere fern zu halten, doch hungrig, wie sie waren, rotteten sie sich immer wieder zusammen und griffen ihn an, und der Kampf dauerte die halbe Nacht. Ein besonders großer, vor Hunger fast tollwütiger Hund ließ sich von ein paar Steinen nicht beeindrucken und sprang meinen Opa knurrend an. Im Sturz, als er sich praktisch schon verloren glaubte, ertastete *nonno*

Luigi eine schwere Eisenstange und erschlug den Hund.

Als am nächsten Morgen die Leichen abgeholt wurden, war mein Opa, trotz aller Trauer um seine Familie, heilfroh, die Nacht überstanden zu haben. Doch aus diesem Grund mochte er weder einsame Nächte noch Hunde.

»Die Biester sind verräterisch«, sagte er immer. »Sie lecken dir so lange die Hand, bis sie erkennen, dass du zu schwach bist, dich zu wehren. Dann beißen sie zu.«

Nach diesem Erlebnis hatte er ein übergroßes Bedürfnis, zu leben, und obwohl er damals bereits verheiratet war und sechs Kinder hatte, zog er nicht selten mit einer Ziehharmonika im Gepäck um die Häuser und feierte mit Freunden rauschende Feste. Dass sich hier und da auch mal die eine oder andere Affäre ergab, gehörte wohl dazu.

Einige seiner so genannten Freunde berichteten, dass er in manchen Nächten unter den Fenstern verschiedener Damen *Na serenata* gesungen hatte. Sein Hang zu Liebesständchen war damit stadtbekannt, der Rest bleibt sein Geheimnis. Ein Kavalier genießt und schweigt, lautete sein Motto.

Als seine Frau ihn einmal auf der Straße in Begleitung einer fremden Dame erwischte, beschimpfte sie ihn lautstark und bewarf ihn mit Steinen. Die andere nahm schreiend Reißaus, und als *nonno* Luigi, von mehreren Steinen getroffen, merkte, dass seine Frau nicht zu beruhigen war, flüchtete er ebenfalls. *Nonna* Santa lief hinter ihm her, bis sie nicht mehr konnte, dann blieb sie erschöpft stehen und warf einen letzten Stein. Der traf meinen Opa mit voller Wucht am Hinterkopf, er stolperte und fiel ohnmächtig in ein tiefes Loch neben der Straße, während *nonna* Santa wütend und traurig nach Hause lief.

Als *nonno* Luigi nach ein paar Minuten wieder zu sich kam, stellte er fest, dass das Loch viel zu tief und er zu benebelt war, um alleine herauszugelangen. Er schrie um Hilfe und wartete, bis ein paar Spaziergänger vorbeikamen, um ihn zu retten.

Nur wenig später erkrankte *nonna* Santa schwer und starb – an gebrochenem Herzen, hieß es. Für jeden war klar, das *nonno* Luigi durch sein Verhalten die Schuld daran trug, und dabei wollte er, der auf brutalste Art mit dem Tod konfrontiert worden war, doch nur ein bisschen leben.

Nonno Luigi nahm mich bei der Hand, und wir stiegen auf das Dach seines Hauses, von wo aus wir die krummen Stufen einer steilen Holzleiter erklommen und über eine Begrenzungsmauer stiegen.

Dahinter erstreckte sich ein terrassenartig bebauter Hang mit verschiedenen Bäumen und wildem Gestrüpp, an dessen Fuß kaum sichtbar ein kleines Häuschen zwischen dem Grün stand: das Haus und das Grundstück von Signor Altamasio. Er war ein älterer Herr, den ich in meinem ganzen Leben nur ein einziges Mal gesehen hatte. Viele im Viertel behaupteten, er sei ein recht seltsamer Mann, denn er war immer allein, hatte niemals Besuch und hielt sich angeblich ein paar blutrünstige Wachhunde im Vorgarten.

Wir liefen die angelegten Terrassen, die seitlich mit steilen, aus großen Steinen und Felsbrocken befestigten Treppen verbunden waren, hinauf bis zum Gipfel des Hangs. Oben angekommen, ließ ich den Blick über die große, ebene Fläche schweifen. In weiter Ferne waren einige Häuser zu sehen, ansonsten war das Land sehr spärlich bewachsen, hier und da ein paar Bäume, sonst nur gelbes, trockenes Gras und verdorrte Büsche.

»Das hier ist der beste Platz zum Jagen«, sagte *nonno* Luigi.

Ich war gespannt, was wir jagen würden, denn er hatte außer einer alten Stofftasche nichts dabei, doch als ich ihn fragte, sagte er nur, dass ich es gleich sehen würde.

Er öffnete seine Tasche und holte eine Blechdose und einen Metallspachtel hervor. Danach ging er zu einem kleinen Baum hinüber, der kaum mehr Blätter hatte, und begann den Inhalt der Dose auf mehreren Ästen zu verteilen.

»Was ist das?«, erkundigte ich mich.

»Vogelleim«, sagte *nonno* Luigi knapp. »Du streichst ihn auf die Äste und wartest, bis sich ein Vogel draufsetzt. Dann klebt er am Ast fest und du kannst ihn bequem fangen. Ich bin gleich fertig, dann verstecken wir uns in Sichtweite. Solange wir hier sind, wird sich kein Vogel blicken lassen.«

Als er den letzten Ast bestrichen hatte, gingen wir ein paar Meter weiter zu einem großen Busch und setzten uns in dessen Schatten ins Gras.

Tolle Jagd, dachte ich mir. Rumsitzen und warten, bis sich ein Vogel auf seinen Leim setzt. Da hätte ich ebenso gut meine Comics weiterlesen können. Ich hatte mir ausgemalt, dass wir mit einem Gewehr jagen würden oder wenigstens mit Pfeil und Bogen wie Robin Hood. Tatsächlich dauerte es aber nicht lange, bis unsere ersten Opfer festsaßen.

Schnell liefen wir zu dem Baum hinüber und *nonno* Luigi pflückte die kleinen Vögel wie reife Mandarinen von den Ästen. Mit einer kaum sichtbaren Drehung von Daumen und Zeigefinger brach er den Vögeln das Genick und packte sie in die Stofftasche. Anschließend liefen wir zu dem Busch zurück, wo ich unsere erste Beute begutachtete. Fünf winzige Vögel waren uns auf den Leim gegangen, alles Spatzen und verwandte Arten. Jetzt begriff ich auch, warum wir nicht mit dem Gewehr jagten; da wäre ja die Kugel größer als die Beute gewesen. Ich schaute mir die Tiere an, und wie sie da so vor mir lagen, taten sie mir furchtbar Leid. Ich wollte auf gar keinen Fall später etwas davon essen!

Auch konnte ich mir beim besten Willen nicht vorstellen, dass von den Vögeln, wenn sie erst mal gerupft waren, noch viel übrig blieb. Womöglich musste man sie mit Federn und Knochen essen ... bestimmt schön knusprig.

»*Nonno*«, sagte ich, »die Vögel sind so klein, dass du mindestens hundert Stück fangen musst, um satt zu werden, oder?«

»Nein«, sagte er, »hundert nicht, aber fünfzehn bis zwanzig sollten es schon sein.«

»Also für mich brauchst du keine zu fangen«, fügte ich schnell hinzu. »Ich esse lieber Hähnchen, da ist wenigstens was dran.«

»Ja, das ist schon etwas anderes«, sagte *nonno* Luigi. »Diese Vögel hier schmecken ganz anders als Hähnchen.«

In diesem Augenblick sah ich aus den Augenwinkeln, wie sich etwas zwischen den Grashalmen bewegte, und etwas Langes, Schwarzes kam lautlos auf uns zugekrochen.

»Eine Schlange!«, rief ich aufgeregt, und während mein Schatten noch unter dem Busch saß, befand ich mich schon auf der Flucht.

Nonno Luigi schrie mir sofort hinterher, woraufhin ich mich zwar zu ihm umdrehte, aber in sicherer Entfernung stehen blieb. Ich sah, wie mein Opa sich bückte, und einen Augenblick später wickelte sich die Schlange um seinen Unterarm. Ich stand da und staunte Bauklötze. *Nonno* Luigi, der Mann, der mir mit seinen Schlangengeschichten die größte Angst vor diesen Tieren eingeflößt hatte, hatte die Schlange mit einem Griff gepackt. Das konnte ich kaum glauben, und mit Schaudern dachte ich an all die Schauermärchen, die er mir erzählt hatte: Allein die Boa constrictor, die Kinder am Stück runterschlucken konnte, hatte mir zwei schlaflose Nächte bereitet und mich bei unzähligen abendlichen Botengängen in Panik versetzt. Die Melkerschlangen, die sich des Nachts an die Euter von Kühen hängen, um ihnen Milch abzusaugen, hatten mich ebenfalls mehrere Tage beschäftigt, da er mir einredete, die bösartigen Tiere injizierten den armen Rindern dabei kleine Mengen an Gift. Aber das alles war noch gar nichts gegen die unglaublichste aller Geschichten, die er am liebsten mochte und die mir genau in diesem Moment wieder einfiel.

25. Schlangen und Geister

Nonno Luigi und sein Freund Giacomo waren mit einer Pferdekutsche unterwegs zu einem Bauern. Beide saßen die ganze Fahrt über auf dem Kutschbock und unterhielten sich. Als sie an ihrem Ziel angekommen waren, wendete sein Freund die Kutsche und hielt an. Sie rauchten eine Zigarette, redeten und warteten auf den Bauern, den sie abholen wollten. Plötzlich entdeckten sie in der Wiese, die sich links neben dem Feldweg erstreckte, zwei Schlangen, die sich äußerst seltsam benahmen.

Beide waren etwa zwei Meter lang, dunkelbraun und hatten schwarze und graue Linien auf dem Rücken. Sie krochen aufeinander zu, schlängelten sich ineinander und bildeten ein sich wild windendes Knäuel. Nach einer Weile ließen sie voneinander ab und richteten sich zu ihrer vollen Größe auf. Ihre Köpfe wippten in einem lautlosen Rhythmus von einer Seite zur anderen, und es sah aus, als ob sie miteinander tanzten. Belustigt betrachtete *nonno* Luigi den Paarungstanz der beiden Schlangen und sagte schließlich zu seinem Freund: »Haha, wie der Mönch mit seiner Lieblingsnonne!«

Was auch immer dieser Satz zu bedeuten hatte, jedenfalls hielten die Schlangen abrupt inne, wandten die Köpfe zu den Männern auf dem Kutschbock und stießen ein lautes, bedrohliches Zischen aus.

Nun überschlugen sich die Ereignisse: Das Pferd stieg und versuchte durchzugehen. Während Giacomo an den Zügeln zerrte, um das Tier wieder unter Kontrolle zu bringen, bewegten die Schlangen sich rasend schnell auf die Kutsche zu. Eine der beiden wickelte sich um einen Vorderlauf des Pferdes und biss zu, woraufhin das Tier vollends in Panik geriet und davonjagte. Der Schwanz der Schlange geriet unter einen Huf, wodurch das umwickelte Vorderbein zurückgerissen wurde und das Pferd aus vollem Lauf stürzte. Ross und Kutsche überschlugen sich und die beiden Männer wurden im hohen Bogen heruntergeschleudert.

Die zweite Schlange hatte nur knapp Giacomos Bein verfehlt und sich in eine hölzerne Stufe knapp darunter verbissen. Als sich die Kutsche nun überschlug, geriet sie in das Vorderrad und wurde bei dem Aufprall zerquetscht.

Nonno Luigi und Giacomo landeten hart auf dem Feldweg und standen so unter Schock, dass sie nach der Landung sofort auf die Füße sprangen und um ihr Leben rannten. Erst nachdem sie sich mehrere Male umgedreht und festgestellt hatten, dass die Schlangen sie nicht verfolgten, trauten sie sich, stehen zu bleiben und nach Luft zu schnappen.

»Was war das denn?«, fragte Giacomo.

»Keine Ahnung«, antwortete *nonno* Luigi. »Die Viecher müssen verrückt oder tollwütig sein!«

»*O Dio mio*!«, rief sein Freund aus. »Zwei verrückte Schlangen, das hat mir gerade noch gefehlt. Bist du verletzt?«

Nonno Luigi zog sein zerrissenes Hosenbein hoch,

sah sich die Wunde an seinem Schienbein an und sagte: »Ich bin am Kutschbock hängen geblieben, aber es sieht schlimmer aus, als es ist.«

»Gut«, antwortete Giacomo, »ich bin so weit auch in Ordnung. Hoffentlich hat es das Pferd nicht so schlimm erwischt.«

Langsam und sich nach allen Seiten umsehend, liefen sie zurück zur Kutsche, wo das Pferd noch immer auf dem Boden lag und sich nicht rührte.

»*Madonna mia*!«, rief Giacomo. »Das sieht nicht gut aus!«

»Nein«, antwortete *nonno* Luigi, »beim besten Willen nicht.«

Das Pferd war tot; es hatte sich bei dem Sturz das Genick gebrochen. Ein Stück der Schlange war noch immer um das Vorderbein gewickelt, das andere Ende lag einige Meter daneben. Bald darauf entdeckten die beiden Männer unter der Kutsche die leblose zweite Schlange.

Nonno Luigi und sein Freund setzten sich schweigend neben das tote Pferd und konnten nicht fassen, was geschehen war.

Jedes Mal wenn er die Geschichte erzählte, gab es jemanden, der meinte, Schlangen verhielten sich niemals so, doch mein Opa sagte nie was dazu. Manchmal krempelte er sein Hosenbein hoch und zeigte dem Zweifler die zehn Zentimeter lange und einen Zentimeter breite Narbe, die sein Schienbein zierte.

»Meinst du immer noch, dass es nicht sein kann?«, fragte er dann.

Und jetzt stand er vor mir und hatte sich die Schlange wie einen Stauchband um sein Handgelenk gewickelt.

»Komm her!«, rief er mich. »Komm ruhig näher, die ist völlig harmlos. Sie hat mehr Angst vor dir als du vor ihr.«

»Bist du dir da sicher?«, fragte ich zögerlich.

»Ja, sie kann dir nichts tun«, versicherte er mir. »Sie ist nicht giftig.«

Ich ging langsam zurück und *nonno* Luigi führte mir die Schlange vor. Anfassen wollte ich sie jedoch nicht, das wäre zu viel auf einmal gewesen.

»Du kommst aber gar nicht nach deinem Papa«, stellte *nonno* Luigi verwundert fest.

»Warum?«, fragte ich verwirrt.

»Als dein Vater so alt war wie du, hat er in einer Wasserzisterne eine große Schlange entdeckt. Er hatte kein bisschen Angst und das Tier mit einem Prügel erschlagen. Das war aber nicht so ein kleines Ding wie die hier, die war über zwei Meter lang. Als sich die Schlange nicht mehr rührte, fischte er sie aus dem Wasser, hängte sie sich um den Hals und lief damit nach Hause. Beim Anblick des Tiers bekam *nonna* Santa einen Schreikrampf und jagte deinen Papa aus dem Haus. Er war noch nicht einmal richtig draußen, da wachte die Schlange, die nur bewusstlos gewesen war, wieder auf, wickelte sich um seinen Hals und schnürte ihm die Luft ab. Er griff nach der Schlange und wollte sie wegziehen, aber je mehr er zerrte, desto fester wurde die Schlinge um seinen Hals. Er suchte den Kopf der Schlange, und als er ihn sah, griff er zu, warf sich zu Boden, hob mit der freien Hand einen Stein auf und schmetterte ihn dem Tier so lange auf den Kopf, bis es sich nicht mehr rührte.«

»Echt?«, staunte ich. »Hat er denn überhaupt keine Angst gehabt?«

»Kein bisschen«, antwortete *nonno* Luigi. »Dein Papa hat mich so manches Mal überrascht.«

»Wann denn?«, wollte ich wissen.

»Im Angelo-Viertel, wo wir früher gewohnt haben, gab es einen kleinen Feldweg, der führte an den Zitronenplantagen vorbei zum Santo-Viertel. Nach Einbruch der Dunkelheit benutzte niemand diesen Weg, an dessen Ende ein alter Olivenbaum steht mit Ästen, die über den ganzen Feldweg ragen. An diesem Baum hat sich mal ein Ziegenhirte erhängt, und noch Monate später berichteten mehrere Leute, sie hätten einen Erhängten am Baum gesehen.

Als sie sich näherten, pfiff er laut und schrill, so wie es Ziegenhirten tun, wenn sie nach ihren Tieren rufen, und auf einmal löste er sich in Rauch auf. Nachdem es zu einigen Zwischenfällen dieser Art gekommen war, bekamen es die Leute mit der Angst zu tun und nahmen, wenn es dunkel wurde, lieber den längeren Weg über die Hauptstraße.

Alle, bis auf deinen Papa. Der steckte die Hände in die Hosentaschen, pfiff ein Liedchen und marschierte jeden Abend seelenruhig über den Feldweg. Die Leute fragten ihn immer ganz erstaunt, wie er sich das zutraute, wo doch jeder wüsste, dass da ein unruhiger Geist sein Unwesen treibt.

Er sagte immer: ›Mir ist das egal, ich tue ihm nichts und er tut mir nichts. Ich pfeife mein Liedchen und er soll seins pfeifen. Außerdem habe ich ihn noch nie gesehen.‹

Die Leute aus dem Viertel konnten das gar nicht nachvollziehen, ich übrigens auch nicht. Normalerweise fürchte ich mich vor gar nichts, aber vor Geistern habe ich großen Respekt.«

»Papa ist echt mutig«, sagte ich voller Bewunderung. »Ich hab natürlich auch vor nichts Angst, außer vor Schlangen und Spinnen ... und Geistern ... und Riesentausendfüßlern ... und Haien ... und Monstern, die nachts unter meinem Bett liegen ... und ... hast du schon mal einen Geist gesehen, *nonno*?«

»Ja ... das habe ich!«, antwortete *nonno* Luigi.

»Echt? Wann und wo? Los, erzähl!«, forderte ich ihn auf.

»Ich glaube nicht, dass diese Geschichte für Kinder geeignet ist«, wandte *nonno* Luigi ein.

»Ach bitte!«, flehte ich. »Ich habe schon so viele Geistergeschichten gehört und es macht mir gar nichts aus.«

»Jetzt sehen wir erst mal nach unseren Vögeln«, antwortete er ausweichend.

Er wickelte sich die Schlange vom Arm und warf sie ein paar Meter weiter ins Gras. Das Tier schlich sofort davon und war nach wenigen Sekunden nicht mehr zu sehen.

Mittlerweile klebten schon wieder ein paar Vögel an den Ästen fest, und *nonno* Luigi freute sich schon auf ein leckeres Abendessen, denn in seiner Stofftasche warteten jetzt schon elf winzige Vögel.

Ich wurde langsam ungeduldig und hoffte, die Jagd – oder was immer das hier sein sollte – würde nicht mehr allzu lange dauern. Doch wir setzten uns wieder ins Gras, und *nonno* Luigi fragte mich, ob ich Lust auf eine Zuckerzitrone hätte.

»Klar, immer!«, freute ich mich, und meine Laune stieg wieder.

Er holte eine Zitrone und ein Taschenmesser aus seiner Hosentasche und begann, die Frucht zu schälen.

Süßigkeiten bekamen wir nur selten, und wenn es

mal etwas Süßes sein musste, dann gab es eine von *nonno* Luigis Zuckerzitronen – und die waren köstlich. Auf seinem Baum wuchsen nämlich die besten Zitronen von ganz Messina. *Nonno* Luigi hatte in seinem Hof einen veredelten Orangenbaum, dem er vor vielen Jahren einen großen Ast abgeschnitten hatte, um auf die Schnittstelle den Ast eines Zitronenbaumes aufzupfropfen.

Im Laufe der Zeit wuchs der neue Ast mit dem alten Baum zusammen, und nun hatte *nonno* Luigi einen Orangenbaum, auf dem auch Zitronen wuchsen. Die schmeckten viel fruchtiger und waren weniger sauer als gewöhnliche Zitronen und ich aß sie für mein Leben gern.

Als *nonno* Luigi die Zitrone fertig geschält hatte, schnitt er sie in der Mitte durch und gab mir eine Hälfte, um nun aus der anderen Hosentasche eine kleine Blechdose mit Zucker herauszuholen. Wir saßen im Gras, tunkten abwechselnd unsere Zitronenscheiben in die Zuckerdose und genossen den herrlich fruchtigen Geschmack.

»Hast du denn schon mal einen Geist gesehen? Oder jemanden, den du richtig unheimlich fandest?«, fragte er mich unvermittelt.

»Nein«, antwortete ich, »noch nicht. Aber in der Barackensiedlung oberhalb der Schule kannst du die unheimlichsten Gestalten beobachten. Mann, da treiben sich Typen rum, die könnten ungeschminkt Frankensteins Monster oder Graf Dracula spielen!«

»Das meinte ich eigentlich nicht«, lachte er. »Wenn jemand hässlich ist, dann kann er nichts dafür, ich meinte etwas anderes.«

»Ahh …«, sagte ich. »Ich weiß schon. Papas Freund Biagio hat sich mit seinem Freund unterhalten, und dann hat sich rausgestellt, dass der in Wirklichkeit schon tot war. Das war echt unheimlich!«

»Ja, stimmt«, sagte er. »Wenn dir jemand eine Geschichte erzählt von Leuten, die du nicht kennst, ist es allerdings gar nicht so schlimm, sondern spannend und höchstens ein bisschen unheimlich. Aber wenn du so etwas selbst erlebst und es sind Leute beteiligt, die du gern hast, dann tut es richtig weh. Erinnerst du dich an den Tag, als du dir die Finger in den Klappstuhl eingeklemmt hast?«

»Huu ... da habe ich mir zwei Fingernägel ausgerissen und wäre vor Schmerzen fast gestorben. Das vergesse ich niemals«, sagte ich. »Wenn ich nur daran denke, rollen sich mir heute noch die Ohren ein.«

»Genau!«, stimmte er zu. »Oder als du dir den glühenden Ast auf den Schuh gestellt hast, der sich bis zu deinem Fuß durchgebrannt hat.«

»Au! Das hat auch ganz schön wehgetan!«, erwiderte ich, und plötzlich war die Erinnerung wieder lebendig. Ich hatte damals völlig vergessen, dass ich den Stock, mit dem ich spielte, aus dem Feuer geholt hatte. Nach einer Weile stellte ich ihn mit der glühenden Spitze auf meinen Schuh, stemmte Hände und Kinn drauf und sah ins Feuer. Als ich die höllischen Schmerzen in meinem Fuß spürte, kam ich erst gar nicht auf die Idee, dass es an dem Stock liegen könnte, doch dann flitzte ich nur noch schreiend in der Gegend herum.

»Wie ein gefüllter Luftballon, wenn man keinen Knoten reinmacht«, lachte *nonno* Luigi. »Ich weiß noch, wie wir versucht haben, dich einzufangen, um nachzusehen, was überhaupt los war. Der Stock hatte dir ein Riesenloch in den Fuß gebrannt. Genau das meine ich: Wenn dir selbst so etwas passiert, dann ist es nicht nur eine Geschichte. Das geht viel tiefer und kann dir stärkere Schmerzen bereiten als ausgerissene Fingernägel oder ein Loch im Fuß. Es kann dir sogar so große Schmerzen bereiten, dass du nie wieder daran erinnert werden und auch nicht mehr davon sprechen willst. Niemals wieder.«

»Stärkere Schmerzen als ausgerissene Fingernägel«, wunderte ich mich, »geht das überhaupt?«

»Oh ja!«, versicherte *nonno* Luigi ernst. »Und ob das geht.« Er stand auf, packte die Zuckerdose wieder ein, klappte sein Taschenmesser zusammen und schob beides zurück in die Hosentasche. Dann warf er einen Blick auf den Baum mit den Leimfallen und setzte sich zurück ins Gras.

»Deine *nonna* Maria hat mal so eine Geschichte erlebt«, begann er zu erzählen, und wie immer lauschte ich ihm gebannt.

26. **Giuseppes Jacke**

»*Nonna* Marias jüngerer Bruder Giuseppe war damals vierundzwanzig Jahre alt und hatte noch zwei Tage Militärdienst zu verrichten. Er fühlte sich nicht gut und klagte über Bauchschmerzen, trat aber an jenem Tag ganz normal seinen Dienst an. Im Laufe des Tages wurden die Schmerzen immer schlimmer und er suchte den diensthabenden Stabsarzt auf.

Da der Arzt nichts Ungewöhnliches feststellen konnte, ging er danach wieder seinem Dienst nach und versuchte, sich keine Gedanken über die Bauchschmerzen zu machen. Das war leichter gedacht als getan, denn die Schmerzen wurden in der darauffolgenden Nacht immer heftiger und er konnte kein Auge zutun.

Am Morgen seiner Entlassung wurden er und seine Kameraden verabschiedet und sie verließen die Kaserne. Auf dem Heimweg wurden die Schmerzen so stark, dass er keinen Schritt mehr gehen konnte und zusammenbrach. Im Krankenhaus, in das man ihn eilig brachte, wurde er sofort operiert.

Während die eilig informierten Angehörigen, Ciccio, Teresa und deine *nonna* Maria, die sehr an ihrem kleinen Bruder hing, draußen warteten, kämpften die Ärzte bereits um das Leben des Kranken.

Nach langen bangen Stunden überbrachte ihnen ein Arzt die traurige Nachricht, dass ein Magengeschwür durchgebrochen und es für einen erfolgreichen Eingriff leider schon zu spät gewesen sei. Giuseppe war während der Operation gestorben.

Der Schock saß tief. Ciccio und Teresa hatten einen weiteren Sohn verloren, Maria ihren Bruder. In der Nacht vor der Beerdigung konnte deine *nonna* nicht schlafen, so groß war der Schmerz über den Verlust. Sie saß in ihrem Bett, dachte zurück an die schönen Tage, die sie mit ihrem Bruder erlebt hatte, und weinte sich in einen kurzen, unruhigen Schlaf. Bis jemand sie rief.

›Maria, Maria, hörst du mich?‹

›Ja, ich höre dich‹, antwortete sie im Schlaf.

›Maria, mir ist kalt! Furchtbar kalt. Meine Jacke, die haben mir meine Jacke nicht angezogen. Bitte zieh mir meine Jacke an. Lass mich nicht frieren. Komm bitte sofort. Mir ist so kalt, ich halt das nicht mehr aus. Maria, bitte! Vergiss mich nicht.‹

In dem Moment wachte deine *nonna* auf. Da es schon früh am Morgen war, zog sie sich an und eilte zur Leichenhalle, wo die Toten vor der Beerdigung aufgebahrt lagen. Sie ging auf einen Beschäftigten zu und fragte ihn ganz offen, warum ihr Bruder nicht vollständig angezogen worden sei.

Der Mann war ganz erstaunt. ›Woher wissen Sie das?‹, fragte er.

›Ich weiß es eben‹, antwortete deine *nonna*, ›das muss reichen.‹

Der Mann versuchte sich zu rechtfertigen. ›Es tut mir sehr Leid‹, begann er, ›aber der Körper war so steif, dass wir nicht in der Lage waren, ihm die Jacke überzustreifen. Dazu hätten wir ihm die Arme brechen müssen und das kann niemand von uns verlangen.‹

›Ich verstehe‹, sagte *nonna* Maria. ›Aber jetzt bin ich da und werde ihm die Jacke selbst anziehen. Ich wäre Ihnen dankbar, wenn Sie mir den Sarg öffnen würden.‹

›Selbstverständlich werde ich Ihnen dabei behilflich sein‹, sagte der Mann und ging zu Giuseppes Sarg hinüber.

Als Maria ihren Bruder so daliegen sah, brach sie wieder in Tränen aus. Dennoch ließ sie sich die Jacke geben, bückte sich über ihren Bruder und hob sanft eine Hand an. Zu ihrem Erstaunen konnte sie die Hand widerstandslos bewegen, ebenso wie der ganze Arm. Deine *nonna* zog also ihrem Bruder die Jacke an, bedankte sich bei dem erstaunten Mann für seine Hilfe und ging nach Hause.

In der Nacht nach der Beerdigung rief jemand abermals ihren Namen: ›Maria! Hörst du mich?‹

›Ja, ich höre dich‹, antwortete sie.

›Mach die Augen auf‹, befahl die Stimme.

Sie öffnete wie geheißen die Augen und sah ihren Bruder vor ihrem Bett stehen.

Giuseppe hatte seine Jacke an und lächelte. ›Ich will dir danken, Maria‹, sagte er. »Dafür, dass du mir meine Jacke gebracht hast und ich nicht mehr friere. Aber jetzt muss ich gehen, Maria. Sei nicht traurig und vergiss mich nicht. Ciao, *sorella mia* – meine Schwester.‹

›Ich … ich werde dich niemals vergessen, *fratello mio* – mein Bruder. Niemals, bis wir uns wiedersehen.‹

›Wir werden uns wiedersehen‹, antwortete Giuseppe und war von einer Sekunde auf die andere verschwunden.«

»Huah«, sagte ich, das war aber eine echt unheimliche Geschichte. *Nonna* Maria hat mir bestimmt schon Hunderte erzählt, aber von dieser hatte ich keine Ahnung.«

»Ja«, sagte *nonno* Luigi, »sie hat bestimmt ihre Gründe dafür. Und jetzt lass uns nach den Vögeln sehen!«

Wir standen auf und liefen zu dem Baum hinüber. Von weitem konnten wir schon erkennen, das mindestens sechs Vögel festsaßen und darauf warteten, in unserer Stofftasche zu verschwinden.

Mit routinierten Handgriffen pflückte *nonno* Luigi die Vögel von den Ästen »Ich glaube«, stellte er mit einem Blick auf die gefüllte Tasche fest, »das reicht für heute.«

Er holte den Spachtel und die Leimdose aus der Tasche, kratzte den Leim wieder von den Ästen und schmierte ihn in die Dose zurück. Dann rieb er, damit keine weiteren Vögel kleben blieben, die Reste an den Ästen mit Sand ein.

Wir stiegen den Berg wieder hinab und wollten gerade über die Mauer klettern, als es dicht hinter uns laut und wütend knurrte. *Nonno* Luigi und ich blieben wie angewurzelt stehen, als mich auch schon ein riesiges schwarzes Wesen ansprang und mich mit voller Wucht gegen die Mauer schleuderte. Völlig schockiert starrte ich auf einen bedrohlich knurrenden Hund, der mich mit seinen Pfoten gegen die Wand drückte und keine zwei Zentimeter von meiner Nase entfernt seine langen, spitzen Zähne fletschte. *Nonno* Luigi versuchte reflexartig meine Hand zu nehmen und den Hund wegzudrücken, als plötzlich ein zweiter vor ihm auftauchte und ebenfalls knurrend die Zähne fletschte.

»Madonna!«, hörte ich *nonno* Luigi sagen. »Gigi, beweg dich bloß nicht!«

Bewegen? Ich war zu einer Marmorstatue erstarrt! Das Einzige, was sich bewegte, noch dazu unbeabsichtigt, waren meine zitternden Beine. Die aber schlugen alle Rekorde.

Schmerzhaft gruben sich die Krallen des Hundes in meine Schultern, gleichzeitig pustete er mir unentwegt seinen stinkenden Atem ins Gesicht. Ich hatte seine Fangzähne noch immer direkt vor Augen, hörte das dunkle Grollen, das tief aus seiner Kehle drang, und spürte, wie mir dabei kalter Schweiß den Rücken entlanglief. Ich hatte Todesangst!

»Hunde, die bellen, beißen nicht!«, sagte Nonno Luigi und redete beruhigend auf mich ein, während er gleichzeitig versuchte, die Köter zu verscheuchen, indem er irgendwelche Kommandos brüllte. Nebenbei hatte er sein Taschenmesser aus der Hosentasche gezogen und machte sich bereit, den Hund, der mich an der Wand gefangen hielt, damit anzugreifen.

Sehr witzig, dachte ich noch, die Hunde haben gar nicht gebellt. Da ertönte ein lauter, schriller Pfiff, gefolgt von einer heiseren, verärgert klingenden Stimme.

»Bruto! Max! Hierher!«

Der Hund über mir drehte den Kopf von meinem Gesicht weg, stieß sich ab, setzte sich einen Meter vor mir hin und starrte mich böse an. Mir fiel, im wahrsten Sinne des Wortes, eine tonnenschwere Last von der Brust.

»Keine Angst!«, hörte ich jemanden rufen, als auch schon ein kleiner, hagerer alter Mann mit weißen Haaren die letzten Stufen hinaufkam: Signor Altamasio!

Die Geschichten, die über diesen Mann die Runde

machten, waren also wahr. Er war seltsam, er hielt blutrünstige Wachhunde und bekam offenbar nicht umsonst niemals Besuch.

Als er mich ansah, lächelte er freundlich. »Die fressen dich nicht«, sagte er, kam auf mich zu und versuchte meine Hand zu nehmen, die ich ihm jedoch verweigerte. »Ich bitte vielmals um Entschuldigung, ich wusste nicht, dass ihr hier seid, sonst hätte ich die Hunde niemals aus dem Zwinger gelassen. Die beiden sehen nur böse aus, sie sind eben Wachhunde.«

Nonno Luigi antwortete in ruhigem Ton: »Wir sind trotzdem zu Tode erschrocken, und wenn Sie nicht in letzter Sekunde gekommen wären, hätte ich denjenigen, der meinen Enkel bedroht hat, kurzerhand abgestochen.«

Signor Altamasio wirkte bestürzt und lud uns spontan zu einem Glas Wein und eine *granita* ein.

Nonno Luigi sah mich an, sagte: »Also gut!«, und wir stiegen gemeinsam mit dem Signore zu seinem Haus hinab, wobei die Hunde mehrfach den Hang hinunter- und wieder hinaufjagten, bis wir in einem kleinen Hof standen. Signor Altamasio bot uns zwei geflochtene Stühle an und verschwand kurz im Haus.

Der betonierte Hof war wirklich schön, und besonders gut gefiel mir ein Mandarinenbaum, der so beschnitten war, dass sich seine Krone wie ein Regenschirm über den Hof spannte. Unzählige unreife Mandarinen hingen an den Zweigen und verströmten ihren fruchtigen Geruch. An einer anderen Stelle wuchs ein kräftiger, mit Trauben überladener Weinstock, der sich auf gespannten Drähten rankte und eine gewachsene Wand bildete. Auf der anderen Seite verlief eine Mauer, etwas mehr als einen Meter hoch und mit einem niedrigen gemauerten Podest davor.

Darauf standen etliche Topfpflanzen in Reih und Glied, was sehr gemütlich und liebevoll gepflegt aussah.

Ich war zutiefst überrascht, denn all das passte so gar nicht zum Bild des seltsamen alten Mannes, der in den Geschichten vorkam.

Die beiden Hunde lagen langgestreckt unter einem Tisch, der eine kaute auf einem alten Gummiball, der andere hatte den Kopf auf die Pfoten gelegt und sah aus, als könne er kein Wässerchen trüben. Unglaublich!

Nach wenigen Minuten kam Signor Altamasio mit einer Flasche Wein, zwei Gläsern und einer ganzen Schüssel leckerer Zitronen-Granita heraus; wie sich Sekunden später herausstellte, das beste Wassereis, das ich je gegessen hatte.

Begeistert fragte ich Signor Altamasio, wo er die Granita gekauft habe.

»Die habe ich selbst gemacht«, antwortete er. »Ich habe hier so viele Zitronenbäume … warum sollte ich da welche kaufen?«

»Echt?«, staunte ich » Wenn Sie die verkaufen würden, wären Sie bestimmt bald Millionär!«

»Millionär? Weshalb denn? Ich habe alles, was ich brauche, und um alles andere kümmere ich mich nicht. Aber wenn du meine Granita so magst, kannst du gerne hin und wieder auf eine Schüssel vorbeischauen.«

»Gerne!«, sagte ich begeistert, wenn auch mit einem skeptischen Blick auf die beiden Hunde.

Signor Altamasio entging er nicht. »Keine Sorge, die beiden tun dir jetzt nichts mehr, denn sie wissen, dass du uns nichts Böses willst. Wenn du das nächste Mal kommst, werden sie sich freuen, dass du da bist.«

»Sicher?«

»Ganz sicher!«, sagte Signor Altamasio.

Er und *nonno* Luigi unterhielten sich noch ein Weilchen, und Signor Altamasio versprach schließlich, die Hunde in Zukunft nicht aus den Augen zu lassen, bevor er sich nicht vergewissert hatte, dass sich niemand in der Nähe befand.

Währenddessen war einer der beiden Hunde aufgestanden und setzte sich vor mich hin. Ich zuckte sofort zurück, schließlich hatte der Köter mich vorher angefallen, und bekam es gleich wieder mit der Angst zu tun. Aber der Hund roch nur an der Schüssel in meinen Händen und legte dann den Kopf auf meine vor Angst wie versteinerten Oberschenkel.

»Er will, dass du ihm den Kopf kraulst«, erklärte Signor Altamasio. »Das liebt er über alles.«

Ich saß immer noch stocksteif in meinem Stuhl und wagte es nicht, mich zu rühren. Nach zweimaliger Aufforderung konnte ich mich dann doch dazu überwinden, den Hund zu kraulen, was dieser sichtlich genoss. Wie er nun so vor mir saß und vor Wohlbehagen sabberte, hatte er so gar nichts Blutrünstiges mehr.

Als wir uns kurz darauf verabschiedeten, begleiteten uns Bruto und Max noch schwanzwedelnd bis zur Mauer, bevor sie wieder in Richtung Haus verschwanden.

»So schlimm sind die gar nicht«, sagte ich,

»Nein, wirklich nicht«, antwortete *nonno* Luigi. »Nur kann man sich leider nicht darauf verlassen, dass sie es auch bleiben.«

Zu Hause angekommen, machte sich *nonno* Luigi gleich daran, die Vögel zuzubereiten, während ich meinen Geschwistern aufgeregt erzählte, was am

Nachmittag passiert war. Natürlich sagten sie, dass ich übertreibe, aber als ich mein T-Shirt hob und jedem, der es sehen wollte, die deutlichen Krallenspuren auf meinen Schultern zeigte, waren sie doch alle froh, dass die Sache so glimpflich ausgegangen war.

So ausgefallen wie das von *nonno* Luigi war unser Abendessen zwar nicht, aber dafür schmeckte es super. Statt Schlegel, so dünn wie Zahnstocher, und Flügel von der Dicke eines Streichholzes gab es Spaghetti mit Brokkoli – einfach, aber lecker!

Anschließend schlenderte ich zu *nonno* Luigi hinüber, schließlich war ich neugierig auf sein Wildvögelragout. Es roch fantastisch und die Soße schmeckte hervorragend, aber die Vögel probierte ich trotzdem nicht.

In jener Nacht träumte ich von Hunden mit riesigen Zähnen, die mich mit Leimfallen jagten, und der Traum war so grausam, dass ich irgendwann schweißgebadet hochschreckte und mich nach den Resten des Klebstoffes abtastete, mit dem die Hunde mich hatten fangen wollen – um mich anschließend in aller Seelenruhe zu zerlegen, durchzukauen und auszuspucken …

27. Autogeschichten

»*Femminuccia*!«, brüllte Mama ihrem Kontrahenten entgegen.

»Wer, ich? Ich soll ein kleines Mädchen sein?«, brüllte Signor D'Angelo zurück. »Ihr Balg da hat nur Unsinn im Kopf und Sie beschimpfen mich als Mädchen? *Ma signora, per favore*!«

Mama war nicht gerade zimperlich, wenn sie ihren Nachwuchs verteidigen musste. Und Signor D'Angelo, wie er so dastand in seinem dunkelblauen Morgenmantel, hätte einen durchaus an ein Mädchen erinnern können, wenn er nicht gerade den dicksten Oberlippenbart des ganzen Viertels gehabt hätte. Aus der Entfernung betrachtet sah man zuerst den Bart und erst nach und nach zeigte sich der mittelgroße Mann mit pechschwarzen Haaren, Grübchen im Kinn und Lachfalten um die Mundwinkel.

Signor D'Angelo war an diesem letzten Ferientag, bevor die Schule wieder anfing, sehr über mich verärgert, weswegen er mich noch vor wenigen Sekunden von seinem Balkon aus ziemlich derb beschimpft hatte. Bis meine Mama, von dem Geschrei angelockt, mit wehender Schürze aus dem Haus gerannt kam und gleich zum Gegenangriff überging.

Nun stand ich neben Mama und setzte meine unschuldigste Unschuldsmiene auf – dagegen sah selbst das an der Brust der heiligen Madonna saugende Jesuskind wie ein Mafioso aus.

Dabei war ich diesmal gar nicht sooo unschuldig.

Mama hatte mich mit ein paar hundert Lire und einer Einkaufstüte Brötchen kaufen geschickt. Ich sollte auf dem schnellsten Weg zu Signora Nanna laufen und sofort zurückkommen. Also rannte ich die lange Treppe hinab, stieg über die Begrenzungsmauer und rutschte einen kleinen Hang herunter bis zu dem großen Hof, der von allen als Parkplatz benutzt wurde. Die schmale, ungepflasterte Gasse, die von der Straße aus hineinführte, war eine wunderbare Abkürzung, und ich sollte mich schließlich beeilen.

Doch daraus wurde nichts, denn ich hatte auf dem Boden etwas Glitzerndes entdeckt und bückte mich, um den Gegenstand aufzuheben. Es war ein blanker Stahlnagel.

Mit dem Nagel in der Hand lief ich weiter und überlegte mir, was ich damit machen sollte. Eine Hütte bauen? Dazu war ein einziger Nagel zu wenig. Ich könnte ihn wie mein Cousin Gianni zu einem Ring biegen lassen und als Schlüsselanhänger benutzen. Aber ich besaß gar keinen Schlüssel, was sollte ich also mit einem Anhänger?

Kurzerhand griff ich mir einen Stein und schlug den Nagel in den Vorderreifen eines kleinen, weißen Fiat Cinquecento. Mit drei wuchtigen Schlägen hatte ich ihn so weit in das Gummi getrieben, dass nur noch der Kopf herausschaute. Ich ging in die Hocke und beobachtete gespannt, ob der Überdruck im Reifen den Nagel herauspusten würde. Ich wartete … und wartete … aber es passierte: nichts!

Der Reifen verlor nicht einmal Luft. Also beschloss ich, den Nagel langsam wieder herauszuziehen, was zunächst alles andere als einfach war. Als ich ihn etwa halb herausgezogen hatte, ging es plötzlich ganz schnell. Es machte flupp – der Nagel kam mir entgegen und die Luft entwich mit einem lauten Zischen aus dem Reifen. Es dauerte keine zwei Sekunden und das Auto verneigte sich vor mir.

Wow! So etwas hatte ich noch nie gesehen. Begeistert stand ich mit dem Nagel in der Hand da und bewunderte mein Kunstwerk, bis sich ganz allmählich in meinem Kleinhirn der Gedanke formte, wem der Wagen wohl gehörte. Nachdem dieser Punkt geklärt war, fragte ich mich, wie Signor D'Angelo wohl reagieren würde, wenn er mich mit einem Nagel und einem Stein in der Hand neben seinem Auto sehen würde – einem Auto, das auch noch ganz zufällig einen platten Reifen hatte.

Nun, es gab zwei Möglichkeiten: Signor D'Angelo wäre überglücklich und würde mich bitten, meine Initialen in die Motorhaube zu kratzen, um mein Kunstwerk zu vollenden. Oder, die wahrscheinlichere: Er würde mir mit dem Nagel ebenfalls die Luft rauslassen und mir seine Initialen auf den Hintern tätowieren.

Plötzlich stand ich stocksteif da, denn mir war siedend heiß eingefallen, dass Signor D'Angelo von seinem Balkon aus den gesamten Platz überblicken konnte. Langsam drehte ich den Kopf nach rechts und schielte nach dem Balkon: keiner da. Nun drehte ich den Kopf nach links, die Gasse runter, und schätzte die Entfernung ab, die mich von der nächsten Biegung trennte. Es waren etwa fünfzig Meter. Wenn ich so schnell wie möglich die Biegung erreichen würde, könnte niemand aus meiner Anwesenheit die falschen … richtigen Schlüsse ziehen. Aus dem Stand beschleunigte ich auf Schallgeschwindigkeit und raste die Gasse entlang. Nachdem ich abgebogen war, fühlte ich mich in Sicherheit und schlenderte gemütlich zu Signora Nanna.

Auf dem Heimweg nahm ich vorsichtshalber den Umweg über die Hauptstraße und stieg anschließend die Stufen zu unserem Viertel hoch. Noch konnte ich den Balkon von Signor D'Angelo nicht sehen, dennoch musste ich daran vorbeilaufen und betete, dass er nichts bemerkt hatte. Stufe um Stufe näherte ich mich dem Haus, während ich versuchte, ein Lied zu pfeifen. Jetzt konnte ich schon das grün gestrichene Balkongeländer erkennen und … einen kleinen Zipfel eines dunkelblauen Morgenmantels. Auweia! Signor D'Angelo stand draußen!

Mein Herz übersprang ein paar Schläge, und mein unmelodisches Gepfeife wurde so hektisch, dass ich mich nur noch pusten hörte. Nur nicht nach oben schauen!, befahl ich mir und stieg zügig die Treppen hoch, denn Rennen hätte mehr als verdächtig gewirkt. Plötzlich ertönte ein lauter Schrei, etwas Eiskaltes stürzte auf mich herab, und ehe ich mich's versah, war ich pitschnass.

»Ahh … *cunnutu ti pignai* – hab ich dich, du gehörnter Idiot!«

Signor D'Angelo stand über mir und hielt noch die große Schüssel in den Händen, die er gerade über mir ausgekippt hatte. Ich war schockiert und schnappte nach Luft, während Signor D'Angelo auf mich einschrie.

»Du kleine Ratte! Warum hast du mir meinen Reifen zerstochen?«

»Ich ... ich war's nicht«, bibberte ich stocksteif vor Angst.

»Lüg nicht! Ich habe doch gesehen, wie du in der Gasse um die Ecke gebogen bist.«

Mist!, dachte ich nur und setzte mich wieder in Bewegung. Nicht dass er noch auf die Idee kam, zu mir herunterzukommen.

»Ich habe gar nichts zerstochen!«, rief ich.

»Was hast du dann gemacht?«, brüllte er nun.

Ich war in der Zwischenzeit oben angekommen, wo das Tor zu *zio* Paolos Hof noch offen stand. Rasch schlüpfte ich hindurch, schlug es zu und schrie ihm meine Antwort entgegen: »Ich habe den Nagel nur herausgezogen und plötzlich war der Reifen platt!«

Oh nein! Was hatte ich denn jetzt gesagt? Böser Fehler! Ich bereute es auf der Stelle, denn Signor D'Angelo hatte ein großes Repertoire an wüstesten Beschimpfungen auf Lager, die er mir nun im Sekundentakt um die Ohren schlug.

Just in dem Moment trat Mama auf den Plan, von dem lautstarken Geschrei angezogen.

Die Schlacht dauerte eine knappe Viertelstunde. Zwar hatte Signor D'Angelo Recht, aber das wusste Mama nicht, außerdem hatte sie eindeutig die besseren Stimmbänder. Der Kampf stand unentschieden, und Signor D'Angelo zog sich schon vom Schlachtfeld zurück, als ich den zweiten kapitalen Fehler an diesem Tag beging: Ich fragte meine Mama, ob alles okay sei.

Das hätte ich lieber nicht tun sollen, denn nun explodierte sie. »Was hast du getan?«, schrie sie mich an. »Du hättest doch nur Brötchen holen sollen.«

Ich bekam nicht einmal die Zeit, ihre Frage zu beantworten, schon hatte sie mich an einem Ohr geschnappt und zerrte mich hinter sich her. Der Weg bis ins Haus zog sich ins Unendliche und meine linke Ohrmuschel war in der Zwischenzeit schon drei Nummern größer als die rechte. Damit konnte ich mich heute Nacht bestimmt zudecken.

Mama pfefferte mich auf einen Stuhl und begann mich zu verhören. Es fehlten nur noch die starke Lampe, die mich blendete, und jemand, der den guten Bullen spielte. Sie verlangte, dass ich alles erzählte. Haargenau. Das tat ich auch. Ich ließ nur die Stelle weg, als ich den Nagel in den Reifen eingeschlagen hatte. Aber allein die Tatsache, dass ich dafür gesorgt hatte, dass dem Reifen die Luft ausgegangen war, reichte schon vollkommen aus.

Nach Mamas Sonderbehandlung konnte ich auf meinem Hintern Steaks grillen ... und vermutlich hätte die Restwärme auch noch für eine ordentliche Portion Pommes gereicht.

Meine Autogeschichten waren damit allerdings noch nicht zu Ende. Eine Zeit lang machte ich mir einen Spaß daraus, meinem Papa vorzugaukeln, dass jemand ohne sein Wissen mit seinem grünen Fiat Seicento fuhr.

Da der Parkplatz leicht abschüssig war, fuhr Papa immer ganz hinauf, um das Auto zu wenden und es anschließend in Ausgangsrichtung abzustellen. Damit der Fußweg nicht zu lang wurde, parkte er natürlich möglichst weit oben.

Irgendwann hatte ich beim Spielen entdeckt, dass die Seitenscheibe an der Fahrertür defekt war und ich sie einen Spaltbreit herunterdrücken konnte. Mit ein wenig Anstrengung kam ich an den Verriegelungsknopf und konnte die Tür problemlos öffnen.

Ich kniete mich auf den Fahrersitz, löste die Handbremse und ließ das Auto bis zum Ende der Gasse rollen. Großartig lenken musste ich dabei nicht, denn ich schlich mich meistens morgens raus und da standen nur noch wenige Fahrzeuge im Hof. Unten angekommen, zog ich die Handbremse wieder an, kurbelte die Scheibe hoch, verriegelte die Tür und … lachte mich innerlich halb tot, wenn ich an Papas erstauntes Gesicht dachte.

Er war tatsächlich überrascht, sein Auto nicht dort vorzufinden, wo er es abgestellt hatte. Während Papa und Mama noch rätselten, wer einen Zweitschlüssel für das Auto besitzen oder wie der Wagen sonst an seinen neuen Standort gekommen sein könnte, hatte ich größte Mühe, einen Lachanfall zu unterdrücken und mir dabei nicht in die kurzen Hosen zu machen.

Ich hatte so großen Spaß, dass ich das Spielchen in unregelmäßigen Abständen wiederholte – bis zu jenem verhängnisvollen Tag, als der kleine Fiat Cinquecento von Signor D'Angelo ein paar Meter vor Papas Auto stand. Statt auf meinen Streich zu verzichten, beschloss ich, den Wagen um den unseres Nachbarn herumrollen zu lassen.

Anfangs klappte alles wunderbar, bis das Auto plötzlich stehen blieb. Es hatte die Parklücke gerade mal so weit verlassen, dass es mitten auf der Straße stand. Ich stieg aus und sah, dass der linke Vorderreifen von einem großen Stein blockiert wurde. Also zog ich die Handbremse an, rollte den Stein weg, kniete mich wieder auf den Fahrersitz, löste die Handbremse und hoffte, dass sich das Auto von alleine wieder in Bewegung setzte.

Niente! Der Wagen rührte sich keinen Meter.

Da hatte ich mich mal wieder in eine richtig dumme Situation hineinmanövriert und überlegte fieberhaft, was ich jetzt tun könnte. Ich stieg aus, schloss die Tür, ergriff durch die geöffnete Seitenscheibe das Lenkrad und versuchte, das Auto zu schieben. Ich schuftete wie ein Esel, doch der Fiat rührte sich nicht vom Fleck. Irgendwann ließ ich das Lenkrad los, lehnte die Schulter gegen den Türrahmen und stemmte mich mit aller Kraft gegen das Fahrzeug: Es bewegte sich.

Jetzt musste ich nur noch gegenlenken, bevor das Auto zu nah an die Wand fuhr. Ich wollte die Fahrertür öffnen, um auf den Sitz zu springen, doch sie klemmte, und als ich sie nach mehreren verzweifelten Versuchen endlich aufbekam und mein Bein in den Türspalt schieben wollte, überrollte das Hinterrad meinen Fuß.

Das Auto blieb abrupt stehen. Mein Fuß steckte in einer schmalen, durch Regenwasser ausgewaschenen, natürlichen Regenrinne und das Rad saß direkt auf meinem Fußrücken!

Ich schrie auf. Obwohl die Regenrinne einen Teil des Gewichts auffing, tat es unglaublich weh. Wenn mich Papa oder Mama in dieser Lage erwischten, war ich geliefert. Ich setzte mich auf den Boden, lehnte mich mit dem Rücken gegen die Wand und überlegte mir trotz der schier unerträglich werdenden Schmerzen, wie ich mich – möglichst alleine – aus dieser Lage befreien könnte. Mein Fuß pochte wie wild, ich fing an zu weinen und zunächst leise um Hilfe zu rufen. Vielleicht hörte mich jemand auf der anderen Seite des Wohnviertels und ich konnte die Geschichte doch noch irgendwie vertuschen. Aber dem war nicht so. Als mir schwarz vor Augen wurde, geriet ich in

Panik und brüllte lautstark los: »*Aaaiiiuuutoooooo*! Zu Hilfe!«

Sekunden später waren meine Eltern zur Stelle und zusammen mit einigen Nachbarn schoben sie das Auto auf die Seite. Mama zog mir den Schuh aus und ich konnte meinen blauen, geschwollenen Fuß betrachten. Es dauerte nicht lange und es hagelte eimerweise Vorwürfe. In Anbetracht der Tatsache, dass ich ganz ohne Zweifel mehr Glück als Verstand gehabt hatte, waren die Vorwürfe durchaus angebracht. Körperliche Strafen brauchte ich diesmal nicht zu befürchten, die Schmerzen in meinem Fuß waren mehr als ausreichend. Obwohl nichts gebrochen war, dauerte es mehrere Wochen, bis ich wieder richtig laufen konnte, und der Schulweg war alles andere als angenehm.

28. Zurück in der Schule

Die vierte Klasse hatte begonnen, und das, wovor wir uns alle während der Ferien gefürchtet hatten, wurde Gewissheit:

Unser neuer Lehrer hieß *professore* Giannelli.

Keiner von uns hatte ihn je gesehen, aber ein jeder in der Schule kannte mindestens eine der zahlreichen Geschichten, die über seine grausamen Bestrafungsmethoden existierten.

So soll er mal einen Schüler bis zur Bewusstlosigkeit gewürgt haben, weil er angeblich eine Matheaufgabe falsch gerechnet hatte. Dass er Hand anlegte, geschah jedoch äußerst selten, denn Giannellis Lieblingsdisziplin war das Werfen mit Gegenständen. Seinen Schlüsselbund schleuderte er so hart und präzise durchs Klassenzimmer, dass er einer Fliege im Flug die Spucke aus dem Rüssel schießen konnte. In den meisten Fällen warf er aber nur einen nassen Schwamm. Der war allerdings so voll gesogen, dass man sich bei einem Kopftreffer die Nase zuhalten musste, um nicht zu ertrinken. Einem Schüler soll er mal ein Buch so brutal auf den Schädel gehauen haben, dass dem armen Kerl der Kopf zwischen die Schulterblätter gerutscht war. Von dem Moment an hieß der Junge nur noch »Gaetano der Halslose«.

Den kannte jeder in der Schule und sein Kopf saß tatsächlich ohne Hals auf den Schultern. Allerdings hatte ich nicht gewusst, dass *professore* Giannelli ihm das angetan hatte. Ich war der festen Überzeugung gewesen, dass Gaetanos Halslosigkeit ein Geburtsfehler sei.

Vor Beginn der ersten Stunde redeten wir alle vierundzwanzig wild durcheinander und ein jeder hörte verängstigt den neuesten Berichten über Giannellis Gräueltaten zu, und allen stand die gleiche angstvolle Frage ins Gesicht geschrieben:

Wie überlebe ich dieses Schuljahr, wenn der Lehrer Spaß am Töten hat?

Als ein riesiger Schatten die Türöffnung verdunkelte, wurde es schlagartig totenstill, alle hielten den Atem an und verfolgten den immer länger werdenden Schatten, bis er auf die gegenüberliegende Wand traf.

Gebannt lauschten wir den klackenden Absätzen, die hart auf den Steinboden schlugen und sich schnell und zielstrebig näherten, während wir diesem übermenschlich großen Schatten nachstarrten. Darüber hätten wir beinahe den kleinen Mann im grauen Anzug übersehen, der dem Schatten folgte. *Professore* Giannelli war ganze sechseinhalb Meter kleiner als der Schatten, den er geworfen hatte, und sah auch alles andere als Furcht erregend aus. Mit seinen etwa einen Meter sechzig und dem schütteren Haarkranz erinnerte er mich ein bisschen an *nonno* Luigi. Allerdings war unser neuer Lehrer dicker, hatte kleine, hinterlistig funkelnde Augen, ein rundes, weiches Gesicht mit hängenden Wangen und großen Ohren.

Er musterte uns von der Tür her und verzog seine Mundwinkel zu einem spöttischen Grinsen, bevor er eintrat und zackig die Tür hinter sich zuzog. Mit einer befehlsgewohnten, wenn auch piepsig hohen Stimme begrüßte er uns: »*Buongiorno, scolari*!«

Wir traten neben unsere Schulbänke und antworteten wie gewohnt im Chor: »*Buongiorno, signor maestro*!«

»*Bene, bene*!«, freute er sich. »Ich sehe schon, ihr seid ein gut erzogener Haufen. Das wollen wir in Zukunft noch ein bisschen vertiefen. Dann ratterte er mit strenger Stimme seine Regeln herunter und schloss mit den Worten: »Irgendwelche Fragen? Ich denke, wir werden die nächsten zwei Jahre gut miteinander auskommen, und wenn nicht, werde ich schon dafür sorgen!«

In Wirklichkeit war er gar nicht so schlimm. Er hatte zwar seine Macken, aber sonst machte sein Unterricht richtig Spaß, denn er gestaltete ihn wie ein Frage-und-Antwort-Spiel.

Seine größte Freude bestand darin, zu bestimmten Fragen genau die Schüler aufzurufen, von denen er sicher wusste, dass sie nur mit den Schultern zucken würden, und sich anschließend über sie lustig zu machen.

»*O Dio mio*, Mario! Ich habe schon Weinbergschnecken gegessen, die intelligenter waren als du«, war einer von seinen Lieblingssätzen, genau wie: »*O Gesú*, Nino! Wenn dein Kopf nur so groß wäre wie dein Verstand, hättest du eine Olive auf dem Hals sitzen« oder aber: »*Per la Madonna*, Andrea! Sogar mein Goldfisch könnte diese Frage beantworten. Schwimm du im Aquarium rum und lass lieber ihn deine Prüfungen machen.« Dabei setzte er jedes Mal einen verzweifelten Gesichtsausdruck auf, rollte mit den Augen, faltete die Hände wie zum Gebet und wandte sich an den lieben Gott persönlich. Während dieses Monologs streckte er mehrmals seinen Zeigefinger gegen die Decke, und hätte der liebe Gott tatsächlich von oben zugesehen, so hätte Giannelli ihm vermutlich ein Auge ausgestochen.

Einige Schüler in unserer Klasse konnten seine Fragen jedoch mühelos beantworten, darunter auch ich, nur rief er mich niemals auf. Irgendwann fing ich an, nicht mehr darauf zu warten, dass ich an die Reihe kam, und gab die Antworten einfach so. Nachdem ich ihm mit meiner Taktik aber offenbar die ganze Freude am Unterricht verdarb, versetzte er mir eine schallende Ohrfeige und zischte: »Du antwortest nur dann, wenn du gefragt wirst, und sonst nicht, verstanden?«

Die Demütigung saß tief, ich schwieg den ganzen Vormittag und beschloss, Mama später nichts zu erzählen. Es klänge auch ziemlich unglaubwürdig, wenn ich sagte: »Mama, *professore* Giannelli hat mir eine eingeschenkt, weil ich seine Frage zwar richtig beantwortet habe, aber zum falschen Zeitpunkt, und weil er mich nicht gefragt hatte und weil ich ihn sein tägliches Drama nicht aufführen ließ und weil er die Fragen eigentlich gar nicht beantwortet haben will.«

Doch so weit kam es gar nicht, denn nach dem Unterricht nahm er mich zur Seite und entschuldigte sich für sein Verhalten. Überglücklich machte ich mich auf den Heimweg und von da an hatten wir ein richtig gutes Verhältnis zueinander.

Am Nachmittag saß ich in der Küche und machte Hausaufgaben, als mein Blick auf meine Schwester fiel, die Streichhölzer in der Hand hielt und damit an einer Steckdose herumspielte.

Ich stand auf und sagte ihr, sie solle das sofort lassen. »Sonst kommt da der Blitz raus und erschlägt dich«, belehrte ich sie. Ich hatte von solchen Dingen genauso wenig Ahnung wie Santina, aber das behaupteten immer die Erwachsenen … und die mussten es eigentlich wissen.

Ich bückte mich, schaute in die kleinen Öffnungen der Steckdose und sah, dass Santina sich bereits daran zu schaffen gemacht hatte. In einer Öffnung steckte ein kleines Stück Streichholz.

»Mist!«, rief ich. »Santina! Wenn Mama sieht, dass du die Steckdose verstopft hast, dann ist aber was los!«

»Dann hole ich es halt wieder raus«, erwiderte meine Schwester ungerührt und versuchte, das winzige Stück Holz zu ergreifen. Aber es war zu klein, und sie hatte bloß erreicht, dass das Ding noch ein Stück tiefer hineingerutscht war.

»Komm, lass mich mal versuchen«, sagte ich.

Mit den Fingern ging es nicht, das hatte ich bereits gesehen. Ich brauchte irgendetwas Feines, Spitzes, um das Holz aufspießen zu können, und so griff ich in meine Hosentasche und holte meinen blitzblanken Nagel heraus, den ich selbstverständlich aufgehoben hatte.

Schon der erste Versuch war ein voller Erfolg!

Die Wucht des Blitzes schleuderte mich quer durchs Wohnzimmer und klatschte mich wie ein rohes Stück Fleisch an die Wand des Flures. Ganze sieben Meter hatte ich zurückgelegt. Mit nur einem Sprung. Als Papa aus der Küche gerannt kam, um nachzusehen, wer da so gequietscht hatte, rutschte ich gerade die Wand hinab. Ich hielt den Nagel mit der verbrannten Spitze noch fest in der Hand.

Dieses Ding war auf dem besten Weg, mein ganz persönlicher Glücksnagel zu werden.

Ich saß noch immer fassungslos auf dem Fußboden, mit einer Frisur, die ganz stark an eine explodierte Klobürste erinnerte, und starrte hasserfüllt meine Finger an.

Papa schüttelte mich und sprach mit mir, was ich allein daran erkannte, dass sich seine Lippen bewegten. Aber ich verstand ihn nicht und sprechen konnte ich auch nicht. Ich starrte den Nagel so lange an, bis Papa ihn mir aus der verkrampften Hand hebelte. Mann, war das ein Schlag gewesen! Meine Hand war Stunden später noch taub. Den Blitz hatte ich zwar nicht genau gesehen, aber gespürt hatte ich ihn ziemlich deutlich.

Ganze zwei Tage später saß mein Bruder Filippo in der Küche vor dem Fenster, das zu *nonno* Luigis Bad führte. Diesmal spielte *er* mit den Streichhölzern. Mama war draußen im Hof und unterhielt sich gerade mit *zia* Anna, die uns mal wieder besuchte.

Filippo versuchte ein Streichholz anzuzünden, indem er es gegen die raue Reibfläche der Schachtel drückte.

»Weißt du nicht einmal, wie man ein Streichholz anzündet?«, fragte ich.

»Natürlich weiß ich das«, antwortete Filippo und drückte das Streichholz noch stärker gegen die Schachtel.

Ich beobachtete grinsend, wie er sich abmühte, und lachte in mich hinein. »So geht das nicht, du musst das Streichholz reiben. Drücken und reiben.«

»Das mache ich doch!«, antwortete Filippo.

»Nein, eben nicht! Du drückst nur, du musst es aber gleichzeitig bewegen«, erwiderte ich.

Das Streichholz brach und Filippo holte ein anderes aus der vollen Schachtel. Erneut versuchte er sein Glück, aber er schaffte es einfach nicht, und bald zerbrach auch das zweite Streichholz.

»Gib mir mal, ich zeige dir, wie es geht, und du guckst genau zu. Dann kannst du es auch.«

Filippo übergab mir die Schachtel; ich holte ein weiteres Streichholz heraus und drückte den roten Zündkopf exakt senkrecht gegen die Reibfläche. Damit mein Bruder es besser sehen konnte, hielt ich das Streichholz ziemlich weit am anderen Ende.

»Du musst das Streichholz immer von dir weg reiben«, belehrte ich ihn. »Falls es abbricht, fliegt es dann nicht auf dich drauf. Jetzt pass genau auf!«

Mit spitzen Fingern rieb ich das Streichholz über die Schachtel und es klappte auf Anhieb. Noch während ich rieb, hörten wir das typische Zischen, und als der Zündkopf das Ende der Reibfläche erreicht hatte, spürte ich ein leichtes Zucken in den Fingern und sah, wie der kleine, glühende Feuerball aus meinen Fingern geschnippt wurde. Er flog in hohem Bogen an Filippo vorbei und landete punktgenau in dem feinmaschigen Vorhang, der vor dem Fenster hing.

Es schien, als hätte der Vorhang nur darauf gewartet, denn die kleine Flamme fauchte wie eine verängstigte Katze und fraß sich innerhalb von Sekunden den Stoff hinauf.

Filippo schrie und sprang von der Arbeitsfläche herunter, auf der er gesessen hatte. Verwundert starrte ich abwechselnd auf die Streichhölzer in meiner Hand und den Vorhang, der inzwischen lichterloh brannte.

Die Flammen hatten ihn völlig eingehüllt und jetzt erst konnte ich reagieren. Ich schrie auf, warf die Schachtel weg, griff mir ein Wasserglas und schleuderte den Inhalt gegen den Vorhang. Ein Tropfen auf den heißen Stein! Ich füllte das Glas erneut ... es ging alles viel zu langsam und längst hatten die Flammen die gelben Übervorhänge erreicht und setzten diese ebenfalls in Brand. Glühende Funken schwebten durch den Raum und ein schwarzer, übel riechender, beißender Qualm breitete sich aus. Ich schleuderte das zweite Wasserglas gegen den Vorhang, doch genauso gut hätte ich ihn auch anspucken oder anpinkeln können.

Verzweifelt schrie ich um Hilfe: »*Aiuutooo! Al fuoco* – Hilfe, es brennt!«

Plötzlich spürte ich eine eisenharte Klammer um meinen Nacken, die mich aus der Küche zerrte und in den Flur schob. Mama und *zia* Anna waren herbeigeeilt, rissen mit ein paar schnellen Handgriffen die brennenden Vorhänge herunter und stopften sie in das Spülbecken, wo der laufende Wasserhahn sie sofort löschte. Die unerreichbaren Reste, die oben an der Schiene vor sich hin loderten, schlug Mama mit einem nassen Handtuch aus. Das Feuer war besiegt, es war vorbei.

Doch für mich und meinen Bruder fing es gerade erst an.

»Maamaa! Das war ein Unfall!«, jammerte ich noch.

»Ein Unfall?«, brüllte *zia* »Old Schmetterhand« Anna zurück. »Ich zeig euch gleich, wie ein echter Unfall aussieht!«, schrie sie weiter und hielt, wie durch Zauberei, einen riesigen Kochlöffel in der Hand. Es wurde ein langwieriger, schwerer Unfall und in jener Nacht konnten wir nur in Bauchlage schlafen. Unsere Hinterteile glühten so sehr, dass wir unser gesamtes Viertel taghell hätten ausleuchten können.

Was für ein Pech, dass dieses Missgeschick ausgerechnet dann passiert war, als die für ihre harte Hand berüchtigte *zia* Anna bei uns weilte.

Dass der verhasste Kochlöffel den Unfall nicht überlebt hatte, war nur ein kurzer Trost. Mama deckte sich gleich am nächsten Morgen mit einer frischen Batterie ein.

29. Loredana

Bald hatte der Schulalltag mich wieder eingeholt und ich hatte einen neuen Freund gefunden. Vittorio wohnte direkt neben meinem ehemaligen »Kindergarten«, und wir beschlossen, in Zukunft zusammen zur Schule zu gehen.

Wie immer lief ich auch an diesem Mittwochmorgen die Treppe hinunter, kletterte über die niedrige Begrenzungsmauer und sprang in den Hof, der auf die Hauptstraße führte. Der weiße Fiat Cinquecento von Signor D'Angelo parkte an derselben Stelle wie an dem Tag, als ich ihm den Nagel in den Reifen geschlagen hatte. Jedes Mal wenn ich an diesem Auto vorbeikam, musste ich an die kalte Dusche und die wüsten Beschimpfungen denken, die er mir in seinem berechtigten Zorn ins Gesicht gebrüllt hatte.

Ich lief zügig daran vorbei und erreichte innerhalb weniger Minuten Vittorios Haus. Vor dem hellgrün gestrichenen hohen Blechtor, das wie jeden Morgen offen stand, blieb ich stehen, rief Vittorios Namen und hörte kurz darauf von oben aus dem Haus ein: »Moment, ich komme gleich!«

»Okay, ich warte!«, rief ich zurück und sah mich derweil ein bisschen im Hof um. Da standen ein Tisch mit Stühlen drum herum, ein paar Topfpflanzen und alte Gerätschaften – nichts Interessantes oder Bemerkenswertes.

Plötzlich entdeckte ich ein paar weiße, hell glänzende Lackschuhe, die in weiße kurze Söckchen übergingen. In den Söckchen steckten zwei zierliche hellbraune Beinchen.

Ich verfolgte die Beinchen bis oberhalb der Kniescheiben, die zur Hälfte von einer weißen Schuluniform bedeckt waren. Mein Blick wanderte weiter hinauf, an einer schmalen Taille entlang, streifte eine seidig glänzende rosa Schleife und blieb an langen, gelockten, dunkelbraunen, fast schwarzen Haaren hängen, die sich um ein engelsgleiches Gesicht schmiegten. Über einer süßen Stupsnase erwarteten mich zwei große grünblaue Augen, in die ich augenblicklich versank.

Das zauberhafte Wesen lächelte mich an, und ich grinste verlegen zurück. Plötzlich hörte ich einen Vogel zwitschern, und zu meiner grenzenlosen Verwunderung konnte ich verstehen, was er sagte.

»Chiiep, chiiep … Ich heiße … chiiep … Loredana … chiep … und du?«

Ich antwortete erst mal nicht, denn ich konnte nicht glauben, dass mich gerade allen Ernstes ein Vogel namens Loredana gefragt hatte, wie ich hieß. Stattdessen starrte ich wie versteinert auf den Engel, der noch immer vor mir stand und seine Flügel, warum auch immer, gegen eine sizilianische Schuluniform getauscht hatte.

Wieder zwitscherte eine süße Vogelstimme in meinen Ohren: »Chiiep, chiiep … hallo! Warum … chiiep antwortest du nicht? Bist du … chiiep … taub?«

Wie niedlich, der Vogel fragte mich, ob ich taub sei … warum sollte ich taub sein? Ich hatte ihn doch deutlich gehört. Aber ... warum sollte ich einem Vogel antworten?

Als der Engel an mir vorbeischwebte, sah es so aus, als ob seine weißen Lackschuhe den Boden nicht berührten.

Automatisch zog ich die Beine an, schwebte mit geschlossenen Augen lautlos hinter ihr her und schnupperte an ihren Haaren. Zumindest so lange, bis das leise Knurren eines Pitbull-Terriers zu mir durchdrang, das unvermittelt in ein lautes, wütendes Bellen überging.

»Grrr ... wuff, was starrst du ... grrr ... wuff ... meine Schwester so an?«

Augenblicklich erwachte ich aus meinem Tagtraum und stürzte zurück auf den harten Boden der Realität.

Vittorio stand mit geballten Fäusten vor mir und funkelte mich wütend an.

»Huh ... Vittorio! *Ciao*! Starren? Ich? *No!* Auf gar keinen Fall! Ist das deine Schwester? Wow! Ich meine ... die ist aber nett!«

»Lass sie bloß in Ruhe, ich warne dich!«, ermahnte er mich.

»Ich ... deine Schwester? Ich tue ihr doch gar nichts, habe sie doch heute zum ersten Mal gesehen.«

»Gesehen? Angestarrt hast du sie!«, behauptete Vittorio empört.

»Ist ja gut«, antwortete ich. »Ich tue deiner ... wie hieß sie gleich noch mal? ... Schwester ganz sicher nichts.«

»Das will ich dir auch geraten haben!«, drohte Vittorio noch einmal.

Es war eindeutig an der Zeit, vom Thema abzulenken, bevor Vittorio mir doch noch seine Faust auf die Nase donnerte.

Wenn es um ihre Schwestern geht, verstehen sizilianische Brüder nämlich keinen Spaß. Schließlich geht es dabei um die Ehre der gesamten Familie.

Wir liefen gerade aus dem Hof hinaus die Straße hoch, als ein Auto aus einer Parklücke herausfuhr. Ich schaute in das Fahrzeug und sah, wie Loredana uns zuwinkte, also hob ich vorsichtig die Hand und winkte zurück. Zum Glück bemerkte Vittorio nichts davon, sonst hätte er bestimmt wieder angefangen, mir zu drohen. Für mich stand fest: Loredana war das hübscheste Mädchen, das ich je gesehen hatte … schöner als eine große Pfanne frisch gebratener Garnelen – und das sollte etwas heißen. Sie war das Mädchen, das ich einmal heiraten würde.

Ich würde arbeiten gehen, während sie sich um den Haushalt kümmerte, und irgendwann würde ich mir das ominöse Brötchen besorgen, damit wir uns danach gemeinsam auf die Suche nach unseren Kindern machen konnten. Mit etwas Glück würden wir vielleicht bald schon eine hübsche Tochter und einen starken Sohn finden.

Ja, ich kannte mich aus, Mama hatte mir nämlich erst vor kurzem genau erklärt, wie das mit dem Heiraten und dem Kinderkriegen funktionierte. Eigentlich war alles ganz einfach: Zuerst musste ein Mann sich eine hübsche Frau suchen und sie heiraten. Dann tunkte der Mann sein Brötchen ein und danach kamen die Kinder. Ich weiß noch genau, wie ich mucksmäuschenstill ihren Ausführungen gelauscht und sie anschließend mit meinen Fragen gelöchert hatte.

»Mama, was heißt das, der Mann muss sein Brötchen eintunken?«

»Na ja, du nimmst dein Brötchen, tunkst es in die Schüssel und fertig!«

»In was für eine Schüssel? Was ist in der Schüssel drin? Und was für ein Brötchen muss man da reintunken?«, bohrte ich nach, denn ich verstand den Sinn dieses ganzen Rituals nicht.

»Das wirst du schon noch rechtzeitig erfahren«, antwortete Mama. »Wichtig ist nur, dass du das Brötchen erst dann eintunkst, wenn du verheiratet bist. Sonst hast du nämlich einen Haufen Ärger und große Probleme am Hals!«

»Haben du und Papa denn auch Brötchen tunken müssen, bevor ihr uns gefunden habt?«, hakte ich nach.

»Na klar! Sonst hätten wir euch erst gar nicht suchen brauchen.«

Den Rest der Geschichte kannte ich schon, denn Mama hatte sie mir mehrmals erzählt, weil ich sie so gerne hörte: Meine Mama hatte mich unter einem Salatblatt gefunden! Und ich hatte großes Glück, dass sie mich gesehen hatte, bevor sie sich die Gabel mit dem Salatblatt darauf in den Mund steckte. Sonst hätte ich vermutlich nur den Verdauungstrakt meiner Mutter kennen gelernt.

Meinen Bruder Filippo dagegen fanden meine Eltern beim Schneckensammeln unter einem Stein. Auch er hatte Glück, dass er nicht zusammen mit den anderen Schnecken in der Pfanne gelandet war. Santina hatte es dagegen richtig gut: Sie hatte man in einem Osterei entdeckt, wohlig warm von Schokolade umgeben. Deshalb hatte sich Mama auch riesig über ihr Schokokind gefreut, natürlich auch, weil sie ein Mädchen war.

Kinder konnte man an allen möglichen und unmöglichen Orten finden, deshalb musste man auch immer genau Acht geben. Es wurden schon Kinder in Waschmittelkartons, Mülleimern, DDT-Dosen und den Schalen von Miesmuscheln gefunden. Manche wuchsen sogar auf Bäumen; gerade von Oliven-, Orangen- und Zitronenbäumen hatten die Erwachsenen schon etliche Kinder gepflückt.

Den ersten Schritt, ein hübsches Mädchen zu finden, hatte ich also bereits getan. Jetzt musste ich bloß noch ein paar Jahre warten, bis wir beide alt genug waren, dass wir heiraten durften. Und bis dahin musste ich eigentlich nur darauf achten, dass Vittorio mein Freund blieb und mir nicht irgendwann wegen seiner Schwester seine Faust aufs Auge drückte.

Die einzige Aufgabe, die ein sizilianischer Knirps bereits in jungen Jahren auferlegt bekommt, ist die, wie ein Wachhund auf seine Schwestern aufzupassen. Kleine sizilianische Mädchen dürfen nämlich, bis sie erwachsen und verheiratet sind, keinen unbewachten Fuß vor die Tür setzen. Wenn sie dann verheiratet sind, ist es die Aufgabe des Ehemannes, über die Tugend und den Ruf seiner Ehefrau zu wachen.

Und der war in jenen Tagen oft schnell ruiniert. Eine öffentlich gerauchte Zigarette, ein zu rot geschminkter Mund, ein unbemerkt verrutschter Rocksaum oder ein etwas zu tief ausgeschnittener Pullover – ein jeder für sich war ein ausreichender Grund, ein Familiendrama auszulösen. Als *nonna* Maria meine Mama einmal, und da war sie bereits verheiratet und hatte drei Kinder, auf der Straße rauchen sah, schlug sie ihr die Zigarette aus dem Mund und beschimpfte sie.

»So läufst du mir nicht herum. Mit deinem angemalten Mund und der Zigarette siehst du aus wie eine Hure!«

Die Geschichte zog damals weite Kreise, weil in einer Großfamilie ständig ein jeder seinen Senf zu allem dazugeben muss. Die meisten Verwandten hielten *nonna* Marias Reaktion für richtig und schlossen sich den Vorwürfen an.

Bis Papa ein Machtwort sprach und den Onkeln, Tanten und sonstigen Familienangehörigen verbot, sich weiter den Mund über unsere Mama zu zerreißen. Wenn seine Frau rauchen und sich den Mund anmalen wollte, dann sei es ihre und seine Sache und nicht Sache der Familie, darüber zu urteilen.

Mit seiner Meinung stand er allerdings ziemlich einsam da, denn die meisten waren der Ansicht, dass ein solches Verhalten den Ruf der gesamten Familie schädigte und nicht nur seinen.

Heute lachen wir über solche Geschichten, aber damals war das Leben noch sehr stark von Traditionen bestimmt und die durften nun mal nicht aufgeweicht werden und schon gar nicht brach man mit ihnen.

Der Ruf der Familie stand stets im Vordergrund und jeder hatte sich danach zu richten.

Hier unterscheiden sich die Rollen der Geschlechter allerdings gravierend. Während ein Junge in gewisser Weise tun und lassen kann, was er will, hat ein Mädchen hauptsächlich die Pflicht, keine Schande über die Familie zu bringen.

Und genau darin liegt die Verlogenheit dieser Doppelmoral. Weil nämlich genau die Jungen, die sich ständig und überall ihre Männlichkeit beweisen müssen, indem sie ihr Brötchen möglichst oft eintunken, niemals etwas anderes als eine Jungfrau heiraten würden. Wenn so eine Hure es nun schon vor der Hochzeit mit ihnen treibt, dann tut sie es bestimmt auch mit anderen, und so etwas heiratet man nicht.

Mit das Schlimmste, was einem Mädchen aus einer traditionsbewussten Familie damals passieren konnte, war, dass es am Tag seiner Hochzeit keine Jungfrau mehr war.

Übertroffen werden konnte dieser Supergau eigentlich nur durch eine voreheliche Schwangerschaft. Ein uneheliches Kind galt damals als die größte Schande überhaupt, die schlimmste aller Sünden. Das Kind, sofern es geboren wurde, war nichts als ein rechtloser Bastard, eine Brandmarkung, die es sein ganzes Leben lang begleitete. Die Entehrung der Familie konnte im Grunde nur mit Blut reingewaschen werden ... oder durch eine Zwangshochzeit. Dabei hatte der betroffene Mann die Wahl zwischen genau zwei Möglichkeiten: Entweder er erklärte sich bereit, die Schwangere zu heiraten, oder er starb einen gewaltsamen Tod. Vorzugsweise durch einen oder mehrere Schüsse aus einer *lupara*, einem sizilianischen Schrotgewehr.

Bis Anfang der achtziger Jahre genoss der Mord aus »Ehrengründen« sogar noch einen besonderen Status und der Mörder hatte durchaus gute Chancen auf eine verhältnismäßig milde Strafe. In manchen Fällen ging er sogar straffrei aus.

Nicht selten führten diese Familienfehden zu blutigen Auseinandersetzungen. Wenn sich eine Familie in ihrer Ehre so verletzt fühlte, dass sie der gegnerischen Familie ewige Blutrache schwor, setzte sie eine gnadenlose Gewaltspirale in Gang. So eine Blutrache konnte sich durchaus über mehrere Generationen hinziehen und führte nicht wenige Familien an den Rand der Ausrottung. Ein hoher Preis für ein paar außerehelich eingetunkte Brötchen, fand ich, aber in den meisten Fällen fiel es den Betroffenen nicht sonderlich schwer, sich für die schmerzlosere Variante zu entscheiden. Ich muss noch heute schmunzeln, wenn ich an die Geschichte denke, die *nonna* Maria uns über das Zustandekommen der Ehe ihres Bruders Turi erzählt hatte.

Turi war, als gerade mal Achtzehnjähriger, nach Kalabrien gezogen, um dort zu arbeiten. Bald lernte er ein Mädchen kennen, mit dem er sich gut verstand, und sie verlobten sich.

Nach drei Jahren hatte er so viele Brötchen getunkt, dass der Dorfbäcker jenen Tag, an dem Turi heimlich, still und leise verschwand, zu seinem persönlichen »Trauertag« erklärt hatte. Turi hatte einfach genug gehabt und war nach Messina zurückgekehrt.

Damit waren die vier Brüder seiner Verlobten jedoch nicht einverstanden, sie reisten ihm nach und spürten ihn auf. Und so kam es, dass sich Turi unvermittelt überzeugen ließ, dass es gesünder für ihn sei, nach Kalabrien zurückzugehen und seine Exverlobte zu heiraten. Eigentlich war er von dieser Idee nicht sonderlich begeistert, aber der kalte Pistolenlauf an seiner Stirn und die versprochene heiße Kugel in seinem Kopf waren gute Argumente.

Ein paar Tage später stand er schon vor dem Traualtar, und als der Priester ihm die alles entscheidende Frage stellte, zögerte er seine Antwort nur kurz hinaus. Gerade mal so kurz, um zu erkennen, wie einer der Brüder mit einem grimmigen Blick die Hand zum Hosenbund führte. Er stieß ein überzeugtes »Ja!« hervor, war aber so wütend, dass er die Hostie, die ihm der Priester in den Mund schob, mit wenigen

Bissen zerkaute, auf den Boden spie und mit den Füßen zertrampelte.

Ganz so unglücklich, schloss *nonna* Maria, sei er mit seiner Enza aber nicht geworden. Immerhin tunkten die zwei noch so viele Brötchen, dass sie am Ende elf Kinder hatten.

Von solchen Geschichten war ich natürlich weit entfernt, dennoch wollte ich vorsichtig sein – gerade bei Loredana.

Sie hatte es mir jedenfalls schwer angetan, und ich lief jeden Tag ein bisschen früher los, damit ich sie noch kurz sehen konnte, bevor ihr Vater sie in die Schule fuhr.

Jedes Mal wenn sie mich anlächelte und mich mit ihrer Vögelchenstimme begrüßte, hatte ich das Gefühl, zu schweben. Doch in Wirklichkeit wurde ich knallrot und brachte kaum ihren Namen über die Lippen.

»Cici-ao … Lo-Lore-da-da-na!«

»Ciao … chiiep … Gigi! Du bist heute aber … chiiep … früh dran!«

»Ja … ich äh … brauche k-k-einen Schlaf … immer wach und so …«

»Echt? Schläfst du denn … chiiep … nie?«

»Wer, ich? Nee! Sch-schlafen ist nur für K-kinder und W-Weicheier.«

»Ciao, Gigi! Lass uns los!«

»Huch! Ciao, Vittorio, schon fertig?«

Schlafen ist nur für Kinder und Weicheier – wie kam ich nur auf so einen Schwachsinn? Auf dem Weg zur Schule ärgerte ich mich maßlos über das Gestammel, das ich von mir gab. Sobald Loredana mich ansprach, sank meine Intelligenz auf das Niveau einer eingelegten Artischocke.

Normalerweise war ich nicht auf den Mund gefallen und auch niemals um eine Antwort verlegen, aber ein Blick in Loredanas Augen – und schwupp, verwandelte ich mich in ein sprechendes Salamibrötchen. So konnte das nicht weitergehen, ich musste unbedingt lockerer und cooler werden.

Ich sah mich das grüne Blechtor öffnen, und gleich dahinter stand Loredana, die mich strahlend anlächelte.

Ich grinste männlich cool zurück und begrüßte sie, ohne zu stammeln. »Hi, Baby! Alles klar?«

»Ciao, Gigi! Chiiep … wie machst du das nur … chiiep … trotz Schlaflosigkeit chiieep … so frisch auszusehen?«

Nein, so wurde das nichts.

Ich spulte die Szene zurück, öffnete erneut das Tor, Loredana lächelte immer noch, ich lächelte zurück und rief überschwänglich: »Hallo, Süße, wie geht's dir denn so?« Dabei ging ich auf sie zu, nahm sie in die Arme und drückte ihr einen Kuss auf die Wange.

Ach du Schreck, ich hatte sie berührt! Durfte ich das überhaupt? Nein, ich glaube nicht … Loredana war wie eine schöne Seifenblase – sie zu berühren hieß: sie für immer zerstören. Das ging auch nicht.

Erneut spulte ich die Szene zurück, öffnete das Tor, sah Loredanas gefrorenes Lächeln und sagte gelangweilt: »Hallo, ist dein Bruder fertig?«, lief an ihr vorbei, ließ sie also einfach stehen und wartete, bis sie mir bettelnd nachlief.

»Gigi, bitte … chiiep … rede mit mir … bitte!«

Das war auch nichts. Die Wahrscheinlichkeit, dass Loredana mich für einen Idioten hielt und nie wieder grüßte, war einfach zu groß.

Als ich die Szene gerade zum vierten Mal zurückspulte, erklang Vittorios Stimme, noch bevor ich das Tor öffnen konnte.

»Sag mal, schläfst du? Ich rede und rede und du antwortest nicht!«

»Entschuldige, was hast du gerade gesagt?«

»Nicht so wichtig, wir sind eh schon da.«

Völlig überrascht stellte ich fest, dass wir die Schule bereits erreicht hatten, dabei konnte ich mich beim besten Willen nicht erinnern, auch nur einen Schritt gelaufen zu sein. Seltsam!

Nach der Schule lief ich schnurstracks nach Hause und zog mich nach dem Mittagessen gleich wieder in meine Gedankenwelt zurück. Ich spielte jede erdenkliche Situation durch, so dass mich kein Satz, keine Geste und vor allem kein Lächeln aus der Bahn werfen konnte.

Derart gewappnet, marschierte ich am nächsten Morgen zu Vittorio hinunter. Das Tor stand offen und ich sah Loredana auf einem Tisch sitzen, ihre Mama stand mit einer Haarbürste in der Hand hinter ihr. Sie setzte die Bürste an Loredanas Stirn an und fuhr damit nach hinten durch ihr glänzendes Haar.

Die Welt schien plötzlich stillzustehen, und ich näherte mich in Zeitlupe, um die unwirklich scheinende Szene zu beobachten. Ich sah, wie Loredanas Beine hin und her schwangen, wie ihre Mutter ihre Haare auseinander fächerte, wie Loredana die Augen schloss, mir ihr wunderschönes Gesicht zuwandte. Nach einer Weile öffnete sie ganz langsam die Augen, die sich nun wie zwei Scheinwerfer aus der Dunkelheit heraus auf mich richteten.

Ich sah in ihre Augen, die mein gesamtes Blickfeld einnahmen, und hörte auf zu atmen. Als mich ihr fröhliches »Hallo … chiiep … Gigi!« erreichte, hatte ich bereits Atemnot und konnte nicht antworten.

Ich spürte, wie mir eine heiße Blutfontäne ins Gesicht schoss, wurde rot wie eine Paprikaschote, holte pfeifend Luft und ärgerte mich über mein Verhalten. Als mich Loredanas Mutter begrüßte, hätte ich mich am liebsten unter einem Pflasterstein verkrochen.

»Ciao, Gigi, geht's dir nicht gut? Du hast eine ziemlich ungesunde Gesichtsfarbe.«

»Gigi sieht immer so aus«, sagte Loredana daraufhin.

Auch das noch! Für die Frau meiner Träume war ich also ein rotgesichtiger, stotternder Idiot, der keine zwei zusammenhängende Wörter sprechen konnte.

Hatte bei mir etwa schon die Verwandlung eingesetzt, von der Mama erzählt hatte? War das der Anfang dessen, was mit Keule, Höhle und Kannibalismus endete?

Ich machte auf dem Absatz kehrt, rief hastig: »Hahab was ve-vergessen!«, und lief davon.

Was für eine blamable Vorstellung!

30. Ganoven

Noch Wochen danach wurde ich puterrot, sobald ich an dieses peinliche Erlebnis zurückdachte, so wie jetzt auch. Mama und ich saßen an einem Mittwochnachmittag im Bus und waren auf dem Rückweg von *zia* Maria, die wir besucht hatten.

Wenn Papa arbeitete, legte Mama weitere Strecken entweder zu Fuß oder mit dem Bus zurück. Die Busverbindungen innerhalb der Stadt funktionierten so gut wie reibungslos und waren zudem sehr günstig. Eine Fahrkarte kostete damals gerade mal hundert Lire, etwa fünf Cent, und wir konnten dafür von *zia* Maria bis zu uns nach Hause, also von einem Ende der Stadt bis zum anderen, fahren.

Wie üblich hatten die Fahrgäste den Bus an der Haltestelle an der *piazza* Cairoli regelrecht gestürmt; nichts für schwache Nerven und kleine Kinder. Ein jeder drückte, schob, zerrte, fluchte, schrie – ein wildes Durcheinander. Alle versuchten, eine der wenigen noch freien Sitzgelegenheiten zu ergattern oder zumindest einen Platz an einer Haltestange, damit sie nicht umherfielen.

Aber da der Bus bereits hoffnungslos überfüllt war, standen viele in dem breiten Gang und ließen sich von den nachströmenden Fahrgästen noch enger zusammenquetschen. Irgendwann, als auch der Busfahrer erkannte, dass der Bus zum Bersten voll war, schloss er die Türen, besser gesagt, er versuchte es. Denn das war gar nicht so einfach, weil die noch an der Haltestelle stehenden Fahrgäste nicht einsehen wollten, dass ausgerechnet sie auf den nächsten Bus warten sollten.

Bis die vielen Köpfe, Arme, Beine und Hintern endlich aus dem Schwenkbereich der Türen verschwanden und der Bus abfahrbereit war, vergingen noch etliche Minuten. Endlich setzte sich die motorisierte Sardinenbüchse in Bewegung. Innerhalb weniger Sekunden war die Luft zum Schneiden dick, und es braute sich eine eklige, undefinierbare Duftmischung zusammen, die mir die Tränen in die Augen und zugleich die Luft aus den Lungen trieb: Schweiß, kalter, abgestandener Zigarettenrauch, ungewaschene Füße und dazu ein Wirrwarr aus verschiedenen Parfümsorten.

Jeder versuchte sich an irgendetwas festzuhalten und ein paar – vorwiegend männliche – Hände landeten bei der scheinbar blinden Suche nach etwas Greifbarem wie zufällig an bestimmten weiblichen Körperteilen. Natürlich beschwerten die in der Menge verkeilten jungen, aber auch älteren Frauen sich augenblicklich und lautstark über die Grapscher und entsprechend war der Lärmpegel recht hoch.

Mama und ich waren schon zwei Stationen vorher eingestiegen und konnten das Chaos von unseren Plätzen im hinteren Teil des Busses überblicken. Zum Glück, denn ich konnte mir nichts Schlimmeres vorstellen, als zwischen zwei mir fremden Bäuchen flachgebügelt zu werden.

Als der Bus ruckartig anfuhr, wurde die Menschenmenge ordentlich durcheinander gewirbelt, und diejenigen, die sich nicht richtig festhalten konnten, versuchten auf den Füßen zu bleiben, indem sie ihr Gewicht verlagerten, was nicht allen gelang – wie ich am eigenen Leib erfahren durfte.

Eine ältere, recht beleibte Dame machte einen Ausfallschritt, stieß dabei mit dem Fuß gegen die Halterung meines Sitzes und wäre beinahe auf mich draufgeplumpst. Mit ihrem mächtigen Hintern presste sie kurzzeitig mein Gesicht gegen die Rückenlehne. Schnell drückte ich meine Arme dazwischen und schob die Dame von mir weg. Puh ... das war gerade noch mal gut gegangen! Die durchgeschüttelte Frau drehte sich zu mir um, lächelte mich gequält an und entschuldigte sich.

Nach einem knappen Kilometer fuhr der Bus die nächste Haltestelle an, und kaum waren die Türen geöffnet, drängelten alle in die entgegengesetzte Richtung. Einen Stopp später bekamen alle verbliebenen Fahrgäste einen Sitzplatz, bis auf drei junge Männer, die im Bus verteilt standen und sich an den Haltestangen festhielten – einer ganz vorne, einer etwa in der Mitte und einer im Bereich der hinteren Türen, nur wenige Meter von mir entfernt.

Ich betrachtete ihn ganz genau. Er war groß, kräftig und – hässlich! Geradezu Furcht erregend hässlich. Sein Gesicht war mit Narben überzogen und voller eitriger Pickel, die halblangen, pechschwarzen Haare so fettig, dass sie ihm am Kopf klebten, bis auf eine Strähne, die ihm quer über das rechte Auge hing und es fast völlig verdeckte.

Seine muskulösen Arme waren mit mehreren seltsamen Tätowierungen verziert und so dreckig, als ob er sie mit rußigem Altöl eingerieben hätte. So ähnlich sahen auch seine Kleider aus: Die Hose, in Höhe der Knie fransig abgeschnitten, war sicher irgendwann mal blau gewesen, aber genau ließ sich das nicht sagen, weil große schwarze und graue, ölige Flecken sich mit der ursprünglichen Farbe vermischt hatten. Das galt auch für sein Unterhemd, das in besseren Tagen bestimmt einmal weiß gewesen war und aussah, als ob er es schon mehrere Tage als Handtuch benutzt hätte. Das offene braune Hemd passte sich dem Gesamtbild fugenlos an.

Er hing an einer Haltestange, fixierte mit seinen kleinen, hinterhältig wirkenden schwarzen Augen die Fahrgäste und grinste dreckig in die Runde. Unwillkürlich schaute ich auf seinen Mund und musterte die Reihe gelbgrauer Zähne, die vermutlich noch nie eine Zahnbürste zu spüren bekommen hatten.

Plötzlich fing er an zu singen: »*Una festa sui prati, siamo tutti buon amici. Panini, vino e un sacco di risate …*«

Adriano Celentano hatte ja schon eine raue Stimme, aber im Vergleich zu diesem Sänger klang er eher wie ein kleines Mädchen. Es hörte sich an, als ob er die Töne aus einer dunklen Höhle herausgekratzt hätte.

Die meisten der Fahrgäste starrten ihn irritiert an, eine junge Frau senkte den Kopf und klammerte sich an ihrer Tasche fest. Man merkte ihr deutlich an, wie unwohl sie sich fühlte.

Der Sänger verstummte und suchte provozierend den Blickkontakt zu den Fahrgästen.

An der nächsten Haltestelle hoffte ich inständig, dass der vor Dreck starrende Kerl ausstieg, doch leider blieb es nur ein frommer Wunsch. Er jagte mir regelrecht Angst ein, und nicht nur mir. Mama hatte ihren Arm um mich gelegt und fühlte sich ebenso unbehaglich wie die übrigen Fahrgäste.

Die beiden jungen Männer weiter vorne im Bus hatten sich inzwischen ebenfalls hingesetzt und so stand nur noch der Hässliche im Gang. An einer Haltestange entlang hangelte er sich zu einer Frau, musterte sie grinsend und sprach sie mit seiner rauen, angsteinflößenden Stimme an: »Wie heißt du?«

Die Frau schaute weg und tat so, als ob sie nichts gehört hätte, wohl in der Hoffnung, dass er sie in Ruhe ließe, wenn sie nicht reagierte. Doch diesen Gefallen tat er ihr nicht.

»*Avanti, rispondi* – los, antworte!«, forderte er sie auf.

Die Frau rutschte unbehaglich auf ihrem Sitz herum und ignorierte die Aufforderung.

Unvermittelt brach der Dreckige in schallendes Gelächter aus, das eher wie ein Grunzen klang. Die Angst, die er verursacht hatte, schien ihn königlich zu amüsieren. Er hielt sich an einer zweiten Haltestange fest und begann im Gang herumzuturnen. Dabei starrte er mich und meine Mama an, lehnte sich dann lässig gegen einen Sitz und grinste wölfisch.

»Wie heißt du?«, fragte er nun Mama.

Ich spürte, wie sie erstarrte. Aber statt ihn ebenfalls zu ignorieren, sagte Mama auf eine übertrieben höfliche und dennoch spöttische Art: »Das geht Sie nichts an.«

Mir blieb förmlich das Herz stehen. Wie konnte sie diesem Geisteskranken so antworten?!

Auch der Hässliche war im ersten Moment irritiert, denn für ein paar Sekunden verschwand das Grinsen aus seinem Gesicht. Seine Augen verengten sich zu Schlitzen, und er öffnete gerade den Mund, um etwas zu sagen, als der Bus mitten auf der Strecke anhielt. Die vorderen Türen gingen auf und ein Fahrkartenkontrolleur in blauer Uniform stieg ein.

Der Hässliche verschluckte sich fast an seinem unausgesprochenen Satz und starrte in den vorderen Teil des Busses. Dort hatte der Kontrolleur schon mit seiner Arbeit begonnen, sprach mit den Fahrgästen und ließ sich deren Fahrkarten zeigen. Irgendjemand musste den Kontrolleur auf den Störenfried aufmerksam gemacht haben, denn der Mann unterbrach seine Arbeit und ging zielstrebig auf ihn zu.

Zwei Schritte vor dem Hässlichen blieb er stehen, baute sich vor ihm auf und sagte freundlich, aber bestimmt: »Ihre Fahrkarte bitte!«

Der Hässliche grinste noch breiter, wandte dem Kontrolleur, der größer und breiter war als er, den Rücken zu, starrte einen Jugendlichen an und rief: »Du! Bezahl mir die Fahrkarte!«

Der Junge versank fast in seinem Sitz, lief rot an und wandte sich ab.

»Los, bezahl meine Fahrkarte!«, rief der Hässliche noch einmal. Seine Augen machten sich auf die Suche nach anderen Fahrgästen und nun schrie er mehrere Leute nacheinander an.

Natürlich machte niemand Anstalten, seiner Aufforderung nachzukommen, und er wurde immer wütender. Hasserfüllt starrte er Mama an, grinste wieder dreckig und verlangte von ihr eine Fahrkarte.

Mama antwortete: »Wie kommen Sie denn auf so einen Blödsinn? Bezahlen Sie Ihre Karte selbst, oder verlassen Sie den Bus und legen Sie sich unter das nächste Auto. Es wird Sie keiner vermissen!«

Mein Herz übersprang hundert Schläge, nur um sie ein paar Sekunden später alle wieder nachzuholen – wie eine Maschinengewehrsalve. Der Hässliche würde uns jetzt ganz bestimmt so viele Arschtritte verpassen, dass uns die Knabberleiste aus dem Mund flog. Starr blickte ich auf meinen Sitz, um nachzusehen, ob ich nicht schon in einer Pfütze saß, und bereitete mich schon mal seelisch darauf vor, den Rest des Heimwegs breitbeinig und mit nasser Unterhose fortzusetzen.

Stattdessen wurde der Mann rot im Gesicht und holte pfeifend Luft. Mit so einer Antwort hatte er nicht gerechnet. Bevor er wieder zu sich kam, reagierte der Kontrolleur. Er bat den Fahrer, den Bus anzuhalten und die Türen zu öffnen. Dann wandte er sich an den noch immer verdutzten Randalierer und forderte ihn auf, keinen weiteren Ärger zu machen und das Fahrzeug sofort zu verlassen.

Inzwischen war eine Polizeistreife auf den außerhalb der Haltestelle haltenden Bus aufmerksam geworden. Die Beamten schalteten das Blaulicht ein und näherten sich.

Das war das Startzeichen. Der Hässliche erkannte, dass er den Bus jetzt besser verlassen sollte.

Er brach ein letztes Mal in schallendes Gelächter aus und rief in breitestem Sizilianisch: »*Amuninni* – gehen wir!«

Fünf weitere junge Männer standen von ihren Sitzen auf und verließen gemeinsam mit dem Hässlichen den Bus.

In diesem Augenblick fiel mir ein ganzer Steinbruch vom Herzen – wie ein nasser Waschlappen plumpste ich in meinen Sitz zurück und sah sie laut lachend davonlaufen. Es war eine ganze Bande gewesen! Wir hatten Glück gehabt, denn wer wusste schon, was die sechs vorgehabt hatten.

Solche Situationen sind zwar nicht an der Tagesordnung, denn Messina ist im Vergleich zu anderen sizilianischen Städten verhältnismäßig ruhig und friedlich. Trotzdem gab es gewisse Grundregeln, die Mama und Papa uns beinahe täglich vorbeteten.

»Wie lautet Regel Nummer eins?«, fragte Papa dann immer.

»Auf der Straße unauffällig benehmen!«, rief Filippo.

»Und weiter?«

»Wertgegenstände nicht offen tragen, Geld auf mehrere Taschen verteilen und nie zeigen, wie viel man dabei hat«, ergänzte ich.

»Sehr gut. Was noch?«

»Taschen immer auf der Seite über die Schulter hängen, die von der Straße aus nicht erreichbar ist.« Ich konnte sie inzwischen wirklich im Schlaf herunterbeten. Die anderen beiden waren: Weder auf Streit oder irgendwelche Handgemenge einlassen sowie immer flache, feste Schuhe tragen, damit man im Notfall schnell davonrennen kann.

Diese Vorsichtsmaßnahmen hatten durchaus ihre Berechtigung, denn die schwache Wirtschaft zwang so manchen unehrenhaften Mitbürger, sich nach neuen Verdienstquellen umzuschauen. So ein Raubüberfall war meist recht einträglich, relativ schnell und einfach durchführbar und mit wenig Risiken verbunden. Außerdem hatte man flexible Arbeitszeiten: wenn es gut lief, eine Sechs- bis Zehnstundenwoche bei vollem Lohnausgleich, und wenn es mal schlecht lief, mehrere Monate Urlaub auf Staatskosten.

Wegen der kurzen, praxisnahen Ausbildung, die keine besonderen geistigen Fähigkeiten erforderte, und der überdurchschnittlichen Verdienstmöglichkeiten fühlten sich viele jugendliche Berufseinsteiger von diesem Geschäftszweig geradezu magisch angezogen. Ganze Banden schlossen sich zusammen und kämmten mit ihren frisierten Vespas systematisch Viertel für Viertel durch.

Die Vorgehensweise war immer die gleiche: Zu zweit auf der Vespa fuhren sie möglichst unauffällig eine Straße entlang und hielten Ausschau nach einem geeigneten Opfer. Der Rest ging rasend schnell: Vollgas geben und möglichst nah an die Zielperson heranfahren. Dann brauchte der Beifahrer nur noch die Hand auszustrecken und nach der Tasche zu greifen. Hatte er sie erst einmal in der Hand, ließ er sie nicht mehr los, und nicht selten schleiften sie die Opfer noch mehrere Meter mit oder fuhren sie gleich über den Haufen.

Diese motorisierten Raubüberfälle nahmen irgendwann so drastisch zu, dass jeder Vespafahrer als potenzieller Verbrecher galt, und allein das Geräusch einer beschleunigenden Vespa reichte aus, um eine mittelschwere Panik auszulösen.

Eine Haltestelle weiter stiegen Mama und ich aus und liefen den Berg hoch nach Hause.

Ich konnte immer noch nicht glauben, dass sie sich getraut hatte, den Hässlichen so zu provozieren, und ich sprach sie darauf an.

»Natürlich hatte ich Angst«, antwortete Mama. »Aber der Typ hätte uns auch dann nicht in Ruhe gelassen, wenn ich nichts gesagt hätte. Außerdem saßen noch viele andere Leute im Bus und die hätten uns dann schon geholfen.«

»Glaubst du das wirklich?«, fragte ich.

»Hm … ja, schon.«

Als Papa von der Arbeit kam und sich den Zementstaub aus dem Gesicht wusch, erzählten wir ihm und meinen Geschwistern, was vorgefallen war, und er hörte uns mit besorgter Miene zu. Das Busfahren war seiner Ansicht nach nicht sicher genug, und bei den vielen Verbrechern, die sich in Messina herumtrieben, wäre es ihm lieber, Mama würde den Bus nicht mehr benutzen.

»In ein paar Monaten fahre ich sowieso nach Deutschland, dann steht das Auto nur rum. Am besten, wir fangen morgen mit der Fahrschule an und dann nimmst du in Zukunft den Wagen.«.

Ich spitzte die Ohren. Papa ging nach Deutschland? Das war ja mal eine Überraschung! Davon hatten wir Kinder nichts gewusst. Neugierig bestürmten wir unsere Eltern mit Fragen, und sie erklärten uns, dass sie beschlossen hatten, für eine Weile in Deutschland zu leben.

Filippos Augen wurden nämlich immer schlechter, und in Deutschland gab es eine Klinik, die sich auf Augenleiden spezialisiert hatte. Die Ärzte in Tübingen würden seine Augen bestimmt wieder in Ordnung bringen. Papa wollte zuerst allein gehen und sich eine Arbeit und eine Wohnung suchen. Sobald er genügend Geld beisammen hätte, plante er zurückzukommen und uns nachzuholen.

Wir waren schockiert, denn damit hatten wir nun wirklich nicht gerechnet. Was war mit unserer Familie? Den vielen Verwandten? Der Gedanke, unsere Cousins, Tanten und Onkel nicht mehr sehen zu können, machte uns traurig.

»Wir bleiben allerhöchstens zwei bis drei Jahre

dort«, erklärte uns Papa. »Gerade so lange, bis Filippos Augen wieder gesund sind und wir genügend Geld verdient haben, um die Behandlung zu bezahlen. Außerdem dauert es noch eine ganze Weile, bis ich euch nachholen kann.« Damit war das Thema für Papa erledigt.

Natürlich waren wir furchtbar aufgeregt, als wir an jenem Abend ins Bett gingen. Die Angst mischte sich mit Neugier, schließlich hatten wir schon so viel über Deutschland gehört, und eines war sicher: Wir würden dann endlich mal echten Schnee sehen!

Aber unsere Ansichten spielten sowieso keine Rolle. Die Entscheidung war bereits gefallen!

31. Fahrstunden

Papa setzte seinen Plan, Mama das Autofahren beizubringen, nur wenige Tage später in die Tat um. Damit hatten wir nicht gerechnet, am allerwenigsten Mama.

In Sizilien konnte man auch ohne Führerschein Auto fahren, solange der Beifahrer eine Fahrerlaubnis hatte und aufpasste. Das Ganze nannte sich dann Fahrschule, sofern die Beteiligten sich anmeldeten. Papa hatte uns das alles genau erklärt: Sobald Mama einigermaßen passabel Auto fuhr, konnte sie an der theoretischen Prüfung teilnehmen, und wenn sie die bestanden hatte, durfte sie die praktische ablegen. Unterricht gab es keinen, ein jeder musste sich die Lehrmittel selbst kaufen und den Stoff auswendig lernen.

Papa fuhr auf einen großen Parkplatz und tauschte mit Mama den Sitzplatz. Meine Geschwister und ich saßen auf der Rückbank. Mamas erste Autofahrt, das durften wir nicht verpassen. Ich studierte das Lehrbuch für Fahranfänger, um Mama bei Bedarf zu erklären, was die Schilder bedeuteten.

Am Nachmittag nach dem Einkaufen setzte sich Papa also auf den Beifahrersitz und erklärte Mama, was sie als Nächstes tun sollte.

»Erster Gang rein, Kupplung langsam kommen lassen und dann vorsichtig Gas geben.«

»Und das Stoppschild nicht überfahren und da vorne hat der andere Vorfahrt und …«, legte ich los.

»Gigi, sei ruhig, wir sind noch nicht mal losgefahren, außerdem habt ihr da hinten still zu sein oder ich fahre euch heim. Verstanden?«

»Ja, Papa«, antwortete ich und sah beleidigt aus dem Fenster.

Mama tat wie geheißen, woraufhin der Fiat einen Bocksprung nach vorne machte und dann abrupt stehen blieb.

»Kein Problem!«, sagte Papa. »Du musst nur die Kupplung etwas langsamer kommen lassen.«

Mama startete den Motor noch einmal, legte den Gang ein und wieder blieb der Wagen nach einem Bocksprung stehen. Das Ganze wiederholte sich noch mindestens zehn Mal und dann hatte Mama keine Lust mehr.

Papa sprach beruhigend auf sie ein und überredete sie, es noch ein paar Mal zu versuchen. Nach fünf weiteren Bocksprüngen rollte der Fiat endlich im Schritttempo über den leeren Parkplatz. Mama machte die ersten Lenkversuche und steuerte den Wagen in weiten Kreisen über den holprigen Belag.

»So, jetzt gibst du mal ein bisschen mehr Gas, gehst dann vom Pedal runter und schaltest in den zweiten Gang!«, forderte Papa.

Mama gab ein bisschen mehr Gas, sah hinunter auf den Schaltknüppel und suchte den zweiten Gang. Inzwischen rollte der Fiat auf eine Hauswand zu, und Papa griff schnell ins Lenkrad, um einen Aufprall zu verhindern. Inzwischen hatte Mama den zweiten Gang gefunden und übernahm wieder das Steuer.

Jetzt fuhren wir merklich flotter im Kreis herum, und nach wenigen Runden rief Santina: »Mama, mir ist schlecht!«

»Mir auch!«, sagte ich.

»Mir noch nicht ... aber bald!«, meldete sich Filippo.

»*Uffa*! Wir halten ja gleich an«, antwortete Mama und konzentrierte sich wieder aufs Lenken.

Woher der große braune Hund plötzlich gekommen war, konnte niemand mehr sagen, er stand auf einmal direkt vor unserem Wagen und starrte uns ungläubig an.

Mama schrie laut auf, und anstatt zu bremsen, schlug sie die Hände vors Gesicht. Papa zog verzweifelt die Handbremse, wir hörten ein verzweifeltes Jaulen und das Auto blieb mit einem Ruck stehen.

Mit einem Mal war es ruhig, und in dieser unnatürlichen Stille schluchzte Mama eine erste Frage:

»*U mazzai* – habe ich ihn getötet?«

Zu Tode erschrocken, stiegen wir aus und gingen um den Wagen herum. Der Hund war verschwunden!

Wir sahen überall nach, sogar unter dem Auto, doch keine Spur von dem Hund.

Dabei hatten wir ihn eben noch deutlich jaulen gehört. Für uns Kinder stand die Antwort fest: Mama hatte den Hund nicht nur überfahren, sie hatte ihn desintegriert!

Das hatten wir mal im Fernsehen gesehen: Ein riesiger Roboter war aus einem Raumschiff gestiegen und hatte mit einer seltsamen Strahlenwaffe geschossen, woraufhin die Leute sich einfach in Luft aufgelöst hatten.

»Nichts passiert«, beruhigte uns Papa. »Der Hund

ist ausgewichen und hat dann sofort das Weite gesucht.«

So ganz überzeugt von seiner Theorie waren wir allerdings nicht. Wortlos setzte Mama sich auf den Beifahrersitz und brach damit ihre erste Fahrstunde kurzerhand ab.

»Für heute ist es genug«, erklärte sie. »Außerdem muss ich noch für Peppi nähen.«

Mama hatte angefangen, für ihren Neffen Peppi zu arbeiten. Der hatte vor kurzem als Schneider ausgelernt und war gerade dabei, sich selbstständig zu machen. Er kaufte Tierfelle ein und schneiderte daraus hochwertige Pelzmäntel. Den ersten Fabrikationsraum hatte er kurzerhand im Wohnzimmer seiner Mutter, *zia* Gianna, eingerichtet, wo auch seine erste Nähmaschine stand. Da Mama Näherin gelernt hatte, half sie ihm, so gut sie konnte. Nicht wenige meinten damals, dass es leichter sei, Kühlschränke am Nordpol zu verkaufen als Pelzmäntel in Sizilien. Doch Peppi setzte sich souverän über den ersten Spott hinweg und die Kritiker sollten sich allesamt täuschen. Die Pelzmäntel waren, trotz ihrer astronomischen Preise, bald ein echter Verkaufsschlager und Peppi verdiente damit eine Menge Geld.

Mama dagegen tat ihren Dienst natürlich fast ohne Entlohnung. Das gehörte sich so und alle erwarteten es irgendwo auch, schließlich hatte ein jeder die Pflicht, einem Familienangehörigen unter die Arme zu greifen.

Gleich am folgenden Tag fand die nächste Fahrstunde statt. Auf dem Parkplatz tauschten Mama und Papa wieder die Plätze und diesmal ging es sogar ziemlich flott voran. Nach ein paar gelungenen

Runden schlug Papa vor, jetzt mal auf die Straße hinauszufahren. Mama protestierte zwar kurz, doch Papa überzeugte sie davon, dass es sinnlos war, immer nur im Kreis herumzufahren, bis uns allen wieder schlecht wurde. Also schlich Mama auf die Straße, sie sah erst nach links, dann nach rechts: Die Straße war fast menschenleer, bis auf einen Postboten, der in weiter Ferne mit einer schweren Tasche beladen seine Sendungen zustellte.

Mama drehte vorsichtig am Lenkrad und steuerte den Wagen auf die Straße.

»So ist es gut!«, lobte Papa. »Jetzt gibst du leicht Gas, schaltest in den zweiten Gang und lässt es einfach rollen.«

Mama schaltete und ließ es rollen. Es sah kinderleicht aus, doch ihre angespannte Haltung und die weiß hervortretenden Knöchel verrieten, dass sie extrem unter Spannung stand. Sie umklammerte das Lenkrad so fest, als müsste sie es erwürgen.

Langsam rollte der Wagen die leicht abschüssige Straße entlang, und Papa forderte Mama auf, in den dritten Gang zu schalten. Mama trat das Kupplungspedal durch und rührte mit dem Schalthebel im Getriebe herum, als müsste sie eine Schüssel Tomatensalat kräftig durchmischen – vergeblich.

Papa sah auf die Straße und gab Mama gleichzeitig Tipps; die wiederum starrte fluchend auf den Schalthebel, drückte und zog daran und schaffte es dennoch nicht. Verwundert konzentrierte sich Papa nun auch auf den Schalthebel und versuchte, Mama zu helfen.

Plötzlich schrie jemand auf, und wir schauten alle nach vorn, wo ein ängstlicher Postbote mit gehetztem Blick um sein Leben rannte.

Das Auto war auf der abschüssigen Straße immer schneller geworden und die paar Sekunden Unaufmerksamkeit während der Gangsuche hatten ausgereicht: Als Papa und Mama aufblickten, hatte sich die Situation schlagartig verändert.

Der Postbote, der noch immer um sein Leben schrie, sprang mit einem Satz auf den Bürgersteig. Diesmal schlug sich Mama nicht beide Hände vor ihr Gesicht, sondern nur den angewinkelten linken Arm, mit der rechten Hand hielt sie das Lenkrad umklammert. Papa versuchte in letzter Sekunde gegenzulenken, zog nebenher noch die Handbremse und rief Mama zu, sie solle endlich bremsen und dafür das Lenkrad loslassen. Das Auto polterte über den Bürgersteig, immer dem Postboten hinterher, der knallrot angelaufen war und mit seiner wild schaukelnden schweren Tasche gerade an einem Laternenpfahl vorbeischrammte.

Er drehte den Kopf und ich konnte zwischen den Vordersitzen hindurch genau sein Gesicht sehen. Er kam mir vor wie eine Katze, die in die Enge getrieben worden war; es fehlte nur noch, dass er anfing zu fauchen. Der arme Mann duckte sich gegen eine Hauswand und hob schützend beide Arme vors Gesicht.

Nun erschien der Pfahl riesengroß vor unserer Windschutzscheibe und keine Sekunde später wickelte sich unser geliebter froschgrüner Fiat Seicento samt roter Innenausstattung mit einem lauten Knall drum herum.

Wir wurden allesamt nach vorne geschleudert und schlugen uns sämtliche Körperteile an, aber ernsthaft verletzt wurde zum Glück niemand. Wir stiegen aus, und Papa sah nach dem Postboten, dem der Schrecken noch ins Gesicht geschrieben stand.

Mama weinte, wir Kinder jammerten, und alle starrten entsetzt auf unser Auto, das einen ziemlich ramponierten Eindruck machte. Kochend heißes Kühlwasser verteilte sich auf dem Asphalt, sammelte sich und bildete ein schmales Rinnsal, das sich auf den nächsten Kanaldeckel zubewegte. Heimfahren konnten wir damit nicht mehr.

Der aufgebrachte Postbote beruhigte sich zusehends und versuchte nun seinerseits, meine noch immer schluchzende Mama zu trösten.

»Schließlich«, sagte er, »sind Sie alle mit dem Schrecken davongekommen und so ein bisschen verbogenes Blech kann man wieder reparieren.«

Nach einer Weile und ein paar hastig gerauchten Zigaretten verabschiedete er sich, und während Papa sich noch einmal bei ihm entschuldigte, verkündete Mama, nie wieder Auto fahren zu wollen. Nie wieder!

Schweigend machten wir uns auf den Heimweg, gerade mal dreißig Minuten Fußweg. Von der Hauptstraße, die deutlich belebter war als der Unfallort, bogen wir in eine schmale Gasse ein, und plötzlich stieg uns ein unwiderstehlicher Duft in die Nase, den ich sofort erkannte: *focaccia*!

Die Focaccia ist die messinisische Variante der klassischen Pizza. Ein dünner, knuspriger Teig, der mit Sardellen, Mozzarella, Tomatenscheiben und fein geschnittenem Endiviensalat belegt wird.

Wir standen direkt vor einer kleinen *focacceria*, und das Aroma, das aus der offen stehenden Tür auf die Straße strömte, war mehr als eine Einladung. Wir linsten durch das Schaufenster und sahen zwei Bäcker, die sich gerade daranmachten, eine riesige *focaccia*, die sie eben aus dem Ofen geholt hatten, in kleine Stücke zu zerschneiden.

Papas Frage, ob wir uns auf den Schock eine kleine Freude gönnen sollten, war überflüssig. Wir stimmten sofort begeistert zu, stürmten den Laden und Papa kaufte ein ganzes Kilo leckere *focaccia*, eine große, gut gekühlte Flasche *chinotto* und fünf *arancini*.

Letztere zählten zu den Leckereien, bei deren Anblick ich mich damals sofort in eine vollautomatische Fressmaschine verwandelte. Diese köstliche Spezialität besteht aus einer Reiskugel, die zunächst mit *ragù*, einer dicken Tomatensoße, Mozzarella und gewürfelten Mortadellastücken gefüllt, anschließend paniert und in heißem Öl frittiert wird. Eine der köstlichsten Kalorienbomben, die Messina zu bieten hat.

Wir setzten uns etwas abseits auf eine halbhohe Mauer und ließen es uns schmecken. Die *focaccia* war ein Gedicht und die *arancini* so lecker, dass ich die beiden Bäcker schon fragen wollte, ob sie mich nicht adoptierten.

Mama hatte sich in der Zwischenzeit so weit beruhigt, dass sie es ebenfalls genießen konnte, und Papa sagte, dass wir eigentlich noch Glück im Unglück gehabt hatten. Um das Auto werde er sich später kümmern, und wenn es erst mal repariert wäre, sei es wieder fast wie vorher. Das Ganze koste zwar eine Menge Geld – das wir eigentlich nicht hatten –, aber irgendwie würden wir es schon schaffen.

Als wir die *focaccia* und die *arancini* restlos verputzt hatten, liefen wir weiter, bogen an der Bar Colucci in die enge, steil ansteigende Straße zu unserem Viertel ein und waren zehn Minuten später zu Hause.

Gianni und Franci, unsere beiden Cousins, hatten schon auf uns gewartet und bald darauf versammelte sich die halbe Familie im Hof. Ein jeder wollte die

Geschichte in allen Einzelheiten hören und Mama schämte sich in Grund und Boden. Dabei machte niemand ihr deswegen einen Vorwurf, schließlich konnte so etwas jedem mal passieren. Aber ihre Entscheidung stand unwiderruflich fest: Sie würde niemals wieder Auto fahren!

Es wurde sehr spät an diesem Abend. Wir Kinder spielten noch eine Runde Cowboy und Indianer, die Erwachsenen saßen auf den kleinen geflochtenen Stühlen rings um den großen eisernen Tisch und diskutierten bis in die Nacht.

Hauptsächlich ging es dabei um Papas Ankündigung, für ein paar Jahre nach Deutschland auswandern zu wollen. Er hatte sich inzwischen mit mehreren Leuten unterhalten, die dort lebten. Ein großer Teil unserer Verwandtschaft stammte aus Patti, einem kleinen Dorf, das zu Messina gehört. Und nicht wenige unter ihnen waren in den letzten Jahren nach Deutschland ausgewandert, um dort zu leben und zu arbeiten. Papa hatte sich mit einem dieser Auswanderer getroffen und alles, was er wissen musste, von ihm erfahren. Der Zeitpunkt seiner Abreise stand ebenfalls schon fest: Anfang Oktober 1971, in genau fünf Monaten.

Keiner der Anwesenden war von dieser Nachricht begeistert, aber alle hatten Verständnis dafür, denn die Dringlichkeit war unübersehbar. Filippos Augen hatten sich tatsächlich weiter verschlechtert, und der Befund eines Augenarztes, wir müssten uns damit abfinden, dass Filippo eines Tages erblinde, war überzeugend genug.

Hier in Messina konnte offenbar niemand etwas für ihn tun.

32. Vulcano

Kurze Zeit später übernahm Papas Firma einen größeren Auftrag auf der Insel Vulcano. Da sie dafür Arbeitskräfte brauchten, gingen neben ihm auch *nonno* Luigi und Papas Freund Biagio mit. Sie sollten, um den Auftrag termingerecht abschließen zu können, die nächsten vier Monate auf der Insel bleiben.

Als Biagio am Abreisetag mit einem Lächeln im Gesicht vor unserer Haustür stand, war die Wiedersehensfreude groß. Wir hatten ihn lange nicht mehr gesehen und löcherten ihn sogleich mit allen möglichen Fragen über Nino und seine Haustiere, die wir von unserem Urlaub in Scaletta noch in guter Erinnerung hatten.

Er beantwortete uns geduldig alle Fragen und eröffnete uns anschließend, dass seine Frau Peppina und Nino in den Sommerferien zu uns kommen und dass wir alle gemeinsam ein Wochenende in Vulcano verbringen würden.

Die Freude über die Aussicht, ein paar Tage mit Nino zusammen sein zu können, versetzte mich in Hochstimmung und ich konnte es kaum noch erwarten. Aber bis dahin sollte noch einige Zeit vergehen. Erst mal reisten Papa, Biagio und *nonno* Luigi ab und für uns ging der ganz Alltag weiter.

Ein trister Alltag. Dass Papa am Abend nicht nach Hause kam, war für uns ungewohnt, und *nonno* Luigi vermissten wir ebenfalls. Im Sommer saß er abends immer draußen im Hof und hatte sich dort geradezu häuslich eingerichtet. Er hatte einen kleinen Tisch und einen alten Sessel unter seinem Wohnzimmerfenster gestellt, am Abend öffnete er dann das große Fenster und drehte sein Fernsehgerät so hin, dass er von draußen fernsehen konnte.

Da saß er manchmal, mit einem Glas Rotwein, das er mit Wasser verdünnte, bis in die späten Nachtstunden. Wenn abends noch ein guter Film lief, leisteten wir Kinder ihm oft Gesellschaft und schauten mit. Bis wir ins Bett geschickt wurden.

Manchmal kam auch *zio* Paolo vorbei. Seit sich die wirtschaftliche Situation ein wenig gebessert hatte, war er sichtlich ruhiger und ausgelassener geworden. Er wechselte ein paar spärliche Sätze mit *nonno* Luigi und dann sahen sie zusammen weiter fern.

Irgendwie hatte sich in letzter Zeit vieles geändert, Peppi war nur noch mit den Pelzmänteln beschäftigt, Lorenzo war mit *zia* Tina in die Schweiz ausgewandert und hatte sich schon über ein Jahr nicht mehr blicken lassen, Umberto steckte mitten in der Verwandlung. Jedenfalls hörte er urplötzlich auf, mit uns zu spielen, und benahm sich wie ein gestörter Erwachsener, der sich von uns kleinen Kindern belästigt fühlte.

Er wusch sich täglich die schwarz gelockten Haare – freiwillig! Ständig riss er seine – eigentlich schmalen – Augen weit auf, damit jeder ihre stahlblaue Farbe bewundern konnte, und achtete darauf, stets sauber und adrett gekleidet das Haus zu verlassen. Sobald ein fremdes Mädchen auch nur in seine Nähe kam, plusterte er sich auf wie ein streitsüchtiger Gockel und versuchte, wie John Wayne, mit einer dunklen, tiefen Stimme zu sprechen. Allerdings wollte es ihm nicht so ganz gelingen. Irgendetwas stimmte nicht mit ihm!

Insgesamt ging es unserer Familie besser als in den Jahren davor. Alle hatten nun viel zu tun und ausreichend Geld, jede Familie besaß sogar einen eigenen Fernseher, und der übernahm, so nach und nach, die abendliche Unterhaltung. Die Zeiten der Not waren offenbar vorbei, und die Zeiten, als wir alle gemütlich im Hof zusammensaßen und uns Geschichten erzählten … leider ebenfalls.

Uroma Mina war in den letzten Jahren richtig gebrechlich geworden. Sie konnte sich nach einem schweren Sturz, von dem sie sich nur langsam erholte, kaum noch auf den Beinen halten und verließ kaum noch ihr Bett. Ihr dunkelbrauner Teint hatte sich in ein fahles Grau verwandelt, war fast durchscheinend geworden, und darunter schimmerten ihre blauen Venen. Die zierliche Gestalt ging noch gebeugter, *nonna* Mina atmete schwer, konnte kaum noch reden und ihre ehemals strahlend blauen Augen waren matt geworden.

Mama sagte damals, dass Uroma Mina ihren Weg nun schon fast geschafft habe und dass es nun allein in Gottes Hand liege, wann er sein Kind zu sich holte.

Das verstand ich nicht. Warum sollte er sein Kind zu sich holen? Wenn es ihm so wichtig war, seine Kinder zurückzuholen, wieso hatte er sie dann überhaupt einmal gehen lassen? Was war das für ein Weg, den meine Uroma schaffen sollte? Warum ging es ihr so schlecht? Konnte er seine Kinder nicht zu sich holen, ohne ihnen vorher schlimme Qualen zuzufügen?

Von Gott hatte ich zu der Zeit schon ein sehr genaues Bild: Ich stellte ihn mir vor als einen alten Mönch mit einem mächtigen Bart, der große Macht und ein ungeheures Wissen ausstrahlte. Er sah und hörte alles, vergaß nichts und bestrafte seine ungehorsamen Kinder auf grausamste Art und Weise. Gleichzeitig war er der freundliche, herzensgute Vater aller Menschen, der alles verzieh und seinen eigenen Sohn für die Reinwaschung der Seelen seiner übrigen Kinder geopfert hatte … Ich verstand ihn nicht!

Wie konnte jemand herzensgut und gleichzeitig so grausam sein und dennoch von allen als völlig normal angesehen werden? Jedes Mal wenn ich versuchte, diese Gedanken zu vertiefen, legte sich eine ungeheure Angst auf meine Brust und presste sie so stark zusammen, dass ich meinte, ersticken zu müssen.

Diese Sache beschäftigte mich die nächsten Tage so sehr, dass ich Ninos Besuch darüber fast vergessen hätte. Umso größer war die Freude, als er mit seiner Mutter Peppina zu Beginn der Sommerferien eines Tages vor unserer Tür stand.

Nino hatte sein frechstes Grinsen aufgesetzt und freute sich ebenso sehr über uns wie wir uns über ihn. Während Mama und Peppina die letzten Taschen packten, führten wir Nino herum und zeigten ihm, wie wir lebten, wo wir spielten, und machten ihn mit unsere Cousins bekannt.

Mama zauberte noch schnell ein leckeres Frühstück und dann ging es auch schon los nach Vulcano. Da *nonno* Luigi ebenfalls auf der Insel war, kam auch *zia* Lina mit. Alle zusammen fuhren wir an den Hafen und stiegen in das bereits wartende Tragflächenboot, das zu den schnellsten Linienbooten zählte, die zwischen den Liparischen Inseln hin und her pendelten.

Als alle Passagiere eingestiegen waren, fuhr das Boot aus dem Hafen, beschleunigte so lange, bis sich der Rumpf aus dem Wasser hob und nur noch die flügelähnlichen Tragflächen und die Schiffsschraube unter Wasser waren. Durch den verringerten Widerstand erreichte das Boot eine hohe Reisegeschwindigkeit, das bedeutete für mich: Mir wurde nicht erst nach zehn, sondern bereits nach fünf Minuten speiübel. Die Fische freuten sich über eine leckere Zwischenmahlzeit vom Festland und ich trauerte mit grünem Gesicht meinem Frühstück nach.

Doch mein Leid war nur von kurzer Dauer, denn schon bald erreichten wir die Anlegestelle von Vulcano, wo Papa, *nonno* Luigi und Biagio schon auf uns warteten. Die Wiedersehensfreude war groß, Papa nahm uns nacheinander in die Arme und anschließend gingen wir gemeinsam zu unseren spärlich eingerichteten Unterkünften.

Wir betraten zunächst eine große Küche, in der ein Gasherd und ein großer Tisch mit vielen Stühlen drum herum standen. Von der Küche aus gelangte man in mehrere Zimmer, die mit Bettgestellen und Schränken eingerichtet waren. Das waren unter der Woche die Arbeiterunterkünfte, doch jetzt waren die anderen Arbeiter wegen des verlängerten Wochenendes nach Hause gefahren.

Jede Familie suchte sich ein Zimmer aus, und gleich danach beschlossen wir, baden zu gehen. Der Strand war herrlich und das Wasser ein Traum. Wir planschten und spielten ausgiebig in den warmen Quellen in der Nähe des Strandes und erfrischten uns, indem wir ein kleines Stück hinausschwammen.

Am späten Nachmittag machten wir uns auf den Rückweg und stellten fest, dass sich auf der Insel seit unserem letzten Besuch einiges verändert hatte. Es gab viel mehr Häuser und die Straßen waren jetzt deutlich breiter, mittlerweile bauten sie sogar schon größere Hotels. Das Geschäft mit den Touristen lief offenbar gut.

Während wir am Strand entlang zu unseren Unterkünften zurückliefen, fuhr ein Fischerboot direkt auf uns zu. Der Fischer rief nach uns, winkte uns mit einer Hand herbei und steuerte sein Boot gegen den Strand, wo es schleifend zum Stillstand kam. Der Mann zeigte uns einen ganzen Korb voll frisch gefangener Garnelen und bot sie uns zu einem günstigen Preis an. Die Gelegenheit ließen wir uns natürlich nicht entgehen und ich freute mich schon sehr auf ein köstliches Festessen.

Wenig später bereitete *zia* Lina die Garnelen zu, während Mama und Peppina sich um die Beilagen kümmerten und wir Kinder zusammen mit Papa den Tisch deckten. Papa und Biagio trugen den großen Tisch ins Freie und wir vier schleppten die Stühle hinaus. Innerhalb weniger Minuten war die Tafel gedeckt und Mama stellte zwei große Schüsseln Salat darauf: ein nach Oregano duftender Tomatensalat mit lila Zwiebelringen und ein köstlicher, in feinen Scheiben geschnittener Fenchelsalat, der mit einem Schuss Weinessig, Olivenöl und Salz angemacht war.

Ungeduldig setzten wir uns alle um den Esstisch, warteten auf *zia* Lina und die Garnelen und schwatzten alle durcheinander. Plötzlich hörten wir seltsame Geräusche aus der Küche und verstummten erschrocken. Zuerst ein leises Hüsteln, dann ein Räuspern, das in ein lauteres Husten überging und ganz abrupt mit einem heftigen Würgen endete. Dann schepperten Töpfe und etwas landete mit einem dumpfen Klatschen auf dem Steinboden!

Das Ganze hatte nur wenige Augenblicke gedauert und wir saßen für eine Sekunde wie versteinert am Tisch.

Dann sprangen wir alle gleichzeitig auf und stürzten in die Küche. Papa und *nonno* Luigi erreichten die Tür als Erste, ich folgte ihnen auf dem Fuße und spähte hinein.

Zia Lina lag verkrampft auf dem Boden, ihr Gesicht war blau angelaufen und panisch verzerrt. Angst schoss in mir hoch und mein Herz fing von einem Augenblick auf den anderen an zu rasen. Die Pfanne lag ebenfalls auf den Fliesen und die Garnelen waren in der ganzen Küche verstreut. Papa und *nonno* Luigi hoben *zia* Lina hoch, die nur noch röchelte, während mich jemand von hinten packte und aus dem Zimmer drängte.

Nun verpasste *nonno* Luigi *zia* Lina einen kräftigen Schlag auf den Rücken, woraufhin eine nahezu unzerkaute Garnele in hohem Bogen aus ihrem Hals flog und an die gegenüberliegende Wand klatschte. *Zia* Lina hustete fürchterlich und begann laut pfeifend Luft zu holen.

Das war Rettung in letzter Sekunde gewesen! *Zia* Lina war bleich wie eine Tote. *Nonno* Luigi und Papa setzten sie draußen auf einen Stuhl und gaben ihr erst mal ein Glas kaltes Wasser zu trinken. Tränen rannen über ihr Gesicht, und sie schluchzte zunächst unverständliche Worte, die aber immer deutlicher zu verstehen waren. Sie hatte die Hände gefaltet, wiegte ihren Oberkörper vor und zurück und murmelte verzweifelte Gebete.

»*Madonna mia* … ich habe den Tod gesehen! *Dio mio*, vergib mir meine Sünden … ich habe den Tod gesehen und er hat mich berührt! Vater unser, der du bist im Himmel … Der Tod hat mich berührt … ich habe in seine Augen geblickt und mein Ende gesehen … gebenedeit sei die Frucht deines Leibes … ich bin tot … *o Gesú*, ich bin tot!«

»Jetzt beruhige dich erst mal!«, sagte *nonno* Luigi. »Du bist nicht tot, aber um ein Haar wärst du es gewesen.«

»Ich bin tot!«, schrie *zia* Lina. »Du kannst es nur nicht sehen. Aber ich weiß es, er hat mich berührt!«

»Ist ja schon gut, beruhige dich. Trink noch einen Schluck Wasser, dann wird es dir besser gehen.«

Zia Lina schluchzte leise vor sich hin, entspannte sich allmählich und wischte sich mit einem Taschentuch die Tränen aus dem Gesicht. Nach einer Weile hatte sie sich so weit gefasst, dass sie aufstehen konnte.

»Es ist gut«, sagte sie, »lasst uns das Essen fertig machen. Ihr habt bestimmt alle Hunger. Mir geht es wieder besser.«

Mama und Peppina gingen zurück in die Küche, klaubten die Garnelen auf, wuschen sie und legten sie zum Garen wieder in die Pfanne. *Zia* Lina klagte zwar noch über Halsschmerzen, aber im Großen und Ganzen hatte sie sich erholt.

Wir Kinder saßen seit mehreren Minuten wie versteinert auf unseren Stühlen. *Zia* Linas Worte über den Tod und ihr verzweifeltes Gebet hatten uns zu Tode erschreckt. Die Angst stand uns deutlich ins

Gesicht geschrieben, ebenso wie die eine, entscheidende Frage: Wie sieht der Tod aus?

Ich starrte *zia* Lina an, die so tat, als ob sie den Tisch decken müsste. Der war aber bereits gedeckt, und so lief sie von einem Ende zum anderen, zupfte an der Tischdecke herum, hob Teller und Besteck an, um sie dann am gleichen Platz wieder hinzustellen. Sie war völlig in Gedanken versunken. Vermutlich dachte sie noch immer über ihren Tod nach, denn man konnte ihr die Angst ansehen.

Es hätte mich brennend interessiert, zu erfahren, wie der Tod aussah, aber ich traute mich nicht, *zia* Lina danach zu fragen. Sicher würde sie mich anschreien und feierlich verkünden, dass ich ein geisteskrankes Kind sei, wenn ich es jetzt wagte. Ich beschloss, noch ein bisschen zu warten, in ein paar Tagen wäre sie bestimmt in der Lage, mir eine normale Antwort zu geben.

Noch ehe ich weiter darüber nachdenken konnte, kamen Mama und Peppina mit zwei große Schüsseln, die randvoll mit Garnelen gefüllt waren, aus der Küche.

Die leicht gedrückte Stimmung hellte sich angesichts der lecker duftenden Köstlichkeiten zusehends auf und wir ließen sie uns trotz des Zwischenfalls schmecken.

33. Carlas Flagge

Nach dem Essen gingen wir Kinder noch ein Weilchen spielen, obwohl es inzwischen fast schon dunkel war – die beste Zeit, um Verstecken zu spielen!

So tobten wir noch eine Weile herum, während unsere Eltern gemütlich draußen saßen und sich unterhielten. Es war ein herrlicher, sternenklarer Abend. Irgendwann legten wir uns auf den Boden, starrten zum Himmel hinauf und zählten Sterne.

»Unglaublich!«, sagte Nino. »Das müssen mehr als hundert Limionen Sterne sein!«

»Haha, du meinst bestimmt Millionen, oder?«, lachte ich.

»Nein! Das heißt Limionen! Das weiß doch jedes Kind!«

»Nein, das heißt Mill… okay … dann eben Limionen«, gab ich klein bei, denn ich hatte keine Lust, zu streiten.

»Ist doch egal«, meinte Santina. »Es sind trotzdem ganz schön viele.«

»Ja, unheimlich viele«, antwortete ich und wandte mich wieder an Nino. »Hast du schon mal versucht, dir vorzustellen, was danach kommt?«

»Nach was?«

»Nach den Sternen natürlich!«

»Nein … was sollte denn da noch kommen? Vermutlich … weitere Sterne«, mutmaßte Nino.

»Ja, aber … was kommt danach? Es kann doch nicht unendlich so weitergehen. Sterne … und noch mehr Sterne und noch mal Sterne, oder?«, bohrte ich weiter.

»Keine Ahnung! Mama sagt, dass da oben irgendwo der liebe Gott wohnt und alle Engel und alle Heiligen und dass alle, die tot sind, im Paradies wohnen!«

»Das sagt meine Mama auch und *nonna* Maria ebenfalls. Dann muss an der Geschichte doch etwas Wahres dran sein, obwohl … bei den Milliarden von Toten, die da oben angeblich wohnen, müsste der Himmel schon so überfüllt sein, dass man sie von hier unten aus sehen kann, oder?«

»Hm … keine Ahnung«, antwortete Nino. »Vielleicht benutzt der liebe Gott die Sterne als Vorhang, damit wir die Toten nicht sehen und … damit nicht jeder gleich in sein Schlafzimmer gucken kann!«

Nachdem wir uns über unsere Theorien vor Lachen ausgeschüttet hatten, gingen wir zurück ins Haus, und kurz darauf lag jeder in seinem Bett.

Es war ein langer, schöner Tag gewesen, wir waren alle todmüde, und so war es nicht verwunderlich, dass alle sofort einschliefen.

Ein leises Schluchzen weckte mich mitten in der Nacht, und durch die einen Spaltbreit geöffnete Tür stellte ich fest, dass in der angrenzenden Küche Licht brannte. Von dort kam auch das leise Schluchzen, das mich geweckt hatte. Ich stand auf, schlich zur Tür und versuchte zu erkennen, wer so spät noch wach war. Es war *zia* Lina! Sie saß allein an dem großen Tisch und weinte leise vor sich hin. Ich schlüpfte rasch aus unserem Zimmer, damit die anderen nicht auch noch wach wurden. Aber als *zia* Lina mich sah, wollte sie mich gleich wieder zurück ins Bett schicken.

»Ich gehe gleich, *zia*. Ich hab dich weinen gehört und wollte dich fragen, ob alles in Ordnung ist.«

»Ja … mir geht's gut!«, sagte sie in derart kläglichem Tonfall, dass sogar ein Schwerhöriger gemerkt hätte, dass dem nicht so war.

Auf ihrem Gesicht lag die gleiche ängstliche und sorgenvolle Miene wie an jenem Tag, als sie meinen als schwarze Trauerflagge umfunktionierten Regenschirm aus dem Drahtzaun vor unserem Haus gerissen und mir gleichzeitig meine imaginäre Trompete aus der Hand geschlagen hatte. Jener Tag, an dem sich unsere Cousine Carla am Knauf der Wohnzimmertür stranguliert hatte.

Carla, ein hübsches, lebenslustiges Mädchen mit schwarzen Locken, das immer lachte, war gerade mal neunzehn Jahre alt geworden. Sie hatte früh geheiratet, weil sie sich dadurch endlich ein bisschen mehr Freiheit erhoffte als bei ihren strengen Eltern. Sie hatte ihren Mann bei einem Familientreffen kennen gelernt und ihn spontan gefragt, warum er im Rollstuhl sitze. Mario war seit einem Unfall vom Bauch abwärts querschnittsgelähmt und sein Leben lang auf den Rollstuhl angewiesen. Sie verliebte sich trotzdem in ihn und von da an ging alles blitzschnell: die Hochzeit, der Auszug aus dem Elternhaus, die neue Wohnung in Messina, die Flitterwochen – Carla war richtig glücklich.

Als der Alltag einkehrte, dämmerte ihr allmählich, worauf sie sich da eingelassen hatte. Mario war ständig auf ihre Pflege angewiesen, außerdem nicht immer so nett wie vor der Hochzeit – und krankhaft eifersüchtig! Sie durfte sich weder schminken noch ausgehen noch mit Leuten reden, die er nicht kannte, und wenn niemand aus der Verwandtschaft sie zum Einkaufen auf den Markt begleiten konnte, hatte sie einen exakten Zeitplan einzuhalten – und wehe, wenn sie mal nur ein paar Sekunden später nach Hause kam!

So hatte sich Carla ihr neues Leben nicht vorgestellt. Zuerst starb ihr Lächeln – sie weinte immer öfter und hatte ständig gerötete Augen. Mama hat sie in jener Zeit oft besucht, denn sie wohnte gleich neben dem Laden von Signora Nanna, und ich war mehrmals dabei. Selbst mir fiel auf, dass sie von Mal zu Mal trauriger wirkte und kaum noch lachte.

Als sie eines Tages nicht mehr weiterwusste, schloss sie alle Türen ab, missachtete die Rufe ihres Ehemannes, knotete ein Seil um ihren Hals und den Türknauf und ließ sich einfach fallen. Mario alarmierte vom Bett aus die Nachbarn, die sich dann gewaltsam Zutritt zu der Wohnung verschafften, sowie die Polizei und die nächsten Verwandten.

Mama und ich liefen damals eigentlich eher zufällig am Haus vorbei, wir kehrten gerade vom Einkaufen zurück und sahen schon von weitem die Menschenmenge vor der Haustür stehen. Mama war sofort klar, dass etwas Schlimmes passiert sein musste, denn sie beschleunigte ihre Schritte, und ich glaube, in dem Augenblick vergaß sie mich völlig. Als die Leute vor der Tür sie erkannten, liefen ein paar Frauen ganz aufgeregt auf sie zu.

»Signora, ein Unglück ist geschehen!«

»Was ist denn passiert?«, fragte Mama, doch niemand antwortete.

Schließlich sagte jemand: »Carla …«

»Carla? Was ist mit ihr?«

»*É morta*!«

»Tot? Carla ist tot … wieso?« Mama rannte die letzten Meter zum Haus, zwängte sich an den Leuten vorbei, die den Eingang versperrten, und stand Sekunden später vor der toten Carla.

Ich war hinter ihr hergerannt, schlüpfte nach ihr durch die Lücke hindurch und stand nur einen Schritt hinter ihr, als sie abrupt innehielt und Carlas Namen schrie.

Die nächsten Sekunden dehnten sich zu einer Ewigkeit, ich lief voll gegen Mama, blickte dann an ihr vorbei und sah rechts im hinteren Teil des Wohnzimmers Mario in seinem Rollstuhl sitzen. Er war in Tränen aufgelöst und schrie laut nach seiner Frau. Daneben stand ein Mann, der die Hände auf Marios Schulter gelegt hatte und ihn, obwohl er selbst laut schluchzte, zu trösten versuchte. Direkt vor dem Rollstuhl kniete eine Frau, die ebenfalls Carlas Namen rief – *zia* Gianna.

Ihr Gesicht war vom Weinen so verzerrt, dass ich meine Tante anfangs gar nicht erkannt hatte. Dann bemerkte ich die bleichen Beine auf dem Boden und wusste sofort: Das musste Carla sein. Meine Augen wanderten weiter hinauf, und just in dem Augenblick, als ich Carlas Gesicht sah, zog mich jemand weg. Ich war völlig schockiert und brach sofort in Tränen aus.

Wortlos schnappte Mama mich und brachte mich nach Hause. Dort angekommen, bat sie *zia* Lina, auf uns aufzupassen, und eilte gleich wieder zu Carlas Haus zurück. Ich verzog mich ins Bett und versuchte, das entsetzlich entstellte Gesicht meiner Cousine aus meinen Gedanken zu drängen. Ich wollte mir ihr Gesicht vorstellen, wie ich es aus der Zeit kannte, als sie noch glücklich war und immer lächelte ... aber es gelang mir nicht. Jedes Mal entstand eine blau gefärbte Grimasse daraus mit einer riesigen Zunge, die wie ein alter Lappen aus dem Mund hing. Diese Carla wollte ich jedoch auf keinen Fall wiedersehen und schob sie mit aller Kraft beiseite. Die andere Carla war meine Cousine gewesen, die hatte ich gern, sie war hübsch, nett und freundlich gewesen, und nur an die wollte ich mich erinnern. Der Kampf gegen die hässliche Fratze ermüdete mich dermaßen, dass ich einschlief.

Stunden später wachte ich völlig orientierungslos wieder auf und wusste kurzfristig nicht einmal, wo ich war. Ich rief nach Mama, erhielt jedoch keine Antwort ... es war niemand im Haus. Also setzte ich mich auf mein Bett, sah mich um, und auf einmal fiel mir Carla wieder ein. Schnell stand ich auf und ging zur Haustür in der Hoffnung, dass die anderen draußen im Hof saßen.

In einer Ecke stand ein alter schwarzer Regenschirm, den Mama dort abgestellt hatte, weil wir häufiger damit spielten. Ich nahm ihn in die Hand und wollte ihn aufspannen. Aber es ging nicht, denn mehr als die Hälfte der Metallstäbe war gebrochen und hing völlig nutzlos herum. Da kam mir die Idee, die schwarze Bespannung abzuziehen. Gedacht, getan, hielt ich Sekunden später den Stoff in der Hand, wickelte mich darin ein und lief über den Hof.

An jenem Tag wehte ein böiger Wind, ich stemmte mich dagegen und rannte über *nonno* Luigis Hof und weiter über den von *zio* Paolo, bis ich die Treppen erreichte. Dort blieb ich stehen und schaute die Stufen hinab: Es war kein Mensch zu sehen. Der Himmel war grau und der Wind wehte noch eine Spur schärfer. Der schwarze Stoff, den ich mir um die Schultern gelegt hatte, flatterte laut, und als ich ihn fester um mich herumwickeln wollte, lockerte ich kurz meinen Griff und er flog davon.

Er landete am Drahtzaun, an den der starke Wind ihn nun presste. Fasziniert beobachtete ich den schwarzen Fetzen, der wie von Geisterhand gehalten am Zaun klebte. Ich zog ihn an den Enden so lange glatt, bis er völlig entfaltet war. Das war es … Carlas Trauerflagge!

Die Szene erinnerte mich an einen Film, den ich mal gesehen hatte, ein Kriegsfilm. Nachdem die Helden gefallen waren, hatten sich die Überlebenden bei der Trauerfeier um eine Fahne versammelt, ein Soldat trat mit seiner Trompete vor und spielte ein trauriges Lied.

Ich stand also auf der obersten Stufe, schloss die Augen, führte meine erdachte Trompete zum Mund und spielte für Carla nun das gleiche traurige Lied.

Während die langen schwermütigen Töne durch meinen Kopf hallten, verabschiedete ich mich von meiner Cousine. Da ertönte eine keifende Stimme im Hintergrund, die aber nicht ganz zu mir durchdrang. Als sie immer lauter wurde, wachte ich wie aus einem Traum auf, öffnete die Augen und sah, wie *zia* Lina Carlas Trauerflagge vom Zaun riss und mir gleichzeitig mit einer schnellen Handbewegung die Trompete aus der Hand schlug.

Ich wusste gar nicht, wie mir geschah. *Zia* Lina beschimpfte mich keifend, ich hielt mir die schmerzende Hand und ganz allmählich drang die Bedeutung ihrer Worte zu mir durch. Wie konnte ich an so einem

Unglückstag auch noch solche Unglückszeichen setzen? Ich verstand beim besten Willen nicht, was sie damit meinte, und war völlig perplex, als sie mich an einem Ohr schnappte und mich durch das Tor bis zum Haus zurückzog. Ich musste mich zu meinen Geschwistern an den Küchentisch setzen und versprechen, brav zu sein, bis unsere Eltern zurückkämen. Sonst würde sie erzählen, was ich angestellt hatte, und ich allein müsste dann die Konsequenzen tragen.

Ich wusste zwar noch immer nicht, was ich Schlimmes verbrochen hatte, aber tat trotzdem, was sie sagte. *Zia* Lina setzte sich in ihren alten Sessel, stöhnte unverständliche Worte und blickte traurig, gehetzt, ängstlich – ja, sie hatte eindeutig Angst! – vor sich hin. Das hatten wir auch, schließlich wussten wir weder, wo Mama und Papa waren, noch, wann sie zurückkamen. Als Santina es wagte, *zia* Lina danach zu fragen, antwortete die nur knapp: »Sie kommen bald«, und versank gleich darauf wieder in ihr trauriges, nachdenkliches Schweigen.

Diese Miene erkannte ich nun wieder – und dabei war heute gar niemand gestorben.

Vorsichtig sprach ich sie an: »*Zia* …«

»Was?«

»Hast du heute Abend gedacht, dass du sterben musst?«

»Ja, das habe ich.«, antwortete sie.

»Du hast gesagt, dass du den Tod gesehen hast … wie sieht er denn aus?«

»Ach, rede keinen Unsinn und geh jetzt in dein Bett zurück!«, erwiderte sie barsch.

Ich war eingeschüchtert und wandte mich zum Gehen.

Da hielt sie mich an der Hand fest. »Entschuldige, ich wollte nicht so schroff sein. Mir geht es nicht gut.«

»Ist schon in Ordnung, *zia*, ich war nur neugierig.«

»Weißt du … der Tod hat viele Gesichter, weil ihn jeder anders sieht. Mein Tod sah aus wie eine Garnele, die im Hals stecken bleibt … Ich glaube, jeder sieht den Tod mit dem Gesicht, das ihn selbst betrifft.«

Jetzt wusste ich genauso viel wie vorher. Ich nahm *zia* Linas Hand, drückte sie und wünschte ihr eine gute Nacht.

»*Buona notte, zia*, mach dir keine Sorgen … es ist ja alles gut gegangen.«

»*Buona notte*, Gigi … schlaf schön!«

Ich drehte mich um, schlich leise in mein Bett zurück und dachte noch ein Weilchen über das nach, was meine Tante gesagt hatte. Der Tod hat viele Gesichter … Das lag jenseits meiner Vorstellungskraft. Ich denke nicht, ich denke nicht, ich denke n…

Ein strahlend schöner Morgen weckte mich, die Sonne schien durch das Fenster und es war schon früh angenehm warm. Ich stand auf und ging hinaus in die Küche, wo die anderen schon am Frühstückstisch saßen. Ich setzte mich dazu und genoss ein sagenhaftes Frühstück mit Peppinas selbst gemachter Salami, die sie extra für uns mitgebracht hatte.

Danach kam Biagio mit einer Angel herein und verkündete, dass wir heute Morgen angeln gingen. Filippo und meine Schwester hatten keine Lust, also machten nur Nino und ich uns fertig und spazierten mit seinem Vater und Papa zum Strand hinunter. Jeder bekam eine Angelrute aus getrockneten Bambusstäben mit einer durchsichtigen Schnur und einem kleinen Angelhaken in die Hand gedrückt.

Wir kletterten auf die großen Felsen, die weit ins Meer hineinragten, spießten unseren Köder, jeweils ein Garnelenstück, auf den Haken und warfen ihn ins Wasser.

Dann setzten wir uns hin und warteten. Es dauerte nicht lange und wir konnten die ersten Fische an Land ziehen. Die kleineren warfen wir gleich wieder ins Wasser zurück, die größeren waren für eine leckere Fischpfanne mit gebratenen Zwiebeln bestimmt, die Mama und Peppina für uns später zubereiten wollten.

Nach einer Weile hing endlich auch an meinem Haken ein Fisch, doch als ich ihn rauszog, war ich über seine geringe Größe sehr enttäuscht. Nino hatte etwas mehr Glück und zog mit Hilfe von Biagio den größten Fisch heraus.

Die Sonne brannte gnadenlos vom Himmel, und nach einer Weile zogen wir beide es vor, das Angeln den Erwachsenen zu überlassen und ins kühle Wasser zu springen. Es machte riesigen Spaß, die Felsen hinaufzuklettern und von dort aus ins Wasser zu hechten. Wir verbrachten, nur von dem leckeren Mittagessen unterbrochen, den ganzen Tag am Meer.

Nach dem Abendessen, Spaghetti Carbonara mit frischem Parmesan – ein Gedicht! –, trugen wir das Geschirr in die Küche zurück. Als ich auf einem Teller noch eine Scheibe von Peppinas leckerer Salami entdeckte, beschloss ich: Die passt noch rein! Obwohl ich mehr als satt war, schob ich mir die Wurstscheibe genüsslich in den Mund, kaute andächtig darauf herum und genoss den unvergleichlichen Geschmack. Als ich plötzlich etwas Zähes im Mund spürte, schluckte ich es einfach runter, und da passierte es: Ein Hautstreifen steckte zwischen zwei Backenzähnen, und die noch immer daran hängende Salami blieb mir im Hals stecken. Ich bekam keine Luft mehr, röchelte und fasste mir an den Hals, während Panik in mir hochstieg.

Ich versuchte zu schreien, aber außer einem Würgen gab ich keinen Laut von mir. »Rausrennen!«, schrie es in meinem Kopf, und meine Beine bewegten sich auch, das spürte ich deutlich. Doch sie kamen nicht vom Fleck und ich trampelte wie von Sinnen auf der Stelle. Ich spürte einen Druck in meinem Kopf, als ob er demnächst explodieren würde, dann überkam mich Todesangst, und mir wurde bewusst, dass ich sterben könnte. Ich erstickte!

Mit einem Mal wurde ich ganz leicht und etwas drückte mir ruckartig die Brust zusammen. Der Klumpen in meinem Hals wurde heftig rausgeschleudert und ich konnte mit einem tiefen Atemzug endlich wieder die Lungen füllen. Ich heulte sofort los, die Todesangst bahnte sich ihren Weg durch die Tränenkanäle. Mama hielt mich fest im Arm und ich war unendlich froh darüber. Ich spürte das Salamistück an meinem Kinn baumeln, die Haut klemmte noch immer zwischen meinen Zähnen fest. Ich griff danach, zog es heraus und sah es mir an … so hätte also das Gesicht meines Todes aussehen können: wie ein durchgekautes Stück Salami! Meine Lieblingswurst würde ich in Zukunft bestimmt nicht mehr bedenkenlos essen können.

34. Der Abschied

Ein paar Wochen später, wir waren längst wieder zu Hause in Messina, kamen Papa und *nonno* Luigi endlich aus Vulcano zurück, und das war Grund genug für ein großes Familienfest.

Ich hatte die beiden sehr vermisst, ebenso wie meinen Freund Nino, von dem ich mich gar nicht mehr hatte trennen wollen. Wir hatten uns beim Abschied ganz fest in die Arme genommen und uns gegen sämtliche Trennungsversuche unserer Mütter gewehrt.

Doch jetzt standen die Festvorbereitungen an, außerdem waren *zia* Gianna, *zia* Lina und Mama wie jedes Jahr um diese Zeit, unter der mehr oder weniger freiwilligen Einbindung aller zur Verfügung stehenden Kinder, seit knapp einer Woche damit beschäftigt, Tomatensoße einzukochen. Zuerst kauften sie große Mengen frische Tomaten, wuschen sie in großen Bottichen, schnitten sie klein und kochten sie in einem riesigen Topf über dem offenen Feuer. Anschließend passierten sie die gekochten Tomaten grob und füllten sie mit ein paar Blättern Basilikum in Hunderte Flaschen, die sie sofort mit Kronenkorken verschlossen. Die Flaschen legten sie dann sorgfältig in ein großes Metallfass, das sie mit Wasser auffüllten und ebenfalls über offenem Feuer mehrere

Stunden kochten. Anschließend verteilten sie die Flaschen mit der fertigen Tomatensoße unter den einzelnen Familien. Diese Soße war extrem lange haltbar und schmeckte köstlich, doch die Herstellung war die reinste Plackerei und ohne Ärger und Geschrei ging sie nie vonstatten. Am Anfang waren wir Kinder immer mit Enthusiasmus dabei, nur hielt der, sehr zum Ärger unserer Mütter, nicht sehr lange an. Aber wer hatte schon Lust, sich tagelang nur mit Flaschen und Tomaten abzugeben? Jede einzelne Flasche musste, bevor sie befüllt werden konnte, gründlich mit Wasser und Sand ausgewaschen werden, damit die Soße nicht verdarb. Die einzelnen Familien sammelten sie nämlich das ganze Jahr über, und meistens waren es die Halbliterflaschen von Birra Messina, der einzigen Brauerei in der Stadt.

Wir fingen so gegen neun Uhr mit der Arbeit an, und eine halbe Stunde später hörte man schon die ersten gestöhnten *uffas*. Irgendjemand fing damit an und die anderen folgten im Sekundentakt, dann hier und da Duette und schließlich alle gemeinsam in verschiedenen Stimmlagen, am besten zur Melodie einer Arie des Gefangenenchors aus *Nabucco*: *Uffa-uffa-auffa-auuuffa* ... Da kamen selbst unsere Mütter nicht umhin, sich halb totzulachen.

So schleppte sich die Woche dahin, bis wir dann alle gemeinsam am Sonntag die neue Soße verköstigten – mit leckeren selbst gemachten Maccheroni. Die Soße schmeckte hervorragend; ein paar frische Basilikumblätter verfeinerten den Geschmack und ein bisschen geriebener Ricotta rundete das Ganze vollkommen ab.

Papa, *nonno* Luigi und *zio* Paolo öffneten dazu eine Flasche Wein und tranken einen Schluck auf Biagios

Wohl, der Papa zum Abschied ein paar Flaschen aus Scaletta mitgebracht hatte. An jenem Tag saßen wir von mittags bis spät in die Nacht am Esstisch. Viele Geschichten machten die Runde, und da wir Kinder nun bewiesen hatten, dass wir im Chor singen konnten, mussten wir unser neues Kunstwerk noch mal zum Besten geben und jeder, der wollte, noch ein weiteres Lied allein ... außer mir, denn ich sang grauenhaft. Dafür kam Gianni umso öfter dran, schließlich hielt er sich damals noch für den wiedergeborenen Gianni Morandi – obwohl der noch gar nicht gestorben war.

Die Zeit verging wie im Flug. Die Schulferien waren vorbei, und ich freute mich riesig, Loredana wiederzusehen – und natürlich auch Vittorio. Gleich am ersten Schultag lief ich die steilen Treppen hinunter, bog in die Hauptstraße ein und steuerte geradewegs auf deren Haus zu. Als ich vor dem großen grünen Tor stand und es öffnen wollte, prallte ich fast mit der Nase dagegen: Es war verschlossen!

Ich war überrascht, denn bisher war es immer offen gewesen. Ich suchte nach der Klingel, drückte mit dem Daumen lange darauf und wartete auf Vittorios »Ich komme schon!« Aber eigentlich wartete ich mehr auf Loredanas »Hallo, chiiep ... Gigi!«

Aber nichts geschah. Ich wartete noch ein paar Sekunden und klingelte abermals. Nichts! Ich lief ein paar Schritte zurück, damit ich einen Blick in die Fenster werfen konnte, und jetzt erst fiel mir auf, dass alle Läden geschlossen waren. Hatten die beiden etwa verschlafen? Das konnte ich mir nicht vorstellen.

Diesmal klingelte ich Sturm und rief gleichzeitig nach Vittorio: »He, Vittorio! Beeil dich, wir kommen zu spät zur Schule!«

Da ging auf der anderen Straßenseite eine Tür auf und eine alte Frau erschien auf der Schwelle. »Was schreist du denn hier am frühen Morgen so rum? Die sind letzten Monat ausgezogen, und jetzt mach, dass du wegkommst!«

»Ausgezogen? Aber … wohin denn?«, fragte ich entsetzt.

»Was weiß ich!«, zeterte die alte Frau. »Ich mische mich in die Angelegenheiten anderer Leute nicht ein und es interessiert mich auch gar nicht. Und jetzt verschwinde!«

Ich drehte mich um und trottete traurig davon. Vittorio und Loredana waren ausgezogen! Das tat weh. Aber warum so plötzlich und wohin? Und weshalb hatte Vittorio nichts davon gesagt?

Auf dem Weg in die Schule wurde ich immer trauriger … und wütender. Toller Freund, zieht weg und hat es nicht nötig, sich zu verabschieden. Oder wenigstens Bescheid zu sagen!

Und Loredana, wie konnte sie einfach wegziehen! Wo ich doch, zusammengenommen, bestimmt schon fünf Tage vor unserem Schlafzimmerspiegel an meinem männlich-coolen Auftreten gearbeitet und mir dabei sogar ein paar Ohrfeigen eingefangen hatte. Auf der Suche nach männlich-coolen Requisiten war ich nämlich auf eine Zigarre gestoßen. Gab es etwas Männlicheres als eine rauchende Zigarre im Mundwinkel?

Sofort begann ich mit der Suche nach Streichhölzern, die seit dem kleinen Feuerunfall in unserer Küche immer gut versteckt waren. In unserer Wohnung wurde ich daher sicher nicht fündig, also lief ich in *nonno* Luigis Küche und holte mir dort welche. Zurück im Schlafzimmer, vor dem großen Spiegel, schob ich mir die Zigarre in den Mund und zündete sie an. Bäh! Das Ding schmeckte ja widerlich …

Aber es sah unwahrscheinlich männlich aus! Bis auf die tränenden Augen, das Kratzen im Hals, das einen Hustenreiz nach dem anderen auslöste, und der gelben Speicheltropfen in meinem Mundwinkel hatte mein männliches Auftreten einen ungeheuren Schub in die richtige Richtung erhalten. Nämlich nach vorn!

Und zwar in genau dem Moment, als Mama das Zimmer betrat und mir mit Anlauf den Staub aus dem Hosenboden klopfte. Das hätte selbst unser Nationalstürmer Gigi Riva nicht besser hinbekommen. Anschließend würgte sie die Zigarre aus meinen Fingern und zum Abschluss bügelte sie mir noch mit ein paar kräftigen sizilianischen *muffettuni* (Ohrfeigen) die Lachfalten aus dem Gesicht. Frisch geglättet durfte ich anschließend die Arbeiten übernehmen, für die eigentlich meine Geschwister zuständig waren.

Wir Kinder hatten nämlich verschiedene Aufgaben, die zweimal täglich erledigt werden mussten: Küche und Wohnzimmer fegen, Tisch decken und abräumen, Geschirr spülen und abtrocknen. Das alles teilten wir untereinander auf, doch wenn einer von uns etwas angestellt hatte, waren die anderen von den Arbeiten befreit. Diese Befreiung trugen die Nutznießer dann offen zur Schau, was sehr schnell zu diplomatischen Verwicklungen führte, die bis hin zu gegenseitigen Kriegserklärungen führen konnten.

Und nun war das Mädchen, wegen dem ich das alles getan hatte, einfach so weg.

Was für ein Jammer!

Im Klassenzimmer angekommen, setzte ich mich missgelaunt an meinen Platz. Ein paar Minuten später kam *professore* Giannelli herein, und wie am ersten Schultag üblich, ging er zuerst die Anwesenheitsliste durch.

Bei dieser Gelegenheit stellte er auch die Neuen vor, und als er Vittorio aufrief und dieser sich nicht meldete, hob Signor Giannelli den Kopf, um in die Runde zu schauen. Er setzte zu einer Frage an und sagte dann: »Ah, Vittorio! Ja, Vittorio ist mit seiner Familie nach Norditalien gezogen, denn sein Vater hat dort wohl eine bessere Arbeit gefunden. Wenn das so weitergeht, bleiben nur noch Pensionäre und Ziegenhirten in Messina.«

Norditalien, schoss es mir durch den Kopf, dann werde ich wohl weder Loredana noch Vittorio jemals wiedersehen.

Der Schulalltag kehrte sehr schnell ein und mit ihm die üblichen Pflichten und Rituale. *Professore* Giannelli spielte weiter seine Frage-und-Antwort-Spielchen und setzte mich immer wieder als Joker ein: »Gigi … sag du es ihnen«, forderte er mich stets als Letzten auf, und ich war mächtig stolz darauf.

Mit der Zeit fanden wir einen weiteren Schwachpunkt von ihm heraus: Napoleon Bonaparte. Giannelli war ein glühender Verehrer des ehemaligen französischen Kaisers und Feldherrn und er konnte stundenlang mit strahlenden Augen äußerst spannend von Napoleons Leben erzählen. Die Kriegsstrategien des Kaisers hatten es ihm besonders angetan, nicht selten malte er Karten an die Tafel und zeichnete mit farbiger Kreide sämtliche Truppenbewegungen der beteiligten Kriegsparteien ein. Er war ein wandelndes Lexikon, und am Ende der Stunde wachte er wie aus einer Trance auf und wunderte sich, wie schnell die Zeit verflogen war.

»Meine Herren«, sagte er dann, »da wir heute vier Stunden Geschichte hatten, fangen wir morgen mit Bruchrechnen an.«

Am nächsten Tag begannen wir das Spiel von vorn. Es brauchte nur einer eine Frage über Napoleon zu stellen und sofort sprudelte es wieder aus dem *professore* heraus. Es war zu schön, ihm zuzuhören.

Da ich in der Schule sehr gut war, musste ich zu Hause außer den Hausaufgaben nicht sehr viel tun. Dafür musste ich umso länger mit meinem Bruder lernen, der große Probleme hatte. Er sah sehr schlecht, weil ein Auge noch immer mit Pflaster zugeklebt war und er zudem noch eine starke Brille tragen musste. Angeblich um das gesunde Auge zu entlasten, aber Filippo sah mit der Brille noch viel schlechter als ohne. Die Folge war, dass er in der Schule kaum von der Tafel ablesen und erst recht nicht abschreiben konnte und dadurch immer mehr in Rückstand geriet.

Außerdem war er ein richtiger Träumer und zeitweise trieb er mich damit zur Weißglut. Wir saßen manchmal stundenlang vor seinen Hausaufgaben, weil er sich, wie ich immer sagte, mit dem »Kopf im Urlaub« befand. Er schrieb eine Aufgabe ab, begann sich damit auseinander zu setzen und fing nach einer Weile an zu summen oder zu singen. So saßen wir oft ganze Nachmittage über ein paar Aufgaben und sehr oft endete das Ganze in furchtbaren Streitereien. Vor allem wenn ich spielen gehen wollte und wegen ihm nicht durfte.

Als wir in jenen Tagen von der Schule nach Hause kamen, erwarteten uns zwei große gepackte Koffer im Flur. Wir waren überrascht. War es jetzt schon so weit, dass Papa nach Deutschland fuhr? So schnell? Wir hatten zwar gewusst, dass dieser Tag irgendwann kommen würde, doch dass es so schnell sein würde …

Santina fing beim Anblick der Koffer sofort an zu weinen. Es muss irgendwie ansteckend gewesen sein, denn Sekunden später standen wir alle drei im Flur und schluchzten vor uns hin. Ich weiß nicht, ob ich mehr darüber weinte, dass Papa fuhr, oder darüber, dass in absehbarer Zeit auch ich nach Deutschland musste, und darauf hatte ich nun überhaupt keine Lust.

Mama und Papa versuchten uns, so gut es eben ging, zu trösten, und nach einer Weile kehrte tatsächlich wieder Ruhe ein. Mit geröteten Augen setzten wir uns an den Esstisch und konnten unseren Kummer tatsächlich kurz darauf zumindest ein wenig vergessen. Denn Mama hatte an diesem Tag etwas besonders Leckeres gekocht: mit Mortadella und Käse gefüllte Frikadellen in frischer Tomatensoße. Papas Abschiedsessen!

So richtig wollte es uns heute trotzdem nicht schmecken, dabei waren die Frikadellen wirklich hervorragend.

Nach dem Mittagessen verabschiedete Papa sich von uns, und selbst ihm, den ich bis dahin nie hatte weinen sehen, standen die Tränen in den Augen. Mir kam es damals so vor, als ob er für immer gehen würde, selbst dann noch, als er hoch und heilig schwor, sehr bald zurückzukommen.

Mama riss sich sichtlich zusammen, um es ihm nicht noch schwerer zu machen, es wollte ihr aber nicht so recht gelingen. Er nahm uns noch mal alle in den Arm, küsste Mama … und dann war er weg!

35. Abfahrt

Was hatte ich in meinen ersten zehn Lebensjahren nicht alles erlebt, dachte ich. Noch immer lag ich in meinem Bett und war ganz erfüllt von all den Erinnerungen.

Ich sah auf meinen Wecker und erschrak erneut. Es war schon fast Zeit zum Aufstehen. Verwirrt setzte ich mich auf und hörte auch schon das Gluckern der Espressomaschine. Mama war bereits aufgestanden, und ich hatte es nicht mal bemerkt.

Ich zog mich an, ging ins Bad und saß ein paar Minuten später am Frühstückstisch. Während Mama mit verschlafenem Gesichtsausdruck abwechselnd an ihrem Espresso nippte und an einer Zigarette zog, aß ich das erste meiner drei Marmeladenbrote. Wenn schon schlecht geschlafen, dachte ich, dann wenigstens gut gegessen.

In den kommenden Tagen kamen fast alle unsere Verwandten vorbei, selbst die, die sich sonst kaum blicken ließen, weil sie weiter weg wohnten und kein Auto besaßen.

So hatten wir fast täglich Besuch, und wenn gerade niemand vorbeischaute, öffnete *nonno* Luigi sein Badezimmerfenster und fragte, ob bei uns alles in Ordnung sei.

Zio Baldo hatte vor kurzem einen neuen Antiquitätenladen in der Stadtmitte eröffnet, Anna und Nuccio hatten mittlerweile zwei Kinder und wir zwei weitere Cousins bekommen. *Zia* Rosetta hatte einen netten Mann kennen gelernt und sich verlobt und von da an hieß er für uns *zio* Raffaele.

Unser neuer Onkel arbeitete bei einer Bank und war erst vor wenigen Wochen aus dem Krankenhaus entlassen worden. Die Bank war nämlich von mehreren maskierten Männern überfallen worden und einer der Räuber hatte *zio* Raffaele angeschossen. Die Kugel war in seine Brust eingedrungen und hatte ihn schwer verletzt. Im Krankenhaus pumpten sie ihn dann so lange mit Cortison voll, bis sich seine Gelenke in Pudding verwandelten. Es dauerte Monate, bis er seine Beine wieder einigermaßen normal bewegen konnte. Aber alles in allem hatte er trotzdem viel Glück gehabt.

Im Laufe von wenigen Wochen kamen nach und nach alle, die wir kannten und mochten, bei uns vorbei, brachten irgendwelche Kleinigkeiten mit und erkundigten sich nach uns und natürlich nach Papa. Der hatte uns mittlerweile schon ein paar Mal aus Deutschland angerufen, allerdings immer nur ganz kurz, denn die Gespräche waren furchtbar teuer. Aber es ging ihm gut, er arbeitete schon und hatte inzwischen auch eine Wohnung für uns gefunden. Er drohte uns noch, wir Kinder sollten brav sein und Mama keinen Kummer machen, sonst bringe er uns nach seiner Rückkehr in ein Internat und gehe mit Mama alleine nach Deutschland. Ja, ja ... die Internatsgeschichte verfolgte uns nach wie vor, nur verloren wir immer mehr die Angst davor.

Eines Abends Anfang Dezember waren wir nach einem Teller gebratener Polenta und einigen Runden Briscola recht früh ins Bett gegangen, als es plötzlich an unserer Haustür klopfte. Sofort war ich hellwach. Wer konnte das sein? Um diese Zeit kam normalerweise niemand mehr zu uns. Mama schlurfte mit einem Morgenmantel bekleidet aus dem Schlafzimmer, ging zur Tür und fragte, wer da sei.

»Ich bin es!«, antwortete eine fremde Stimme.

»Wer ist ich?«, hakte Mama nach.

»Teresa, ich bin es, mach die Tür auf!«

Jetzt hatten wir die Stimme erkannt: Papa war zurück!

Sofort rannte alles, was Beine hatte, zur Tür und begrüßte Papa stürmisch. Mann, was freuten wir uns, dass er wieder da war!

Mama fragte noch, warum er uns nicht gesagt habe, dass er heute schon eintraf. Er antwortete nur, dass er uns die Überraschung nicht habe verderben wollen.

Papa hatte einen ganzen Koffer voll mit Geschenken für uns dabei, und wir machten uns gleich daran, alles auszupacken; an Schlafen war jetzt ohnehin nicht mehr zu denken. Für jeden waren Spielzeug und Kleidungsstücke dabei: Wollmützen, Schals, Pullover, Handschuhe, Stiefel – sozusagen alles gegen eklig kaltes, nasses Wetter. Papa musste natürlich sofort berichten, was er in Deutschland alles erlebt hatte und wie es dort war, und wir saßen bis spät in die Nacht im Wohnzimmer und hörten ihm gespannt zu. Insgesamt war er sehr zufrieden mit dem Verlauf seiner Reise.

Er hatte einen Mann kennen gelernt, der aus Patti stammte und Nunzio hieß. Dieser hatte ihm eine gut bezahlte Arbeit und eine Wohnung in seinem Haus besorgt. Die Wohnung war groß genug für uns alle, deshalb hatte Papa beschlossen, uns jetzt schon nachzuholen. Ansonsten sei es in Deutschland sehr viel kälter als in Messina, aber die Leute, die er getroffen hatte, seien alle sehr nett gewesen, auch wenn er nicht alles verstanden hatte, was sie so von sich gaben. Trotzdem war Papa sich sicher, dass wir keine Probleme hätten, die Sprache zu lernen, und mit der Zeit immer besser zurechtkämen. Länger als zwei bis drei Jahre würden wir sowieso nicht dort bleiben und Tibbingen, die Stadt mit der Augenklinik, war auch nicht allzu weit entfernt.

So spät waren wir schon lange nicht mehr ins Bett gegangen, aber am nächsten Tag war zum Glück Samstag und wir konnten ausschlafen.

In den nächsten Tagen gingen wir mit unseren Wollmützen in die Schule und zogen natürlich manch verwunderte Blicke auf uns. Wenn es in Messina mal kalt wurde, dann zeigte das Thermometer zwischen fünfzehn und achtzehn Grad an, bestimmt kein Grund, eine Wollmütze aufzusetzen.

In der Zwischenzeit war Papa eifrig mit den Reisevorbereitungen beschäftigt und meldete uns unter anderem mit Beginn der Weihnachtsferien von der Schule ab.

Am nächsten Morgen kam *professore* Giannelli zur Tür herein, brüllte sein »*Buon giorno, scolari*!« und steuerte schnurstracks auf mich zu.

»Jetzt gehst du auch noch!«, sagte er nur.

»Ja«, erwiderte ich, »wir ziehen für ein paar Jahre nach Deutschland.«

»Ich weiß. Habe es gerade im Lehrerzimmer erfahren. Schade, sehr schade, ich bin sicher, dass du hier sehr weit gekommen wärst.« Damit drehte er sich um und ging an die Tafel zurück.

Von da an setzte er, wenn die Spezialisten seine Fragen wieder mal nicht beantworten konnten, seine Leidensmiene auf, streckte den Zeigefinger in Richtung Decke und rief: »*O Dio mio*! Warum tust du mir das an?! Zwei gute Schüler hast du mir in meinem ganzen Leben geschickt! Nur zwei, die es wert waren, sich intelligente Wesen zu nennen. Der eine ist nach Norditalien gezogen und der andere verschwindet nach Deutschland. Warum?«

Mir lief es bei seinen Worten eiskalt den Rücken hinunter. Mann, war das peinlich!

Die Weihnachtsferien hatten begonnen und wir begaben uns auf eine schier endlose Verabschiedungstour. Wir wollten allen Verwandten persönlich auf Wiedersehen sagen und statteten ihnen nun unsererseits Besuche ab.

Von unseren engsten Verwandten verabschiedeten wir uns natürlich erst am letzten Tag, bevor wir in den Zug stiegen. Der Abschied von unserem Haus und unserer Henne Gianna, die endgültig in den Besitz von *zia* Gianna überging, war an sich schon traurig genug. Dann folgten *nonno* Luigi und *zia* Lina. Danach Uroma Mina, *zia* Gianna und *zio* Paolo; aber am traurigsten war für uns Kinder der Abschied von unseren Cousins. Vor allem von Gianni.

Am 17.12.1971, einem Freitag, fuhren wir mit Tränen in den Augen endgültig los. Wir machten einen letzten Abstecher zur Taverne, um *nonna* Maria zu grüßen, und gingen gemeinsam rein. An diesem Tag waren fast alle da, die wir kannten: Anselmo, Eduardo, Salvatore und unzählige weitere Gäste. Wir drückten *nonna* Maria, die zusammen mit Mama vor den Gästen in Tränen ausbrach.

Nun hatte auch der Letzte mitbekommen, dass wir Messina verließen, und alle wünschten uns eine gute Reise und viel Glück. Dann stiegen wir in unser Auto und fuhren zum Bahnhof. Dort angekommen, parkte Papa unseren Seicento vor dem Haupteingang, damit *zio* Nuccio den Wagen dort später abholen konnte.

Wir drehten uns noch einmal um, betraten das Bahnhofsgebäude, bestiegen unseren Zug und kurze Zeit später begann eine lange … sehr lange Reise!

Wir saßen geschlagene achtundzwanzig Stunden in unserem Abteil herum, und nach einer Weile schliefen mir sämtliche Körperteile ein, die nur einschlafen konnten. Mein Hintern tat so weh, als ob ich mich auf ein Nadelkissen gesetzt hätte. Das Einzige, was sich während der Fahrt änderte, waren die ständig wechselnden Mitreisenden und die Außentemperaturen. Je weiter der Zug nach Norden fuhr, umso kälter wurde es. Wir schliefen, wir aßen, wir spielten, wir unterhielten uns und irgendwann erreichten wir die Grenze. Ich sah aus dem Fenster und entdeckte … Schnee!

Schnee, mein Gott! Bis zum heutigen Tag hatte ich nur davon gehört und jetzt sah ich die weiße Pracht leibhaftig vor mir. Was für ein faszinierender Anblick!

Wenige Minuten später standen zwei uniformierte Grenzbeamten in unserem Abteil und sprachen … deutsch. Es war so weit! Nun konnte es eigentlich nicht mehr lange dauern, bis wir unser Ziel erreichten. An der nächsten Station setzten sich neue Reisende zu uns ins Abteil: ein Ehepaar. Sie unterhielten sich auf Deutsch und ich musste der Frau die ganze

Zeit über fasziniert auf die Lippen starren. Diese fremden Worte zogen mich geradezu magisch an, und ich fragte ständig Papa, ob er verstehen könne, worüber die beiden da redeten. Doch leider konnte er sie ebenfalls nicht so recht verstehen.

Als Essenszeit war, holte Mama unseren Proviantkoffer herunter und packte die mitgebrachten Köstlichkeiten aus. Wir aßen unsere Salami- und Mortadellabrote, und Papa bot den Deutschen, wie es bei uns so Sitte ist, auch etwas zu essen an. Von unseren Broten wollten sie nichts probieren, aber die schwarzen eingelegten Oliven hatten es ihnen sichtbar angetan. So etwas hatten sie offenbar noch nie probiert.

Die Deutschen kannten keine Oliven – nicht zu fassen! Als Papa einige Mandarinen aus dem Koffer holte, waren sie dann vollkommen aus dem Häuschen. Mit Händen und Füßen erklärte die fremde Frau Papa, dass sie noch nie Mandarinen mit Blättern gesehen und auch nicht gewusst hatte, dass sie auf Bäumen wachsen.

Ich musterte die Frau völlig entgeistert: Die Deutschen wussten nicht, dass Mandarinen auf Bäumen wachsen? Unfassbar! Das wusste ja nun wirklich jedes Kind. Was hatte sie denn gedacht? Dass man die Dinger bei einer Jagd erschießen muss?

Immer wieder nahm sie völlig fasziniert die Mandarine in die Hand, betrachtete sie von allen Seiten und fuhr mit den Fingern über die Blätter. Bis der Stängel abbrach. Sie bekam einen unglaublich traurigen Gesichtsausdruck und versuchte den Stängel mit den Blättern wieder zu befestigen. Das warf mich nun vollends aus der Bahn. Da versuchte eine erwachsene Frau tatsächlich, einen abgebrochenen Stängel wieder an einer Mandarine zu befestigen. Es hätte mich nicht mehr gewundert, wenn sie unvermittelt Nadel und Faden aus ihrer Handtasche geholt hätte, um die Blätter an der Frucht festzunähen.

Als es Papa und Mama ebenfalls auffiel, lachten sie beide los und Papa holte noch eine Mandarine mit schönen Blättern aus unserer Tasche und gab sie der Frau. Sie war ganz gerührt und bedankte sich überschwänglich.

Nach einer Weile erreichten wir einen großen Bahnhof, und Papa sagte, dass wir umsteigen müssten. Also zogen wir uns an, packten alles zusammen und machten uns bereit. Die ersten Schilder huschten an uns vorbei und ich las in großen Buchstaben das Wort MÜNCHEN mit diesen seltsamen Punkten über dem U. Was die wohl zu bedeuten hatten?

In der Stadt mit dem komischen Namen stiegen wir in einen anderen Zug um und erreichten kurz darauf unser Ziel.

Nur wenige Tage später wusste ich viel mehr über mich, als ich bis dahin für möglich gehalten hätte: dass ich mehr war als nur ein ganz gewöhnlicher Junge; dass ich eine körperliche Anomalie hatte, von der niemand bisher etwas gewusst hatte, und ... dass ich, in vielerlei Hinsicht, sehr viel mehr Kälte zu ertragen in der Lage war, als ich mir je hatte vorstellen können.

Dank

Jede Geschichte in diesem Buch entspricht der Wahrheit!

Falls aber jemand nachfragen sollte, so sei ihm Folgendes gesagt: Die Übertreibung ist die Kunst der Erzählung. Und ich gestehe, es in vollen Zügen genossen zu haben. Ohne mit der Wimper zu zucken habe ich alles verbogen, was dünner als eine Eisenbahnschiene war. Jeden Namen erfunden. Jede Geschichte aus den Ärmeln mehrerer Pullover, Hemden und im Hochsommer sogar aus dem Nichts geschüttelt! Sollte jemand Ähnlichkeiten mit lebenden oder toten Personen feststellen, kann es nur ein Zufall sein und war sicher nicht beabsichtigt. Ich war schließlich auch skrupellos genug, Tausende von unschuldigen Kommas, Punkten und Ausrufungszeichen aus den sechs Harry-Potter-Bänden zu entwenden, um sie hier in dieses Buch einzustreuen.

Mein besonderer Dank gilt:

Petra Durst-Benning für ihre freundliche Unterstützung.

Meiner Frau Heidrun und meinen Töchtern Natascha und Tamara für ihre Anregungen, ihre Kritik und weil sie einfach nur da sind.

Schwiegermama Ingeborg Hofele und Maike

Spandl für die Erstkorrektur sowie Angela Troni für ihre tolle Arbeit.

Vielen Dank auch an Mama und Papa, Teresa und Francesco Brogna, Filippo und Santina, *zia* Anna, Rosetta und *zio* Ubaldo. Und für viele wundervolle Erzählungen, auch oder gerade weil sie nicht mehr unter uns sind: *nonna* Maria, *nonno* Luigi, *zio* Pippo und *zio* Nuccio.

Spätzle al dente

1. Neue Erkenntnisse

Cris, ein kleiner, blonder neapolitanischer Junge, der gerade erst in die Schule gekommen war, schaffte es mit einem schlichten Satz, mein Weltbild zum Einstürzen zu bringen und meine Eltern als Lügner und Märchenerzähler zu enttarnen.

»Gigi, Kinder findet man nicht unter Salatblättern! In Schokoeiern schon gar nicht, und man schüttelt sie auch nicht aus irgendwelchen Bäumen. Du hast ja überhaupt keine Ahnung!«, behauptete er und baute sich vor mir auf.

Wir waren beide im Hof beim Spielen, während unsere Eltern im Wohnzimmer saßen und sich unterhielten. Irgendwie waren wir beim Schneemannbauen auf dieses Thema gekommen, und ich hatte ihm meine Theorie erklärt.

»Du bist ein verkommener Lügner!«, stieß ich empört hervor. »Wenn hier einer keine Ahnung hat, dann du … pffh! Du bist gerade mal sieben Jahre alt, ich dagegen bin schon zehn, also hast du Unrecht!«

»Überhaupt nicht!«, fing Cris nun an zu schreien. »Du bist ja dumm wie ein Stück Brot. Meine Mama hat es mir genau erklärt, und die hat immer Recht!«

»Ach ja? Wenn das so ist, dann erzähl doch mal, wo sie dich damals gefunden haben… Bestimmt in einem stinkenden Mülleimer, und weil sie sich geschämt haben, mussten sie dir irgendein Märchen erzählen!«, erwiderte ich provozierend.

»Von wegen!«, antwortete Cris. »Wenn du es nicht weißt, dann erkläre ich es dir eben. Aaaalso, es ist nämlich so: Wenn ein Mann eine Frau sieht, dann verliert er, ohne dass er es will, seinen Samen. Wenn er die Frau dann heiratet, verliert er auf einen Schlag ganz viele Samen, und dann passiert Folgendes: Hat seine Frau zufällig in dieser Zeit ein Ei gelegt, dann gräbt sich der Samen in das Ei, und daraus wird dann ein Kind. Es wächst so lange im Bauch der Mama weiter, bis sie kurz vorm Platzen ist, und schlüpft dann bei der Geburt heraus. Verstanden?«

Ich war fassungslos! Wie konnte jemand so einen Schwachsinn glauben? Andererseits... Frauen mit extrem dicken Bäuchen, die plötzlich ganz zufällig Kinder gefunden hatten, hatte auch ich schon mehrmals gesehen.

»Das hat dir deine Mama erzählt?«, fragte ich vorsichtig.

»Ganz genau!«, antwortete Cris.

»Aber ... mal angenommen, dass alles stimmt, was du da erzählst, hast du deine Mama schon mal Eier legen sehen? Ich habe meine Mama jedenfalls noch nie beim Eierlegen beobachtet. Und ich muss es wissen, denn wir hatten früher selbst Hühner, und ich war persönlich dabei, als unsere Henne Gianna ihr erstes Ei gelegt hat. Meine Mama hat ganz sicher noch keine Eier gelegt, und mein Papa verliert auch keinen Samen und ... Wie soll das Zeug denn überhaupt aussehen? Wie Wassermelonenkerne? Fenchelsamen? Oder Sonnenblumenkerne? Ich glaube, dass dich deine Mama angelogen hat!«, stellte ich abschließend fest und winkte ab.

»Dann glaub mir halt nicht!«, brüllte Cris mich an. »Aber meine Mama hat mich ganz sicher nicht angelogen, und mein Papa auch nicht, und du ... du kannst mir mal den Popo knutschen!«

»Meine Mama legt keine Eier, und mein Papa ist kein Samenverlierer, verstanden? Und deinen Popo ... den kannst du dir selber knutschen! Mit dir bin ich fertig!«, brüllte ich zurück.

»Ich mit dir auch!«, erwiderte Cris wütend und zischte ab.

Wir gingen wieder nach drinnen, und ich ließ mich im Wohnzimmer auf das alte, abgewetzte Sofa fallen. Noch immer dachte ich über die Behauptung von Cris nach, und je mehr ich nachdachte, desto klarer wurde mir, dass er Recht haben könnte. Was schlimm genug war, schließlich war ich der ältere von uns beiden und musste es allein schon aus diesem Grund besser wissen. Hatte mich Mama wirklich angelogen? Oder einfach nur veralbert? Das tat sie häufig, und Papa ebenfalls. Meistens dann, wenn man ihnen eine Frage stellte, die sie nicht richtig beantworten konnten – oder wollten.

Das war mir schon öfter aufgefallen. Immer dann, wenn meine Schwester Santina, mein Bruder Filippo oder ich eine unbequeme Frage stellte, grinsten unsere Eltern erst mal breit, sahen sich an, grinsten noch breiter, und erst dann bekamen wir eine Antwort. Manchmal waren die Erklärungen so abenteuerlich, dass wir es kaum glauben konnten. Aber meistens waren sie durchaus glaubwürdig.

Zio Baldo, Mamas Schwager, hatte zum Beispiel mal behauptet, dass sich bei kleinen Kindern, wenn sie lügen, der Bauchnabel nach außen wölbe und rot färbe.

Jedes Mal, wenn seine Tochter Alba, sein Sohn Tonio oder ein anderes Kind etwas angestellt hatte und es abstritt, sagte er: »Zeig mir auf der Stelle deinen Bauchnabel!«

Wenn der Übeltäter sich zierte und sein T-Shirt festhielt, um seinen Bauchnabel zu verstecken, schob er gleich die Feststellung hinterher: »Aha! War also eine Lüge. Hab ich es doch gewusst!«

Das führte dazu, dass wir Kinder uns nach den ersten Reinfällen erst mal umdrehten, um zu kontrollieren, ob sich unsere Bauchnabel tatsächlich verfärbt hatten, und dann trumpfte *zio* Baldo erst recht auf. Aber Tatsache war, dass wir ihm erst mal geglaubt hatten. Irgendwann stellten wir in verschiedenen Testläufen und mit hochgeschobenen T-Shirts fest, dass wir lügen konnten, so viel wir wollten.

»Hast du letzte Woche mein Schokoeis verdrückt?«

»Nein! Ich doch nicht! So was würde ich niemals tun! ... Und? Passiert was? Verfärbt er sich?«

»Hast du denn gelogen?«

»Aber j..., NEIN!«

»Aha! Du hast also doch mein Eis gegessen!«

»Nein, habe ich nicht! Ich schwöre es bei meiner Mama!«

»Hast du doch! Du Stinker!«

»Selber Stinker, und wenn du tot bist, werde ich es auf deinen Grabstein meißeln lassen!«

Trotz aller Streitereien stand am Ende fest: Unsere Bauchnabel wölbten sich nicht nach außen, und sie färbten sich erst recht nicht rot.

Vielleicht ist es mit der Salatblattgeschichte genauso, überlegte ich und rutschte unruhig auf dem

Sofa hin und her. Ich war mir sicher: Eines Tages käme die Wahrheit ans Licht, ich musste nur den richtigen Augenblick abwarten und die richtigen Fragen stellen.

Eine halbe Stunde später verabschiedeten wir uns von unseren neuen Bekannten. Cris wohnte mit seinen Eltern und seinen Geschwistern seit zwei Jahren in dem kleinen schwäbischen Dorf, in dem auch wir seit ein paar Tagen lebten. Wir gingen hinaus auf die Straße, wo uns die klirrende Kälte sofort fest umklammerte, und stapften langsam durch tiefen Schnee und dichtes Schneetreiben die paar hundert Meter zurück in unsere Wohnung. Die dicken Schneeflocken, die durch die Luft wirbelten, boten ein ungewohntes, faszinierendes Schauspiel. Die Kälte dagegen machte uns schwer zu schaffen.

»Die Fahrkarten bitte!«

Leicht erschrocken tauchte ich aus meinen Gedanken auf und blickte ungläubig auf den grimmig dreinschauenden uniformierten Schaffner. Ich kramte die Fahrkarte aus meiner Jackentasche und hielt sie dem Mann hin, der sie mit spitzen Fingern ausgiebig drehte und wendete, um sie mir schließlich mit einem unfreundlichen »Hmm!« zurückzugeben. Eingehend betrachtete ich den bulligen, stiernackigen Mann und glaubte zu erkennen, dass er enttäuscht war, mich nicht als Schwarzfahrer überführt zu haben. Schnell steckte ich die Fahrkarte wieder ein und verabschiedete den Schaffner mit einem knappen Nicken.

Der Zug raste in Richtung München und weiter nach Rom, wo ich um 22.00 Uhr in den Anschlusszug nach Messina umsteigen wollte.

Es war der 20. Juli 1986, ich war fünfundzwanzig Jahre alt und seit drei Jahren nicht mehr in meiner Heimatstadt Messina gewesen. Einerseits freute ich mich, meine Verwandten wiederzusehen, andererseits hatte ich großen Bammel davor. Ich konnte die vorwurfsvollen Kommentare der ganzen Familie schon auswendig herunterbeten, ohne einen einzigen Ton davon gehört zu haben. Meine langen Haare würden bestimmt wieder zu kontroversen Diskussionen führen. Ich gegen den Rest der Familie.

Ja! Auch ich trug den hochmodernen, stromlinienförmigen, sturmfest geföhnten Vokuhila-Schnitt. Und dazu leistete ich mir selbstverständlich einen Schnauzbart im trendigen Handfegerlook. Der stand nur wenigen Männern wirklich gut. Ich gehörte nicht dazu. Doch so völlig nackt unter der Nase, das ging überhaupt nicht. Meine Haare waren nicht ganz so lang wie das wallende, dunkle Haar eines bekannten Popstars, der sich den Namen seiner Frau an einer Goldkette in Großbuchstaben um den Hals gehängt hatte und zum Steinerweichen schluchzte. Aber immerhin waren sie etwas länger als die seines dauergrinsenden blonden Partners, der immerzu bonbonfarbene Trainingsanzüge trug und wie ein Berserker auf eine unschuldige Gitarre einschlug. Seine kunstvoll geschwungene Föhnwelle konnte sogar quiekende Geräusche erzeugen, die man, ein bisschen Fantasie vorausgesetzt, durchaus mit Gesang verwechseln konnte. Dennoch lagen beide Varianten definitiv deutlich oberhalb der Toleranzgrenze sizilianischer Mamas.

Mein Bruder Filippo hatte mir am Telefon glaubhaft versichert, dass meine Frisur in Messina so etwas von out war, dass sie mich damit sogar aus einer

Schwulendisko hinauswerfen würden. Das beunruhigte mich ungemein. Vor allem weil ich nicht vorhatte, eine solche Lokalität aufzusuchen. Dass sich ausgerechnet in meiner Heimatstadt eine Schwulendisko etabliert haben sollte, wunderte mich dann doch etwas. Messina – war das nicht die Stadt, wo Männer bereits beim Hören dieses Wortes eine Ansteckung befürchteten und sich schnell mit einer Hand in den Schritt griffen, während sie sich mit der anderen bekreuzigten? Nein, in Messina gab es ganz sicher keine solche Disko.

Die langen Haare waren allerdings nur ein Punkt. Der andere war, dass meine Eltern vor nunmehr drei Jahren nach Sizilien zurückgekehrt waren und ich in Deutschland geblieben war. Ganz allein! Obwohl ich damals, im zarten Alter von zweiundzwanzig Jahren, schon aus genetischen Gründen nicht in der Lage sein konnte, für mich selbst zu sorgen. Die meisten Sizilianer trennen sich nämlich sehr ungern von ihrer *mamma*. Schon gar nicht vor Erreichen des dreißigsten Lebensjahres. Außerdem kam erschwerend hinzu, dass meine Eltern mir bei ihrer Abreise das Versprechen abgerungen hatten, jedes Jahr für mindestens zwei Wochen nach Messina zu kommen. Was ich drei Jahre hintereinander, aus den verschiedensten Gründen, nicht geschafft hatte.

Fünfzehn Jahre waren inzwischen vergangen, fünfzehn lange Jahre von dem Tag an, als wir in den Zug gestiegen waren, um in das uns völlig fremde Land jenseits der Alpen zu fahren und Filippos Augenleiden behandeln zu lassen. Nach einem Unfall mit einer rostigen Blechdose und aufgrund einiger fragwürdiger Behandlungsmethoden in diversen sizilianischen Krankenhäusern war er auf einem Auge fast blind geworden. Ich konnte mich noch genau an Papas Worte erinnern: »Zwei, maximal drei Jahre« sollten wir in Deutschland leben und danach geschlossen wieder die Heimreise antreten. Es kam alles ganz anders, und von Geschlossenheit konnte keine Rede sein. Ganz im Gegenteil.

Das Abenteuer Deutschland hatte unsere Familie innerhalb weniger Jahre völlig zerrissen. Santina musste, kurz nach ihrem vierzehnten Geburtstag und gegen ihren Willen, nach Messina zurück. Zwei Jahre später nutzte Filippo während eines Heimaturlaubs die Gunst der Stunde, um unseren Eltern mitzuteilen, dass er in Deutschland keine Zukunft für sich sehe und nicht mit zurückfahren werde. Schweren Herzens ließen ihn Papa und Mama seiner Wege gehen. Nach weiteren zwei Jahren packten auch sie die Koffer und kehrten Deutschland endgültig den Rücken.

Unsere Eltern hatten mit meiner Entscheidung, hier zu bleiben, lange zu kämpfen, aber letztlich mussten sie einsehen, dass ich erwachsen war, und es akzeptieren. Am Tag ihrer Abreise waren sie noch immer so traurig und verärgert, dass sie mir, abgesehen von ein paar bösen Sätzen, nur das absolut Notwendigste daließen: einen Teller, Besteck, mein Bett und einen Koffer voll Kleider. Sie hatten gehofft, dass ich es mir anders überlegen und ihnen folgen würde, wenn ich erst mal ohne eigenen Hausrat, ohne Wohnung und ohne Familie dasaß.

Meine Freundin Heidrun und ich standen bei der Abreise der beiden heulend am Straßenrand, winkten ihrem Golf hinterher und waren fest entschlossen, das Beste aus unserer Situation zu machen. Wir verstauten meine Habseligkeiten in dem Kofferraum meines alten rostfarbenen Fiat 131 Mirafiori und lösten noch am selben Tag die Wohnung auf. Ich schloss die Tür ab, übergab dem Hausverwalter die Wohnungsschlüssel und verabschiedete mich von meinem Leben als Sohn.

Den rostfarbenen Fiat fuhr ich noch immer, doch wollte ich die lange Strecke bis nach Sizilien weder dem Wagen noch mir zumuten. Ich hatte nur vier Wochen Urlaub und wollte nicht riskieren, zwei davon in irgendwelchen italienischen Werkstätten verbringen zu müssen. Außerdem fuhr ich in Messina nicht gerne selbst. Nicht das ich es nicht konnte, ganz im Gegenteil! Schon nach wenigen Kilometern im sizilianischen Feierabendverkehr, also rund um die Uhr, verwandelte ich mich in einen Kamikazefahrer mit über die Augen gerutschtem Stirnband. Inzwischen an den eher ländlichen, geordneten, disziplinierten deutschen Verkehr gewöhnt, empfand ich das Chaos auf Messinas Straßen als äußerst bedrohlich.

Dementsprechend verhielt ich mich sehr defensiv. Bis ich feststellte, dass mit dieser Fahrweise kein Durchkommen war. Der typische Sizilianer kennt nämlich nur wenige oder vielmehr keine Verkehrsregeln. Schon gar nicht lässt er sich von einer farbigen Glühbirne vorschreiben, ob er nun fahren darf oder nicht. Schließlich würde kein Mensch vor einem blinkenden Weihnachtsbaum halten – und eine höhere Bedeutung haben Ampeln nun mal nicht.

Ein Sizilianer hat immer Vorfahrt. Wozu hat der liebe Gott denn sonst die Hupe erfunden? Geblinkt wird nach dem Zufallsprinzip. Je nach Tageslaune. Auf die Frage, warum er den Blinker (der im Italienischen *freccia*, wörtlich übersetzt: Pfeil, heißt) nicht benutzt, antwortet der Fahrer stets mit der Gegenfrage: »Sehe ich etwa aus wie ein Indianer?«

Die vielen bunten Verkehrsschilder am Straßenrand dienen ebenfalls nur rein dekorativen Zwecken. Oder damit die jungen Graffitikünstler der Stadt auch mal glatte Flächen zum Lackieren vorfinden und nicht immer nur raue Hausfassaden. Ähnlich verhält es sich mit Fahrbahnmarkierungen. Diese von professionellen Landschaftsverschandlern auf die Straße gepinselten, mal durchgezogenen, mal unterbrochenen Kunstwerke der naiven Malerei sollten ursprünglich das Chaos in geordnete Bahnen lenken. Durchaus eine löbliche Absicht. Nur müssten die Linien, um diesen Zweck zu erfüllen, mindestens einen Meter aus der Fahrbahn ragen und die Eigenschaften von Panzersperren besitzen.

Fahrtrichtungszwang, Abbiegespur, Einfädelspur, Parkzonen – alles deutsche Erfindungen! Solange sein Auto noch durchpasst, lässt sich ein Sizilianer von keiner Linie und keinem Schild vorschreiben, wohin er zu fahren hat. Zum Falschparken wird der Ärmste ja auch von Amts wegen gezwungen, schließlich würde er niemals Parkverbotszonen einrichten. Wozu auch? Da er in die Geschäfte und Bars nun mal nicht hineinfahren kann, hat er selbstverständlich das Recht, direkt vor der Tür zu parken. Notfalls auch in zweiter oder dritter Reihe auf der Straße. Das geht meist so lange gut, bis ein lautstarkes Hupkonzert einsetzt, weil die anderen Verkehrsteilnehmer nicht im selben Laden einkaufen wollen und gerne weiterfahren möchten. So wird aus jeder rigiden Straßenverkehrsordnung eine flexible Straßenverkehrsempfehlung.

Bei derart ungewohnten Zuständen blieb mir gar nichts anderes übrig, als mir blindlings einen Weg zu bahnen. Allerdings fühlte ich mich nach jeder Fahrt wie ein kaputter Adrenalinjunkie. Einen höheren Kick konnte ich eigentlich nur noch vom Bungeejumping erwarten – ohne Seil! Da man mir bei meiner ersten und letzten Urlaubsfahrt vor drei Jahren den Wagen aufgebrochen hatte, um mir mein altes Autoradio zu klauen, fiel mir die Entscheidung, diesmal mit dem Zug zu fahren, nicht sonderlich schwer.

Ich machte es mir auf meinem Sitz bequem und blickte aus dem Fenster. Zum Glück hatte ich ein Zugabteil ganz für mich allein und noch gut neun Stunden Zeit, bis der Zug in Rom einfuhr. Die ländliche bayerische Landschaft zog an mir vorbei, und meine Gedanken kreisten wieder um vergangene Zeiten. Vor fünfzehn Jahren war der Zug in die andere Richtung gefahren, und wir waren kurz vorm Ziel gewesen.

2. Die Ankunft

Am Abend unserer Ankunft, als wir an dem kleinen Bahnhof aus dem Zug gestiegen waren, war es so kalt, dass uns die Nase beim Atmen gefror. Das hatte uns *zio* Silvio vor unserer Abreise prophezeit, und es stimmte tatsächlich. In den viel zu dünnen Mänteln, die für sizilianische Winter gerade noch ausreichend waren, jedoch nicht für mehrere Grad unter null, hüpften wir frierend von einem Bein auf das andere.

Der Atem stand wie eine Dampfwolke vor meinem Gesicht, fast so, als ob ich rauchte. Als ich Filippo darauf aufmerksam machte, fand er es ebenfalls sehr lustig. Spontan zog er ein Stück Papier aus der Jackentasche, drehte es zusammen und schob es sich zwischen die Lippen. Schnell durchstöberte auch ich meine Manteltaschen nach einem Stück Papier und tat es ihm nach. Jetzt konnten wir vor unseren Eltern rauchen, ohne dass es gleich schwere Sanktionen zur Folge hatte. Obwohl, angesichts dieser eisigen Temperaturen wäre ein mechanisch aufgewärmter Hintern gar nicht mal das Schlimmste.

Während wir rauchend umherhüpften, kam ein Auto die Straße in Richtung Bahnhof hochgefahren. Es hielt direkt vor uns an, und ein Mann stieg aus, der uns freundlich begrüßte. Dieser Mann war Papas

Freund Nunzio. Er war sehr freundlich, hatte ein verschmitztes, nettes Lächeln und eine vertrauenerweckende Ausstrahlung. Mit seiner Hilfe hatte Papa die Arbeit und die Wohnung bekommen. Ich beneidete ihn um seine dicke Lederjacke, die dicken schwarzen Handschuhe und die mit Pelz gefütterte Mütze, die schön warm aussahen.

Zum Glück hielten wir uns nicht lange auf, luden unser Gepäck in den Kofferraum, quetschten uns auf die Rückbank und fuhren los. Während der Fahrt presste ich die Nase gegen die Seitenscheibe und versuchte etwas zu erkennen. Überall am Straßenrand lag der Schnee gut einen Meter hoch. So viel Schnee hatten wir uns nicht mal erträumt, und so brachten Filippo, Santina und ich vor Staunen die Münder nicht mehr zu. Vielleicht lag es aber auch daran, dass unsere Zähne zu sehr klapperten, um den Mund geschlossen zu halten.

Irgendwie war es gar nicht richtig dunkel, als würde der Schnee Licht abgeben und die Straßen von innen heraus erleuchten. Es war schöner, als ich es mir vorgestellt hatte. Alles wirkte wie mit einer dicken Schicht aus weißem Zuckerguss überzogen: Jeder Baum, jeder Ast, jeder Strauch, jede noch so kleine Fläche besaß einen weißen Umhang. Die Häuser, die links und rechts der Straße standen, sahen aus wie gemalt, und die Dächer waren mit einer dicken Schneeschicht bedeckt.

Alles sah so unwirklich aus, als würden wir uns in einem lebendigen Gemälde befinden. Wunderschön!

Die Fahrt war schon nach wenigen Minuten zu Ende, Nunzio hielt an und rief: »Willkommen in Deutschland!«

Wir stiegen aus, holten unsere Taschen aus dem Kofferraum und stapften hinter Papa und Nunzio her, die den Weg schon kannten. Staunend gingen wir eine alte Steintreppe hinauf, deren Stufen ein paar Bruchstellen aufwiesen, und warteten, bis Nunzio die Haustür aufschloss. Das Haus war nicht sehr groß, dennoch verriet die Anzahl der Briefkästen, dass sieben Familien darin wohnten.

Seit etwa drei Jahren lebte auch unser Cousin Pietro hier, den wir Kinder nicht einmal richtig kannten. Ich hatte ihn bloß ein paar Mal gesehen und konnte mich nur schwach erinnern. Wir liefen eine schmale Treppe nach unten und standen vor einer weiteren Tür. Papa schloss auf und ließ uns eintreten. Neugierig drängten wir uns in einen kleinen Flur, und Papa schob uns weiter hinein, damit wir nicht im Weg herumstanden, während er mit Nunzio die schweren Koffer aus dem Auto holte.

Wir betrachteten den Raum, der nicht viel größer war als unser altes Wohn-, Ess-, Kinder- und Schlafzimmer in Messina. Mit dem Unterschied, dass es hier eiskalt war und der Raum ein großes Fenster nebst einer Glastür besaß. Das Glas war ein wahres Kunstwerk! Von oben bis unten mit wunderschönen schimmernden Kristallen belegt, die uns zum Staunen brachten.

»Das sind Eisblumen!«, sagte Nunzio. »Wenn ich heute nicht so viel unterwegs gewesen wäre, hätte ich schon mal bei euch eingeheizt. Dann wäre es jetzt schön warm. Aber wenn der Ofen erst mal läuft, dauert es nicht lange. Gute Nacht!« Mit diesen Worten verabschiedete er sich.

Während Papa mit einem Blechkanister aus der Wohnung ging, sahen wir uns genauer um und suchten nach konkreten Anhaltspunkten, die diesem vereisten Keller den hochtrabenden Namen Wohnung eingebracht hatten. In dem kleinen Zimmer standen dicht an dicht drei hölzerne Bettgestelle mit unbezogenen Matratzen, außerdem ein großer, hässlicher brauner Schrank mit vielen Türen, ein Tisch, fünf Holzstühle und ein weißes Blechmonster mit einem riesigen Rohr auf der Rückseite, dessen oberes, verrußtes schwarzes Ende in der Wand steckte. Das Ding stank so stark nach Heizöl, dass einem übel wurde.

Das war also der Ofen. Wenn er nur halb so stark heizte, wie es stank, durften wir uns in wenigen Minuten auf tropische Temperaturen freuen. Direkt neben dem Monstrum führte eine vergilbte Tür in eine kleine Küche. An einer Wand stand der Herd, darauf ein verdreckter, fast schon versteinerter blauer Topf, daneben eine Spüle und gleich im Anschluss ein alter Küchenschrank, dessen Farbe sehr stark an zertretene Weinbergschnecken erinnerte. Gruselig! Am Ende der kurzen Besichtigung schlossen wir den Namen Wohnung für diese Behausung kategorisch aus. Wohnklo mit Kochnische traf es allerdings auch nicht ganz, denn die Toilette befand sich im Erdgeschoss.

Mama hatte sich auf einen Stuhl gesetzt und machte ein langes Gesicht. Wir konnten darin die überschäumende, in Stein gemeißelte Begeisterung über unsere neue Höhle ablesen. Sie murmelte irgendetwas vor sich hin, klapperte dabei mit den Zähnen, raufte sich immer wieder ihre dunkelblonden Haare und bedauerte sich und unser Schicksal, das uns in ein so kaltes Land geführt hatte.

Als Papa mit dem Blechkanister hereinkam, der jetzt mit stinkendem Heizöl gefüllt war, hielt sich

Mama gerade noch so lange zurück, bis es Papa nach mehreren Versuchen endlich gelungen war, das Feuer anzuzünden. Kaum hatte er die Klappe des Ofens geschlossen, öffnete Mama ihre Schleusen und fand auf Anhieb den passenden Namen für unsere neue Behausung: ein verdrecktes Eisloch!

Wir hatten Mama noch nie so unglücklich gesehen, und als sie so aufgelöst zu weinen begann, heulten wir alle mit. Papa umarmte sie, während sie immer wieder »Ich will nach Hause … ich will zurück nach Messina« schluchzte, und versuchte sie zu beruhigen. Wir Kinder drängten uns um die beiden herum, bis wir uns alle gegenseitig im Arm hielten. So standen wir minutenlang weinend in unserem verdreckten, fünfundzwanzig Quadratmeter großen Eisloch. »Willkommen in Deutschland!«

Nach einer Weile lösten wir uns voneinander, und Mama begann damit, die Betten mit der mitgebrachten Bettwäsche zu überziehen. Nach der langen Zugfahrt konnten wir es kaum erwarten, endlich in einem weichen Bett zu schlafen.

Als ich mich kurz darauf übermütig auf das Bett warf, machte es »KLONG!« und ich schrammte haarscharf an einer Gehirnerschütterung vorbei. Meine Nase würde ich mir in Zukunft wohl am Hinterkopf schnäuzen müssen. Halb benommen und mit tränenden Augen hob ich die Matratze an, stellte fest, dass ich das Ding mit einer Hand locker nach Messina und wieder zurück tragen könnte, und starrte auf eine alte Holztür. Ich freute mich, dass der unbekannte Bettenbauer wenigstens die Klinke abgeschraubt hatte, sonst hätte ich jetzt womöglich eine Körperöffnung an einer Stelle, wo gar keine hingehörte. Das weiche Bett war jedenfalls gestrichen.

Ich ließ die Alibimatratze zurückfallen, zog meinen Schlafanzug zurecht, ließ Filippo zuerst unter die Decke schlüpfen und legte mich daneben. Wir Jungen mussten uns die Tür teilen, nur Santina hatte eine für sich allein. Ein Mädchen zu sein hatte eben auch Vorteile.

Ich war so müde, dass ich im Stehen hätte schlafen können. Stattdessen lag ich auf meinem harten Bett und wälzte mich herum. Es war nun mal ganz anders als die weich gefederten Metallgestelle, die ich gewohnt war. Die bildeten, wenn man darin lag, eine Kuhle wie eine Hängematte. Die deutschen Kissen waren auch ganz anders als unsere in Messina. Nicht klein, flach und fest, sondern groß, dick und weich. Die verdrängte Füllung türmte sich links und rechts auf und unter dem Kopf blieb nur der Bezug übrig. Tolle Kissen! Von den deutschen Daunendecken war ich jedoch begeistert, denn sie wurden ganz schnell kuschelig warm.

Während ich so dalag, schaute ich aus dem Fenster. Die schönen Eisblumen lösten sich allmählich auf und sammelten sich zu Wassertropfen, die langsam an der Scheibe herabliefen und sich auf dem Fenstersims zu kleinen Pfützen vereinten. Der Mond stand hell am Himmel, und der Schnee reflektierte das Licht so stark, dass man fast meinen konnte, es wäre Tag. Nachdenklich betrachtete ich den Mond und fragte mich, ob er jetzt auch in Messina am Himmel stand. Auf einmal hörte ich leise Stimmen. Mama und Papa flüsterten miteinander. Ich horchte angestrengt, konnte aber nicht verstehen, worüber sie sprachen. Nur dass Mama wieder angefangen hatte zu weinen, bekam ich mit.

Als ich am frühen Morgen die Augen öffnete, blendete mich die tief stehende Sonne. Gott, was war ich glücklich! In diesem kalten Land schien ebenfalls die Sonne, also konnte alles gar nicht so schlimm sein. Ich warf die Decke zur Seite und hüpfte so schnell aus dem Bett, dass Filippo, der neben mir noch schlief, erschrocken aufschrie.

Mama und Papa waren schon wach und gerade dabei, unsere Koffer auszuräumen. Jeder von uns bekam ein Fach in dem großen Schrank, und da wir nicht besonders viele Kleider hatten, reichte der Platz vollkommen aus. Ich besaß beispielsweise nur eine lange Hose. Die gehörte zu dem Anzug, den mir Mama vor zwei Jahren zu *zia* Annas Hochzeit gekauft hatte. Eigentlich konnte ich lange Hosen nicht leiden, aber bei der Kälte waren sie zweifellos besser als die kurzen. Von denen lagen mindesten noch vier Stück im Schrank.

Ich zog die Hose an und setzte mich zum Frühstück an den Tisch. Filippo, dessen Augenpflaster sich wie jeden Morgen unterhalb der linken Augenbraue zusammengerollt hatte, und Santina gesellten sich kurze Zeit später dazu, und wir aßen gemeinsam Marmeladenbrote. Beide hatten ihre lockigen schwarzen Haare und die dunkle Hautfarbe von Papa geerbt. Ich schlug ganz nach Mama und sah mit meiner hellen Haut und den dunkelblonden Haaren nicht gerade typisch sizilianisch aus. Im Gegensatz zu mir waren meine Geschwister immer knackig braun. Ich dagegen wurde im Winter bleich wie ein Käfer, der sich zu lange unter einem Stein versteckt hatte.

Nach dem Frühstück zogen wir uns an und gingen hinaus, um den Hof zu erkunden, der komplett zugeschneit war. Auf der rechten Seite stand ein alter, windschiefer Holzschuppen, von dessen Dach unglaublich lange, armdicke Eiszapfen herabhingen. Wir riefen laut »Boah!« und »Wow!«, brachen uns ein paar von den exotischen Stäben ab und untersuchten sie ausgiebig. Sehr schnell stellten wir fest, dass wir uns die Dinger nicht einmal ordentlich um die Ohren schlagen konnten, weil sie zu schnell brachen. Also lutschten wir eine Weile daran herum und warfen sie weg, bevor sie an unseren Handschuhen festfroren. Zum Eisessen war es definitiv zu kalt.

Hinter dem Schuppen stand ein altes graues Haus. Ein Fenster war geöffnet, und das Gesicht einer alten grauhaarigen Frau war zu sehen, die uns griesgrämig anstarrte. Ihre fahlen Lippen bewegten sich und formten lautlose Worte. Dann erschien ihre Hand am Fensterrahmen, und mit einem letzten, verächtlich wirkenden Blick schloss sie ruckartig das Fenster. Was sie wohl gesagt hatte? Keine Ahnung! Aber besonders freundlich hatte sie nicht ausgesehen.

Am Ende des Hofs fiel das Gelände steil ab und mündete in ein etwa vier Meter breites Flussbett. Der Fluss war zum größten Teil zugefroren, und nur ein schmales Rinnsal plätscherte gemächlich zwischen den vereisten Platten dahin. Fasziniert betrachteten wir den Wasserlauf und die bizarren Eisskulpturen, die sich auf Baumwurzeln und Steinen gebildet hatten. Wir blieben so lange draußen, bis unsere Hände und Füße zu kribbeln begannen. Es fühlte sich an, als ob uns Ameisen über die Haut liefen. Unsere Nasen waren rot wie Tomaten und die Lippen blau. Als Mama uns sah, erschrak sie und verbot uns, noch einmal hinauszugehen.

Am Nachmittag kam Nunzio vorbei und lud uns zu

einem Kaffee bei sich ein. Er wohnte in einem anderen Dorf, und wir mussten ein paar Kilometer in seinem Auto mitfahren. Wir lernten seine Frau Rosa, seine Tochter Susi und die zwei erwachsenen Stiefsöhne Carlo und Carmelo kennen.

Susi war, wie meine Schwester Santina, sechs Jahre alt und ein zierliches, aber sehr lautes Mädchen. Sie hatte hellbraune Haare, ein freches Gesicht und war recht eigenwillig, aber auch sehr nett. Man konnte im Großen und Ganzen gut mit ihr auskommen. Außerdem wollte sie mich, als sie mich das erste Mal sah, gleich heiraten. Aber das ging mir dann doch etwas zu schnell. Wir sollten vor einer so schwerwiegenden Entscheidung wenigstens ein oder zwei Häuser aus ihren Legosteinen bauen, um zu sehen, ob wir überhaupt zueinander passten, fand ich. Das taten wir übrigens nicht, denn sie wollte grundsätzlich das Gegenteil von dem, was ich wollte. Also verschoben wir die Hochzeit recht bald auf unbestimmte Zeit.

Susi hatte ein eigenes Zimmer und besaß Unmengen an Spielzeug. Ein eigenes Zimmer – das allein war schon unvorstellbar! Meine Geschwister und ich hatten in Messina zu dritt ein Zimmer gehabt, und das war außerdem unser Wohn- und Esszimmer. Die Betten wurden tagsüber einfach zusammengeklappt und in drei Schlafschränken verstaut, die in Reih und Glied an der Wand standen. Susis Kinderzimmer war nicht viel kleiner, dafür war es bis fast unter die Decke mit Spielzeug gefüllt.

So etwas hatten wir bis zu diesem Zeitpunkt noch nicht einmal im Fernsehen gesehen. Meine Geschwister und ich kamen uns vor wie in einem Kinderparadies. Als Susi uns erzählte, dass in Deutschland jedes

Kind ein eigenes Zimmer habe und dass sie, im Vergleich zu anderen, sogar noch wenig Spielzeug besitze, klang das für uns unglaublich. Das hörte sich ja geradezu so an, als ob jede deutsche Familie einen eigenen Dukatenesel mit akuter Durchfallerkrankung ihr Eigen nannte.

Susi sprach fließend Deutsch, und wenn Nunzio redete, hörte es sich für mich ebenfalls recht flüssig an. Er hatte eine ruhige, tiefe, warme Stimme, und es klang toll, wenn er hereinkam und etwas sagte. Was er damit meinte, verstand ich zwar nicht, aber Susi übersetzte es, und wir wussten Bescheid. Das waren übrigens die ersten deutschen Wörter, die ich gelernt habe: »Susi, jetz aba Ruuhe!«

3. Alltägliche Katastrophen

Als wir mit Mama am zweiten Tag nach unserer Ankunft in Deutschland zum ersten Mal einen Supermarkt betraten, bahnte sich die ultimative Katastrophe an: keine Salsiccia, kein Parmesan, weder Oliven, Pancetta, Mortadella oder Focaccia noch Arancini, Mozzarella, italienische Salami, eingelegte Artischocken oder Tomaten und schon gar kein köstlicher Fisch in allen Variationen, keine Muscheln, Garnelen ... *niente*!

Das alles – und noch viel mehr – gab es hier n-i-c-h-t zu kaufen! Wenn die Kälte, die unfreundlichen Nachbarn, die kahle Wohnung und alles andere noch nicht zum Heulen gewesen waren, spätestens jetzt war das Fass voll! Ich war kurz davor, mich einfach so in eine Ecke zu hocken, in Tränen auszubrechen und erst dann wieder aufzuhören, wenn die Frau an der Kasse nach der Feuerwehr rief, um den überschwemmten Laden leer pumpen zu lassen.

Oh Gott!, dachte ich nur. Wie sollen wir bloß die nächsten drei Tage in diesem barbarischen Land überleben? Und damit nicht genug: Papa hatte von zwei bis drei Jahren gesprochen.

Mit langen Gesichtern stapften Santina, Filippo und ich im Schlepptau von Mama durch einen Supermarkt, der sich COOP nannte. Erschrocken stellten wir fest, dass wir uns all die liebgewonnenen Gaumenfreuden für eine Weile abschminken konnten. Die meisten der langen, mannshohen Regalreihen waren hier nämlich mit bunten Schachteln und Dosen gefüllt.

In Messina gab es – bis auf wenige Ausnahmen – nur zweierlei in Schachteln und Dosen zu kaufen: Waschmittel und giftige Substanzen. Verpackte Lebensmittel galten als sicheres Zeichen dafür, dass der Verkäufer einem entweder minderwertige oder bereits verdorbene Ware anzudrehen gedachte. Bei so jemandem kaufte man nur in absoluten Notsituationen ein – oder wenn er unglücklicherweise zur Familie gehörte. Ein ehrlicher Verkäufer bot seine Lebensmittel offen an und verpackte sie erst, wenn der Kunde sie gesehen, probiert und für gut befunden hatte.

Hier, in diesem deutschen Supermarkt, gab es fast nichts anderes als verpackte Ware: überall Pappschachteln und Blechdosen in den unterschiedlichsten Größen, Farben und Formen. Die meisten waren nur beschriftet, und da sie für uns damit unlesbar waren, suchten wir gezielt nach Packungen mit Fotos oder glaubhaft wirkenden Zeichnungen des möglichen Inhalts. Die meisten Etiketten zeigten jedoch nur gut genährte, rotwangige Kindergesichter und/oder lächelnde Frauen. Da saßen sie vor ihren großen, gefüllten Tellern und strahlten um die Wette. Das sah zwar meistens ganz gut aus, aber wir konnten uns beim besten Willen nicht vorstellen, dass die abgebildete, uns unbekannte braune Pampe in dem Teller allen Ernstes der Auslöser für derlei Glücksgefühle sein sollte.

Die braune Pampe gab es übrigens auch mit grünen Flecken, mit roten Flecken und – das war vermutlich die Feinschmeckervariante – mit grünen und roten Flecken. Die Frau auf dem Foto sah allerdings auch nicht glücklicher aus als die auf der Packung mit dem fleckenlosen braunen Zeug. War die Gourmetpampe etwa nicht besser? Oder handelte es sich am Ende gar um ein Abführmittel mit verschiedenfarbigen Beimengungen, und die Frau freute sich schon mal auf dessen durchschlagende Wirkung?

Nach einer kurzen, intensiven Tagung des Familienrats entschieden wir, dass es sicherer wäre, nur dann etwas einzukaufen, wenn wir von der Abbildung auf der Verpackung auf den tatsächlichen Inhalt schließen konnten und dieser uns bekannt vorkam. Immerhin könnte das Bild einer fröhlich lachenden Tischgemeinschaft auch eine Feier nach einer gelungenen Massenvernichtung unerwünschter Nagetiere zeigen und damit für Rattengift werben.

So liefen wir eine Weile ziellos durch die Regalreihen und landeten schließlich mit leeren Händen vor einer verglasten Fleischtheke. Andächtig blieben wir davor stehen und rätselten, was wir hier denn nun kaufen sollten. Das Einzige, was uns irgendwie vertraut erschien, war das fein säuberlich zerlegte Fleisch, das, mit Grünzeug dekoriert, in chromblitzenden Schalen lag. Der gutmütig lächelnde, rotwangige Metzger trug eine blütenweiße Schürze und machte nicht gerade den Eindruck, als ob er jemals in seinem Leben auch nur einer Fliege ein Bein ausgerissen hätte.

Ein unübersehbarer Unterschied zu den Metzgereien in Messina, wo nur wenig Fleisch in der Theke lag. Dafür hingen überall an den Wänden des Verkaufsraums ganze Tiere an riesigen Fleischerhaken und bluteten aus. Kälber, Lämmer, Hühner, Enten. Als besondere Dekoration waren die Köpfe der geschlachteten Tiere zwischen dem Fleisch angeordnet oder hingen an einem Haken draußen vor der Tür. Bereits beim Betreten einer Metzgerei sprang einem der süßliche, fast schon metallische Blutgeruch förmlich in die Nase. So intensiv, dass man es beinahe schmecken konnte.

Die italienischen Metzger waren auch längst nicht so adrett gekleidet wie der hier und sahen meist so grobschlächtig aus, wie man sich Metzger im Allgemeinen vorstellt: blutverschmierte, mächtige Unterarme, eine rostrot schimmernde, mit undefinierbaren Geweberesten dekorierte Schürze, meist unrasiert und mit einem gleichgültigen Gesichtsausdruck.

Vor so einem Prachtexemplar hatte ich in Messina immer dann gestanden, wenn mich Papa gelegentlich zum Einkaufen mitgenommen hatte. Da hatte ich mir das eine oder andere Mal schon die Frage gestellt, ob der gute Mann mich gerade als Kunde oder als zu zerlegende Ware ansah. Dabei wieselte sein Blick nervös zwischen den abgezogenen Hasen, mir und der unausgesprochenen Frage, wer mir denn erlaubt hatte, aus der Blechwanne zu steigen und mich wieder anzuziehen.

Hier dagegen wirkte alles ungemein sauber, und der Metzger lächelte sogar. Was uns die Sache trotzdem nicht leichter machte. Nach langem Hin und Her beschloss Mama, kein Fleisch zu kaufen, und die vielen unbekannten Wurstsorten erst recht nicht. Manche Würste hatten, zumindest unserer Ansicht nach, die bräunlich graue Farbe einer drei Wochen alten Wasserleiche. So verließen wir, mit nichts als einem kleinen Sack Kartoffeln, fast fluchtartig den Laden.

»Dann kaufen wir eben erst heute Abend ein, wenn Papa von der Arbeit kommt, und heute Mittag machen wir uns ein schönes Kartoffelomelett«, beschloss Mama, die angesichts unseres ersten Einkaufserlebnisses auf deutschem Boden zutiefst erschüttert war.

Ganz so einfach, wie Papa es uns geschildert hatte, war unsere Premiere nämlich nicht verlaufen. Papa hatte behauptet, wir müssten den Supermarkt bloß betreten, die gewünschten Waren in einen Einkaufskorb legen, damit zur Kasse gehen und bezahlen.

»In deutschen Supermärkten wird man von Verkäufern ganz selten angesprochen«, hatte er erklärt. »Nur wenn ihr reinkommt, müsst ihr unbedingt grüßen. Die meisten Leute sagen hier morgens, mittags und abends das Gleiche, nämlich »Cruscott!«, also sagt ihr das am besten auch immer. Für alles andere braucht ihr mit niemandem zu reden.«

Das hatte wirklich einfach geklungen. Den Gruß mussten wir nicht einmal üben, denn das Armaturenbrett wird im Italienischen ähnlich genannt, und zwar *cruscotto*. Wir mussten also bloß das »o« weglassen. So wünschten wir an jenem Vormittag wohl jedem, der uns über den Weg lief, ein freundliches Armaturenbrett und bekamen auch einige zurück. Aber das sollte unser einziges Erfolgserlebnis für diesen Tag bleiben.

Nach unserem Supermarktbesuch schlichen wir also zurück nach Hause und übten uns in gepflegter Langeweile.

Papa hatte sich bei seiner Ankunft in Deutschland ein kleines, gelbes Wörterbuch gekauft. Das schnappte ich mir nun und begann es durchzulesen. Dabei versuchte ich systematisch vorzugehen: zehn Wörter zehnmal lesen und anschließend zehnmal aus dem Gedächtnis vorsprechen. Dann mussten sie sitzen. Im Grunde funktionierte die Methode ganz gut, das Dumme war nur, dass die nächsten zehn Wörter die letzten wieder auslöschten. Bald legte ich das Buch entnervt zur Seite und las zwischendurch einen Comic.

Kurz vor dem Mittagessen stellte Mama fest, dass sie keine Eier hatte, um das Omelett zu braten. Ich sollte im Wörterbuch nachsehen, wie das auf deutsch hieß, und dann im COOP welche holen. Also suchte ich eine Weile nach den passenden Wörtern und schrieb meinen ersten selbst zusammengebastelten deutschen Satz auf einen Zettel: »Ik .. wolle … abbe … fia … Eie … bitte.«

Ich las mir den Satz zehnmal durch, zog mich an und lief los. Die leichtfertig getroffene Entscheidung, den Zettel nicht einzustecken, führte letztlich dazu, das ich der freundlichen Verkäuferin im COOP-Markt »Ik abbe fia Eie bitte!«, entgegenschrie. Warum die Umstehenden sich bei meinem höflich vorgetragenen Wunsch vor Lachen bogen und auf die Schenkel klopften, war für mich völlig unverständlich.

Mit breitem Grinsen legte eine Verkäuferin vier Eier in eine Papiertüte, drückte sie mir in die Hand und begleitete mich zur Tür. Ich streckte ihr mein Geld entgegen, aber sie lachte nur noch lauter und schob es mir in die Manteltasche zurück. Jetzt verstand ich überhaupt nichts mehr! Warum musste ich meine Einkäufe nicht bezahlen? Und wieso lachten alle so dämlich? Ich sagte die beiden Wörter auf, die ich für diesen Fall auswendig gelernt hatte, »Tange!« und »Cruscott!«, und lief auf dem schnellsten Weg nach Hause.

Sofort erzählte ich Mama, dass der COOP eigentlich ein echt toller Laden sei, denn dort müsse man nichts bezahlen und die Verkäuferinnen lachten immer nur. Mama war genauso überrascht wie ich und freute sich mit mir.

Unsere neue Nachbarin Lilla, die unterm Dach wohnte und gerade bei einem Espresso in unserer Küche saß, konnte es dagegen gleich zweimal nicht glauben. »Die Schwaben verschenken nichts!«, behauptete sie in einem unangenehm hohen, kreischenden Tonfall, der mich sehr stark an flüchtendes Geflügel im Allgemeinen und unsere Henne Gianna im Besonderen erinnerte. »Noch nie haben mir diese – wegen übertriebenen Geizes – ausgewiesenen Schotten auch nur einen Pfennig geschenkt. Mit dir hatten sie bestimmt nur Mitleid, weil du so ein niedlicher, kleiner Kerl bist und kein Wort sprechen kannst. Ich dagegen bin eine erwachsene Frau und kann mich dafür, dass ich gerade mal ein Jahr hier lebe, recht gut verständigen. Da habe ich doch eine glänzende Idee!«, rief sie unvermittelt aus und stemmte dabei ihren mächtigen, kurzen Körper aus dem Stuhl. »Am besten wir gehen gleich alle zusammen einkaufen!«

Mama, von Lillas nicht enden wollendem Monolog oder der Stimmlage oder beidem noch sichtlich erschlagen, sagte nur »Aber …«

»Nichts da!«, kreischte Lilla weiter, »wenn ich schon mal hier bin, dann helfe ich natürlich, wo ich kann. Ist doch klar, oder? Wir sind schließlich Italiener, oder? Wir sind anders als die Deutschen, oder? Wir sind … warmherzig, hilfsbereit, menschlich, gläubig und streben danach zu leben, wie Gott es befiehlt. Durch unsere Adern fließt dickes, warmes Blut, weil wir nichts als Liebe im Herzen haben … ein

Herz, das größer ist als wir selbst, größer als ein Auto … als ein Flugz…«

»Ja! Wir gehen!«, unterbrach Mama die Tirade. Wahrscheinlich befürchtete sie, dass Lilla als Nächstes die italienische Flagge in unserer Küche hisste und dazu die Nationalhymne kreischte.

Die seltsamste Einkaufstour unseres Lebens begann ganz harmlos. Mit einer großen schwarzen Ledertasche, die Lilla wie einen magischen Schild vor sich hertrug, sprengte sie die Eingangstüre des Supermarktes auf und stürmte hinein. Wir folgten ihr dicht auf den Fersen und betraten zum zweiten – ich sogar zum dritten – Mal an diesem Tag das verwirrende, fremde Territorium.

Kampferprobt bahnte Lilla uns einen Weg durch die Reihen mit den übervollen Regalen. Wenn wir in einem solchen Dschungel überleben wollten, musste sie uns Greenhorns beibringen, was es alles zu beachten gab. Es handelte sich also um eine Art mediterranes Survival-Training. Mit verschwörerischem Gesichtsausdruck zeigte sie uns, in welchen Regalreihen die durchtriebenen Deutschen die wenigen gerade noch zumutbaren Lebensmittel, etwa Bohnen und Linsen, versteckten. Natürlich in Dosen, erklärte sie uns, denn die armen Menschen könnten hierzulande mit frischen Bohnen nichts anfangen. Das erkenne man daran, dass sie die bedauernswerten Bohnen zusammen mit anderem Grünzeug in mehreren Litern Wasser ertränkten und so lange abkochten, bis sie die zähflüssige Konsistenz von flüssigem Rauputz erreicht hatten.

»Das Gleiche machen sie hier übrigens auch mit Erbsen, Tomaten, Gurken, Paprika … eigentlich mit fast allem«, fuhr Lilla fort. Von ihren Nudeln möchte ich gar nicht erst reden. Sie nennen die Nudeln hier ›Spatzen‹ oder ›Spätzle‹. Wie diese kleinen, frechen Vögel! Ich schwöre bei Gott, am Anfang habe ich gedacht, diese Barbaren hier kochen die Spatzen so lange, bis sie sich in eine zähe, klebrige Masse verwandeln und schaben sie anschließend zu kleinen Flocken«, behauptete sie mit verächtlicher Miene.

Mir wurde auf einmal ganz schlecht.

Mama riss entsetzt die Augen auf, verzog das Gesicht und sagte: »Ihhh, jetzt hör aber auf! Das kann unmöglich sein. Man kann doch aus Vögeln keine Nudeln machen. Oder?«

»Nein ... die machen ihre Nudeln aus Kartoffeln und Eiern. Fragt mich jetzt aber bitte nicht, was schlimmer ist. Ich sage euch: Diese Spätzle sind eindeutig der missglückte Versuch, aus Tapetenkleister Nudeln herzustellen! Wenn du sie al dente kochen willst, musst du schon Zement dazuschütten!«

Eingeschüchtert schoben wir uns weiter bis zum nächsten Gang, wo Lilla eine Gefriertruhe öffnete, eine rechteckige Schachtel herausholte und uns den wohl seltsamsten Fisch zeigte, den wir je zu Gesicht bekommen hatten. Der deutsche Fisch war genauso rechteckig wie die Schachtel, stäbchenförmig, und seine Haut bestand nicht aus glänzenden Schuppen, sondern aus matten orangefarbenen Krümeln.

»Schaut euch das mal an, was die uns als Fisch verkaufen wollen!«, empörte sich Lilla mit angewidertem Gesichtsausdruck.

»Das soll Fisch sein?«, fragte ich ungläubig. »Aber was haben die denn damit gemacht und warum?«

»Ja, weiß der Henker, warum diese Deutschen sich

das antun. Alles, was sie essen, muss zuerst von irgendeiner Maschine bearbeitet und so lange verändert werden, bis man nicht mehr erkennt, woraus es ursprünglich mal war. Vorher essen sie es nicht. Dieser arme Fisch hier ist maschinell geschnitten, gepresst und anschließend paniert worden. Er sieht nicht mehr aus wie Fisch, er riecht nicht wie Fisch und danach schmecken tut er auch nicht. Wenn du alte Filzpantoffeln auf die gleiche Art zubereitest und lange genug frittierst, bemerkst du garantiert keinen Unterschied. Ihr könnt mir glauben, es gibt hier Leute, die sind tatsächlich der Meinung, dass der Fisch von Natur aus rechteckig und fertig paniert im Meer rumschwimmt. Die kennen es gar nicht anders!«

Oh Gott!, durchfuhr es mich. Wo waren wir da bloß hingeraten?

Lilla warf den misshandelten Fisch zurück in die Truhe, schnappte Mama an der Hand und zerrte sie weiter in die Obst- und Gemüseabteilung.

»Seht ihr das? Vergesst alles, was ihr aus Sizilien kennt, denn das … gibt es hier nicht! Die Tomaten sehen nur aus wie Tomaten, in Wirklichkeit sind das rote Luftballons, die mit destilliertem holländischem Wasser gefüllt sind. Das Gleiche gilt für die Gurken. Grüne Luftballons! Orangen, Mandarinen und Zitronen. Orangefarbene und gelbe Luftballons. Nur dass sie noch ein bisschen Essig in das Wasser mischen, aber Geschmack braucht ihr nicht zu erwarten!«, zählte sie auf und ergötzte sich an unseren immer länger werdenden Gesichtern.

In der Tat waren die Zitrusfrüchte nicht einmal halb so groß wie die, die wir kannten, und sie sahen im Vergleich zu denen bei uns in Sizilien eher wie verschrumpelte Mumien aus.

Lilla hatte aber noch nicht genug, denn sie bugsierte uns energisch zur Backwarentheke und erteilte uns eine kurze, praktische Unterweisung in Brotologie.

»Seht ihr die dunklen Brote dort?«, flüsterte sie mit verschwörerischem Blick. »Die werden alle aus Kartoffelmehl gebacken.«

»Was? Die Deutschen machen aus Kartoffeln Mehl? Und daraus Brot? Warum denn nur?«, fragte Mama erstaunt.

»Ja … was weiß denn ich«, antwortete Lilla leicht gereizt. »Die können es eben nicht besser. Siehst du das noch dunklere da? Kartoffelbrot! Das etwas hellere? Kartoffelbrot! Und das, das, das …« Lilla stach mit dem Zeigefinger mindestens vierzig Löcher in die Luft, um uns zu beweisen, dass eigentlich alle Brote in der Auslage verkleidete Kartoffeln waren.

Uns war die Lust am Einkaufen inzwischen vergangen. Lilla hingegen sah sich nach wie vor am Beginn ihrer heiligen Aufklärungsmission. Die teutonischen Geschmacksverirrungen stellten ihrer Meinung nach eine ernst zu nehmende Gefahr für unsere sizilianische Esskultur dar. Jawohl, Esskultur! Das hat mit purer Nahrungsaufnahme nur wenig zu tun! Allein dieser gewaltige Unterschied machte eine schonungslose Aufklärung sämtlicher Inhaltsstoffe unumgänglich.

Demzufolge experimentierten die legitimen Nachfolger Doktor Frankensteins nicht mit toten Körperteilen, um lebende Monster zu erschaffen. Nein, ihre neue Herausforderung bestand darin, eine Kartoffel so zu verkleiden, dass man sie für Gemüse, Obst, Fisch, Fleisch, Süßwaren, Teigwaren und zur Not auch für ein Erfrischungsgetränk halten konnte. Wir standen alle kurz vor einer Knollophobie.

Irgendwann griff Santina mit Tränen in den Augen nach Mamas Hand und flüsterte ihr leise ins Ohr: »Mama, wenn wir heute Abend in den Zug einsteigen, sind wir dann morgen wieder in Messina und können was Anständiges essen? Was nützt Filippo ein gesundes Auge, wenn wir bis dahin alle tot sind?«

»Nur keine Angst, wir verhungern schon nicht«, antwortete Mama ungeduldig und sagte dann an Lilla gewandt: »Na gut, jetzt wissen wir, was wir alles nicht kaufen dürfen. Könnten wir jetzt vielleicht zu dem kommen, weswegen wir eigentlich hier sind?«

»Aber klar doch«, schmetterte Lilla nun verdächtig fröhlich. Sie zerrte uns weiter durch die Gänge, und siehe da, es gab in diesem barbarischen Supermarkt tatsächlich auch genießbare Dinge zu kaufen. An einer Ecke des Ladens erregten mehrere hohe Türme aus gestapelten Kästen unsere Aufmerksamkeit. Als Filippo neben einem davon stehen blieb, teilte uns Lilla mit, dass wir unser Trinkwasser am besten auch bei COOP kaufen sollten, denn das, was hier aus den Leitungen lief, sei kalkhaltiger als ein Tuffsteingebirge und praktisch ungenießbar. Wenn wir es denn unbedingt trinken wollten, sollten wir es auf jeden Fall vorher abkochen, sonst drohe uns dasselbe Schicksal wie den Deutschen.

»Am Anfang merkt man nicht viel«, dozierte sie weiter. »Es schmeckt eben ein bisschen seltsam, aber wenn es erst mal anfängt, kann man es nicht mehr aufhalten, und richtig schlimm wird es dann im Alter«, flüsterte sie geheimnisvoll. »Die Deutschen verkalken. Das Gehirn verstopft und funktioniert irgendwann nicht mehr richtig. Die Leute reden nur noch Unsinn und wissen am Ende nicht einmal mehr, wie sie heißen. Die anderen sagen dann: ›Der ist ballaballa‹, oder: ›Der ist total verkalkt‹. Damit ist wirklich nicht zu spaßen, kapiert?«

Spätestens jetzt waren wir vollends schockiert!

Alle, mit denen wir bisher über Deutschland gesprochen hatten, waren voll des Lobes gewesen. Doch kaum waren wir hier eingetroffen, erfuhren wir, dass dieses arme Volk weder etwas Anständiges zu essen noch sauberes Trinkwasser in den Leitungen hatte.

In Messina tranken wir nur Leitungswasser. Es war tiptop und schmeckte hervorragend, allerdings war es so knapp, dass es nur morgens und abends für je eine Stunde aus den Leitungen sickerte. Diese Zeit mussten wir nutzen, um Flaschen, Kanister, Töpfe, Waschbecken und Badewannen zu füllen. Wir durften es nie versäumen, sonst hatten wir den ganzen Tag über keinen Tropfen Wasser im Haus. Im Hochsommer, bei mehr als vierzig Grad im Schatten, war das nicht gerade angenehm.

Dieses Problem gab es hier offenbar nicht, dafür drohte uns aber ein Ballaballa-Syndrom. Wie schön! Unsere Stimmung konnte nicht weiter sinken, denn die nächste Marke würde automatisch sintflutartige Heulkrämpfe auslösen.

Zum Ende der Horrortour standen wir erneut vor der Fleischtheke und ließen uns von Lillas Redegewandtheit im Umgang mit der deutschen Sprache beeindrucken. Der Metzger sah uns auf der Suche nach unserem Anführer der Reihe nach an.

Lilla übernahm sofort das Kommando. »He!«, kreischte sie unvermittelt.

Der Mann riss die Augen auf und zuckte zusammen.

Nun klopfte Lilla mit einem Fingernagel gegen die Glasscheibe und zeigte auf ein Stück Rindfleisch.

Danach zerschnitt ihre rasiermesserscharfe Handkante mehrmals die Luft vor dem Tresen und streckte anschließend vier ausgestreckte Finger in Richtung Decke.

Der Metzger hatte offenbar verstanden. Er nahm ein großes Messer und begann das Fleisch in Scheiben zu schneiden. Zwischendurch klopfte unsere Nachbarin erneut gegen die Scheibe und bedeutete ihm, es möglichst dünn zu schneiden. Als er fertig war, sah er Lilla fragend an, die gerade dabei war, die Theke in Mamas Auftrag nach Hühnchen abzusuchen, ohne jedoch welche zu finden.

Lillas Blick bohrte sich in die Augen des freundlich dreinblickenden Metzgers und nagelte ihn auf der Stelle fest. Ohne Übergang winkelte sie die Arme an und begann vor dem Tresen damit auf und ab zu wedeln. Dabei hob sie immer wieder ein Bein und imitierte mit ihrer kreischenden Stimme täuschend echt eine Henne, die gerade ein Ei gelegt hatte.

Der Metzger unterdrückte krampfhaft einen Lachanfall und sah aus, als ob er die drohende Explosion nicht länger verhindern könne. Mama war mindestens so rot wie die Tomatenimitate in der Gemüseabteilung, und wir Kinder brüllten vor Lachen. Die astreine, akzentfreie hochdeutsche Hühnerparodie unserer Begleiterin brachte uns fast dazu, vor Lachen in die Hosen zu machen. Trotz Mamas strafendem Blick.

Eines stand jedenfalls fest: An diesem Tag wurde der Ententanz erfunden. Es sollte zwar noch ganze zehn Jahre dauern, bis diese Form der Massenepilepsie die ganze Welt erfasste, aber wir waren bei der Geburt dabei.

Am Ende ihrer Vorführung versuchte Lilla noch,

dem Metzger mit zwei ausgestreckten Fingern der rechten Hand die Augen auszustechen. Der arme Mann zuckte erneut ängstlich zusammen, ging dann in den Nebenraum und kam mit zwei frischen, sorgfältig eingepackten Hühnern zurück. Lilla nahm sie entgegen, wir gingen zur Kasse und verließen den Laden.

Wie wir schnell gemerkt hatten, war unsere merkwürdige Nachbarin nicht besonders gut auf uns Kinder zu sprechen. Also bemühten wir uns, während wir neben ihr herliefen, unsere Lachanfälle nicht ausufern zu lassen.

Als wir zu Hause wieder allein in unserer Küche saßen, kicherten wir noch immer, und Mama konnte diesmal ungeniert mitlachen. Immerhin hatten wir unsere zweite Einkaufstour dank Lillas überirdischem Sprachtalent erfolgreich überstanden.

4. Einfahrt frei halten

Beim Mittagessen schmunzelten und witzelten wir noch immer über unsere Nachbarin. Jedes von uns Kindern hatte mindestens einmal versucht, ihre Hühnerparodie zu überbieten – was uns natürlich schon rein stimmlich nicht gelang. Seit wir Lilla gackern gehört hatten, waren wir davon überzeugt, dass unsere Hühner in Messina einen Sprachfehler hatten.

Nach dem Mittagessen wollten wir natürlich gleich wieder in den Hof zum Spielen. Allerdings waren unsere einzigen langen Hosen mittlerweile so schmutzig, dass sie von alleine stehen konnten. Mama packte die Kleider zusammen und verbrachte den ganzen Nachmittag mit Wäsche waschen.

Eigens dafür gab es neben unserer Wohnung einen kleinen Waschraum mit mehreren Zubern, die von allen Mietern benutzt werden durften. Gleich daneben befand sich das Gemeinschaftsbad. Darin standen eine Badewanne und ein mächtiger Holzofen, der das Wasser aufheizte. In Sizilien hatten wir ein eigenes Bad gehabt, das Wasser wurde elektrisch aufgeheizt, und für die Wäsche gab es eine Waschmaschine. Mama fühlte sich um mindestens hundert Jahre zurückversetzt. Einen Trockenraum gab es auch nicht, und draußen würde die Wäsche hart wie Stein werden, aber ganz sicher nicht trocken. Also blieb ihr nichts anderes übrig, als die Wäsche in der Wohnung aufzuhängen. Das Dumme war nur, dass es ewig dauerte, bis die Kleider getrocknet waren. Davon abgesehen reichte die Feuchtigkeit in unserer Wohnung bald aus, um Goldfische zu züchten, und zwar ohne ein Aquarium kaufen zu müssen.

Das hieß für uns: Solange die Kleider nicht trocken waren, mussten wir kurze Hosen anziehen und in der Wohnung bleiben. Aber einen ganzen Tag nur im Haus herumzuhocken war nichts für uns, und irgendwann zogen wir unsere Wollmützen, Handschuhe und Mäntel an und gingen trotzdem hinaus. Zehn Minuten später waren wir steif wie Stockfische und wanderten wieder herein ... und noch ein paar Mal raus und rein, bis es Mama zu bunt wurde, weil die Wohnung dabei so stark abkühlte, dass sich am Fenster wieder die schönen Eisblumen zu bilden begannen.

Als Papa am späten Nachmittag nach Hause kam, berichteten wir ihm natürlich sofort von unsere Einkaufstour mit Lilla. Papa verdrehte nur die Augen und erzählte uns, dass sie diese Tour mit fast allen Neulingen unternehme und dass nicht einmal die Hälfte davon ernst gemeint sei. Sie mache sich nun mal einen Spaß daraus, ihre Landsleute in Verzweiflung zu stürzen. Aber die Art, wie sie Hühnchen einkaufte, kannte er noch nicht, und als Mama es ihm vormachte, standen ihm ebenfalls Lachtränen in den Augen.

Das Problem mit den Hosen musste gelöst werden, also gingen wir geschlossen zum Einkaufen. Dazu mussten wir durch das halbe Dorf laufen. Die Menschen, die uns auf der Straße begegneten, starrten uns an, als wären wir gerade von einem fremden Planeten herabgeschwebt. Und wir gaben auch bestimmt ein seltsames Bild ab. Wir Kinder stapften in Wollmützen, Handschuhen kurzen Hosen und Gummistiefeln durch den Schnee, Papa hatte eine Russenmütze auf und Mama ein Seidentuch um den Kopf gebunden. Gott sei Dank waren bei der Kälte nicht so viele Leute unterwegs. Irgendwann fiel mir auf, dass so gut wie keine Kinder zu sehen waren. In diesem Ort leben wohl nur alte Menschen, dachte ich mir.

Als wir nach einem langen Fußmarsch das Geschäft betraten, hatte ich das Gefühl, als wären wir nicht sonderlich willkommen. Eine Verkäuferin eilte auf uns zu, grinste unterkühlt und fragte etwas. Papa, der den größten Wortschatz von uns allen besaß, erklärte ihr, was wir wünschten, woraufhin die Dame uns Kinder von oben bis unten musterte. Ihr Gesichtsausdruck verriet mehr, als ihre Lippen aussprachen. Sie starrte uns an, als ob wir gerade aus einer schmutzigen Toilette geklettert wären. Dann rümpfte sie die Nase und sagte etwas, was nicht sehr freundlich klang. Sie drehte sich um, rief uns noch etwas zu und verschwand im hinteren Teil des Geschäfts.

Mama schaute Papa ratlos an, wir schauten Mama ratlos an, und Papa zuckte mit den Schultern. Wir wollten uns gerade umdrehen und gehen, als eine junge Frau auf uns zukam, die gleich laut auflachte, als sie unsere kurzen Hosen bemerkte. Sie hatte ein sehr freundliches, sympathisches Lachen. Mit einem schnellen Griff nahm sie mich an der Hand und führte uns zu einem Korb, der mit Hosen in allen Größen und Ausführungen gefüllt war.

Innerhalb weniger Minuten hatten wir etwas passende Hosen gefunden, die wir auch gleich anbehielten, und die nette Frau unterhielt sich mit Händen und Füßen mit Papa. Zum Abschied gab sie uns allen noch die Hand und winkte uns hinterher.

Dank der neuen Hosen war die Kälte nun etwas erträglicher, und einen Tag später, es war Heiligabend, wurde es sogar etwas wärmer. Zwar lag noch immer Schnee auf den Straßen, aber es war nicht mehr ganz so klirrend kalt.

Da wir den Hof schon zur Genüge erkundet hatten, beschlossen mein Bruder und ich, einen längeren Spaziergang zu machen. Wir stiegen die Treppe hinab, wandten uns nach rechts und folgten der Fils. Nunzio hatte uns erzählt, dass der Fluss so hieß. Wir liefen an vielen schmucken Einfamilienhäusern vorbei und wunderten uns darüber, dass neben dem Haupthaus jeweils noch ein kleines Häuschen mit einem breiten Tor stand. Einige davon waren bemalt, und wir rätselten, warum die Deutschen sich ein großes und daneben ein kleines Häuschen bauten. Sehr eigenartig!

Alles sah ungemein sauber und gepflegt aus. Selbst den Schnee hatten sie fein säuberlich auf mehrere Haufen geschaufelt. In vielen Höfen standen Schneemänner und Iglus, gerade so, als ob es hier Kinder gäbe, die wir aber bisher noch nicht zu Gesicht bekommen hatten. Bald hatten wir das Gefühl, schon etliche Kilometer zurückgelegt zu haben. Die Straße wirkte endlos lang, und da wir beschlossen hatten, so lange zu laufen, bis sie zu Ende war, liefen wir immer weiter. Ein paar Meter vor uns sahen wir einen Mann, der auf eines dieser kleinen Häuser zuging und das breite Tor öffnete. Darin stand ein Auto! Wir staunten nicht schlecht.

»Mensch, guck mal! Die Deutschen bauen die kleinen Häuser für ihre Autos«, sagte ich zu meinem Bruder.

»Ja, unglaublich!«, antwortete Filippo.

In Messina wohnten nicht wenige Menschen in schlechteren Unterkünften als die deutschen Autos.

Wir betrachteten die Häuser und die gepflegten Gärten und übertrafen uns gegenseitig mit Rufen wie »Aahh, guck mal hier!«, und »Ohhh, schau mal da!« Nach einer Weile und mehreren hundert Schritten fielen uns gelbe Schilder auf, die alle gleich beschriftet waren. »EINFAHRT FREI HALTEN« stand darauf.

»Gigi, was bedeuten die Schilder?«, wollte Filippo wissen.

»Hmm … keine Ahnung!«, antwortete ich. »Vielleicht steht da der Name der nächsten Ortschaft drauf.«

»Vielleicht ist es ja schon die nächste Ortschaft, oder?«

»Meinst du? EINFAHRT FREI HALTEN … komischer Name für ein Dorf«, erwiderte ich ratlos.

»Du liest doch den ganzen Tag im Wörterbuch. Hast du das etwa noch nicht gelesen?«, fragte Filippo empört.

»Nein, habe ich nicht, außerdem habe ich es noch lange nicht durch!«, antwortete ich gereizt.

»Und ich sage, dass wir schon längst in einem anderen Dorf sind, außerdem haben wir uns bestimmt schon verlaufen!«

»Ach, Quatsch!«, erwiderte ich. »Verlaufen! Wir sind doch immer nur geradeaus gegangen. Wir brauchen bloß umzukehren und zurückzugehen!«

»Sind wir nicht!«, schrie Filippo

»Sind wir doch!«, schrie ich zurück, blieb stehen und … gab meinem Bruder kleinlaut Recht.

Wir hatten längst das Ende der Straße erreicht und waren, während wir über die Bedeutung der Schilder diskutiert hatten, zweimal links abgebogen. Wir befanden uns in einer Parallelstraße, also im Grunde bereits wieder auf dem Rückweg. Aber davon ahnten wir nichts. Stattdessen bekamen wir Angst, nicht mehr nach Hause zurückzufinden. Wir blieben stehen und suchten verzweifelt nach irgendetwas, was uns bekannt vorkam. Plötzlich fiel uns auf, dass hier alles ziemlich gleich aussah. Die Häuser waren alle mehr oder weniger gleich groß. Die meisten besaßen gepflegte Vorgärten und dunkelbraune Holzzäune. Alles hier sah streng geplant aus, als ob jemand es so gewollt und in einem Stück umgesetzt hatte.

Es war ganz anders als in Sizilien, wo jeder so baute, wie er gerade lustig war. Wir beschlossen, weiterzugehen und nicht mehr abzubiegen. Wenigstens so lange nicht, bis uns irgendjemand über den Weg lief, der uns vielleicht erklären konnte, wie wir unsere Straße fanden.

Wenigstens wussten wir, wie sie hieß. Das hatte uns Papa für den Notfall gleich am ersten Tag eingebläut: Filsstraße! Wir liefen und liefen, ohne dass auch nur eine einzige Menschenseele unseren Weg gekreuzt hätte. Wir waren, so schien es uns, die einzigen lebenden Bewohner dieses Dorfes. Filippo fing leise an zu schluchzen. Ich nahm ihn an der Hand und beruhigte ihn, obwohl mir mittlerweile selbst zum Heulen zumute war. Konnte es sein, dass wir so weit gelaufen waren? Ich zweifelte immer mehr daran. Endlich erschien eine dick vermummte Gestalt an einem Gartenzaun. Wir rannten ein paar Meter auf die Gestalt zu, und als wir in Hörweite kamen, sprach ich den Mann an

»Aallo! Aallo, bitte Filsstraße!«

Der Mann drehte sich um und starrte uns an.

»Bitte Filsstraße!«, sagte ich erneut.

»Filsstraße?«, wiederholte er, hob dabei das Kinn, steckte die Hände in die Manteltasche und sprudelte eine Menge Wörter hervor, mit denen wir nichts anfangen konnten.

Ich hatte gehofft, dass er uns mit Handzeichen die Richtung wies, damit wir wussten, ob wir auf dem richtigen Weg waren. Stattdessen wurde er immer lauter, schrie uns ein letztes Wort ins Gesicht, drehte sich um und lief murmelnd davon.

Wir schauten uns verständnislos an.

»Was hat er gesagt?«, fragte ich.

»Itaker!«, antwortete Filippo.

»Und? Was soll das heißen? Links? Rechts? Geradeaus?«

»Woher soll ich das wissen?«, schrie mein Bruder, dessen Nerven schon stark angenagt waren.

Ich nahm ihn an der Hand, und wir liefen weiter. Nach einem schier endlosen Marsch lasen wir eines der wenigen Wörter, die wir kannten, und waren glücklich, bald zu Hause zu sein. In großen blauen Lettern prangte es uns entgegen: COOP.

Als wir endlich an unsere Tür klopften und Mama öffnete, waren wir zwar vom vielen Laufen wie erschlagen, aber heilfroh, überhaupt zurückgefunden zu haben. Ich setzte mich sofort an den Tisch und schlug mein Wörterbuch auf. Aber sooft ich das Lexikon auch durchblätterte, das Wort Itaker fand ich nicht. Es musste irgendein Begriff aus dem hiesigen Dialekt sein, den die Eingeborenen »stchwäbitch« nannten. Aber die Bedeutung der Schilder fand ich ohne große Schwierigkeiten, und somit stand fest: EINFAHRT FREI HALTEN war definitiv nicht der Name der nächsten Ortschaft.

5. Festliche Tage

Weihnachten in Deutschland verlief natürlich völlig anders, als wir es gewohnt waren. In Sizilien hatten sich unsere Verwandten die Klinke in die Hand gegeben, um Grüße, Mitbringsel und Glückwünsche zu überbringen. Dieses Weihnachtsfest in dem kalten, fremden Land wurde erwartungsgemäß ziemlich einsam.

Nur Pietro war kurz hereingeschneit, hatte uns ein frohes Fest gewünscht und war gleich wieder gegangen. Ich vermisste meine Cousins. Mit ihnen hatten Santina, Filippo und ich an Feiertagen spielen können und irgendeiner hatte immer eine tolle Idee, was wir anfangen könnten. Papa hatte einen kleinen Schwarzweißfernseher gekauft, aber so richtig erhellend war das auch nicht. Da wir nicht verstanden, was da gesprochen wurde, hätten wir uns genauso gut vor ein Aquarium setzen können. Oder vor das Bullauge einer Waschmaschine.

Eines fanden wir allerdings sehr schön: Es gab hier zu Weihnachten echte Tannenbäume, die wundervoll rochen. Wir hatten zu Hause in Italien immer einen Tannenbaum aus grünem Plastik aufgestellt. Der lag, wie ein Regenschirm zusammengefaltet, das ganze Jahr über in einem Schrank. Um ihn benutzen zu können, musste man nur die Zweige zurechtbiegen, Kugeln und Lametta darüberwerfen und die bunten Panettone-Schachteln darunterklemmen. Sehr praktisch! Die echten Bäume waren sehr viel schöner als unser Plastikbaum, auch wenn Papa meinte, dass man damit nur unnötig Arbeit hätte und sich zudem giftiges Ungeziefer ins Haus hole.

Am zweiten Weihnachtstag fiel uns Kindern die Decke förmlich auf den Kopf. Ich hatte meinen mitgebrachten Vorrat an Comics längst aufgebraucht und das Wörterbuch war auch keine sonderlich spannende Lektüre. Meine Geschwister und ich langweilten uns zu Tode. In einer Großfamilie aufzuwachsen hatte eben einen entscheidenden Vorteil: Es kam so gut wie nie Langeweile auf. Wenn viele Leute zusammensitzen, hat man sich immer etwas zu erzählen, und in jeder Familie gibt es mindestens einen, der auf seine Art die gesamte Sippschaft unterhalten kann. So ganz allein, vom Rest der Familie abgeschnitten, wussten wir nicht, was wir mit uns anfangen sollten.

Jede Minute warteten wir darauf, dass es an der Tür klopfte und unser fünfjähriger Cousin Franci mit einem Teller unterm Arm und seinem Besteck in der Hosentasche hereinkam und fragte, ob er bei uns essen könne, weil das Essen seiner Mama wieder mal ungenießbar sei. Das hatte er mindestens dreimal die Woche getan, und wenn *zia* Gianna dann irgendwann kam, um ihn zu holen, versteckte er sich unterm Bett, und sie musste ihn mit Gewalt hervorzerren.

Bei diesen und ähnlichen Szenen hatten wir manchmal Tränen gelacht. Franci war sowieso unser aller Liebling. Dunkelblonde Locken, blaue Augen und ein freches Grinsen, das Steine erweichen konnte. Aber zwischen uns und unserem Cousin lagen locker zweitausend Kilometer, und es würde niemand so schnell an unsere Tür klopfen, sosehr wir es uns auch wünschten.

Wir gingen jeden Tag ein bisschen früher ins Bett. Wenn es so weiterging, mussten wir irgendwann vielleicht gar nicht mehr aufstehen, weil die Zeit zum Aufstehen mit der Schlafenszeit zusammenfiel. Schlafen, wieder schlafen und … träumen. Ohne zu wissen, dass es Träume sind. Weil die Angst darin sich so echt anfühlt, die Einsamkeit noch beklemmender ist als in Wirklichkeit. So wie in jener Nacht, als es an unsere Tür klopfte.

Tok! Tok! Tok!

»Hm …«

Tok! Tok! Tok!

»Ist gut, ist gut, bin ja schon wach!«, rief ich. Völlig verschlafen öffnete ich die Augen, schwang mich aus dem Bett und tastete mich Schritt für Schritt durch das dunkle Zimmer.

Tok! Tok! Tok!

Das erneute Klopfen erschreckte mich zu Tode. Mit zitternden Händen ertastete ich die Türklinke und drückte sie herunter. Ich öffnete die Tür gerade so weit, um zu erkennen, dass niemand da war. Draußen war es taghell. Ich rieb mir die Augen, öffnete sie und stand plötzlich in Messina, am Fuße der langen Treppe, die zu unserem Viertel hinaufführte. Erfreut und verwundert zugleich stieg ich die Stufen hoch, die zu *zio* Paolos Haus führten, und sah mich dabei um. Die rau verputzten grauen Mauern, die niedrigen, ausgetretenen Stufen – unser Berg mit seinen mächtigen sandfarbenen Felsbrocken, den wilden, verwelkten Sträuchern und den zahllosen Mülltüten.

Ein dumpfer, leiser, in langen Wellen auf und ab schwellender Ton und das schrille Pfeifen schwarzer Fledermäuse begleiteten mich. Ich stand vor *zio* Paolos Tor, ging über die Schwelle, und im selben Augenblick wurde es schlagartig stockdunkel. Als hätte jemand an einem mächtigen Lichtschalter gedreht. Aus der Haustür meines Onkels drang wie aus weiter Ferne ein schwaches, flackerndes Licht, das rasend schnell auf mich zukam und vor mir verharrte. In *zio* Paolos Wohnzimmer standen Hunderten brennende Kerzen. Ich trat ein und nahm aus den Augenwinkeln eine Bewegung wahr. Viele kleine, schwarz vermummte Gestalten huschten lautlos umher. Körperlose Schatten, die vor mir zurückwichen. Inmitten der Kerzen erwartete mich eine schwarze Insel. Ich schob mich langsam darauf zu, bis sich erste Umrisse aus der Dunkelheit schälten. Ein Bett mit schwarzen Laken. Darin eine leblose Gestalt mit wächsernen Gesichtszügen. *Zio* Paolo war tot!

Ich riss den Mund auf und schrie. Ein verzweifelter, langer, lautloser Schrei, der meinen Körper nicht verließ, schüttelte mich. Tränen rannen meine Wangen hinab und brannten kalt auf meiner Haut. *Zio* Paolos Bett verschwand aus meinem Blickfeld. Ein weiteres schälte sich aus der Dunkelheit, und darin erkannte ich das maskenhaft starre, bleiche Gesicht meiner Uroma Mina.

Zum Schreien hatte ich keine Kraft mehr, ich

stand nur regungslos da und weinte. Nacheinander drehten sich immer mehr Totenbetten in mein Blickfeld. Darin lagen *nonno* Luigi, *nonna* Maria, *zia* Lina, *zia* Gianna, *zia* Anna, *zio* Nuccio – es hörte gar nicht mehr auf. Ich sackte zu Boden, blieb auf dem Rücken liegen und starrte an die Decke, wo sich ein weiteres schwarzes Bett langsam auf mich herabsenkte. Das bleiche Gesicht meines Lieblingscousins Gianni tauchte aus der Schwärze auf. Ich starrte auf seine Lippen, die lautlose Worte formten. Ich horchte angestrengt und hielt dabei den Atem an. Das Bett senkte sich weiter auf mich herab, bis Giannis bleiches Gesicht nur noch eine Handbreit von meinem entfernt war. Endlich verstand ich, was er sagte.

»Wir sind nicht alle tot … du bist es!«

»Ich bin es … was? Bin ich tot?«

Gianni schwieg.

»Gianni … bin ich tatsächlich tot?«

Gianni öffnete langsam die Augen, und ich erschrak fürchterlich. Sie waren weiß! Er öffnete die Lippen, holte mit einem schleifenden, schrecklich klingenden Seufzer tief Luft und …

Ich prallte hart auf dem Boden auf, rappelte mich hoch und kroch schlaftrunken zurück ins Bett. Finsternis umschloss mich. Ich rieb mir die vom Weinen feuchten Augen und starrte an die Decke. Gianni war verschwunden. Mein Bruder wälzte sich neben mir von einer Seite auf die andere. Das Rascheln der Bettdecke klang unnatürlich laut. Die Augen fielen mir zu, aber ich wollte auf keinen Fall weiterschlafen. Es war gerade mal zwei Uhr. Das Zimmer, das Bett, selbst meine schlafenden Geschwister und meine Eltern – alles schien so unwirklich. Ich stellte mir die Frage, ob der Traum nicht die Wirklichkeit war – und wir alle längst tot waren. *Nonna* Mina hatte mal gesagt, der Tod sei eine Reise ohne Wiederkehr. Wohin führte die unsere?

6. Das Fenster

Endlich, die Feiertage waren vorbei! Wir merkten es daran, dass wieder häufiger Schuhe vor unserem kleinen Küchenfenster zu sehen waren. Da wir in einer Kellerwohnung wohnten, hatte die Unterkante des Fensters die gleiche Höhe wie der Bürgersteig. Von dort aus konnten wir also genau erkennen, wie die Schuhe unserer Nachbarn aussahen. Die Nachbarn selbst bekamen wir nämlich fast nie zu Gesicht. Schatten, bewegte Gardinen, ab und zu Geräusche, wenn jemand Schnee schippte. Ansonsten schienen unsere deutschen Nachbarn ihre Wohnungen nicht zu verlassen, und ich hatte erneut den Eindruck, als ob in diesem Viertel nur alte Menschen wohnten.

Dass es im Dorf auch Kinder gab, hatten wir am sechsten Januar gesehen. An jenem Tag hatten drei als arabische Terroristen verkleidete Halbwüchsige in Begleitung eines nicht verkleideten, dafür aber ziemlich schräg aussehenden Erwachsenen bei uns geklopft. Arglos hatte Filippo die Tür geöffnet – und sie gleich wieder mit voller Wucht zugeschlagen, weil die drei verkappten Araber unvermittelt zu jaulen angefangen hatten. Das Jaulen verstummte augenblicklich. Mein Bruder rief nach Verstärkung, und wir waren prompt zur Stelle.

Diesmal öffnete ich die Tür, begutachtete die vier Gestalten und wartete darauf, dass Papa, der einen Meter über mir ebenfalls aus dem Türspalt herausschaute, das Gespräch übernahm. Der schräg aussehende Erwachsene sprach zwei unverständliche Sätze. Sein orangefarbener Bart wackelte dabei, und es sah aus, als ob ein Meerschweinchen sich an seinem Kinn festgekrallt hätte, das nach jedem ausgesprochenen Wort gegen den drohenden Absturz kämpfte. Während er sprach, schepperte er wiederholt mit einer Blechbüchse und gab seinen Begleitern damit ein geheimes Zeichen, denn kaum war die Büchse verstummt, stimmten die Araber das nächste Lied an.

Die drei Gestalten, die ich auf dreizehn bis vierzehn Jahre schätzte, sahen durch mich hindurch. Hinter ihrer Bemalung waren sie inzwischen rot angelaufen, und der dunklere, der wohl einen Neger darstellen sollte, bemühte sich hörbar, seine Stimme unter Kontrolle zu halten. Der Arme! Diese Schmach konnte ich ihm nachfühlen. Nur, den Zweck ihres Besuches verstanden wir nicht. Ich fragte Papa, warum sich die Kinder des Mannes mit dem Meerschweinchenbart ausgerechnet vor unserer Türe blamieren mussten. Er schüttelte nur den Kopf und zuckte mit den Schultern, offenbar wusste er es auch nicht.

»Was sollen wir jetzt tun?«, fragte ich und schielte am Türspalt entlang zu Papa hoch.

»Keine Ahnung!«, antwortete Papa, mitten in ein langgestrecktes Halleluja hinein. »Hm … das ist bestimmt ein deutscher Brauch. Heute ist der sechste Januar. An diesem Tag verteilt die *befana* bei uns Geschenke oder Kohlestücke. Vielleicht ist das hier etwas Ähnliches?«

»Aber die *befana* sieht aus wie eine Hexe. Die drei da sind bleich wie kranke Araber, und der eine hat sich die Kohle ins Gesicht geschmiert, statt sie zu verteilen«, erwiderte ich. Mir war längst aufgefallen, dass die drei außer langen Holzstäben, an denen sie sich krampfhaft festhielten, und der gesungenen Wurzelbehandlung, nichts zu verteilen hatten.

»Ich glaube, die wollen uns weismachen, dass sie die Heiligen drei Könige sind«, warf Filippo von hinten ein.

»Ja, genau! Das könnte sein!«, rief Papa etwas lauter über die Schulter.

Die Sänger hatten inzwischen zu einem furiosen Finale angesetzt, das in einem verzweifelt klingenden Halleeelujaaaa mündete. Der letzte Ton war noch nicht ganz verhallt, da schepperte der Meerschweinchenbart schon wieder mit seiner Blechbüchse.

»Papa, wenn wir die Tür jetzt nicht schließen, fangen die bestimmt wieder von vorne an. Soll ich jetzt einfach zumachen?«, fragte ich und blickte nach oben, genau in Papas behaarte Nasenlöcher hinein.

»Nein, warte. Ich glaube, die wollen, dass wir Geld in ihre Büchse werfen«, antwortete Papa.

»Geld? Für so ein mieses Lied?«, entrüstete ich mich.

Wenn das Geldverdienen in Deutschland so einfach war, dann wunderte es mich nicht, dass alle so von diesem Land schwärmten. Papa warf ein bisschen Kleingeld in die Büchse, der Meerschweinchenbart nickte, die drei Scheinaraber grinsten, und ich beschloss, Sänger zu werden.

Nach dieser merkwürdigen Begegnung beschränkte sich das, was wir von unseren Nachbarn wahrnahmen, zwar wieder nur auf ihre Schuhe, aber wir waren uns ziemlich sicher, dass es dort, wo es Dreizehn- und Vierzehnjährige gab, auch jüngere Kinder geben musste.

Wenn wir ganz nah ans Fenster traten und schräg nach oben guckten, konnten wir außer den Schuhen auch noch einige Hosenbeine erkennen, und je nachdem, wie die aussahen, konnten wir abschätzen, ob der Träger alt, sehr alt oder uralt war. Damals waren Hosen mit riesigem Schlag in Mode. Wenn also Beine vorbeiliefen, die in Jeans oder Schlaghosen steckten, konnten wir davon ausgehen, dass der/die Träger/in zu den Jüngeren gezählt werden konnte. Mama nannte diese Hosen »Verschwendungshosen«, denn aus dem Schlag so mancher Hose hätte sie sich locker zwei Röcke nähen können.

Im Laufe der Woche liefen viele Hosen an unserem Fenster vorbei, und Mama hätte sich auf Lebenszeit mit Röcken eindecken können. Ein junger Mann, der über uns wohnte, erhielt nämlich öfters Besuch. Es waren hauptsächlich junge, hübsche Frauen, und manche von ihnen liefen selbst jetzt, im tiefsten Winter, in Miniröcken herum. Einige der Röcke waren so kurz, dass sie auch als breite Gürtel durchgehen konnten. SKANDALÖS! – behauptete Mama.

So skandalös fand ich es gar nicht. Das, was die einen zu viel hatten, sparten die anderen eben wieder ein. Das war doch eigentlich ganz in Ordnung, und so hässlich waren so ein paar blau angelaufene Beine nun auch wieder nicht.

Wenige Tage später, wir saßen gerade beim Frühstück, standen plötzlich kleine gelbe Gummistiefel vor unserem Fenster, und nur einen Augenblick später gesellten sich ein Paar rote dazu. Kinder! Das konnten nur Kinder sein!

Mein Bruder sprang auf und streckte sich in Richtung Fenster. Ein kurzer Blick genügte, und er schrie: »Da draußen spielen Kinder!«

»Echt! Lass sehen!«, rief ich, rannte zum Fenster, schielte ebenfalls hinaus und sah zwei kleine Gestalten über die Straße rennen.

»Schnell raus, bevor sie wieder verschwinden!«, rief ich

»Ja los, anziehen und raus!«, riefen Filippo und Santina.

Bevor Mama noch »Piep« sagen konnte, waren wir schon in unsere Mäntel und Gummistiefel geschlüpft und aus der Wohnung gerannt. Wir stürzten die Treppen zur Haustüre hinauf und standen einen Lidschlag später auf der Straße. Erwartungsfroh blickten wir uns um, aber es war niemand mehr zu sehen. Enttäuscht fragten wir uns, wohin die beiden Kinder so schnell hätten gehen können. Wir liefen ein Stück die Straße hinauf und wieder herunter, doch es war niemand zu sehen.

Santina fragte mich, ob sich die Kinder in Luft aufgelöst hätten, und war sichtlich enttäuscht. Die ganze Zeit waren wir nun allein auf der Straße oder in der Wohnung gewesen, es kam uns schon wie eine halbe Ewigkeit vor. In Messina hatten wir, außer unseren Cousins, noch mindestens fünfzehn andere Kinder zum Spielen. Seit wir hier wohnten, kamen wir uns vor wie die einsamsten Hunde der Welt, und nun verschwanden die einzigen Kinder, die wir seit Wochen zu Gesicht bekommen hatten, auch noch wie eine Fata Morgana.

Plötzlich hörten wir Stimmen … Kinderstimmen,

und sie waren ganz nah. Wir sahen uns an und liefen in die Richtung, aus der die Stimmen kamen. Neben dem Haus, in dem wir wohnten, lag eine weite verschneite Wiese, die sich zur Fils hin absenkte. Dort liefen die beiden gerade hoch. Zwei Mädchen in sonderbaren, grellen Klamotten. Die eine trug eine giftgrüne, die andere eine orangefarbene Felljacke. Beide Farben trieben uns, im direkten Kontrast zum Schnee, dicke Tränen in die Augen. Die wundervolle grellrote Fellmütze der einen sah aus wie eine aufgeplatzte Tomate. Die andere hatte sich wohl einen seltenen haarigen Frosch um die Stirn gebunden.

Ich kämpfte die drohende Bindehautentzündung nieder und konzentrierte mich auf ihre hübschen Gesichter. Wir gingen lächelnd auf die Mädchen zu, sie lächelten zurück, und schon war das Eis gebrochen. Wir verstanden zwar kein Wort von dem, was sie die ganze Zeit über von sich gaben, aber irgendwie klappte es trotzdem. Plötzlich, oh Wunder über Wunder, gesellte sich auch ein Junge zu uns. Er war der Sohn des Landwirts, dem die Wiese gehörte.

Wir erfuhren, dass die beiden Mädchen Geschwister waren und versuchten ihre Namen herauszubekommen. Dabei waren mir die *Tarzan*-Filme, die wir erst kürzlich im Fernsehen gesehen hatten, eine große Hilfe. »Ick Gigi, du …?«, stotterte ich.

Elke hatte schöne blaue Augen, lange blonde Locken und eine hübsche Stupsnase. Die andere hieß Karin, sie war gerade mal ein Jahr jünger als ich und gefiel mir auf Anhieb. Karin war für mich die Schönste überhaupt, schöner noch als Loredana, die Schwester meines Freundes Vittorio, der eines Tages, ohne sich zu verabschieden, aus Messina verschwunden war.

Karin hatte lange, dunkelbraune glatte Haare mit einem fransigen Pony und ein wunderschönes schmales Gesicht mit hochstehenden Wangenknochen. Ihre grüngrauen Augen gaben mir vollends den Rest: Ich war sofort hin und weg und strahlte sie den halben Tag an.

Der Junge war so ähnlich gekleidet wie wir. Grauer Mantel, alte, abgewetzte Hose, blaue Gummistiefel, Handschuhe und Wollmütze. Er hatte ein sympathisches Grinsen, strahlend blaue Augen, plapperte ohne Punkt und Komma und hieß Hans!

»Ans?«

»Nein HANS!«

»A-A-N-S?«

»Sag mal! Ist das denn so schwer? H-A-N-S! Sag mal H-H-H!«

»A-A-A«

»Nein … das wird nichts! Guck mal!«, mit diesen Worten drehte sich Hans um, nestelte an seiner Hose herum, holte seinen Schniepel heraus und begann seinen Namen in den Schnee zu pinkeln.

Ich war schockiert! Wie konnte er sich das vor den Mädchen trauen? Und dann auch noch wie auf Kommando pinkeln? Karin und Elke bemerkten mein entgeistertes Gesicht und fingen an zu lachen – was für mich noch viel unverständlicher war. Nachdem H-A-N-S sein Werk vollendet hatte, packte er alles wieder ein, stellte sich breitbeinig hin, stemmte die Arme in die Hüfte und stieß einen zufrieden klingenden Seufzer aus. Es hörte sich an, als hätte er gerade das Kunststück fertiggebracht, eine originalgetreue Kopie der Mona Lisa in den Schnee zu pinkeln.

»Soo! Jetzt komm her!« Er streckte die Hand aus

und bedeutete mir, auf die gelb umrandeten Buchstaben zu schauen. »H – A – N – S … *capito*?«, rief er.

»Ah, okay! *Capito*!«, erwiderte ich. Ich wusste zwar immer noch nicht, wie man dieses verfluchte H aussprach, aber die Learning-by-Pissing-Methode von Aans war keine echte Alternative zu meinem kleinen, immerhin ebenfalls gelben L-a-n-g-e-n-s-c-h-e-i-d-t.

Ein paar Stunden später hatten wir unsere erste richtige Schneeballschlacht hinter uns, mehrere Schneemänner und ein Iglu gebaut und waren innen nass und außen durchgefroren. Santina hatte sich längst schon von uns verabschiedet und war wieder hineingegangen. Ich war steif wie eine tote Ratte, aber das Spielen mit Karin, Elke und Hans war so schön, dass es mir leichtfiel, so zu tun, als ob nichts wäre.

Bis zu dem Augenblick, als eine helle Frauenstimme die Namen der Mädchen und noch etwas mehr schrie. Karin befreite sich aus meinem Würgegriff, klopfte sich den Schnee aus den Kleidern, setzte eine traurige Miene auf, gab mir die Hand und sagte mit einer zuckersüßen Stimme, die wie kleine Glöckchen klang: »Ich muss rein!« Dann drehte sie sich um und lief davon.

Versonnen blickte ich ihr nach, bis sie im Haus verschwand. Sie wohnte keine fünfzig Meter von uns entfernt, und ich hatte sie bisher nicht einmal zu sehen bekommen. Ich nahm mir fest vor, das zu ändern.

Hans drehte sich ebenfalls um, hob die Hand und rief: »Also tschau! Ich muss auch rein!«

»Ciao Aans!«, rief ich ihm hinterher und lief dann so schnell wie möglich ins Haus. Auf einmal machte sich die Kälte auf grausamste Art bemerkbar, und ich hätte mich am liebsten in den Ofen verkrochen. Es dauerte Stunden, bis meine Zähne aufhörten zu klappern.

Während ich in eine Decke eingewickelt neben dem Ofen saß, schlug ich in meinem Wörterbuch all die Wörter nach, die Karin, Elke und Hans am häufigsten gesagt hatten. Viele davon waren unauffindbar, aber manche konnte ich mir zusammenreimen. So wusste ich mit ziemlicher Sicherheit, dass »Ich muss rein« so was wie »Ich muss jetzt gehen« bedeutete. Mit der »Scheize« von Hans konnte ich erst mal gar nichts anfangen, weil mir irgendwie der Zusammenhang zwischen dem, was wir gespielt hatten, und dem, was jeder Mensch in die Toilette plumpsen lässt, fehlte.

Als Papa nach Hause kam, fragte ich ihn danach, und er antwortete mir, dass die Deutschen dieses Wort ständig benutzten. Viele machten den ganzen Tag nichts anderes, als über »Scheize« zu reden. Komische Leute … hatten die keine besseren Themen?

7. Missverständnisse

Der nächste Tag begann mit einem lauten »Aufstehen, wir müssen zum Doktor gehen!«

Ich öffnete ein Auge und stellte fest, dass es eigentlich noch viel zu früh war, um auch nur an Aufstehen zu denken … Aber gegen Mamas Argumente, die eine Besprenkelung mit eiskaltem Wasser im Gesicht nicht ausschlossen, war jeder Widerstand zwecklos. Also kroch ich aus den Federn, und kurze Zeit später machten wir uns auf den Weg.

Der Arztbesuch war dringend nötig, weil Papa uns für die Schule angemeldet hatte. Wir mussten demnächst zur Schule!

Diesem Tag sahen wir mit gemischten Gefühlen entgegen. Auf der einen Seite freuten wir uns, endlich mal aus dem Haus zu kommen und vielleicht noch mehr Freunde zu finden. Auf der anderen Seite hatten wir natürlich Angst vor dem Unbekannten, das uns erwartete. Bisher wussten wir nur, dass Filippo und ich in eine vierte Klasse gesteckt würden und Santina in die erste kommen sollte.

Doch jetzt stand erst mal der Gang zum Arzt an. Wir gingen eine schmale Gasse an unserem Haus vorbei und nahmen dann die Straße, die zur Ortsmitte führte.

Nach ein paar Metern hielt ein Auto neben uns an, ein freundlich lächelnder junger Mann kurbelte die Scheibe herunter und quasselte mit Überschallgeschwindigkeit und wild gestikulierend los. Mein erstes »Hä?« hatte er wahrscheinlich überhört, und für Mamas hilflose Blicke hatte er keine Augen. Ständig drehte er eine Straßenkarte im Kreis herum und beobachtete seinen Zeigefinger, mit dem er über das Papier kratzte. Nachdem er mindestens drei Pfund Wörter ausgespuckt hatte, fing er dann doch an, sich zu wundern, warum wir ihm noch keine Antwort gegeben hatten. Er legte seine Karte beiseite und musterte Mama fragend. Sie war mit der Aufgabe sichtlich überfordert, denn sie presste Santina eng an sich und würgte, als versuchte man ihr gerade die Luft abzuschnüren, ein »*Non capito*« heraus. Der junge Mann starrte sie entgeistert an, machte langsam den Mund auf und ließ ein erstauntes: »Was?« herausfallen.

Dieses »Was?« ließ in mir die Vermutung keimen, dass er Mamas Worte nicht verstanden hatte. Also blickte ich ihm direkt in die Augen und sagte: »Nix vasteen!«

Der junge Mann sah von seinem Begleiter, der am Steuer saß, zu mir, und dann fingen sie lauthals an zu lachen. Dabei schluchzten sie immer wieder »Nix verstehen ... haha, hehe ...«

Sie winkten und fuhren lachend weiter. Ich beobachtete Mama, die jetzt genauso laut lachte wie die beiden Männer, und fragte mich langsam, ob vielleicht eine ansteckende Krankheit dahintersteckte. Vielleicht war das der Beginn des Ballaballa-Syndroms?

»Warum lachst du?«, fragte ich Mama genervt.

»Haha, das hättest du nicht übersetzten müssen!«, antwortete sie. »Das hatten sie auch so verstanden.«

»Hm … die haben aber nicht ausgesehen, als ob sie was verstanden hätten!«, erwiderte ich.

»Egal, gehen wir weiter!«, entschied Mama und zog Santina hinter sich her.

Kurze Zeit später saßen wir im Wartezimmer des Arztes und warteten, bis man uns hereinrief. Die anderen Leute schwiegen alle und starrten mit leerem, scheinbar strengem Blick die Wände an oder blätterten gelangweilt in irgendwelchen Zeitschriften. Keiner sagte auch nur ein Wort. Außer Mama, die uns im Flüsterton auf Italienisch einzubläuen versuchte, wie wir uns bei der Untersuchung verhalten sollten.

Mama sprach normalerweise immer Dialekt mit uns, es sei denn, es befanden sich Fremde in Hörweite. Dann schaltete sie automatisch auf gepflegtes Italienisch um. Das hatte sie schon in Messina so getan, denn so unterschieden wir uns von den *zalli*. Das war in Messina ein Schimpfwort für Verwahrloste und Zigeuner. Sie sprechen nämlich immer Dialekt, weil sie gar nichts anderes können. Da wir ganz sicher keine *zalli* sein wollten, sprachen wir in der Öffentlichkeit Italienisch. Nicht dass es im Wartezimmer eines schwäbischen Arztes eine große Rolle gespielt hätte. Die Anwesenden konnten ohnehin das eine nicht vom anderen unterscheiden und die meisten sahen uns an, als störten wir mit unserem Geplapper die Ruhe der Toten.

»Mama … darf man hier etwa nicht reden?«, fragte ich verwundert.

»Doch, natürlich darf man das«, antwortete Mama und blickte dabei unsicher in die Runde, als ob sie das »Bitte nicht stören!«-Schild suchte. Vielleicht hatten wir es ja übersehen, obwohl es alle anderen im Raum bereits um den Hals trugen. Wenn auch nicht für jeden erkennbar.

»Aber… warum starren die uns alle so an?«, bohrte ich weiter.

»Keine Ahnung! Bestimmt nicht deswegen, glaube ich«.

Hm, so sicher war ich mir da nicht. In Messina plapperten die Leute im Wartezimmer immer munter drauflos. Da erfuhr man an einem Tag mehr über Krankheiten als so mancher Medizinstudent während seines gesamten Studiums. Der Gang zum Arzt und die Zeit im Wartezimmer werden stets dazu genutzt, neue Bekanntschaften zu machen und sich ausgiebig über Krankheiten, Politik, Gott, die Welt und sonstige wichtige Themen zu unterhalten.

So ist es zum Beispiel völlig normal, dass fünf bis sechs einander völlig fremde Menschen lautstark, ungezwungen und gestenreich über eingewachsene Zehennägel, schwierige Geburten, Milchstau, Brustentzündungen, Blinddarmoperationen, Prostataprobleme, Hämorrhoidenleiden, Omas langes Sterben oder Opas Blitztod debattieren. Für Letzteres existiert sogar ein eigener Name: *la morte subitania*. Der plötzliche Tod ist so etwas wie eine sehr schwere, unheilbare Krankheit. Der Opa wäre also mit seinen rüstigen 92 Jahren sicherlich noch viel älter geworden, wenn … ja, wenn er diesen schweren Anfall von *morte subitania* nicht erlitten hätte.

Hier in Deutschland nestelte jeder nur stumm an einer Zeitung herum, knetete seine Hände oder studierte die Plakate an den Wänden, um möglichst niemandem in die Augen sehen zu müssen. Dieser

Blick, in Verbindung mit der restlichen Mimik, hieß bei uns: Lasst mich bloß in Ruhe!

Nach einer Weile stürmte die Vorzimmerdame herein und rief unseren Namen auf eine so merkwürdige Art und Weise auf, dass wir eine Weile brauchten, um zu merken, dass wir gemeint waren. Als wir nicht sofort reagierten, wiederholte sie den Namen – und betonte ihn noch furchtbarer als zuvor. Da sich aber niemand angesprochen fühlte und sich die Blicke aller Anwesenden auf uns richteten, standen wir auf und gingen aus dem Wartezimmer. Die Dame hielt uns die Tür auf und lächelte. Allerdings war dieses Lächeln alles andere als freundlich, es wirkte eher herablassend, und ich merkte mir ihren nächsten Satz ganz genau. Ich beobachtete ihre Lippen und verfolgte, wie sie langsam die einzelnen Wörter formte: »Die wissen ja nicht mal, wie sie heißen!«

Mama schaute sie nur hilflos an und lächelte, während ich mir zusammenzureimen versuchte, was sie gesagt hatte, und in meinem Hirn das gesamte gelbe Wörterbuch abspulte. Doch bisher wusste ich nur, dass die Dame uns nicht gerade wohlgesonnen war. Warum auch immer!

Sie geleitete uns in ein Behandlungszimmer, wo ein Mann in einem weißen Kittel hinter einem Schreibtisch saß. Es war ein alter Mann, mit grauen, streng nach hinten gekämmten Haaren und einer Brille mit dicken Gläsern auf der Nase. Er stand auf, kam um seinen Schreibtisch herum und reichte Mama die linke Hand, das machte er reihum mit uns Kindern auch. Dabei fiel mir auf, dass seine rechte Hand, die in einem schwarzen Handschuh steckte, steif nach unten hing. Er lächelte uns freundlich an (sein Lächeln war auch genauso gemeint) und sprach dabei so schnell, dass wir dastanden wie die Ochsen vorm Berg. Als er es merkte, drosselte er seinen Redefluss so weit, dass wir ihm zwar immer noch nicht richtig folgen konnten, aber zumindest ahnten, was er von uns wollte.

Ich kam als Erster an die Reihe. Er bedeutete mir, meinen Pullover auszuziehen und auf einer Liege Platz zu nehmen. Während ich mich auszog, holte er sich einen Stuhl heran und setzte sich ganz dicht neben die Liege. Dabei fiel mir auf, dass die Hand in dem Handschuh unnatürlich hin und her schwang. Ihm fehlte offenbar der ganze Arm, und in dem Handschuh steckte auch keine Hand. Noch bevor ich meine Entdeckung verdaut hatte, fing der Arzt mit der Untersuchung an. Das Herz klopfte mir bis zum Hals, weil ich nicht wusste, was er alles mit mir anstellen würde und ob ich mich richtig verhielt. Aber da er mir stets alles vormachte, ging es reibungslos voran, bis zu dem Moment, als er von mir verlangte, ich solle »drücken wie beim Stuhlgang«.

Ich erkannte die Wörter Stuhl und Gang, reimte mir etwas zusammen und sprang von der Liege, um mich wieder anzuziehen. Der Arzt hielt mich fest und zwang mich auf die Liege zurück.

»Nein, nein«, sagte er. »Bleib da! Drücken wie beim Stuhlgang ... äh ... pressen wie beim Scheißen! Okay?«

Er sah mich an und erwartete ein Zeichen, dass ich ihn verstanden hatte. Das war aber nicht der Fall, denn ich wurde knallrot im Gesicht, starrte ihn entsetzt an und fragte: »Scheizzen?« Der Mann erwartete doch nicht allen Ernstes von mir, dass ich auf seiner Liege einen Haufen hinterließ, noch dazu vor seinen und den Augen meiner Geschwister. Das konnte er sich abschminken.

»Nein! Nicht hier! Nur drücken, pressen, so tun als ob … Okay?«

»Ah … nix scheizzen! *Pressare … si, si*!« Mann, was war ich froh, dass ich ihn falsch verstanden hatte!

Am Ende strich er mir über die Haare und sagte: »Gut gemacht, fertig!«

Erleichtert sprang ich von der Liege und zog mich an.

Nachdem alle untersucht waren, verabschiedeten wir uns und verließen die Praxis.

Bis auf die Sache mit Filippos Auge war alles in Ordnung, und wir konnten wie geplant zur Schule gehen.

Zwei Wochen später begleiteten uns Mama und Papa dann dorthin. Dazu mussten wir bis zum anderen Ende des Dorfes laufen, das waren gute zwanzig Minuten Fußweg. Als wir ankamen, wartete bereits ein großer, blonder, sympathischer Mann auf uns. Sein nettes, freundliches Lächeln strahlte auf uns herab, als wären wir lang erwartete Freunde.

Er gab uns die Hand, nickte und sagte dabei: »Cruscott, Herrstaudinger«.

Ich übersetzte das mit: »So heißen hier die Lehrer«, was dazu führte, dass für mich in den kommenden Wochen, bis mich endlich jemand aufklärte, jeder Lehrer »Herstaudige« hieß.

Herstaudige sprach ganz langsam, was für mich von großem Vorteil war, denn so konnte ich mir das eine oder andere zumindest in etwa zusammenreimen. Mein Wortschatz umfasste zwar schon einige Wörter, mit der Aussprache hatte ich aber trotzdem riesige Probleme. Eine hübsche blonde Frau erschien und holte lächelnd meine Schwester ab. Sie nahm

Santina bei der Hand und verschwand mit ihr hinter einer der viele Türen. Mein Bruder und ich trotteten hinter dem munter vor sich hin plaudernden Herstaudige her, bis er eine Tür öffnete und uns in ein Klassenzimmer hineinschob.

Etwa dreißig Augenpaare richteten sich auf uns und musterten uns von oben bis unten. Ich schaute in völlig unbekannte Gesichter von Jungen – und Mädchen. Das war etwas völlig Neues, denn in Messina gab es keine gemischten Klassen. Dafür gab es hier keine Schuluniform, wie ich erfreut feststellte, denn mit der affigen Schürze hatte ich mich nie richtig anfreunden können. Die meisten unserer zukünftigen Schulkameraden wirkten freundlich und lächelten, manche gleichgültig, zwei davon arrogant und einer recht grimmig.

Herstaudige richtete ein paar Worte an die Klasse, führte uns anschließend zu einer leeren Schulbank und begann mit seinem Unterricht. Schon in den ersten Minuten wurde mir klar, dass es eine ganze Weile dauern würde, bis ich aus diesem Wortschwall etwas Verständliches herausfiltern könnte. Mein Bruder sah mich fragend an, und ich zuckte nur mit den Schultern. Da mussten wir durch. Nach einer schier endlosen Stunde erklang eine Glocke, woraufhin alle wie auf Kommando aufsprangen, wild durcheinanderredeten und so taten, als wäre Herstaudige nicht mehr im Raum.

Das überraschte mich dann doch sehr. Ein Professore Giannelli, der noch im letzten Jahr mein Lehrer gewesen war, hätte sich angesichts dieser Respektlosigkeit sofort eine Lastwagenladung dicker Rohrstöcke bestellt und sie bis zum Ende des Unterrichtstages restlos verbraucht. Garantiert! Natürlich freute ich mich über diese Freiheit in der deutschen Schule, auch wenn sie im ersten Moment sehr ungewohnt war.

Auch die Größe meiner Kameraden erstaunte mich sehr, die meisten von ihnen waren einen ganzen Kopf größer als ich. Sogar die Mädchen. Mein Bruder und ich fühlten uns wie im Land der Riesen. Nach wenigen Minuten standen viele unserer Mitschüler um unsere Bank herum und bestürmten uns mit Fragen. Für uns war es im ersten Moment beängstigend. Wir saßen verstört auf unseren Stühlen, schauten in fremde, teilweise verzerrte Gesichter, die völlig unverständliche Laute von sich gaben, und versuchten anhand ihrer Gestik und Mimik herauszufinden, ob sie uns freundlich oder feindlich gesinnt waren. Was die so von sich gaben, klang für uns teilweise wirklich bedrohlich. Ein paar wenige Fragen konnten wir uns sogar zusammenreimen, aber nicht beantworten. Irgendwann brüllten dann mehrere Kinder dieselbe Frage: »Katholisch oder evangelisch?«

Damit konnte ich nun überhaupt nichts anfangen. Allerdings schien es ihnen sehr wichtig zu sein, denn sie ließen nicht locker. Ein großer, hagerer rotblonder Junge mit vorstehenden Zähnen und unzähligen Sommersprossen im Gesicht machte auf mich einen besonders aggressiven Eindruck. Er hatte uns die ganze Zeit schon so grimmig gemustert, und nun knurrte er uns seine Frage förmlich entgegen: »R e l i g i o n … katholisch evangelisch oder Jude?«

Das Wort »Religion« hatte ich nun zwar verstanden, aber ich hatte keine Ahnung, was sie alle von uns wollten. Diese Frage hatte bis zu diesem Zeitpunkt keine Rolle in meinem Leben gespielt, denn in Messina wollte niemand wissen, welche Religion man ausübte. Es gab nur eine. Um der Fragestunde ein Ende zu bereiten sagte ich: »Nix wisse. Morge.«

»Ah, gut! Morgen!«, antworteten ein paar Kameraden.

Der Rotblonde setzte eine verächtlich wirkende Miene auf und entließ ein »Pfff« aus seinem nach unten verzogenen Mund.

Schon in diesem Augenblick spürten mein Bruder und ich, dass wir mit Karl, so hieß dieser Kamerad, noch jede Menge Ärger bekommen würden.

Kurz darauf war die Pause um, und wir schleppten uns durch den endlosen, unverständlichen Unterricht. Als gegen Mittag wieder die Glocke erklang, waren wir froh, endlich nach Hause gehen zu können.

Wir liefen auf den Schulhof und sahen Mama, die auf uns wartete. Santina war völlig verängstigt in Tränen ausgebrochen, und die Lehrerin hatte sie vorzeitig nach Hause geschickt.

Als wir am nächsten Morgen wieder im Klassenzimmer standen und »katholisch« sagten, schrie eine Hälfte der Klasse »Yeahh« und die andere »Buuuhh«. Warum die Religionszugehörigkeit für unsere Kameraden so wichtig war, blieb mir ein Rätsel.

8. Zwei kleine Italiener

»Zwei kleine Italieeener …«

Dieses unsägliche Lied war schon nach kürzester Zeit zu unserer persönlichen Nationalhymne geworden. Leider war es bereits in den ersten Wochen zu mehreren unaufgeklärten Missverständnissen gekommen. Unser Prinzip der Freund-Feind-Erkennung durch Mimikdeutung funktionierte nämlich genauso gut wie eine Brustvergrößerung durch Handauflegen: gar nicht! Und zwar weder bei uns noch bei unseren Schulkameraden.

Filippo und ich fühlten uns so manches Mal beleidigt und provoziert, dabei hatte uns ein Kamerad nur mit unpassendem Gesichtsausdruck nach unseren Namen gefragt. Dann wieder waren wir schockiert, wie aggressiv manche auf eine falsche Antwort von uns reagierten, die wir nicht, wenigstens nicht bewusst, böse gemeint hatten. Die Stimmung kippte sehr schnell, und plötzlich kam es immer öfter zu Misstrauen und Anfeindungen. Je stärker uns unsere Kameraden ausgrenzten, desto mehr kapselten wir uns ab.

Ein paar Wochen zuvor waren mein Bruder und ich noch zwei ganz gewöhnliche Jungs gewesen. Doch nach und nach stellte sich heraus, dass wir viel, viel mehr waren. Wir waren Itaker, Spaghettifresser, Patschaken, Spaghettis, Kanaken, Ausländer, Gastarbeiter, Pizzafresser, Zitronenschüttler sowie Beischläfer verschiedenster Tier- und Geflügelarten sowie Obst- und Gemüsesorten. Unsere »Kameraden« besaßen eine schier unerschöpfliche Fantasie – zumindest wenn es darum ging, uns neue Namen zu verpassen.

Anfangs ertrugen wir die Schmähungen mehr oder weniger stumm, denn bis auf das eine oder andere »Halde deine Maule!« waren wir in der verbalen Auseinandersetzung hoffnungslos unterlegen. Als Nunzio wieder mal bei uns zu Hause vorbeikam und wir von den Anfeindungen in der Schule erzählten, brachte Susi uns bei, wie wir auf diesen Unsinn zu reagieren hatten.

»Also, wenn die Deutschen ›Spaghettifresser‹ zu euch sagen, müsst ihr sofort mit ›Kartoffelfresser‹ kontern. Wenn die ›dies‹ oder ›das‹ sagen, dann müsst ihr ›dies‹ oder ›das‹ antworten.«

Eine echte Hilfe waren uns ihre gut gemeinten Ratschläge jedoch nicht, denn unsere Kameraden redeten so schnell, so schnell konnten wir nicht einmal zuhören. Unser »Katofelefresa« hörte sich leider auch nicht nach einer echten Beleidigung an, denn wann immer wir es sagten, lachten sich unsere Gegenüber halb tot. Und das gönnten wir ihnen natürlich auf keinen Fall!

Am schlimmsten wirkten auf uns aber zweifellos die Lehrer, denn sie hielten sich aus allem heraus. Filippo und ich konnten mit einer ganzen Horde Beleidigungen brüllender Halbaffen im Rücken einem Lehrer hinterherlaufen, doch die meisten machten sich nicht einmal die Mühe, sich umzudrehen. Bis auf eine junge Lehrerin und Herstaudige, die sich mehr als einmal ein paar dieser Idioten schnappten und sie zur Rede stellten.

Die meisten Lehrer dagegen taten geradezu so, als ob wir weitaus Schlimmeres verdient hätten als ein paar Beleidigungen, und das ließen sie uns auch deutlich spüren.

So auch unser Mathematiklehrer, Herr Sehrmann. Er mochte uns nicht, das wussten wir seit der ersten Stunde. Seine abfälligen Bemerkungen über uns und unsere Anwesenheit in seinem Klassenzimmer hatten sich in mein Gedächtnis eingebrannt. Obwohl mein Bruder und ich noch immer nicht richtig deutsch sprechen konnten, verstanden wir mittlerweile doch so einiges. Zumindest aber waren wir in der Lage, einzelne Wörter mehr oder weniger richtig zu kombinieren und Sätze wie »Na ja, irgendjemand muss ja auch in Zukunft unsere Mülleimer leeren und die Scheißhäuser putzen!« merkten wir uns schon allein wegen des Wortes mit S.

Jedenfalls zog Herr Sehrmann eines Morgens, er hatte gerade seinen Unterricht begonnen, ein paar Mal die Nase hoch, unterbrach dann plötzlich seinen Vortrag, stemmte die Hände in die Seiten und sagte: »Sagt mal, was stinkt hier denn so?«

»Ja, die da vorne!«, erklang eine Mädchenstimme hinter uns. »Das geht schon den ganzen Morgen so!«, betonte unsere Mitschülerin.

Ich war die ganze Zeit in Gedanken versunken gewesen, hatte in meinem Mathebuch geblättert und Herrn Sehrmann aus den Augenwinkeln beobachtet. Dem Unterricht folgen zu wollen war bei normaler Redegeschwindigkeit zwecklos. Ich horchte erst richtig auf, als diese nicht zum Unterricht passende Frage aufkam.

Herr Sehrmann rief so etwas wie: »Kann doch nicht wahr sein«, und dann mehrmals hintereinander: »Raus! Raus! Raus!«

Dabei scheuchte er uns von unseren Stühlen hoch und trieb uns zur Tür hinaus, die er mit einem lauten Knall hinter uns zuwarf.

Mein Bruder und ich waren völlig baff. Es dauerte eine ganze Weile, bis wir begriffen hatten, was da gerade passiert war. Dennoch wussten wir beim besten Willen nicht, warum Herr Sehrmann uns hinausgeworfen hatte.

»Was haben wir denn getan?«, fragte mich Filippo.

»Keine Ahnung!«, antwortete ich. »Wir haben weder geredet, noch waren wir sonst wie laut, und stinken tun wir auch nicht.«

Den Rest der Stunde verbrachten wir im Gang. Als die Pausenglocke erklang, stürmte Herr Sehrmann aus dem Klassenzimmer, bedachte uns mit einem angewiderten Blick und verschwand. Filippo und ich betraten unser Klassenzimmer, gingen zu unserer Bank und setzten uns. Ich drehte mich zu Uli um, die auf Herrn Sehrmanns Frage geantwortet hatte, und versuchte sie mit einem Wort zur Rede zu stellen.

»Warum?«

»Weil ihr Itaker immer nach Scheiße stinkt!«, antwortete sie.

In mir stieg eine wilde Wut hoch, die ich in dieser Intensität noch nie gespürt hatte, und zum ersten Mal in meinem Leben wollte ich jemandem wehtun. Am liebsten hätte ich meiner Mitschülerin das widerliche Grinsen mit der Faust aus dem Gesicht geschlagen. Aber dieses Verhalten widersprach allem, was man mir bis dahin beigebracht hatte, vor allem: Man schlägt keine Mädchen!

Warum eigentlich nicht?, fragte ich mich. Haben Mädchen, nur weil sie Mädchen sind, einen Freifahrtschein und dürfen jeden beleidigen, ohne Konsequenzen befürchten zu müssen? Nein! Noch bevor der Gedanken zu Ende gedacht war, machte sich meine Faust auf eine kurze Reise und schoss auf die Spitze von Ulis zierlichem Näschen zu. Im Bruchteil einer Sekunde verschwand das Grinsen, sie gab einen überraschten Laut von sich, und meine Faust hielt wenige Millimeter vor ihrem Ziel inne. Ich hatte es nicht fertiggebracht und hasste mich dafür. Aber ich hatte Uli erschreckt, und ihr Grinsen kehrte nicht zurück. Sicherheitshalber funkelte ich sie noch einmal finster an, bevor ich mich setzte.

Minuten später erfuhren wir von einem der wenigen Kameraden, die noch freundlich mit uns umgingen, dass jemand im Klassenzimmer gefurzt hatte. Natürlich konnte das nur ich oder mein Bruder gewesen sein, denn deutsche Kinder taten so etwas nicht. Wenigstens so lange nicht, bis ein Itaker zugegen war, auf dessen Darmausgang sie es notfalls schieben konnten.

Nach Unterrichtsschluss flohen wir geradezu aus der Schule. Noch nie in unserem Leben hatten wir uns so tief gedemütigt gefühlt.

Wenige Tage später kamen zwei neue Schüler in die Klasse. Riccardo war etwas größer als ich, ziemlich stämmig, hatte dichtes schwarzes, gelocktes Haar und stammte aus Palermo. Der andere, Salvatore, war aus Foggia, einer Stadt ganz unten am Absatz von Süditalien. Salva, wie wir ihn nannten, war ein schmächtiger, wieselflinker kleiner Kerl, der immer grinste. Die beiden lebten schon seit etwas über einem Jahr hier und sprachen wesentlich besser deutsch als mein Bruder und ich.

Über diese unerwartete Verstärkung waren wir natürlich mehr als glücklich, und von jenem Tag an gingen wir in der großen Pause auch mal wieder auf den Schulhof. Das hatten wir lange unterlassen, um Konflikte mit den älteren Schülern aus der achten und neunten Klasse zu vermeiden. Wir unterschieden uns zu deutlich von unseren deutschen Kameraden. Schon allein unsere Kleider sprachen eine deutliche Sprache. Wir trugen nichts Modisches, und oft, was hier offenbar auch ein Mangel war, nicht einmal gekaufte Sachen.

Mama war gelernte Schneiderin, was sie zu unserem Leidwesen immer wieder auf die großartige Idee brachte, uns mit selbst genähten Hosen und Hemden und Santina mit Röcken und Kleidern zu beglücken. Die bunten Stoffe waren meist mit hypnotisch wirkenden Blumenmustern versehen, die bei dem einen oder anderen Anhänger rauchbarer Cannabisprodukte ekstatische Erinnerungen an längst vergangene psychedelische Albträume weckten und aus den Ladenhüterbeständen verschiedener Stoffläden stammten. Unsere Mutter fand ihre selbst entworfene Kollektion dagegen ganz entzückend. Sie las aus jedem verkrampften Lächeln betagter Damen ebenso wie in jedem verzückten Grinsen langhaariger Blumenkinder die Anerkennung, die wir ihr versagten. Der Gedanke, dass die Damen nur deswegen lächelten, weil ihnen auf dem Weg zum Gottesdienst ihre Vorhänge entgegenliefen und die anderen unsere Hosen am liebsten geraucht hätten, kam Mama nicht in den Sinn.

Nach wochenlangen Debatten und unserer Drohung, in Zukunft lieber nackt in die Schule zu gehen, als noch einmal ihre abenteuerlichen Kreationen spazieren zu tragen, gab Mama schließlich ihre Designerpläne auf. Wenn wir uns zu fein seien, mit luxuriösen, selbst entworfenen Einzelstücken herumzulaufen, werde sie uns eben in Zukunft mit billiger Massenware einkleiden, entschied sie sichtlich brüskiert.

Uns fiel ein ganzer Berg Steine vom Brustkorb. Von diesem Tag an lebte Mama ihren außergewöhnlichen Sinn für Stoffe und Farben in Bekleidungsgeschäften aus, die ihre Waren auf langen Wühltischen präsentierten und die vor allem billig waren. Kanariengelbe Hose, passt! Blutrotes Hemd, passt! Schweinchenrosa Pullunder, passt! Laubfroschgrüne Jacke, passt! Schwarze Augenbinde, damit wir bei einem zufälligen Blick ins Schaufenster nicht in Ohnmacht fielen, passt! Japanische Touristen hätten für ein Foto mit uns im Hintergrund sicher Schlange gestanden. Egal ob mit selbst genähten oder gekauften Kleidern – wir unterschieden uns in jedem Fall von unseren Schulkameraden. Gummistiefel trugen zum Beispiel die wenigsten, wir hatten nichts anderes. Genauso gut hätten wir uns ein Schild an die Stirn nageln können.

Hier in Deutschland waren wir die *zalli*, und, das wusste ich noch aus Messina, ist man erst mal in diese Ecke abgerutscht, kommt man so schnell nicht wieder heraus. In dieser Hinsicht hatten Sizilianer und Deutsche sogar mal etwas gemeinsam, was jedoch keineswegs beruhigend war. Auf einmal trauerte ich sogar meiner verhassten Schuluniform nach, denn damit hatten alle gleich ausgesehen und keiner wäre je auf die Idee gekommen, sich allein schon wegen seiner hipperen Klamotten für was Besseres zu halten.

Wenigstens hatten wir in Salvatore und Riccardo unsere ersten Freunde gefunden, denn das Verhalten unserer lieben Mitschüler nahm mit jedem Tag, der verstrich, aggressivere Formen an. Seit Herr Sehrmann Filippo und mich aus dem Klassenzimmer geworfen hatte, kamen zu den üblichen Sprechgesängen mit den bekannten Schmähungen täglich neue Varianten hinzu. Und die Tatsache, dass ein Lehrer es genauso sah, bestärkte die Kinder nur noch und rechtfertigte offenbar jede Schikane.

Eigentlich begann alles ganz harmlos, die große Pause war gerade zu Ende, und wir liefen gemeinsam zurück in unser Klassenzimmer. Salva und Filippo gingen voraus, Riccardo und ich knapp dahinter. Drinnen wartete bereits Karl, der als Dirigent eines drei Mann starken Knabenchors auftrat. Der Song war nicht wirklich künstlerisch wertvoll, und mit dem Text konnten sie sich sicher auch nicht für einen Gesangeswettbewerb empfehlen. Aber dafür wimmelte es darin von Itakern und den verschiedensten Tierarten.

Filippo blieb stehen, hörte ein paar Sekunden zu und sagte dann: »Karl, du kaputt!«

Auf diesen Satz schien der Junge nur gewartet zu haben, denn er drehte sich blitzschnell um und schlug meinem Bruder mit beiden Händen gegen die Brust. Der Stoß war so heftig, dass Filippo gegen eine Schulbank stieß und darüber flog. Just in diesem Augenblick kam ich zur Tür herein. Karl drehte sich zu mir um und lief genau in meine Faust hinein. Die Wucht, mit der ich den Schlag ausgeführt hatte, reichte aus, um ihn ebenfalls über eine Schulbank fliegen zu lassen. Während seine drei Sängerknaben einen Schritt auf mich zumachten, stellten sich Riccardo und Salva neben mich, und innerhalb weniger Sekunden war eine Massenkeilerei im Gange.

Die ganze Klasse war in Aufruhr, alle schrien durcheinander. Wir standen noch immer zusammen, als unser Lehrer das Klassenzimmer betrat, sich über das Chaos wunderte und mit sich überschlagender Stimme fragte, was hier eigentlich los sei. Wie nicht anders zu erwarten, hatten wir völlig grundlos auf die armen Heldentenöre eingeprügelt, die uns bloß ein harmloses Lied vorgesungen hatten.

Wie ebenfalls nicht anders zu erwarten, endete das Ganze damit, dass der Lehrer uns zum Nachsitzen verdonnerte. Weder mein Bruder noch ich waren Schläger oder waren bis zu diesem Zeitpunkt jemals in eine ernsthafte Auseinandersetzung verwickelt gewesen. Im Grunde waren wir absolut friedfertig, aber wir wussten mittlerweile weder ein noch aus. Zuerst dachten wir, dass wir das Problem aussitzen könnten und dass selbst die Hartnäckigsten sicher irgendwann aufhörten, wenn wir sie nur lange genug missachteten. Doch unsere Rechnung wollte nicht aufgehen. Dass die Deutschen nicht mit uns befreundet sein wollten, war traurig genug. Egal, damit konnten wir leben. Aber mussten sie denn gleich unsere Feinde sein?

Mittlerweile war es bereits Ende März, und wir hatten noch keine Handvoll deutsche Freunde gefunden, und selbst die wenigen, mit denen wir uns gut verstanden, zogen sich wieder von uns zurück, weil die anderen es von ihnen auf teilweise drastische Weise forderten. »Itakerkumpel« waren nämlich fast genauso unbeliebt wie Itaker selbst. Einen Satz hörten wir so oft, dass wir irgendwann annahmen, die Kerle trugen alle den gleichen Nachnamen.

»Hi Klaus!«

»Kanizeit!«

»Hallo Jörg!«

»Äh ... Kanizeit!«

Vielleicht sollte ich mal mein Wörterbuch nach der tieferen Bedeutung von »Kanizeit« befragen, falls es doch kein Name war.

Als wir an diesem Tag von der Schule nach Hause kamen, verabschiedete sich gerade die neapolitanische Familie, die wir gleich nach unserer Ankunft kennen gelernt hatten. Sie hatten nie vorgehabt, länger als unbedingt nötig in Deutschland zu bleiben. Vor allem aber sollte der kleine Cris in Italien zur Schule gehen. Wir beneideten ihn alle drei.

So dachten übrigens die meisten Einwandererfamilien, die wir bis zu diesem Zeitpunkt getroffen hatten. Ein, zwei Jahre hart arbeiten, so viel Geld wie möglich zusammensparen, danach die Koffer packen, nach Italien zurückkehren und sich mit dem ersparten Geld eine Zukunft aufbauen. Eine eigene Werkstatt, einen kleinen Laden, jeder hatte da so seine Pläne. Kaum jemand hatte vor, sich für immer in Deutschland niederzulassen. Wir ja auch nicht. Aber einige übertrieben es mit der Sparsamkeit, und so manches trieb tatsächlich reichlich seltsame Blüten.

Wir waren schon italienischen Familien begegnet, die sich ausschließlich von Kartoffeln und Brot ernährten. Morgens, mittags und abends gab es eine Scheibe Brot und dazu jeweils eine gekochte Kartoffel. Einige machten aus fünfzig Gramm Hackfleisch drei Kilo Frikadellen. Mit denen konnte man nach ein paar Stunden sogar Tischtennis spielen. Weiß der Teufel, wie die Frauen diese Konsistenz hinbekamen, ohne Sägespäne und Holzleim beizufügen. Deren

Kinder liehen dir in der Schule nicht einmal einen Bleistift oder einen Radiergummi, weil sie sich sonst zu schnell abnutzten und eine vorzeitige Neuanschaffung außer Geld auch ein paar saftige Ohrfeigen kosten konnte.

Unter solchen Umständen spielte Wohnqualität eine untergeordnete Rolle. So wohnten in unserem Dreifamilienhaus vier Familien und noch vier bis fünf einzelne Männer. Die drei Wohnungen waren so umgebaut worden, dass die Zimmer auch einzeln vermietbar waren. Darin standen die Betten dann dicht an dicht zusammen. Letztendlich wurden die Räume lediglich als Schlafsaal genutzt, denn zum Wohnen war schlichtweg kein Platz. Wir lebten dagegen sehr luxuriös, da wir zusätzlich die vom Schlafraum abgetrennte Küche hatten.

Aber lange würden wir dort ohnehin nicht mehr bleiben. Papa arbeitete nämlich an den Wochenenden an unserer neuen Wohnung im Nachbarhaus. Nunzio hatte es gekauft und baute es gerade für sich und seine Familie um. Das Haus war größer als unseres, und er hatte mit Papa vereinbart, dass wir die mittlere der drei Wohnungen beziehen könnten. Es musste nur erst komplett renoviert werden, und da die Männer nur an den Wochenenden daran arbeiteten, sollte es mindestens noch sechs Monate dauern. Dafür hatte die neue Wohnung ganze drei Zimmer, eine Küche und ein neues Bad. Traumhaft viel Platz, aber auch entsprechend teurer.

In Sizilien gingen die meisten Frauen nicht arbeiten. Sie waren Hausfrauen, hatten einen Mann und mehrere Kinder, die sie rund um die Uhr beanspruchten. Zudem gab es für die Frauen auch gar keine richtige, ordentlich bezahlte Arbeit.

Hier dagegen gingen die Frauen durchaus arbeiten, allerdings wussten sie dann nicht, wo sie ihre Kinder unterbringen sollten. Kurz nach uns waren noch mal zwei Familien in unser Haus eingezogen, eine mit drei Kindern, die anderen mit einem Kind. Mama hatte den Frauen angeboten, die vier gegen ein geringes Entgelt als so eine Art Tagesmutter zu betreuen. Die anderen Mütter nahmen ihren Vorschlag natürlich begeistert an. Die anderen Kinder, zwischen ein und fünf Jahre alt, kamen also tagsüber zu uns, und wir waren teilweise sieben Kinder – in einem Zimmer! Dass es da nicht immer ruhig zuging, kann sich wohl jeder vorstellen. Und dass Mama des Öfteren am Rande eines Nervenzusammenbruchs spazieren ging, braucht sicher auch nicht eigens erwähnt zu werden.

Böse Zungen behaupteten, dass sie lieber einen Monat lang in einem Sack voller Flöhe schlafen wollten, als mit Mama zu tauschen. Ganz so schlimm war es natürlich nicht, jedenfalls nicht für uns Kinder, aber Mamas Nerven waren schon sehr strapaziert. Die Kleinkinder beanspruchten sie stärker, als sie es sich vorgestellt hatte. Hinzu kam, dass die Mutter, die ihre drei Kinder bei uns ablud, sich ständig beschwerte, dass hundertfünfzig D-Mark im Monat zu viel seien. Schließlich sei Mama sowieso zu Hause, so argumentierte sie, ob mit ihren Kindern oder ohne sie, und sie müsse für ihr Geld viel härter arbeiten. Daraufhin gab Mama den Tagesmutterjob auf und beschloss, lieber arbeiten zu gehen.

Als Papa und Mama uns eines Abends ihren Entschluss mitteilten, waren wir nicht gerade begeistert. Dass wir von der Schule heimkamen und niemand auf uns wartete, hatte es für uns noch nie gegeben.

Wir hatten uns fast täglich bei Mama ausgeheult und verlangt, nicht mehr in die verhasste Schule gehen zu müssen. Mama hatte uns ständig vertröstet und gesagt, dass es ja nicht für immer sei. Filippos Therapie sollte bald beginnen, und wenn sich seine Augen besserten, sei es nur eine Frage der Zeit, bis wir wieder nach Messina zurückkehrten.

An jenem Abend wollten wir uns jedoch nicht mehr vertrösten lassen, und es gab eine lautstarke Meinungsverschiedenheit. Nach einer Weile platzte Papa der Kragen, und er hielt uns vor, dass wir uns wie kleine Mädchen benähmen und es nicht wagen sollten, noch einmal verheult aus der Schule nach Hause zu kommen, sonst werde er uns den Hintern versohlen. Das traf uns hart! Schließlich bedeutete es nichts anderes, als dass wir alles, was in der Schule passierte, kommentarlos zu schlucken hatten.

9. Nonna Minas Träume

Kurz nach Papas Wutausbruch gingen wir ins Bett. Ich war wütend, traurig und froh zugleich. Wütend, weil Papa mich und Filippo als Mädchen hingestellt hatte. Traurig, weil sich die Zustände an der Schule so schnell nicht ändern würden. Und froh, dass endlich Wochenende war und uns die Schule am nächsten Morgen erspart blieb. Ich lag lange wach und machte mir Gedanken darüber, wie es weitergehen sollte.

Eines war klar: Jeden Tag eine Prügelei kam für mich nicht in Frage. Andererseits war die Situation schon so weit eskaliert, dass wir nur noch Täter oder Opfer sein konnten. Nach Papas Ansicht sollten wir zwar lieber Täter als Opfer sein, doch er hatte leicht reden. Er musste sich schließlich nicht mit einer ganzen Bande schulpflichtiger Terroristen herumschlagen, die ihm jeden Tag aufs Neue beweisen wollten, dass sie viel größer, stärker, schneller, schöner, reicher, klüger, wertvoller und unersetzlicher waren als wir. Denn wir waren scheinbar das komplette Gegenteil.

Sosehr ich mir auch den Kopf zerbrach, eine vernünftige Lösung wollte mir nicht einfallen, und ich dachte darüber nach, wie einfach alles wäre, wenn

Filippo und ich wie unsere Westernhelden sein könnten.

In Messina waren wir an manchen Sonntagen ins Kino gegangen. Es war alt, man saß auf unbequemen Klappstühlen, und die unzähligen Raucher produzierten innerhalb kürzester Zeit einen dichten Qualmvorhang. Aber es war billig, und wenn wir den Qualm rechtzeitig beiseitewedelten, konnten wir sogar die neuesten Filme anschauen. Meistens liefen Western, und unsere Helden trugen männliche, starke Namen: John Wayne, Clint Eastwood, Henry Fonda oder Giuliano Gemma. Sie alle spielten meistens unrasierte, schmutzige, harte Kerle, die nur wenige Hobbys pflegten: Reiten, Trinken, auf den Boden spucken und Bluten. Sie lösten all ihre Probleme auf einfachste Weise, brauchten dafür selten länger als zwei Stunden und nur wenige Zutaten: ein paar abgebrühte Schurken, zwanzig bis dreißig Pfund Ohrfeigen, eine Familienpackung Munition, vier- bis fünfhundert Liter Blut und zum Nachspülen zwei bis drei Liter Whiskey. Am Ende kletterten die Schurken beinahe freiwillig in staubige Särge, und der jeweilige Held verabschiedete sie mit einem coolen Spruch oder einem Lied auf seiner Mundharmonika.

Im Film war alles so einfach: Revolver zücken, Blutbad anrichten, Sheriffstern entgegennehmen und die bewundernden Blicke aller jungen Frauen auf der stolz geschwellten Brust abprallen lassen. Nur leider war unser Alltag kein Western, und mit unseren Westernhelden hatten wir nicht wirklich viel gemeinsam.

Am nächsten Morgen saßen wir wie gewohnt beim Frühstück, als es plötzlich an der Wohnungstür klopfte. Es war Signor Manfredo. Er wohnte über uns und besaß als Einziger im ganzen Haus ein Telefon. Durch die geschlossene Tür hindurch rief er Papa zu, dass jemand aus Italien für ihn in der Leitung sei. Papa sprang sofort auf und stürmte aus der Wohnung. Das Gespräch dauerte nicht sehr lange, denn er war wenig später wieder zurück. Mama sah ihn fragend an, er setzte sich an den Tisch und sagte: »*Nonna* Mina ist heute Nacht gestorben!«

Uns allen blieb der Mund offen stehen. Unsere *nonna* Mina war tot. Sekunden später hatten wir alle Tränen in den Augen. Mama machte sich Vorwürfe, weil sie sich nicht mehr von ihr hatte verabschieden können. *Nonna* Mina war immer für uns da gewesen, wir alle hatten sie geliebt.

»Das habe ich geträumt«, sagte ich in die Stille hinein.

»Was hast du geträumt?«, fragte Mama skeptisch.

»Vor ein paar Wochen habe ich geträumt, dass *nonna* Mina gestorben ist … nicht nur sie, auch *zio* Paolo, *nonno* Luigi und sogar Gianni. Ich habe geträumt, dass wir in Messina niemanden mehr lebend wiedersehen werden.«

Mama warf Papa einen Seitenblick zu, zog erstaunt die Augenbrauen hoch und schwieg. Ich konnte deutlich sehen, dass sie nach den passenden Worten suchte. Dann faltete sie ihre Hände und antwortete: »Träume … sind etwas Seltsames. Ich kann sie nicht deuten. *Nonna* Mina konnte es, sie wusste ganz genau, welche tiefere Bedeutung Träume haben. *Nonna* Mina hat die Sprache der Träume verstanden. Deshalb haben auch alle sie respektiert, weil unsere Familie ohne ihre Träume nicht existieren würde.«

Mama schwieg erneut, schenkte sich noch einen

Espresso ein, zündete sich eine Zigarette an und erzählte uns *nonna* Minas unglaubliche Geschichte:

»Es begann am Abend des 27. Dezember 1908. *Nonna* Mina und ihr Mann, *nonno* Peppi, waren beide etwa zwanzig Jahre alt und erwarteten ihr erstes Kind. Aus diesem Grund waren sie noch vor Weihnachten von Patti aus nach Messina gereist. Zum einen wollten sie ihre Cousine Valeria und deren Mann besuchen, zum anderen einen Arzt, der sie gründlich untersuchen sollte. Zwei Monate zuvor war ihr Vater an einem seltsamen Fieber gestorben, und *nonna* Mina fühlte sich seit Tagen nicht wohl. Sie war mittlerweile im fünften Monat und wollte sichergehen, dass dem Baby nichts fehlte. Valeria hatte mit einer einfachen Wollmatratze und einer Decke ein einfaches Schlaflager für die beiden errichtet, das für ein paar Nächte völlig ausreichte.

Es war ein seltsamer, unruhiger Tag gewesen. Die Erde hatte mehrmals leicht gebebt, doch niemand machte sich deswegen ernsthafte Sorgen. In Messina sind kleinere Erdbeben nichts Besonderes. Alltag. Als es dunkel wurde, aßen sie gemeinsam zu Abend und gingen anschließend schlafen. Mitten in der Nacht wachte *nonna* Mina auf, sie fror erbärmlich und hatte das Gefühl, schweißgebadet zu sein. Als sie sich aufrichten wollte, bemerkte sie, dass es nicht bloß ein Gefühl war: Das ganze Zimmer stand unter Wasser!

Sie unterdrückte ihre Panik, drehte sich zu *nonno* Peppi um und bemerkte, dass er nicht da war. Das Wasser breitete sich sehr schnell aus und reichte ihr schon bis zu den Knien. Sie rief nach den anderen, erhielt aber keine Antwort. Alles blieb still, nur das

Plätschern und Gurgeln des Wassers drang an ihre Ohren.

Also machte sie sich auf den Weg zum Schlafzimmer ihrer Cousine. Das Wasser stand mittlerweile so hoch, dass sie schwimmen konnte. Das Bett war nicht mehr zu sehen. Einzig das obere Drittel des Schlafzimmerschrankes schaute noch aus dem Wasser. Jetzt war sie sich endgültig sicher: Es war niemand in der Wohnung. Sie war völlig verzweifelt, denn das Wasser stieg langsam bis an die Decke.

Sie schwamm zum Fenster, öffnete es und glitt in eine unendlich scheinende blaugraue Wand. Ein paar schnelle Schwimmzüge brachten sie an die Oberfläche. Das Wasser stand knapp unterhalb des Flachdachs. Sie schwang ein Bein aus dem Wasser und hangelte sich nach oben. Das Dach des nächsten Hauses lag noch etwas höher, und sie machte sich auf den Weg dorthin. Sie rannte los, hüpfte auf das nächste Dach und sah sich um. Die Häuser weiter oben standen alle noch im Trockenen, daher beschloss sie, diese Richtung einzuschlagen. Sie kämpfte sich bis zum höchsten Dach vor, blieb dann stehen, blickte hinab und wurde bleich: Das Meer hatte ganz Messina verschluckt!

Vereinzelt ragten höhere Gebäude aus den Fluten, vom Rest war nichts mehr zu sehen. Ein Kirchturm erhob sich wie ein mahnender Finger in den Himmel, und eine Glocke fing an zu läuten. Fünf Glockenschläge hallten über das Meer, und als die Glocke verstummte, senkte sich eine unnatürliche Stille über die Wasserfläche, die mal eine lebendige Stadt gewesen war.

Minutenlang stand *nonna* Mina regungslos da, bis sie das Wasser an ihren Füßen spürte. Plötzlich schwappte eine hohe Welle über das Dach, riss sie von den Beinen, drückte sie unter Wasser. Eine starke Strömung packte sie und schickte sie wie ein Torpedo auf eine Reise durch die Straßen von Messina. Sie wirbelte durch enge Häuserschluchten, deren Fenster leblosen Augen glichen, und bemerkte nicht weit entfernt ein Glitzern. Es waren zwei gewaltige Sardinenschwärme, die mit ihren silbern schimmernden Körpern seltsam lebendig wirkende Skulpturen erschufen. Die Schwärme vereinigten sich zu einem einzigen und bildeten eine sich rasend drehende Spirale, in deren Zentrum immer deutlicher ein ihr vertrautes Gesicht zu erkennen war ... das ihres Vaters!

Sie wollte schreien, seinen Namen rufen, aber außer ein paar lautlosen Luftblasen kam nichts über ihre Lippen. Plötzlich hörte sie seine Stimme, die sich wie eine Glocke über ihr Gesicht zu stülpen schien: »Geh hier weg!«, hallte es in ihrem Kopf. Kaum war der Ruf verhallt, schossen fünf Schwertfische durch den Schwarm und trieben ihn auseinander. Das Gesicht verschwand, der Schwarm fand jedoch schnell wieder zusammen und begann sich erneut zu einer Spirale zu drehen. Dahinter, noch weit entfernt, klebte ein riesiger grauer Schatten über dem Hafen. Er kam schnell näher, und die Umrisse wurden langsam deutlicher. Er jagte auf die Fische zu, auf einmal klaffte ein gewaltiges Maul auf, und der Schwarm verschwand in dem riesigen, dunklen Loch. Ein Wal! Ein riesiges Ungeheuer schwamm mit weit aufgerissenem Maul auf sie zu. Mitten in Messina!

Sie riss die Augen weit auf und sah gerade noch, wie das Maul sie knapp verfehlte und zur Seite wegdrückte. Der riesige Körper drehte sich, und der gewaltige Bauch des Wales zog an ihr vorbei. Der wuchtige Schwanz trat in ihr Blickfeld, und sie bekam einen gewaltigen Schlag ab, der sie mit voller Wucht ins Bewusstein zurückholte.

Plötzlich war sie hellwach, sprang aus dem Bett und schrie alle Anwesenden aus dem Schlaf. Sie berichtete in aller Eile von ihrem Traum, und kurz nach Mitternacht hatten sie das Nötigste zusammengepackt und liefen zu Fuß in Richtung des nächsten Berges aus der Stadt hinaus. Um 5.20 Uhr morgens bebte die Erde dreißig Sekunden lang und zerstörte die gesamte Stadt. Minuten später fegte die erste von insgesamt drei fast zehn Meter hohen Wellen über Messina hinweg und riss alles mit sich fort. *Nonna* Mina und ihre Begleiter hatten gerade noch rechtzeitig die betroffenen Viertel verlassen und saßen auf einem Hügel fest. Sie hatten so gut wie nichts mitnehmen können, hatten nur wenig Wasser dabei und kaum etwas zu essen. Bei Sonnenaufgang sahen sie, dass das Beben und das Meer kaum einen Stein auf dem anderen gelassen hatten.

Einen Tag später wurden sie von russischen Seeleuten, die als Erste die zerstörte Stadt erreicht hatten, gerettet und mit Wasser und Lebensmitteln versorgt. Bis zu dem Zeitpunkt waren bereits an die 75.000 Menschen gestorben.«

Es wurde still, wir hingen noch immer gebannt an Mamas Lippen. Es dauerte ein paar Sekunden, bis wir synchron »Echt?«, sagten.

Mama und Papa nickten nur bedeutungsvoll und lehnten sich in ihren Stühlen zurück.

»Aber sie hat sich doch nur selbst gerettet und

nicht die ganze Familie«, stellte Filippo fest.

»Ja, genau!«, setzte ich nach. »Wieso denn die ganze Familie, wenn sie doch allein war?«

»Überleg doch mal«, erwiderte Mama, »hätte *nonna* Mina damals nicht überlebt, wäre *nonno* Filippo zehn Jahre später nicht geboren worden. Ohne *nonno* Filippo gäbe es mich nicht und folglich auch euch nicht! Und noch etwas kommt hinzu: Valeria und ihr Mann waren nicht die Einzigen, die *nonna* Mina gefolgt waren, Valeria hatte nämlich auch ihre Nachbarn geweckt. Einer der Männer, die an jenem Abend die Stadt verlassen haben, war der Vater von *nonna* Santa, die Jahre später *nonno* Luigi geheiratet hat. Euer Vater wäre also auch nicht geboren worden!«

Gott war das kompliziert! Wenn also *nonna* Mina in jener Nacht nicht zufällig schlecht geträumt hätte, wäre unsere gesamte Familie noch vor unserer Geburt ausgestorben. Äh … Mir rauchte der Kopf, aber wenigstens lenkte es mich ein bisschen von der traurigen Nachricht ab.

»War das der einzige Traum, den *nonna* Mina hatte? Oder hat sie noch weitere Katastrophen vorausgesehen?«, wollte ich nun wissen.

Das Thema interessierte mich brennend, denn ich wusste zwar, dass *nonna* Mina etwas Besonderes war, aber noch nie hatte jemand aus der Familie so detailliert davon erzählt.

»Oh, es gab etliche Geschichten«, antwortete Mama. »Freilich waren nicht alle so spektakulär wie das Erdbeben, aber für die Betroffenen war ihr Rat stets von großer Bedeutung, denn es hatte sich im Laufe der Jahre herausgestellt, dass sie mit ihren Aussagen selten danebenlag.«

10. Rosettas Osterei

Wir saßen noch lange in der Küche, redeten über *nonna* Mina, ihre Träume und darüber, wie traurig es war, dass wir sie nicht ein letztes Mal hatten sehen können. Irgendwann kam das Gespräch unweigerlich auf das Thema, das meine Geschwister und mich am meisten beschäftigte: die Schule.

Das war mittlerweile ein wunder Punkt geworden, und Papa reagierte auch sofort, indem er sagte, er wolle nichts mehr darüber hören. Aber so leicht wollte ich es ihm nicht machen und fragte, was er denn täte, wenn er an unserer Stelle wäre.

»Ich würde mir den größten schnappen und ihn ordentlich vermöbeln. Dann gäben die anderen von ganz alleine Ruhe«, behauptete Papa.

»Meinst du wirklich? Was ist, wenn der Größte zwei Köpfe größer ist als du und er dich ordentlich vermöbelt? Was dann? Prügelst du dich dann etwa bis zum Sankt Nimmerleinstag mit allen anderen herum und nennst das Ganze Schule?« Ich war sauer und provozierte ihn bewusst.

Doch Papa durchschaute mich. Er zündete sich eine Zigarette an, blies den Rauch an die Decke und erwiderte trotzig: »Ich habe es euch schon mal gesagt. Wenn ihr noch einmal verheult von der Schule kommt, setzt es was! Anschließend dürft ihr gleich die Koffer packen, und ich fahre euch auf dem direkten Weg in ein Internat!«

Nun stand ich kurz davor, in Tränen auszubrechen. Meine Lippen bebten vor Zorn. Ich sprang auf, stürmte ins Schlafzimmer, zerrte einen unserer Koffer unterm Bett hervor, warf meine Kleider hinein, drückte den Deckel zu, lief damit zurück in die Küche und schrie Papa meine ganze Wut ins Gesicht. »Wenn das so ist, dann fahr mich jetzt sofort ins Internat! Ich will keine Sekunde länger hier bleiben, und diese blöde Schule will ich auch nicht mehr sehen!«

Papa und Mama waren sprachlos. Mit dieser Aktion schrammte ich haarscharf am Rand einer Tracht Prügel vorbei. Aber ich wollte den beiden auch klarmachen, dass es mir verdammt ernst war. Meine Eltern sahen sich gegenseitig an und brachen gleichzeitig in schallendes Gelächter aus. Jetzt war ich sprachlos. Vor Wut! Wie konnten sie nur lachen? Mir war ganz und gar nicht nach lachen zumute.

Mama kam zu mir, nahm mir den Koffer aus der Hand und sagte: »Jetzt werd erst mal elf Jahre alt, bevor du freiwillig in ein Internat gehst. Papa kommt morgen mit in die Schule und redet mit eurem Lehrer. Gut?«

»Nein! Es ist nicht gut!«, brüllte ich. »Was will Papa denn mit dem Lehrer reden? Er kann doch gar nicht richtig Deutsch. Was soll dabei denn herauskommen? Außerdem ist es den Lehrern sowieso egal! Die anderen Kinder könnten uns im Schulhof begraben, und sie würden sich allerhöchstens über die Beulen in der Rasenfläche beschweren!«

Papas Gesicht verfinsterte sich zusehends.

Mama führte mich zu einem Stuhl. »Setzt dich!«, sagte sie streng.

Filippo und Santina saßen schweigend am Tisch und überlegten sich wohl gerade, ob sie mir vorsorglich schon mal eine neue Knabberleiste bestellen sollten.

»Manchmal gibt es Zeiten, die uns nicht gefallen«, begann Mama. »Manchmal muss man die Zähne zusammenbeißen und so tun, als ob nichts wäre, obwohl man am liebsten alles hinwerfen möchte. Ihr seid nicht die Einzigen, die schlecht behandelt werden. Aber mit ein bisschen Geduld und gutem Willen wird sich alles zum Guten wenden.«

»Das sagst du jetzt bloß so«, erwiderte ich, noch immer aufgebracht. »Wenn die Leute euch so schlecht behandeln würden, wären wir schon lange wieder in Messina. Aber wir, wir müssen Geduld haben.«

Mama schwieg einen Augenblick. Gerade so lange, um sich eine neue Zigarette anzuzünden und sich hinzusetzen. Dann sagte sie: »Ich will dir mal was erzählen:

Als mein Vater starb, standen wir alle vor dem Nichts. *Nonna* Maria musste sich dringend Arbeit suchen, denn die Miete bezahlte sich nicht von selbst und das Essen bekam sie auch nicht geschenkt. Ich heiratete Papa, und *zia* Maria war bereits verheiratet, blieben also nur noch Anna und die kleine Rosetta. Anna ging in eine Klosterschule und wurde dort auch sonst betreut, doch Rosetta war mit ihren sechs Jahren noch zu klein. *Nonna* Maria wusste nicht, was sie mit ihr tun sollte. Sie konnte das Kind schlecht den ganzen Tag alleine zu Hause lassen.

Da ergab es sich durch Zufall, dass eine befreundete Familie aus Palermo zu Besuch kam. Sie kannten *nonna* Maria schon sehr lange, und die Frau war Rosettas Taufpatin. Als die Familie erfuhr, in welchen Nöten *nonna* Maria steckte, bot sie spontan an, Rosetta mitzunehmen. Sie machten ihr die Sache richtig schmackhaft: Die Kleine würde sofort neue Kleider und neue Schuhe bekommen, sie würden sie zusammen mit ihren Kindern, die etwa gleich alt waren, in der Schule anmelden und für eine ordentliche Ausbildung sorgen. *Nonna* Maria machte es sich nicht leicht. Es fiel ihr sogar sehr schwer, ihr kleines Nesthäkchen wegzugeben. Ihre Bekannten beruhigten sie jedoch und versprachen, dass Rosetta ihre Ferien bei ihrer Mama verbringen dürfe.

Schweren Herzens willigte *nonna* Maria schließlich ein. Am Tag ihrer Abreise schrie Rosetta das ganze Viertel zusammen. Sie benahm sich, als wollte man sie gerade zum Schlachthof fahren, oder besser noch, so wie Gigi damals, als er nicht in den Kindergarten gehen wollte.«

Ich grinste breit und stellte sofort klar, das mir *zia* Rosettas Reaktion sehr sympathisch war.

»Jedenfalls verfrachteten sie Rosetta in das Auto und brachten sie nach Palermo. Die Familie lebte in einer luxuriösen Zehnzimmerwohnung auf zwei Etagen, die über eine schöne, gewundene Holztreppe verbunden waren. Meine kleine Schwester bekam eine eigene Kammer in der unteren Etage und noch am selben Abend die Hausregeln vorgebetet. Die neuen Kleider und die neuen Schuhe erhielt sie ebenfalls am ersten Abend: eine schwarze Dienstmagduniform mit weißer Schürze und weißem Häubchen. Von Schule war plötzlich keine Rede mehr. Ihre Aufgabe bestand vielmehr darin, die Wohnung zu putzen, den Küchendienst zu verrichten, Essen aufzutragen, abzuräumen und auch sonst zu tun, was man ihr befahl.

Wenn Besuch kam, sollte sie die Tür öffnen, die Gäste in den Salon führen und das Erscheinen der Herrschaften ankündigen. Die Kinder der Herrschaften waren selbstverständlich keine Spielkameraden für sie. Rosetta musste die beiden stets mit »junger Herr« und »junge Dame« ansprechen, ihnen morgens die Kleider und abends die Schlafanzüge richten. Ansonsten hatte sie möglichst nicht in Erscheinung zu treten. Damals war sie gerade mal sechs Jahre alt!

Zum Glück war Rosetta aber ein recht unerschrockenes Kind, und so dauerte es nicht lange, bis es Strafen und Schläge hagelte. Wenn sie den Abwasch machte, spülte sie bloß einen Teller und packte ihn ganz oben auf den Stapel, die anderen wanderten ungespült in den Schrank. Wenn sie die Zimmer kehren musste, kehrte sie einfach alles unter die Betten, Teppiche und Möbel, um möglichst schnell fertig zu werden und spielen gehen zu können.

Natürlich merkten die Herrschaften das. Zur Strafe durfte sie nicht ins Bett gehen, sondern musste ganze Nächte auf der Treppe verbringen. Als sämtliche Erziehungsversuche an Rosettas Dickkopf scheiterten, wurde sie nur noch geschlagen. Meine Schwester ertrug es, denn das Spielen mit ihrer einzigen Freundin war ihr viel wichtiger. Unter spielen verstand sie, auf den Balkon hinauszugehen, sich flach auf den Boden zu legen, durch eine schmale Ritze zwischen dem Boden und dem Geländer einen Blick auf den unteren Balkon zu werfen. Dort hielt sich häufig ein kleines Mädchen auf, und sie rief nach ihr: »Hallo!« Das Mädchen trat dann an den Rand ihres Balkons, blickte zu dem Auge hinauf, das durch die Ritze runterlinste, und antwortete: »Hallo!« Tag für Tag trafen sie sich draußen und spielten »Begrüßung einer Freundin«. Manchmal sangen sie sich Lieder vor, aber nur ganz leise, damit die Herrschaften nichts hörten.

Doch irgendwann kamen die Herrschaften ihr auf die Schliche, schlugen sie grün und blau und schlossen kurzerhand die Balkontüre ab. Es vergingen vier Monate. Ein paar Tage vor dem Osterfest kam der Hausherr mit seiner neuesten Errungenschaft: einem elektrischen Heizlüfter. Rosetta sollte lernen, das Gerät in Betrieb zu nehmen. Doch dieses brummende, rot glühende Ding jagte ihr so große Angst ein, dass sie sich weigerte. Nach einigen vergeblichen Versuchen, Rosetta dazu zu zwingen, verlor der Hausherr die Geduld, schlug ihr so heftig ins Gesicht, dass sie rückwärts die Treppe hinunterstürzte und bewusstlos liegen blieb. Am nächsten Tag war ihr ganzer Körper mit blauen Flecken übersät.

In diesem Zustand konnte sie auf keinen Fall das Osterfest bei ihrer Mutter verbringen, entschieden die Herrschaften. Sie schickten kurzerhand ein Telegramm und verschoben die angekündigte Reise nach Messina um drei Tage. Sie hofften, die blauen Flecken seien bis dahin verschwunden und damit alle Spuren beseitigt. Am Tag der Abfahrt waren die meisten Flecken tatsächlich kaum noch zu sehen.

Als sie in Messina ankamen, war Rosetta außer sich vor Freude. Sie glaubte, die Zeit bei den Herrschaften sei nun vorüber und sie könnte endlich wieder bei ihrer Mama, ihren Schwestern und Freundinnen sein. Überglücklich stürzte sie aus dem Auto und umarmte weinend *nonna* Maria.

Die Herrschaften stiegen ebenfalls aus dem Wagen, begrüßten *nonna* Maria und erklärten, dass sie geschäftlich zu tun hätten und sie daher gleich weiterfahren müssten.

Nonna Maria wunderte sich zwar über die Eile, war aber froh, dass ihre Tochter scheinbar so gut untergebracht war, und machte sich keine weiteren Gedanken. Sie ging mit Rosetta schnell in eine Konditorei und kaufte ihr ein riesiges Osterei aus feinster Schokolade, das in grünes, glitzerndes Papier eingepackt war.

Mit dem Ei unter dem Arm schlenderten Rosetta und *nonna* Maria zurück zum Auto. Als *nonna* Maria sich von den Herrschaften verabschiedete, musterte Rosetta die beiden nur kalt und sagte: »Ciao!« Sie war noch immer der Meinung, dass sie von nun an bei ihrer Mutter bliebe. Doch *nonna* Maria küsste ihre Tochter und sagte ihr, sie solle auf sich aufpassen und den Herrschaften gehorchen. Erst als der Herr die Wagentür öffnete, um sie einsteigen zu lassen, begriff sie …

Sie hielt das Osterei fest umklammert und fing an zu weinen. Der Mann versuchte besänftigend auf sie einzureden, und *nonna* Maria schimpfte, sie solle jetzt bitte kein Theater machen und endlich einsteigen. Rosetta wollte aber nicht, und just in dem Moment, als der Herr sie am Arm packte, um sie auf den Rücksitz zu schieben, explodierte ihre über vier Monate angestaute Wut. Rosetta trat ihm gegen das Schienbein, krallte ihre Fingernägel in die Hand, die sie festhielt, und schlug dem überraschten Mann das Osterei auf den Kopf, das es nur so spritzte. Wieder und wieder schlug sie zu, bis sie nur noch einen Papierfetzen in der Hand hielt.

Nonna Maria, von dieser Reaktion sichtlich schockiert, hatte versucht, ihre Tochter festzuhalten. Sie fasste Rosetta an ihrem Kleid und zog sie mit aller Kraft von dem Herrn weg, als der Stoff plötzlich riss und *nonna* Maria auf die Straße stürzte. Rosetta, nunmehr in Unterhosen, prügelte weiter auf den inzwischen am Boden kauernden Mann ein, bis sie keine Kraft mehr hatte.

Nonna Maria war aufgestanden und bemerkte im selben Augenblick die blauen Flecken an Rosettas Körper. Sie ging auf ihre Tochter zu, nahm sie in den Arm und fragte sie, woher all die Male kämen. Als Rosetta auf den Herrn zeigte, wurde *nonna* Maria zur Furie. Wenn sich die Herrschaften nicht im letzten Augenblick in ihrem Wagen in Sicherheit gebracht hätten, wäre *nonna* Maria an jenem Tag wegen zweifachen Mordes verhaftet worden.

Von da an blieb Rosetta zwar in Messina, aber ein richtiges Zuhause hatte sie trotzdem nie. Sie wurde innerhalb der Familie weitergereicht, denn jedes Mal, wenn sie mit Fremden zu tun hatte, kam es zu einer neuen Katastrophe. Stellt euch nur mal vor: Kurz nach diesem Vorfall ging Rosetta zusammen mit Anna in die Klosterschule, und solange Anna im Unterricht war, schaute eine Nonne nach ihr. Sie musste Rosetta eigentlich nur beim Haarekämmen helfen, denn sie hatte dickes, langes Haar, das ihr bis zu den Hüften reichte. Das tat die Nonne genau an drei Tagen in Folge. Am vierten Tag kam sie mit einer Schere und schnitt Rosetta kurzerhand die Haare ab.

Als Anna am Nachmittag ihre Schwester mit kurzen Haaren sah, war sie entsetzt. Mit Rosetta an der Hand rannte sie in den Andachtsraum, wo sich die Schwestern gerade aufhielten, schritt auf den Altar zu und schrie die Nonne vor versammelter Schwesternschaft an. Die Nonne war sich jedoch keiner Schuld bewusst, sie habe schließlich Wichtigeres zu tun, als sich um Rosettas Haare zu kümmern, teilte sie Anna kühl mit. Das junge Mädchen stand kurz davor, ihr an die Kehle zu gehen. Sie schaute zu dem mannshohen Kruzifix hinter dem Altar hinauf, bekreuzigte sich und schrie: »Jesus möge mir diese Sünde verzeihen, aber wenn er dieses Kreuz nicht schon belegen würde, würde ich diese Frau jetzt daran festnageln und bis zum Ende aller Tage dort hängen lassen!«

Ihr könnt euch vorstellen, dass die Nonnen entsetzt waren. Letztendlich verzieh die Oberin jedoch Annas Ausrutscher, denn das, was die Nonne getan hatte, war auch nicht richtig gewesen.«

11. Gottes Wege

»Ich will euch damit sagen, dass im Leben schlimme Dinge geschehen können, aber dass es trotzdem weitergeht. Es werden gute und schlechte Tage kommen, aber letztendlich liegt es an uns, das Beste daraus zu machen. Mit Gottes Hilfe wird alles so geschehen, wie Er es für uns geplant hat«, erklärte Mama.

Wir hatten sehr aufmerksam zugehört. Dass man *zia* Rosetta so übel mitgespielt hatte, hörten wir zum ersten Mal. Wir kannten sie eigentlich nur mit einem verschmitzten Lächeln im Gesicht. Was mir überhaupt nicht gefiel, war Mamas: »Gott hat alles schon geplant«-Theorie. Das war für mich unvorstellbar. Aus welchem Grund sollte der liebe Gott einen Plan erstellen, der vorsah, dass eine Horde Minderjähriger mich derart beschimpfte und demütigte? Weshalb hatte er diesen Auftrag nicht meinen Kameraden in Messina zukommen lassen? Dort hätte ich wenigstens die Möglichkeit gehabt, meine fünf Cousins einzuschalten und der ganzen Bande so lange ins Gesicht zu pupsen, bis sich ihnen die Haare kräuselten. Der Afrolook war ohnehin gerade im Kommen.

Nein, das konnte ich nicht glauben. Allerdings, was wusste ich denn schon? Gar nichts! Wenn ich die Aussagen aller Erwachsenen zusammenfasste, die den lieben Gott schließlich tagtäglich für alles Mögliche bemühten, erweiterte sich mein Wissensstand über Gott so gewaltig, wie es sonst nur eine Grundsatzdiskussion mit unserer Henne Gianna vermochte. Gott war für alles verantwortlich!

Warum hatte *nonno* Luigi, trotz tausender Gebete vor der Tür der Lottoannahmestelle, nie gewonnen? Das war kein Pech! Ob *nonna* Teresas Hintern wieder auf das Unerträglichste juckte oder nicht – war kein Zufall! Folglich war es keine Frage des Wollens, ob Lilla, unsere Ententanzerfinderin, die Stufen bis zu ihrer Wohnung in einem Zug schaffte oder unterwegs an jede Tür klopfte, sich zu einem Espresso einlud und für die etwa vierzig Stufen rekordverdächtige vier Stunden benötigte. Der liebe Gott wollte es so!

Nein, niemals! Konnte es allen Ernstes sein, dass ein unendlich mächtiger Gott, der ein Universum von unendlicher Größe erschaffen hatte, der den ganzen Tag mit riesigen Galaxien, Sonnen und Sternen jonglierte, noch so viel Zeit übrig hatte, zu entscheiden, ob der eine im Lotto gewann, an welchem Tag sich die andere mit Hämorrhoiden herumplagen musste und wer Lillas Klopfen ignorierte, um sich eine Ohrenentzündung zu ersparen?

Diese Frage ließ mir keine Ruhe. Mama oder Papa zu fragen war sinnlos, denn solche Gespräche endeten grundsätzlich mit zuckenden Schultern. Doch dann fiel mir zum Glück jemand ein, der viel religiöser war als alle anderen, die ich kannte: unser Nachbar Signor Manfredo. Niemand sonst betete so häufig. Er musste einfach mehr zu diesem Thema wissen. Also stand ich auf, sagte zu Mama, dass ich eine Weile draußen sei, und ging in den Hof. Wenn ich Glück hatte, war Signor Manfredo gerade im Schuppen hinterm Haus und schraubte, wie an fast jedem Wochenende, an seinem alten Moped herum.

Draußen war es längst nicht mehr so kalt. Dafür regnete es schon seit Tagen Bindfäden. Echtes Traumwetter! Der Boden im Hof war so matschig, dass ich bei jedem Schritt fünf Zentimeter größer wurde.

Ich sah Signor Manfredo im Schuppen stehen, allerdings machte er nicht den Eindruck, als ob er arbeiten würde. Er war etwas jünger als Papa, hatte längere schwarze Haare und mächtige Koteletten die, spitz ausrasiert, bis zu seinem breiten Kinn reichten. Er sah reichlich merkwürdig aus. Ich hatte wirklich schon viele Schlaghosen gesehen, aber seine war vermutlich die Urgroßmutter aller Schlaghosen. Es sah aus, als hätte sich Signor Manfredo zwei Ballonröcke um die Schenkel gebunden. Passend dazu trug er ein grünes Hemd, dessen ausladende Rüschen an frischen Friseesalat erinnerten und sehr lecker aussahen. Der Höhepunkt dieser wundervollen Komposition war aber zweifellos die violette Jacke. Augenkrebs im Endstadium! Ich blinzelte ein paar Mal schnell hintereinander, um die Fata Morgana zu vertreiben, doch es gelang mir nicht.

Also sprach ich unseren Nachbarn einfach an: »Hallo, Signor Manfredo, gehen Sie zum Karneval?«

»Ciao Gigi … Karneval? Wir haben doch schon fast Ostern!«

»Oh! Ich wusste gar nicht, dass man sich in Deutschland an Ostern verkleidet«, erwiderte ich erstaunt.

»Verkleidet? Nein, die Deutschen verkleiden sich an Ostern nicht. Genauso wenig wie wir. Dafür glauben sie, dass Hasen Eier legen, die sie anschließend verstecken«, antwortete Signor Manfredo.

»Was? Hasen legen Eier? Wie kommen die denn auf so was? Ist bestimmt so eine ähnliche Geschichte wie die mit diesem komischen Sandmännchen im Fernsehen, das den deutschen Kindern jeden Abend Sand in die Augen streut, damit sie einschlafen können. Als ob man mit brennenden Augen schlafen könnte! Die haben vielleicht Ideen.« Nun musste ich nur noch die Kurve zu meiner Frage bekommen. »Signor Manfredo«, fuhr ich daher fort, »Sie glauben doch stärker an den lieben Gott als die meisten hier. Deshalb habe ich mir gedacht, dass Sie mir, wenn Sie zufällig ein paar Minuten Zeit hätten, vielleicht weiterhelfen könnten.«

»Hm … Ja, ich glaube durchaus an den lieben Gott. Aber wie kommst du darauf, dass ich religiöser bin als die anderen?«

»Ja, also … weil ich sie jeden Abend beten höre, wenn ich in meinem Bett liege und noch nicht schlafe. Erst rufen Sie nach Gott, dann ruft Ihre Frau nach Gott, und am Ende rufen Sie beide gleichzeitig nach Gott. Da habe ich mir gedacht, Sie müssten am besten wissen, ob Gott für jeden von uns einen Plan … Signor Manfredo? Stimmt was nicht?«

Oberhalb der violetten Jacke und des grünen Rüschenhemdes war Signor Manfredos Gesicht auf beängstigende Weise rot angelaufen. Sein Mund stand offen und zuckte, als stünde er unter Strom.

»Signor Manfredo?«, wiederholte ich besorgt.

»Äh! Ja, ja … keine Ahnung! Ich weiß es wirklich nicht, tut mir leid. Außerdem muss ich jetzt gehen. Ciao!«

Er verschwand blitzschnell, und ich stand wieder mal ohne Antwort da. Manche meiner Fragen sollten wohl auf ewig ungeklärt bleiben. Enttäuscht stapfte ich zurück ins Haus, setzte mich zu den anderen und verabschiedete mich schweigend von *nonna* Mina. In unseren Gedanken saß sie uns an jenem Abend zum letzten Mal gegenüber. Zusammengekauert auf einem kleinen, geflochtenen Stuhl, wärmte sie sich ihre Füße an der warmen Glutwanne in der Mitte des Holzrades, das unter dem Tisch lag. Ihre blauen Augen waren stumpf geworden, und sie erzählte mit leiser werdender Stimme ihre letzte Geschichte. Ich kannte sie schon, und als ich *nonna* Minas Stimme nicht mehr hören konnte, erzählte ich sie mir selbst zu Ende und schlief dabei ein.

Zwei Monate später fuhren Mama und Filippo nach Tübingen, wo mein Bruder einen Termin in der Augenklinik hatte. Filippo wurde operiert, und als sie nach einer Woche zurückkamen, war sein Auge erneut mit einem Pflaster abgedeckt. Seine Sehkraft besserte sich trotzdem nicht, und es zeichnete sich ab, dass die Behandlung noch lange dauern könnte. Aber wir freuten uns, dass die Tage endlich länger und wärmer wurden. Anfangs hatten wir geglaubt, Deutschland sei ein tristes, schwarzweißes Land, bis wir eines Besseren belehrt wurden. Die Sonne zauberte die schönsten Farben hervor, und die Wiesen und Wälder waren von einem so saftigen Grün, dass wir regelrecht erstaunt waren. In Sizilien ist die Natur zwar auch unglaublich farbenfroh, aber dieses intensive Grün war wegen der Hitze und der sengenden Sonne nur an wenigen Tagen im Frühsommer zu sehen.

Und, Wunder über Wunder, nach und nach kam Leben in unser kleines Dorf, und wir machten eine erstaunliche Entdeckung: Die Deutschen verließen tatsächlich ihre Häuser! Während des langen Winters hatten wir von unseren Nachbarn kaum Lebenszeichen gesehen. Eines schönen Samstagnachmittags, die Essenszeit war gerade vorbei, stellten sie sich plötzlich in Reih und Glied vor ihren Garagen auf und shampoonierten ihre Autos.

Filippo und ich standen wie vom Donner gerührt auf der Straße und beobachteten das unwirkliche Schauspiel: Die Deutschen bauten nicht nur Häuser für ihre Autos, nein, sie wuschen die Dinger auch noch. Nicht zu fassen! In Sizilien kam ein Auto nur dann mit Wasser in Kontakt, wenn es regnete. Und da meistens nur vereinzelte Tröpfchen vom Himmel fielen, sah es danach oft schlimmer aus als davor. Richtig nass wurde der Wagen nur, wenn der Besitzer sich einen neuen zulegte und den alten im Meer versenkte. Dann wurde er zwar sauber, aber es interessierte niemanden mehr.

Papa kam aus dem Haus und gesellte sich zu uns. Er blickte in unsere verwunderten Gesichter und grinste. »Unsere Nachbarn sind lustige Gestalten, was? Seht nur genau hin. Der da hinten putzt die Zierleisten, die Felgen und den Kühlergrill mit der Zahnbürste!«, sagte er amüsiert.

Tatsächlich! Wir staunten nicht schlecht. Dass die Deutschen ein anderes Verhältnis zu ihren Autos hatten als wir, hatten wir schon bemerkt. Sie nannten sie nicht umsonst »Heiligs Blechle« – heiliges Blech. Aber dass ihre Verehrung beinahe religiöse Dimensionen erreichte, hätten wir im Traum nicht geglaubt. Unsere deutschen Nachbarn fuhren nagelneue, große Autos von Mercedes, BMW und VW. Bei den Jüngeren waren lustig aussehende Modelle wie der Simca Rallye in Mode, in Orange oder Weiß lackiert und mit schwarzen Streifen am Heck. Ältere Fahrzeuge sah man kaum auf der Straße, und wenn, dann war der Halter zu neunzig Prozent ein Gastarbeiter.

Italiener dagegen hatten eine Vorliebe für Kleinstfahrzeuge und fuhren meist Fiat. Unsere Kameraden hatten dafür nur Spott übrig, und die vier Buchstaben des Autobauers mussten für zahlreiche Verballhornungen herhalten: »Fehler in allen Teilen«, oder: »Für Italiener ausreichende Technik«. Sogar beim Autoquartett, einem beliebten Kartenspiel, das fast jeder unserer Klassenkameraden und auch viele ihrer Väter in den Hosentaschen mit sich herumtrugen, erreichten die Fiats stets die niedrigsten Punktzahlen. Im Allgemeinen waren die Deutschen der festen Überzeugung, dass die Autos bereits in den Prospekten rosteten. Das Schlimme war: Damit hatten sie nicht einmal Unrecht.

Die italienischen Autos hatten dem Streusalz auf den winterlichen deutschen Straßen keinen wirksamen Rostschutz entgegenzusetzen. In Sizilien dagegen fuhr man die Autos am Ende ihrer Zeit beinahe rostfrei zum Schrottplatz. Was allerdings nur in den seltensten Fällen geschah. Die meisten Autos endeten vielmehr an einem einsamen Straßenrand, wo die Passanten sie nach und nach ausschlachteten. Die übrig gebliebenen Skelette gammelten dann oft jahrelang vor sich hin, bis sich die Stadtverwaltung erbarmte und sie abholen ließ. Oder bis das Meer sie verschluckte.

Dergleichen hatten wir in Deutschland natürlich noch nicht zu sehen bekommen. Hier herrschten deutlich mehr Ordnung und Sauberkeit als in Sizilien. Alles war bestens geregelt und durchorganisiert. Mülltüten lagen nicht einfach am Straßenrand herum, deren Inhalt Ratten, Katzen und Hunde dann auf der ganzen Straße verteilten, sondern wurden in Tonnen gesammelt und pünktlich von der Müllabfuhr geleert. Sogar die Straßen wurden regelmäßig von Männern in Straßenkehrmaschinen gefegt. Nicht dass man hier vom Boden hätte essen können, wie gerne behauptet wurde – als ob das jemals schon einer getan hätte –, aber die deutschen Straßen waren doch sichtlich sauberer als in Sizilien.

Dort gab es nur wenige müllfreie Straßen. Eine davon war etwa zwanzig Meter lang, befand sich hinter einer fünf Meter hohen Mauer, und vor dem Eingang, einem eindrucksvollen geschmiedeten Eisengittertor, hielt ein Carabiniere Wache. Auf dem Weg innerhalb des Friedhofs wurde Müll nicht geduldet. Und auf den wenigen Flanier- und Panoramastraßen ebenfalls. Um die restlichen Straßen sauber zu halten, rückten die städtischen Straßenkehrer jeden Morgen in Kompaniestärke aus. Wenn sie sich nicht gerade in einem aufreibenden, monatelang andauernden Arbeitskampf befanden, taten sie wirklich ihr Bestes. Im Schweiße ihres Angesichts schoben sie ihre Schubkarren vor eine Espressobar, tranken zum Wachwerden einen Kaffee und schwangen dann frisch gestärkt das sizilianische Modell einer modernen Straßenkehrmaschine, die aus einem langem Stiel mit fransigen Borsten am unteren Ende bestand. Kurz darauf stellten sie meist fest, dass der wachsende Autoverkehr ein anständiges Arbeiten unmöglich machte, und gingen schweren Herzens fluchend nach Hause. Sie waren wahrlich nicht zu beneiden. Aber dass überall so viel Müll herumlag, konnte man ihnen nicht anlasten, das lag eindeutig an der Mentalität der Sizilianer.

Gemeinschaftssinn wird nämlich nur im engeren Familienkreis und ausschließlich in den eigenen vier Wänden gepflegt. Sobald die Süditaliener aus ihren Häusern treten, haben sie das meiste, was ihrer Meinung nach schützens- und erhaltenswert ist, hinter sich gelassen. Die Straße gehört ihnen nicht, warum also sollten sie sich darum kümmern? Natürlich würden sie niemals einen vollen Aschenbecher auf dem Fußboden ihres Wohnzimmers ausleeren. Auf der Straße denken sie dagegen keine Sekunde darüber nach. Sobald ein Haushaltsgerät das Zeitliche segnet, wird es auf der nächsten Straßenkreuzung entsorgt. So entstehen innerhalb kürzester Zeit an allen möglichen Orten wilde Müllkippen.

Ein paar Wochen bevor wir nach Deutschland ausreisten, hatten die Leute auf diese Weise unseren Schulweg zugeschüttet. Eines Morgens entdeckten wir ein paar zerbroche Fliesen am Straßenrand. Am nächsten Morgen hatte jemand zwei alte Stühle dazugestellt. Am dritten Morgen lagen bereits mehrere Mülltüten, eine Badewanne, ein Waschbecken und ein alter Kühlschrank obendrauf. Dazwischen wuselte bereits eine ganze Rattenkompanie umher, die sich den Müllberg zu ihrem Brut- und Nistplatz auserkoren hatte. Am vierten Tag gesellten sich diverse kaputte Fernsehgeräte, Radios und weitere Möbelteile dazu. Am fünften Tag war der Berg auf etwa vier Meter Höhe angewachsen, und irgendjemand hatte, um die rasante Ausbreitung der Ratten einzudämmen, den Unrat angezündet. Die Straße war nicht nur für mehrere Wochen unpassierbar geworden, der beißende Gestank des qualmenden Müllbergs verseuchte tagelang das gesamte Viertel. Schuld war natürlich niemand. Schließlich lag da schon jede Menge Müll herum, da fiel das bisschen, das man selbst beigesteuert hatte, nicht weiter ins Gewicht.

12. Schwäbische Rituale

Solche Müllberge wie in Sizilien hatten wir hier in Deutschland noch nicht gesehen, ganz im Gegenteil! Der Samstag war wohl der offizielle Putztag – zumindest dachten wir das. Denn kaum hatten unsere Nachbarn ihre Autos frisch gewaschen, poliert, gebügelt und ordentlich zusammengelegt in die Garagen gefahren, widmeten sie sich dem zweiten Teil des samstäglichen Rituals: der Kehrwoche!

Das war für uns nun wahrlich die deutscheste aller Erfindungen. Da rannte die ganze Nachbarschaft herum und putzte, kehrte, schnitt, mähte alles um, was keine Miete bezahlte und sich im Umfeld des eigenen Grundstücks ohne vorherige schriftliche Genehmigung niedergelassen hatte. Der Rasen wurde fein säuberlich millimetergenau gestutzt, damit auch ja kein Halm den anderen auf ungebührliche Weise überragte. Unkontrolliert wucherndes, ordnungsresistentes Grünzeug an Ecken und Kanten rückte die ordentliche Hausfrau auf dem Bauch liegend mit einer Nagelschere zu Leibe. Zu guter Letzt kamen dann noch Bambi und die Gartenzwerge dran – und die Zahnbürste noch einmal zum Einsatz.

Na gut, über die Notwendigkeit, einem Gartenzwerg die lackierten Zähne zu putzen, kann man geteilter Meinung sein, aber: Es ist zweifellos billiger als Zahnersatz! Außerdem gehören zu einem sauberen deutschen Garten auch saubere Zwerge. Ende der Diskussion! Oder wie einer unserer Nachbarn in breitestem Schwäbisch zu sagen pflegte: »Dia miassat os net fr Dreggsäu halda!« Was so viel bedeutet wie: »Von uns soll niemand denken, wir seien nicht reinlich.« Offenbar war es dem Schwaben sehr wichtig, in dieser Hinsicht den richtigen Eindruck zu erwecken.

Pünktlich um 17.30 Uhr war der Spuk dann zu Ende. Die Kehrgeräte und Putzutensilien wurden aufgeräumt, die Bürgersteige hochgeklappt und die Türen abgeschlossen. Nun musste die Hausfrau noch schnell die Vesper (auch Abendbrot genannt) richten, denn um punkt 18.00 Uhr stand der dritte Höhepunkt des Wochenendes an: die Sportschau! Das war die samstägliche Pflichtsendung eines jeden fußballbegeisterten, passiven deutschen Bundesligatrainers, der von seinem Fernsehsessel aus kurze, aber präzise taktische Anweisungen gab. Die waren meistens an seine Ehefrau gerichtet, die er liebevoll »Alde« nannte, und bedeutete ihr, den rasch schwindenden Biervorrat wieder aufzufüllen.

Natürlich war der Tonfall nicht ganz so barsch wie auf dem Fußballplatz, schließlich neigt der Schwabe zu Verniedlichungen. Wenn er etwas mag, dann hängt er gerne mal die Endung »le« an das eine oder andere Wort an. »Mäd-le, bringsch mr a Bier-le!« ist so ein typischer, immer wieder gern genommener Satz. Wenn sich ein Schwabe in einer so genannten Wirtschaft aufhält, die Bedienung jung und hübsch ist und zudem ein weit ausgeschnittenes Dekolletee trägt, wiederholt er diesen, in seinen Ohren lieblich klingenden Satz besonders gern. Denn beim Abstellen der Bierkrüge auf dem Tisch muss sich das Mädle weit nach vorne neigen. So kann der feurige Liebhaber malzhaltiger flüssiger Nahrungsmittel ein gefahrloses »Äug-le« riskieren.

In diesem und vielen anderen Punkten unterscheiden sich deutsche und sizilianische Männer nicht gravierend. Der Sizilianer mag seine Wünsche vielleicht etwas freundlicher und blumiger formulieren. Dabei benutzt er dann, weil er in seinem gesamten Wesen kommunikativer und nicht ganz so sparsam wie der Schwabe ist, nicht selten auch ein paar Wörter mehr. Aber das Ergebnis bleibt dasselbe: »Schatz, würdest du mir bitte die Zigaretten holen? Danke, meine Süße! Ach, und bring mir doch bitte gleich noch einen Espresso mit. Danke! Ach, wenn dein Mund gerade zufällig offen steht, könntest du vielleicht mal schnell die Kinder rufen?«

Die Parallelen sind hier deutlich erkennbar. Unter den Südländern gibt es sogar einige Prachtexemplare, die das Bett nicht verlassen, wenn die Ehefrau es versäumt hat, ihnen die Kleider für den nächsten Tag bereitzulegen. Den Tag beginnt der gemeine Sizilianer am liebsten mit einem Espresso, den seine Frau ihm ans Bett bringen muss. So gestärkt, beginnt er dann seinen schweißtreibenden Arbeitstag, den er abends beendet, indem er sich ins Bett legt und beim fernsehen füttern lässt.

Die wärmende Frühlingssonne trieb jedenfalls nicht nur unsere Nachbarn aus dem Haus, sie tat uns allen gut. Wir fühlten uns endlich wieder besser, waren fröhlicher, standen gut gelaunt auf und freuten uns auf einen sonnigen Schulweg. Der erste Zwischenstopp des Tages führte uns immer in eine Bäckerei, wo wir uns für zehn Pfennig je eine Karamellmuschel kauften. Die Kunststoffmuschel mit der süßen, klebrigen Füllung passte gerade so in meinen Mund. Sprechen konnte ich mit dem Ding dann zwar nicht mehr, aber es war auf jeden Fall besser als klebrige Finger. Wir liefen der wärmenden Sonne entgegen und schleckten die Muscheln ab – eigentlich hätte alles richtig schön sein können.

Wenn unser Ziel nicht die Schule gewesen wäre. Wir hassten den Unterricht nach wie vor abgrundtief. Die Probleme waren im Laufe der Zeit nicht kleiner geworden. Zwar konnten wir uns inzwischen besser verständigen, aber unsere Sprachkenntnisse reichten nach wie vor nicht aus, um in irgendeiner Form aktiv am Unterricht teilnehmen zu können. Die Anfeindungen und Schmählieder versuchten wir so gut es ging zu überhören, denn wir hatten herausgefunden, dass wir viele gesunde Ansichten mit unseren Kameraden teilten.

So waren wir uns zum Beispiel vollkommen einig, dass Hausaufgaben und Nachsitzen zu ernsthaften geistigen Schäden führen konnten und längst ein Fall für Amnesty International sein müssten. Eigentlich war der Großteil unserer Mitschüler genauso friedlich wie wir und wollten keinen Ärger. Auch wenn der eine oder andere, auch in der Hinsicht entdeckten wir so einige Gemeinsamkeiten, manchmal mit Furcht erregenden Drohgebärden den wilden Gorilla markieren musste, kehrte er Minuten später zur Normalität zurück. Dann setzte er sich brav an seinen Platz, öffnete Mamis liebevoll eingepackte Frühstückstüte, zählte die, mit geometrischer Genauigkeit, belegten Brote ab, biss in seinen entkernten Apfel und freute sich über die mundgerecht zerteilte Schokolade. Handgreiflich wurden nur wenige, aber die waren meist in der Lage, eine ganze Meute aufzuwiegeln. Sie bauschten kleine Meinungsverschiedenheiten zu wahren Staatskrisen auf und waren erst zufrieden, wenn sie noch mindestens fünf andere mit in die Sache hineingezogen hatten.

Sich mit diesen Spezialisten auseinanderzusetzen war äußerst schwierig. Der schlimmste von allen hieß Jörg. Er war ein großer Kerl mit wilden braunen Haaren, Pockennarben im Gesicht und einer schwarzen Brille mit fingerdicken Gläsern. Mit ihm waren Filippo, Salva, Riccardo und ich schon ein paar Mal zusammengerasselt. Stets ging es um Kleinigkeiten; nichts, was man mit einer Entschuldigung nicht hätte aus der Welt schaffen können. Aber das lag gar nicht in seinem Interesse. Jörg war erst zufrieden, wenn sich zehn bis fünfzehn andere Jungen hinter ihn stellten, um den Itakern mal wieder zu zeigen, wer hier der Boss war. Nicht dass einer von uns diesen Titel je angestrebt hätte, ganz im Gegenteil. Wir wollten eigentlich nur in Ruhe gelassen werden.

Aber Jörg wartete nur auf jede sich bietende Gelegenheit. Ein Stück Papier, das nicht im Papierkorb landete, eine unbeabsichtigte Berührung beim Fangen, ein falsches Wort an die falsche Person, und Jörg war sofort zur Stelle, um seine tief empfundene Empörung herauszuschreien. Und zwar gegen die Itaker, die deutschen Boden verschmutzten, deutsche Mädchen besudelten, einen deutschen Kameraden beleidigten. Jörg hatte ein echtes Problem. Er kam auch auffällig oft mit blauen Flecken in die Schule, als ob er sich ständig prügelte.

Gegen ihn war eine Auseinandersetzung nicht zu

gewinnen, diese Erfahrung hatte ich leider schon am eigenen Leib gemacht. Zunächst hatte Jörg den halben Schulhof zusammengebrüllt, und als dann möglichst viele Sympathisanten einen Kreis um ihn und mich gebildet hatten, ließ er sich auf einen Kampf ein. Während er mich ordentlich durchmassierte, traten die Außenstehenden zusätzlich auf mich ein. Nach dieser schmerzhaften Lektion taten mir alle Knochen weh.

Dennoch: Es half alles nichts, um die Schule kamen wir nicht herum. Tag für Tag saßen mein Bruder und ich die Zeit bis zum Unterrichtsschluss ab und machten uns dann glücklich auf den Heimweg.

Eines Mittags, ich schlenderte gerade einen Gehweg entlang, fiel mein Blick auf ein Stück am Boden liegende Kreide. Filippo war schon ein ganzes Stück vorausgelaufen und ich war gemütlich hinterherspaziert.

Der ganze Schulweg war mit Kreide markiert. Viele Schüler hielten beim Laufen ein Stück Kreide in der Hand und dekorierten die Häuser, Zäune, Türen, eigentlich alles, woran sie so vorbeikamen. Endlich besaß auch ich so ein Stück Kreide. Prompt drückte ich es an die Hauswand zu meiner rechten und hinterließ meine Markierung. Es folgten ein Zaun mit breiten weißen Brettern, danach ein Jägerzaun mit braunen, verwitterten Pfählen und eine Garageneinfahrt. Die Kreide ratterte über die Zaunpfähle, ich pfiff im gleichen Rhythmus ein Liedchen, schritt langsam den Jägerzaun ab, blickte zurück und bewunderte fasziniert den schneeweißen Strich auf den dunkelbraunen Pfählen.

Plötzlich stieß ich mit dem Fuß gegen etwas Weiches und stürzte bäuchlings auf den Gehweg. Ein alter Mann saß in der Garageneinfahrt auf einem Schemel, und ich war über seine Füße gestolpert. Der Mann stand auf und starrte mich entgeistert an. Er öffnete den Mund, um etwas zu sagen, schloss ihn aber gleich wieder. Nun wanderte sein Blick über den Zaun, während mein Blick zu dem tropfenden Pinsel in seiner Hand wanderte, und wir begriffen gleichzeitig, was da gerade vorgefallen war: Ich hatte den Zaun eingesaut, den er soeben frisch gestrichen hatte!

»Du Saubua! I schla dr s Gweih ei!«, brüllte der alte Mann plötzlich los.

Sofort sprang ich auf und flitzte davon, auch wenn ich nicht genau wusste, von welchem Geweih der Mann da sprach und wem er es wieso einschlagen wollte. Gefährlich klang es allemal. Der alte Mann hätte mich niemals einholen können, und ich fühlte mich schon in Sicherheit. Doch dann hörte ich eine mir wohlbekannte, widerlich kreischende Stimme hinter mir: Jörg!

Jörg tat mal wieder genau das, was er am besten konnte. Er schrie sich noch ein paar Kameraden zusammen, und ein paar Sekunden später hingen mir etwa sechs Jungen und zwei Mädchen auf den Fersen. Nun spurtete ich erst recht los, schrie meinem Bruder noch schnell zu, er solle um sein Leben rennen, und jagte hinter ihm her. Jörg schrie inzwischen noch lauter und hetzte seine Begleiter gegen mich auf: »Der Itaker hat den Opa verhauen!«

Ohne nach links und rechts zu schauen, rannten Filippo und ich über eine Kreuzung, und ein Autofahrer musste eine Vollbremsung hinlegen. Wir wichen dem Wagen aus, der uns nur um Haaresbreite verfehlt hatte, und bogen in die Seitenstraße ein, die uns direkt nach Hause führte. Ich spornte meinen Bruder an, auf der Zielgeraden noch mal alles zu geben. Uns stand fast schon der Schaum vor dem Mund, und wir hatten noch etwa dreihundert Meter vor uns. Die Meute hinter uns war schnell, aber ich bezweifelte, dass sie uns einholen würden. Bis zu dem Moment, als Filippo stürzte.

Ich bremste ab, rannte zu meinem Bruder zurück, zerrte ihn auf die Beine und schrie ihn an, er solle losrennen. Unser Vorsprung war beängstigend zusammengeschmolzen, zwischen mir und den ersten Verfolgern lagen jetzt weniger als fünf bis sechs Meter. Wir hatten unser Haus beinahe erreicht und entdeckten vor der Haustüre eine bekannte Gestalt, die mit einem Besen in der Hand den Gehweg kehrte: Mama!

Wir schöpften kurz neue Kraft und schrieen lautstark um Hilfe. Als Mama die Meute hinter uns sah, hob sie den Besen und hielt ihn wie einen Schlagstock locker in der Hand. Mein Bruder und ich holten pfeifend Luft, gingen davon aus, dass unsere Verfolger bei Mamas Anblick aufgeben und sich einem besseren Zeitvertreib zuwenden würden. Aber Jörg dachte gar nicht daran. Die Meute blieb ein paar Meter vor Mama stehen. Jörg brüllte ihr sein Schauermärchen vom armen, alten, geschlagenen Großvater ins Gesicht. Er wusste offenbar nicht, dass sie ihn nicht verstehen konnte.

Mama sagte gar nichts. Sie starrte ihn nur aus zusammengekniffenen Augen an. Jörg schrie und schrie, und als Mama immer noch keine Reaktion zeigte, wollte er sich tatsächlich auf uns stürzen. Aber so weit ließ ihn Mama nicht kommen. Sie stieß den Besenstiel vor, und die Spitze war jetzt nur noch wenige Zentimeter von Jörgs Adamsapfel entfernt. Dabei warf sie ihm einen kalten Blick zu und schüttelte den Kopf.

Manche Dinge müssen nicht ausgesprochen werden, denn Jörg verstand, dass er zu weit gegangen war, und tat das einzig Richtige: Er drehte sich um und lief zusammen mit den anderen gemächlich davon. Das tat er natürlich nicht in aller Stille. Er schleuderte uns die wüstesten Beschimpfungen entgegen, die sein krankes Hirn so produzierte. Ich war heilfroh, dass Mama nicht verstand, was er da alles von sich gab, denn er hatte sie auf das Übelste beleidigt. Dennoch war eines klar: Das durfte ich ihm auf gar keinen Fall durchgehen lassen.

In Messina gab es zahlreiche Möglichkeiten, sich einen Todfeind zuzulegen, eine todsichere Methode war: die heilige *mamma* oder die Schwestern eines Kameraden zu beleidigen. Wenn ich also dringend eine Generalüberholung meiner Gesichtskonturen wünschte, musste ich nur einem Jungen aus einer traditionsverbundenen Familie gegenübertreten, seine Mutter beleidigen und ihm rechtzeitig den zu behandelnden Körperteil zuwenden. Solche Kerle waren nicht sonderlich schwer zu finden, besonders in den Barackensiedlungen an den Stadträndern von Messina gab es jede Menge davon. Und natürlich in den Bergdörfern, wo noch Familien lebten, deren Uhren etwa zwanzig Jahre nachgingen. Je ärmer die Familie, desto größer die Ehre, die unter allen Umständen verteidigt werden musste.

Es stimmt zwar nicht ganz, aber als grobe Faustregel kann man es schon gelten lassen. Jemand aus einer solchen Familie hätte mir meinen Wunsch ganz sicher mit großer Freude erfüllt. Noch Jahre später würde er stolz erzählen, wie er dafür gesorgt hatte, dass ich mein Schnitzel wochenlang aus einer Schnabeltasse trinken musste. Die Sache mit den Fingern, die er mir im Eifer des Gefechts einzeln verknotet hatte, würde er hingegen für nicht weiter erwähnenswert halten. Das war Kinderkram.

Filippo und ich waren noch zu jung, um in solch komplizierte Angelegenheiten wie Familienehre eingeführt zu werden. Abgesehen davon hatten sich auch in Sizilien die Zeiten geändert. Während die Beleidigung der Mutter vor nicht allzu langer Zeit noch einem Todesurteil gleichgekommen war, hatte sich das Strafmaß zwischenzeitlich auf schwere Körperverletzung reduziert. Jedenfalls blieb ein derart schwerer Angriff auf die Familienehre niemals folgenlos.

Unsere deutschen Kameraden sahen das ganz anders. Es verging kein Tag, an dem nicht mindestens einer lautstark die Mutter eines anderen auf das Übelste beschimpfte und die entsprechend derbe Entgegnung einstecken musste.

Obwohl mein Bruder und ich diese Wortgefechte irgendwann erstens verstehen und zweitens sogar nachsprechen konnten, hüteten wir uns davor, die Mütter unserer Kameraden auch nur zu erwähnen. Immerhin war das für uns eine der schwersten Todsünden! Für unsere Mitschüler besaß es dagegen eine erschreckend beiläufige Bedeutungslosigkeit. Wie die Frage nach dem persönlichen Befinden, der allgemeinen Wetterlage oder des Brotbelags.

Das konnte natürlich auch damit zusammenhängen, dass die meisten, so wie mein Bruder und ich, gar nicht wussten, was diese Sätze genau bedeuteten. Wir wussten nur, dass sie extrem böse Wörter enthielten und dass wir eine extrem dicke Lippe riskierten, falls

Papa eines Tages davon Wind bekam. Der Verdacht reichte übrigens schon aus, denn Papa verstand in dieser Hinsicht absolut keinen Spaß.

13. Rache!

Nachdem Jörg in die Flucht geschlagen war, mussten wir Mama haarklein erzählen, was vorgefallen war. Sie reagierte genau so, wie ich es befürchtet hatte: Sie ging an Papas Werkzeugkiste, holte einen Pinsel und ein paar Lumpen heraus, steckte alles in einen Eimer und schickte mich zurück zu dem alten Mann, um den Zaun zu säubern.

Wütend schnappte ich mir den Eimer und versuchte ihr zu erklären, dass fast alle Kinder, die an dem Zaun vorbeiliefen, das Gleiche taten und nur ich das Pech gehabt hatte, dass der Zaun frisch gestrichen war. So ein Mist!

Ich rannte in unsere Wohnung, steckte mein kleines Wörterbuch ein und machte mich auf den Weg. Wie sollte ich mich dem alten Mann gegenüber verhalten? Seine wütende Drohung hatte ich nicht vergessen, obwohl ich noch immer nicht genau wusste, was er mit Geweih gemeint haben könnte. Immerhin war ich mir ziemlich sicher, kein Körperteil zu besitzen, das so hieß. Es sei denn, die Schwaben bezeichneten damit irgendwelche anderen wichtigen Körperteile.

Das wäre dann eine dieser bösen Fallen der deutschen Sprache, über die ich schon etliche Male gestolpert war. So hatte beispielsweise »arm dran« eine andere Bedeutung als »Arm ab«. Blau konnte sowohl der Himmel als auch ein grölender Mann auf einer Parkbank sein, und sobald man »sechs« sagte, fingen die Mädchen an zu kichern und schienen nicht an eine Zahl zu denken.

Ich musste unbedingt herausfinden, ob »Geweih« eine doppelte Bedeutung hatte und ob das Einschlagen desselben sich nachteilig auf meine Befindlichkeit auswirken konnte. Mehrmals blätterte ich mein Wörterbuch durch, fand jedoch nichts – zumindest nichts Erschreckendes.

Einigermaßen beruhigt marschierte ich kurz darauf meinem Ziel entgegen und sah den alten Mann schon von weitem vor seinem Zaun sitzen. Au weia! Sofort bekam ich Angst, und alles in mir schrie nach Flucht. Aber da meine Füße nicht innehielten, stand ich eine Minute später vor dem Mann, kramte sogleich meinen Pinsel hervor, sah ihn an, stotterte: »Äh … Endschuljung!«, und begann mit der Reinigung des Zaunes.

Der alte Mann erwiderte nichts, und zu meiner großen Freude machte er auch keine Anstalten, nach irgendeinem Geweih zu schlagen. Er gab mir bloß eine fürchterlich stinkende Dose Terpentin und sagte nur: »Donei dunka.«

Zwar verstand ich ihn nicht, doch ich hatte kapiert, dass ich den Pinsel in die Dose tunken und damit über den Zaun streichen sollte. Ich arbeitete bis zum späten Nachmittag und war glücklich, als ich endlich auch den letzten Zaunpfahl gereinigt hatte. Rasch packte ich alles zusammen und verabschiedete mich von dem alten Mann. Er war die ganze Zeit ziemlich wortkarg gewesen, aber böse war er mir nicht mehr.

Ich war noch keine zehn Meter gelaufen, da rief er mich wieder zurück, um mir eine Tafel Schokolade in die Hand zu drücken. Ich versuchte ihm klarzumachen, dass es nicht nötig sei, da ich den Zaun schließlich verschmutzt hatte.

Doch er erwiderte nur: »I woiß, aber die Saubuaba … die eich vorher hinterher sind, han alle mein Zaun eingesaut. Aber noch nie isch einer zurückkomma zum wieder Saubermacha. Nimm's! Ansonschten kommsch halt mal wieder, wenn d' nix Besseres vorhasch. Tschüss!«

Ich lief nach Hause, erleichtert, die Arbeit hinter mich gebracht zu haben und dass der alte Mann so nett gewesen war. Ich hatte zwar nur jedes zweite Wort verstanden, aber er hatte sich alles andere als böse angehört.

Eins war sicher: Dieses dämliche Wörterbuch war so sinnlos wie ein Tretroller für einbeinige Kinder. Alle Deutschen, mit denen ich bisher zu tun hatte, forderten mich spätestens nach dem zweiten Satz auf, anständiges Deutsch zu lernen. Allerdings schien das nur für mich zu gelten, denn sie selbst hielten sich nicht an die Regeln! Die einzigen Menschen, die in diesem Land wie mein Wörterbuch sprachen, arbeiteten offenbar alle bei irgendwelchen Fernseh- oder Radiosendern. Mir war bis dahin jedenfalls noch keiner persönlich begegnet.

Ich hatte mir sogar schon abgewöhnt, die Deutschen nach der Uhrzeit zu fragen. Die konnte ich nämlich nach dem Stand der Sonne, dem Grummeln meines Magens oder dem Verschmutzungsgrad meines Pullovers exakter ermitteln, als wenn mir ein Passant um 16.40 Uhr ein »Femfvordreiviertelfemfe!« ins Gesicht nieste und ich bei dem Versuch, diesen Wortsalat zu entwirren, mit einem Krampf in der Kinnlade nach Mama rufen musste. Zu Hause angekommen, beschloss ich daher, das Wörterbuch in den Schrank zu werfen und es nie, nie wieder in die Hand zu nehmen.

In den folgenden Tagen studierte ich Jörg aufs Genaueste, denn er war fällig. Da er sich recht häufig stritt, verfolgte ich jede Bewegung, jede Reaktion, jedes Augenzwinkern. Sogar das leichte Zittern seiner Unterlippe, bevor er zuschlug, blieb mir nicht verborgen. Ich wollte kein unnötiges Risiko eingehen, denn Jörg war zwei Köpfe größer als ich und wog ganz sicher zwanzig Kilo mehr. Wenn er es schaffte, sich auf mich draufzusetzen, sähe ich bald wie eine geplatzte Leberwurst aus.

Mein Schlachtplan stand fest. In der großen Pause provozierte ich Jörg so lange, bis er mir eine wüste Drohung ins Gesicht spie:

»Kerle, i dapp dir so in Arsch, dassn in dr Schleng hoimträgsch! Bstell dr glei mol an Leichawaga!«

Nun hatte ich weder vor, meinen Hintern in einer Schlinge nach Hause zu tragen noch einen Leichenwagen zu rufen. Aber wenn mein Plan nicht aufging, würde Jörg mich nach Unterrichtsschluss im Schulhof beerdigen – zumindest befürchtete ich das. Ich bibberte regelrecht vor Angst, aber das Spiel hatte begonnen, und jetzt musste ich es auch zu Ende spielen.

Als die Glocke läutete und alle Schüler aus dem Gebäude stürmten, schickte ich meinen Bruder alleine nach Hause. Er meckerte zwar herum, weil er meine Tasche mitnehmen musste, trotzdem lief er los und war kurz darauf verschwunden. Als ich ins Freie trat, wartete Jörg lässig an einen Zaun gelehnt auf mich. Aber das Wichtigste: Er war allein! Bei seinem Anblick blieb mein Herz für einen Moment stehen. Ich unterdrückte die aufsteigende Panik und lief langsam auf ihn zu. Jörg drehte sich zu mir, verschränkte die Arme und baute sich breitbeinig auf. Was für ein Tier!

Ich sah meinen Plan kläglich scheitern. Jetzt, so kurz davor, bezweifelte ich, ob die Idee, ihn herauszufordern, tatsächlich so gut gewesen war. Na ja, vielleicht hatte ich Glück, und er brach sich zufällig einen Zeh, wenn er mich unglücklich in den Hintern trat. Das wäre eine angemessene Strafe! Er hatte Mama beleidigt, und so etwas tat man nicht ungestraft! Notfalls musste ich ihm eben ins Auge spucken und schnellstens das Weite suchen. Rasch verscheuchte ich die schlechten Gedanken und schlich im Schneckentempo auf ihn zu, bis uns nur noch etwa drei bis vier Meter trennten.

Jörg merkte mir meine Angst an und begann mich zu verhöhnen. Dann ballte er die Fäuste, machte einen Schritt auf mich zu und holte aus.

Das war mein Startsignal. Ohne jede Vorwarnung sprang ich ihn an!

Seine Augen hinter den dicken Gläsern wurden auf einmal ganz groß. Während er sich noch fragte, was das werden sollte, fegte ich ihm die Brille von der Nase. Jetzt war so etwas wie ein Gleichgewicht hergestellt: Er war zwar noch immer größer und stärker, dafür aber blind wie ein Regenwurm. Eine gute Viertelstunde lang polierten wir uns gegenseitig die Milchzähne, und als Jörg endlich am Boden lag, holte ich seine Brille und fragte ihn, ob es jetzt genug sei. Als er bejahte, gab ich sie ihm zurück, drehte mich ohne ein weiteres Wort zu verschwenden um und lief nach Hause.

Jörg schrie mir schon wieder irgendetwas hinterher. Ich blickte zurück und grinste ihn nur an. Er jagte mir keine Angst mehr ein.

Papas Theorie, wir müssten nur den größten von unseren Widersachern vermöbeln, damit der Rest vor Angst erstarrte und Ruhe gab, erwies sich als komplett falsch. Für diesen angenehmen Nebeneffekt waren wir definitiv einen Meter zu kurz geraten. Oder, um es mit einem Originalzitat unseres geliebten Sportlehrers, Herrn Bronzerle, zu sagen: »Ihr seid ja gerade mal einen Kopf größer als eine Sau.«

Herr Bronzerle, ein langer, hagerer, leicht blutleer wirkender Mann, liebte uns heiß und innig. Seine spöttischen Bemerkungen über unsere sportlichen Leistungen, Körpergröße, Intelligenz und unsere nach »Chinesisch rückwärts« klingende Sprache versorgte unsere Kameraden regelmäßig mit neuem Stoff für Hohn und Spott. Der letzte Zwischenfall mit Herrn Bronzerle hatte mir sogar beinahe einen Verweis eingebracht.

Zu Beginn einer Schwimmstunde im schuleigenen Hallenbad hatte ich mich als einer der Ersten an den Beckenrand gesetzt. Das Wasser war schön warm, ich tauchte die Hände hinein und spritzte es mir auf den Oberkörper. Kurz darauf standen Riccardo und Salvatore vor mir und fragten auf italienisch, wie das Wasser sei.

Ich antwortete: »*Calda*!«, was auf italienisch »warm« heißt.

Just in dem Augenblick betrat Herr Bronzerle die Schwimmhalle. Er sah mich an, hob die Augenbrauen, und rief: »Was? Kalt?« Während er noch sprach, steuerte er direkt auf den Beckenrand zu, tauchte einen Fuß ins Wasser und schimpfte sofort los: »Ha! Kinder, das Wasser ist doch nicht kalt! Du bist wohl nicht ganz dicht, oder? Du hast doch nicht mehr alle Tassen im Schrank, oder?«

Ich zuckte bei seiner Reaktion heftig zusammen, denn ich wusste gar nicht, was er von mir wollte.

Wieso sollte ich nicht mehr alle Tassen im Schrank haben? Ich selbst besaß gar keine Tassen, und wenn ich es mir recht überlegte, besaß ich nicht mal den Schrank, in dem jetzt angeblich irgendwelche Tassen fehlten.

Herr Bronzerle unterbrach meine Gedanken und wiederholte seine Frage: »Oder?«

Mist, er erwartete tatsächlich eine Antwort. Ohne nachzudenken platzte ich heraus: »Ich habbe keine Tasse und auch keine Schrank! Verstande?«

Die umstehenden Klassenkameraden brüllten sofort los und kugelten sich vor Lachen.

Herr Bronzerle spürte, dass ihm die Situation entglitt. Er lief rot an und brüllte erst »Ruhe!«, bevor er sich an mich wandte: »Mein Lieber! Ich sag es dir, werd ja nicht frech, sonst gehst du sofort zum Direktor, und dann ist aber was los! Dann brauchst nie wieder zu kommen. Verstanden?«

Der Gedanke, nie wieder in die Schule gehen zu müssen, war mir nicht unsympathisch, aber ich hätte schon gerne gewusst, warum er mich gleich zum Direktor schicken wollte. Ich war mir nach wie vor keiner Schuld bewusst.

Schließlich meldete sich Riccardo zu Wort, und wir klärten das Missverständnis auf. Herrn Bronzerle war das ziemlich egal. Er schrie, dass er jetzt nichts mehr hören wolle, und scheuchte uns ins Wasser, woraufhin unsere lieben Klassenkameraden einen weiteren Grund zum Spotten und Lästern hatten.

Bis zum Beginn der langersehnten Sommerferien gerieten Filippo und ich beinahe täglich in irgendwelche Streitereien. Wir hangelten uns von einem Tiefpunkt zum nächsten. Der letzte kam in Form der Zeugnisse: Wir wurden ohne Noten in die fünfte Klasse versetzt. Für alle Mitschüler, die wegen ihrer schlechten Noten nicht versetzt worden waren, ein willkommener Grund, uns noch mehr zu hassen. In Sizilien war ich einer der Besten in meiner Klasse gewesen, und kaum ein halbes Jahr später folgte der unaufhaltsame Abstieg zum Esel, der in der letzten Bank sein Dasein fristet. Das war ganz schön frustrierend.

Noch frustrierender war, dass sich fast alle unsere Bekannten mit Beginn der Sommerferien für sechs Wochen nach Italien verabschiedeten. Mama und Papa hatten schon lange vorher entschieden, dass wir uns dieses Jahr keinen Urlaub leisten konnten. Wir konnten nicht gleichzeitig wegfahren und in die inzwischen fertig gewordene neue Wohnung ziehen. Zwar kamen wir so endlich raus aus dem feuchten Kellerloch, aber für mich und meine Geschwister war das eher zweitrangig. Die Frage, was wir während der viel zu kurzen Sommerferien mit uns anfangen sollten, war viel wichtiger.

Innerhalb der ersten Woche hatten nämlich sämtliche Bewohner beinahe fluchtartig das Dorf verlassen. Die leeren Straßen wirkten teilweise sogar richtig unheimlich. Einzig auf dem Bauernhof in unserer Nachbarschaft ging das Leben wie gewohnt weiter.

Dort trieben sich zurzeit sogar mehr Kinder herum als sonst. Hans und seine Geschwister hatten Verwandte zu Besuch, die ihre Ferien auf dem Bauernhof verbringen wollten. Es waren durchweg Kinder in unserem Alter und sie waren alle sehr nett, denn wir hörten sechs Wochen lang kein böses Wort. Im Gegenteil, wir durften mit ihnen spielen und herumtoben, wie wir wollten. Der Bauer nahm uns sogar auf seinem Traktor mit, und während er seine Wiesen mähte oder Heu einfuhr, spielten wir Fußball, fielen wie ein Heuschreckenschwarm über die Kirschbäume her und tobten im Heuschober herum.

In jenem Sommer lernte ich die kleine rothaarige Sieglinde kennen. Sieglinde und ich waren gleich alt, gleich groß, hatten am gleichen Tag Geburtstag und trugen die gleichen Latzhosen. Damit waren die Gemeinsamkeiten allerdings auch schon erschöpft. Sieglinde hatte unzählige Sommersprossen im Gesicht und konnte sogar mit geschlossenem Mund plappern – ohne Luft zu holen! Wir hatten uns sehr schnell angefreundet und verstanden uns prächtig. Im Laufe weniger Tage hatte der Bauer seinen Heuschober bis unters Dach gefüllt, und wir verbrachten ganze Tage damit, uns durch das warme, duftende Heu zu graben. Da Sieglinde und ich beschlossen hatten, so bald wie möglich zu heiraten, gruben wir eine Höhle, die nur uns beiden gehören sollte.

Als die Höhle endlich fertig war, überraschte mich Sieglinde mit ihrem Entschluss, dass es allmählich Zeit für ein Knutschspiel sei. Kaum hatte sie es ausgesprochen, da presste sie auch schon die Lippen ganz fest zusammen, zielte auf meine und ließ sich einfach auf mich draufkippen. Das ging so schnell, dass mein Fluchtreflex erst einsetzte, als ich bereits auf dem Rücken lag. Mir schien, als hätte Sieglinde ihr gesamtes Körpergewicht auf ihre Lippen verlagert, denn mein Kopf tauchte tief in das weiche Heu ein. Wenn man Haie an einer bestimmten Stelle am Kopf berührt, verfallen sie in eine Art hypnotische Starre. Eine wie auch immer geartete Verwandtschaft zu Haien innerhalb meiner Familie kann ich mir nun wirklich nicht vorstellen. Dennoch glaube ich, Sieglinde hatte genau diese Stelle bei mir gefunden, denn ich war plötzlich unfähig, mich zu rühren.

Ich bekam kaum noch Luft, meine Lippen drückten schmerzhaft gegen meine Zähne, und ich hatte Angst, dass meine, zwar etwas schief nachgewachsenen, aber immer noch nagelneuen Zähne erneut nach hinten wegbiegen könnten. Wie damals, als sich die Kante eines eisernen Tisches mir gewaltsamen in den Mund geschoben hatte. Als das Kribbeln allmählich in Schmerz überging, erwachte ich endlich aus der Erstarrung. Ich nahm Sieglindes Gesicht zwischen meine Hände, drückte sie hoch, und als sie die Augen öffnete, fragte ich sie, hochrot im Gesicht und atemlos, ob wir – röchel – jetzt wieder – hust – Fußball – röchel – spielen könnten.

Sieglinde starrte mich fassungslos an, beschloss offensichtlich im selben Augenblick, mich doch nicht heiraten zu wollen, und schrie mir brühwarm ins Gesicht, dass ich für eine Beziehung viel zu unreif sei.

Das traf mich hart, dennoch musste ich ihr letztendlich Recht geben. Für klaustrophobische Erstickungsanfälle fehlte mir tatsächlich die Reife.

Die Ferien wurden wider Erwarten sehr schön. Die ganze Zeit über hatten wir mit unseren neuen Freunden nur deutsch gesprochen, und unsere Sprachkenntnisse hatten sich enorm verbessert. Tatsächlich hatten wir in den sechs Wochen Ferien mehr gelernt als in den sechs Monaten davor in der Schule.

Als der Unterricht wieder begann, waren die meisten Lehrer und viele unserer Mitschüler überrascht, dass wir uns mit ihnen beinahe fließend unterhalten konnten. In den ersten beiden Tagen des neuen Schuljahres erfuhren wir, dass Armut für die meisten unserer Schulkameraden eine völlig andere Definition besaß, als wir je geglaubt hatten. Demnach gehörten alle, die über keine tolle Urlaubsreise berichten konnten, zu den Ärmsten dieser Welt.

So manchem Klassenkameraden stieg allein schon bei der Frage, wo er denn die Ferien verbracht habe, die Schamesröte ins Gesicht. Je exotischer das genannte Reiseland, desto stolzgeschwellter die Brust. Verächtliche, mitleidige Blicke gab es dagegen für diejenigen, die sich eine solche Reise nicht leisten konnten. Einer ging sogar so weit, seine Eltern als Versager zu beschimpfen, weil sie sich »nur« einen zweiwöchigen Italienurlaub geleistet hatten.

Filippo und ich hörten bloß staunend zu. Ich dachte an *nonna* Maria, die uns immer wieder gepredigt hatte, dass jemand, der täglich einen Teller Bohnensuppe essen konnte, ein reicher Mensch sei, denn viele auf dieser Welt hatten nicht einmal regelmäßig etwas zu essen. Sie irrte sich gewaltig. Für unsere Kameraden begann Armut auf einer ganz anderen Ebene. Jemand, der täglich zu essen hatte, war vielleicht satt, aber noch lange nicht reich. Reichtum begann da, wo die Kinder der Wohlstandsgesellschaft es sich leisten konnten, ihr Essen in die Mülltonne zu werfen.

Genau das taten viele unserer Schulkameraden

tagtäglich. Erst mal begutachteten sie Mamas liebevoll belegtes Pausenbrot, verzogen angewidert die Mundwinkel und beförderten es schließlich mit Schwung in die nächstbeste Mülltonne. Lieber liefen sie zu einem Imbissstand und kauften sich dort etwas zu essen. Meist frische Brötchen, die mit einer dicken Scheibe einer zartrosa gesprenkelten, schwammigen Masse belegt waren und den wundervollen Geruch dampfender Socken verbreiteten: Läberkäs!

Allein der Name klang in unseren Ohren wie ein ganz hinten im Hals unterdrückter Würgereflex. Und wie das Zeug erst aussah! Was um Himmels willen sollte das sein? Hatten schwäbische Wissenschaftler tatsächlich so lange herumexperimentiert, bis es ihnen gelungen war, aus tierischen Organen Käse herzustellen? Oder waren am Ende wieder mal Kartoffeln im Spiel? Für so etwas warfen unsere Kameraden ihre leckeren Brote weg? Das konnten wir beim allerbesten Willen nicht nachvollziehen.

Leberkäs! Bei der Namensgebung ihrer Spezialitäten legten die Schwaben sowieso einen seltenen Sinn für Humor an den Tag.

So verbargen sich hinter »Nonnafürzla« nicht etwa die frittierten Verdauungsgase weiblicher Klosterinsassen, sondern nur harmlose Hefeteigbällchen. Über einen traditionellen »Rostbrota« wurden keine rostigen Nägel geraspelt. Für einen Teller voller »Buabaspitzla« musste keine Massenkastration unschuldiger Knaben angeordnet werden, und für »Katzagschroi«, ein mit Ei gebratenes Fleischgericht, brauchte weder eine Katze gequält noch eine örtliche Volksmusikkapelle bemüht zu werden. Da der Schwabe die Leckereien kennt, haben diese seltsamen Namen für schwäbische Ohren einen appetitlichen Klang. Bei

Fremden, die auf die wörtliche Übersetzung angewiesen sind, lösen sie allerhöchstens Angstschweiß aus. Oder, wie bei unserer Mama, sogar Ekelattacken, die sich durch eine Gänsehaut auf ihren Armen äußerte. Überhaupt war die wörtliche Übersetzung vom Schwäbischen ins Italienische oder auch vom Schwäbischen ins Deutsche eine äußerst diffizile, ja delikate Angelegenheit.

Wir Kinder mussten immer mal wieder für Mama oder Papa Übersetzer spielen, was nicht selten in krampfartige Lachanfälle ausartete. So etwa eine Woche vor Schulbeginn, als wir direkt vor unserem Haus zwei fremde Männer beobachtet hatten, die sich mitten auf der Straße scheinbar grundlos anschrieen. »Ja! Jetz leck mi no am Arsch! Ja gibts di au no!«

»Hano, hano!«

»Ja d' Deifel soll mi hola! Ja, jetz leck mi no fett!«

»Hano! Jetzt steig mr no in d' Dasch! Du alder Säggl! Wia gohts denn abr au?«

Nachdem Mama eine Weile stirnrunzelnd zugehört hatte, fragte sie mich: »Was haben die Männer gerade gesagt? Streiten die sich?«

»Nein«, antwortete ich. »Die haben sich wohl lange nicht gesehen und sich gerade freudig begrüßt.«

»Wirklich? Was haben sie denn so gesagt?«, bohrte Mama weiter.

»Also, der eine hat gesagt, der andere soll ihn mal am Arsch lecken, weil es ihn noch gibt. Der andere war sprachlos und meinte nur: »Ach nein!«, weil sich der eine gewünscht hat, dass ihn der Teufel holen soll, und der andere ihn aber vorher lecken sollte, bis er zunimmt. Dann hat der andere gesagt, dass der eine ein alter Beutel sei und ihm in die Tasche steigen solle, falls es sein Gesundheitszustand zulässt«, antwortete ich wahrheitsgetreu.

Mama sah mich überrascht an und fragte dann: »Bist du sicher, dass sie sich nicht gestritten haben?«

Das konnte ich nach meiner Übersetzung nun nicht mehr mit absoluter Gewissheit sagen.

Der Eintritt in die fünfte Klasse brachte zahlreiche Veränderungen mit sich. Viele unserer Klassenkameraden hatten die Schule gewechselt. Seltsamerweise waren ausgerechnet diejenigen gegangen, mit denen wir uns am besten verstanden hatten oder die relativ friedlich waren. Die größten Schreihälse waren geblieben und fühlten sich jetzt noch stärker als vorher. Jörg und einige andere Mitschüler liefen gerade zur Höchstform auf.

Es dauerte nicht lange, bis die Anfeindungen und Streitigkeiten schlimmer wurden als je zuvor. Wir Gastarbeiterkinder fühlten uns zeitweise wie Gejagte, rückten immer enger zusammen, und irgendwann dachten wir nur noch: Wir gegen den Rest der Welt! Es war kein schönes Gefühl, ganz im Gegenteil. Der Zwang, sich jemandem verbunden zu fühlen, endet oft damit, dass man Dinge mitträgt, die man alleine und ohne diesen Zwang niemals mitgetragen hätte. Schließlich gab es auch unter den Gastarbeiterkindern gewalttätige Rabauken, mit denen wir unter »normalen« Umständen nichts hätten zu tun haben wollen.

Bestimmte Zeitungen spielten bei der immer stärker werdenden Feindseligkeit, die wir empfanden, eine große Rolle. Mittlerweile konnte ich das, was ich las, auch verstehen, und immer häufiger erschienen Artikel, die in einem abwertend klingenden Ton über den »zu geringen wirtschaftlichen Nutzen« von Gastarbeitern berichteten. Obwohl ich nicht wusste, worum es da genau ging, fühlte ich mich zutiefst gekränkt, bedroht und angewidert.

Ich war gerade mal zwölf Jahre alt, noch nicht mal ein Arbeiter, also auch kein Gastarbeiter, und erfuhr, dass es in diesem Land Menschen gab, die den Wert anderer Menschen nach ihrem wirtschaftlichen Nutzen beurteilten. Diese Berichte und die Diskussionen darüber wurden bis in unseren Schulhof hereingetragen. Die nächste Degradierung ließ also nicht lange auf sich warten: vom einfachen, ungeliebten Itaker zum nutzlosen, ungeliebten Itaker. Wir konnten dem recht wenig entgegensetzen, außer zu beweisen, dass wir genauso viel wert waren wie jeder andere unserer Klassenkameraden.

Jeder von uns bemühte sich auf seine eigene Art und Weise um Akzeptanz. Fußball schien einer der wenigen Wege zu sein. Mein Bruder und ich hatten uns bis dahin nie so richtig für diesen Sport interessiert, doch hier schien es beinahe unerlässlich, einer Mannschaft anzugehören. Unser Freund Riccardo war ein guter Fußballer und hatte längst nicht so viele Probleme wie mein Bruder und ich. Filippo hatte allein wegen seines blinden Auges einen Nachteil, der nicht auszugleichen war. Mein Talent konnte ich allein mit dem von Franz Beckenbauer höchstpersönlich teilen – allerdings nur des Kaisers Gesangstalent: »Gute Fräunde konn nüümand trrönnön …« Als Fußballer würde er, unerreichbar, für immer die Musikkappelle sein und ich der kleine Junge mit der Eistüte in der Hand, der hinterherlief.

Alles in allem hatten wir über den Fußball eher schlechte Karten. Zwar waren gute Schüler ebenfalls anerkannt, aber davon waren wir noch viel weiter entfernt. Die Lage war aussichtslos, und Gestalten wie Jörg riefen uns immer wieder in Erinnerung, dass wir nicht dazugehörten.

Doch die Probleme mit Jörg sollten sich schon bald auf eine Weise lösen, die ich niemals für möglich gehalten hätte.

14. Zärtliche Prügel

Das neue Schuljahr brachte eine weitere Änderung mit sich: An zwei Nachmittagen in der Woche wurde ab sofort Italienisch unterrichtet. Da die meisten Italiener nur für begrenzte Zeit in Deutschland blieben, sollte der Unterricht dazu dienen, die italienische Schulausbildung nicht komplett in Vergessenheit geraten zu lassen.

Ich wollte da eigentlich nicht hingehen, denn der Unterricht löste, solange wir uns in Deutschland aufhielten, keines unserer Probleme. Aber da Papa und Mama sich bereits dafür entschieden hatten, blieb uns nichts anderes übrig.

Also saßen wir eines Nachmittags zusammen mit zwölf anderen Kindern, die teilweise in den Nachbardörfern wohnten, im Klassenzimmer und warteten auf unsere Lehrerin. Die Tür ging auf, und ich bekam den Schock meines Lebens, denn Signora Alessandri betrat den Raum! Ausgerechnet Signora Alessandri, die mich knapp drei Jahre zuvor in Messina wegen meiner Gesangskünste verspottet hatte. Damals hatte ich im Unterricht ein Lied vorsingen müssen, und sie hatte sich vor allen Mitschülern über mich lustig gemacht. Im Schlepptau hatte sie eine jämmerlich verheulte Gestalt: Jörg!

Ich war baff. Signora Alessandri in Deutschland wiederzusehen war für mich schon allein unglaublich. Noch unglaublicher war jedoch zweifellos, dass Jörg in unseren Italienischunterricht gehen musste. Freiwillig war er ganz sicher nicht hier. Mein Intimfeind starrte uns der Reihe nach hasserfüllt an und heulte dabei wie ein Wasserfall. Daraufhin winkte Signora Alessandri einen Mann herbei, der offenbar draußen im Gang gewartet hatte. Er stürzte mit grimmigem Gesichtsausdruck herein, und die Lehrerin bat ihn, seinen Sohn wieder mit nach Hause zu nehmen.

Sie sprach mit ihm italienisch. Das bedeutete: Jörgs Vater war Italiener! Die Gesichtslähmung erfasste mich so plötzlich, dass ich den Mund nicht mehr zubekam. Jörg, der größte Idiot aller Zeiten, der uns das Leben wie kein anderer zur Hölle gemacht hatte, war Halbitaliener? Das war wohl ein Witz!

Als ich endlich wieder Herr meiner Mimik war, sagte ich einen Satz, der Jörgs ohnehin schon mehr als volles Fass zum Überlaufen brachte: »Nein, der Itaker soll hierbleiben, wir sind doch die besten Freunde!«

Mit einem Schrei, der an das Quiecken eines Ferkels erinnerte, wollte sich Jörg auf mich stürzen.

Ich machte unbeeindruckt weiter: »Du Itaker! Zitronenschüttler!«

Jörgs Vater griff nach seinem Sohn und funkelte mich böse an. Er hatte ja keine Ahnung, wie sich sein Söhnchen uns gegenüber benommen hatte, und war sichtlich schockiert.

Signora Alessandri stellte sich ebenfalls zwischen uns und verstand nur Bahnhof. Mein Bruder und meine Schwester hielten mich an meinem Pullover fest, und alle anderen Kinder im Raum sahen sich, sichtlich eingeschüchtert, die unwirkliche Szene an.

Jörg fing an zu schreien: »Ich bin kein Itaker! Ihr seid die Itaker!«

Sein Vater sah sich gezwungen, mit ihm aus dem Klassenzimmer zu gehen. Er entschuldigte sich bei der Lehrerin und verabschiedete sich. Jörg, der fast so groß war wie sein Vater, riss sich los und rannte davon.

Ich setzte mich wieder hin und musste Signora Alessandri erst mal erklären, was da gerade vorgefallen war. Da die anderen meine Worte bestätigten, hatte sie keinen Grund, daran zu zweifeln, und war froh, dass sie den Rabauken nicht unterrichten musste.

Zum Glück hatte Signora Alessandri mich nicht wiedererkannt. Offenbar hatte mein Gesangsdebüt keine bleibenden Schäden angerichtet, sonst hätte sie sich bestimmt an mich erinnert. Vielmehr freute sie sich, jemanden aus ihrer Heimatstadt in der Klasse zu haben.

Nach allem, was zu Beginn der Stunde vorgefallen war, war ein normaler Unterricht nicht mehr möglich, und unsere Lehrerin beschloss, uns bald nach Hause zu schicken. Das war uns natürlich nicht unangenehm.

Gemeinsam schlenderten wir am angrenzenden Sportplatz vorbei, als ich am anderen Ende ein jämmerlich weinendes Bündel neben einem Torpfosten kauern sah. Ich entfernte mich von der Gruppe und lief über den Sportplatz. Neben dem Torpfosten lag Jörg. Zuerst wollte ich umkehren und schleunigst das Weite suchen, aber meine Neugier war stärker. Ich näherte mich ihm also vorsichtig, und als ich nah genug war, hob Jörg den Kopf und blickte mich aus seinen geröteten Augen an. Er hatte ein blaues Auge, und sein Pullover war ihm über den mit roten Striemen überzogenen Bauch gerutscht.

Ich verstand auf Anhieb, was geschehen war: Sein Vater hatte ihn furchtbar verprügelt. Sosehr ich ihm im ersten Moment die Prügel auch gönnte, kam in mir doch dieses Gefühl der Solidarität hoch, das Kinder instinktiv miteinander verbindet, wenn Erwachsene ihnen Leid zufügen.

Ich sagte nur: »Oh mein Gott! Was hat er denn mit dir gemacht?«

Normalerweise hätte sich Jörg zu diesem Zeitpunkt längst auf mich gestürzt und mir die Kinnlade ausgerenkt, doch dazu war er momentan nicht in der Lage. Da er nicht antwortete, setzte ich mich neben ihn auf den Rasen und schwieg. Nach mehreren schweigsamen Minuten fing er schluchzend an zu reden. Er wollte wissen, ob mein Papa mich auch verprügele. Ich dachte kurz nach und verneinte. Natürlich bekamen wir ab und zu mal eine Ohrfeige, aber das war völlig normal, und ich kannte keinen sizilianischen Papa, der es nicht tat.

In Sizilien galten Backpfeifen als notwendige Erziehungsmaßnahme, mit deren Hilfe die liebenden Eltern ihrem orientierungslosen Nachwuchs die richtigen Wege durch das Labyrinth des Lebens wiesen. Backpfeifen waren also eher eine Art altertümliches Navigationssystem für irregeleitete Heranwachsende. In unserer Großfamilie wurde dieses Thema häufig diskutiert, denn auch hier gab es Gegner und Befürworter. Unverständlicherweise befand sich auf der Seite der Gegner kein einziger Erwachsener. Nach ihrer Ansicht hatten wir keinen Grund, uns zu beklagen, denn wenn wir uns eine einfingen, dann nur aus einem einzigen Grund: Liebe! Weil wir ihnen nämlich nicht gleichgültig waren. Weil es ihnen ungemein wichtig war, aufrechte Menschen aus uns zu machen.

Kinder von gleichgültigen Eltern wurden ihrer Meinung nach im Laufe ihres Lebens zu Mördern, Dieben oder sonstigen Schwerverbrechern, die früher oder später unweigerlich im Gefängnis landeten. Wir sollten also froh um jede einzelne Ohrfeige sein, denn sie zeigte uns nur, dass wir geliebt wurden. Schließlich schlugen sie uns nicht aus Spaß, denn liebende Eltern empfanden beim Austeilen von Ohrfeigen den doppelten Schmerz. Das bedeutete: eine Backpfeife für mich, zwei für Mama. Eines Tages, wenn wir selbst Kinder hätten, würden wir sie verstehen und ihnen dankbar sein.

Diese seltsame »Je-größer-die-Liebe-umso-härter-die-Hiebe«-Theorie stimmte uns tatsächlich nachdenklich. Wenn auch nur für kurze Zeit. Denn diese gepredigten Sätze entwickelten sich unter uns Kindern bald zu einem Running Gag, der so manche Backpfeife abwenden half: »Mama, Mama, hör auf! Du brauchst dir meinetwegen doch nicht wehzutun!«, sagten wir dann. Oder wir erzählten uns: »Au Mann! Mein Papa hat mir letzte Woche vor lauter Liebe fast den Kiefer ausgerenkt!«

»Echt? Au weia! Das war wohl ein Liebesinfarkt! Lebt er noch?« Oder auch: »Autsch! Mama, du könntest mir den richtigen Weg aber auch auf einer Straßenkarte zeigen, oder?

Hier in Deutschland war jegliche körperliche Gewalt gegenüber Kindern verpönt, ja manche Schulkameraden waren sogar felsenfest davon überzeugt, dass es bei Strafe verboten sei. Ich hatte oft genug staunend zugehört, wenn ein Schulkamerad drohte, seine Eltern wegen Kindesmisshandlung bei der Polizei anzuzeigen. Wegen eines Klapses auf den Hintern! Das fanden meine Geschwister und ich nun stark übertrieben. Wie konnte ein Kind seine Eltern denunzieren und hinterher verlangen, dass sie sein Essen kochten, seine Wäsche wuschen, sich um es kümmerten und es noch genauso liebten? Was wäre das für ein liebloses Elternhaus geworden? Das Verbot an sich, wenn es denn eines gab, war uns ganz sympathisch. Aber die Notwendigkeit musste von den Eltern erkannt, nicht von den Kindern erzwungen werden.

Ebenfalls sehr früh erkannten wir, dass unsere Kameraden im Umgang mit Erwachsenen viel lockerer und freier waren als wir und auch vehement ihre Rechte einforderten. Manche legten gegenüber Erwachsenen ein Selbstvertrauen an den Tag, das uns regelrecht sprachlos machte. Einige gingen sogar weit darüber hinaus und waren schlichtweg nur respektlos und beleidigend. Das ging uns natürlich zu weit. Aber wir bogen uns alle Einzelheiten zurecht und gelangten zu der Überzeugung, dass wir, wenn wir groß wären und Kinder hätten, sie vielleicht etwas weniger lieben, aber dafür völlig auf Ohrfeigen verzichten wollten. Dann würden unsere Kinder ebenfalls mutiger und selbstbewusster werden und sich in der Welt der Erwachsenen besser durchsetzen können.

Als Santina, Filippo und ich wieder mal vor unserem Haus saßen, sprachen wir das ernsthaft durch. Wohl wissend, wie demütigend auch nur eine einzige Ohrfeige sein konnte, schworen wir einen heiligen

Eid: Wir drei würden unsere Kinder nie, niemals schlagen! Nicht einmal während der Besuchszeiten, falls sie wegen unseres Entschlusses im Gefängnis landen würden.

Jörg, der inzwischen an einem Torpfosten lehnte und weinte, sprach aber von schwerer Prügel, nicht von Ohrfeigen, und wenn ich mir die Spuren auf seinem Körper ansah … Nein, mein Vater hätte mich niemals so verprügelt. Nach ein paar Minuten sprudelte es aus Jörg nur so heraus, und ich hatte teilweise Mühe, aus diesem Wasserfall an Worten etwas verständliches herauszufiltern. Ich erfuhr, dass er seinen richtiger Vater kaum gekannt hatte. Er starb, als Jörg noch ein Kleinkind war. Seine Mama hatte eines Tages diesen Italiener kennen gelernt, der vom ersten Tag an so tat, als ob er sein neuer Vater wäre. Und er schlug ihn. Immer dann, wenn er sich nicht so verhielt, wie sein Stiefvater es verlangte. Er hasste ihn abgrundtief. Auch weil er nicht einmal mehr mit seiner Mama reden konnte, ohne dass der fremde Mann dazwischenfunkte. Jörg tat mir irgendwie Leid. Aber das entschuldigte keineswegs das, was er mit uns machte.

Noch während er redete, baute ich mir mühsam meine Sätze zusammen und sagte ihm, was gesagt werden musste: »Weißt du, Jörg, dein Papa ist vielleicht ein mieser Kerl. Aber nicht weil er Italiener ist. Meine Eltern sind beide Italiener und … ich lebe noch! Sie schlagen uns nicht tot. Dein Papa verprügelt dich nicht, weil er Italiener ist, sondern weil er vielleicht krank im Kopf ist!«

»Ihr Itaker seid doch alle krank im Kopf!«, erwiderte Jörg sichtlich aufgewühlt.

»Nein, das sind wir nicht!«, antwortete ich. »Wir

sind nicht anders oder blöder als ihr, nur weil wir aus einem anderen Land kommen. Ich habe mir, genauso wie du, meinen Geburtsort nicht aussuchen dürfen!«

Jörg sagte zunächst nichts. Seine Lippen zitterten, als kämpfe er verzweifelt gegen die Tränen, die sich wieder einen Weg aus seinen Augenwinkeln bahnten. Schließlich schluchzte er laut und sagte: »Na gut! Ich lasse euch in Zukunft in Ruhe, und ihr versprecht mir, niemandem zu sagen, dass mein Vater Italiener ist. Abgemacht?«

»Was ist denn so schlimm daran, dass dein Papa Italiener ist?«, fragte ich ihn erneut.

Jörg heulte aufgebracht auf: »Für mich ist es nun mal schlimm! Verstanden! Für mich ist es nun mal schlimm! Und für meinen Opa ist es auch schlimm! Er hat schon immer gesagt, dass wir den Krieg nur wegen den Itakern verloren haben und er nur wegen ihnen in Kriegsgefangenschaft musste. Wegen dem Italiener hat mein Opa uns aus dem Haus geworfen und seither kein Wort mehr mit meiner Mama gesprochen. Ihr erzählt niemandem, dass mein Vater Italiener ist, und ich lasse euch dafür in Ruhe, ja?«

Ich war sprachlos. Zugleich erkannte ich, dass ich gegen diesen Hass nichts ausrichten konnte. So etwas hatte ich, auf ähnliche Weise, bei einem Klassenkameraden gespürt, dessen Familie nach Messina geflüchtet war, um einer über Jahrzehnte andauernden Blutfehde mit einer anderen Familie zu entkommen. Einen Krieg, den alle Generationen kämpfen mussten, obwohl sie ihn nicht begonnen hatten, ihn nicht gewinnen konnten und wahrscheinlich nicht einmal mehr wussten, worum es ursprünglich gegangen war. Ich stand auf, streckte Jörg die Hand entgegen und sagte: »Na gut! Solange du dich daran hältst, erfährt niemand ein Wort. Aber du denkst falsch. Und dein Opa auch.«

Jörg ergriff meine Hand, zog sich hoch und sagte: »Ich weiß nicht … vielleicht!«

»Aber ich weiß es. Sogar ganz sicher!«, antwortete ich, drehte mich um und lief nach Hause.

Wir würden niemals Freunde werden. Das stand fest. Aber Jörg hielt Wort und ließ uns in Ruhe. Das allein war schon sehr viel wert, denn von diesem Tag an lief es plötzlich, bis auf wenige Ausnahmen, viel besser.

So zum Beispiel, als *Der Pate* in Deutschland anlief. Filippo und ich durften uns diesen Film nicht ansehen, aber viele unserer Schulkameraden, vor allem die älteren, waren schwer beeindruckt. Sie konnten fast alle Dialoge nachsprechen. Von da an waren wir auch noch untrennbar mit der Mafia verbunden. Von einer Organisation, die ihre Zeit damit verbrachte, fremden Leuten abgeschnittene Pferdeköpfe ins Bett zu legen, hatten wir Kinder bisher nicht viel gehört. *Nonna* Maria hatte uns immer nur warme Bettflaschen ins Bett gelegt. Wie uncool! Im Leben unserer Familie hatte die Mafia jedenfalls noch keine Rolle gespielt. Das wollte natürlich keiner glauben und erst recht niemand wissen. Im Laufe der Zeit wurden aus Italien und Italienern automatisch Mafia und Mafiosi. Daraus entwickelten sich, speziell bei neuen Bekanntschaften, nicht selten recht merkwürdige Begrüßungssätze.

»Wo kommst denn her?«

»Aus Messina, Sizilien.«

»Ah! Ein Mafioso! Hast du auch dein Messer in der Tasche?«

»Ja, klar! Und einen Pferdekopf in meiner Plastiktüte!« Abgesehen von solchen Erlebnissen, gingen die Streitigkeiten, Spottgesänge und vielen kleinen Hänseleien spürbar zurück. Jörg hatte eine wesentlich größere Rolle gespielt, als uns je bewusst gewesen war. Nicht dass von heute auf morgen Frieden eingekehrt wäre – das war vermutlich unmöglich, das hatte es selbst in Messina nicht gegeben. Dafür hatten alle Seiten zu viele Fehler gemacht, und die meisten davon konnten nicht mehr korrigiert werden.

Manche Auseinandersetzungen gefielen mir sogar außerordentlich gut. Nicht dass ich Freude an Schmerzen gehabt hätte, aber so einige ließen sich leichter ertragen als andere. Da gab es zum Beispiel zwei außerordentlich hübsche Mädchen, die ich während der großen Pause immer unbemerkt anhimmelte. Die beiden waren bereits in der achten Klasse und sahen schon fast erwachsen aus. Sabrina war schlank, hatte eine tolle Figur, große Brüste, lange, glatte, blonde Haare, eine glänzende Brille auf der Nase und ein wirklich hübsches Gesicht. Die andere, ihre Freundin Doris, war genauso hübsch. Nur ihre Frisur war ein bisschen – gewöhnungsbedürftig. Sie hatte die langen schwarzen Haare Strähne für Strähne auftoupiert und mit reichlich Haarlack verleimt. Eine Frisur, die unweigerlich die Frage aufwarf, wie sie die Begegnung mit der Starkstromleitung überlebt hatte.

Ich träumte davon, dass die beiden Mädchen eines Tages auf mich zukamen, mich anlächelten, nach meinem Namen fragten und so taten, als ob ich für sie interessant wäre. Aber das sollte wohl für immer ein geheimer Wunsch bleiben.

Als Sabrina und Doris eines Tages nämlich tatsächlich wie in Zeitlupe auf mich zukamen, fiel ich fast in Ohnmacht. Ich kaute gerade auf dem letzten Bissen meines Pausenbrotes herum und beobachtete gebannt, wie sie mit ihrem aufreizenden wiegenden Schritt direkt auf mich zusteuerten. Ich spürte die Röte in meinem Gesicht aufsteigen und verschluckte mich prompt an meinem Brot. Aber das war nicht so wichtig, denn meine beiden Traummädchen hatten mich beinahe erreicht. Ich konnte noch immer nicht glauben, dass sie tatsächlich zu mir wollten.

Sie blieben vor mir stehen, und Sabrina fragte mich nach meinem Namen. Sie hatte eine tiefe Stimme, die so gar nicht zu ihrem puppenhaften Äußeren passen wollte. Ich kämpfte noch immer mit meinem Brot und konnte nicht sofort antworten.

Die beiden sahen mich verwundert an, und Doris wiederholte die Frage: »Bist du der Lui?«

Ich verfluchte meinen letzten Bissen, würgte ihn mit Gewalt herunter und presste mir ein quietschendes »Jjaa?« aus dem Hals, das wie eine verklemmte Kellertür klang.

»Ja, was jetzt? Bist du es, oder bist du es nicht?«, drängte Sabrina.

Hektisch klopfte ich mir auf die Brust und antwortete mit fester Stimme: »Ja, der bin ich!«

Ich wollte nicht länger wie ein Idiot dastehen und mich gerade nach dem Anlass für ihre Frage erkundigen, als Sabrina ausholte und mir mit der flachen Hand ins Gesicht schlug. Die Ohrfeige traf mich völlig unvorbereitet und schüttelte mich ordentlich durch.

Völlig entgeistert blickte ich sie an und rief: »Hey! Warum?«

Da hatte Doris auch schon ausgeholt und mir mit dem Wort »Darum!« eine auf die andere Wange verpasst.

Während ich mir noch ungläubig die glühenden Wangen hielt und mich fragte, was ich den beiden getan haben könnte, drehten sie sich synchron um und liefen gemessenen Schrittes und mit wiegenden Hüften davon.

Das war der Beginn einer großen Liebe. Von diesem Tag an trafen wir uns in der großen Pause an einer einsamen Ecke des Schulhofes und hauten uns die Backen voll. Oder vielmehr: die beiden hauten mir die Backen voll. Denn ich war zu klein, um ihre Backen zu erreichen. Ich begnügte mich damit, die Mädchen gegen die Schienbeine zu treten. Zwischen der einen und anderen Ohrfeige unterhielten wir uns ein bisschen. Schließlich wollte ich die beiden näher kennen lernen. Die Erkenntnis, dass Sabrinas rechte Hand exakt auf meine linke und Doris' linke Hand perfekt auf meine rechte Wange passten, reichte mir bei weitem nicht aus. Statt Verlobungsringen gab es jedenfalls reichlich Hämatome.

»Hallo, Sabrina! Wie geht es dir? « Klatsch!

»Ganz gut und dir?« Klatsch!

»Aua!«

»Doris, du hast so weiche Hände, gestern etwa mit Pril gespült?« Klatsch! Flump!

»*Aiiii!*«

»Mist! Warum sind deine Schuhe so hart?« Klatsch! Flump! »Oh, entschuldige. Sie sind neu. Gut, oder?« Klatsch!

»Okay! Also tschau dann, bis demnächst!« Klatsch! Flump!

»Ciao Sabrina! Ciao Doris!« Klatsch! Flump!

Ich liebte meine beiden Mädchen trotzdem! Sie waren nun mal von der handfesten Sorte. Dennoch fragte ich mich die ganze Zeit, warum sie damit angefangen hatten. Aber das wussten sie vermutlich selbst nicht. Ich gestehe, dass ich diese seltsame Beziehung trotzdem genossen habe. Auch wenn ich manchmal den halben Tag lang mit Fingerabdrücken im Gesicht herumlaufen musste.

Nach ein paar Monaten bekam unsere Beziehung leider die ersten Risse. Der Frühling stand vor der Tür, die Sonne ließ sich immer häufiger blicken und erwärmte die länger werdenden Tage. Eines Morgens, nach fünf bis sechs Ohrfeigen und vier Schienbeintritten, nahmen mich Sabrina und Doris zur Seite und sagten.

»Okay, lass uns jetzt aufhoren!«, sagten sie.

»Oh! Warum?«, fragte ich entgeistert.

»Wir würden im Sommer ganz gerne Miniröcke anziehen, und das sieht mit den vielen blauen Flecken nicht schön aus.«

»Oh, schade!«, erwiderte ich enttäuscht. »Aber verstehe. Miniröcke sind natürlich wichtig.«

»Genau!«, antworteten beide.

Sie klatschten mir noch einmal auf die Wangen, ich trat ihnen zum Abschied mit Anlauf in den Hintern, und damit war meine erste glückliche Beziehung beendet.

15. Die Halbdackel

Als die Glocke zum Schulschluss läutete, warteten Filippo und ich, bis meine beiden Schönheiten an uns vorbeiliefen. Wir lächelten, winkten einander zu und schlenderten gemächlich zum Fahrradabstellplatz. Sabrina und Doris fuhren davon, wir setzten uns auf eine Mauer und beobachteten unsere glücklichen Kameraden, die mit ihren nagelneuen Bonanza-Rädern über den Parkplatz flitzten. Das war der Traum aller Jungen: ein neues orangefarbenes Bonanza-Fahrrad mit schwarzem Bananensattel, Rückenlehne, geschwungenem Hochlenker und Dreigangschaltung im Mittelholm. Manche motzten ihre Räder zusätzlich auf, mit Fähnchen, Fuchsschwänzen und Wimpeln, die im Wind flatterten. Andere montierten Holzplättchen an die Felgen, die beim Fahren ein lautes Rattern erzeugten. Von unseren Klassenkameraden konnten sich nicht sehr viele diese Fahrräder leisten, und die stolzen Besitzer fühlten sich wie Mitglieder einer Eliteeinheit.

Davon konnten wir nur träumen. Die Wahrscheinlichkeit, dass unsere Eltern mal so viel Geld übrig hatten, um uns dreien neue Fahrräder zu kaufen, tendierte so ziemlich gegen null. Das hatte jedoch nicht nur mit dem fehlenden Geld zu tun, denn Mama und

Papa waren fest davon überzeugt, dass Fahrräder nicht zum Fahren, sondern zum Stürzen gemacht seien. Ihrer Ansicht nach war der Name dieser teuflischen Erfindung völlig irreführend. Die Dinger dürften nicht Fahr-, sondern müssten Sturzräder heißen. Das Herumstürzen auf öffentlichen Straßen hielten sie übrigens für absolut unverantwortlich.

Sie kannten es nun mal nicht anders. In Sizilien fuhr so gut wie niemand Sturzrad. Auf der Straße schon gar nicht. Dafür gibt es mitten in Messina die große, ausbruchsicher vergitterte Parkanlage Villa Mazzini. Dort können sich Schürfwundensüchtige, natürlich gegen Gebühr, Sturzräder in allen erdenklichen Fallhöhen ausleihen und sich anschließend nach Herzenslust in ihre Einzelteile zerlegen, sämtliche Knochen brechen, neu sortieren, wieder zusammenlegen und, wem all das nicht ausreicht, auch mal versuchen, mit dem Kopf eine Palme zu fällen. Bis der Notarzt kommt oder der Verleiher einem das Rad wegnimmt. Innerhalb des Geländes werden sie aber wenigstens nicht von autofahrenden Verkehrsrowdys auf die Straße gebügelt.

Hier in unserem kleinen schwäbischen Dorf gab es kein solches Gelände. Also auch keine Fahrräder für uns. Und da Mama in ihrer Jugend einen lebensgefährlichen Sturz mit Gottes Hilfe, dem Einsatz von mindestens vier Heiligen, acht Schutzengeln und ihrer Schwester Maria, die das Fahrrad noch am Sattel festgehalten hatte, nur ganz knapp überlebt hatte, gab es für sie in dieser Hinsicht keinen Diskussionsbedarf. Für Mama stand fest, dass sie auf diesem teuflischen Gerät dem Tod direkt ins Auge geblickt hatte. Wir Kinder sollten unseren himmlischen Katastrophenschutz keinesfalls wegen so etwas Unnötigem wie einem Sturzrad in Anspruch nehmen.

Es waren leider auch noch keine zwei Wochen vergangen, seit ich durch einen dummen Unfall erstens das Fahrrad von Signor Nunzio in handliche Einzelteile zerlegt und zweitens meine Argumentation für ein eigenes Fahrrad entscheidend geschwächt hatte. Dabei hatte ich den Unfall nicht einmal verursacht.

Ich fuhr mit Signor Nunzios altem schwarzem Fahrrad, einem Vorkriegsmodell, das so groß war, dass ich nicht einmal darauf sitzen konnte, um eine Hausecke. Die schmale Gasse, die ringförmig um das ganze Grundstück herumführte, lud geradezu zum Fahrradfahren ein, und ich drehte einige Runden. Es machte riesigen Spaß und ich fuhr immer schneller und schneller. Bis eine komische Hundekarikatur vor mir auftauchte und mich für ihre Beute hielt.

Ich kannte den Hund schon von früheren Begegnungen, denn der verhätschelte Rauhaardackel und sein Herrchen waren mir schon mehrmals unangenehm aufgefallen. Ich konnte nicht mit Sicherheit sagen, wen von den beiden ich weniger leiden konnte. Jedenfalls tauchte der Hund wie aus dem Nichts vor mir auf, knurrte, bellte, heulte, fletschte die Zähne und schnappte immer wieder nach meinem Vorderreifen. Diese Hundeimitation versuchte mir ernsthaft weiszumachen, sie sei ein riesiger, bissiger Schäferhund. Dabei war das Tier, rein optisch betrachtet, einer großen Ratte näher als einem echten Hund. Als ich wieder nach vorn blickte, war es längst zu spät, und ich donnerte mit voller Geschwindigkeit in einen Sandberg!

Das Vorderrad blieb stecken, ich flog im hohen Bogen über den Lenker, direkt an meinem verblüfften

Papa vorbei, der gerade eine Schubkarre mit Sand füllte. Unser Hauseingang besaß zum Glück noch keine Tür, denn ich schoss durch die Öffnung direkt ins Treppenhaus, drehte mich zweimal um einen großen, senkrechten Holzpfahl und schlug schließlich auf die Treppenstufen auf, die Papa gerade frisch betoniert hatte. Zu meinem Glück war der Beton noch ganz weich. Ich stand mit wenigen Schürfwunden an Armen und Beinen wieder auf und konnte gerade noch sehen, wie der Dackel um die Hausecke verschwand. Ich wünschte ihm drei Wochen Dünnschiss.

Papa half mir auf und untersuchte mich eingehend. Nachdem er festgestellt hatte, dass alle Körperteile vorhanden und noch funktionsfähig waren – natürlich mit Ausnahme meines Gehirns, denn das hatte seiner Meinung nach schon vor dem Unfall schwere Defekte aufgewiesen –, schimpfte er natürlich gleich los. Nunzio kam hinzu, fragte, ob alles in Ordnung sei, und lachte, als er die traurigen Überreste seines Fahrrads sah. Sofort entschuldigte ich mich dafür, aber er lachte immer weiter und winkte nur ab. Er wolle das alte Fahrrad sowieso bei der nächsten Sperrmüllabfuhr abholen lassen, und da sei ihm der Zustand egal, betonte er.

Dieser Zwischenfall hatte unseren Traum, eines Tages unsere eigenen Räder zu besitzen, ein ganzes Stück unrealistischer gemacht. Filippo und ich beobachteten, wie sich der Bonanza-Club zum gemeinsamen Abzug sammelte, und blickten den Jungen sehnsüchtig nach. Irgendwann, das wussten wir beide ganz genau, würden wir auch so ein Fahrrad haben.

Nach einer Weile sprangen wir von der Mauer und trotteten langsam nach Hause. Wir hatten es nicht eilig, denn Papa und Mama kamen erst nach vier Uhr von der Arbeit. Unser Mittagessen lag im Kühlschrank, und Santina war längst zu Hause. Wir liefen gerade über den Parkplatz, als ein wohlbekanntes Rattern ertönte und zwei seltsame Silhouetten an uns vorbeifegten. Wir erkannten sie sofort und liefen hinter ihnen her.

Der eine hieß Dirk, ein großer, blonder Hüne, der mindestens einen Meter neunzig maß. Der andere hatte dunklere, glatte Haare, war nur geringfügig kleiner und wurde von allen bloß Nobbe gerufen. Und das, obwohl er darauf bestand, »Bruce« genannt zu werden – nach seinem großen Vorbild Bruce Lee, der ein berühmter Filmstar und ein noch größerer Kung-Fu-Kämpfer war. An die Kampfkunst seines Idols reichten Nobbes Fertigkeiten natürlich noch lange nicht heran. Tatsächlich war er mal bei der Vorführung eines Kicks unfreiwillig im Spagat gelandet. Das hatte ihm außer Eiersalat und einer Zerrung auch noch den Beinamen Sackhupfer eingebracht. Das hörte er ganz und gar nicht gerne und drohte jedem, der dieses Wort in seiner Gegenwart erwähnte, damit, ihm auf der Stelle den Riabahafa, will heißen den Schädel, einzudellen.

Dirk gehörte zu den jungen Männern, die ich insgeheim bewunderte: groß, stark, gut aussehend, selbstbewusst. Nobbe war eher der Mitläufertyp. Einer, den man niemals fragen durfte, was man tun oder wohin es gehen sollte. Er hatte sehr selten eine eigene Meinung, und ihm schien alles egal zu sein. Dirk fuhr eine kleine rote Honda Dax, Nobbe eine noch kleinere rote Monkey. Die beiden zusammengefalteten Riesen auf den schon für Kinder zu klein wirkenden Motorrädern wirkten reichlich merkwürdig. Dirk und Nobbe fanden sich aber ganz toll. Die fahrenden Streichholschachteln waren schließlich schwer angesagt – auch wenn man darauf aussah wie ein Frosch auf einem Schleifstein.

Jedenfalls steuerten die beiden ihre Kinderkisten in ein Gebüsch in der Nähe des Bolzplatzes und stellten den Motor ab. Filippo und ich liefen quer über den Platz und erreichten sie ein paar Sekunden später. Kaum eingetroffen, schimpfte Nobbe mit sich überschlagender Stimme auch schon los.

»Ja, Herrgottzack! Mensch Dirk, ich hab doch gesagt, dass wir hier keine Ruhe haben!«, rief er und wedelte dabei mit den Armen, als ob er Fliegen verscheuchen müsste.

»Was hast denn für ein Problem?«, antwortete Dirk mit ruhiger, tiefer Stimme, während er gemächlich auf uns zulief. »Glaubst du, dass die unseren Meister kennen und uns verpetzen? Komm, spinn dich aus! Und ihr zwei! Wir zeigen euch jetzt, wie man an einen gelben Schein für eine Krankmeldung kommt. Ihr dürft es aber niemandem erzählen! Haben wir uns verstanden?«

Mein Bruder und ich hatten nur Bahnhof verstanden, denn was ein gelber Schein mit einer Krankmeldung zu tun haben sollte, war uns nicht geläufig. Wir sahen uns an und nickten.

»Gut!«, sagte Dirk zufrieden. »Dann passt jetzt auf, die wichtigsten Sachen fürs richtige Leben lernt ihr nämlich in keiner Schule! Das Wichtigste ist: Man darf nicht blöd sein! Faul ja, aber nicht blöd!« Er spannte einen mächtigen Bizeps, tippte mit dem Zeigefinger darauf, sagte: »Man darf's nicht bloß da haben, sondern auch hier!«, und tippte sich dabei gegen die Stirn.

Nach diesem beeindruckenden Vortrag drehte er uns seinen ehrfurchtgebietenden breiten Rücken zu und stapfte zusammen mit Nobbe, der den Vortrag seines Freundes mit dem Worten »Genau so ischs!« bekräftigt hatte, über das Gelände.

Kurze Zeit später kehrten sie mit zwei Ziegelsteinen und einem großen Stock, der sehr stark an eine prähistorische Keule erinnerte, zum Gebüsch zurück. Dirk legte die beiden Ziegelsteine auf den Boden, nahm kurz Maß, rückte sie enger zusammen, nickte zufrieden und richtete sich auf. Nobbe stand mit der Keule daneben und schaute interessiert zu.

»So! Jetzt geht's los! Wer macht den Anfang, du oder ich?«, sagte Dirk, drehte sich um und wartete auf Nobbes Antwort.

»Ist mir egal«, antwortete dieser. »Meinetwegen kannst du anfangen. Oder ich. Is mir worscht!«

»Also gut, wenn's dir egal ist, dann fängst du an!«, bestimmte Dirk. Er zog seine Jacke aus, kniete sich auf den Boden, legte einen Arm zwischen die Ziegelsteine, kniff die Augen zusammen und brüllte: »Auf die Plätze, fertig … los!«

Nobbe zuckte mit keinem Muskel.

Dirk öffnete die Augen und sah ihn verärgert an. »Ja, was ist jetzt? Ich warte und warte, was ist los?«

»Du hast doch gesagt, dass ich anfangen soll! Ich hab gedacht, du machst jetzt eine Probe«, antwortete Nobbe.

»Ach, quatsch! Probe. Du schlägst zuerst und dann ich. Fertig? Also: auf die Plätze, fertig … los!«

Nobbe schwang die Keule hoch über den Kopf und schlug sie einen Sekundebruchteil später mit voller Wucht auf Dirks Arm! Er brach im gleichen Augenblick, als wäre er ein Stück trockenes Holz.

Dieses Geräusch sollten mein Bruder und ich nie mehr vergessen. Genauso wenig wie Dirks aufgeblasene Backen und den fürchterlichen Schrei, der seine Kehle verließ. Wir schauten uns an und fragten uns, ob die beiden geistig noch gesund sein konnten. Aber sie waren wild entschlossen, die Sache durchzuziehen. Dirk jammerte und hielt sich den Arm. Nobbe lag schon auf dem Boden und hatte seinen Arm bereits zwischen die Ziegelsteine gelegt. Das Problem war nur, dass Dirk den Stock mit seinem gebrochenen Arm nicht mehr hochbekam. Als Nobbe feststellte, dass es nicht wie gewünscht lief, fing er wieder an zu stänkern.

»Na super! Du gehst zum Arzt, und ich darf jetzt allein ins Geschäft. Toll! Genau so hab ich's mir gedacht. Deswegen hab ich wohl auch anfangen müssen, oder?«

»Herrgottsblitz, jetzt halt die Klappe! Irgendwie werdet mir das schon hinkriege«, antwortete Dirk mit jämmerlicher Stimme und schmerzverzerrtem Gesicht. »Also, mit dem Stecka geht's nicht, den krieg ich nicht hoch, hmmm …! Pass auf, ich trapp einfach drauf, un d'Fisch ist putzt. Einverstanden?«

»Ist mir ganz egal!«, antwortete Nobbe. »Mach's, wie du willsch!«

»Also gut! Jetzt: auf die Plätze, fertig … los!«

Dirk trat zu und schrie gleichzeitig seinen Schmerz hinaus. Nobbe schrie ebenfalls. Tränen schossen ihm in die Augen, aber sein Arm brach nicht.

»Du bleda Depp, du! Du bist doch zu blöd zum Brennnessla na dappa! Machs noch mal!«, heulte Nobbe. »Aber diesmal ohne auf die Plätze, fertig, los!, sonst hau ich dir den Stecka aufs Hirn! Auf jetzt!«

Diesmal sprang Dirk mit voller Wucht, Nobbe schrie erneut, doch der Arm war wieder nicht gebrochen. Jetzt hatte Nobbe endgültig die Nase voll und beschimpfte seinen Freund.

Dirk ließ die Beleidigungen nicht auf sich sitzen, trat erneut nach Nobbes Arm und sprang nun sogar mehrmals darauf herum, wie auf einem Trampolin.

Mein Bruder und ich hatten uns längst abgewendet. Diesem Elend konnten wir nicht mehr zuschauen. Dirk hatte sich nach der letzten Aktion ins Gras gesetzt und jammerte. Nobbe heulte und betrachtete seinen stark geröteten, angeschwollenen Arm. Er setzte sich auf, hielt seinen Arm hoch und fragte unter Tränen:

»Mensch, Dirk, des müsste doch für fünf Wochen reichen oder?«

»So wie der aussieht, müsst's sogar fürs Doppelte reichen. Der sieht ja schon halba he aus«, antwortete Dirk.

»Schwätz kein Müll!«, erwiderte Nobbe besorgt.

Für echte Schwaben und nach schwäbischer Logik ist etwas halb Kaputtes nämlich schlimmer als etwas ganz Kaputtes.

Die beiden beschlossen, nun gemeinsam zum Arzt zu fahren. Also erhoben sie sich, gingen zu ihren Maschinen und stellten entsetzt fest, dass sie gar nicht fahren konnten. Ihre rechten Arme waren nicht mehr zu gebrauchen, und der Gasgriff drehte sich nun mal nicht von alleine auf. Diesen Aspekt hatten sie bei der Ausarbeitung ihres ausgeklügelten Planes wohl außer Acht gelassen. Jetzt mussten sie die etwa zwei Kilometer in die nächste Arztpraxis zu allem Übel auch noch laufen. Sie drehten ab und stapften heulend über den Bolzplatz, und da wir den gleichen Weg hatten, liefen wir hinter ihnen her.

Nach einer Weile fragte mich Filippo, ob ich ihm mal erklären könne, warum die beiden Hirnbollen sich das angetan hatten.

Ich antwortete, dass sie einem Doktor eine Krankheit melden wollten, damit dieser die Krankheit auf einem gelben Schein notieren konnte. Da sie jedoch kerngesund waren, mussten sie erst mal eine finden. Das klang auch für mich nicht wirklich einleuchtend. Wenn ich eine Krankheit finden müsste, würde ich mir nach Möglichkeit eine schmerzlose suchen. Ein Virus war doch sicher schnell gefunden, und ich müsste mich nicht mit einem gebrochenen Arm durch die Straßen quälen. Aber das alles ergab sowieso keinen Sinn. Nach einer Weile konnte ich mir die Frage nicht mehr verkneifen und erbat von dem stöhnenden Dirk, der erfolglos versuchte, seinen Arm in eine schmerzfreie Stellung zu bringen, eine Erklärung.

Dirk riss seine Augen weit auf und sah mich an, als ob ich mich gerade vor seinen Augen in ein kleines sprechendes Eichhörnchen verwandelt hätte. »Ja, seid ihr blöd oder was! Verschwendet bloß, sonst verdreh i euch d' Nas, dass nei regnat! Blöde Seggel!«

Nobbe, der zwei Schritte hinter Dirk ging und ebenfalls heulte, blickte durch uns hindurch, als wären wir gar nicht da, und rief immer wieder: »Hergottzackaberau! So'n Scheiß, net oi mol was recht macha! Net oi mol was fertigbringa … Hergottsdonderwetteraberau! Bleda Halbdackel, bleda!«

Filippo und ich ließen uns zurückfallen und stapften schweigend hinter den beiden merkwürdigen Gestalten her. Ich glaubte zwar nicht, dass Dirk eine Nase so verdrehen könnte, dass es dauerhaft hineinregnete, wollte mich aber unter keinen Umständen als Versuchskaninchen zur Verfügung stellen.

Nach ein paar Metern stieß Filippo mich am Ellenbogen an und flüsterte: »Au Mann! Wenn wir das jemandem erzählen, sperren sie uns mit den beiden zusammen in ein Irrenhaus und werfen den Schlüssel weg!«

»Nein! Stell dir mal vor, jemand findet den Schlüssel ... Von wegen, die mauern die Türen zu und verminen den Garten!«, antwortete ich, ebenfalls flüsternd.

»Was hat Nobbe denn gemeint mit: »Nicht einmal etwas recht machen und etwas fertigbringen?«, wollte Filippo wissen.

»Keine Ahnung!«, erwiderte ich. »Vielleicht ist er sauer, weil sein Arm nicht gebrochen ist. Oder wegen der blöden Idee. Ich weiß es nicht!«, fügte ich hinzu und zuckte mit den Schultern.

»Hm, Dirk hat gesagt, man müsse es nicht nur da haben, sondern auch hier«, sagte Filippo und tippte erst auf seinen Arm und dann auf seine Stirn. »Vielleicht wollten sie außer einem gebrochenen Arm auch noch einen Schädelbruch melden und haben vergessen, sich die Keule auf die Stirn zu schlagen.«

Ich lachte zuerst laut auf, unterdrückte es aber schnell wieder und tat so, als ob ich husten müsste. Dirk und Nobbe waren noch nicht außer Hörweite, und so kicherten wir vorsichtshalber nur noch leise vor uns hin. Um uns beide in den nächstbesten Gully zu schnippen, brauchte Dirk sicherlich nicht mehr als zwei gesunde Finger. Aber in einem sollte Dirk Recht behalten: Diese lebenswichtige Lektion würden wir tatsächlich in keiner Schule lernen.

16. Der kleine Teufel

Ein paar Minuten später erreichten Dirk und Nobbe die Arztpraxis und traten wortlos durch die Tür. Wir schauten unseren Lehrmeistern nach und bogen von der Hauptstraße in die kleine Gasse ein, wo wir nach etwa dreihundert Metern unser Haus erreichten. Wir kicherten zwar noch immer über das Erlebte, aber in Wirklichkeit waren wir beide ganz schön geschockt.

Filippo lief an der Innenseite des Gehwegs, strich mit der rechten Hand an den spitzen Enden eines Jägerzauns entlang und summte leise vor sich hin. Ich schlenderte schweigsam nebenher, als wie aus heiterem Himmel ein rotes Maul mit spitzen Reißzähnen auftauchte und nach Filippos Hand schnappte. Als mein Bruder etwas an seiner Hand spürte, zuckte er erschrocken zurück. Da setzte auch schon ein heiseres Knurren und Bellen ein, das wir beide sehr gut kannten, schließlich hatte ich dem Tier meinen Fahrradsturz zu verdanken: des Nachbars Rauhaardackel!

Dieses kleine Mistvieh hatte es tatsächlich wieder geschafft, uns zu erschrecken. Wie aufgezogen raste der Dackel den Zaun entlang, hüpfte dabei wie ein Gummiball auf und ab, machte Bocksprünge und schob mit gefletschten Zähnen seine Schnauze durch die Zaunstäbe. Es sah aus, als wolle er sich durch das Holz beißen, um uns durch den schmalen Spalt zu ziehen.

Filippo und ich beschimpften den Hund wegen seiner Hinterhältigkeit und ließen ihn wüten und toben wie ein Berserker. Als wir das Ende des Zaunes erreicht hatten, waren wir froh, dass es für ihn nun nicht mehr weiterging und sein widerwärtiges Kläffen endlich verstummte. Da ging die Haustür auf, und unser aufgebrachter, wütender Nachbar kläffte und knurrte uns entgegen.

Herr Nägele, so der Name des freundlichen Hundehalters, war ein kleiner Herr um die siebzig, dessen Oberbekleidung stets aus einer geschmackvollen Variation verschiedenster Grün- und Brauntöne bestand, die perfekt mit dem warmen Braunton seines Hutes und der darunter verborgenen Gesinnung harmonierten. Herr Nägele hatte große Ohren, hängende Backen, graublaue Augen und eine extrem unangenehme Stimme. Wir hatten uns schon mehrmals gefragt, wer hier eigentlich wen imitierte: der Herr seinen Hund? Oder doch eher der Hund seinen Herrn? Tatsache war, dass Herr Nägele nicht sprach, sondern bellte! Diese Eigenschaft trat umso deutlicher zutage, je heftiger er sich mit jemandem stritt. Wobei niemand genau sagen konnte, wann Herr Nägele sich noch normal unterhielt und wann der Streit bereits begonnen hatte, denn der Unterschied in Tonlage und Lautstärke war kaum zu bemerken.

Die Schwaben haben für diese Art der ungepflegten Unterhaltung ganz wunderbare Begriffe erfunden: beffen oder goschen. Herr Nägele stürzte jedenfalls aus dem Haus und stimmte ein Duett mit seinem inzwischen heiser gewordenen Dackel an, der am

Ende des Gartenzauns wie ein aufgezogenes mechanisches Äffchen hin- und herrannte und einen Asthmaanfall unterdrückte.

»Warum müsst ihr immer meinen Hund ärgern, hä? I tapp euch demnächst den Stiefel wohin, das versprech ich euch!«, fuhr er uns an.

Filippo und ich antworteten nicht, denn Papa und Nunzio hatten uns schon mehrfach vor Diskussionen mit unserem Nachbarn gewarnt. Herr Nägele hatte nämlich immer Recht. Auch und besonders dann, wenn er im Unrecht war. Wir liefen langsam weiter und beobachteten, wie er seinen giftigen Köter in den Arm nahm, an die Brust presste und beruhigend auf ihn einredete: »Ist ja gut, Dolfi, du bist mein Bester, gell? Ja… du bist der Beste. Mit Idaker und Patschaka unterhalten mir uns nicht mehr, gell? Des haben mir nicht nötig, gell Dolfi? Du kloiner Deifel du! Mir hen doch Recht, gell? Du kloiner … Deifel!«

Mein Bruder und ich sahen uns an und fragten uns unwillkürlich, wie oft sich Herr Nägele wohl schon eine Keule gegen die Stirn geschlagen hatte und ob es nicht besser gewesen wäre, wenn er sich stattdessen ein paar Mal die Arme gebrochen hätte.

Dass die Deutschen mit ihren Haustieren sprachen, war für uns mittlerweile nichts Ungewöhnliches mehr. Dabei galten bei uns in Sizilien Menschen, die sich mit Tieren unterhielten, als geistesgestört. Nun gut, andere Länder, andere Sitten, sagten wir uns und redeten uns ein, es sei nicht weiter dramatisch.

Hätte sich Herr Nägele mit seinem Dolfi mitten im größten Park von Messina auf die *piazza* Cairoli gestellt und seine »Du bist der Beste!«-Darbietung begonnen, wäre das gewiss nicht ohne Folgen geblieben. Wahrscheinlich wären am Ende seines Auftritts zwei freundliche, in Weiß gekleidete Herren aufgetaucht, die ihn sogleich in ein echtes Prachtstück italienischer Haute Couture gesteckt hätten. Hinten geschnürt, ohne Ärmellöcher, dafür aber mit langen Bändern versehen, die, als Beweis für ihre unerreichbare, zeitlose Eleganz, ebenfalls am Rücken verknotet wurden. Gerade für Herrn Nägele hätte mir das Finale besonders gut gefallen.

Aber da wir nicht mehr in Messina lebten, war dieses Ende ziemlich unwahrscheinlich. Sizilianer, also auch unsere Familie, hatten zu der Zeit kein besonderes Verhältnis zu Haustieren. Sie waren entweder Nutztiere oder Schlachtvieh. Kein Nutzen – keine Existenzberechtigung. Niemand wäre auf die Idee gekommen, auch noch eine Katze oder einen Hund durchzufüttern, wenn es die Lage nicht zwingend erforderte. Das hieß: ohne Rattenplage keine Katze, und wenn es nichts zu bewachen gab, keinen Hund. In Sizilien hatte ich Katzen und Hunde nur als dürre, von Zecken und anderen Parasiten befallene Wesen kennen gelernt, die irgendwann tot auf der Straße lagen.

Die Katzenkompanie am Hafen von Messina dagegen war eine Attraktion, die ein jeder irgendwann mal gesehen haben musste. Wenn die Fischerboote früh am Morgen ihren Fang einbrachten, versammelten sich am Hafen Hunderte von Katzen und warteten geduldig auf die Rückkehr der Männer, die an Ort und Stelle die Fische ausnahmen und den Katzen die Innereien zuwarfen.

Streunende Katzen und Hunde in Wohngebieten galten oft als potenzielle Überträger schwerer Krankheiten. Wenn ein Säugling starb, verdächtigte man als Erstes die Katzen, dem Baby den Atem geraubt zu haben. Jedes Mal, wenn in einem Viertel eine unbekannte Krankheit auftrat oder sich ungeklärte Todesfälle häuften, hatten im Zweifelsfall die Katzen oder Hunde eine Seuche eingeschleppt. Sobald der Verdacht aufkam, schlossen sich bis etwa Mitte der siebziger Jahre die Männer zusammen und jagten die streunenden Übeltäter. Oft überfuhren sie die Tiere nur und ließen die Kadaver auf der Straße liegen. Als Filippo und ich vor Jahren, als Mama ins Krankenhaus musste, mal eine Woche bei *nonna* Maria verbrachten, verging kein Tag, an dem nicht mindestens ein Hund im Straßengraben landete.

Dass die Einwohner von Messina mit ihrem Hund an der Leine auf die *piazza* Cairoli, dem Corso, der Panoramica oder der Passeggiata am Hafen spazieren gingen, war im Grunde unvorstellbar. Nach landläufiger Meinung verursachten Haustiere nichts als Krach, Dreck und Gestank, deshalb bekamen die meisten Kinder, so wie wir, in der Regel auch nur Goldfische und Schildröten als Haustiere. Erwachsene hielten sich höchstens Kanarienvögel und exotische Singvögel, wie *nonno* Luigi.

Hier in Deutschland hatten wir dagegen Menschen kennen gelernt, die mit Katzen und Hunden schmusten, mit ihnen sprachen und sie teilweise sogar besser behandelten als ihre Mitmenschen. Uns Kindern gefiel die Art, wie unsere deutschen Nachbarn mit ihren Tieren umgingen, auf Anhieb. Papa und Mama dagegen taten sich am Anfang damit eher schwer. Natürlich gab es Grenzen. Auch wir drei konnten nicht nachvollziehen, wie jemand ungemein liebevoll mit seinem Hund sprechen konnte, aber für die meisten seiner Mitmenschen nur Schimpf und Schande übrig hatte. Herr Nägele war so ein Prachtexemplar.

Filippo und ich beachteten ihn nicht weiter und liefen nach Hause. Als Papa und Mama am späten Nachmittag von der Arbeit kamen, erzählten wir ihnen, was vorgefallen war. Papa schüttelte nur wütend den Kopf und lobte uns dafür, dass wir nichts erwidert hatten. Papa machte nie viele Worte, das musste er von *nonno* Luigi geerbt haben, denn äußerlich hatte er kaum Ähnlichkeit mit seinem Vater. Es kam selten vor, dass er aus der Haut fuhr, und wenn es mal geschah, kamen Dinge zum Vorschein, mit denen wir nie gerechnet hätten. Entweder weil sie schon vor langer Zeit passiert waren oder weil wir sie als nicht wichtig eingestuft hatten.

An jenem Abend wurde er wegen Herrn Nägele sehr zornig. Dass sich in Papa so eine Wut aufgestaut hatte, erstaunte uns. Wir hatten gedacht, nur wir hätten mit Anfeindungen zu kämpfen. Weil Kinder nun mal so sind, wie sie sind. Dass Erwachsene genauso sein konnten, hatten wir durchaus bei dem einen oder anderen Lehrer oder eben unserem freundlichen Nachbarn ebenfalls festgestellt. Dennoch waren wir zu der Überzeugung gelangt, dass es nur eine Minderheit betraf. Denn die meisten hatten sich uns gegenüber immer fair und freundlich verhalten. Aber gerade an jenem Tag hatte Papa noch etwas anderes erlebt, und beides zusammen brachte sein Fass wohl zum Überlaufen.

Papa arbeitete seit seinem elften Lebensjahr auf dem Bau und war von Beruf Maurer. In Messina hatte er sich, aufgrund seiner langjährigen Berufserfahrung, zum Meister und Bauleiter hochgearbeitet. In Deutschland angekommen, hatte er wieder ganz unten angefangen, als einfacher Maurer, und arbeitete auf Baustellen in ganz Deutschland. Genau dort schienen sich jedoch auch die meisten Elite-Kampftrinker herumzutreiben. Manche seiner Kollegen konnten Bier in Mengen trinken, die kein Kamel jemals an Wasser zu sich nehmen könnte, ohne dass ihm die Beine wegknickten.

Wenn diese Männer morgens eine Baustelle betraten, waren sie erst einmal eine halbe Stunde damit beschäftigt, ihre Biervorräte zu verstauen, ein paar Frühstücksbierchen zu stemmen und anschließend ganz gemächlich mit der Arbeit zu beginnen. Um die Mittagszeit herum konnten sie oft nicht einmal mehr geradeaus gucken, brüllten manchmal völlig unsinnige Befehle und bedrohten Papa sogar, wenn er sie auf Fehler hinwies. Dabei verdiente er weit weniger als die meisten dieser Gesellen, die manchmal einen so bedrohlich niedrigen Blutanteil im Alkoholkreislauf hatten, dass sie eine Zeichnung brauchten, um ihren eigenen Hintern zu finden. Allerdings waren sich auf der Baustelle alle darüber einig, dass Gastarbeiter nichts zu melden und den Weisungen sämtlicher deutschen Kollegen Folge zu leisten hatten.

Sie wussten alles besser und hatten immer Recht. Egal ob sie nun nüchtern oder betrunken waren oder gar von Natur aus zu der Spezies gehörten, die bei Wind einen Helm aufsetzen mussten, damit sie nicht wie Nebelhörner zu tuten begannen. Manche von ihnen waren nach Papas wütender Schilderung gar zu dämlich, Sand in einen Eimer zu schaufeln, besaßen dafür aber die hochgeschätzte Fähigkeit, eine Bierflasche mit einem Meterstab, einem Hammer, dem Haken eines Baukrans oder notfalls sogar mit den Zähnen zu öffnen. Und natürlich konnten sie auch ordentlich was wegstemmen, weshalb eine Kiste Bier pro Tag oft die Untergrenze darstellte.

Diese Fähigkeiten hatte Papa nicht. Das heißt, auch er konnte selbstverständlich Bierflaschen öffnen, keine Frage. Nur mit dem Trinken hatte er es nicht so, denn Alkohol im Übermaß war bei uns verpönt. Das tat man einfach nicht. Wenn Papa zum Essen ein oder zwei Gläser Bier oder Wein trank, dann war es schon mehr als genug. Bier als Wasserersatz war für ihn undenkbar. Damit war Papa ein Außenseiter – nicht nur weil er ein Gastarbeiter, sondern weil er auch noch eine Spaßbremse war. Ein Spielverderber. Kein richtiger Mann. Er saß nach Feierabend nicht noch stundenlang im Bauwagen herum, um ein paar Bierchen zu zischen, und war auch nie dabei, wenn seine Kollegen, noch in Arbeitskleidung, den Bauwagen verließen, die nächste Kneipe aufsuchten, um dort noch ein paar Biere und Schnäpse zu vernichten.

Papa fand es auch unverantwortlich, spät in der Nacht sturzbetrunken mit dem Auto nach Hause zu fahren. Die meisten seiner Kollegen waren davon überzeugt, dass sie betrunken noch immer besser Auto fuhren als alle anderen nüchtern. Ihrer Überzeugung nach galt außerdem die Maxime: »Dummheit frisst, Intelligenz säuft!« Demnach waren die abendlichen Zusammenkünfte im Bauwagen gar keine ordinären Saufgelage. Nein, da versammelten sich in Wirklichkeit die intelligentesten Wesen dieses Planeten, um die dringendsten Fragen des Universums zu erörtern und, wenn möglich, auch zu beantworten.

So, wie sie Papa an jenem Morgen damit überrascht hatten, dass ihr geschätzter gemeinsamer Kollege Bodo H. am Vorabend eine fast schon nobelpreisverdächtige Antwort auf eine der spannendsten

Fragen der Menschheitsgeschichte gefunden hatte: warum die Männer den Frauen auf die Brüste schauen.

An jenem lauen Abend im Sommer des Jahres 1973 löste eine Flasche Doppelkorn im Zusammenspiel mit drei Litern lauwarmem Bier, drei roten Würsten und einem Bund Radieschen mehrere heftige Geistesblitze aus und versickerte gleich anschließend in einer an den Bauwagen angrenzenden Baugrube. Der erleichterte Bodo H. hatte seine Genialität nicht länger ertragen und sie mit lauten Würgegeräuschen der Baugrube übergeben. Jedoch nicht ohne zuvor die Antwort auf besagte Frage zu geben, an dessen eindeutiger Beantwortung schon etliche Wissenschaftler gescheitert waren. Originalzitat Bodo H.: »Ich starre keine Titten an, die Titten starren mich an!«

Auch Papa amüsierte sich über diese Bauwagenphilosophie und die damit einhergehenden bahnbrechenden Erkenntnisse. Allerdings war die Zusammenarbeit mit Herrn Bodo H., der seinen Verstand offenbar komplett der Baugrube übergeben hatte und folglich ohne ihn auskommen musste, alles andere als witzig. Der große, grobschlächtige, laute Kerl baute nur Bockmist, gab ständig unsinnige Anweisungen und fing mit einigen, seiner Ansicht nach unfähigen Kollegen Streit an. Regelrecht gefährlich wurde es, als Bodo vom Baugerüst zu stürzen drohte, sich im letzten Moment an Papa festkrallte und ihn dabei beinahe vom Gerüst gestoßen hätte. Zum Glück war die Sache glimpflich ausgegangen.

Doch als sich Papa bei seinem Vorgesetzten wegen des Vorfalls beschwerte, behauptete Bodo einfach frech, er habe Papa vor einem Absturz bewahrt und nicht Papa ihn. Einige andere Kollegen hatten den

Vorfall wohl nicht bemerkt und spielten ihn herunter. Oder sie hatten so große Angst vor Bodos Wutausbrüchen, dass sie sich erst gar nicht äußerten. Papas schlechte Sprachkenntnisse führten letztlich dazu, dass Bodo Recht bekam und der Vorgesetzte ihm, obwohl er sich nichts hatte zuschulden kommen lassen, mit Kündigung drohte.

Als wir Papa nun von Herrn Nägele erzählten, ärgerte er sich darüber, dass er sich mit diesen chronischen deutschen Besserwissern, die sich von Natur aus für unfehlbar hielten, nicht nur in seinem Arbeits-, sondern auch in seinem Privatleben herumschlagen musste. Auf einmal wurde er so zornig, wie wir es nur selten erlebt hatten.

An jenem Abend sagte er uns, dass er sich eine neue Arbeit suchen und zusehen wollte, dass sie Filippos Behandlung zügig weiterführten. Er hatte nicht vor, auch nur eine Sekunde länger als unbedingt notwendig in diesem Land zu bleiben.

Wir hätten vor Freude am liebsten sofort angefangen zu packen.

17. Nimm zwei!

Papa hatte an jenem Abend einfach genug gehabt. In Messina hatte sein Wort noch Gewicht besessen, und die Leute hatten ihn respektvoll gesiezt. Dieses ungeschriebene Gesetz war ein Zeichen des gegenseitigen Respekts und gehörte sich einfach so. Geduzt wurden nur Familienangehörige, enge Freunde und gute Bekannte.

Dasselbe galt im Prinzip auch in Deutschland. Nur für Gastarbeiter wie ihn machten die Einheimischen offenbar eine Ausnahme. Alle, selbst kleine Kinder und wildfremde Menschen wie unser Nachbar Herr Nägele, hielten Papa wegen seiner mangelnden Sprachkenntnisse fast automatisch für dumm und nahmen sich das Recht heraus, ihn einfach zu duzen. Und an diesem Brocken hatte er schwer zu schlucken.

Als Papa und Mama am nächsten Tag nach Hause kamen, war der größte Ärger jedoch verflogen, und sie begannen das Abendessen vorzubereiten. Papa betrachtete seine Weinflasche, merkte, dass sie fast leer war, und schickte Filippo und mich zum Einkaufen.

Wir hatten den ganzen Nachmittag am Ufer der Fils gespielt und standen in Gummistiefeln noch im Wasser, als Papa uns einen Fünfer in die Hand drückte und zum Laden schickte. Also stiefelten wir los und erreichten ihn ein paar Minuten später. Es war kein Laden im eigentlichen Sinne. Es war vielmehr ein altes Bauernhaus, dessen Gewölbekeller umgebaut worden war. Die alte, grauhaarige Bäuerin mit der seltsamen Pudelfrisur besserte durch den Verkauf von Wein, Schnaps und Süßigkeiten ihre Rente auf. Die Auswahl war eher bescheiden, aber der Wein war nach Papas Ansicht nicht ganz so schlecht. Was Filippo und mich schon vom ersten Tag an fasziniert hatte, waren, neben den Süßigkeiten, die uns die nette alte Frau manchmal zusteckte, die vielen winzigen Fläschchen, die dort lagerten. Die Weinflaschen standen aufgereiht im hinteren Teil des Raumes. Im vorderen Teil waren die Süßigkeiten und viele dieser kleinen, bunten Flaschen untergebracht, die gerade mal so groß waren wie eine Kinderhand.

Beim letzten Mal hatten wir die alte Frau gefragt was in diesen kleinen Flaschen drin sei.

»Kinderschnaps!«, antwortete sie. Vielleicht hatte sie aber auch gesagt: »Für Kinder keinen Schnaps!«

Kinderschnaps hörte sich für uns einfach Interessanter an. Wir schlossen daraus, dass deutsche Kinder sogar ihren eigenen Schnaps hatten. Insgeheim hofften wir, dass die alte Frau uns mal so ein kleines Fläschchen schenkte, denn sie waren sehr teuer. Das hatte sie bisher aber nicht getan, und so betrachteten wir jedes Mal die kleinen Flaschen, wenn wir den Laden betraten. Die alte Frau kam herein, holte Papas Wein aus dem hinteren Teil des Kellers, packte die Flasche in unsere Stofftasche und übergab sie uns.

»Sagt eurem Vater einen lieben Gruß. Ich muss meinen Laden Ende des Monats schließen. Nicht vergessen, ja? Ich gebe euch noch ein Abschiedsgeschenk für ihn mit.«

Mit diesen Worten packte sie uns vier kleine Fläschchen und Süßigkeiten in die Tüte und verabschiedete uns.

Unser Herz übersprang zwei Schläge, so sehr freuten wir uns über unser Geschenk. Denn eines war klar: Papa würde unseren Kinderschnaps nicht zu sehen bekommen!

Wir liefen auf die Straße, holten ungeduldig die vier Fläschchen heraus und musterten sie ausgiebig. Zwei waren ziemlich schmucklos und trugen die Aufschrift »Dornkaat«. Die anderen beiden hatten wenigstens noch einen hübschen Hirschkopf auf dem Etikett, auf dem »Jägermeister« stand. Endlich würden wir in den Genuss von Kinderschnaps kommen. Wir beschlossen, die schmucklosen Flaschen zuerst zu probieren. Wir öffneten sie, prosteten uns wie die Erwachsenen zu und stürzten das bittere, scharfe Getränk in einem Zug hinunter.

Angewidert verzog Filippo das Gesicht und schnitt eine fürchterliche Grimasse. Er schüttelte sich fast die Locken glatt und rief: »Prrrruaaahhh! Das schmeckt ja widerlich!«

Ich konnte mich selbst zum Glück nicht sehen, aber das spastische Zucken und Spannen meiner Gesichtsmuskeln deutete an, dass meine Miene genauso aussah, wie sie sich anfühlte. Das Zeug ätzte sich wohl gerade einen neuen Weg in den Magen, denn es brannte an Stellen, die ich niemals mit meinem Verdauungsapparat in Verbindung gebracht hätte. Unsere Gesichter wollten sich gar nicht mehr entspannen.

»Das brennt ... hechel ... bestimmt so schlimm, weil wir noch nie so etwas getrunken haben«, erklärte ich, um meinen Bruder und vor allem mich selbst zu beruhigen.

»Brrrr … kann schon sein«, antwortete Filippo. Dabei kaute er mit ausholenden Bewegungen an den Resten des scharfen, bitteren Geschmacks herum und sog pfeifend Luft ein.

»Sollen wir die anderen auch noch probieren? Vielleicht schmecken die besser und spülen den widerlichen Geschmack weg«, schlug ich vor. Obwohl mir bei der Sache auf einmal gar nicht mehr wohl war.

»Also gut«, antwortete Filippo. Wir holten die beiden verbliebenen Flaschen hervor, schraubten sie auf und nippten vorsichtig daran.

»Hmm! Das schmeckt viel besser!«, sagte ich.

Filippo nickte. Wir prosteten uns zu und kippten den zweiten Schnaps des Tages hinterher. Der Jägermeister schmeckte leicht nach Kräutern. Er war zwar nicht ganz so scharf wie der erste, aber mild war schon noch mal etwas anderes. Nach einer Weile brannte es nämlich ebenfalls ganz schön, und die Zuckungen meiner Gesichtsmuskeln setzten wieder ein. Dafür breitete sich eine bisher ungekannte Wärme in meinem Bauch aus, die durch die Adern nach oben strömte und mir wie eine prickelnde Welle in den Kopf stieg.

»Hihi … und das trinken … hehe … deutsche Kinder?«, kicherte ich und schielte auf das Fläschchen.

»Haha … Nee, das glaube ich nicht«, erwiderte Filippo grinsend. Er wurde für einen kurzen Augenblick ernst, hielt sich den Bauch und fragte: »Ist dir auch so komisch wie mir?«

»Hihi … was heißt komisch? Mir ist warm, hehe, und ich muss lachen. Hoffentlich merkt Papa nicht … hehe … dass wir seinen Kinderschnaps getrunken haben«, antwortete ich kichernd.

Ich stülpte mir die Stofftasche mit Papas Weinflasche über Hals und Schulter und stapfte langsam in die Richtung, in der ich unser Zuhause vermutete. Filippo stolperte lachend hinter mir her, holte mich ein, grinste breit und verkündete, dass uns Papa sicher zusammen mit dem Kinderschnaps aus unseren Hosen schütteln werde. Daraufhin lachte ich entrückt und hastete meinen Gummistiefeln hinterher, die, wie mir auf einmal schien, alleine vor mir herliefen. Filippo lachte und grunzte. Ich lachte wegen seines Gegrunzes, bis wir stolperten und übereinander auf die Straße stürzten. Lachend robbten wir ein paar Meter weiter und überwanden auf allen vieren eine schier unüberwindliche Bordsteinkante.

Dolfis Knurren und Bellen hörte sich an diesem Nachmittag besonders lustig an. Vor allem aber klang es viel weiter entfernt, als der Hund tatsächlich war. Der Teufelsbraten hüpfte schon wieder wie ein zähnefletschender schwarzer Gummiball mit eingeschaltetem Knurrsimulator hinter seinem Gartenzaun auf und ab. Filippo und ich rappelten uns auf, liefen noch immer lachend, aber zügig am Zaun entlang und versuchten uns zusammenzureißen.

Nun lagen gerade mal noch knappe hundert Meter zwischen uns und einem Donnerwetter, das sich gewaschen hatte. Ich konnte mich noch ganz gut erinnern, wie Santina als Vierjährige regelmäßig heimlich von dem Wein meiner Eltern getrunken hatte und irgendwann in Ohnmacht gefallen war. So gesehen hatten wir eigentlich noch Glück, denn wir waren keineswegs in Ohnmacht gefallen. Vielleicht müssten wir es beide nachholen, wenn wir in diesem Zustand vor Papa traten, er uns fragte, was mit uns nicht stimme, und wir keine überzeugende Antwort parat hätten.

Wir passierten den Zaun und sahen aus den Augenwinkeln, wie Dolfi knurrend durch das offenstehende Gartentor schlüpfte und sich an unsere Fersen heftete.

»Mist! Der Köter ist draußen, renn!«, schrie ich meinem Bruder zu, der sich umblickte und aufschrie.

Im gleichen Augenblick spürte ich Dolfis Fänge an meiner Ferse, und mein Vorwärtsdrang wurde jäh gestoppt. Ich fiel auf die Knie und versuchte, schnell wieder auf die Beine zu kommen, während der Hund sich an meinem Stiefel festgebissen hatte und daran zerrte. Filippo schnappte mich am Arm, zog mich erst hoch und dann vorwärts in Richtung Haus. Ich kämpfte mich voran und schleifte den wild knurrenden Dolfi hinter mir her, der sich mit aller Kraft dagegenstemmte und mir meinen Stiefel beinahe schon vom Fuß gezogen hatte. Da lachte mein Bruder wieder los, und ich musste unwillkürlich mitlachen. Dolfi sah aber auch wirklich zum Schießen aus. Wie er mit meinem Stiefel im Maul so tat, als ob er groß und gefährlich wäre, war er schon wieder allerliebst. Das Knurren und Bellen des großen Hundes, der gerade von der anderen Straßenseite herbeigelaufen kam, hörte sich dagegen wirklich bedrohlich an. Herr Nägele rannte nun ebenfalls keifend auf uns zu!

In dem Augenblick, als Dolfi es endlich geschafft hatte, mir den Stiefel vom Fuß zu zerren, packte mich Herr Nägele mit hartem Griff im Genick, schüttelte mich durch und spuckte feuchte Drohungen gegen uns aus.

»Ich schlag euch tot! Zigeuner! Lumpenpack! Ich hab gesagt, ihr sollt mein Hund in Ruh lassen oder? Ihr verfluchte Patschaka! Hab ich das gesagt, oder hab ich das nicht gesagt?«

»Ihr Hund ist auf uns losgegangen, nicht wir auf ihn, ist das klar? Was sie sagen, ist mir schnurzegal, verstanden?« Ich spürte, dass der Kinderschnaps eine überraschende Nebenwirkung hatte, denn ich war über meine deutlichen Worte sehr erstaunt.

Filippo hielt mich noch immer am Arm fest und schrie Herrn Nägele an, er solle mich gefälligst loslassen und verschwinden. Dolfi hatte sich unterdessen an eine Hauswand verzogen und rammelte knurrend meinen Stiefel. Entsetzt glotzte unser Nachbar seinen Hund an und schrie ihm zu, er solle den Stiefel in Ruhe lassen und nach Hause laufen. Gleich darauf versuchte er seine Drohung wahr zu machen und uns so lange in den Hintern zu treten, bis wir auf unseren Zähnen Klavier spielen könnten. Im selben Augenblick, als er mir einen Tritt verpasste, rammte ihm Filippo die Faust in die Weichteile.

Herr Nägele schrie auf, fluchte, grub mir die Fingernägel in den Nacken und drückte mich dabei herunter. Ich drehte mich weg und schmetterte ihm ebenfalls die Faust ins Gelege. Unser Nachbar riss die Augen weit auf und pustete mir mit aufgeblasenen Backen einen Schwall warme Luft ins Gesicht. Einen kurzen Augenblick lang, wie er so den Mund öffnete und dabei die Zähne fletschte, sah er fast aus wie Dolfi, wenn er böser Hund spielte. Der doppelte Glockenschlag hatte ihm jedenfalls gereicht. Mit beiden Händen hielt er sich das Gemächt und trat in gebückter Haltung den Rückzug an.

Mama und Papa, die den Lärm gehört hatten, waren auf die Straße gerannt und hatten gerade noch gesehen, wie Filippo und ich den armen alten Mann misshandelten. Herr Nägele sagte kein Wort mehr. Er zog den sabbernden Dolfi von meinem Stiefel herunter und verschwand mit dem Hund im Haus. Mit spitzen Fingern hob ich meinen triefenden, zerbissenen Stiefel auf, und wir gingen gemeinsam mit Papa und Mama nach Hause. Filippo und ich kicherten schon wieder wie blöd, und noch schob Papa es auf die Aufregung wegen des Streits mit Herrn Nägele.

Drinnen mussten wir ihm haarklein berichten, was vorgefallen war. Papa hörte sich alles in Ruhe an und sagte dann, dass Herr Nägele seine Strafe wohl zu Recht erhalten habe. Der Ansicht waren nicht nur wir, sondern das ganze Haus. Einer nach dem anderen kamen sie zu uns herunter, und wir mussten allen erzählen, warum sich Herr Nägele schmerzende Glocken geholt hatte. Die einhellige Meinung aller Anwesenden lautete: »Das hatte er schon lange verdient!«

Von allen Gästen an jenem Nachmittag blieb Signor Manfredo, von dem ich annahm, dass er seit meiner Frage nach Gottes Plänen vom Glauben abgefallen sei, am längsten sitzen. Er lebte zusammen mit seiner Frau seit fünf Jahren in Deutschland. Beide arbeiteten, sparten das verdiente Geld und unterstützten damit ihre Familien in Sizilien. Ihre Ehe war bisher, trotz zahlloser nächtlicher Gebete, kinderlos geblieben. Signor Manfredo erzählte uns, dass er nicht vorhatte, noch lange in diesem Land zu bleiben. Ihm gefiel es hier nicht, denn er hatte in den vergangenen Jahren nicht immer die besten Erfahrungen gemacht. Dementsprechend sah auch sein Deutschlandbild nicht sehr positiv aus.

Das Erste, was ein jeder Mensch lernt, wenn er sein Zuhause verlässt, ist, dass er überall auf der Welt ein Ausländer, auf jeden Fall aber ein Fremder ist. Er wird von den Einheimischen erst mal argwöhnisch beäugt, lernt neue Freunde, aber auch Anfeindung und Ausgrenzung kennen.

Signor Manfredo saß bequem auf seinem Stuhl und drehte ein Weinglas zwischen seinen großen Händen, deren Haut an manchen Stellen tiefe Risse aufwies. Dann fing er an, uns seine Geschichte zu erzählen:

»Am Anfang fällt es einem nicht leicht, aber mit der Zeit lernt man, nicht mehr hinzuhören. Als ich mit meiner Frau auf Wohnungssuche war, haben die Deutschen uns fast wie Leprakranke behandelt. Wir waren in normalen Häusern mit bezahlbaren Wohnungen nicht erwünscht. Die Einzigen, die uns nicht die Tür vor der Nase zugeschlagen haben, waren irgendwelche hässlichen Leute, die uns ins Gesicht lächelten und mitteilten, dass die Zweizimmerbruchbude mit den kaputten Fenstern und dem Etagenklo für drei Mietparteien genauso viel kostete wie das luxuriöse Fünfzimmerappartement des deutschen Kollegen. Dabei wussten wir ganz genau, dass wir so eine Wohnung niemals bekommen würden und uns mit der Bruchbude zufriedengeben müssten.

Könnt ihr euch auch nur annähernd vorstellen, wie erniedrigend es war? Vor allem, wenn sich der verkommene Halsabschneider auch noch als gütiger, barmherziger Samariter aufführte und so tat, als ob ich ihm neben der Hälfte meines Monatslohnes auch noch tiefe Dankbarkeit schuldete? Wenn er sich ganz nebenbei das Recht herausnahm, zweimal die Woche unangemeldet an unsere Tür zu klopfen, um die Wohnung zu inspizieren. Er guckte uns dabei sogar in die Töpfe und fragte, was wir schon wieder äßen. Dann erklärte er uns allen Ernstes, dass wir gefälligst Fleisch essen sollten, damit er sich auch mal an unseren Tisch setzen könne.

Irgendwann war es mir dann genug: Ich warf ihn aus der Wohnung, woraufhin er mir fristlos kündigte. Als ich am Tag darauf von der Arbeit nach Hause kam, standen alle meine Möbel auf der Straße, und ich kam nicht mal mehr in die Wohnung hinein, weil er die Schlösser ausgetauscht hatte. Und, das Beste kommt noch: Ich rief sofort die Polizei an, doch anstatt den Mistkerl zu zwingen, die Wohnung aufzuschließen, überprüfen die erst mal zwanzig Minuten lang, ob meine Aufenthaltsgenehmigung noch gültig und mein Pass nicht abgelaufen ist und ob auch kein Haftbefehl gegen mich vorliegt. Ich könnte ja auch, wie jeder Italiener, ein gesuchter Mafioso sein.

Einer der Beamten fragte mich das sogar. Er stellte sich allen Ernstes vor mich hin, eine Hand an der Pistole, und fragt: »Mafia? Camorra? Oder Cosa Nostra?«

Da platzte mir dann wirklich der Kragen, und ich antwortete: »Ja! Zweimale! Fur mi, all'arrabiata und fur mein Frau mit Parmesan! Und dazu eine Flasche *affanculo classico*!«

Daraufhin guckte er erst mal reichlich dämlich unter seiner Mütze hervor und erwiderte dann: »Ganz ruhig bleiben!«

Ich war ganz ruhig. Nur in Gedanken hatte ich ihn bereits erwürgt. Wenn ich ein Mafioso wäre, hätte ich diesem Vollidioten von Vermieter erst mal ordentlich die Zähne geschrubbt, ihm Betonschuhe in Größe hundert verpasst und ihn anschließend, damit er ein paar frische Luftblasen schnappen kann, in einem Tümpel verankert.

Das sollte man von einem halbwegs anständigen Mafioso doch erwarten können, oder? So ist es aber nicht. Denn sobald ein Mafioso in Deutschland ankommt, wird er schlagartig blöd. Er löst seine Probleme nicht mehr selbst, sondern ruft die Polizei und lässt sich mitsamt seinen Möbeln auf der Straße verhaften. Dass ich für die Wohnung im Voraus Miete bezahlt und meine Möbel sich gerade in Müll verwandelt hatten, interessierte die Beamten nicht im Geringsten. Gerade so, als ob es in Deutschland für solche Fälle keine Gesetze gäbe. Nun ja, sie gelten nun mal nicht für jeden. In diesem Land gibt es für jeden Furz, den du lassen willst, ein Gesetz, das dir vorschreibt, wonach er riechen darf und in welcher Zeit er sich verflüchtigt haben muss. Du brauchst morgens nicht einmal aus dem Bett zu steigen, und schon hast du gegen ein gutes Dutzend Gesetze, Verordnungen oder Richtlinien verstoßen. Jede Lebenslage wird durch Gesetze zubetoniert. Wäre Gott ein Deutscher, hätte Moses garantiert zweihundert Jahre gebraucht, um seine Gesetzestafeln ins Tal zu schleppen.«

Signor Manfredo machte eine kurze Pause, leerte sein Weinglas und sah uns mit einem Blick an, in dem sich Verbitterung und Traurigkeit einander abwechselten. Die meisten Deutschen, die er bisher kennen gelernt hatte, mochte er nicht. Er berichtete, wie oft er in den letzten fünf Jahren Sizilien verflucht hatte, das er hatte verlassen müssen, um für seine Familie die Zukunft sichern zu können. In seinem Heimatdorf gab es alles, was er sich wünschte: seine Familie, freundliche Menschen, Sonne, wärme, saubere Luft, herrlich frisches Obst, das Meer … nur leider keine Arbeit!

»Was nützt einem die schönste Insel, wenn man dort nicht leben kann?«, fragte er in die Runde.

Wir kannten die Antwort: »Nichts!«

»Und was nützt einem ein Land, in dem man leben könnte, weil man Arbeit hat, in dem man aber keine Freude mehr empfindet?«

Wir musterten uns schweigend. Selbst wir Kinder wussten, was er meinte. Er redete weiter:

»Seht euch doch nur mal Herrn Nägele an: Er hat genug Geld, ein großes Haus, ein neues Auto. Das alles hat er sich von seinem Geld gekauft. Aber er ist nicht glücklich! Er hat keine Freunde, keine Familie, keine Lebensfreude. All das kann er sich nämlich nicht kaufen. Er wird in jeder Sekunde seines restlichen Lebens ein unglücklicher, einsamer Mann bleiben. Und wenn er sich eines Tages nicht mehr selbst versorgen kann, wird er in ein Heim gehen. Oder seine Verwandten werden ihn dorthin abschieben, um anschließend in sein Haus einzuziehen, sich über sein Auto freuen, während er tagtäglich in seinem Einzelzimmer sitzt und auf seinen Tod wartet.

Vor ein paar Jahren ist seine Frau gestorben, und kurz darauf hat er seine einzige Tochter aus dem Haus geworfen, weil sie einen Italiener geheiratet hat. Er wollte den Mann nicht mal kennen lernen. Seht euch doch nur mal um! In der Nachbarschaft wohnen fast ausschließlich alte Leute. Einsam und verlassen. Ab und zu kommt mal jemand vorbei, überzeugt sich davon, dass sie noch atmen, und geht wieder. Wenn sie eines Tages auf Hilfe angewiesen sind, verschwinden sie aus ihren Häusern.

Habt ihr das Altenheim hier im Ort schon mal gesehen? Geht ruhig mal hin! Dort kommt ihr euch vor wie in einem Supermarkt. Große, verglaste Konservendosen, und hinter jedem Fenster steht eine graue, gebeugte Gestalt, die hinausstarrt. Man kann ihre Gedanken fast hören.

›Nehmt mich mit!‹, rufen sie. ›Lasst mich nicht hier!‹

Jeder lebt in diesem Land allein vor sich hin und denkt nur an sich. Hauptsache er hat eine tolle Arbeit, viel Geld, alle zwei Jahre ein neues Auto und kann mehrmals im Jahr alleine in Urlaub fahren. Familie ist den Deutschen nicht wichtig. Wenn die Kinder erwachsen sind, ziehen sie einfach weg. Gehen sie nicht freiwillig aus dem Haus, werfen die Eltern sie eben hinaus. Denn wenn der Nachwuchs erst mal aus dem Haus ist, wollen sie noch mal anfangen zu leben. Als ob sie zusammen mit ihren Kindern nicht gelebt hätten.

Jeder hat hier alles, aber wenn es darum geht, so wie es bei uns üblich und auch richtig ist, die alte Mutter oder den alten Vater in die Familie aufzunehmen, werden sie plötzlich alle arm wie Kirchenmäuse. Auf einmal haben sie keine Zeit, kein Zimmer frei und auch ohne den Alten schon genug Sorgen am Hals. Ja, und die alte Frau, die mal ›die geliebte Mama‹ war, ist auf einmal nur noch ein weiteres Problem. Deutschland ist ein reiches Land mit vielen armen, einsamen Menschen.«

18. Unheimliche Begegnungen

Nachdem Signor Manfredo sich verabschiedet hatten, gingen wir schlafen. Die Wirkung des Kinderschnapses hatte nach dem Essen spürbar nachgelassen. Das Dauergrinsen hatte unsere Gesichter wieder verlassen und nach dem ernsten Gespräch waren wir alle sehr nachdenklich geworden. Vieles von dem, was er erzählt hatte, hatten wir selbst auch schon beobachtet. Großväter und Großmütter lebten hier tatsächlich die meiste Zeit allein. Wir hatten aber auch den Eindruck, dass sie es gar nicht anders wollten.

Allein zu leben, ohne eine Familie, die einen auffing, die einem Halt gab, einem half und in der Not beistand, war für uns unvorstellbar. Wir hatten in Messina immer nur wenig Platz gehabt. Jahrelang wohnten wir in nicht mehr als zwei bis drei Zimmern, und zwar mit einer fünf- bis sechsköpfigen Familie.

Aber für die Opas und Omas rückten wir eben ein bisschen zusammen und machten Platz. Da gab es keine Diskussionen, es gehörte sich so, und damit basta! Meine Cousins mussten zum Beispiel jeweils zu zweit in einem Bett schlafen, damit *nonna* Mina die letzten Jahre ihres Lebens bei ihrer Familie verbringen konnte. Dafür erfreute *nonna* Mina uns

Abend für Abend mit ihren tollen Geschichten und konnte mit kaum mehr als nichts die tollsten Gerichte zaubern. Was bedeutete da schon ein eigenes Bett?

Der nächste Punkt war die Ehe. Die Deutschen hatten dazu eine recht lockere Einstellung. Mama und Papa waren entsetzt, dass sich hier so viele Ehepaare einfach so scheiden ließen. Scheidung, das war in Sizilien nur ein Wort. So etwas taten nur Show- und Filmstars, die einen lockeren, sündigen Lebenswandel pflegten. Für normale, »anständige« Menschen war eine Scheidung eine Schande. Demnach mussten die meisten Deutschen einen lockeren, sündigen Lebenswandel führen.

Am deutlichsten sah man dies an den Frauen. Die arbeitende deutsche Frau war selbstständiger, freier und viel selbstbewusster als ihr sizilianisches Ebenbild, das von Anfang an auf Haushalt und Mutterrolle vorbereitet wurde und sich aus dieser Rolle nicht entfernen durfte. Jedenfalls nicht, ohne Repressalien befürchten zu müssen. Hierzulande gingen Mädchen in die Schule, lernten einen Beruf und arbeiteten. Das selbst verdiente Geld ermöglichte ihnen etwas, was im Sizilien meiner Eltern schlichtweg unvorstellbar war. Etwas, wovon Sizilianerinnen nicht einmal zu träumen wagten: Unabhängigkeit!

Sie waren selbstbewusste, unabhängige Frauen, die so kurze Miniröcke trugen, dass ein jeder Mann bei genauerem Hinsehen eine chronische Bindehautentzündung riskierte. Oder einen Schädelbasisbruch, wenn die langen Beine irgendwelche im Weg herumstehenden Laternenpfähle verdeckten. Frauen, die alleine ausgingen, sich in Diskotheken die Nächte um die Ohren schlugen und auch schon mal sturzbetrunken nach Hause gebracht werden mussten, die sich schminkten, auf der Straße rauchten, tun und lassen konnten, was sie wollten, ohne ihre Väter, Brüder oder Verlobten um Erlaubnis fragen zu müssen.

Und, das Allerschlimmste: Sie alle hatten vorehelichen Sex! Vielleicht sogar mit mehr Männern als nur dem einen, den sie mal heirateten. Viele lebten unverheiratet mit einem Mann zusammen. Dieser, nach sizilianischer Sichtweise gottlose Zustand nannte sich dann »wilde Ehe«, und nicht wenige dieser Paare zeugten sogar Kinder.

In Sizilien hätten Frauen, die so etwas gewagt hätten, ihren ruinierten Ruf niemals wiederherstellen können. Sie wären abgestempelt, gebrandmarkt und für alle Zeiten zu Huren degradiert und ihre Kinder ein Leben lang als Bastarde verschrien worden. Wegen so einer Schande stürzte die gesamte Familie unweigerlich in die untersten Schichten der sizilianischen Gesellschaft ab: zum Abschaum. Vieles von dem, was die Deutschen tolerierten oder als »normal« ansahen, widersprach allen Traditionen und guten Sitten, die wir bis dahin gewohnt waren und die wir erfahren und gelebt hatten.

Signor Manfredo war nicht der Einzige, der sich von diesem legeren Lebensstil abgestoßen fühlte. So wie ihm erging es den meisten Gastarbeitern. Deutschland war eine völlig andere Welt. Eine Gesellschaft mit völlig anderen Werten. Werten, die man nicht so einfach übernehmen konnte. Auch wenn das eine oder andere durchaus sinnvoll, vernünftiger oder gar besser war, so würde es bei einer Rückkehr in die Heimat zu Schwierigkeiten, Anfeindungen und Ausgrenzung führen. Da gab es nur zwei Möglichkeiten: sich anzupassen und in Kauf zu nehmen, nicht wieder zurückkehren zu können, oder die alten Traditionen zu pflegen, die Familie vor der fremden Kultur so weit wie möglich zu bewahren und den richtigen Zeitpunkt zur Rückkehr nicht zu verpassen.

Während ich im Bett lag, kehrten meine Gedanken immer wieder zu Herrn Nägele zurück, und ich fragte mich, ob Einsamkeit der Grund für sein Verhalten war. War unser Nachbar vielleicht nur deshalb so böse, weil er einsam war? Oder war er einsam, weil er so böse war? Auf einmal hatte ich Mitleid mit ihm. Dabei hatte er sich die Abreibung wahrlich verdient, denn er hatte uns angegriffen und nicht wir ihn. Aber warum? Wir hatten ihm nichts getan. Ich fand keine befriedigende Antwort, doch ich nahm mir fest vor, der Sache auf den Grund zu gehen.

Ich nahm mir vor, Herrn Nägele in den nächsten Tagen einen Besuch abzustatten, ihm eine Tafel Schokolade zu schenken und ihn zu fragen, ob wir die Sache vergessen könnten. Eine ganze Tafel Schokolade? Hm ... nein! So groß war mein Mitleid nun auch wieder nicht. Wenn ich eine ganze Tafel Schokolade erst mal in den Händen hielt, würde sie den Weg bis zu Herrn Nägeles Haus nicht überleben. Dann stand ich am Ende mit dem Einwickelpapier in den Händen und verschmiertem Mund da und müsste ihm das letzte angebissene Stück anbieten. Keine gute Idee! Wein! Ich würde Papa fragen, ob er eine Flasche Wein für unseren Nachbarn kaufte. Gleich am nächsten Tag wollte ich mit Papa reden und noch vor dem Abendessen zu Herrn Nägele gehen. Zufrieden schlief ich ein.

Papa war von meiner Idee nicht sonderlich begeistert, aber am Ende stimmte er zu, gab mir das Geld für eine Flasche Wein und sagte: »Ich warte aber vorsichtshalber draußen, und wenn irgendetwas ist, dann ruft ihr, so laut ihr könnt, ja?«

»Okay! Wir sind gleich wieder da!«, antwortete ich.

Filippo und ich stiefelten los, kauften den Wein und machten uns auf den Rückweg. Als wir am Zaun unseres Nachbarn vorbeikamen, warteten wir auf Dolfis »Ihr Rotkäppchen, ich Wolf«-Aufführung und waren erstaunt, dass der Hund nicht im Garten war. Die Eingangstür von Herrn Nägeles Haus rückte immer näher, und ich fragte mich langsam, ob meine Idee wirklich so gut war. Egal, jetzt waren wir schon mal hier, und ein Versuch konnte nicht schaden. Notfalls würden wir ihm den Wein eben in den Hals gießen, damit er uns zur Abwechslung die Beleidigungen mal vorgurgeln konnte.

Merkwürdigerweise stand die Haustür offen. Filippo und ich blieben vor dem Gartentor stehen und konnten durch das ganze Haus hindurchblicken. Im letzten Raum standen zwei Personen, die sich angeregt unterhielten, im Zwielicht jedoch nur schlecht zu erkennen waren. Herrn Nägeles Stimme hallte durch das ganze Haus, und ich glaubte zu verstehen, dass er seinem Besucher gerade von dem gestrigen Zwischenfall berichtete.

Plötzlich drehten die beiden sich zu uns um, und Herrn Nägeles Organ schallte durch den Flur: »Jetzt sind die Patschaka schon wieder da! Mensch, euch soll der Blitz treffen! Verschwindet auf der Stelle, sonst erschieß ich euch.«

Filippo und ich zuckten zusammen und wandten uns zum Gehen. Es hatte keinen Zweck. Wenn Herr Nägele einsam war, dann nur, weil er durch und durch böse war. Mein Bruder zupfte mich am Ärmel und hinderte mich daran, unserem Nachbarn eine Beleidigung entgegenzuschleudern. Da kam er auch schon aus dem Haus, und sein Besucher, der bisher in seinem Schatten gestanden hatte, trat ins Licht. Filippo und ich wollten unseren Augen nicht trauen: Es war Jörg!

Wir waren baff. Plötzlich fügte sich alles zusammen: Herr Nägele hatte seine Tochter aus dem Haus geworfen, weil sie einen Italiener geheiratet hatte. Dieser Italiener war Jörgs gewalttätiger Stiefvater. Das bedeutete, unser Nachbar war Jörgs Großvater. Der Mann, der die Italiener abgrundtief hasste. Mit diesem Mann hatte ich wegen seiner vermeintlichen Einsamkeit so viel Mitleid gehabt, dass ich jetzt mit einer Flasche Wein vor seiner Haustür stand. Was war ich bloß für ein dämlicher Hund! Und was war das bloß für eine furchtbare Familie?

Ich rechnete fest damit, dass der Waffenstillstand zwischen uns und Jörg damit erledigt war, aber zu unserer Überraschung lief unser Klassenkamerad durch das Gartentor, warf uns im Vorbeigehen einen kurzen Blick zu und sagte nur: »Also dann tschau! Bis morgen!«

»Ciao, Jörg!«, antworteten Filippo und ich. Damit hätten wir nun wirklich nicht gerechnet.

Herrn Nägeles Reaktion dagegen war schon eher vorhersehbar. Entsetzt fragte er seinen Enkel, wieso er mit uns redete, und jagte ihn aus dem Haus. Uns rief er noch ein freundliches »Und ihr zwei macht, dass ihr Land gewinnt!« hinterher.

Jörg war stehen geblieben und blickte in das fratzenhaft verzerrte Gesicht seines Großvaters. Filippo und ich wandten uns ab und liefen los. Als wir uns noch mal umdrehten, hörten wir Jörgs Abschiedsgruß.

»Verreck doch endlich! Du alter Depp!«

Dass Jörg den Mut hatte, seinem Großvater so etwas ins Gesicht zu schleudern, erstaunte meinen Bruder und mich ungemein.

Papa erwartete uns mit Santina vor der Haustür. Ich sagte ihm, unser Nachbar brauche keinen Wein, sondern eine Dauerkarte für die örtliche Irrenanstalt. Nur leider war die nicht so einfach zu bekommen wie eine Karte für das örtliche Freibad. Schade! Diese Freude hätte ich ihm gerne gemacht. Wir beschlossen, dass Herr Nägele für alle Zeiten eine Persona non grata sein sollte. Eine Person, die nicht gerne gesehen ist, die gemieden wird und mit der man nicht spricht.

Das galt natürlich nicht für Dolfi. Der Hund hatte uns zwar auch viel Ärger gemacht, aber er war trotzdem nur ein kleiner, niedlicher, verspielter Hund, dem ich einen Fahrradsturz, ein paar Fingernagelabdrücke im Genick, aber auch neue Gummistiefel zu verdanken hatte. Ihn konnte ich jedenfalls eindeutig besser leiden als sein Herrchen.

Es wurde endlich Sommer, und damit rückte, nach Papas freudiger Ankündigung, unsere erste Fahrt nach Messina in greifbare Nähe. Achtzehn Monate waren seit unserer Abreise vergangen. Achtzehn lange Monate, die uns allen nur wenig gefallen hatten. Es hatte sich vieles verändert: Papa hatte ein neues Auto gekauft, einen weißen Opel Kadett. Wir wohnten in einer größeren Wohnung als in Messina, und seit Mama ebenfalls arbeitete, waren wir zwar die meiste Zeit allein zu Hause, aber dafür war bei uns allmählich so etwas wie Wohlstand zu spüren. Die Zeiten, als unsere gesamten Kleider in einen kleinen Koffer gepasst hatten, waren vorbei. Santina brauchte mittlerweile einen Kleiderschrank für sich alleine, und wir besaßen inzwischen sogar echte gekaufte Badehosen!

Bei den ersten Schulschwimmstunden mit Herrn Bronzerle hatten er und alle unsere Klassenkameraden sich noch über die geblümten Frottebadehosen lustig gemacht, die Mama aus zerschnittenen Handtüchern für uns genäht hatte. Sie hatten aber auch wirklich schlimm ausgesehen.

Finanziell standen wir zweifellos besser da als je zuvor. Dennoch hätten wir sofort unser altes Leben gegen dieses hier eingetauscht. Mit weniger Geld, alten Kleidern und einer kleineren Wohnung, dafür aber mit unserer Familie, unseren Freunden und keinem, der uns spüren ließ, dass wir nicht dazugehörten. Meine Geschwister und ich hofften insgeheim, dass Papa es sich anders überlegte und wir nach den Sommerferien einfach in Messina blieben.

Diese Hoffnung wurde aber sofort im Keim erstickt, als Filippo nach der ersten erfolglosen Therapie einen neuen Operationstermin für den September 1973 erhielt. Nach den Sommerferien. Trotzdem freuten wir uns riesig auf Messina und das Wiedersehen mit unserer Familie, vor allem mit unseren Cousins. Tagelang schmiedeten wir Pläne, was wir in den fünf Wochen alles mit ihnen unternehmen und spielen wollten. Der letzte Schultag sollte unser Abreisetag sein. Als an jenem Tag die Zeugnisse ausgeteilt wurden, kam es, wie schon im Jahr davor, zu einem schlimmen Zwischenfall.

Karl, unser rotblonder, sommersprossiger Klassenkamerad, der vom ersten Schultag an einer unserer besten Freunde geworden war, hatte heimlich einen

Blick in mein Zeugnis geworfen. Darin hatte er neben vielen schlechten Noten und einigen nicht benoteten Fächern auch den Vermerk »Versetzt nach Klasse 6« entdeckt. Da er selbst wohl schwer für seine Versetzung gebüffelt hatte, fühlte er sich angesichts der Ungleichbehandlung zutiefst diskriminiert. Er brüllte wie ein Irrer durch den Saal und drohte mir nach der Schule Prügel an.

Ich sah ihn nur an und sagte, er solle sich doch bei unserer Klassenlehrerin beschweren. Mein Bruder und ich hatten uns schließlich weder selbst benotet noch eigenmächtig in die nächste Klasse versetzt.

Karl war leider nicht so einsichtig, wie ich gehofft hatte. Nach der Schule wartete er, natürlich zusammen mit drei anderen Jungen, auf dem Schulhof, um mich zu verprügeln. Ich stieß die Tür des Schulgebäudes auf, sah sein wutverzerrtes Gesicht und dachte noch: Warum muss ich mich in diesem Kaff eigentlich mit jedem hirnlosen Idioten prügeln? War es wirklich möglich, dass der liebe Gott für mich keinen Plan B in der Schublade hatte?

Ich war felsenfest davon überzeugt, dass dieser Plan zu *nonno* Ciccios Fluch gehörte, der uns, seinen Nachkommen, noch immer nachhing und unter anderem auch vorsah, dass ich mich mein Leben lang mit irgendwelchen Spatzenhirnen herumprügeln musste. Mittlerweile eilte mir sogar der Ruf voraus, schwul zu sein. Ich hatte zwar keine Ahnung, was das genau bedeutete, aber so, wie meine Kameraden es mir ins Gesicht spieen, musste es etwas sehr Böses sein.

Später begriff ich, dass ich für meine Kameraden der weltweit einzige, real existierende schwule Sizilianer war. In Italien gibt es nämlich von Neapel bis zur südlichen Landesgrenze keine Homosexuellen. Die gibt es nur oberhalb von Rom und natürlich in allen nordeuropäischen Ländern. Und wer das jetzt nicht glauben will, kann gerne im Vatikan nachfragen.

Nach Ansicht meiner Kameraden gab ich mich nämlich viel zu oft mit Mädchen ab, und das war in ihren Augen ein sicheres Zeichen dafür, dass ich schwul sein musste. Unglaublich, aber wahr.

Und es stimmte. Ich spielte tatsächlich lieber mit Mädchen als mit Jungen. Jungen in meinem Alter spielten nicht, sie maßen und verglichen sich – ständig und immer wieder aufs Neue. Aus diesen Vergleichen entstand meistens Streit und aus dem Streit dann eine Prügelei. Um in Prügeleien verwickelt zu werden, brauchten mein Bruder und ich mit niemandem zu spielen. Das geschah oft genug und ganz automatisch, dazu genügte unsere bloße Anwesenheit. Ich hasste diese Vergleiche und verdrehte schon die Augen, wenn ich auch nur das erste Wort dieser typischen Sätze hörte: »Wetten, dass meine Füße, Arme, Hände, Eier größer sind als deine?« Oder: »Wetten, dass ich viel schneller, breiter, tiefer, länger und überhaupt viel weiter springen, werfen, spucken, pinkeln und sterben kann als du?« Ja, genau deshalb spielte ich lieber mit Mädchen. Falls ich deshalb schwul sein sollte, dann war mir das völlig »worscht!«, wie der Schwabe so schön sagt.

Je länger wir hier lebten, desto mehr vermissten wir unsere Cousins. Gianni war, seit ich denken konnte, nicht nur mein Cousin, sondern auch mein bester Freund gewesen. Hier hatten wir, außer Riccardo und Salva, die wie wir Italiener waren, nur einen Deutschen kennen gelernt, den ich als »Freund« bezeichnet hätte. Und auch der war manchmal sehr seltsam.

Bernd, ein kleiner, drahtiger Junge mit blauen Augen und dunkelblonden Haaren, spielte mit uns öfters am Ufer der Fils und verbrachte nebenher viel Zeit damit, Todesanzeigen zu verfassen. Das war für uns sehr befremdlich. Er verfasste diese Todesanzeigen für jeden und alles, was ihm über den Weg lief, und trug uns diese kleinen Vierzeiler anschließend mit viel Herzschmerz und Pathos in der Stimme vor. Sobald er auch nur eine Spinne zertrat, blieb er darauf stehen, hob dann den Fuß und sagte: »Der Bernd zu groß, sein Fuß zu schwer, Spinne Karl lebt nimmer mehr. Amen!«

Oft las er uns auch die Todesanzeigen aus der Tageszeitung vor und gab dazu seine Kommentare ab. »Hört mal, Erna Schildknecht geht, viel zu schnell und unerwartet, nicht mehr einkaufen. Der Erwin Ziller hat sich verabschiedet und braucht keine neuen Schuhe mehr. Und der Jochen Vogler ist umgezogen und wohnt seit neuestem auf dem Friedhof.« So lustig seine Ideen manchmal auch waren, Bernd war uns oft nicht ganz geheuer.

Filippo und ich versuchten Karl jedenfalls nicht weiter zu beachten. Wir liefen über den Schulhof und hörten uns die Hasstiraden an. Reden war in so einem Fall ohnehin völlig zwecklos. Zielstrebig verließen wir die Schule, überquerten die Straße und erreichten den Gehweg. Die vier Schreihälse holten ihre Fahrräder, und wir hatten schon den Eindruck, als ob sie sich besonnen hätten.

Filippo sagte gerade, dass die Sache wohl noch mal gut gegangen sei, als sich von hinten das Vorderrad eines Fahrrads zwischen uns schob und der breitere

Lenker uns beiden einen gewaltigen Stoß in den Rücken versetzte. Mein Bruder stürzte nach rechts gegen einen Gartenzaun, ich nach links auf die Straße. Karl war bei dem Versuch, uns beide über den Haufen zu fahren, über den Lenker gesegelt und hart auf die Bordsteinkante gestürzt. Die drei Kameraden, die hinter ihm hergefahren waren, schrieen entsetzt auf und stiegen von ihren Rädern ab. Zwei von ihnen kamen auf uns zu und halfen uns auf die Beine.

Filippo und ich waren schon ganz erstaunt und verfolgten verwundert die folgenden Szenen. Karl war diesmal offenbar eindeutig zu weit gegangen, und seine Freunde hatten ihm die Gefolgschaft aufgekündigt. Während die drei auf ihn einschrieen, liefen mein Bruder und ich einfach weiter. Schließlich war uns nichts weiter passiert. Unsere Schulranzen hatten den Aufprall weitgehend gedämpft, und ein blauer Fleck mehr oder weniger spielte für uns sowieso keine große Rolle. Wir drehten uns noch ein paar Mal um und sahen zu, wie die drei ihre Fahrräder bestiegen und davonfuhren.

Karl blieb allein zurück. Er saß auf dem Bürgersteig, entfernte die Splitter aus seinen blutenden, aufgeschürften Knien und heulte. Ich verspürte das dringende Verlangen, zurückzulaufen und ihm einen blauen Ring um seine braunen Augen zu verpassen. Mit geballten Fäusten ging ich ein paar Schritte zurück, blieb dann aber stehen und sagte zu meinem Bruder: »Morgen sind wir in Messina bei Gianni, Umberto, Franci und den anderen. Was interessiert uns Karl? Lass uns schnell nach Hause laufen!«

Zwei Stunden später war das Auto bereits beladen, und wir fuhren überglücklich auf der Autobahn in Richtung München. Der Zwischenfall mit Karl war schlimm gewesen. Aber er hatte uns auch gezeigt, dass die meisten unserer Schulkameraden ganz normale Jungen waren, die auch ganz normal reagieren konnten. Nicht viel anders als wir. Auf der Fahrt nach Messina hatten wir jedenfalls jede Menge Zeit, über vieles nachzudenken.

19. Heimkehr

Ich saß bereits seit über einer Stunde am Bahnsteig auf meinem Koffer und ärgerte mich über die italienischen Staatseisenbahnen. Der Zug hatte eine ganze Stunde Verspätung und, noch schlimmer: Der Anschlusszug verspätete sich ebenfalls und sollte erst in drei Stunden eintreffen. Da saß ich also mitten in der Nacht im römischen Hauptbahnhof fest, musste dringend auf die Toilette und machte mir Gedanken, wie ich, mit Koffer und mehreren Taschen voll bepackt, am schnellsten eine erreichen könnte.

Eine Lautsprecherstimme quäkte regelmäßig die Warnung, man solle sein Gepäck nicht unbeaufsichtigt lassen. Diese Warnung hatten mir auch alle Bekannten und Verwandten mit auf den Weg gegeben: »Wenn du deine Sachen auch nur eine Sekunde aus den Augen lässt, sind sie weg!«

Mir blieb also nichts anderes übrig, als mit meinem gesamten Reisegepäck loszugehen. Nach einem Gewaltmarsch von gefühlten zwanzig Kilometern wurden meine Arme immer länger. Ich hatte nicht schlecht Lust, mich mitten im Bahnhof zum Sterben hinzulegen, und bereute die leichtfertig getroffene Entscheidung, das Gesicht zu wahren und nicht einen der vielen schönen messingfarbenen Standaschenbecher, die alle fünfzehn Meter aufgestellt waren, als Urinal zu missbrauchen. Verdammt! Ein Klo mehr in diesem Gebäude hätte die Stadt Rom doch nicht gleich in den Ruin gestürzt. Oder etwa doch? Wer konnte das schon wissen.

Endlich entdeckte ich das rettende Zeichen über einer Tür. Mit letzter Kraft schleppte ich mich hin, stieß mit meinem Koffer dagegen und betrat einen bis unter die Decke gekachelten Raum. Die sanitären Anlagen waren unter einem Berg an Unrat begraben. Das war keine Toilette, das war eine Mülldeponie.

Entsetzt starrte ich auf die komplett zugemüllten Waschbecken und auf die Berge von zerknülltem Toilettenpapier, das stellenweise kniehoch im Raum stand. Die Wände waren von unbekannten Künstlern dekoriert worden, und ich fragte mich, ob die verschiedenen Brauntöne ein Produkt der chemischen Industrie oder Überreste schlecht verdauter Mahlzeiten waren. Mehrere große Brandflecken an den Türen der Kabinen legten den Schluss nahe, dass ein besonders reinlicher Mitbürger versucht hatte, die Toiletten mit der schnellsten Methode aufzuräumen, die ihm in den Sinn gekommen war. Ein echter Albtraum!

Nichtsdestotrotz zwängte ich mich mitsamt meinem Gepäck hinein. Der Anblick der gefüllten Schüsseln setzte meinem Magen mächtig zu. Angewidert verzog ich das Gesicht und versuchte krampfhaft, nicht hinzusehen. Ich beeilte mich, um die Toilette schnellstens wieder verlassen zu können, bevor das Wesen, das seine Nachkommen hier abgelegt hatte, zurückkam. Ich floh regelrecht aus dem

Raum und machte mich schnellstens auf den Rückweg.

Als ich den Bahnsteig mit am Boden schleifender Zunge erreichte, stellte ich mein Gepäck ab, legte mich darauf und spielte toter Mann. Um mich herum standen, saßen und lagen ein paar hundert Reisende und warteten geduldig auf den Zug. Ein Blick in den dunkleren Teil des Bahnhofes offenbarte eine weit weniger anstrengende Art, sich zu erleichtern. Dort standen mehrere Männer an der Bahnsteigkante und urinierten einfach auf die Geleise. Jetzt erst begriff ich, warum es in dem Gebäude so wenig Toiletten gab: Sie mussten täglich gereinigt werden. Die Geleise dagegen nicht. Raffiniert!

Meine schwäbisch-italienische, durch unzählige Kehrwochen verdorbene Seele wünschte sich in dem Augenblick, die Geleise könnten sich wehren und Stromschläge abgeben. Im Geiste sah ich die Männer schon einen wilden Tanz aufführen. Es gab tatsächlich Leute, die behaupteten steif und fest, dass Michael Jackson seinen legendären »Moonwalk« einem unbeabsichtigt angepinkelten elektrischen Weidezaun zu verdanken habe. Genaueres wusste natürlich niemand.

Die Gestalten, die sich hier an den Geleisen vergingen, sahen jedenfalls nicht so aus, als ob sie nach einem Stromschlag ins Allerheiligste noch einen halbwegs anschaulichen Robot Dance hinbekämen. Der sizilianische Teil meiner Seele übernahm die Oberhand und befahl mir, mich nicht weiter darum zu kümmern. Die Dinge hier hatten ihre eigene Ordnung. Es gab Leute, die sich nicht scheuten, sich in einer Ecke zu erleichtern, und es gab genügend andere, die dafür sorgten, dass die Ärmsten in dieser Notsituation ihr weggeworfenes Altpapier vorfanden, damit sie sich den Hintern abwischen konnten. Alles war bestens geregelt.

Ein Blick auf die Uhr verriet mir, dass ich noch gut zwei Stunden Zeit hatte, meinen Koffer platt zu liegen. Mittlerweile bereute ich diese Bahnfahrt zutiefst. Klar, mit dem Auto hätte ich in einen Stau geraten und ebenfalls stundenlang festsitzen können, aber die Wahrscheinlichkeit war ungleich niedriger. Andererseits waren knapp zweitausend Kilometer konzentriertes Fahren alles andere als ein Vergnügen. Schon gar nicht, wenn man allein im Auto saß.

Ich konnte mich noch ganz gut an die Urlaubsfahrten mit der ganzen Familie erinnern. Wir Kinder saßen auf der Rückbank und Papa fuhr die zweitausend Kilometer, bis auf ein paar Zwangspausen, am Stück durch. Zwangspausen entstanden entweder durch uns Kinder oder durch höhere Gewalt – einen leeren Tank zum Beispiel oder eine Panne. Die schlimmste und hinterhältigste aller Pannen war aber zweifellos die kurze Fahrt durch die Münchner Innenstadt. Papa war davon überzeugt, dass München durch und durch böse war!

Papa verfügte, wie die meisten Sizilianer, über ein integriertes, so gut wie unfehlbares GLM-Navigationssystem: Gott lenkt mit! Aber München verwirrte sogar den Heiligen Geist! Die Stadt setzte alle nur erdenklichen perfiden Ablenkungsmanöver ein, die ihr zur Verfügung standen: fahrbare Baustellen, schwenkbare Brücken, unsichtbare Hinweisschilder, selbstdrehende Einbahnstraßen und Tunnels, die zwar direkt in die Hölle zu führen schienen, aber niemals auf die A 8 in Richtung Salzburg. München konnte sogar ganze Straßenzüge verschwinden, in sich verdrehen und an völlig anderer Stelle spiegelverkehrt wieder auftauchen lassen.

»Hä ... Die Kirche stand doch gerade eben noch auf der anderen Seite, oder? Und das Schild da vorn war vorhin auch nicht hier! Äh ... Wie geht denn so was? *Boh*!«

Nachdem Papa diesen italienischen Ausruf mehrfach wiederholt hatte, was so viel hieß wie: »Woher soll ich das wissen«, oder: »Das verstehe jetzt, wer will«, griff Mama ein.

Nach zwei bis drei Stadtrundfahrten versuchte sie unseren verzweifelt schimpfenden Papa zu beruhigen, indem sie mit gesalbter Zunge, beinahe schon andächtig, flüsterte: »Wenn Gott will, werden wir bis zum Ende unserer Ferien schon noch die richtige Abfahrt finden.«

Papa quittierte ihre Bemühungen sofort mit einem weiteren Wutausbruch und einer ausgewachsenen Hassattacke auf alle Münchner Verkehrsplaner samt den ihnen nachfolgenden Generationen. Nach einer weiteren Stadtrundfahrt erstrahlte dann plötzlich etwas, was uns den Weg aus der auswegslosen Dunkelheit dieses Geisterfahrerparadieses wies: ein winziges Schild. Kein Wunder, dass wir es schon dreimal übersehen hatten!

Ansonsten liefen diese ewig langen Fahrten immer gleich ab: zwanzig Stunden sitzen, stumpfsinnig aus dem Seitenfenster starren und mit öder Regelmäßigkeit fragen, wie lange die Fahrt noch dauere. Aus diesem Grund waren kleinere Fahrtunterbrechungen für uns Kinder eine nette, relativ einfach herbeizuführende Abwechslung. Allen voran Santina verstand sich prächtig darauf, die elterlichen Gewissensdrüsen mit dem einen oder anderen äußerst erfolgversprechenden Klassiker zu aktivieren. Gekonnt variierte sie zwischen »Ich habe Hunger«, »Ich habe Durst« und »Ich habe Heimweh«. Solche Sätze, mit weinerlicher, dem Tod naher Stimme vorgetragen – da kann kein Elternherz länger als drei Sekunden widerstehen. Bei ganz hartnäckigen, weil sehr schnellen Formel-U-Piloten, den so genannten Urlaubsrasern, hilft dagegen oft nur noch zweierlei: mit verzweifelter, aber fest entschlossener Stimme zwischen den Kopfstützen gewürgte: »Mir ist schlecht!«, oder: »Ich mach mir gleich in die Hose!«

Zu viele solcher Boxenstopps können allerdings schnell zu steigerungsfähigen Unmutsäußerungen der Piloten führen. Aus diesen und ähnlichen Gründen machen viele Familien auf typischen Urlaubsautobahnen ein Gesicht, als ob ihnen statt zwei Wochen Rimini die ewige Verdammnis bevorstünde.

Zwanzig lange Stunden pure Langeweile. Von Italien sahen wir auf der Autobahn sowieso nicht viel. Nur ein endloses graues Band, das sich durch die ausgetrocknete Landschaft fraß und ab und zu mit Schlaglöchern aufwartete, die wie aus dem Nichts auftauchten und uns durchschüttelten. Allein an deren Frequenz konnten wir erkennen, wann der *mezzogiorno*, der südliche Teil Italiens, begann. Der zweite Abschnitt der Autostrada del Sole, die von Neapel nach Reggio Calabria führt, dokumentierte auf deutlich spürbare Weise die gewaltigen finanziellen Unterschiede zwischen dem reichen Norden und dem armen Süden des Landes.

Die Straße sah aus wie ein Flickenteppich und fühlte sich an wie die längste Stoßdämpferprüfstrecke der Welt. Mit der erträumten Heimkehrerromantik, mit der wir Jahr für Jahr ins Auto stiegen und uns auf den langen Weg machten, hatte die raue, holprige, schweißgetränkte Wirklichkeit nichts zu tun. Die Romantik verging spätestens dann, wenn sich die gnadenlos glühende Sonne durch das Blechdach fraß, die Temperatur im Auto die Vierzig-Gradmarke überschritt und wir mit jedem weiteren zurückgelegten Kilometer im eigenen Saft garten.

Auf einmal bekam das Wort »*Autogrill*« auf den riesigen Schildern, die auf die Autobahnraststätten hinwiesen, eine ganz andere Bedeutung. Wozu dort anhalten, wenn wir bereits in einem saßen? Achtzehn Monate Deutschland, und schon hatten wir vergessen, wie sich vierzig Grad im Schatten anfühlten. Wir öffneten die Fenster, in der Hoffnung, dass der Fahrtwind etwas Abkühlung hereinwehte. Doch das Einzige, was tatsächlich hereinwehte, war ein weiterer Gluthauch, der uns den Atem raubte. Nach drei Minuten kamen wir uns vor wie ausgedörrte Zwetschgen: innen feucht und außen knusprig. Wir tranken warmes Wasser, aßen warme Salamibrötchen und ärgerten uns über unsere Kühlbox, die seit Rom nur noch als Thermoskanne taugte und uns nach etwas Eiskaltem lechzen ließ. Das gab es aber leider nur zu Wucherpreisen an den vielen Autobahnraststätten.

Neben kühlen Getränken gab es dort auch allerlei nützliche Touristennippes zu kaufen, etwa den roten Peperoni-Mann – einen Anhänger aus 18 Karat Plastik für damals läppische zwölf Mark das Stück – einen absoluten Schnäppchenpreis. Dieser Mann im Frack, mit Gehstock und Zylinderhut, der statt auf zwei Beinen auf einer roten Chilischote stand, war ein beliebter Glücksbringer. Er sorgte unter anderem dafür, dass der italienische Ehemann seine ohnehin schon übermenschliche, weil südländische Potenz bis ins hohe Alter behielt, und bewahrte zugleich die Ehefrau davor, wegen eines Seitensprungs liquidiert zu werden. Ein wahrlich multifunktioneller, geschlechtsneutraler Glücksbringer, der in keinem süditalienischen Haushalt fehlen durfte.

Anfang der achtziger Jahre tauchten auf den Autobahnraststätten auch vermehrt fliegende Händler auf, die sich auf das Ausnehmen ahnungsloser Touristen spezialisiert hatten und sich, beim seltenen Anblick eines Polizeifahrzeuges, im Bruchteil einer Sekunde in fliehende Händler verwandelten. Ihr Angebot reichte von der angeblich verplatinierten Rolex mit diamantenbesetztem Ziffernblatt – die übrigens weniger kostete als eine Dose Coca-Cola – bis zum Hightech-Videorekorder mit extrem langlebiger Technik – der etwas teurer als zwei Dosen Orangina war. Die original TV-VCR-Six-Head-Turbo-Drive-Speed-HiFi-Video-Verpackung enthielt zwar meist nur einen blechummantelten Ziegelstein, der war aber, wie vom Händler versprochen, durchaus sehr langlebig. Für Freunde kurzweiliger Videoabende allerdings nicht unbedingt die erste Wahl und deshalb nur eingeschränkt empfehlenswert. Außer man benutzte ihn als Werkzeug, um sich den passenden Ersatz aus dem Schaufenster eines Fachgeschäfts zu besorgen.

An den Autobahnraststätten wurden kühle Getränke beinahe in Gold aufgewogen. Das waren keine Getränke, das waren kleine Preziosen. Wertvolle Sammlerstücke. Teure Wertanlagen.

Papa hegte die Befürchtung, dass gewisse kriminelle Elemente die finanzielle Situation potenzieller

Entführungsopfer an der Menge der gekauften Getränkedosen erkannten und danach ihre Opfer aussuchten. Wir stellten uns vor, wie die Verbrecher die Kassen der Raststätten beobachteten und ihre verwerflichen Pläne schmiedeten:

»*Minchia*! Der Dicke da hat sechs Dosen Cola gekauft! Das ist bestimmt Rockefeller! Turi, wenn er rauskommt, ziehst ihm du den Sack über den Kopf. Mimmo, du schneidest ihm den kleinen Finger ab, und ich bring ihn mit einer schönen Lösegeldforderung gleich zur Post. *Pronti*? Seid ihr bereit?«

Die Getränke waren in der Tat so teuer, dass an der Geschichte durchaus etwas dran sein konnte. Für uns stand jedenfalls fest: Ohne schwerbewaffnete Leibwächter am Boden und mehrere Abfangjäger in der Luft würden wir keine Limonade im Wert eines kleinen Diamanten vertrinken. Papa vertröstete sich und uns jedes Mal mit dem Versprechen, in Messina für nur halb so viel Geld eine ganze Badewanne voll Orangina zu kaufen. So viel, dass wir sogar darin baden könnten. Nun ist ja das Baden in klebrig süßem Wasser mit Orangengeschmack nicht jedermanns Sache. Dieser Drang war, soweit mir bekannt ist, in unserer Familie auch nie besonders ausgeprägt. Das war vermutlich auch der Grund, warum Papa dieses feierliche Versprechen nie einhielt.

Wir tranken weiter unseren mitgeführten lauwarmen Sprudel und stöhnten vor uns hin. Immer dann, wenn wir glaubten, es nicht mehr auszuhalten, tauchte plötzlich das Meer vor uns auf. Saphirblau, mit kühlen weißen Gischtspitzen durchsetzt und so gewaltig, dass es mit dem Horizont verschmolz, erschien es kurz nach Neapel vor der Windschutzscheibe. Sofort löste es bei uns Kindern freudige Aufschreie und tränenfeuchte Augen aus. Der Anblick des Meeres befreite eine unterdrückte, kaum erklärbare Sehnsucht. Solange wir in Messina gelebt hatten, war das Meer nie etwas Besonderes gewesen. Schließlich war es immer da. Mal hellblau, mal dunkelblau, mal gefleckt, mal grau und manchmal auch schlammig braun. Immer mit Gischt oder Schaumkronen auf den Spitzen der wogenden Wellen und ständig in Bewegung. Nach achtzehn Monaten Entzug hielt Papa am Standstreifen an, wir sprangen alle aus dem Wagen und starrten minutenlang mit Tränen in den Augen schweigend das weite Meer an. Dieser Anblick hatte uns wahrlich gefehlt, und es berührte uns auf eine Weise, die keiner von uns für möglich gehalten hätte. Das Meer belohnte uns für so manche Strapaze und mobilisierte die letzten Reserven für die Weiterfahrt.

Auf die letzte Etappe unserer langen Reise freuten wir uns immer ganz besonders: die kurze Schifffahrt von Villa San Giovanni nach Messina. An Bord der Fähre wartete nämlich eine nur in Sizilien erhältliche Köstlichkeit: *arancini*! Diese mit Tomatensoße, Mortadella und Mozzarella gefüllten panierten Reiskugeln verbreiteten einen unwiderstehlichen Duft. Sobald wir das Passagierdeck bestiegen und an der Reling lehnten, rochen wir auch schon den wundervollen Duft des Meeres, bestaunten die Fischschwärme in der unergründlichen azurblauen Tiefe, genossen unsere ersten *arancini* und ließen uns jedes Jahr aufs Neue vom majestätischen Anblick der Meerenge von Messina überwältigen. Während wir genüsslich vor uns hin schmatzten, glitt die Fähre langsam an der Madonna vorbei, deren lateinische Segnung *»vos et ipsam civitatem benedicimus«* für die Stadt in großen Lettern auf dem grauen Sockel prangte, und steuerte auf den Hafen zu.

Minuten später erreichten wir die Anlegestelle, stiegen mit schmerzenden Hintern wieder ins Auto und reihten uns auf dem Weg ins sizilianische Verkehrschaos in die Schlange der wartenden Fahrzeuge ein.

Ich öffnete die Augen und blinzelte in die Runde. Auf einem Schild gegenüber meinem Gleis stand in großen Lettern noch immer »Roma«. Offenbar war ich auf meinem Koffer eingenickt. Die Zeit schien auf diesem Bahnhof langsamer zu vergehen als überall sonst auf der Welt. Ich stand auf, zündete mir eine Zigarette an und rauchte. Die stickige Hitze des Tages verzog sich langsam, und eine frische, angenehme Brise wehte durch den Bahnsteig. Es war still geworden. Kinder schliefen in den Armen ihrer Mütter oder lagen eingekuschelt auf Reisetaschen. Männer standen in kleinen Gruppen zusammen und diskutierten leise über die zuverlässige Unpünktlichkeit der *Ferrovie Statali*.

Abgekürzt hießen die italienischen Staatseisenbahnen FS, woraus der Volksmund *Ferrovie Scassate* gemacht hatte: kaputte Eisenbahnen. Das hing allerdings nicht unbedingt nur mit dem Zustand der Lokomotiven und der Waggons zusammen, sondern mit dem ganzen System.

Hier und da flogen mir deutsche Wortfetzen entgegen. Viele der Wartenden waren, so wie ich, auf dem Weg in die alte Heimat, von der sie sich oft weiter entfernt hatten als ursprünglich geplant.

»So etwas wäre in Deutschland ausgeschlossen!«, hörte ich jemanden sagen. »In Deutschland sind die

Züge so pünktlich, danach könnt ihr eure Uhren stellen! Wenn sich alle paar Schaltjahre und für maximal ein paar Minuten mal ein Zug verspätet, dann kommt der Schaffner persönlich vorbei und entschuldigt sich bei jedem Einzelnen!«

Der Redner stand ein paar Meter von mir entfernt und lobte die deutsche Bundesbahn in den höchsten Tönen. Der kleine, gedrungene Mann mit dem altmodischen Anzug und dem lichten Haupthaar sah aus wie ein typischer Gastarbeiter, der sich Anfang der sechziger Jahre aus seiner Heimat verabschiedet hatte, um in Deutschland ein neues Leben anzufangen. Um das zu bemerken, bedurfte es allerdings keiner hellseherischen Fähigkeiten: Er sprach, so wie ich, ein altmodisches Italienisch.

Jede Sprache wird beinahe täglich mit neuen Wörtern, Begriffen und Redewendungen bereichert und modernisiert. Für den Emigranten bleibt sie jedoch ab dem Zeitpunkt seiner Ausreise einfach stehen. Er benutzt Wörter und Begriffe, die kein Einheimischer mehr verwendet, weil sie unmodern geworden sind. Das zeigt sich in beinahe allen Bereichen des Lebens.

Während in Italien das Leben in seiner Abwesenheit einfach weiterging, und sich die familiären Strukturen, Bräuche und Ansichten im Laufe der Zeit veränderten, bleibt der Emigrant dem antiquierten, vergangenen Bild seiner Heimat verhaftet. Dadurch wird sie ihm, je mehr Zeit vergeht, immer fremder. Genauso erging es auch uns.

Für uns, vor allem aber für Mama und Papa, war Messina wie ein altes Familienfoto, aus dem wir im Jahre 1971 herausgestiegen waren. Wir kehrten regelmäßig zu dem Foto zurück und wunderten uns, dass es nicht mehr dasselbe Bild zeigte. Mama und Papa waren die Einzigen, die sich nicht groß verändert hatten, und das sollte noch einige Folgen haben.

20. Messina

Das, was der kleine Mann auf dem Bahnsteig gesagt hatte, war ebenfalls typisch. Auf italienischem Boden wird Deutschland zu dem Land, in dem Milch und Honig fließen. Auf deutschem Boden dagegen ist für den italienischstämmigen Wahldeutschen Italien das Maß aller Dinge. Gründe für diese Wankelmütigkeit gibt es zuhauf: In Italien scheint immer die Sonne, und selbst im Winter ist es angenehm warm. Dazu kommen das Meer und die Vielfalt an frischem Fisch, die es dort gibt. Die Gärten sind eine wahre Pracht. Die Früchte schmecken noch nach Früchten. Die Menschen sind netter, freundlicher, warmherziger und nicht nur aufs Geldverdienen bedacht. Italiener stehen kulturell eine Stufe höher als ihre gesamten europäischen Nachbarn, haben die besten Universitäten und die besten Ärzte. Skandale hin, Skandale her: In Italien wird der beste Fußball der Welt gespielt! Und in Sachen Mode, Design und Kulinaria macht den Italienern sowieso niemand so schnell etwas vor.

Ist der Gastarbeiter erst in Italien angekommen, heißt es dann: In Deutschland wird es zum Glück nie so warm, dass man nachts nicht schlafen kann, und das Wasser ist niemals so knapp, dass es abgestellt wird. Die Gärten sind eine wahre Pracht und immer tipptopp gepflegt. Die Deutschen sind sehr ordentlich, pünktlich, zuverlässig, rechtschaffen und bestens organisiert. Sie stehen technisch und kulturell eine Stufe höher als ihre gesamten europäischen Nachbarn, haben die besten Universitäten, die besten Ärzte und funktionierende Krankenkassen, die, im Gegensatz zu den italienischen, die Arztbehandlung auch noch bezahlen. Deutsche Fußballer spielen zwar etwas hölzern, aber dennoch sehr erfolgreichen Fußball. Und in Sachen Bildung, Technik, Justiz und Kriminalitätsbekämpfung macht den Deutschen so schnell niemand etwas vor. Außerdem bauen sie, von Ferrari einmal abgesehen, die besten Autos der Welt! Natürlich widersprechen sich die meisten dieser Aussagen. Aber da wir Italiener im Allgemeinen nicht kleinlich sind, interessiert uns das nicht die Bohne.

Ich schnippte meine Zigarette auf die Geleise und warf einen Blick auf die Uhr. Ich musste mir noch eine weitere Stunde um die Ohren schlagen. Ein älterer Herr kam schwer atmend und noch schwerer bepackt auf mich zu und fragte mich, wie er am schnellsten zu den Toiletten komme. »Mit dem Taxi!«, antwortete ich grinsend und setzte mich wieder auf meinen ohnehin schon platten Koffer. Ich bot ihm an, so lange auf sein Gepäck aufzupassen. Er nahm dankend an und machte sich erleichtert auf den Weg.

Trotz der vielen wartenden Menschen hatte sich eine gespenstische Stille über den Bahnsteig gelegt. Jedem Einzelnen stand die Müdigkeit ins Gesicht geschrieben. Wirre Blicke, wirre Frisuren und wütende Gedanken – wie an der Mimik mancher Reisender unschwer abzulesen war.

Nach ein paar Minuten kehrte der ältere Herr zurück und erzählte mir, dass er schon lange in Deutschland lebe und es ihm dort besser gefalle als in Sizilien. Eine Familie, zu der er zurückkehren könne, gebe es nicht, und er wolle mit diesem Besuch seine einzige noch lebende Schwester überraschen. Er bedankte sich noch einmal überschwänglich und verschwand aus meinem Blickfeld. Ich schloss die Augen und versuchte noch ein bisschen zu schlafen.

Papa überraschte auch gerne. Es bereitete ihm sichtlich Vergnügen, unangekündigt und mit einem breiten Grinsen bei unseren Verwandten vor der Tür zu stehen. Als wir im ersten Jahr von der Fähre fuhren, überlegten wir uns, wen wir zuerst überraschen sollten. Papa entschied sich für *nonna* Maria. Sein Plan war recht einfach: Ich hatte mich von uns allen in den vergangenen achtzehn Monaten am stärksten verändert. Ich war, zwar nicht viel, aber immerhin ein Stück größer geworden. Meine Haare waren, nach den Vorgaben der deutschen Mode der frühen Siebzigerjahre, deutlich länger als in Messina üblich. Nur der obligatorische Mittelscheitel war mir – noch – erspart geblieben. Um die Dackelohrkragenhemden hingegen kam auch ich nicht herum. Und so waren auch meine Kragenenden so lang, dass sie im Wind flatterten, als hätte ich mir lebendes Geflügel um den Hals gebunden.

Die Siebzigerjahre sollten ohnehin als das Jahrzehnt der größten Kapitalverbrechen gegen den guten Geschmack in die Geschichte eingehen. Das war die Zeitspanne, in der man die Wände mit grellfarbenen, groß geblümten Delirium-Tapeten verunstaltete, die dank ihres behaglichen Charmes und ihrer beruhigenden Aura zu einer örtlichen Betäubung beider Pupillen führen konnten. Halb blind, müde und nach Entspannung lechzend, konnte man sich dann zu einem futuristisch anmutenden blauen, roten oder gelben Edelplastiksessel schleppen und feststellen, dass dieser erst in zwei Metern Wassertiefe, in der Schwerelosigkeit des Weltraums oder nach drei Flaschen Apfelkorn auf ex seine körpergerechte Bequemlichkeit gänzlich entfaltete.

Die Siebziger waren aber auch die Zeit, in der man dankbar war, dass die geschmackvolle, startbereit blinkende UFO-Leuchte, die von der Decke baumelte, den Blick von der modernen Schrankwand ablenkte, deren zeitlose fäkalienbraune Eleganz wohnliche Akzente setzten sollte. Was sie wegen der nicht zu übersehenden Hässlichkeit allerdings nicht mal im Ansatz schaffte. Dafür bot sie jedoch so viel Stauraum, dass sich ganze Generationen von Kindern darin verstecken konnten, ohne sich jemals über den Weg zu laufen.

Schlimmer als die Wohnungseinrichtung war aber zweifellos die damalige Mode, und da vor allem: Plateauschuhe. Ein Jahrzehnt davor noch Stelzen genannt, bekamen sie eine Schuhoptik verpasst, damit auch Erwachsene mal wieder ein paar Zentimeter über dem Boden herumstolpern konnten, ohne ausgelacht zu werden. Dazu Schlaghosen, die so lang waren, dass sie vorne und hinten bis unter die Schuhe reichten und mit denen man sich schneller auf die Nase legte, als man »Hoppla!« sagen konnte.

Wenn man dann bewusstlos auf der Straße lag, erkannte man sogleich, woher die Inspiration für die Muster der modischen Batik-T-Shirts stammte. Die konzentrierte Betrachtung dieser Muster konnte im

Extremfall eine hypnotische Rückführung erzwingen. Und zwar bis zum Anfangsstadium des Lebens als schwimmende Samenzelle.

Außerdem gab es noch allerlei buntes, mörderisches Spielzeug. Von den allseits beliebten Klickerkugeln, mit denen man sich als Anfänger fein säuberlich die Handgelenke entbeinen konnte, bis zur mit Gummiband betriebenen Apollo-Rakete, die man senkrecht nach oben schießen musste, damit sie an einem Fallschirm wieder herabschwebte. Was sie aber nur dann tat, wenn sich der ungeübte Hobbyastronaut beim Spannen der Gummibänder nicht über die Abschussrampe beugte und sich die Rakete versehentlich in die Nase schoss. Was eine beträchtliche Erweiterung der Nasenflügel zur Folge hatte.

Da *nonna* Maria nach wie vor in der Taverne arbeitete, sollte ich das Lokal, nach Papas Plan, möglichst unauffällig betreten, mir etwas zu essen bestellen und abwarten, ob mich *nonna* Maria erkannte. Wenn dies der Fall war, sollte ich aus der Taverne laufen und die anderen hereinwinken, die dann mit großem Hallo hereinstürmen sollten.

Ich stieg also aus dem Auto, ging in die Taverne und sah meine Großmutter am Tresen stehen. Ihre Haare waren eine Spur grauer geworden und ihre Sorgenfalten etwas tiefer. Aber ihre braunen Augen und die dazu passende Miene versprachen jedem, der sich nicht an ihre Regeln hielt, noch immer großen Ärger. Ich befürchtete schon, dass ich vor lauter Freude keinen Ton herausbringen würde. *Nonna* Maria musterte mich nur kurz, fragte nach meinen Wünschen, und da sie keine Anstalten machte, mich zu erkennen, bestellte ich mir freudestrahlend mein Leibgericht: ihr Hammelgulasch. Sie brachte mir einen großen, randvollen Teller, begleitete mich zu einem Tisch und wünschte mir einen guten Appetit. Während ich mit dem ersten Löffel eine seelische Verbundenheit zu meinem Gulasch herstellte, fragten sich Papa und Mama, ob bei ihrem Plan etwas schiefgelaufen sein könnte.

Als sie dann, ohne großes Hallo, hereinkamen, hatte ich meinen Teller beinahe geleert und dachte gerade über einen Nachschlag nach. Meine Eltern blickten mich entgeistert an und stellten mir die Gewissensfrage, ob ich fähig sei, für einen Teller Gulasch den Rest der Familie in die Sklaverei zu verkaufen. Keine einfache Frage.

Das große Hallo folgte natürlich trotzdem. *Nonna* Maria freute sich über uns, genau wie wir uns über sie, und konnte nicht fassen, dass sie mich nicht sofort erkannt hatte. An diesem Tag taumelten wir von einer Wiedersehensfreude in die nächste. Stundenlang klapperten wir die engsten Verwandten ab und kamen erst am frühen Abend zu Hause an. Als wir die Stufen zu unserem Haus hochliefen, rannten unsere Cousins Gianni, Umberto und Franci uns schreiend entgegen. *Nonno* Luigi strahlte heller als die untergehende Sonne, und *zio* Paolo schickte *zia* Gianna gleich nach der Begrüßung in die Küche, um noch schnell etwas Essbares für uns aufzutischen. Gott, was waren wir glücklich!

Als wir später unser Haus betraten, fühlten wir uns einen kurzen Augenblick lang wie Zeitreisende. Es war, als hätten wir die schwere Tür erst am Vortag hinter uns abgeschlossen. Nur die modrig riechende, abgestandene Luft, die unerträgliche Hitze und der Putz, der von der Decke gebröckelt war und sich als feiner Staubschleier über Boden und Möbel verteilt hatte, zeugten vom Gegenteil. Und natürlich die fehlenden Einrichtungsgegenstände, die sich während unserer Abwesenheit aus dem Staub gemacht hatten, um dem einen oder anderen Verwandten zu Diensten zu sein.

Ja, auch dies war einer der Vorteile unserer Großfamilie: Es war immer jemand da, der unsere paar Habseligkeiten nicht ungenutzt verrotten ließ. Santinas Schlafschrank, meine Matratze, zwei Esszimmerstühle, Fernseher, Töpfe, Teller, Tassen, die kleinen geflochtenen Stühle, auf denen wir immer draußen gesessen hatten – all das war einfach weg! Papas Überraschungscoup war nach hinten losgegangen, und wir hatten in der ersten Nacht glatt zwei Betten zu wenig. Da niemand gewusst hatte, wann wir eintrafen, hatte die liebe Verwandtschaft nicht die Möglichkeit gehabt, die geliehenen Gegenstände rechtzeitig zurückzubringen. Im Laufe der nächsten Tage standen sie grinsend vor unserer Tür, brachten uns mit feierlicher Miene unser Eigentum zurück und versicherten uns hoch und heilig, dass sie sich die Sachen nur ausgeliehen hatten, um sie vor der völligen Zerstörung zu bewahren.

»Glaubt mir, ich schwöre es bei der heiligen Madonna. Ohne mein beherztes Eingreifen hätte der Fernseher längst Selbstmord begangen! Und die Matratzen litten auch schon an Depressionen!« So eine besorgte Familie ist doch wirklich etwas wunderbares.

Die folgenden Tage erlebten wir wie im Traum. Nichts schien wirklich zu sein. Wir waren während der achtzehn Monate in Deutschland an keinem Tag so fröhlich und ausgelassen gewesen wie in den ersten Tagen unseres ersten Urlaubs in Messina. Das beklemmende Gefühl der Angst, die permanente Unsicherheit und die ohnmächtige Wut, die sich aufgestaut hatte, fielen von uns ab wie eine zu eng gewordene alte Haut. Unsere Freunde wiederzusehen, die vielen vertrauten Orte, die schmalen, verwinkelten Straßen und Gassen, die farbenfrohen Pflanzen, der Geruch frisch gepflückter Pfirsiche, die Gewissheit, dass die Sonne auch am nächsten Morgen wieder aufgehen würde. Dazu eine Zitronengranita zum Frühstück, Schokoladeneis, köstlicher, frischer Fisch und sämtliche andere Leckereien, auf die wir so lange hatten verzichten müssen. All diese, an sich völlig banalen Dinge erzeugten eine unbeschreibliche Freude.

Wir erlebten Messina völlig neu. Aus einer Perspektive, die sonst nur den zahlreichen Touristen vorbehalten blieb. Neugierig schlenderten wir über den Domplatz, besuchten das Gotteshaus und bewunderten die mechanische Uhr, deren Glockenspiel um Punkt zwölf mehrere Figuren zum Leben erweckt. Wir schlenderten die Panoramica entlang, an deren Ende die Kirche Christo Re mit ihrer mächtigen Kuppel thront, und bewunderten den traumhaften Blick über die Stadt und die Meerenge bis nach Reggio Calabria, zum italienischen Festland.

Ansonsten spielten wir mit unseren Cousins, gingen zwischendurch an den Strand, bevor sich dann gegen Abend der Großteil der Familie in *nonno* Luigis Hof versammelte, um bis spät in die Nacht zu plaudern. Wir blieben so lange, bis uns die Augen von alleine zufielen. Zu erzählen gab es mehr als genug, denn das Leben war nicht nur für uns weitergegangen. Bei diesen Gesprächen ging es natürlich meistens um Familienangehörige und ihr inniges, herzliches Verhältnis zueinander. Boshafte Gesellen würden vielleicht ablästern dazu sagen. Aber das war es auf keinen Fall. Nur ein normaler, harmloser Meinungsaustausch, bei dem der ahnungslose Missetäter auf gewohnt liebevolle, familiäre Weise geteert, gefedert und zum Abschluss noch einmal geteert wurde. Stundenlang! Von morgens bis abends. Wer hat was angestellt, wer hat wen geheiratet, wer war dafür, wer dagegen, warum es gut oder böse enden musste, wer hat sich danebenbenommen, wer war charakterlos? Wer einfach nur bescheuert?

Eben all die kleinen, wichtigen Dinge des Lebens, die so lange diskutiert, gedreht, gewendet und durchgekaut werden, bis man am Schluss eine eindeutige Position für die eine oder andere Seite bezogen hat. Und ehe man es sich versieht mit sträflicher Arglosigkeit in eine Falle tappt. Die bösesten Fallen lauern natürlich da, wo man sie am wenigsten vermutet: im liebevollen Verhältnis zwischen Schwiegermüttern und -töchtern oder Schwiegervätern und -söhnen. Schlachtfelder, bei dem sich Militärstrategen medaillenträchtige Lektionen in psychologischer Kriegsführung holen könnten.

Hier eine eindeutige Position zu beziehen erfordert, außer Nerven wie breite Nudeln, auch die Bereitschaft, von einem Teil der Familie als größter Judas seit Judas himself betrachtet zu werden. Aus diesem Grund ist es oft besser, das Schlachtfeld erst gar nicht zu betreten. Um so wichtiger ist, dass man allen Parteien interessiert zuhört oder sein Interesse zumindest sehr überzeugend vortäuscht. Und zwar selbst dann noch, wenn einem das Thema schon beidseitig zu den Ohren hinaushängt. Mitleid sollte am besten eimerweise, aber – extrem wichtig – gleichmäßig verteilt werden. Dabei sollte man jedoch nicht den Fehler begehen, für eine Seite Partei zu ergreifen oder sich ernsthaft festzulegen. Sonst kann es passieren, dass sich die Kontrahenten hinterrücks verbünden und man plötzlich selbst der Bösewicht ist, der die Prügel einsteckt.

Der größte Vorteil einer Großfamilie ist: Man ist nie allein! Der größte Nachtteil ist: Man ist … nie allein! Übrigens nur ein scheinbarer Widerspruch. Es ist unmöglich, es allen recht zu machen. Jeder versucht den anderen davon zu überzeugen, dass sein Standpunkt der richtige ist. Der Sieger dieser internen Machtkämpfe, sofern es überhaupt einen gibt, ist am Ende derjenige, der die meisten Familienmitglieder für sich gewinnt. Was allerdings immer bedeutet, dass man innerhalb der Familie gleichzeitig der Held und der Trottel sein kann.

21. Eiserne Gesetze

An dem Morgen, als mir die rosarote Brille zum ersten Mal von der Nase rutschte und mir einen ernüchternden Blick auf die Wirklichkeit gewährte, stand ich gut gelaunt mit Gianni in der Bar Colucci und holte gerade unsere morgendliche Portion Zitronengranita. Enrico, der verschmitzt lächelnde Verkäufer, packte sechs große Becher sorgfältig ein und übergab sie uns mit den Worten: »Feiert ihr zurzeit jeden Tag ein Familienfest? Seit ihr da seid, läuft das Geschäft richtig gut. *Ciao e grazie!*«

Gianni und ich verabschiedeten uns ebenfalls und verließen die Bar. Die Verkäufer in Messina sind im Allgemeinen sehr freundlich. Das war nichts Besonderes. Aber seine Frage erschien mir trotzdem sehr merkwürdig.

»Du, Gianni, wie oft kauft ihr hier Granita ein?«

»Ein-, vielleicht auch zweimal im Monat. Warum?«

»Weil Enrico gefragt hat, ob wir zurzeit jeden Tag ein Familienfest feiern.«

»Ist doch klar! Wir kaufen seit zwei Wochen jeden Tag so viel Granita wie sonst nicht einmal das ganze Viertel! Wenn wir so weitermachen, fühlt der sich noch wie Onassis und kauft sich von unserem Geld eine Yacht!«

Wir hatten die leckere Eislimonade früher nie öfter als ein–, zweimal im Monat gekauft, weil es sehr viel billiger war, sie selbst herzustellen. Das Wasser kam aus der Leitung, Zitronen pflückten wir kostenlos von *nonno* Luigis Baum, und die paar Löffel Zucker kosteten nicht die Welt. Zwei Stunden ins Gefrierfach damit, anschließend kräftig durchrühren, und fertig war die Granita.

Dass Papa sich über unsere Verschwendungssucht noch nicht beklagt hatte, wunderte mich etwas. Wenn Mama und wir zu viel Geld ausgaben, trat er normalerweise sehr schnell auf die Bremse. Seit wir hier waren, tat er jedoch so, als ob Geld für uns keine Rolle spielte. Der Wechselkurs der harten D-Mark war so vorteilhaft, dass wir in Messina nun zu den Wohlhabenden gehörten. Die sechs Becher kosteten für uns weniger als zwei billige Eistüten in Deutschland. Das Einkommen meiner Eltern, das uns dort gerade mal so zum Leben reichte, war in Messina ein kleines Vermögen wert. Ich warf einen Blick in meine Tüte, wo die sechs Granitabecher im Rhythmus meiner Schritte hin- und herschaukelten, und fühlte mich plötzlich selbst wie Onassis.

Während wir zügig die steile, schmale Gasse hochliefen, die uns nach Hause führte, sang Gianni ein Lied von Adriano Celentano, mit dem Titel »Azzurro«. Lächelnd lauschte ich seiner Stimme und freute mich, hier zu sein, gemeinsam mit meinem Cousin. Ich hatte ihn so sehr vermisst, dass ich jede Minute genoss, die wir zusammen verbringen konnten. Wir redeten über alles Mögliche, erzählten uns jeden Quatsch und streunten dabei durch die Gassen oder kletterten auf unserem Berg herum. Gianni hatte sich in den letzten anderthalb Jahren kaum verändert. Er war wie ich ein

Stück gewachsen. Aber er hatte nach wie vor, wie alle in seiner Familie, meerblaue Augen, eine schmale Nase, ein markantes Gesicht sowie eine schwarze Lockenpracht auf dem Kopf.

Ich zog ihn etwas an den Straßenrand, weil ein alter grauer Fiat Cinquecento knatternd an uns vorbeirumpelte. Der nachfolgende Luftzug wehte uns den fauligen, ekelerregenden Geruch des Todes und der Verwesung in die Nase. Ein Geruch, bei dem jeder Mensch automatisch das Gesicht verzieht und sich mit der Hand frische Luft zuwedelt. Aus einer schmalen Seitengasse sahen wir dichte, schwarze Rauchwolken hochsteigen, die die Luft mit einem bestialischen Gestank nach verbranntem Müll und Kadavern verpesteten. Wir hielten uns die Nase zu und atmeten nur noch flach durch den Mund. Diesen ekeligen Geruch, den ich noch von früher kannte, hatte ich auch schon beinahe vergessen. In der Seitengasse brannte ein Müllberg. Entweder war die Müllabfuhr spät dran oder sie streikte mal wieder. Der Menge des Unrats nach zu urteilen kam eher ein Streik in Frage.

Wo ich auch hinblickte, überall lag Müll herum: Zwischen den parkenden Autos, am Straßenrand, in den Hauseingängen, auf Treppenabsätzen, Mauervorsprüngen, sogar in der kleinsten Ritze des groben Kopfsteinpflasters gammelte das Zeug vor sich hin und verbreitete diesen widerwärtigen Gestank, der uns den Atem raubte. Plötzlich sah ich auch die alten, verbeulten Autos am Straßenrand mit ganz anderen Augen. Kaum ein Fahrzeug, dessen Sitze nicht abgenutzt, zerrissen oder herausmontiert und durch Klappstühle ersetzt waren. Ich sah kaum ein neueres Modell, das noch komplett, ohne Kratzer und Dellen war.

Ich schaute hoch und ließ den Blick über die ausgebleichten Fassaden der dicht an dicht stehenden Gebäude wandern. An vielen Häusern war der Putz von tiefen, spinnennetzartigen Rissen durchzogen. Stellenweise hatten sich große Platten abgelöst und waren auf die Straße gestürzt. Von den grün gestrichenen Fensterläden blätterte die Farbe ebenfalls großflächig ab, und an vielen Fenstern fehlte das Glas. Die gähnende, dunkle Leere dahinter war oft notdürftig mit Pappe abgedeckt. Kein Vergleich zu den sauberen, adretten Einfamilienhäusern mit den pedikürten Rasenflächen, die das Straßenbild im Schwabenland prägten. Kein Vergleich zu den schönen fabrikneuen Autos, die jeden Samstag gewaschen, poliert, geherzt und gestreichelt wurden und sogar ihr eigenes Schlafzimmer besaßen. Vom stinkenden Müll, der – nicht! – auf der Straße herumlag, gar nicht erst zu reden.

Schweigend schlich ich durch die Gasse, betrachtete die heruntergekommenen Häuser und wäre fast mit einem älteren Mann zusammengestoßen, den ich nicht bemerkt hatte. Der Mann lächelte mich an, bugsierte mich um sich herum und lief eilig weiter. Eine graue, speckige Mütze bedeckte einen schmalen Kranz fettiger Haare. Seine ausgebleichten, zerschlissenen Hosen und die Jacke schienen aus zusammengenähten alten Löchern zu bestehen, die mehrmals notdürftig geflickt, erneut aufgerissen waren. Er drehte sich noch mal kurz nach mir um, lächelte noch breiter und präsentierte mir zwei braune, vereinsamte Zahnstummel, die sich wie Handpuppen in einem Kasperletheater gegenüberstanden.

Mir fiel ein, dass *Nonno* Luigi auch mehrere Lücken im Gebiss hatte. Das hatte ich bis dahin nie bewusst wahrgenommen. Wenn ich genauer darüber nachdachte, hatte meine verstorbene *nonna* Mina ebenfalls keine Zähne mehr im Mund gehabt. In Deutschland hatten alle Menschen, die ich kennen gelernt hatte, selbst die ganz alten, fast makellose weiße Zahnreihen im Mund. Das war wohl der sichtbarste Unterschied zwischen Arm und Reich. Wenn am Ende des Geldes noch zu viel Monat übrig war, biss der arme Schwabe in die Tischkante. Der Glückliche! Der arme Sizilianer konnte, wegen seiner fehlenden Zähne, allerhöchstens daran lutschen.

Ein paar Meter weiter tauchte Enzo, ein ehemaliger Klassenkamerad von mir, wie ein Geist aus einem Hauseingang auf. In weißer Jacke, schwarzer Hose, ein metallisch glänzendes Tablett in der Hand und über unsere Begegnung sichtlich erfreut, rief er mir schon von weitem zu: »Gigi! Bist du es?«

Ich blickte hoch und strahlte ihn an. Enzo war seit unserer letzten Begegnung in die Höhe geschossen und überragte mich um gute zehn Zentimeter. Er hatte hellgrüne Augen, Wangengrübchen und streng nach hinten gekämmte schwarze Haare.

»Enzo! Wie geht es dir denn?«

»Gut natürlich, wie soll es mir schon gehen? Ich bin ja nicht ausgewandert. Mit der Schule bin ich fertig, und jetzt kann ich endlich Geld verdienen. Und du? Was macht Deutschland? Sprichst du schon deutsch?«

»Och, ist im Großen und Ganzen okay. Die Sprache ist schwer, aber wir kommen durch.«

Enzo wollte gerade etwas erwidern, als ein Angstschleier über sein Gesicht huschte, der ihn erstarren ließ.

Im selben Augenblick hallte eine tiefe, furchterregende Stimme die Gasse hoch: »Enzooou! Du Vollidiot! Sieh zu, dass du sofort herkommst! Ich schwöre dir, ich mach dich kalt!«

Enzo warf mir zum Abschied einen entschuldigenden Blick zu und rannte aus dem Stand los. Um den grobschlächtigen Mann zu erreichen, brauchte er keine Minute. Um die furchtbarste Ohrfeige zu empfangen, die ich je in meinem Leben gesehen hatte, brauchte es nicht den Bruchteil einer Sekunde.

Enzo, von der Heftigkeit der Ohrfeige überrascht, prallte beinahe ungebremst gegen eine Hauswand und sackte in sich zusammen. Der Mann schaute ihn mitleidslos an, beschimpfte ihn weiter, wobei er alle Heiligen verfluchte und dem Jungen sagte, er solle sich nicht mehr bei ihm blicken lassen. Für einen Tagedieb wie ihn gebe er sein sauer verdientes Geld nicht aus.

Wutentbrannt beugte er sich bedrohlich nah zu dem wimmernden, blutenden Jungen hinunter, als ihn der erste von insgesamt fünf Steinen traf, die Gianni und ich laut brüllend nach ihm warfen. Der erste Stein schmetterte gegen seine Hand, der zweite streifte sein Ohr die folgenden drei waren volle Körpertreffer, die ihn in Deckung zwangen. Gianni und ich liefen mit weiteren Steinen bewaffnet auf Enzo zu, wild entschlossen, diesen widerlichen Kerl zu steinigen, bis er tot umfiel. Er hatte sich hinter einer Hausecke versteckt und brüllte uns allerlei Beleidigungen entgegen. Rasch liefen wir den Berg hinunter und drohten, ihm die Augen aus dem Kopf zu schießen, falls er es wagen sollte, seine hässliche Fratze noch einmal hervorzustrecken.

Als wir den wimmernden Enzo erreichten, linsten wir erst mal vorsichtig um die Ecke. Gianni blieb wurfbereit stehen, ich beugte mich zu meinem Freund hinunter und half ihm auf die Beine. Er blutete aus dem Mund und spuckte einen Zahn auf die Straße. In der Zwischenzeit war sein ehemaliger Chef davongelaufen. Gianni und ich nahmen den Jungen in die Mitte und zerrten ihn den Berg hoch. Enzo hatte Angst, dass Don Vittorio, so der Name seines Peinigers, Hilfe holen werde, um sich wegen der Steine zu rächen. Wir liefen so schnell es ging nach Hause, wo Mama und Papa sich erst mal um Enzo kümmerten.

Nonno Luigi kam hinzu, inspizierte ebenfalls die Wunde und hörte sich dabei unsere Geschichte an. Enzo hatte eine Platzwunde an der Lippe und eine Zahnlücke, die größer schien, als ein einzelner fehlender Zahn sie hinterlassen könnte. Tatsächlich hatte an der Stelle auch schon ein anderer Zahn gefehlt. Ich schlug vor, gleich zur Polizei zu gehen und den alten Don Vittorio anzuzeigen. Ganz beiläufig, aus den Augenwinkeln heraus, bemerkte ich, wie *nonno* Luigi und Papa einen Blick wechselten, den ich nicht richtig zu deuten vermochte. Den gleichen Blick wechselten auch Enzo und Gianni, und ich kam mir vor wie jemand, der, ohne es zu merken, etwas furchtbar Dummes gesagt hatte. Mein Freund sah mich an, als wäre ich von allen guten Geistern verlassen worden.

»Zur Polizei? *Ma che sei? Scemo?* Was glaubst du, was die mit uns machen? Wir sind hier in Sizilien, nicht in Deutschland.«

Ich war ein bisschen beleidigt, weil er mich als blöd bezeichnet hatte, und erwiderte: »Ja und? Hier gibt es doch auch Gesetze, oder etwa nicht? Darf hier jeder jeden totschlagen, und die Polizei hält sich raus, oder wie soll ich das verstehen?«

»Gigi, du träumst!«, sagte Gianni und gab Enzo Recht.

In Messina, in ganz Sizilien galten andere, ungeschriebene Gesetze, deren Einhaltung von weitaus größerer Bedeutung war als die Einhaltung der staatlichen. Wenn man die staatlichen Gesetze brach, bezahlte man mit Geld oder seiner Freiheit. Die Gesetze der sizilianischen Gesellschaft dagegen musste man mit seiner Ehre und mit seinem Blut begleichen.

In Sizilien ging man nicht einfach zur Polizei wie in Deutschland. Das taten nur Spitzel, Verräter, Abtrünnige und Denunzianten. Mit Polizisten sprach und kollaborierte man nicht, und man half auch nicht bei der Aufklärung von Verbrechen oder bat die Gesetzeshüter gar um Hilfe. Das Gleiche galt für die Staatsanwaltschaft, die Gerichte und letztendlich auch für das Militär. Ein Mann, der sich Gerechtigkeit, Respekt und Ehre nicht selbst verschaffen konnte, war kein ehrenwerter Mann.

Don Vittorio war gewiss ein übler Kerl, aber er war Enzos Chef und Ausbilder. Während der Lehrzeit meines Freundes durfte er daher alles tun, was er für angebracht hielt. Ihn also auch verprügeln. Der Einzige, der etwas dagegen unternehmen könnte, war Enzos Vater. Und da seine Familie dringend auf das Geld angewiesen war, das er verdiente, bezweifelte Enzo, dass sein Vater etwas unternehmen würde. Er beschloss, nach Hause zu gehen und mit seinem Vater zu sprechen. Erst danach würde sich entscheiden, was weiter passierte. Mit diesen Worten verabschiedete er sich, und ich blieb verstört zurück.

Nonno Luigi setzte sich zu mir und sagte etwas, was mich an seinem Verstand zweifeln ließ: »Gigi, hier denken wir anders als in Deutschland. Menschen mit langer Zunge sind hier nicht sehr beliebt, und lange Zungen, die Polizistenhintern lecken, schneidet man beizeiten ab. Das singen sogar schon die Kinder auf der Straße! Hast du das etwa vergessen?«

Ich hatte es tatsächlich vergessen. Oder den Text damals nicht richtig verstanden. Anderthalb Jahre in Deutschland hatten jedenfalls ausgereicht, um es in die hintersten Regionen meines Gehirns zu verbannen.

Menschen mit langer Zunge waren geschwätzige Menschen. Geschwätzige Menschen, die mit Polizisten redeten, galten als Verräter oder Spione. Das Misstrauen ging sogar so weit, dass die Leute Polizisten auf der Straße nicht einmal grüßten. Aus lauter Sorge, die Nachbarn könnten diesen Gruß als Einschmeichelungsversuch fehlinterpretieren.

Aktenzeichen XY ungelöst, eine in Deutschland äußerst erfolgreiche Sendung, würde in Sizilien keinen toten Hamster vor die Mattscheibe locken. Wahrscheinlich trüge die sizilianische Version den Titel *XY – bleibt ungelöst*, und Eduard Zimmermanns sizilianischer Kollege würde mit Spinnweben unter den Achseln und schnarchend neben einem stummen Telefon sitzen. Die sizilianischen Gastarbeiter in Deutschland waren von dieser Sendung zutiefst beeindruckt. Die deutsche Strafverfolgung schreckte vor keiner Gemeinheit zurück und präsentierte die Fahndungsfotos sogar im Fernsehen. Und die Leute riefen tatsächlich in der Redaktion an und gaben Hinweise, wo der Gesuchte aufzufinden sei. An so etwas wie Denunziantentum durften Sizilianer nicht einmal denken. Das galt für die Landsleute als sicheres Zeichen dafür, dass man seine Herkunft zu verleugnen begann oder gar schon verraten hatte. Sie galten als deutscher als die Deutschen. Eine größere Verletzung der Ehre war schier nicht denkbar.

So gnadenlos überzogen das klingen mag, dokumentiert es dennoch recht anschaulich das traditionell zwiespältige Verhältnis zwischen den Sizilianern und der jeweiligen Staatsgewalt. Allein die Möglichkeit, dass jemand in Erwägung zog, mit staatlichen Stellen zusammenzuarbeiten, bewies eindeutig, dass er sich bereits sehr weit von seinen Wurzeln entfernt hatte. Dieses angeborene misstrauische Verhalten gegenüber Staatsorganen hing mit der über Jahrhunderte andauernden, ständig wechselnden Fremdherrschaft zusammen und erklärte sich mir erst viele Jahre später.

Die Regierenden und ihre ausführenden Organe waren stets Fremde gewesen, die dem sizilianischen Volk nur als korrupte, gnadenlose Steuereintreiber gegenübertraten. Aus diesen Gegebenheiten heraus entwickelten sich die Mafia und die *Omertà*: das Gesetz des Schweigens. Die Mafia war in ihren Anfängen bei weitem nicht das organisierte Verbrecherkartell, zu dem sie nach dem Ende des Zweiten Weltkriegs wurde. Wegen der fehlenden Präsenz staatlicher Justiz unterhielten reiche Großgrundbesitzer anfangs eigene Schutztruppen, die als Wächter und Aufseher auf den Feldern und Plantagen für Ruhe und Sicherheit sorgten. Die Führer dieser privaten Sicherheitsdienste stiegen allmählich zu *gabellotti* auf. Diese Großpächter verpachteten das Land an die Bauern weiter. Aus den Reihen der *gabellotti* erwuchsen schließlich die ersten Mafiosi.

Fest verwurzelt mit der sizilianischen Mentalität, ihren Traditionen und nicht zuletzt durch wohldosiert eingesetzte Gewalt, gewannen sie sehr schnell an Ansehen, Macht und Einfluss. Ein echter Mafioso war stets eine autoritäre, gewalttätige Persönlichkeit, die, um in die patriarchalisch geordnete Gesellschaft aufsteigen zu können, eine gewisse charismatische Ausstrahlung besitzen musste. Ein respektierter, furchteinflößender Übervater, der zum Beschützer, Berater, Vermittler, Richter und Henker in Personalunion wurde. Und der, natürlich gegen Bezahlung, dafür sorgte, dass die gesellschaftlichen Werte eingehalten wurden. Für den Mafioso, der in gewisser Weise die fehlende Justiz vertrat, waren diese erzwungenen Abgaben freilich keine Schutzgelderpressung, sondern so etwas wie eine Dienstleistungssteuer. Dass manche dieser so genannten Familienoberhäupter von Recht und Gerechtigkeit weiter entfernt waren als die meisten Fremdherrscher, liegt in der leicht korrumpierbaren Natur des Menschen.

Aus diesem Grund hat das Wort Mafia in Sizilien bis heute eine doppelte Bedeutung. Eine schöne Frau wird schon mal auch als »*picciotta Mafiusa*« bezeichnet, was ihrer Schönheit und ihrem Stolz schmeichelt. Die Welt außerhalb von Sizilien kennt natürlich nur die hässliche Seite dieses Begriffs, der sehr stark von der amerikanischen Variante der Mafia geprägt wurde.

In den nächsten Tagen liefen mir, neben Enzo, der inzwischen nicht mehr für Don Vittorio, sondern für einen anderen Barbesitzer kellnerte, noch ein paar andere ehemalige Klassenkameraden über den Weg. Sie alle hatten die Schule nach der vierten Klasse verlassen und arbeiteten oder, was auf das Gleiche hinauslief, erlernten einen Handwerksberuf. So begegnete ich auch meinem alten Kumpel Biancu, einem kleinen, drahtigen Jungen mit schneeweißen Haaren, denen er auch seinen Namen verdankte. Ich traf ihn auf einer Baustelle, wo er Zementsäcke über die Schulter wuchtete, die fast größer waren als er selbst. Der dunkelhäutige, schmächtige Pizzo, der uns mit seinen abstehenden Ohren und seinen Grimassen immer zum Lachen gebracht hatte, arbeitete an einer Tankstelle in der Nähe von Provinciale. Als ich ihn das erste Mal sah, lag er völlig verdreckt und verschmiert in einer Seitengasse unter einem Auto und badete gerade in Motorenöl, das er eigentlich nur wechseln sollte. Ansonsten putzte er Scheiben, bediente die Zapfsäulen und füllte Kühlwasser nach. Meinen Freund Orazio, der immer davon gesprochen, hatte, Taucher werden zu wollen, traf ich in einer kleinen, verstaubten Schreinerei. Statt der erträumten Taucherbrille hatte er sich einen alten Lappen als Schutzmaske um Mund und Nase gebunden und lackierte alte Fenster.

Ich hätte mich nur zu gerne mit ihnen unterhalten. Aber bei der Arbeit war Reden nicht erlaubt, und die Chefs passten auf wie Gefängnisaufseher. Enzos neuer Chef schien dagegen ganz nett zu sein. Jedenfalls fing er nicht sofort an zu zetern, als Gianni und ich auf der Straße ein paar Worte mit meinem Freund wechselten. Enzo berichtete, dass sein Vater noch am selben Tag mit Don Vittorio gesprochen und eine Entschuldigung von ihm verlangt hatte. Da sich der Barbesitzer extrem uneinsichtig gezeigt und seinem Vater sogar eine Tracht Prügel angedroht hatte, war die Aussprache ein wenig aus dem Ruder gelaufen. Am Ende kam Don Vittorio mit einem blauen Augen und dem gut gemeinten Ratschlag davon, bei einer künftigen Begegnung sicherheitshalber die Straßenseite zu wechseln. Rein wirtschaftlich gesehen konnte sich Don Vittorio jedoch nicht beklagen, denn die Leute aus dem Viertel pilgerten seither scharenweise in seine Bar. Jeder wollte das regenbogenfarbige Prachtveilchen bewundern und sich bei einem Espresso erzählen lassen, wie der arme Barbesitzer ganz allein und halb blind drei bewaffnete Räuber aus seinem Lokal geprügelt hatte. Eines musste man ihm lassen: Der Mann hatte Sinn fürs Geschäft.

Enzo verabschiedete sich eiligst und balancierte ein randvolles Tablett über die Straße zu seinen nächsten Kunden. Ich sah ihm nach, und mir wurde bewusst, dass die Burschen seit mittlerweile einem Jahr arbeiteten. Sie waren nicht älter als meine deutschen Klassenkameraden oder ich selbst und trotzdem ein ganzes Jahrzehnt von uns entfernt. Mit zwölf Jahren war ihre Kindheit bereits zu Ende.

22. Die Prozession

Für sizilianische Verhältnisse war es keineswegs ungewöhnlich, so früh ins Arbeitsleben einzutreten. Papa hatte auch nur die Grundschule besucht und *nonno* Luigi ebenfalls. Höhere Bildung war nur denen vorbehalten, die sich diesen Luxus auch leisten konnten. In unserer Familie hatte es, bis dahin jedenfalls, noch keine Generation geschafft. Das deutsche Schulsystem schien besser zu funktionieren. Es gab eine Schulpflicht über die Grundschule hinaus und ein respektables Jugendarbeitsschutzgesetz, das beachtet und eingehalten wurde. Wie so viele Gesetze, die es in Messina in ähnlicher Form zwar auch gab, die aber niemand kümmerten.

»Hier herrscht Schulpflicht!« Das war oft der erste Satz, den sizilianische Gastarbeiter in Deutschland zu hören bekamen und mit dem man ihnen unmissverständlich klarmachte, dass ihre zwölf- bis vierzehnjährigen Söhne und Töchter in Deutschland nicht arbeiten durften, sondern in die Schule gehen mussten. Sie mussten! Ein Zwang, den ein Patriarch alten Schlages, absolutistischer Herrscher über Haus und Familie, Gebieter über Leben und Tod, nun mal gar nicht vertragen konnte. Dass in Deutschland ein Staat am Werk war, der sich kümmerte, durchsetzte, dessen Herrschaftsanspruch nicht anfechtbar war, der sich um den Willen des Hausherrn nicht scherte und in jeder Lebenslage Präsenz zeigte, war für ihn etwas völlig Ungewohntes.

Für den Sizilianer alten Schlages galt ein einfaches Gesetz: In meinem Haus befehle ich! Manch einer dachte tatsächlich, es reiche aus, diesen affigen, eingebildeten, aufdringlichen deutschen Schulbehörden mitzuteilen, dass Seine Majestät, der temporär im Ausland verweilende König von Sizilien, die schulische Ausbildung seiner Kinder für beendet erklärte. Die Söhne seien alt genug, um zu arbeiten, und, der Madonna sei dank, seien die Töchter mit prächtigen Milchtüten gesegnet und benötigten darüber hinaus keine weitere Ausbildung. Er habe es so entschieden, und damit basta! Wenn dann eines Tages tatsächlich die Polizei vor der Tür stand und mit Strafe drohte, war der Patriarch wie vor den Kopf gestoßen. Wie konnten diese Barbaren es wagen, seine Autorität zu untergraben?

Aber dank ihrer natürlichen Anpassungsfähigkeit sahen die meisten Sizilianer in Deutschland keine Notwendigkeit, allzu großen Widerstand zu leisten. Sie beugten sich der Staatsgewalt und arrangierten sich mit den Gegebenheiten.

So wie Santina, Filippo und ich uns nach den ersten beiden wunderbaren Wochen mit unserer persönlichen Staatsgewalt arrangieren mussten. Papa und Mama hatten nämlich kurzerhand beschlossen, dass es an der Zeit sei, die Verwandtschaft zu besuchen. Und zwar die ganze Verwandtschaft! Das gehörte sich so, schließlich respektierten sie uns, und somit hätten wir die moralische Verpflichtung, diesen Respekt zu erwidern. Außerdem wollten sie vermeiden, dass irgendwer aus der Familie auf die Idee kam zu behaupten, dass wir, in Deutschland zu den zehn reichsten Familien der Welt aufgestiegen, die arme, darbende Familie vergessen hätten. Was im Übrigen als höchst unanständig galt. Das, was in den nächsten Tagen und Wochen folgte, sollte leider der Prototyp aller folgenden Ferien in Messina werden. Tagein, tagaus ins Auto steigen, etliche Kilometer durch die verstopften, überhitzten Straßen der Innenstadt fahren, völlig verschwitzt und ausgetrocknet bei sich freuenden Verwandten auftauchen, die uns selbstverständlich zum Mittag- und zum Abendessen einluden. Was man in Sizilien selbstverständlich nicht ausschlagen darf, weil es als ausgesprochen unhöflich gilt. Was allerdings unsere Hoffnung auf einen kurzen Besuch mit anschließendem Freigang sofort zunichte machte.

Manchmal entschädigte uns Kinder die eine oder andere längst vergessene kulinarische Köstlichkeit, kleine Juwelen der sizilianischen Küche, für viele Stunden sinnlosen Herumsitzens und anstrengenden Bravseins. Manche Köstlichkeiten waren allerdings nicht grundlos in Vergessenheit geraten. Unsere geliebte Stockfischsuppe zum Beispiel oder in Salzwasser gekochte Schweinefüße oder – für Menschen, die eine gepflegte Verdauungsstörung zu würdigen wissen – Kuttelsuppe mit gedünsteten Auberginen. Schmeckt wie Radiergummi und belastet den Magen nur ganz, ganz kurz. Wegen solcher Gaumenkitzler kann man sich durchaus die Speisekarte der vergangenen vierzehn Tage noch mal in aller Ruhe durch den Kopf gehen lassen.

Gegen Abend fuhren wir dann endlich nach Hause, spielten noch etwas mit unsere Cousins, redeten mit *nonno* Luigi und fielen todmüde ins Bett. Am nächsten Tag begann dasselbe Spiel von vorn. Das Meer sahen wir nur noch vom Auto aus. Im Vorbeifahren. Zu Verwandten, die Kinder in unserem Alter hatten, gingen wir ja noch relativ gerne. Schlimm wurde es nur, wenn keine Kinder da waren und wir stundenlang auf irgendwelchen unbequemen Stühlen sitzen mussten.

»Wenn sich Erwachsene unterhalten, haben Kinder still zu sein!«, hieß es dann immer. Papa und Mama wurden nicht müde, uns diesen Satz wie flüssiges Blei in die Ohren zu gießen. Aber für uns wurden diese Besuche immer unerträglicher. Papa fühlte eine irgendwie geartete Verpflichtung, selbst die Familienangehörigen besuchen zu müssen, bei denen er sich nicht einmal mehr sicher war, ob ein echter Verwandtschaftsgrad bestand. Mehr als einmal stellte sich heraus, dass der Verwandte in Wirklichkeit nur ein ehemaliger Nachbar oder ein Bekannter aus Papas Jugendtagen war, der, wegen eines zwischenzeitlichen Verlustes des verwandtschaftlichen Überblicks, kurzfristig zum Cousin, Onkel oder Taufpaten aufgestiegen war. Auf diese Weise nahmen so manche Besuche schon beinahe filmreife Qualitäten an, um die uns sogar ein Charlie Chaplin beneidet hätte.

Die verzweifelten Versuche der Akteure, die komplizierten Verwandtschaftsgeflechte zu entwirren, konnten schon mal bis weit nach dem Abendessen andauern. Was unmittelbar damit zusammenhing, dass es in beinahe jeder Familie eine Maria, einen Giuseppe, eine Anna, einen Francesco, eine Santa oder einen Luigi gab.

Das Chaos begann, indem eine schlichte Türklingel den Hausherrn herbeiläutete. Das Ganze läuft dann in etwa folgendermaßen ab:

»Ciao, Giuseppe! Ich bin es, Francesco!«, ruft Papa freudestrahlend.

Giuseppe schaut unsicher aus dem Fenster, will aber nicht unhöflich sein und öffnet die Haustür.

»Ich bin es, Francesco, der Sohn von Luigi!«, bekräftigt Papa und setzt ein gönnerhaftes Lächeln auf. Damit will er zum Ausdruck bringen, dass er die Familie nicht vergessen hat.

»Luigi, der Mann von Santa?«, fragt der höfliche Giuseppe vorsichtig nach.

»Ja! Sag mal, erkennst du deine eigenen Verwandten nicht mehr?«

Papa, im festen Glauben, er habe allein und ohne fremde Hilfe den lange verschollenen dritten Arm der Familie wiederentdeckt, strahlt wie eine 1000-Watt-Glühbirne kurz vorm Durchbrennen.

»Francesco! Entschuldige, komm rein! Ich hätte dich fast nicht wiedererkannt.« Giuseppes Gesicht verrät, das er keinen blassen Schimmer hat, wer da gerade vor ihm steht. Aber wie gesagt: Er ist sich nicht sicher und will nicht unhöflich sein.

Papa winkt uns herein, stellt uns vor, und wir nehmen im Wohnzimmer Platz, wo Maria, Giuseppes Ehefrau, sich als Erstes für die herrschende Unordnung entschuldigt. Sie sei noch beim Aufräumen und habe nicht mit Besuch gerechnet. Auch Giuseppe entschuldigt sich, weil er sich nicht an uns Kinder erinnern kann. Aber schließlich habe man sich ja schon lange nicht mehr gesehen. Sein Blick wandert vom einem zum anderen. Er gräbt so intensiv in seinen Erinnerungen, dass man beinahe die schleifenden Schaufelgeräusche hören kann. Bevor der dieselbetriebene Schaufelbagger zum Einsatz, kommt unterbricht ihn Papa.

»Giuseppe, Giuseppe. Wie die Zeit vergeht. Wie geht es deiner Mutter, der guten Maria?«

»Äh … ich bin der Sohn von Anna. Maria ist meine Tante.«

»Was? Ja – ist dein Vater denn nicht Luigi?«

»Nein, mein Vater ist Francesco, der Cousin von Luigi.«

»Francesco, der Sohn von Giuseppe?«

»Nein, Francesco, der Sohn von Michele.«

»Michele? Etwa Michele, der Bruder von Santo?

»Ja! Genau! Santo, der damals Santa geheiratet hat, weil die Namen so schön gepasst haben!«, triumphiert Giuseppe, in der Hoffnung, nun endlich eine heiße Spur entdeckt zu haben.

»Santa? Ich dachte immer, Santo hat Maria geheiratet?« Papas Blick verschwimmt im Meer der Unwissenheit und in dem allmählich aufkeimenden Verdacht, vor dem falschen Giuseppe zu sitzen.

»Nein, Maria hat Luigi geheiratet!« Den höflichen Giuseppe überkommt das unbestimmte Gefühl, dass hier gerade ein falscher Francesco samt Familie an seiner Tafel sitzt. Da er sich jedoch nicht nachsagen lassen will, dass er ein schlechter Gastgeber sei, lädt er uns zum Essen ein. Bis die nächsten gemeinsamen Urahnen, Maria die dreizehnte und Luigi der vierzehnte, auftauchen und die Hoffnung auf etwaige gemeinsame Vorfahren erneut geschürt wird, fängt es draußen an zu dämmern. Kurz bevor beide Seiten offiziell feststellen, dass unsere enge familiäre Verbindung sich frühestens auf die Zeit vor Adam und Evas Vertreibung aus dem Paradies datieren lässt, stellt Papa fest, dass es langsam Zeit wird, die Heimfahrt anzutreten.

Wir verabschieden uns von den netten Verwandten,

sind über das Wiedersehen hocherfreut und versäumen es nicht, eine Gegeneinladung zu uns nach Hause auszusprechen. Der freundliche Giuseppe und die noch freundlichere Maria versprechen, bald einmal vorbeizukommen, weil es schließlich ein Schande ist, wenn sich die Familie so selten sieht. Maria blickt immer noch leicht verstört zu Giuseppe hinüber, der sich, wen wundert's?, nach wie vor nicht erinnern kann, wer zum Teufel wir sind. Nach den üblichen Wangenküssen steigen wir endlich ins Auto und fahren nach Hause. Mama guckt ebenfalls verstört.

Giuseppe wird uns ganz sicher nie besuchen kommen, weil er nämlich nicht nach unserer Adresse gefragt hat und daher gar nicht weiß, wohin er fahren müsste. Was freilich kein Grund ist, sich nicht trotzdem ins Auto zu setzen und wie ein Schlafwandler durch halb Sizilien zu gondeln. Papa versucht Mama zu überzeugen, dass Giuseppe noch genauso behämmert ist wie früher. Hatte er doch sogar vergessen, wie sein eigener Vater heißt. Denn er, Papa, wisse schließlich ganz genau, dass Giuseppes Vater Luigi heiße. Und zwar deshalb, weil sein Vater schließlich auch so heiße.

Wer weiß, vielleicht ist uns auf diese Weise auch mal das Vergnügen vergönnt, am Tisch eines Serienkillers zu sitzen. Der würde sich über unseren Besuch bestimmt freuen. Meine Geschwister und ich waren an jenem Abend eigentlich nur froh, wieder nach Hause zu fahren. Unsere Proteste, dass wir lieber mal wieder mit unseren Cousins an den Strand gehen oder einfach nur zu Hause bleiben wollten, verhallten ungehört.

Das einzige unvergessliche Erlebnis in jenen Wochen ereignete sich, als Filippo und ich die Köpfe durch die Stäbe von *zia* Annas und *zio* Nuccios Balkongeländer steckten.

Wir wollten eine Schlange beobachten, die sich in einem Gebüsch unterhalb des Balkons sonnte. Wir lagen beide auf den von der Sonne aufgeheizten Fliesen, quetschten irgendwie die Köpfe durch die Gitterstäbe hindurch, schauten der Schlange eine Weile zu und stellten dann überrascht fest, dass wir im Geländer feststeckten. Zunächst nahmen wir die Sache ganz locker, aber als alle Befreiungsversuche fehlschlugen, ergriff uns eine ausgewachsen Panik, und wir lösten Großalarm aus. Wir hatten schon alles Mögliche probiert: gerade gezogen, angewinkelt gezerrt, mit Spucke geschmiert, Kopf um 180 Grad nach hinten gedreht. *Niente!*

Filippo fing an zu weinen, ich rief laut greinend um Hilfe und hoffte, dass Mama und Papa, die auf der anderen Seite des Hauses ebenfalls draußen saßen, uns hörten und aus dieser misslichen Lage befreiten. Die Fenster und Balkone der Wohnblöcke gegenüber unseres Geländers füllten sich zusehends mit Leben. Bald gab es kein Fenster und keinen Balkon, auf dem nicht ein Mann in Unterhemd, eine Frau mit Lockenwicklern auf dem Kopf, ganze Familien mit Kindern, Kanarienvogel, Wellensittich und Goldfisch draußen standen und uns aus großen, runden Augen anstarrten. Unten auf der Straße blieben schon die Leute stehen und schauten zu uns hoch. Erst einer, dann drei, dann sechs, die Sache entwickelte eine Eigendynamik wie im Mittelalter, als man Verbrecher am Pranger öffentlich zur Schau stellte. So sahen wir aus, und so fühlten wir uns auch.

Filippo und ich zerrten mit aller Kraft an den Gitterstäben, versuchten verzweifelt, sie auseinanderzubiegen, und gaben nach ein paar Minuten entnervt und entkräftet auf. Die Stäbe waren zu stark, und niemand kam uns zu Hilfe. Unten auf der Straße war es mittlerweile zu einem kleinen Verkehrsinfarkt und einem spontanen mittelgroßen Volksauflauf gekommen. Jetzt fehlten nur noch der fahrende Eisverkäufer, der »*Gelaatii!*« brüllte, ein Stelzenmann, der Luftballons anbot und vielleicht noch eine Losbude. Allerdings sollte irgendjemand auf jeden Fall für unseren oscarverdächtigen Auftritt noch überteuerte Eintrittskarten verkaufen. Mit ähnlichem Blödsinn hatten schließlich manch andere den Grundstein zu einem Millionenimperium gelegt. Mir fiel zwar spontan niemand ein, aber viele Dinge verdanken ihre Existenz dem Unglück eines Menschen. Hätte ein gewisser Sir Isaac Newton keinen Apfel auf die Birne bekommen, wäre womöglich die Schwerkraft unentdeckt geblieben und wir müssten bis heute ohne sie auskommen!

Wir hörten es im Haus klingeln. Endlich war jemand auf die Idee gekommen, dem Hausherrn mitzuteilen, dass zwei unbekannte Jugendliche gerade versuchten, sein Balkongeländer herauszureißen.

Zio Nuccio, Papa und der Rest der Familie kamen uns endlich zu Hilfe. Unser Onkel war ein großer, kräftiger Mann mit pechschwarzen Haaren, der Papa um Kopfeslänge überragte. Was bei Papas langgestreckten 165 Zentimetern allerdings keine wirklich herausragende Leistung darstellte. Sein weiches, gutmütiges Gesicht mit den eingegrabenen Lachfältchen, gepaart mit den dunklen Augen, die winzig klein aus einer schwarzen Hornbrille herauslugten, verrieten auf den ersten Blick, dass man einem warmherzigen, freundlichen Menschen gegenüberstand. Zudem hatte er immer einen Witz parat und war ständig zu Späßen aufgelegt. Deshalb lief auch sein Friseursalon für sizilianische Verhältnisse einigermaßen ordentlich. Seine Kunden kamen gerne zu ihm, denn er verstand es nicht nur, ihnen ordentliche Haarschnitte zu verpassen, sondern sie nebenbei auch noch glänzend zu unterhalten.

Zio Nuccio und Papa machten sich sofort an unsere Befreiung. Mama stand ratlos daneben, kaute an ihren Fingernägeln und fragte sich, warum ausgerechnet sie mit solch hochbegabten Kindern gesegnet sei. Sie wäre schließlich auch mit ganz normalen zufrieden gewesen. Santina stand verschüchtert in einer Ecke und musterte uns aus großen Augen. *Zia* Anna versuchte uns nebenher lauthals freizubeten, wobei sie alle möglichen Heiligen aufzählte. Bei dem Wissensstand einer ehemaligen Klosterschülerin kann das durchaus ein Weilchen dauern, denn das sind eine ganze Menge. Zwischendurch fragte sie immer mal wieder, welcher Teufel uns eigentlich befohlen habe, die Köpfe da durchzustecken?

Leider war uns weder sein Name noch seine Adresse bekannt. Immerhin konnten wir kundtun, dass bei der Ausführung unseres Geniestreichs eine Schlange maßgeblich beteiligt war. Das veränderte unsere Lage zwar nicht entscheidend, fügte aber wenigsten eine zusätzliche, nicht unerhebliche biblische Dimension hinzu.

Zio Nuccio und Papa schmierten unsere inzwischen rot angelaufenen, angeschwollenen Hälse mit Seife ein, zogen, drehten und bogen an den Stäben herum und gaben, nach reichlich Tränen und Schmerzensschreien wegen der widerhakenden Ohren, irgendwann entnervt auf. Die versammelten

Menschen auf der Straße, an den Fenstern und Balkonen begleiteten jeden missglückten Befreiungsversuch mit Ausrufen des Bedauerns und feuerten unsere Retter immer wieder an, damit sie nicht aufgaben. *Zio* Nuccio und Papa berieten sich und kamen auf die einzige verbleibende Lösung: Kopf ab und anschließend mit Sekundenkleber wieder draufkleben. Bleibende Hirnschäden waren ihrer Meinung nach nicht zu befürchten, denn: Wo kein Hirn, da kein Schaden! Nein, alles nur Spaß … Hahaha! Filippo und ich hatten uns fast in die Hosen gemacht, und Dick und Doof beliebten zu scherzen. Schließlich verschwand *zio* Nuccio und kam kurz darauf mit einem Schraubenschlüssel zurück.

»Ich werde jetzt das Geländer abschrauben«, erklärte er. »Ihr bleibt ganz ruhig liegen, bis ich euch sage, dass ihr euch wieder bewegen dürft. Verstanden?«

Ja klar hatten wir verstanden. Viel mehr als das hatten wir schließlich auch in der vergangen halben Stunde nicht getan. Minuten später hatte *zio* Nuccio alle Schrauben gelöst, und gemeinsam mit Papa hob er, unter Beifall und lautem Gejohle aus den umliegenden Balkonen und von der Straße, das knapp drei Meter lange Geländerstück aus der Halterung. Jetzt konnten wir immerhin wieder stehen. Gelöst war das Problem allerdings noch lange nicht.

Nach gründlicher Untersuchung entschied *zio* Nuccio, dass die einzige Möglichkeit, uns da wieder herauszuholen, darin bestand, mit dem Geländer in eine nicht allzu weit entfernte Schlosserei zu laufen und zwei Schweißnähte auftrennen zu lassen. Da die Situation für uns immer unbequemer wurde, plädierten wir dafür, diesen Vorschlag sofort in die Tat umzusetzen. *Zio* Nuccio hielt das Geländer vorne, Papa hielt es hinten, Filippo und ich hielten es für ratsam, uns möglichst ruhig und unauffällig zu verhalten. Wir wollten nur dafür sorgen, mit den Füßen möglichst auf dem Boden zu bleiben. Minuten später marschierten wir in Reih und Glied zur Haustür hinaus und wagten den beschwerlichen Abstieg der Salita Gravitelli.

Der schmale Pfad, der an manchen Stellen kaum breiter war als unser Geländer, wand sich durch menschenleere Hinterhöfe. Er führte uns immer weiter bergab auf roh gemauerte, verwitterte Treppenstufen zu, die sich schier unendlich durch labyrinthisch verschachtelte Gänge zwischen den Häusern und durch nadelöhrartige Torbögen nach unten schraubten. Hin und wieder mussten *zio* Nuccio und Papa das Geländer schräg halten und komplizierte Einfädelmanöver vollführen, um uns um einige enge Kurven zu manövrieren.

Dann endlich: Nach über vierzig derben Flüchen, siebzehn Verwünschungen, zwölf *affanculos*, acht Drohungen, uns im Wiederholungsfall in der Wildnis auszusetzen, und sieben Litern vergossenen Schweißes bei angenehmen zweiundvierzig Grad im Schatten, kam das letzte Teilstück in Sicht. Es war breiter und besser ausgebaut und führte auf geradem Weg auf die Straße. Unten angekommen, begrüßte uns eine beachtliche, etwa fünfzigköpfige Menschenmenge mit tosendem Applaus. Lachend, johlend, aber tief mitfühlend schlossen sich die Schaulustigen spontan unserer Prozession an. Sofort griffen mehrere helfende Hände nach dem Geländer, um *zio* Nuccio und Papa zu entlasten. Filippo und ich kamen uns vor wie eine *vara*, eine Heiligenstatue, am Karfreitag auf ihrem Weg durch Messina. Nur, dass wir selbst laufen mussten und, wie an der Farbe unserer Gesichter unschwer zu erkennen war, in der wohl peinlichsten Situation unseres bisherigen Lebens steckten.

Bis zur Schlosserei mussten wir nur noch die vierspurige Via Tommaso Cannizzaro überqueren, was dank der Länge des Prozessionszuges überhaupt kein Problem war. Ganz im Gegenteil! Die meisten Autofahrer hielten freiwillig an und starrten durch die Windschutzscheiben, als ob sie gerade Zeugen einer Invasion von Außerirdischen würden, die sie wild hupend von unserem Planeten vertreiben müssten. Dass wir ausgerechnet über eine der verkehrsreichsten Straßen von Messina mussten, war mehr als peinlich. An jeder Straßenecke blieben Leute stehen, blickten uns verwundert nach und bekreuzigten sich dabei. Männer griffen sich, in dem Glauben, ein Trauerzug ziehe gerade vorbei, in den Schritt und schickten rasch ein Stoßgebet gen Himmel. Kinder liefen neben uns her und fragten unentwegt, was wir Schlimmes angestellt hätten und wie es den Erwachsenen gelungen sei, uns ausgerechnet mit einem Geländer einzufangen.

Als wir endlich die Werkstatt erreichten, klopfte *zio* Nuccio gegen eine große Jalousie, die kurz darauf ein kleiner, stämmiger Mann mit roten Haaren und Sommersprossen hochzog. Der erstaunte Schlosser stieß einen überraschten Laut aus, zuckte zusammen und wollte im ersten Moment fliehen. Die Menschenmasse vor seiner Werkstatt hatte ihn offenbar erschreckt. Erst *zio* Nuccios freundlich gebrülltes: »*Buon giorno, dottore!*«, überzeugte ihn davon, dass wir keine unzufriedenen, verärgerten oder gar rachsüchtigen Kunden waren. Er machte zwei misstrauische Schritte auf uns zu und schaute mit fragendem Blick in die Runde. Als er Filippo und mich mit hochroten Köpfen im Geländer stehen sah, brauchten Papa und *zio* Nuccio das Problem nicht weiter zu erläutern. Der Schlosser bekam einen Lachanfall und danach sein Grinsen nicht mehr aus dem Gesicht. Aber er befreite uns in weniger als zwei Minuten, und auch das Geländer war hinterher wieder wie neu.

Erleichtert schritten wir aus der Werkstatt, nahmen unseren wohlverdienten Applaus entgegen, ließen uns von sämtlichen Nachbarn zu mehr Vorsicht ermahnen, den Kopf tätscheln, die Haare ordentlich verstrubbeln und trotteten überglücklich, diesmal in ungeordneter Formation, zu den Stufen der Salita Gravitelli zurück. So sind sie nun mal, die Sizilianer: In der Not braucht man Anteilnahme und Trost nicht lange zu suchen.

23. Fluch oder Schicksal?

Als wir an jenem Abend im Hof von *nonno* Luigi zusammensaßen und der Rest der Familie sich über unser Missgeschick vor Lachen beinahe die Unterwäsche einnässte, fühlten wir uns wie die zwei größten Pechvögel des gesamten Universums. Hohn und Spott gehören scheinbar zu den wenigen Dingen, die überall auf der Welt kostenlos verteilt werden. Die Einzige, die sich nicht auf dem Boden kugelte, sondern nur still vor sich hin lächelte, war *nonna* Maria. Jetzt war für mich der Zeitpunkt gekommen, mir ein paar überfällige Antworten zu holen.

Die Geschichte mit *nonno* Ciccios Fluch verfolgte mich nun schon seit einigen Jahren, und ich wollte ein für allemal wissen, ob alles, was mit uns geschah, von einem unabänderlichen göttlichen Plan vorgegeben oder auf eine lächerliche, in hilfloser Wut ausgesprochene Verwünschung zurückging. Mein Uropa Ciccio war seinerzeit von seiner Mutter verstoßen und verflucht worden, weil er ihrer Meinung nach die falsche Frau geheiratet hatte. Ich konnte mich sogar noch an den genauen Wortlaut des Fluchs erinnern, den *nonna* Mina in jener Sommernacht mit dunkler, unheilvoller Stimme ausgesprochen und den *nonna* Maria anschließend wiederholt hatte: *»Das Unglück* *soll dich treffen, wo du gehst und stehst! Ich verfluche dich, deine Nachkommen sowie alles, was du tust und am Leib trägst! Auf dass du nicht einmal mehr Hosenknöpfe besitzen sollst!«*

Als ich nun *nonna* Maria darauf ansprach, verengten sich ihre dunklen Augen zu Schlitzen, die auch dann nicht größer wurden, als sie mich, von einem heftigen Lachanfall geschüttelt, zu sich herzog, umarmte und mir ins Ohr gluckste.

»Du machst dir vielleicht Gedanken! Hehe, aber du brauchst wirklich keine Angst zu haben.«

»Ich hab keine Angst!«, antwortete ich bestimmt. »Trotzdem möchte ich gerne wissen, warum wir so sehr vom Pech verfolgt werden. *Nonno* Ciccio, der selbst die Knöpfe seines Totenhemdes verloren hat, *nonno* Filippos früher Tod, die Armut der Familie, *zia* Annas Virus, *zia* Marias tote Kinder, *zia* Rosettas Misshandlung in Palermo, Filippos Auge, der Umzug nach Deutschland, die vielen Streitigkeiten mit Leuten, die uns nicht ausstehen können. Das muss doch einen Grund haben!«

Nonna Maria streichelte mir lächelnd über die Haare, nahm mein Gesicht in beide Hände und flüsterte: »Das ist kein Pech, das ist das Leben, Gigi. Gott allein weiß, was passiert und wie es ausgeht. Es steht nirgendwo geschrieben, dass das Leben ein rauschendes Fest ist. Dass alle Menschen immer glücklich, wohlhabend und gesund sind, dass sie genug zu essen haben und niemand mehr sterben muss. Das Leben ist nun mal so, wie es ist. Was wir selbst daraus machen. Ob der Fluch deiner Ur-Uroma unser Leben beeinflusst hat, kann ich dir nicht sagen. Das weiß Gott allein. Möglich ist alles! Vielleicht war es aber auch eine Aneinanderreihung unglücklicher Zufälle, die wir dann einfach nur Pech nennen oder einem Fluch zuschreiben.« *Nonna* Maria legte eine kleine Pause ein, atmete stöhnend aus und fuhr mit leiser Stimme fort.

»Zu der Zeit, als *nonno* Filippo vom Baugerüst gestürzt ist, war das Krankenhaus voll mit verunglückten Menschen, und nicht alle von ihnen haben überlebt. Als *zia* Maria ihre Kinder verloren hat, sind auch viele andere Kinder kurz nach der Geburt gestorben. Das war früher nun mal so. Das Schicksal meint es nicht immer gut mit uns. Mal straft es uns mehr, mal straft es uns weniger. Irgendwie gleicht sich das am Ende des Lebens aber wieder aus.«

Das waren ja mal wieder äußerst präzise Aussagen. Ich weiß, dass ich nichts weiß. Aber das weiß ich ganz sicher! Wenn das doch alles nur nicht so verdammt kompliziert wäre, dachte ich. Warum musste das Schicksal einen überhaupt strafen? Wofür denn? Was war das überhaupt? Hatte Gott damit zu tun? Ich löcherte *nonna* Maria so lange mit Fragen, bis schließlich die ganze Familie mich zu überzeugen versuchte, dass es besser wäre, über manche Dinge nicht nachzudenken, weil es keine Antwort gäbe, außer der, die Gott uns gibt.

»Also keine!«, sagte ich resignierend.

»Doch, aber nicht die, die du suchst«, orakelte *nonno* Luigi, der gerade eine Zigarette rauchte und perfekte Rauchringe in die stehende, warme Luft blies.

Ich schaute den Ringen hinterher, bis sie zerfaserten und sich nach und nach auflösten. *Nonna* Maria kramte geräuschvoll in ihrer Handtasche und zog eine flache lederne Mappe hervor, auf deren

Oberseite in verschnörkelter Schrift das Wort »*Ricordi*« – Erinnerungen – eingeprägt war. Darin befanden sich mehrere alte Fotos, unter anderem ein Bild des lächelnden *nonno* Filippo und auch eines mit dem zahnlos grinsenden *nonno* Ciccio. Ein Bild zeigte die ständig griesgrämig dreinschauende *nonna* Teresa.

Schließlich hielt *nonna* Maria ein dem Anschein nach noch älteres, vergilbtes Foto hoch und rief: »Ha! Hier habe ich sie. Das Bild meiner Großtante Sofia. Sie hat siebenmal geheiratet und alle Männer überlebt! Es ist schon so lange in dieser Mappe, ich hatte es fast vergessen.

Nonna Maria gab Mama das Bild, die es kurz betrachtete und an mich weiterreichte. *Zia* Sofia war eine außergewöhnlich schöne Frau mit edlen, ebenmäßigen Gesichtszügen, großen Augen und einem gerade noch erkennbaren stolzen, ja fast schon überheblichen Zug um die Lippen. Ihre dunklen Haare waren streng zu einem Knoten gekämmt und wurden durch ein hauchzartes, glänzendes Diadem gehalten. Das dunkle, mit feiner Spitze verzierte Kleid und das weiße, ebenso reich verzierte Schultertuch verrieten, dass die Dame nicht gerade zu den Ärmsten gehört hatte. Mit ihrer feingliedrigen rechten Hand berührte sie eine langstielige Rose, die aus einer schlanken weißen Vase herausschaute, die auf einem kleinen runden Tisch mit zierlichen, geschwungenen Beinen stand. Das Foto sei vor dem Ersten Weltkrieg entstanden, um 1912 herum, erzählte *nonna* Maria. Der Anlass war Sofias sechste Hochzeit, und was sie uns eigentlich zeigen wollte, befand sich am unteren Teil des Bildes: Sie trug glänzend weiße Schuhe.

»Na und?«, entfuhr es mir, weil ich mir nicht vorstellen konnte, was die weißen Schuhe von *zia* Sofia mit dem ernsten Gespräch zu tun hatten, das wir gerade noch geführt hatten. Na gut, sie hatte sieben Männer verschlissen. Wenn sie die armen Kerle nicht gerade mit den Schuhen totgeprügelt hatte oder sich hinter der schönen Fassade die fiesesten Schweißfüße des Planeten verbargen, mit denen sie ihre Männer ins Grab gebracht hatte, schien mir das ein typischer Themenwechsel zu werden, mit dem Erwachsene gerne den unangenehmen Fragen dummer Kinder aus dem Weg gehen.

»Jetzt warte doch mal ab!«, rief *nonna* Maria. »Das ist auch so eine Geschichte, bei der niemand sagen kann, was sich dahinter verbirgt. Ein Fluch? Schicksal? Gottes Wille? Auf jeden Fall ist es eine äußerst mysteriöse Angelegenheit.«

»Wirklich? Dann erzähl doch mal!«, forderten alle Anwesenden. *Nonna* Maria ließ sich nicht lange bitten:

»Sofia war die jüngere Schwester der Gräfin Bulino, also *nonno* Ciccios Tante. Sie war ein junges, fröhliches Mädchen, das mit Schönheit und Anmut geradezu gesegnet war. Als sie sechzehn Jahre alt wurde, konnte sie sich vor Verehrern nicht mehr retten, und bald häuften sich bei ihrem Vater die Besuche junger Männer, die um ihre Hand anhielten. Einer von ihnen, ein junger Offizier namens Bernardo, beendete wegen Sofia seine Freundschaft mit einem anderen Mädchen, der Tochter des stadtbekannten Kaufmanns Cesare Carlucci.

Dieser war sehr wohlhabend und handelte mit Waren aus aller Welt: Gewürzen und Spezialitäten aus Übersee, aber auch exklusiven Mode- und Luxusgütern aus ganz Europa. Zudem beauftragte er örtliche Handwerker mit der Herstellung exakter Kopien der ungemein teuren importierten Waren. Mit diesen Kopien ließ sich offensichtlich sehr viel mehr Geld verdienen als mit den Originalen. Die Handwerker bekamen für ihre Arbeit freilich nur einen Hungerlohn. Womit sich wieder einmal der Spruch bewahrheitet, dass einer nur dann schwerreich werden kann, wenn hundert andere dabei verarmen. Daran hat sich leider bis heute nichts geändert.

Sarina Carlucci, die unglücklich verliebte Tochter des Kaufmanns, hatte jedenfalls fest damit gerechnet, dass Bernardo bald um ihre Hand anhalten würde, und war bitter enttäuscht. Die Leute erzählten sich damals, dass sie sich vor Kummer einen ganzen Monat in ihrem Zimmer eingeschlossen, so gut wie nichts gegessen, kaum etwas getrunken, sich nicht mehr gewaschen und manchmal auch vor Wut die Haare ausgerissen habe. Manche erzählten sogar, dass man sie in ein Irrenhaus eingewiesen habe, damit sie sich nichts antat. Sie starb auf äußerst mysteriöse Weise, und ihre Leiche wurde nie gefunden.

Bernardo wurde mit seiner Entscheidung jedoch auch nicht glücklich. Nach einem heftigen Streit mit einem der vielen Verehrer der schönen Sofia kam es eines Nachts zu einem tödlichen Pistolenduell. Zwanzig Schritte, umdrehen, auf Befehl feuern. Sie feuerten beide. Bernardo wurde tödlich getroffen und starb noch an Ort und Stelle. Sein Rivale erlitt einen Bauchschuss und starb qualvoll drei Tage später. Sofia war über diese sinnlose Tat zutiefst erschüttert. Vor allem weil sie sich für keinen der beiden entschieden hatte, denn ihre Wahl war längst auf einen anderen gefallen. Einen jungen Mediziner, der charmant, intelligent und aus reichem Hause war. Die Hochzeitsvorbereitungen nahmen einige Zeit in Anspruch. Sofia kaufte sich das schönste, teuerste Hochzeitskleid und die schönsten Schuhe, die das Modehaus Carlucci zu bieten hatte. Carlucci ließ die Schuhe extra für Sofia anfertigen und lieferte beides eine Woche vor der Hochzeit an. Die Braut war überglücklich, denn Kleid und Schuhe passten wie angegossen. Sofia sah so fantastisch aus, dass es der ganzen Familie bei ihrem Anblick förmlich den Atem verschlug.

Sie heiratete und lebte ganze neun Monate mit ihrem Mann zusammen, bevor ihn ein Hirnschlag aus dem Leben riss. An seinem Grab brach Sofia weinend zusammen, und sie trauerte ein ganzes Jahr. Trotz allem war die schöne Witwe sehr begehrt, und so dauerte es nicht lange, bis der nächste um ihre Hand anhielt. Ihr zweiter Mann starb sechs Monate nach der Hochzeit bei einem Reitunfall, als sein Pferd stürzte und ihn unter sich begrub. Und so ging es immer weiter. Ihr dritter Mann verbrannte in einer Jagdhütte. Der vierte ertrank beim Baden im Fluss. Dem fünften schnitt ein Bauer im Streit um eine nicht bezahlte Pacht die Kehle durch und ließ ihn verbluten. Der sechste erlag dem Mückenfieber. Und der letzte erlitt einen Herzinfarkt, der ihn eines Nachts niederstreckte. Sofia beerdigte ihren siebten Mann und beschloss noch am Grab, nie wieder zu heiraten!

Ihre Männer hatten ihr so viel hinterlassen, dass sie sich bis ans Ende ihres Lebens keine Sorgen zu machen brauchte. Sie lebte jahrelang nur mit zwei Bediensteten in einem großen Haus, kümmerte sich tagtäglich um ihren Garten und machte einen großen Bogen um sämtliche heiratswilligen Männer, die sie nach wie vor mit Anträgen überhäuften. Bis eines Tages keiner mehr vorbeikam und vorsprach. Da erst merkte sie, dass sie alt geworden war. Sehr alt. Sie hatte inzwischen die Achtzig hinter sich gelassen, und ihre Verehrer waren allesamt weggestorben.

Eines schönen, kalten Dezemberabends stand sie allein in ihrem Schlafzimmer und wühlte in einer Kiste voller Erinnerungen. Darin waren viele alte Sachen, an denen sie hing und die mit wichtigen oder schönen Erlebnissen ihres Lebens verknüpft waren. Die Erinnerungen riefen Empfindungen und Gefühle hervor, deren Bedeutung sie sich als junges, unerfahrenes Mädchen gar nicht bewusst gewesen war. Stapelweise eingelagerte Briefe verflossener Verehrer, die vor lauter Liebe dahingeschmolzen und Dinge getan hatten, die ein Mensch bei klarem Verstand sich wohl überlegt und dann wohl eher gelassen hätte. Unter diesen Erinnerungsstücken war auch der einzige Brief des jungen Offiziers Bernardo. Der Mann, der gestorben war, weil sie sich nicht früh genug entschieden hatte. Es tat ihr leid. Er tat ihr leid. Sie hatte das alles nicht gewollt, aber sie war sich der Tragweite nicht bewusst gewesen.

Sie legte die Briefe weg, holte ihre sieben Hochzeitskleider heraus und hängte sie rings um den Baldachin ihres Bettes. Als Letztes lagen nur noch ihre weiße Schuhe in der Kiste. Sie waren noch so schön wie bei ihrer ersten Hochzeit. Sofia hatte in sieben verschiedenen Hochzeitskleidern geheiratet, aber immer dieselben Schuhe getragen. Sie konnte sich nicht einmal an den Grund erinnern. Versonnen presste sie die Schuhe an ihre Brust und legte sich hin. Bald schlief sie ein und wachte noch vor Sonnenaufgang wieder auf. Als Erstes räumte sie die Kleider in die Kiste zurück, nur die Schuhe nicht. Sie passten noch, und Sofia beschloss, sie zu tragen, bis man sie in einem Sarg aus ihrem Haus trug.

Es war ein wunderschöner Morgen, und Sofia wollte einen kleinen Spaziergang machen. Sie zog sich warm an, füllte einen kleinen kupfernen Handwärmer mit ein paar Stücken glühender Kohlen, schob ihn in ihren Muff und verließ das Haus. Sie lief einen schmalen Trampelpfad entlang, der hinter dem Haus begann und über eine Wiese geradewegs auf eine Anhöhe führte. Von der Anhöhe aus hatte man einen fantastischen Blick über das ganze Tal. Ein Panorama, das vor allem am frühen Morgen, wenn die Luft noch klar war, die Mühen des Weges belohnte.

Doch so weit kam Sofia gar nicht. Sie rutschte wohl auf dem noch feuchten Gras aus, fiel hin, schlug mit dem Kopf auf einen Stein auf und blieb bewusstlos liegen. Der kleine kupferne Handwärmer sprang auf, und die glühenden Kohlen setzten ihre Kleidung in Brand. Sofia verbrannte mitten auf der Wiese. Als ihre Bediensteten sie am späten Nachmittag fanden, war sie längst verkohlt. Das Einzige, was nicht verbrannt war, waren ihre Füße. Und die Schuhe.

Nachdem sie die Leiche geborgen und aufgebahrt hatten, händigten sie *nonno* Ciccio, der von seiner Familie enterbt worden war und sowieso nichts zu erwarten hatte, die Schuhe aus. Er betrachtete sie und fragte sich, was er mit den alten, aber immer noch tadellosen Schuhen anfangen sollte. Er beschloss, sie mit nach Hause zu nehmen und *nonna* Teresa zu zeigen. Sollte sie entscheiden, was damit passieren sollte. Zu der Zeit warf man nun mal nichts weg, nicht einmal die Schuhe einer Toten. Ciccio gab die Schuhe seiner Frau, die sofort erkannte, dass die Schuhe niemandem aus der Familie passten. Achtlos warf sie das Paar quer durchs Zimmer in eine Ecke.

Die Schuhe prallten gegen die Wand und rollten über den Boden. Dabei brach von dem einen der Absatz ab, und ein feiner, grauer Staub rieselte hervor. *Nonno* Ciccio hob den Schuh auf, schaute in den hohlen Absatz und klopfte ihn in der Hand aus. Da kam außer dem Staub auch noch ein graues, gefaltetes Stück Papier zum Vorschein, das ihm in die geöffnete Hand fiel. *Nonno* Ciccio blies den Staub weg und faltete den Zettel auseinander. Er strich ihn glatt und erkannte eine hauchfeine Schrift, die mit bloßem Auge kaum zu lesen war. Erst mit einem Vergrößerungsglas entzifferte er die Buchstaben und las uns Sarina Carluccis letzte Worte an Sofia vor:

»Siebenmal wirst du dich beugen über die Gräber der deinen, bis das Feuer dich trennt von der Asche des meinen!

Sarina und Bernardo.«

Nonno Ciccio bekam einen so heftigen Schreck, dass er die ganze Nacht kein Auge zubekam. Am nächsten Morgen verbrannte er die Schuhe im Kamin, sammelte die Asche ein und versenkte sie zusammen mit dem Brief im Weihwasserbecken der Kirche der Heiligen Maria. Vor Schmerz wahnsinnig geworden, hatte Sarina Carlucci den Schuhmacher aufgesucht, Bernardos Asche in die Absätze gefüllt, die Schuhe verflucht und sich danach das Leben genommen.

Wer weiß schon, ob das alles Zufall war. Wenn, dann handelt es sich zumindest um eine Anhäufung ziemlich merkwürdiger Zufälle. Findet ihr nicht auch?«

24. **Auf der Flucht**

Die Erlebnisse von *zia* Sofia steckten in der Tat voller merkwürdiger Zufälle. Aber es war eine wirklich tolle Geschichte, die uns sofort mehrere Jahre in die Vergangenheit katapultierte und schöne Erinnerungen an viele warme Abende weckte, als Deutschland noch in weiter Ferne gelegen und *nonna* Mina uns mit ihren Geschichten in den Bann gezogen hatte. Auf ihre ureigene Weise und so spannend, dass allen Zuhörern Schauer über den Rücken liefen.

Auch diesmal hingen wir noch immer wie gebannt an den Lippen von *nonna* Maria, die nun leider verstummt war. Genau das hatten wir alle in Deutschland vermisst. Bei Kerzenschein im Kreise der Familie zu sitzen und einer Geschichte zu lauschen. Der magische Moment, wenn die Worte sich auf der inneren Leinwand zu Bildern formten, die allmählich zum Leben erwachten. Das Glücksgefühl, gepaart mit der Enttäuschung, wenn das letzte Wort verhallte, das letzte Bild erlosch und wir aus der Tiefe jener Welt gerissen wurden, die wir doch gerade erst betreten hatten. In Deutschland hatten wir fast jeden Abend schweigend vor dem Fernseher gesessen. Aber mit einer Geschichten erzählenden Oma konnte Edgar Wallace nicht mithalten.

Das tragische Ende von Großtante Sofia beantwortete jedoch keine einzige meiner Fragen, vielmehr kamen noch ein paar neue hinzu. Mir schien, dass in den Tiefen der Familie noch viele geheimnisvolle Geschichten nur darauf warteten, endlich erzählt zu werden.

Kurze Zeit später wünschten wir uns alle eine gute Nacht und liefen zurück ins Haus. Ich ging mal wieder sehr nachdenklich ins Bett und war ziemlich enttäuscht, trotz vieler Nachfragen keine einzige nachvollziehbare Erklärung für das gefunden zu haben, was meiner Ansicht nach in unserem Leben schieflief. Das, was wir unser Schicksal nannten. Im Zimmer war es wieder mal sehr heiß und stickig. Ich nahm mir ein Stück Pappe und fächerte mir Luft zu, während Santina selig neben mir in ihrem Bett schlief. Nur Filippo lag noch wach und wedelte sich ebenfalls die Hitze aus dem Gesicht.

In knapp zwei Tagen würden wir wieder in unseren deutschen Betten schlafen, dann wäre es damit sowieso vorbei. In Deutschland hatte es anderthalb Jahre lang nicht eine Nacht gegeben, in der es so heiß geworden war, dass wir kein Auge zubekommen hatten. Hier in Messina war es dagegen die Regel. Die letzten Tage waren so heiß gewesen, dass mich jeden Morgen mein eigener Schweiß wachgekitzelt hatte. Er sammelte sich auf der Kopfhaut oder an der Nasenwurzel, lief übers Gesicht und drang brennend in die Augen ein. Ein widerliches Gefühl.

»Gigi, bist du noch wach?« Filippo hatte sich in seinem Bett aufgesetzt, flüsterte, nein zischelte leise und starrte angestrengt durch das Halbdunkel in meine Richtung.

»Ja!«, flüsterte ich zurück.

»Morgen fahren wir wieder. Dabei will ich gar nicht. Und du?«

»Ich will auch nicht. Aber ich glaube kaum, dass Mama und Papa das interessiert. Außerdem musst du dringend zum Doktor.«

»Das ist mir egal! Ich will auf keinen Fall nach Deutschland zurück! Da leben nur Idioten! Sollen wir einfach abhauen?«

»Abhauen? Bist du doof? Wohin sollen wir denn abhauen? Und wovon sollen wir leben? Was sollen wir essen? Müll etwa? Vergiss es!«

»Das interessiert mich nicht. Willst du dich etwa noch ein oder zwei Jahre lang mit jedem herumschlagen, der meint, er sei was Besseres, nur weil er zufällig Deutscher ist?«

»Nein, das will ich sicher nicht. Außerdem sind gar nicht alle so. Das sind nur ein paar Vereinzelte, das weißt du genauso gut wie ich. Die gibt es hier auch!«

»Aber hier gibt es weit weniger davon, und wir sind in Messina keine Ausländer. Wir verschwinden einfach, und wenn Papa und Mama weg sind, kommen wir zurück. *Nonno* Luigi wirft uns bestimmt nicht hinaus. Außerdem können wir wie Enzo eine Arbeit finden, Geld verdienen und uns etwas zu essen kaufen.«

»Ja, und wir können wie Enzo eins auf die Nuss bekommen, und niemand wird da sein, der uns hilft«, antwortete ich.

Filippo schwieg. Er legte sich wieder hin und starrte an die Decke. Ich schloss die Augen und ließ die letzte Begegnung mit unseren deutschen Schulkameraden wie einen Film in meinem Kopf ablaufen. Karls hasserfüllte Fratze, das am Boden liegende Fahrrad, mit dem er uns umgefahren hatte, Filippo, der sich gegen einen Gartenzaun drückte. Die anderen Kameraden, die uns aufhalfen, nachdem sie uns zuvor nur allzu bereitwillig gejagt hatten, obwohl sie genau wussten, dass Karl im Unrecht war.

»Okay, lass uns gehen!«, sagte ich zu Filippo. Wir standen auf, zogen uns an und verließen auf leisen Sohlen das Haus.

Möglichst lautlos versuchten wir, *zio* Paolos Tor zu öffnen, doch es war ein Ding der Unmöglichkeit. Die alten, verzogenen Scharniere quietschten so laut, dass sie sogar Tote aus dem Schlaf reißen konnten. Hastig quetschten wir uns durch den Spalt, liefen wortlos die ausgetretenen Steintreppen hinunter bis zur Straße und wandten uns bergab in Richtung Provinciale. Auf der Treppe war es, bis auf den Schein des fahlen Mondlichts, stockdunkel gewesen. Doch auf der Straße hing etwa alle fünfzig Meter eine trübe Laterne, die einen gelben Lichtkegel auf das Kopfsteinpflaster warf. Es war kurz nach zwei Uhr. Wenn wir, in Provinciale angekommen, die Via Catania entlang zur Viale San Martino und danach zur Piazza Cairoli liefen, konnten wir von dort aus bis zum anderen Ende der Stadt gelangen und wären bis zum Sonnenaufgang unauffindbar über alle Berge.

»Wo sollen wir hin?«, fragte Filippo.

Ich blieb stehen und sah ihn entgeistert an. »Woher soll ich das wissen? Du wolltest doch abhauen!«, brauste ich auf.

Mein Bruder blickte betreten zu Boden und schob die Hände in die Taschen seiner kurzen Hosen. »Klar wollte ich abhauen. Das heißt aber nicht, dass ich weiß, wohin wir jetzt gehen sollen. Ich will nur nicht nach Deutschland zurück.«

»Wir laufen jetzt auf jeden Fall erst mal nach Provinciale, und dann werden wir sehen«, bestimmte ich und ging weiter.

Wir liefen eine gute halbe Stunde schweigend nebeneinanderher. Die Gedanken in meinem Kopf jagten einander. Was sollten wir morgen früh essen? Würde die Polizei nach uns suchen? Würden Mama und Papa überhaupt zur Polizei gehen? In Sizilien ging doch niemand zur Polizei. Galt das auch, wenn Kinder verschwanden? Nein, sicher nicht. Wir mussten also damit rechnen, dass Hunderte Polizisten mit unserem Steckbrief in der Hand durch die Straßen laufen würden: »*Wanted – dead or alive: Gigi & Filippo. Unbewaffnet und beschränkt.*«

Letzteres hatte ich hinzugefügt, weil wir nicht einmal Taschentücher mitgenommen hatten. Auch kein Geld. Keine Klamotten. Nichts! Andererseits hatte ich auch noch nie davon gehört, dass minderjährige Ausreißer noch groß Zeit hatten, tagelang zu planen und zu packen. Oder tibetanische Sherpas anzuheuern, die das ganze Zeug hinter ihnen herschleppten. Ein Bett, zum Beispiel, wäre sicher nicht das Schlechteste, überlegte ich. Oder sollten wir etwa auf dem Boden schlafen? Ja, das wäre bestimmt toll! Das ganze Ungeziefer, das so in der Gegend herumkroch, würde sich über rosiges, frisches Fleisch ganz sicher freuen. Oder würden die Viecher womöglich zu einer willkommenen Mahlzeit mutieren? Buaaahhh! Allein der Gedanke brachte mein Gaumensegel gefährlich zum Schwingen. Durchatmen, an etwas anderes denken, ermahnte ich mich. Tarzan reihert doch auch nicht los, wenn er an Flöhe denkt. Oder vielleicht doch, und er lässt sich nur nicht dabei filmen?

Würden Papa und Mama überhaupt nach uns suchen? Oder würden sie unmittelbar nach der Entdeckung unseres Verschwindens ein rauschendes Fest feiern? Würden sie unsere Betten, Kleider und mein persönliches Besteck verkaufen und bis in alle Ewigkeit glücklich darüber sein, uns beide Nervensägen vor der Zeit losgeworden zu sein? Mein Besteck. Verdammt! In der Hektik hatte ich es ganz vergessen. Papa hatte mir zu meinem fünften Geburtstag ein besonderes Geschenk gemacht: ein Messer, eine Gabel und ein Löffel, auf denen mein Name eingraviert war. Das war das schönste Geschenk, das ich je bekommen hatte. Es war mir nach Deutschland gefolgt und in den Ferien auch nach Sizilien. Jetzt hatte ich es einfach vergessen. Der Gedanke an mein armes, zurückgelassenes Besteck machte mich plötzlich sehr traurig. Nicht dass ich vorher vor Glück geplatzt wäre. Aber der Verlust meines Bestecks war für mich etwas sehr, sehr Ernstes. Und Mama? ... Na gut! Sie fehlte mir auch. Genauso wie Papa. Und Santina.

Seit unserer Flucht waren noch nicht einmal zwanzig Minuten vergangen. *Weichei!* Wer, ich? *Aber Hallo! Wer heult denn hier wegen seines Bestecks, du oder du?* Sei jetzt endlich still! Jetzt fing ich auch noch an, mit mir selbst zu streiten.

Der Friedhof lag längst hinter uns und wir liefen zielstrebig auf die Umrisse der großen Bäume der Piazza Cairoli zu. Die Stadt war menschenleer. Hin und wieder durchschnitt der helle Scheinwerferkegel eines Autos die Dunkelheit und verschwand genauso schnell, wie er aufgetaucht war. Wir erreichten die geisterhafte Piazza, die wir im Dunkeln noch nie gesehen hatten. Die großen, knorrigen Bäume wirkten im Zwielicht fast lebendig und warfen unheimliche Schatten. Die alten hölzernen Sitzbänke, die tagsüber unter dem Gewicht Tausender Hintern ächzten, waren jetzt verlassen und erholten sich still von den Strapazen des Tages. Wir ließen die Piazza Cairoli hinter uns, liefen geradeaus weiter und gingen schnurstracks zu den Anlegestellen des Hafens.

Der Hafen schlief nie. Selbst mitten in der Nacht wurden Schiffe be- oder entladen, Fähren voller Fahrzeuge legten an, entließen ihre rollende Ladung oder schluckten sie und fuhren ab. Langsam, gemütlich schlenderten Filippo und ich am Kai entlang, blickten aufs Meer hinaus, beobachteten das hektische Treiben und entfernten uns wieder von den Anlegestellen. Weit vor uns lag der Fischereihafen. Ein paar lange, schlanke Schwertfisch-Fangboote dümpelten gemächlich auf den leichten Wellen. Im Gegensatz dazu wirkten die Bewegungen der kleinen Männer an Bord hektisch und hölzern. Heisere Befehle und laute, derbe Flüche hallten durch die Luft. Im Schein einiger trüber Lampen, die mehr Schatten warfen, als sie Licht spendeten, machten die Fischer ihre Boote startklar. Die Schwertfischsaison war noch nicht zu Ende, und sie mussten sehr bald hinausfahren, um die besten Fangplätze noch vor der Konkurrenz zu erreichen.

Seit wir aus den Betten gestiegen waren, hatten Filippo und ich noch keine zwei Sätze miteinander gewechselt. Jeder für sich hingen wir unseren trüben Gedanken nach. In der ergrauenden Dunkelheit, ein paar Schritte vor uns, zischte etwas kurz und laut. Mein Bruder und ich sahen uns ängstlich um. Im Gegenlicht des Mondes zeichnete sich hinter einer Mole eine kleine, sitzende Gestalt ab, die eine lange Angelrute in den Händen hielt.

»Psst! Hey, was sucht ihr denn hier?«

Der Zischer hatte eine sehr junge Stimme. Dem Klang nach nicht viel älter als mein Bruder und ich, aber rauer, verbrauchter. Junge Marktschreier hatten häufig solche Stimmen. Wenn sie ihre Waren anboten und lauthals ihre Sprüche herausbrüllten, konnten sie nach einer gewissen Zeit nur noch krächzen. Der Junge sah ziemlich zerlumpt aus. Seine lockigen Haare klebten ihm verfilzt am Kopf, Nase und Wangen waren schwarz vor Schmutz, und seine Hände sahen aus, als hätte er sie mit Teer eingerieben.

»Nichts, wir spazieren hier nur ein bisschen herum«, antwortete ich.

»Um drei Uhr nachts? Haltet ihr mich für blöd? Solche Märchen könnt ihr eurer Oma erzählen, aber sonst niemandem. Kommt her, setzt euch hin. Ich bin Lillo. Ihr habt nicht zufällig was zu essen dabei?«

»Nein, leider nicht. Wir haben gar nichts dabei.«

Filippo und ich setzten uns neben Lillo an die Kaimauer. Einen kleinen, schwarzen, furchtbar stinkenden Eimer neben sich, starrte der Junge aufs Wasser und summte eine mir unbekannte traurige Melodie. Es war nicht der Eimer, der so übel stank, es war Lillo. Er sonderte eine seltsame Duftmischung aus Schweiß, Schmutz und altem Fisch ab, bei der sich mir schier der Magen verknotete.

»Wonach angelst du?«, fragte Filippo und beugte sich über den Eimer, um nachzusehen, ob etwas darin lag.

»Nach Tintenfischen. Falls heute endlich mal wieder einer anbeißen sollte. Ansonsten mache ich wie gestern Nacht nur meine Angelschnur nass, bis ich einschlafe. Und ihr? Jetzt erzählt mal, was sucht ihr eigentlich hier?«, krächzte Lillo, während er immer wieder seine Angelrute zu sich herzog und wieder losließ.

»Nichts Besonderes, wir sind nur herumgelaufen. Und du, warum angelst du mitten in der Nacht?«

»Weil Tintenfische nur nachts anbeißen. Weißt du das denn nicht? Wo kommt ihr denn her?«

»Wir sind von hier, aber wir haben noch nicht so oft geangelt.«

»Nicht so oft geangelt? Wenn ihr mich fragt, habt ihr noch nie geangelt! Vielleicht habt ihr mal einen Angelhaken ins Wasser geworfen und die Würmer gebadet. Hahaha!, war nur Spaß. Wonach habt ihr geangelt? Nach Schwertfischen? Haien? Walen? Touristengeldbeuteln am Bahnhof?«

»Geldbeutel? Was redest du denn da?«

»Das macht ein Freund von mir. Läuft an Touristen vorbei, schneidet mit einer Rasierklinge ihre Hosentaschen auf und angelt sich ihre Geldbeutel. Bis die merken, dass sie beklaut worden sind, ist er schon einen Kilometer weiter und angelt sich den nächsten. Das ist der tollste Beruf der Welt! Jedenfalls viel besser, als arbeiten zu gehen. Da kannst du auch viel schneller Karriere machen. Erst Geldbörsen angeln, dann ein paar Kumpels anheuern, die für dich klauen gehen, und wenn du eine gute Bande zusammenhast, kommst du mit dem Geldzählen gar nicht mehr nach! Hast du diese Leiter erst mal erreicht, führt sie dich geradewegs nach oben.« Beim letzten Satz ließ Lillo die Hand in den Himmel gleiten und blickte dabei so verzückt, als hätte ihm von da oben ein gütig lächelndes, bärtiges Gesicht soeben mitgeteilt, dass Moses das siebte Gebot nur unvollständig in Stein gemeißelt habe. Das Gebot heiße nämlich eigentlich: Du sollst *dich* nicht *beim* Stehlen *erwischen lassen*! Außerdem freue der Herr sich sehr darüber, dass die Menschheit es, trotz

Moses Schreibfaulheit, richtig verstanden habe und auch fleißig befolge.

»Nein, so etwas tun wir nicht!«, stellte ich sofort klar.

Lillos Gesicht verdüsterte sich auf der Stelle. »Aha, *ho capito*. Ihr seid wohl *signorini*, was?«

»Nein, wir sind ganz bestimmt keine jungen Herren, aber auch keine Diebe, wenn du das meinst.«

»Wovon lebt ihr denn dann? Angeln könnt ihr nicht, klauen tut ihr nicht? Irgendetwas müsst ihr doch essen?«

»Wir haben eine Familie. Unser Papa hat eine Arbeit, und wir kaufen unser Essen. Ist das bei dir etwa anders?«

»Dann seid ihr also doch *signorini*! Das sieht man euch auf einen Kilometer Entfernung an. Ja, bei mir ist es ande…«

Dann überschlugen sich die Ereignisse.

Die Angelrute ruckte plötzlich so heftig, dass sie Lillo beinahe aus den Händen geglitten wäre. Sofort packte er fester zu und zog mit aller Kraft daran. Gleichzeitig rief er Filippo und mich zu Hilfe. Zu dritt hielten wir den schartigen, getrockneten Bambusstab fest und zogen den Fang mit vereinten Kräften an Land. Als er endlich über die Kante der Kaimauer rutschte und auf dem Asphalt liegen blieb, hatte wir einen großen Tintenfisch vor uns, der noch heftig mit den Tentakeln zuckte. Lillo ging auf den Kraken zu, bückte sich und versuchte die Tentakeln zu greifen. Das Tier spürte die Berührung, stemmte seine Tentakeln gegen den Boden und richtete sich auf. Uns bot sich ein groteskes Bild. Aufgerichtet war der Krake fast so groß wie wir. Die riesigen schwarzen Glotzaugen starr auf uns gerichtet, bewegte er sich auf die Kante der Kaimauer zu, um ins Meer zurückzuspringen.

Panisch schrie Lillo »*Nooooo!*« und hechtete hinterher. Er bekam den Tintenfisch gerade noch an einem Tentakel zu fassen, schleuderte ihn zurück auf das Pflaster und drehte mit beiden Händen den glibberigen Kopfsack um. Das Tier erschlaffte sofort. Lillo packte ihn an den Tentakeln, schlug ihn ein paar mal auf den Boden und lachte dabei lauthals.

»Gott sei Dank! Endlich wieder mal was gefangen. Ich komme gleich! Ich gehe nur schnell runter und wasche ihn.«

Lillo verschwand. Direkt neben dem Kai führte eine schmale Treppe bis zum Meer hinunter. Dort schwenkte der Junge das Tier ein paar mal im Wasser herum und kam dann hocherfreut die Treppe heraufgerannt. Er warf den Tintenfisch in den Eimer, setzte sich an die Kaimauer und ließ die Füße baumeln. Filippo und ich untersuchten derweil seinen Fang. Das war schon ein beeindruckendes Tier, mit riesigen Saugnäpfen an den Tentakeln. Lillo kramte ein Klappmesser aus seiner Hose, klappte es auf und trennte ein Stück von einem Tentakel ab. Er biss hinein, zog daran, schnitt es knapp vor seinem Mund erneut ab und kaute laut schmatzend auf dem zähen Zeug herum. Mein Magen rebellierte, und Filippo verzog das Gesicht, wie vor ein paar Monaten, als wir ein wildes Tier namens Jägermeister bei lebendigem Leib getrunken hatten, das uns beinahe die Eingeweide herausgebrannt hätte.

»Wieso kochst du den Fisch denn nicht?«, fragte ich angewidert.

»Kochen? Womit denn? Siehst du, schmatz, hier etwa irgendwo eine Küche und, schmatz, Töpfe?«

»Nein! Aber hast du denn kein Zuhause, keine Familie?«

»Nein. Ja. Nein. Das geht euch, schmatz, nichts an! Möchtet ihr was davon? Es gibt nichts Besseres als fangfrischen Tintenfisch!«

»Nein … danke«, würgte Filippo hervor.

Entsetzt starrten wir auf die aus dem Eimer heraushängenden Tentakeln des Kraken und wussten, dass die Zeit gekommen war, wieder nach Hause zu gehen. Am besten, noch bevor jemand wach wurde und unser Verschwinden bemerkte. Wollte ich mich künftig von rohem Tintenfisch ernähren? Nein! Wollten wir harmlose Touristen ausnehmen, damit wir uns ab und zu etwas anständiges zu essen kaufen konnten? Auf keinen Fall!

Wir verabschiedeten uns von Lillo, wünschten ihm viel Glück bei der Suche nach seiner Karriereleiter und liefen schnurstracks nach Hause. Unterwegs kamen mein Bruder und ich überein, dass wir von unserem Leben eine etwas andere Vorstellung hatten als Lillo. Der brauchte zum Glücklichsein offenbar nur einen toten Tintenfisch und den Traum von einer eigenen Diebesbande. Ich für meinen Teil wollte dagegen Forscher werden. Entdecker. Wissenschaftler. Ich wusste zwar nicht, was ich erforschen, entdecken oder wissen wollte, aber ich wusste, dass ich nie, niemals in meinem Leben ungekochte Tiere essen würde.

25. Die Rückkehr

Als Filippo und ich nach unserem misslungenen Ausflug in die Freiheit die Treppe zu unserem Viertel erreichten, brach der Tag gerade an. Erneut stemmten wir uns gegen *zio* Paolos Tor und achteten darauf, das erbärmliche Quietschen nicht zu laut werden zu lassen. Rasch zwängten wir uns hindurch und schlichen auf Zehenspitzen durch *nonno* Luigis Hof, geradewegs auf die Haustür zu. Bis uns zu unserem Entsetzen einfiel, dass sich die Tür von außen gar nicht öffnen ließ und wir keinen Schlüssel hatten. Unser Plan, unbemerkt wieder ins Bett zu gelangen, stürzte wie ein Kartenhaus in sich zusammen.

»Mist! Wie kommen wir jetzt wieder rein?«, flüsterte mir Filippo ins Ohr. Mein Bruder war so bleich, wie ich mich fühlte.

»Keine Ahnung!«, flüsterte ich zurück. »Papa wird uns die Ohren so lang ziehen, dass wir sie hinterm Kopf zusammenknoten müssen, um nicht draufzutreten.«

»Oder uns so lange in den Hintern treten, bis wir in keine Hose mehr passen. Sollen wir nicht doch lieber abhauen?«

Ich schielte Filippo nur an und ersparte mir eine Antwort. Ohne seine blöde Idee wären wir gar nicht erst hier.

»Was macht ihr denn hier draußen?«

Die leise gezischelten Worte trafen uns wie Fausthiebe mitten in die Magengrube. Wir waren so sehr mit uns selbst beschäftigt, dass wir *nonno* Luigi gar nicht bemerkt hatten, der mit einer Zigarette im Mundwinkel unter seinem Orangenbaum saß, eine kleine Tasse Espresso in der Hand hielt und uns aus zusammengekniffenen Augen anstarrte. Er schien über unsere Anwesenheit nicht halb so überrascht zu sein wie wir über seine.

»Ach nichts, *nonno*. Wir konnten nur nicht schlafen und sind ein bisschen spazieren gegangen«, stammelte Filippo wahrheitsgemäß.

Die Tatsache, dass wir schon wieder zu Hause waren, reduzierte unseren Fluchtversuch automatisch auf einen harmlosen Spaziergang. Glaubte ich zumindest. Auch wenn Papa es bestimmt anders sah.

»Um fünf Uhr früh? Haltet ihr mich für blöd? Solche Märchen könnt ihr eurer Oma erzählen, aber sonst niemandem. Kommt her, setzt euch hin!«

Diese Sätze hörten wir nun zum zweiten Mal in dieser Nacht. Filippo und ich setzten uns. *Nonno* Luigi stand auf und ging gemächlich ins Haus. Filippo sah ihm nach und fragte mich, wohin er wohl gehe.

»Weiß auch nicht«, antwortete ich. »Aber wenn er jetzt mit einem Tintenfisch rauskommt, breche ich ihm sofort über seine Schlafanzughose.«

Filippo und ich lachten uns krumm und verstummten erst, als *nonno* Luigi mit zwei Cafè Latte aus der Haustüre kam. Er überreichte uns die beiden Tassen, die mit herrlich frischer, warmer Milch gefüllt, mit einem Schuss Espresso verfeinert und mit Zucker gesüßt waren. Mein Bruder und ich schlürften unsere köstliche Milch. *Nonno* Luigi zündete sich unterdessen eine Zigarette an und setzte sich zu uns.

»Nun erzählt mal, wo wart ihr?«, sagte er mit ernster Miene.

»Nur ein bisschen spazieren«, antwortete ich.

Nonno Luigi hob die Augenbrauen, blies den Rauch seiner Zigarette durch die Nase aus, was sehr furchteinflößend aussah, und grinste kalt. »Wen wollt ihr hier belügen? Mich etwa? Ich habe genau gehört, wann ihr gegangen seid, und sitze seit drei Stunden hier. Also: Wo seid ihr gewesen und vor allem: Aus welchem Grund seid ihr mitten in der Nacht gegangen? Entweder ihr sagt es mir freiwillig, oder ich wecke euren Vater, und ihr dürft es ihm erzählen. Also, legt los!«

Nonno Luigi klang sehr ernst. Wir wussten genau, dass mit ihm nicht zu spaßen war. Er tat immer genau das, was er sagte. Ohne Ausnahmen. Ich fing an zu erzählen. Filippo ergänzte immer wieder mal etwas, aber im Grunde redeten wir uns jeglichen Kummer von der Seele. Am Ende wusste *nonno* Luigi, dass wir uns in Deutschland nicht halb so wohl fühlten, wie alle immer gerne glauben wollten. Wie es seine Art war, sagte er nicht viel dazu. Am Ende unserer Erzählung lehnte er sich zurück, atmete geräuschvoll aus, klopfte sich eine neue Zigarette aus der Nationali-Packung, zündete sie an und musterte uns aus seinen kühlen grünblauen Augen. In seinem Kopf rumorten die Gedanken, das war ihm deutlich anzusehen. Er nickte mehrmals hintereinander, schob seine Mütze ins Genick und schnaufte.

»Seid ihr den Deutschen gegenüber etwa unfreundlich?«, fragte er dann.

»Wir? Unfreundlich? Wir lächeln sogar beim

Speien!«, erwiderte ich, während Filippo bestätigend nickte.

Nonno Luigi schüttelte den Kopf: »Wir Menschen sind doch wirklich die letzten Idioten! Selbst Tiere gehen freundlicher miteinander um. Lernt die Sprache, geht Streitigkeiten aus dem Weg, seht zu, dass es mit Filippos Auge vorangeht, und kommt schnellstens wieder nach Hause. Das ist alles, was ich euch sagen kann. Im Leben ist es nun mal so, dass alles zunächst viel schlimmer werden muss, bevor es irgendwann wieder gut wird.«

Nonno Luigi sprach mal wieder in Rätseln. Wir saßen noch eine Weile auf den kleinen Stühlen herum und merkten, wie die Müdigkeit uns langsam niederkämpfte. Irgendwann fielen uns die Augen einfach zu. *Nonno* Luigi griff nach unseren schlaffen Händen und führte uns zu seinem Bett. Wir kippten sofort um und schliefen bis zum Mittagessen durch. Über unseren nächtlichen Ausflug verloren Papa und Mama kein einziges Wort. Vielleicht hatte *nonno* Luigi ihnen schon alles Nötige dazu gesagt. Aber es war viel wahrscheinlicher, dass sie sich nervenaufreibende Diskussionen ersparen wollten.

Der letzte Tag unseres ersten Urlaubs in Messina wurde zu einem der traurigsten Tage unseres Lebens. Wäre es nach uns gegangen, hätte die Rückfahrt schlichtweg nicht stattgefunden. Wir beluden das Auto, verabschiedeten uns von *nonno* Luigi, *zio* Paolo, *zia* Gianna, unseren Cousins und den Nachbarn und fuhren schweren Herzens los. Auf dem Weg zur Fähre klapperten wir alle anderen Verwandten ab, verabschiedeten uns und bepackten unser Auto bis über die zulässige Höchstgrenze hinaus. Fast alle hatten Lebensmittelpakete vorbereitet, die sie uns zum Abschied mit auf den Weg gaben. Diese Pakete enthielten so ziemlich alles, was es in Deutschland nicht zu kaufen gab. Und das war eine ganze Menge. Ablehnen war nicht möglich, denn damit hätten wir ungefähr die Hälfte der Familie beleidigt. Es blieb uns also nichts anderes übrig, als alles, was uns ins Auto hereingereicht wurde, irgendwie zu verstauen.

Beim letzten Paket standen wir vor der Entscheidung, entweder den Tank oder den Motor auszubauen, denn alles andere war bereits vollgestopft. Da der Ausbau wichtiger Fahrzeugteile unsere Weiterfahrt entscheidend beeinträchtigt hatte, entschied Papa, das Paket zu öffnen und die deutlich handlicheren Einzelteile unter den Sitzen zu verteilen. Der Kofferraum des Kadetts war so was von überfüllt, dass der Auspuff bei jedem Schlagloch funkenschlagend aufsetzte. Das Fahrverhalten unseres fahrenden Lebensmittelladens hatte sich dramatisch verändert. Die neue, optimierte Straßenlage mit dem unterirdisch verlaufenden Schwerpunkt erlaubte eine rekordverdächtige Beschleunigung von 0 auf 100 in etwas weniger als drei Stunden. Das Auto lag nicht wie ein Brett auf der Straße, sondern wie eine ganze Schrankwand.

Papas Pläne, die kühlere Nacht zu nutzen und durchzufahren, wurden in dem Augenblick zunichte gemacht, als er die Scheinwerfer einschaltete und feststellte, dass der Himmel über uns bestens ausgeleuchtet war, aber die Straße im Dunkeln blieb. Das war ein Problem, das nicht missachtet werden konnte. Überladen ging ja noch. Aber ein Blindflug durch halb Italien war nicht zu verantworten. Es half alles nichts. Das Problem musste gelöst werden, und da es sowieso Zeit zum Tanken war, fuhr Papa eine Raststätte an. Mamas erster Vorschlag, die drei nervtötenden Kinder von der Rückbank auf die vordere Stoßstange zu verfrachten und somit die Last, weit weg von ihren Ohren, etwas gleichmäßiger zu verteilen, scheiterte am eingelegten Protestgeheul der Betroffenen.

Nach langem Hin und Her erkannten unsere Eltern, dass ihnen nichts anderes übrig blieb, als einen Dachgepäckträger zu kaufen. In der Zwischenzeit sollten wir drei uns verstärkt um den essbaren Teil des Problems kümmern. Bei diesen Temperaturen konnte die eine oder andere Köstlichkeit nämlich sehr schnell zu neuem, unappetitlichem Leben erwachen. Santina, Filippo und ich, drei hochentwickelte Fressmaschinen mit nahezu unbegrenztem Fassungsvermögen, waren von Papas wundervollem Geistesblitz äußerst angetan und machten uns sofort ans Werk. Wir standen, evolutionstechnisch gesehen, nicht nur an der Spitze der Nahrungskette – nein, wir waren auch in der Lage, uns innerhalb weniger Stunden bis zur Basis durchzufuttern.

Unterdessen sprach Papa mit einem jungen Mann, der angeblich jemanden kannte, dessen Cousin dritten Grades eine Werkstatt betrieb und der uns sicherlich zügig weiterhelfen könnte. Das war ein Vorschlag ganz nach Papas Geschmack. In Deutschland, mit seinen strengen, gesetzlich geregelten Ladenschlusszeiten, wo die Geschäfte mitten am helllichten Tag, nämlich pünktlichst um 18.00 Uhr, die Türen schlossen, wäre so etwas schon wieder strafbar. In Italien dagegen – dem Land der wahren Freiheit – konnte man sogar noch mitten in der

Nacht nach Anbauteilen für sein Fahrzeug fragen. Hier fand sich immer jemand, der bereitwillig sein Bett verließ, im Schlafanzug seine Lagerbestände durchforstete, um dem geschätzten Kunden das passende Teil bis zu einem Parkplatz hinterherzutragen. In Italien ist der Kunde eben nicht nur König, er kommt vielmehr gleich nach dem lieben Gott!

Drei Stunden später, kurz nach zwei Uhr, kam der junge Mann in Begleitung eines anderen Mannes und eines Dachgepäckträgers über der Schulter zu unserem Auto. Das Ding passte zwar nicht ganz genau, ließ sich aber befestigen und löste schlagartig unser Problem. Der Träger war sogar günstiger, als Papa zunächst befürchtet hatte. Wir drängten unseren Rettern noch zwei volle Tüten Proviant auf und konnten endlich weiterfahren. Fünfhundert Kilometer weiter, als die nächste Tankfüllung fällig war, begutachteten wir den Träger bei Tageslicht. Es war ein ziemlich altes Teil, außerdem waren Telefonnummer und Name seines Besitzers eingraviert. Der arme Mensch vermisste das Ding inzwischen bestimmt schon.

Papa fing heftig an zu fluchen: »*Porca miseria!* Ja, sind wir denn in Italien, oder was?«

Am liebsten hätte er auf der Stelle kehrtgemacht und den gestohlenen Gepäckträger zurückgebracht. Aber tausend Kilometer Umweg war ihm der Träger dann doch nicht wert. Es blieb uns also nichts anderes übrig, als weiterzufahren und den Gepäckträger von Deutschland aus mit der Post zurückzuschicken. Aber Papas Laune war dahin. Der Gedanke, dass er Diebesgut spazieren fuhr, war für ihn nur schwer zu ertragen.

Gegen Abend passierten wir erneut die Grenze und landeten mitten in einer Schlechtwetterfront. Es war kalt, es goss wie aus Kübeln, und der Dauerregen begleitete uns bis vor die Haustür. Die ohnehin schon schlechte Laune entlud sich in allgemeinem Heulen und Zähneknirschen.

»Willkommen in Deutschland!«, rief ich.

»Im Land der Kälte und des Dauerregens!«, ergänzte Santina.

»In dem Land, wo einem niemand gestohlene Sachen andreht und wo man für seine Arbeit anständig bezahlt wird!«, ergänzte Papa.

Damit hatte er, nach allem, was wir erlebt und gehört hatten, sicher Recht. Der Einzige, der sich nicht über die wirtschaftliche Situation in Sizilien beklagt hatte, war unser Cousin Peppi. Gerade in den letzten Tagen unseres Urlaubs war er freudestrahlend von einer norditalienischen Modemesse zurückgekehrt und hatte seiner staunenden Familie mitgeteilt, dass er Aufträge in zweistelliger Millionenhöhe erhalten hatte. (D-Mark, nicht Lire!) Er hatte Mama sogar gefragt, ob sie als Pelzmantelnäherin bei ihm arbeiten wollte, was sie jedoch aus naheliegenden Gründen abgelehnt hatte. Peppis Karriereleiter hatte ihn jedenfalls schlagartig in den Himmel geschossen.

Als wir am nächsten Morgen das Auto entluden, freuten wir uns, dass es noch genau dort stand, wo wir es in der Nacht abgestellt hatten, und dass alles noch da war. Papa war sich plötzlich sehr sicher, dass so etwas in Italien nicht möglich wäre. Deutschland war also mal wieder klar im Vorteil. Über die vielen Köstlichkeiten und Erinnerungen, die wir mitgebracht hatten, freuten wir uns natürlich riesig.

Damit konnten wir uns die nächsten paar Monate mehrmals eine Portion Sizilien auf den Tisch zaubern. Es war tatsächlich so, dass wir selbst nach anderthalb Jahren an keinem einzigen Tag etwas Deutsches gegessen hatten. Außer Brötchen, dem überaus köstlichen Gebäck und den saftigen Obstkuchen. Darin waren die deutschen Bäcker einfach die besten. Und natürlich Laugenbrezeln. In der nahen Umgebung hatten wir ein paar Geschäfte ausgemacht, die auch italienische Spezialitäten anboten. Die waren zwar vergleichsweise sehr teuer, aber ab und an war es das Papa wert. Erfreulicherweise eröffneten auch immer mehr Pizzerien in unserem Ort. Auch wenn die Pizza, die sie dort fabrizierten, lange nicht so gut schmeckte wie die in Messina. Bis zu unserer ersten deutschen Mahlzeit sollte jedenfalls noch viel Zeit vergehen.

Wir räumten das Auto komplett leer und halfen Papa beim Putzen. Der Innenraum sah aus wie ein Schlachtfeld. Während ich quer auf der Rückbank lag und mit einem Lappen den Staub sauber verteilte, drang das heisere Bellen eines mir wohlbekannten Hundes zu uns herüber. Kurz darauf näherte sich Dolfi mit großen Sprüngen. Kurz bevor er unser Auto erreichte, spazierte auch schon Herr Nägele aus dem Haus und bellte seinen Hund zurück.

»Hei! Komm sofort her! Zu denen gehst du nicht!«, rief er.

Wie hatte ich doch diese liebliche Stimme vermisst. Stimme?

Ich fuhr hoch und rutschte von meinem eingedellten Koffer herunter. Die quäkende Stimme über mir klang zwar ähnlich, aber sie gehörte nicht Herrn Nägele. Der Lautsprecher auf dem Gleis schnarrte und knisterte, als ob der Sprecher bei seiner Durchsage vom Stuhl gefallen wäre. Im selben Moment fuhr der Zug ein. Endlich! Mit fünf Minuten weniger Verspätung als vorhergesagt. Das nannte ich mal Pünktlichkeit! Ein Ruck ging durch die Wartenden, die sich augenblicklich erhoben, ihre Kinder weckten und sich so nahe an die Bahnsteigkante stellten, als befürchteten sie, dass der Zug nicht lange genug anhielte, um sie alle einsteigen zu lassen.

Ich kannte mich mit den italienischen Gepflogenheiten bei Zugverspätungen nicht aus. Die Reaktion meiner Mitreisenden beunruhigte mich jedenfalls ungemein. Würde der Zug am Ende, um die Verspätung wieder einzuholen, gar nicht halten, sondern nur etwas langsamer fahren, um den Mitfahrwilligen wenigstens eine kleine Chance zu geben aufzuspringen? Nicht mit mir! Als der Zug dann einfuhr, wunderte mich überhaupt nichts mehr. Er stand noch nicht einmal, da rissen die Ersten bereits die Türen auf und stürzten sich kopfüber in die Abteile. Sie stiegen nicht ein, sie enterten die Waggons auf Piratenart, mit Säbelrasseln und lautem Gebrüll.

Ähnliche Szenen kannte ich eigentlich nur von hausfraulichen Großwildjagden im Schlussverkauf. Fenster wurden aufgerissen, Gepäck hinaus und hinein geworfen, Frauen hoben ihre Kinder durch die offenen Fenster in die Arme ihrer Männer und schoben die zierliche Oma gleich hinterher. Eine nicht ganz so zierliche ältere Frau steckte mit baumelnden Beinen im Fensterrahmen fest und wurde, während die Helfershelfer an beiden Enden zogen und drückten, Zentimeter für Zentimeter hindurchgepresst. Ich stand nur fassungslos da, beobachtete das Gerangel und erkannte, dass die Chancen, mich mit meinem Gepäck durch diese Menge zu drängeln, kleiner waren, als mit verbundenen Augen unversehrt eine sechsspurige Autobahn zu überqueren. Die Menschenmassen drückten und schoben sich lärmend gegen die engen Türen und verstopften sämtliche Eingänge.

Im Inneren der Abteile wuselte es wie in einem Ameisenhaufen. Von außen betrachtet sah das Ganze eher nach einer Massenkeilerei als nach Sitzplatzsuche aus: rudernde Arme, verknotete Beine, eingekeilte Gesäßtaschen, plattgedrückte Gesichter. Nachdem die Männer alles verstaut hatten, konnten sich die Frauen setzen und endlich die Wege frei machen. Die nächsten rückten nach, und das Spiel begann von vorn. Was lobte ich mir da die deutsche Disziplin.

Der Deutsche bildet in solchen Fällen eine Schlange, stellt sich hinten an und wartet geduldig, bis er dran ist. Außer er sitzt am Steuer eines Autos. In diesem Fall ändert er in Sekundenschnelle seine Gesichtsfarbe, fängt an zu hupen, gestikuliert wild herum und streckt als Zeichen seines Unmuts auch schon mal einen Mittelfinger aus dem Seitenfenster. Manch einem ist diese überaus nützliche Erfindung schon so sehr in Fleisch und Blut übergegangen, dass er zum Hupen gar kein Auto mehr benötigt. »Ööhhh, Siieee! Ich war zuerst da!«, heißt es gerne mal bei tadelnd erhobenem Zeigefinger. Außerhalb der schützenden Blechummantelung kommt der Mittelfinger eher selten zum Einsatz. Womöglich aus Angst, an einen Kandidaten zu geraten, welcher der Hupe als Stilmittel einer gepflegten Kommunikation eher ablehnend gegenübersteht und lieber gleich zur Keule greift.

Hupen ist in Italien absolut sinnlos, denn in einem anhaltenden mehrstimmigen Hupkonzert kommt eine einzelne Hupe gar nicht zur Geltung. Außerdem bilden Italiener keine Schlangen. Viel lieber zwängen sie sich alle gleichzeitig durch einen schmalen Durchlass. Was nicht selten dazu führt, dass sie sich im Gedränge oft nur noch mit Tiernamen ansprechen und den Mitdränglern eine biologische Verwandtschaft zur Gattung der Schafe vorwerfen.

Auf dem Bahnsteig standen jedenfalls nur noch die Ahnungslosen herum. Der Ahnungslose. Ich. Und der Zugbegleiter, der mit einer Trillerpfeife im Mundwinkel und stoischem Blick auf die Uhr starrte. Wollte er das Einsteigespiel etwa schon abpfeifen? Da er direkt neben mir stand, bereitete ich mich darauf vor, ihm die Pfeife notfalls mit Gewalt zu entreißen. Dieser Zug würde nicht ohne mich losfahren! Als sich die Reihen in den Gängen so weit lichteten, dass ich endlich einsteigen konnte, war der Zug komplett überfüllt. Was war ich glücklich, einen reservierten Platz im Schlafwagen zu haben. Endlich fuhr der Zug los. Ich schwankte durch die Abteile, stieg über am Boden sitzende und liegende Reisende hinweg und zwängte mich mit letzter Kraft in mein Schlafwagenabteil.

Im Zwielicht erkannte ich, dass drei der vier Betten bereits belegt waren. Aber es war definitiv zu dunkel, um erkennen zu können, wie meine Mitreisenden aussahen. Nicht dass ich besonders ängstlich war, aber ich hätte es ganz schön gefunden, zu wissen, dass das Gesicht meines Bettnachbarn keine Ähnlichkeit mit dem eines im ganzen Land gesuchten Massenmörders hatte. Die Anwesenheit eines Serienkillers im eigenen Schlafgemach kann den Erholungswert einer Tiefschlafphase nämlich durchaus negativ beeinflussen. Hatte ich mir sagen lassen. Und eine schwere Blutbadallergie auslösen. Vor allem wenn man unfreiwillig hineingezogen wird. Aber egal.

Ich wuchtete mich in meine Koje, deckte mich zu, lauschte ein paar Minuten dem monotonen Rattern des Zuges und schlief ein. Das dachte ich zumindest – bis ich ein dumpfes Geräusch hörte. Tompf, tompf! Angestrengt spähte ich auf den Boden zwischen den Kojen und entdeckte zwei längliche Gegenstände. Noch bevor ich raten konnte, was dort unten lag, erreichte mich eine übel riechende Miefwolke, die mir schier den Atem aus den Lungen presste und Tränen in die Augen trieb. Der Mann unter mir züchtete wohl Limburger oder Romadur in seinen Schuhen. Auf jeden Fall einen Käse der übelsten Sorte. Verzweifelt hielt ich mir die Nase zu, pumpte röchelnd die ätzend schmeckende Luft in meine Lungen, drehte mich zum Fenster und hebelte es ein Stück weit auf. Das Rattern war nun zwar etwas lauter, aber das war auf jeden Fall besser, als elendig zu ersticken. So ein Mist! Dem Gestank nach trug Herr Romadur Schuhgröße 142 und laborierte in seiner Freizeit mit der Herstellung chemischer Kampfstoffe. Ich rutschte so weit es ging zu dem Hauch frischer Luft hinüber, der zum Fenster hereinwehte, und wünschte mir, ich hätte einen Atemschlauch, den ich hinaushängen könnte. Verärgert schloss ich die Augen und schlief zum Glück wieder ein.

Bis mich ein furchterregendes Geräusch erneut aus dem Schlaf riss. Es war eine Mischung aus unterirdischem Grollen und tiefem Brummen, begleitet von dunklem Kreischen und zischendem Fauchen. Es hörte sich an, als befände sich ein gewaltiges Tier im Abteil. Ein Bär? Nein, zu klein. Etwa ein schlecht gelaunter Elefant mit Rüsselverstopfung? Herr Romadur unter mir fluchte laut. Mein Kojennachbar gegenüber riss den Vorhang zur Seite und streckte seinen kantigen Schädel so schnell hinaus, dass ich vor Schreck beinahe aus dem Bett gefallen wäre. Mein Gott! Ein Zombie? Jedenfalls war das der hässlichste Kerl, den ich im wirklichen Leben je zu Gesicht bekommen hatte. Fleckige, bleiche Haut, krumme Boxernase, graue Haare, die wie Stacheldraht vom Kopf abstanden, eine große Narbe, die an der Stirn begann und mitten durch eine leere schwarze Augenhöhle bis zum Mundwinkel lief.

Mit einem scharfen Blick aus seinem Auge durchbohrte er mich und fauchte: »Bist du das?«

Ich konnte die Frage beruhigt verneinen, denn das Tier im Abteil wechselte gerade die Tonart und schickte dem beängstigenden Röcheln, das noch im Raum hallte, ein schrilles Quiecken hinterher. Oje! Keine Massenmörder, ich teilte das Schlafwagenabteil mit den Apokalyptischen Reitern. Jedenfalls mit dreien davon. Offenbar hatte ich Glückspilz dem vierten den letzten Platz vor der Nase weggebucht. Herr Romadur unter mir verließ seine Schlafstatt, schob den Vorhang der letzten Koje zur Seite und schüttelte die darin liegende Gestalt. Das Grunzen verstummte schlagartig. Ein schmächtiger, alter Mann blinzelte aus verschlafenen Augen und fragte mit dünner, piepsiger Stimme, was los sei.

»Das wollte ich Sie gerade fragen«, antwortete Herr Romadur. »Sie schnarchen so laut, dass ich dachte, der Zug entgleist. Gehen sie mal zum Arzt!«

»Oh, Entschuldigung! Mein Gaumensegel flattert.

Da kann man nicht viel machen. Soll nicht wieder vorkommen«, piepste der kleine Mann betreten. Herr Romadur schüttelte verwundert den Kopf. »Gaumensegel? Der Lautstärke nach flatterten da mehrere Segelschiffe! Sachen gibt's. Unglaublich!«

26. Ein anderes Land

Nachdem sich Herr Romadur wieder in seine Koje verzogen hatte, kehrte endlich Ruhe ein. Ich lag noch eine ganze Weile wach und wartete, bis die Müdigkeit mich übermannte. Was für eine verrückte Fahrt. Nie wieder! Das schwor ich mir jetzt schon zum fünften oder sechsten Mal. Nie wieder würde ich auch nur einen Fuß in einen Eisenbahnwaggon setzen.

Das Rattern des Zuges verschwamm in meinem Kopf zu einem Wirbelwind, der sich ständig im Kreis drehte. Der kleine, schmächtige alte Mann mit dem Gaumensegelproblem eines ausgewachsenen Elefantenbullen war aufgestanden, hatte die Türe leise geöffnet und verließ gerade das Abteil. Seine Silhouette zeichnete sich im Gegenlicht des helleren Ganges deutlich ab. Er erinnerte mich stark an *nonno* Luigi. Mein Großvater war mittlerweile 76 Jahre alt. Ein gebeugter, sehniger alter Mann, der seine Schweigsamkeit im Laufe der Jahre richtiggehend kultiviert hatte. Dafür hatte er seine Leidenschaft für sizilianische Sprüche und Redewendungen entdeckt, die er gerne und oft verwendete. Auf die Erklärung, in welchem Zusammenhang diese Sprüche mit dem aktuellen Gesprächsthema standen, wartete man oft vergeblich. Er hielt sich am liebsten an den, seiner

Ansicht nach, wahrsten aller Sprüche: »Wer nicht spricht, sagt nichts Falsches!«

Im Nachhinein betrachtet, hatte er mit seinem rätselhaften Spruch »Im Leben ist es nun mal so, dass alles zunächst viel schlimmer werden muss, bevor es irgendwann wieder gut wird« Recht behalten. Unsere Situation war tatsächlich schlimmer geworden, bevor sie sich endgültig zum Besseren wandte.

Als wir Ende August 1973, unmittelbar nach der Rückkehr aus unserem ersten Heimaturlaub, abends den Fernseher einschalteten, flimmerten beunruhigende Bilder über die Mattscheibe. Offenbar streikte wegen der Kündigung von über 300 Kollegen die gesamte ausländische Belegschaft der Kölner Fordwerke. Einige Tage später beendeten Polizei, Werkschutz und Streikbrecher den Aufstand gewaltsam. Die reißerisch aufgemachte Schlagzeile einer Zeitung erweckte den Eindruck, als wäre in Deutschland ein Krieg zwischen ausländischen und deutschen Arbeitnehmern um die Macht in den Betrieben ausgebrochen. »Deutsche Arbeiter kämpfen Fabriken frei!«, hieß es da.

Wegen dieser Geschichte rechneten wir vorsorglich mit dem Schlimmsten. Und tatsächlich: Gleich am ersten Schultag hielten unsere Mitschüler uns genau diese Ausgabe der Zeitung unter die Nase. Unsere lieben Freunde hatten sie extra für uns aufgehoben und taten gerade so, als ob sie selbst an vorderster Front gestanden und die aufmüpfigen Ausländer windelweich geprügelt hätten. Sie hatten uns nach Deutschland geholt, um die Arbeit zu erledigen, die für Deutsche unzumutbar war. Wir sollten gefälligst die Klappe halten und diese Tatsache nicht vergessen. In uns brodelte der Hass. Sie hatten uns dreckiges, minderwertiges Gesindel schließlich nur geholt, um die Drecksarbeit zu machen.

Riccardo, Filippo und ich ließen sie einfach stehen und trollten uns in eine einsame Ecke des Schulhofs. Diskussionen waren ohnehin sinnlos. Jedes Wort von uns hätte unweigerlich eine Prügelei provoziert, die mit Sicherheit in eine Massenkeilerei mit den älteren Schülern ausgeartet wäre. Ein paar von denen gingen nämlich keinem Streit aus dem Weg. Es war mal wieder zum Verzweifeln.

Salva war nicht aus den Ferien zurückgekehrt, was uns sehr wunderte. Daher gingen wir drei Verbliebenen nach der Schule bei ihm zu Hause vorbei, wo wir von seiner Mutter erfuhren, dass er beschlossen hatte, die Schule abzubrechen und sich in Italien eine Arbeit zu suchen.

Wenige Tage später sagten die Ärzte Filippos Augenoperation wegen mangelnder Erfolgsaussichten ab. Die Untersuchungen hatte ergeben, dass eine erneute Operation mehr Risiken als Nutzen brachte. Stattdessen schlugen die Ärzte unseren Eltern eine neuartige Therapie vor, bei der sie mit verschiedenen Linsen versuchen wollten, dem kranken Auge eine normale Sehkraft anzutrainieren. Für Mama hörte sich das an, als ob die Ärzte es aufgegeben hatten. Die Aussichten, dass Filippo jemals wieder normal sehen könnte, schwanden immer mehr. Als wir das hörten, drängten wir Kinder immer heftiger darauf, nach Messina zurückzukehren. Aber irgendwie passten unsere Wünsche nicht in die Pläne unserer Eltern.

Immerhin besserte sich die Stimmung in der Schule. Als die Nachwirkungen des sogenannten »Türkenstreiks« vorbei waren, ging es spürbar aufwärts. Die

Beliebtesten auf dem Schulhof würden wir wahrscheinlich niemals werden, dazu war einfach zu viel Porzellan zerschlagen worden. Aber das wollten wir auch gar nicht. Uns reichte es völlig aus, wenn uns die anderen nicht wie Aussätzige behandelten. Wir konnten unseren Schulkameraden eigentlich nicht mal böse sein. Wenn es Schuldige gab, dann waren es die Erwachsenen. Bei den Eltern angefangen, über die Schulämter bis zu den Lehrern. Wir Kinder mussten nur die Suppe auslöffeln, die sie uns eingebrockt hatten.

Wie sollten auftretende Konflikte und Missverständnisse gelöst werden, wenn keine gemeinsame Sprache zur Verfügung stand? Warum hatten das selbst meine eigenen Eltern so gedankenlos zugelassen? Die Folgen unserer ersten Monate in der Schule, in denen wir uns nicht hatten verständigen können, bekamen wir anderthalb Jahre später noch immer zu spüren. Dass uns manche wie Luft behandelten, hänselten, mit uns Kanakendeutsch sprachen, dass sie uns nachäfften, sich über uns lustig und damit lächerlich machten, dass sie uns abwertend ansahen und sich abwinkend umdrehten, sobald wir den Mund aufmachten. Das alles hatten wir nur den Erwachsenen zu verdanken. Allen Erwachsenen!

Aber wie Signor Manfredo so schön gesagt hatte: Wir waren darüber hinausgewachsen. Wir hatten gelernt, nicht mehr hinzuhören, und fühlten uns einfach nicht mehr angesprochen. Stattdessen versuchten wir, anderthalb Jahre nach unserer Ankunft, den »normalen« Umgang mit den anderen Deutschen zu pflegen. Den normalen. Die nicht weniger deutsch waren als die anderen, aber diese Schmähungen nicht nötig hatten. Die sich nicht auf unsere Kosten größer machen, sich nicht ständig beweisen mussten und die keine Angst vor uns hatten. Denn die Aufwiegler hatten genau das: Angst!

Es hatte ein Weilchen gedauert, bis wir zu dieser Erkenntnis gelangt waren. Obwohl sie die ganze Zeit deutlich sichtbar vor unserer Nase gebaumelt hatte. Dabei waren es nicht einmal ihre eigenen Ängste. Sie trugen nur die Ängste der Erwachsenen mit sich herum. Anders waren so manche Vorwürfe, die wir von diesen Kameraden zu hören bekamen, nicht zu erklären. Sie fürchteten sich vor uns, weil wir Fremde waren. Wir überfremdeten ihr Land. Wir nahmen ihnen günstigen Wohnraum weg. Wir schmälerten beim Einzug in eine Wohnung den Wohnwert der gesamten Straße. Leer stehende Häuser in der Nähe von Gastarbeiterwohnungen galten als unverkäuflich, denn Gastarbeiter hatten zu viele Kinder, waren zu laut und zu schmutzig. Außerdem nahmen wir ihnen die Kindergartenplätze, die Ausbildungsplätze, die Arbeitsplätze und die Stammplätze im Fußballverein weg und drängten uns in jeden Bereich ihres Lebens, bis in ihre Stammkneipen hinein, und tranken ihnen auch noch das Bier weg. Natürlich erst, nachdem wir ihnen auch noch die Frauen abgeluchst hatten. Zudem bekamen wir vom deutschen Staat alles in den Hintern geblasen, wofür sie hart schuften mussten: Arbeitslosengeld, Krankengeld, Wohngeld, Kleidergeld, Sterbegeld und Kindergeld! Außerdem konnten sie mindestens eine Pizzeria beim Namen nennen, die ihre Pizza mit leckerem Rattenfleisch, fangfrischen Kakerlaken oder getrocknetem Hasenmist belegte. Diese leckeren Spezialitäten wurden natürlich ausschließlich deutschen Gästen vorgesetzt. Solche Ängste sind für zehn- bis dreizehnjährige Jungen nicht unbedingt typisch. Demnach plapperten sie im Schulhof nur das nach, was sie entweder zu Hause, bei Nachbarn oder Bekannten aufgeschnappt hatten. Einschließlich der Angst, dass wir angeblich ihre Haustiere aßen. Eine Frage, die sie uns oft stellten, war die, ob wir Italiener tatsächlich Katzen aßen. Dass unsere Kameraden von allein auf diese tolle Idee gekommen waren, war eher zweifelhaft. Vermutlich steckten, wie bei jedem anderen Mist, mal wieder die dummen Erwachsenen mit ihren dummen Vorurteilen dahinter.

Aus diesen Vorurteilen und der daraus resultierenden Angst machten wir uns manchmal einen Spaß. Dann beantworteten wir gern verwendete Aufforderungen wie »Geh heim, du Spaghettifresser!« mit einer nicht ganz ernst gemeinten Drohung: »Sei jetzt still, sonst esse ich deine Katze!«

Manchmal, wenn eines der Mädchen Bilder von niedlichen Katzenbabys in der Klasse herumzeigte und die anderen dahinschmelzend riefen: »Oh, sind die süüßß, wie niedlich!«, leckten wir uns die Lippen und sagten nur: »Ja, echt lecker!« Die empörten, angewiderten Gesichter waren immer wieder ein Grund für kindliche Heiterkeitsausbrüche.

Ein Jahr später, im Sommer 1974, als Deutschland im eigenen Land Weltmeister werden und Italien bereits in der Vorrunde scheitern sollte, planten Filippo und ich unsere nächste Flucht. Nachdem wir tagelang verhöhnt und verspottet worden waren, als ob wir selbst gespielt und auf dem Fußballplatz unsere Hosen samt unserer Würde verloren hätten, dachten wir, es sei an der Zeit, dieses Elend zu beenden. Der nächste Urlaub in Messina sollte die endgültige

Rückkehr in unser altes Leben einleiten. Da unsere Wünsche an Papas und Mamas Ohren scheinbar ungehört abprallten, wollten wir diesmal nichts dem Zufall überlassen. Schritt für Schritt gingen wir sämtliche Details unserer Flucht durch. Nachdem Papa und Mama nach einigen Veränderungen keinen zwingenden Grund mehr für eine Rückkehr nach Italien sahen, blieb für uns nur noch die Flucht als letzte Möglichkeit.

Papa hatte tatsächlich die Branche gewechselt und war bereits seit mehreren Monaten als Gemeindearbeiter in einem Klärwerk beschäftigt. Mama arbeitete mit wachsender Begeisterung für eine Göppinger Firma, die Modelleisenbahnen herstellte. Die beiden hatten im Kreis ihrer italienischen Kollegen schon recht viele Freundschaften geschlossen und fühlten sich mittlerweile sehr wohl in Deutschland. Mama blühte förmlich auf und dachte nicht im Traum daran, nach Messina in ihr altes Leben als Hausfrau und Mutter zurückzukehren. Sie verdiente hier ihr eigenes Geld, hatte eigene Freundinnen und entwickelte ein völlig neues Selbstwertgefühl. Verglichen mit ihren Schwestern in Messina führte sie ein ausgefülltes Leben. Das tägliche Einerlei aus Haushalt, Herd, Kindern und pflegebedürftigen Verwandten bot nicht gerade eine verlockende Alternative. Hinzu kam die finanzielle Sicherheit, die Deutschland zweifellos bot.

In Messina war ihr Leben ungleich härter gewesen. Papa hatte sehr oft vierzehn Stunden am Tag gearbeitet. Er trug die Verantwortung für bis zu zwanzig Maurer und musste sich am Monatsende oft mit einer lächerlichen Anzahlung auf seinen Lohn zufriedengeben. Auf die restliche Summe warteten seine Kollegen und er so manches Mal vergeblich. Es war ein endloser, unfairer Kampf, bei dem die reichen Bauträger immer reicher wurden und die ohnehin schon armen Arbeiter das einzige Kapital, das sie besaßen, nämlich ihre Arbeitskraft, fast verschenken mussten. Im Falle einer Krankheit oder eines Unfalls gab es nach wie vor keine ausreichende Absicherung. Jede ernsthafte Krankheit bedeutete den unweigerlichen Absturz – ins nackte Elend.

Krankengeld, Arbeitslosengeld, Sozialhilfe, aber auch Urlaubsgeld, bezahlte Überstunden, Kündigungsschutz und sonstige, von deutschen Gewerkschaften hart erkämpfte Annehmlichkeiten waren für damalige sizilianische Arbeitsverhältnisse geradezu paradiesische Zustände. Das galt natürlich ausschließlich für die Arbeit in den vorwiegend patriarchalisch geführten Kleinunternehmen der freien Wirtschaft. Anders verhielt es sich, wenn man ein Pöstchen beim größten Arbeitgeber Siziliens ergattert hatte: den staatlichen Behörden. Selbst wenn man nur eine Putzstelle in einem der vielen Amtsgebäude ergattert hatte, war es so gut wie sicher, dass einem nichts mehr passieren konnte. Solange man während der Arbeitszeit seinen Vorgesetzten nicht grundlos massakrierte oder von Kollegen Schutzgelder erpresste, war ein lebenslanges Einkommen garantiert. Wer es sogar bis zum Sachbearbeiter in einem Bereich mit viel Publikumsverkehr brachte, war ein gemachter Mann.

Sizilianer hassen Behördengänge jeder Art. Im Volksmund heißen viele Ämter *casa di pazzi*, also Irrenhaus. Folgerichtig verspottete man all diejenigen, die sich für die höhere Beamtenlaufbahn weiterbildeten,als *studiani per pazzi*. Und in der Tat studierten sie nicht selten den Wahnsinn. So manche Behördengänge konnte man sich freilich sparen, wenn man jemanden kannte, der beim entsprechenden Amt arbeitete und die lästigen Vorgänge gegen ein geringes Entgelt oder eine kleine Gefälligkeit schnell und unbürokratisch erledigte. So ein sicheres Pöstchen mit dazugehöriger, kräftig sprudelnder Nebenerwerbsquelle war für jemanden wie Papa freilich unerreichbar. Zum ersten Mal in seinem Leben arbeitete er nun in einem Beruf, der nicht annähernd so schwer war wie sein erlernter. Und zum ersten Mal hatte er keine Angst, dass er sein Geld nicht in voller Höhe ausbezahlt bekam und seine Familie am Ende des Monats nichts zu essen auf dem Tisch hatte. Dass Papa und Mama es mit der Rückreise nicht so eilig hatten, war unter diesen Umständen mehr als verständlich. Auch wenn mein Bruder, Santina und ich es zu diesem Zeitpunkt nicht begreifen konnten.

Doch dann, von einem Tag auf den anderen, war plötzlich alles anders. Papa überraschte uns mit der Neuigkeit, dass sein Arbeitgeber eine neue Wohnung für uns besorgt habe. Sie war etwas günstiger, er musste nicht mehr so weit fahren, und durch den Umzug verkürzte sich auch Mamas Arbeitsweg um ein paar Kilometer. Die Entscheidung für den Umzug fiel innerhalb weniger Stunden. Als drei Wochen später das Schuljahr zu Ende ging, zogen wir aus, fuhren ein paar Kilometer weiter in unser neues Zuhause und ließen neben einigen liebgewonnenen Freunden auch nicht wenige unangenehme, unfreundliche Zeitgenossen zurück.

Der Umzug nach Salach, so hieß unser neues Dorf, sollte sich als die glücklichste Entscheidung unseres Lebens erweisen. Ein völliger Neuanfang. Wir wohnten in einem großen, alten Mehrfamilienhaus, das unsere Nachbarn Gaswerk nannten. Offenbar war es früher mal für ebendiesen Zweck erbaut worden. Schon als wir auf den Hof fuhren, entdeckten wir auf einem nahen Bauhof, der mit riesigen Rohren und allerlei Baumaterial vollgestopft war, ein paar spielende Kinder. Wir stiegen aus, erkundeten das Haus, verstauten unsere Sachen und gingen kurze Zeit später raus zum Spielen.

Zwei der vier Jungen im angrenzenden Bauhof waren so alt wie mein Bruder und ich, die anderen beiden nur wenig jünger. Sie kamen gleich grinsend auf uns zu, streckten uns die Hände entgegen und stellten sich vor: Rainer, Hermann, Heiko und Pietro. Mit diesen vier Jungen schlossen wir von der ersten Minute an eine enge Freundschaft. Ihre Eltern waren ebenfalls sehr nette Menschen. Helga und ihr italienischer Ehemann Greco waren das erste Mischehepaar, das wir kennen lernten. Greco, der Stiefvater der drei älteren und Vater des jüngsten Sohnes, Pietro, war ein Gastarbeiter der ersten Stunde. Er stammte aus Sardinien und sprach ein witziges Kauderwelsch aus Deutsch, Italienisch und Schwäbisch. Zum besseren Unverständnis rutschte ab und zu auch noch ein leichter bayrischer Akzent mit hinein. Den hatte er von seiner Frau übernommen, die aus Bayern stammte. Zwischen Mama, Papa und den beiden entwickelte sich ebenfalls eine enge, von gegenseitigem Respekt geprägte Freundschaft.

Im Laufe der ersten beiden Tage kamen, bis auf eine alte Frau, die sich kaum bewegen konnte, alle Nachbarn bei uns vorbei. Sie begrüßten uns freundlich und hießen uns herzlich willkommen. Und das, obwohl sie alle Deutsche waren. Dieses Verhalten überraschte uns sehr, war es doch eine völlig neue Erfahrung. Mit so viel Freundlichkeit hatten wir nicht gerechnet und waren am Anfang sichtlich verkrampft und sehr misstrauisch. Gestalten wie Herr Nägele, Herr Sehrmann, Herr Bronzerle, Karl, der frühere Jörg und viele andere hatten unser Verhalten gegenüber Fremden geprägt – und dabei ganze Arbeit geleistet. Im Gaswerk gab es von Anfang an weder Anfeindungen noch böse Blicke oder dumme Vorurteile.

Der Tag unseres Umzugs nach Salach wurde zum Tag unserer eigentlichen Ankunft in Deutschland. Alles, was vorher geschehen war, hatte sich in einem Niemandsland ereignet, das, wie ein böser Albtraum nach dem Erwachen, einfach aufgehört hatte zu existieren.

Innerhalb von zwei Wochen kehrte sich unser Deutschlandbild ins Gegenteil um. Wir erlebten ein völlig neues Land mit völlig neuen Menschen. Etwas, was wir schlichtweg nicht mehr für möglich gehalten hatten. Neben der deutsch-italienischen Familie gab es noch eine ganz besonders nette alte Frau, die über uns wohnte. Eines Morgens stand sie mit einem Gläschen selbst gemachter Marmelade in der einen und einem süßen, blondgelockten Mädchen, das gerade mal laufen konnte, an der anderen Hand vor unserer Haustür und stellte sich als Frau Staudenmeier vor. Das blonde Mädchen war ihre Enkelin Nicole. Die Kleine eroberte unsere Herzen im Sturm. Von da an verging kaum ein Tag, an dem sie nicht bei uns war oder draußen mit uns spielte. Sie war ein sonniges Kind mit einem Lächeln, das Steine erweichen konnte. Wie auch ihre Oma. Eine Frau, die, an ihrer Freundlichkeit, Herzlichkeit, Zuneigung und menschlichen Wärme gemessen, eine Riesin unter Zwergen war.

Ebenfalls zum ersten Mal erlebten wir, dass sich unsere neuen deutschen Nachbarn nachmittags draußen im Hof versammelten. Sie saßen in geselliger Runde zusammen, tranken Kaffee, aßen Kuchen, unterhielten sich, lachten viel und genossen die warmen Sommertage. Und es war für sie selbstverständlich, uns einen Platz, eine Tasse Kaffe und ein Stück von ihrem Kuchen anzubieten. Diese Geselligkeit kannten wir bisher nur von Italienern. Sie stand jedenfalls im völligen Gegensatz zu der eigenbrötlerischen Art der anderen Schwaben, die wir bis dahin kennen gelernt hatten. Die guckten nämlich die meiste Zeit mürrisch und miesepetrig aus der Wäsche und zum Lachen gingen sie vermutlich in den Keller.

27. Die Verwandlung

Als wir in jenem Sommer für drei Wochen nach Messina fuhren, freuten wir uns schon, am Ende der Ferien wieder nach Deutschland zu unseren neuen Freunden zurückzukehren. Die vier Brüder, die für jeden Spaß zu haben waren und mindestens so viel Unsinn im Kopf hatten wie wir, hatten unseren Fluchtplan schlichtweg überflüssig werden lassen. Selbst Mama und Papa konnten sich nicht erklären, wie eine Entfernung von wenigen Kilometern einen Menschenschlag derart verändern konnte.

Oder hatten wir uns etwa verändert? Daran bestand kein Zweifel. Natürlich waren auch wir anders geworden. Wir Kinder sprachen beinahe perfektes Schwäbisch. Filippo mit leichtem italienischem Einschlag, Santina und ich fast akzentfrei. Papa und Mama hatten es da schon deutlich schwerer. Vor allem, weil sie zahlreiche italienische Kollegen hatten, mit denen sie ausschließlich italienisch sprachen. Auch waren wir mit den Sitten und Gepflogenheiten unserer Nachbarn besser vertraut als bei unserer Ankunft in Deutschland. Trotzdem konnte das nicht die einzige Erklärung sein. Jemandem wie Herrn Nägele wäre es niemals in den Sinn gekommen, seine italienischen Nachbarn freundlich zu grüßen. Da hätte er sich vorher lieber einen Doppelknoten in die Zunge gemacht und für den Rest seines Lebens vor sich hin gesabbert. Nein, es gab sie. Die freundlichen, die netten Deutschen. Sie waren nur nicht so laut und so aufdringlich wie die anderen. Die brüllenden, wütenden Deutschen. Sie saßen lieber friedlich in ihren Wohnzimmern und Hinterhöfen, überließen den anderen die Straßen und ließen sie, obwohl sie ihre Meinung nicht teilten, auch in ihrem Namen sprechen.

Unser neues Leben gefiel uns außerordentlich gut. In der Schule lief es reibungslos, und inzwischen gingen wir sogar gerne hin. Unsere Schulkameraden waren durchweg normale, freundliche Jungen und Mädchen, die uns nie spüren ließen, dass wir nicht dazugehörten, und die sehr schnell zu Freunden wurden. Verbale Ausfälle, wie sie uns zweieinhalb Jahre lang fast täglich begleitet hatten, waren fast vollständig aus unserem Leben verschwunden. Oder besser, aus meinem Leben. Mein Bruder geriet durch sein südländisches Aussehen immer wieder mal an Gestalten, die ihn daran erinnerten, dass er in diesem Land nicht erwünscht war. Aber es kam deutlich seltener vor als früher. Und da wir nun jede Menge gute Freunde hatten, spielte die Meinung einzelner verwirrter Geister, die es leider auch in unserem neuen Dorf gab, keine große Rolle. In dieser Beziehung hatte ich mehr Glück. Mit meinen hellen Haaren, der hellen Hautfarbe und meinem fast akzentfreien Deutsch war ich für niemanden als Italiener zu erkennen.

Nach ein paar Monaten war ohnehin aller Ärger mit unseren ehemaligen Klassenkameraden vergessen. Dafür erwarteten uns Probleme ganz anderer Art. Unser Klassenlehrer kündigte an, dass ab sofort

Sexualkundeunterricht auf dem Lehrplan stand. Dazu bekamen wir ein Formular ausgehändigt, auf dem unsere Eltern durch ihre Unterschrift ihr Einverständnis erklären sollten. Für meine Eltern und besonders für Papa war das ein ungeheuerlicher Skandal. Schmutzkundeunterricht in der Schule! Wieder eine dieser neumodischen Marotten, mit denen die Deutschen die unschuldige Jugend für alle Zeit verdarben. Als ob es nicht schon schlimm genug wäre, dass sie im deutschen Fernsehen nackte Brüste und echte Geburten zeigten. Zur besten Sendezeit und ohne Vorwarnung. Noch dazu in Sendungen, in denen man niemals damit rechnete, wie *Klimbim*, *Tatort*, oder *Die Sendung mit der Maus*. Als Ingrid Steeger eines abends ihre wohlgeformten Möpse aus dem Bildschirm direkt in unser Wohnzimmer streckte, bekamen mein Bruder und ich peinliche Stielaugen, während Papa von einem Tobsuchtsanfall heimgesucht wurde.

Nackte Frauen im Fernsehen! Skandal! Scham und Moral gingen unwiederbringlich den Bach hinunter. Sitte und Anstand galoppierten geradezu davon. Unsere christlichen Werte waren dem Untergang geweiht! Filippo und ich waren schockiert. Das hörte sich ja an, als hätten Frau Steegers hübsche Glocken gerade das Ende der Welt eingeläutet. Papa erteilte uns mit sofortiger Wirkung *Klimbim*-Verbot und kündigte an, uns nur noch die Sendungen zu erlauben, die seiner Ansicht nach absolut schmutzfrei waren. Also *Das Wort zum Sonntag* oder die *Hitparade* mit Dieter Thomas Heck. Die ungeheuere Spannung dieser Gruselschocker war aber nichts für unser dünnes Nervenkostüm. Aus Angst, nachts von Albträumen heimgesucht zu werden, in denen Rex Gildo mit lauten Hossa!-Rufen versuchte, den Sprecher des Wortes zum Sonntag von den Toten zu erwecken, verzichteten wir lieber ganz aufs Fernsehen.

Papa untersagte uns sogar die ersten Folgen der *Rappelkiste*, weil der Titel seiner Meinung nach zweideutig klang. Was rappelte da? Und in was für einer Kiste? War das eine jugendfreie Kiste? Oder schnappte Ratz Rübe irgendwann mal am Wollzipfel, um mit ihm splitterfasernackt in die Kiste zu springen? Für Papa war die *Rappelkiste* eine subversive Sendung, die brave Kinder zu Revolutionsganoven umerzog. Ratz und Rübe verbreiteten aufrührerische Thesen, die direkt gegen die Erziehungsautorität der Erwachsenen zielten. Es gab da Beiträge zu Themen wie Kinderrechte, Gewalt gegen Kinder, mit Tipps, wie man sich dagegen wehren kann, und eine weitere unsinnige deutsche Absonderlichkeit: antiautoritäre Erziehung.

Antiautoritäre Erziehung klang für Papa in etwa so, als ob in Deutschland die Schafe den Schäfer hüteten oder die Verbrecher Polizisten verhafteten. Oder Geisteskranke sich selbst therapierten. Letzteres wäre jedenfalls schon mal eine gute Erklärung zur Entstehungsgeschichte dieser großartigen Idee. Das brachte ihn dazu, umgehend unseren Klassenlehrer aufzusuchen, um ihm mit seinen eigenen Worten darzulegen, was er von dieser speziellen Erziehungsform hielt.

»Antiträteräh Erziechung is Scheißendreck! Is onmeglik! Wenn meine Jung brauche eine zwische die Horna, dann gebe! Un fertik!«, erklärte er dem verdutzten Lehrer, und damit war die Diskussion für ihn erledigt.

Nachdem er sich davon überzeugt hatte, dass die

Rappelkiste keine pornografischen Trickfilme ausstrahlte, hatte er seine Sanktionen gelockert. Gerade als er sich in Sicherheit wähnte, kam auch noch die Schule daher und verlangte sein Einverständnis zu diesem abartigen Unterricht. Schlimm genug, dass seine unschuldigen Kinder zu Hause vor dem Fernseher verdorben wurden, jetzt waren sie nicht mal mehr in der Schule sicher. Niemals! Nur über seine Leiche.

Filippo und ich waren über seine Reaktion bestürzt. Kaum hatten wir Freunde gefunden, die uns nicht wie Aussätzige behandelten, versuchte Papa uns gleich wieder zu isolieren. Das kam unter keinen Umständen in Frage. Es folgten unendliche Diskussionen, Drohungen, ein Satz Ohrfeigen, Geschrei und Gezeter, und als dies alles nicht den gewünschten Erfolg brachte: eine perfekt gefälschte Unterschrift. Wir würden an allen schulischen Veranstaltungen teilnehmen, und wenn wir dazu in Zukunft alles selbst unterschreiben mussten.

Nur manchmal war es mit einer Unterschrift allein nicht getan, denn die Schulveranstaltungen kosteten gelegentlich richtig Geld. Und das hatten Filippo und ich nicht zur Verfügung. Jeder geplante Schulausflug begann mit unendlichen Debatten und endete meist mit tränennassen Kopfkissen. Die Fahrt ins Schullandheim lehnte Papa allein wegen der damit verbundenen Übernachtungen derart rigoros ab, als ginge es dabei um die Teilnahme an einer Gruppensexorgie. Bei uns zu Hause begann ein langer, nervenzermürbender Kleinkrieg um Dinge, die für unsere deutschen Klassenkameraden völlig normal waren.

Aber die Teilnahme am Sexualkundeunterricht hatten wir uns fürs Erste gesichert. So wussten wir dann auch gleich nach der ersten Stunde, dass die Erwachsenen sowieso allesamt Lügenbeutel waren. Mamas Geschichte, dass sie mich unter einem Salatblatt gefunden hatte, war genauso erfunden wie das deutsche Märchen, dass der Storch die Babys brachte. Somit waren Störche definitiv keine fliegenden Gastarbeiter, die ihre afrikanische Heimat verließen, um den Deutschen bei der Fortpflanzung behilflich zu sein. Alles erstunken und erlogen!

Die Wirklichkeit klang aber auch nicht appetitlicher. Im Gegenteil. Ich fand diese ganze Geschichte, in der es ständig um Schleimhäute, Samen, Gleit- und Körperflüssigkeiten ging, ziemlich eklig. Vielleicht lag es auch daran, dass die verwendeten Namen, wie auch bei manchen schwäbischen Spezialitäten, ziemlich unglücklich gewählt waren. Kinder wurden gezeugt, indem der Mann einen Höhepunkt erreichte. Einen O-r-g-a-s-m-u-s. Das klang, als müsste man einen norwegischen Bergsteiger einholen, der an einer Felswand festhing. Uterus und Klitoris. Waren das nicht zwei römische Legionäre, die von Asterix und Obelix ständig verprügelt wurden? Im Übrigen hatte der kleine Cris völlig recht gehabt: Wir Männer waren allesamt Samenverlierer – und die Frauen legten Eier. Auch diejenigen, die sonst keinerlei Ähnlichkeit mit Geflügel hatten. Nur waren die Eier so klein, dass man sie mit bloßem Auge nicht erkennen konnte. Und die Pu-ber-tät! war keine umgebaute Trompete und auch keine frisierte Fanfare. So hieß vielmehr die Verwandlung.

Mama hatte mir als Kind erklärt, dass die Verwandlung aus jedem lieben Jungen einen wilden, unzivilisierten Kannibalen mache, der mit einer Keule bewaffnet nach einer bewohnbaren Höhle suchte. Bis zu dem Tag, an dem er eine Frau kennen lernte, die ihm Manieren beibrachte. Das war natürlich völliger Unfug. So spektakulär war die Angelegenheit gar nicht. Die Sprache reduziert sich zwar auf wenige Grunz- und Muh-Laute, dafür verdoppelt sich jedoch die Lautstärke. Das gleicht den fehlenden Wortschatz locker wieder aus. Außerdem ist die lautlose Kommunikation mittels geruchsintensiver Botenstoffe viel effektiver. Ein Klassenzimmer voller pubertierender Jugendlicher riecht nicht umsonst wie ein Raubtiergehege. Das ist kein Gestank, das ist lautlose Unterhaltung!

An manchen Tagen wirkten die Arme zu lang, dann wieder die Beine zu kurz, und an anderen Tagen blickte mich am frühen Morgen der Glöckner von Notre Dame aus dem Spiegel an, und ich stellte mir die Frage, wie er wohl da hineingekommen war. Überall entdeckte ich Pusteln und Pickel, die Nase war zu groß, der Mund zu klein, ein Auge kleiner, eins größer und links und rechts zwei gefaltete Handtücher, die mal zierliche Ohrmuscheln gewesen waren. Dazu kamen auch noch Mamas schwere Eingriffe in meine jugendliche Privatsphäre und die daraus resultierenden Verletzungen meiner Persönlichkeitsrechte.

Kaum waren die Turnschuhe ausgezogen, hallte auch schon der Befehl: »Wasch dir die Füße!«, durchs Haus. So etwas sollte keine Mutter ungestraft sagen dürfen. Es waren nicht meine Füße, die stanken, sondern die Turnschuhe! Vielleicht waren es auch die Champignons, die darin wuchsen. Aber auf keinen Fall meine Füße! Das alles begründete sie auch noch mit dem Totschlagargument, ich könnte schließlich einen Unfall haben und meine Füße könnten abgetrennt werden … Was sollten denn die Leute denken, wenn dann mitten auf der Straße zwei stinkende Teile herumlägen? Das war mal wieder typisch Mama. Ich könnte mit abgerissenen Füßen auf der Straße verbluten, und sie würde sich über mich beugen und fragen, ob ich sie denn wenigstens ordentlich gewaschen hätte. Mein Argument, dass ich im Falle eines Massenunfalls unter Hunderten von Füßen meine eigenen sofort identifizieren könnte, zog dagegen keinen Camembert vom Teller.

Aber das alles waren kleinere Probleme, denn die wichtigste aller Fragen war: Ist ER zu klein? Natürlich ist ER zu klein. ER ist immer zu klein. ER ist nur dann nicht zu klein, wenn man ihn sich zweimal um den Bauch wickeln kann. Dann ist er aber garantiert zu dünn und vielleicht ein kleines bisschen zu lang. Obwohl, so ein angewachsener Gartenschlauch manchmal nicht ungeschickt wäre. Diese Frage stellte sich jeder Junge meines Alters. Auch ich. Im vernebelten Zustand, mit einer Überdosis Testosteron im Körper, ist ein Leben ohne Hirn durchaus denkbar und in manchen Szenekneipen auch häufig anzutreffen. Aber ein Leben ohne IHN – niemals! Das Schreckensszenario, das meine Kumpels und ich häufiger durchspielten, handelte genau davon: Was würden wir tun, wenn wir IHN nicht mehr hätten? Ich, als biologischer Spätentwickler, hinkte natürlich mal wieder schwer hinterher und kam beim ersten Gedankenspiel nicht sofort auf die richtige Antwort. Die natürlich nicht: »Künstlicher Ausgang«, sondern: »Vom Balkon springen!« lautete. Meine Entschuldigung, dass ich im Erdgeschoss wohnte, ließen sie schlichtweg nicht gelten. Ich hätte mich ja auch aufhängen, vom Auto überfahren oder auf die Gleise legen und vom Zug überrollen lassen können. Das Ding war ja schließlich nicht zum Pinkeln entwickelt worden. Das war ein hochentwickeltes Präzisionswerkzeug, das uns Männer von gewöhnlichen … Frauen unterschied. Das Ding, – ES, war unser wichtigstes Körperteil. Also: Arme, Beine, Kopf verlieren. Alles kein Problem. Solange ER noch am richtigen Platz saß und sich für die richtigen Dinge interessierte, war alles im grünen Bereich. Die richtigen Dinge waren natürlich auch wichtig. Alles, was mit Mädchen zu tun hatte, war richtig, alles andere falsch. Rosafarbene Klamotten, zum Beispiel: ganz falsch! So ein Versehen aus der schwesterlichen Sockenschublade endete leicht damit, dass dir keiner mehr die Hand gab und tagelang: »da kommt der Schwule!« hinterherschrie. Als ob du statt mit falschen Socken mit Muttis schwarzen Strapsen und blankpolierten Stilettos die Schulräume betreten hättest.

Meiner Meinung nach hatten es die Mädchen sowieso viel leichter. Sie hatten IHN nicht, mussten sich deswegen aber noch lange nicht vom Balkon stürzen. Außerdem durften sie zu zweit aufs Klo gehen, grundlos kichern und in aller Öffentlichkeit die *Bravo* lesen. Sie konnten sich alle wichtigen Fragen von Dr. Sommer beantworten lassen: Ich bin schon neun und hatte noch keinen Gruppensex. Bin ich noch normal? Oder: Mein Freund und ich haben aus einer Flasche getrunken. Bin ich jetzt schwanger? Das waren nun mal lebenswichtige Fragen, die wir Jungs auch gerne beantwortet haben wollten. Aber als harter Mann durfte man doch keine *Bravo* in die Hand nehmen. Und wenn, dann nur, um sie verbal zu vernichten und den Mädchen vorzuwerfen, dass sie Schund lasen, anstatt mal ordentlich auf die Straße zu rotzen. Mit dieser coolen Geste demonstrierten wir Jungs unsere geistige Überlegenheit und fühlten uns dabei nicht viel schlechter informiert. Konnte aber auch daran liegen, dass wir die *Bravo* allein und heimlich hinter abgesperrten Türen oder höchstens in kleinen verschwiegenen Gruppen lasen. Nicht weil wir irgendetwas nicht wussten. Aber ab und zu schadete es nicht, wenn man sich die neuesten Infos beschaffte. Wo sitzen in dieser Saison die Reißverschlüsse, wo die Druckknöpfe, wo wurden noch althergebrachte Häkchen verwendet. Wir kamen zwar nie näher als einen Meter an die Wäsche unserer Träume heran, waren aber, für den Fall der Fälle, bestens informiert.

28. Glaubensfragen

So richtig wichtig waren Mädchen für uns und unsere Freunde sowieso noch nicht. Wir redeten zwar von fast nichts anderem, aber die Inhalte unserer Gespräche hielten sich in relativ bescheidenen Grenzen. Es gab schließlich auch noch andere wichtige Themen. Fußball zum Beispiel. Und … und auch … Na gut, mir fällt gerade kein anderes ein. Aber es gab sie. Die anderen Themen. Glaube ich zumindest.

Die Mädels waren natürlich nicht uninteressant. Wir beobachteten sie sehr gerne und übten uns in der Einschätzung ihrer Paarungsbereitschaft anhand der Kleidungsstücke, die sie trugen. So konnte der eine mit ziemlicher Sicherheit sagen, dass Sabine immer dann besonders heiß war, wenn sie rosa Ringelsöckchen trug. Ein anderer wusste ganz gewiss, dass Elke immer dann spitz war, wenn sie enge Jeans anhatte. Ein dritter erahnte in Gabis halb durchsichtiger Bluse das sicherste Zeichen, dass sie rattenscharf war. Die Mädchen erkannten an der Art, wie sie angeglotzt wurden, dass sich drei Mann ein halbes Gehirn teilten.

Mittlerweile unterschieden Filippo und ich uns in nichts von allen anderen Jugendlichen unseres Alters. Wir hatten inzwischen sogar die deutschen Wurstsorten durchprobiert und einige für gut befunden. Kurze Zeit später sollten auch Papa und Mama, wenn auch anfangs etwas widerwillig, Geschmack daran finden. Der ständige Umgang mit unseren deutschen Nachbarn erleichterte uns den Einstieg in die deutsche Küche. Auch wenn wir überwiegend bei der italienischen blieben. So gerne Italiener die kulinarischen Spezialitäten ihrer Heimat in die Welt hinaustragen, so ungern übernehmen sie Essgewohnheiten und Gerichte anderer Länder. Es sollte ganze vier Jahre dauern, bis wir zum ersten Mal ein deutsches Gericht vorgesetzt bekamen.

Wir waren zu einer Weihnachtsfeier der Gemeinde eingeladen, saßen mit einer Hundertschaft anderer Gäste in einer Sporthalle und starrten entsetzt auf die riesigen, völlig überfüllten Teller. Darauf schwammen Kartoffelsalat, Spätzle, Kroketten, Rotkraut und ein Schweinebraten gemeinsam in zähflüssiger dunkelbrauner Soße. Aus Höflichkeit gegenüber unserem Gastgeber, der gleichzeitig Papas Arbeitgeber war, unterdrückten wir den ersten Fluchtreflex und blieben brav vor der dampfenden Katastrophe sitzen. So etwas hatten wir noch nie gesehen. Die deutschen Köche hatten so ziemlich alle Todsünden begangen, die man einem gepflegten Essen nur antun kann.

In Italien aß man in mehreren Gängen. Alles fein säuberlich voneinander getrennt, auf verschiedenen Tellern oder in kleinen Schüsseln. Hier warf man sämtliche Gänge zusammen und ertränkte sie anschließend in Unmengen von Soße. Kein Mensch hatte uns gesagt, dass die Schwaben Bratensoße als Salatdressing verwendeten. Oder Spätzle mit Salatsoße zu sich nahmen. Das Zeug auf dem Teller sah aus, als wäre es schon mal gegessen worden. Wir saßen wie versteinert da und überlegten krampfhaft, wie wir ohne aufzufallen aus der Halle verschwinden könnten. Eine Ohnmacht vortäuschen und uns raustragen lassen wäre zwar die sicherste Methode gewesen, aber nicht unbedingt die unauffälligste. Andererseits konnten wir uns nichts Schlimmeres vorstellen, als die durchweichte Pampe essen zu müssen. Aber da wir in der Mitte der Halle saßen, mussten wir zwangsläufig an zu vielen Tischreihen vorbei, an denen Leute saßen, die Papa kannten und ihm peinliche Fragen über unseren übereilten Aufbruch stellen konnten. Unangenehme Situation.

Filippo und ich beobachteten unseren dicken, pausbackigen Tischnachbarn, der seine ohnehin schon unansehnliche Mahlzeit mit Messer und Gabel zu einem groben, klumpigen Brei verarbeitete, noch mal kräftig durchmischte, nachsalzte und -pfefferte, etwas Soße nachschöpfte und gleichzeitig sein volles Bierglas hob. Wir hielten den Atem an: Goss der Mann jetzt etwa auch noch sein Bier über das Essen? Das würde passen. Vielleicht sogar noch ein paar Zahnstocher, eine brennende Zigarette, einen Aschenbecher und eine Rolle Klopapier dazu, dann hätte er aus seinem Teller nicht nur gegessen, sondern auch getrunken, geraucht, sich die Zähne geputzt, verdaut und vollautomatisch den Hintern gewischt.

Das wäre mal effizientes Zeitmanagement. Typisch schwäbisch, würde manch einer sagen. Durch den täglichen Umgang mit meinen Freunden, ihren Eltern und unseren Nachbarn hatte ich nämlich schon recht viel über die schwäbische Seele gelernt. Mit das Wichtigste war: Sie haben niemals Zeit! Immer wirken sie gehetzt, ständig sind sie am »schaffen«, und bei den vielen noch anstehenden Aufgaben wünschen sie sich oft, dass ihr Tag 48 Stunden haben sollte. Und selbst die könnten sie problemlos wieder so vollpacken, dass sie am Ende genauso wenig ausreichten. Da so ein Tag wahnsinnig schnell vergeht, sind sie gezwungen, alles so schnell wie möglich zu erledigen. Nein, nicht schnell, sondern »gschwind«.

Der Schwabe macht eigentlich alles gschwind. Er geht gschwind schaffen, trinkt gschwind noch ein Bierle, er isst gschwind, schlürft gschwind noch ein Kaffeele und erfüllt nicht selten sogar seine ehelichen Pflichten gschwind. Wenn es abends mal später wird, weil er in der Kneipe gschwind versackt ist und es sich eigentlich nicht mehr lohnt, ins Bett zu gehen, dann schläft er, um die Zeit wieder hereinzuholen, eben ein bissle schneller als sonst.

Selbst dann, wenn er sich eigentlich Zeit nehmen könnte, zum Beispiel für ein Schwätzle mit seinen Mitmenschen, macht er auch das allzu häufig nur mal eben gschwind und spricht dann am liebsten über sein Gschäft und darüber, dass er eigentlich gar keine Zeit hat. So gilt auch seine erste Frage meist nicht der Gesundheit oder dem Wohlbefinden seines Gegenübers, sondern dessen Arbeit. »Und, was schaffsch?«, heißt es dann. Da kein Schwabe gern als fauler Hund dastehen will, fordert diese an sich harmlose Frage den Gefragten geradezu heraus, sämtliche noch anstehenden Tätigkeiten des Tages einzeln aufzuzählen.

Sobald die Beteiligten ihre Pflichten ausreichend dargelegt haben, beginnt das gegenseitige Bedauern, wie kurz so ein Leben doch sei und dass das Schaffa halt doch ein Gschäft sei. Wie gut haben es da doch die anderen, die den ganzen Tag auf der faulen Haut liegen und trotzdem ganz gut leben könnten.

Dieser glückselige Zustand ist dem rechtschaffenen Schwaben aber, seit der beliebteste und bekannteste aller Deutschen vor sehr, sehr langer Zeit den Löffel abgegeben hat, nicht mehr vergönnt. Niemand kennt seinen Vornamen, und keiner weiß genau, wann er gelebt hat, aber alle bedauern und betrauern sein allzu frühes Ableben. Der *Schenker* war gestorben! Noch dazu hatte er seine berühmten Spendierhosen mit in sein finsteres Grab genommen. Und nun, da dieser spendable Herr nicht mehr unter den Lebenden weilt, müssen sie wohl oder übel bis zum Ende ihrer Tage schaffen und alles andere hintanstellen. Ja, so gut wie die anderen, die noch über einen großzügigen, gesunden Schenker verfügen, haben sie es leider nicht mehr. Ein sehr bedauerlicher Zustand, der ebenso häufiges wie intensives Jammern erforderlich macht. Zeit zum Jammern findet sich übrigens immer. Zumindest gschwind nebenher.

Der dicke Mann gegenüber von Filippo und mir durchpflügte genüsslich seinen Teller. Er hatte sein Bier doch nicht in den Teller geleert. Das wäre aber auch der Gipfel gewesen. Dann wären wir ganz sicher aufgestanden und hätten den Saal verlassen. Höflichkeit hin oder her. Unkontrolliertes Losreihern, während andere schmausten, wäre auch nicht besonders höflich gewesen.

Wir saßen noch immer vor unseren Tellern, hatten als Alibi eine Gabel in der Hand und betrachteten die wundervolle Komposition vor uns. Filippo rollte eine aufgeweichte Krokette zum Tellerrand und fragte mich, was das sein sollte.

Der dicke Tischnachbar hörte die Frage und antwortete mit vollem Mund: »Panierte Hundeköttel!«

Filippo und ich wurden steif wie Stockfische. Der dicke Mann lachte lauthals los, langte mit einer riesigen Pranke über den Tisch und verstrubbelte Filippos Haare. Während er noch lachte, forderte er uns auf zu essen, denn es schmecke alles sehr gut, und das Fleisch sei »babbelesweich«.

Ich vermutete, dass ein lebenslanges Studium aller deutschen Wörterbücher nicht ausreichen würde, um die Bedeutung dieses Begriffes in Erfahrung zu bringen, und entschied mich nur das »weich« gehört zu haben. Zaghaft schoben Filippo und ich uns die erste Gabel in den Mund, und tatsächlich: Das Essen sah zwar widerlich aus, schmeckte aber vorzüglich. Obwohl das Fleisch und die Spätzle für unseren Geschmack viel zu lange gekocht und damit »babbelesweich«, also ohne jeden Biss, waren.

Mama fand, dass die Spätzle trotzdem einen tollen Geschmack hätten. Gleich am nächsten Tag kaufte sie ein paar Packungen davon und startete voller Enthusiasmus die ersten Experimente. Ihrer Ansicht nach musste es doch möglich sein, die Dinger al dente zu kochen. Ein paar Jahre und Hunderte Kilo Spätzle später gab sie dann endlich entnervt auf.

Am Ende des siebten Schuljahres wurde Filippo nicht versetzt und bekam die Empfehlung, die Hauptschule zu verlassen und auf eine Sonderschule zu gehen. Während Santina hervorragende Noten schrieb und ich mich, dank meiner mittlerweile sehr guten Sprachkenntnisse, mäßig wieder nach oben kämpfte, ließen seine schulischen Leistungen sehr zu wünschen übrig.

Die neue Kontaktlinsentherapie, der er sich nun seit fast einem Jahr unterzog, hatte ihm außer ständigen Kopfschmerzen nichts eingebracht. Filippo war davon überzeugt, dass eine Fortführung der Therapie sinnlos war. Er teilte Mama und Papa mit, dass sein Auge sowieso nicht wieder gesund werde und er sich entschieden habe, sie endgültig abzubrechen. Mama und Papa konnten nichts weiter tun, als seine Entscheidung zu akzeptierten.

An jenem Tag saßen wir gemeinsam an unserem Esstisch und redeten über unsere Zukunft. Mittlerweile wussten auch wir Kinder, dass Filippos Augenleiden, die Tübinger Augenklinik und die besten Augenärzte Europas nicht die einzigen Gründe für unseren Deutschlandaufenthalt waren. Die wirtschaftliche Situation in Messina war nicht minder ausschlaggebend gewesen. Da Filippo seine Therapie abgebrochen hatte, stand einer Rückkehr in die Heimat eigentlich nichts mehr im Wege. Mama und Papa gingen alle Möglichkeiten durch, und am Ende des Gespräches stand fest, dass wir nicht sofort nach Messina zurückkehren würden.

Zunächst sollten wir die Schule beenden und einen Beruf erlernen. Eine deutsche Berufsausbildung würde uns in Sizilien Tür und Tor öffnen und eine gute berufliche Laufbahn ermöglichen. Da es uns hier mittlerweile ganz gut gefiel, hatten wir Kinder nichts dagegen einzuwenden. Die einzige andere Alternative, nämlich sofort alle Zelte abzubrechen und nach Messina zurückzukehren, wäre die mit Abstand dümmste Entscheidung gewesen. Ein weiterer Schulabbruch, und wir hätten weder in Deutschland noch in Messina jemals wieder einen Fuß auf den Boden gebracht.

Doch mit genau dieser Entscheidung vertieften sich im Laufe der nächsten drei Jahre die Gräben zwischen uns und unseren Eltern. Wir Kinder hatten, bis auf die jährlichen Urlaubsfahrten nach Messina, so gut wie keinen Kontakt zu anderen Italienern. In unserem Dorf gab es zwar ein paar ältere, aber keine jungen, mit denen wir uns hätten abgeben können. Die Folge davon war, dass wir Kinder ausschließlich deutsche Freunde hatten und auch zu Hause nur noch deutsch sprachen.

Das sorgte eine Zeit lang für böse Verstimmungen innerhalb der Familie. Papa und Mama befürchteten, dass wir unsere Muttersprache völlig vergessen könnten. Und mit dieser Annahme lagen sie nicht ganz falsch. Im Vergleich zu meinen Cousins, die in Messina die Schule besuchten, hatte ich den Sprachschatz eines Grundschülers, ständig auf der Suche nach dem nächsten Wort. Meine Geschwister und ich sprachen nur noch stockend italienisch. Das führte dazu, dass Papa uns eines Tages verbot, zu Hause deutsch zu reden. Das sprachen wir tagsüber in der Schule und mit unseren Freunden, aber in unseren vier Wänden sollten wir nur noch italienisch reden.

Der nächste Ärger bahnte sich an, als Santina ihre Regel bekam. Von diesem Tag an änderte sich das Verhalten unserer Eltern grundlegend. Es fing damit an, dass sie uns immer häufiger vorwarfen, dass wir uns fast schon wie unsere deutschen Freunde benahmen und zu viele ihrer Ansichten und Denkweisen einfach so übernommen hatten. Ansichten, die im totalen Gegensatz zu unseren sizilianischen Traditionen standen. Filippo und ich passten ihrer Ansicht nach zum Beispiel nicht scharf genug auf unsere kleine Schwester auf, die inzwischen eine junge Frau war und keinen Kontakt zu Jungen haben durfte. Das zu unterbinden war eigentlich unsere oberste Pflicht.

Mein Bruder und ich reagierten auf diese Anschuldigungen völlig verständnislos und warfen unseren Eltern vor, sich an veralteten Traditionen festzuklammern, an die sich selbst in Messina kaum noch jemand hielt. Die Zeiten, als Mädchen nur in Begleitung ihrer Brüder das Haus verlassen durften, waren großteils vorbei. Selbst in Sizilien ging es nicht mehr ganz so streng zu wie noch vor wenigen Jahren. Es gab Diskotheken und Tanzveranstaltungen, in die Mädchen auch mal allein gehen konnten. Und zwar ohne schwer bewaffnete männliche Verwandte im Schlepptau, die dafür sorgten, dass der Anstand gewahrt wurde.

Warum sollten wir also ausgerechnet hier in Deutschland unsere Schwester unter Dauerbewachung stellen? Warum sollte sich Santina nicht mit ihren Freunden treffen dürfen? Sie tat nichts anderes als das, was alle anderen Mädchen ihres Alters auch taten. Außerdem war uns diese so überaus wichtige Aufgabe schon in früheren Zeiten, als wir noch in Sizilien gelebt hatten, nicht eingetrichtert worden. Wie so viele andere Dinge, die auf einmal eine sehr wichtige Rolle spielen sollten.

Religion zum Beispiel. In Sizilien hatte unser Glaube kaum eine Rolle gespielt. Da es nur einen gab, hatten sich unsere Eltern nie ernsthaft Gedanken darüber gemacht. Je länger wir uns in Deutschland aufhielten, desto öfter dachten sie jedoch darüber nach, dass wir, unter dem Einfluss der unzähligen Glaubensrichtungen, die es hier gab, vom rechten Glauben abkommen könnten.

Viele Deutsche waren Protestanten. Mama und Papa wussten nicht, woran diese Menschen glaubten, und wollten es eigentlich auch gar nicht wissen.

Aber sie hatten gehört, dass viele von ihnen notorische Berufsquerulanten waren, die ständig mit großen Schildern auf die Straße gingen und gegen jeden und alles protestierten. Und das weitaus Schlimmere war: Sie glaubten nicht an die Heilige Madonna! Damit hatten sie sich natürlich sofort disqualifiziert. Diese Leute waren längst im Besitz einer einfachen Fahrkarte ins Fegefeuer. Sie wussten es nur noch nicht.

Dann standen eines Tages die Zeugen Jehovas vor unserer Tür. Alles in allem waren das ganz vernünftige, nette Leute, fanden Mama und Papa. So nette Deutsche konnten sie unmöglich einfach so vor der Tür stehen lassen, dachten sie und ließen die beiden herein. Von diesem Tag an kamen der nette Herr und die adrette Dame einmal die Woche vorbei und unterhielten sich mit unseren Eltern über Gott und die Welt. Nein, eigentlich unterhielten sie sich mehr mit sich selbst, denn Papa und Mama verstanden nicht einmal die Hälfte von dem, was die beiden erzählten.

Nach jedem Besuch des netten Pärchens lautete Mamas erste Frage: »Und? Was wollten sie jetzt schon wieder?«

Papa antworte dann immer: »*Booh!* Woher soll ich das wissen?«

Nach einer Weile wurde das nette Pärchen plötzlich ganz ernst und verlangte, dass Papa und Mama sich nach so vielen Besuchen doch langsam im Klaren sein müssten, ob sie sich denn nun dem wahren Glauben zuwenden und ebenfalls Zeugen Jehovas werden wollten.

Papa blickte erst mal verwundert drein und sagte dann: »Wer Zeuge? I? Nein! Binni keine Zeuge. Wari nichda, habi nix gesehe.«

»Nein, nein. Sie – nicht – verstehen – mich. Ich – frage – ob – Sie – wollen – wechseln – Religion?«

»Wechsele? Was wechsele? Religione? I?«

In diesem Moment dämmerte es Papa, dass da zwei Abgesandte des Teufels in unserem Wohnzimmer saßen. Und er hatte sie auch noch willkommen geheißen und bewirtet. Mama rief mich herein und forderte mich auf, die Frage des – nun weniger – netten Herrn wortwörtlich zu übersetzen. Der gute Mann war sich über die Tragweite seiner Frage nicht im Geringsten bewusst. Genauso gut hätte er Papa um einen feuchten Zungenkuss bitten können. Oder den Papst um ein Foto im Minirock. Das Ergebnis wäre nicht weniger drastisch ausgefallen. Papa stand so heftig auf, dass sein Stuhl zwei Meter zurückrutschte und rumpelnd umkippte. Gleichzeitig überschlug sich seine Stimme.

»Anticristi!«, rief er empört. »Raus meine Hause! Aba SOFOT!«

Mama faltete die Hände und warf mehrere Male ein »*O Dio mio*!« ein, was den lieben Gott persönlich dazu animieren sollte, das personifizierte Böse aus ihrem Haus zu vertreiben.

Der nette Mann und die adrette Dame wurden auf einmal sehr bleich im Gesicht, packten ihre Zeitschriften zusammen, gingen zur Tür und protestierten gegen Papas ungebührliches, grobes Verhalten. Doch das interessierte Papa und Mama herzlich wenig. Sollten die beiden sich doch in ihrem Wachturm einschließen. Sie wunderten sich nur, dass sich die beiden Protestanten als Zeugen Jehovas ausgegeben hatten.

Die bei weitem schlimmere Sorte Menschen, die in Deutschland ihr Unwesen trieben, waren aber nach

Ansicht meiner Eltern die Gottlosen! Sie traten massenweise aus der Kirche aus und verwickelten brave Christenkinder in endlose Diskussionen über Sinn und Unsinn ihres Glaubens.

Nach Mamas fester Überzeugung müsste es in jeder Kirche direkt hinter dem Altar einen Aufzug geben, der diese Menschen unmittelbar nach ihrem Austritt am Fegefeuer vorbei nach ganz unten beförderte. Wie konnten sie nur so verbohrt sein und glauben, es gäbe weder Gott noch Jesus oder die Heiligen? Wie konnten sie nur behaupten, dass die Bibel Unrecht habe, wo doch so herrliche Monumentalschinken wie *Die Zehn Gebote* oder *Die größte Geschichte aller Zeiten* das Gegenteil in Farbe präsentierten? Trauten sie ihren eigenen Augen nicht? Hatte Charlton Heston als Moses etwa nicht überzeugt und damit faktisch bewiesen, dass die Bibel Recht hat? Na gut, Max von Sydow als Jesus war vielleicht nicht wirklich glücklich gewählt. Aber war das ein Grund, alle Bibelfilme, ja gleich den Glauben an sich in Frage zu stellen? Auf gar keinen Fall!

Wir Kinder waren all diesen Prüfungen, all diesen fremden Einflüssen Tag für Tag ausgesetzt. Diese Menschen, die uns, gewollt oder ungewollt, von unseren sizilianischen Wurzeln abzutrennen versuchten, waren für Papa und Mama eine ernste Gefahr. Ohne umfangreiche Schutzmaßnahmen würden wir eines Tages womöglich zu Gottlosen, Protestantischen, Zeugen Jehovas konvertieren, die sich nach dem Tod verbrennen ließen, anstatt ihre sterblichen Überreste auf traditionell christliche Art unter der Erde recyceln zu lassen.

Die Schutzmaßnahmen unserer Eltern sahen fürs Erste ein striktes Ausgehverbot für Santina vor.

Außerhalb der Schulzeiten saß sie meistens zu Hause herum oder spielte mit der kleinen Nicole. Die beiden waren im Laufe der Zeit ein Herz und eine Seele geworden. Die wenigen Male, die meine Schwester nachmittags zu Freundinnen gehen durfte, waren mit scharfen Auflagen verbunden, die exakt regelten, wann sie wieder zurück sein und wer sie begleiten musste. Nach wenigen Wochen reagierte Santina genauso wie die meisten Mädchen, die in ähnlich kontrollierten Schuhen steckten: Sie schuf sich ein konspiratives Netzwerk aus guten Freundinnen, die ihr jederzeit ein Alibi lieferten, wenn sie eines brauchte. So konnte sie vor meinen Eltern die brave Tochter spielen und sich insgeheim trotzdem gewisse Freiheiten genehmigen. Natürlich bewegten die sich absolut im Rahmen des »Normalen«.

Filippo und ich sahen oder trafen unsere Schwester sogar ab und zu. Statt bei ihren Freundinnen Hausaufgaben zu machen, ging sie mit ihnen in Nachmittagsdiskos oder ins Eiscafé. Wir hielten selbstverständlich dicht, denn wir sahen nicht ein, warum unsere Schwester anders leben sollte als ihre Freundinnen. Zu Hause benahm sie sich vorbildlich. Sie tat alles, was Papa oder Mama von ihr verlangten, und diskutierte, im Gegensatz zu den beiden bösen Buben, nie mit ihnen herum, widersprach sehr selten und ging sogar jeden Abend pünktlich um 20.00 Uhr ins Bett. So benahm sich keine andere Vierzehnjährige, und alle waren zufrieden.

Bis sie eines Morgens nicht aus ihrem Zimmer kam. Als die Weckrufe unserer Eltern keine Reaktion hervorriefen, klopfte Papa an ihre Tür und rüttelte an der Klinke. Er bemerkte, dass die Tür sich nicht öffnen ließ, und forderte Santina mehrmals auf, sie zu öffnen und sofort herauszukommen. Als Mama hinzukam und besorgt fragte, ob ihr vielleicht etwas passiert sein könnte, bekam es Papa plötzlich mit der Angst zu tun. Er nahm einen kurzen Anlauf, schlug die Tür aus den Angeln und starrte sichtlich geschockt in ein leeres Bett. Santina war verschwunden!

Das war der Supergau! Unsere kleine Schwester ging abends brav ins Bett, stieg wenig später und von allen unbemerkt aus ihrem Fenster und schlug sich die Nächte um die Ohren. Ein raffiniertes Mädchen. Seit sie mit vier Jahren bei ihrer heimlichen Weintrinkaktion die leeren Flaschen einfach mit Wasser wieder aufgefüllt hatte, verstand sie es, alle Erwachsenen an der Nase herumzuführen.

Arbeit und Schule waren an jenem Morgen vergessen. Sofort leiteten wir eine großangelegte Suchaktion ein. Wir fuhren in die Schule, befragten ihre Klassenkameradinnen, redeten mit allen Freundinnen und Bekannten, aber bis weit in den Nachmittag hinein gab es keine einzige Spur. Niemand wusste etwas, niemand hatte sie gesehen. Papas anfängliche Wut wandelte sich, je mehr Zeit verging, in Angst um. Es konnte ja sein, dass seinem Mädchen etwas sehr Schlimmes zugestoßen war. Dass sie schwerverletzt irgendwo lag und sich aus eigener Kraft nicht retten konnte. Mama weinte nur noch, und Papa fühlte sich so hilflos, dass er uns allen vorwarf, versagt zu haben. Mein Bruder und ich, so sagte er, hätten es wissen müssen. Aber das hatten wir nicht. Santinas Aktion hatte uns genauso überrascht wie ihn.

Um kurz vor 16.00 Uhr beschloss Papa, die Polizei einzuschalten. Wir stiegen ins Auto und wollten gerade losfahren, als eine Nachbarin herbeigerannt kam und uns die erlösende Nachricht überbrachte. Santina ließ uns ausrichten, dass es ihr gut ging, sie sei in einem Nachbardorf bei einer Freundin und wir sollten sie dort abholen.

Auf dem Weg dorthin sank Papa zuerst in sich zusammen und brach dann in Tränen aus. Er schluchzte hinter seinem Lenkrad und beschwor uns, doch endlich zu verstehen, dass er alles nur für uns tat. Selbst wenn er manchmal böse sei und uns etwas verbieten müsse, so würde er es doch nur tun, um die Familie zusammenzuhalten und uns zu beschützen. Derweil saß ich völlig hilflos auf dem Beifahrersitz und fühlte mich wie erschlagen. Ich hatte meinen Vater noch nie in meinem Leben so verzweifelt weinen gesehen, und eine unglaubliche Wut auf meine Schwester stieg in mir auf. Mir wollte einfach nicht einleuchten, wie sie so dämlich sein konnte, wenn sie denn schon unbedingt nachts abhauen musste, nicht rechtzeitig wieder zu Hause zu sein.

Wir erreichten unser Ziel und sahen meine völlig verheulte Schwester auf der Straße stehen. Santina stieg ein, und kurz darauf brach die Hölle los.

29. Kurzschlusshandlungen

Auf dem Rückweg herrschte im Auto Friedhofsstimmung: eisiges Schweigen. Papa mahlte mit den Zähnen und fuhr sich ständig über die Augen, die noch immer gerötet waren. Kaum zu Hause angekommen, stürzte Mama wie eine Furie aus dem Haus, zerrte Santina aus dem Auto, zog sie bis ins Schlafzimmer hinter sich her und schloss die Tür ab. Papa ging in die Küche und setzte sich an den Esstisch. Filippo und ich zogen es vor, einen Bogen um ihn zu machen, setzten uns ins Wohnzimmer und warfen uns immer wieder verängstigte Blicke zu.

Verdrängte Gefühle kamen hoch – und Mitleid. In solchen Augenblicken, wenn einem von uns eine schwere Strafe bevorstand, fühlten wir uns wieder wie damals, als wir uns geschworen hatten, unsere eigenen Kinder niemals schlagen zu wollen.

Mama keifte eine halbe Stunde lang. Dazwischen hörten wir Santinas Weinen und vereinzelte Schreie. Plötzlich wurde es still. Mama stürmte aus dem Zimmer, knallte die Tür hinter sich zu, rauschte in die Küche, beugte sich zu Papa herunter und flüsterte ihm etwas ins Ohr. Filippo und ich schauten uns an und verdrehten die Augen. Mamas Geheimniskrämerei war typisch. Das bedeutete, es war nichts wirklich

Schlimmes passiert, daher musste das Ganze, damit es wenigstens halbwegs als Tragödie durchging, dramaturgisch etwas aufbereitet werden.

Als Mama sich am Ende ihres Berichtes wieder aufrichtete, saß ein zorniger Mann am Tisch, der zunächst nur leise, dann aber lautstark fluchte und plötzlich mit beiden Fäusten auf die Tischplatte schlug, die knirschend aus der Halterung sprang und krachend zu Boden fiel. Filippo und ich hüpften vom Sofa auf und standen leicht verloren im Wohnzimmer herum. Wir erschraken über Papas wutverzerrtes Gesicht und Mamas verzweifelten Blick und fragten vorsichtig, ob Santina etwas Schlimmes angestellt habe. Anstatt zu antworteten, schickten sie uns schroff in unsere Betten.

Filippo und ich verschwanden in unser Zimmer und ließen uns für den Rest des Abends nicht mehr blicken. Papa verschloss Santinas Fenster mit langen Holzschrauben und schickte sie ebenfalls schlafen. Kurze Zeit später kehrte Ruhe ein, und wir konnten hören, wie sich unsere Eltern sehr lange in der Küche berieten. Filippo und ich schlichen zur Tür und öffneten sie einen kleinen Spalt breit. Genau in diesem Augenblick rief uns Papa in die Küche zurück. Sie hatten eine Entscheidung getroffen.

Santina, erzählte Mama leise schluchzend, stieg schon seit geraumer Zeit aus dem Fenster und trieb sich nachts mit mehreren Freundinnen in Diskotheken herum. Am gestrigen Abend hatte ihr ein fremder Mann offenbar so viel Bier eingeflößt, dass eine Freundin sie fast bewusstlos mit zu sich nach Hause schleppen musste, wo sie erst am Nachmittag wieder zu sich gekommen war. Da unsere Eltern keine andere Möglichkeiten sahen, sie aus diesem Sumpf herauszuziehen und in Zukunft von solchen Eskapaden abzuhalten, hatten sie beschlossen, Santina in drei Tagen nach Messina zurückzubringen. Dort sollte sie, bis wir alle nachkamen, bei *nonno* Luigi wohnen, der besser auf sie aufpassen könnte, als wir es hier getan hatten.

Sie gaben uns beiden nicht die Schuld, schließlich sei es ihre Idee gewesen, in Deutschland zu leben, wo es so freizügig zuging und es wohl normal war, dass erwachsene Männer kleine Mädchen mit Alkohol abfüllten, um weiß Gott was mit ihnen anzustellen. Aber Santina sollte irgendwann in Messina heiraten. Einen Sizilianer. Bis dahin müsse sie ihre Jungfräulichkeit bewahren. Und durfte unsere Familie nicht entehren.

Filippo und ich waren zunächst sprachlos. Mama und Papa wollten Santina einfach abschieben. Wir schwiegen eine ganze Weile. Ich kannte meine Eltern gut genug, um zu wissen, dass sie eine getroffene Entscheidung niemals widerrufen würden. Daher wählte ich meine Worte sehr vorsichtig.

»Santina hat sich vielleicht nicht richtig verhalten«, begann ich, »aber dass ihr sie deswegen alleine nach Messina schickt, finde ich nicht richtig.«

»Aber dass sie sich hier wie ein leichtes Mädchen nachts herumtreibt, das findest du wohl richtig, was?«, schrie Papa aufgebracht.

Ich spürte, wie mir die Zornesröte ins Gesicht stieg, und erhob ebenfalls die Stimme. »Nur weil sie mal tanzen geht, ist sie noch lange kein leichtes Mädchen! Und dass sie es heimlich tun muss und dafür nachts aus dem Fenster steigt, daran seid nur ihr schuld, weil ihr Santina alles verbietet, was für alle anderen völlig normal ist!«

»Wir sind aber nicht die anderen!«, entgegnete Papa scharf. »Was die anderen tun und lassen, interessiert mich nicht. Hier zählt nur, wie WIR denken. Und bei uns ist so etwas nicht üblich. Nachts abhauen, sich betrinken, sich mit fremden Männern herumtreiben. Am Ende heiratet sie noch einen evangelischen Deutschen! Oder einen, der aus der Kirche ausgetreten ist und nicht mal mehr an Gott glaubt! Ihr seid wohl alle übergeschnappt? *Moglie e buoi, dei paesi tuoi!*« Er brüllte mir den letzten Satz regelrecht ins Gesicht und schlug dabei mit der flachen Hand auf die Tischplatte.

Dieser sizilianische Spruch, dass Ehefrau und Ochsen besser aus dem eigenen Dorf stammen sollten, fiel in unserer Familie immer öfter. Ursprünglich hatte *nonno* Luigi damit angefangen, und sogar *zio* Paolo ließ ihn mal beiläufig fallen. Offenbar hatte unsere Familie gerade keine anderen Sorgen und sehr viel Zeit, sich Gedanken über unsere zukünftigen Ehepartner zu machen. Ich atmete laut aus, schüttelte den Kopf und antwortete, um den Streit nicht eskalieren zu lassen, in einem ruhigen Ton.

»Was redet ihr hier eigentlich ständig von Heirat? Santina ist bloß ausgegangen. Sie war tanzen! Und nicht auf der Suche nach einem heiratswütigen Protestanten! Ausgehen, tanzen und heiraten, das sind drei paar Schuhe. Die Deutschen sind nun mal freier und offener als die Sizilianer. Die meisten deutschen Mädchen sind bei ihrer Hochzeit keine Jungfrauen mehr. Na und! Davon geht die Welt nicht unter. Keiner wird verletzt, und keiner stirbt. Ihr tut gerade so, als ob es auf der Welt kein schlimmeres Verbrechen gäbe.«

Mama stand kurz davor, in Tränen auszubrechen. Sie blickte mich zunächst verständnislos an und gab mir dann eine unmissverständliche Antwort. »Kannst du oder willst du nicht begreifen, dass wir keine Deutschen sind? Wir sind Sizilianer! Wenn Santina hier entehrt wird, gilt sie in Messina als Hure! Alle werden sich das Maul über uns zerreißen. Verstehst du das, oder verstehst du das noch immer nicht?«

Ich verstand nur, dass diese Diskussion völlig sinnlos war. Ich hatte hier Mädchen kennen gelernt, die deutlich jünger als meine Schwester waren und bereits einen Freund hatten. Die Eltern wussten davon und sahen es als etwas völlig Normales an. Sie sprachen darüber, klärten ihre Kinder auf, waren ihnen eher gute Freunde als strenge Erziehende. Meine Geschwister und ich fanden das toll. Wir, und auch alle unsere Cousins und Cousinen in Messina, hätten uns nie getraut, unsere Eltern in diesen Dingen um Rat zu fragen oder auch nur darüber zu sprechen. Freundschaft, Partnerschaft, Sex und alles, was damit zusammenhing, waren absolute Tabuthemen. Wenn einer von uns mal den Fehler beging, etwas zu viel zu erzählen, wusste es Minuten später die ganze Familie, und es hagelte Ermahnungen aus allen Himmelsrichtungen.

Hier in Deutschland waren wir weit weg vom Rest der Familie. Dennoch drangen immer wieder solche Nachrichten zu uns durch, und ich war jedes Mal aufs Neue erstaunt, wie schnell die Verwandtschaft aus einer winzigen Mücke einen prähistorischen Flugsaurier bastelte. Wenn uns diese Nachrichten aus einer anderen Welt nicht sofort erreichten, reichte man sie uns spätestens im Urlaub nach. Dann erfuhren wir aus erster Hand, welche abartigen Perversionen die Jugend von Messina mittlerweile beging. Sie gingen in Diskotheken! Sie verlobten sich unentwegt! Sie hatten sogar 5,99 – vor der Ehe! Also nicht ganz Sex, sonst hätte ihnen die Familie die Beine gebrochen.

Messina wurde langsam zu Sodom und Gomorrha, und sie mussten schwer hinterher sein. Schwer hinterher hieß: totale Kontrolle! Die meisten Jugendlichen, die ich in Messina kennen gelernt hatte, taten genau das, was auch Santina getan hatte. Sie verheimlichten so ziemlich alles, was mit Erwachsenwerden zu tun hatte. Wie sich immer mehr herauskristallisierte, konnten die Erwachsenen mit einer Vielzahl an Lügen besser umgehen als mit einer einzigen Wahrheit. So eine sizilianische Großfamilie war schon etwas Wunderbares. Es wurde sehr viel gescherzt, gelacht, erzählt und geredet. Aber für uns Jugendliche war es klüger, mitzuscherzen, mitzulachen und vielleicht auch mal etwas zu erzählen, aber dabei möglichst nicht allzu viel über sich selbst zu verraten.

In den nächsten drei Tagen versuchten Santinas Freundinnen, Papa von seinem Vorhaben abzubringen. Unsere Nachbarn fielen aus allen Wolken. Allen voran Frau Staudenmeier und die kleine, mittlerweile fünf Jahre alte Nicole. Selbst als sich Santina mit Tränen in den Augen von allen verabschiedete, konnte das kleine Mädchen nicht glauben, dass unsere Schwester wirklich für immer wegfahren sollte. Wir umarmten uns zum Abschied, Santina stieg zu Papa ins Auto, und da erst begriff Nicole, dass es wirklich geschah. Sie riss sich von ihrer Oma los, stürmte verzweifelt weinend auf das Auto zu und versuchte die Tür zu öffnen, um Santina herauszuzerren.

Als das kleine Mädchen auf offener Straße zusammenbrach, rissen bei allen Anwesenden die Dämme.

Papa fuhr los, und Nicole rannte hinter dem Auto her, bis ihre Oma sie einholte und festhielt, während die Kleine sich verzweifelt zu befreien versuchte. Filippo und ich blickten zusammen mit unseren Nachbarn dem Auto nach und gleichzeitig in Mamas völlig aufgelöstes Gesicht.

Ich fragte mich, warum ausgerechnet sie jetzt weinte. Schließlich hätte sie das alles verhindern können, aber sie hatte es nicht gewollt. Jetzt stand sie da und weinte. Ich verstand überhaupt nichts mehr. Von diesem Tag an verpasste ich keine Gelegenheit, meinen Eltern zu sagen, dass sie sich völlig herzlos verhalten und Mist gebaut hatten. Das sahen sie naturgemäß ganz anders. Jahre später bereuten sie diese Entscheidung dennoch. Und ich musste einsehen, dass der Drahtseilakt, zwischen zwei Welten leben zu wollen, allzu leicht mit einem Absturz enden konnte.

Für Filippo und mich ging das Leben in Deutschland weiter. Als Papa aus Messina zurückkam, galten die strengeren Regeln auch für uns. Während unsere Freunde bis weit nach Mitternacht ausgehen durften, mussten Filippo und ich, außer an den Tagen, an denen wir zum Fußballtraining gingen, um spätestens 20.00 Uhr zu Hause sein. Nach wochenlangen nervenaufreibenden Verhandlungen erreichten wir eine Verlängerung der Ausgehzeit auf 22.00 Uhr. Das war für unsere Freunde zwar noch immer ein Grund, uns auszulachen, aber es war besser als vorher.

Wenn es mit der Pünktlichkeit mal nicht funktionierte, konnte Papa außerordentlich garstig werden und nach Belieben Hausarrest verteilen. Er wünschte außerdem nicht, dass wir in Kneipen gingen oder Alkohol tranken. Kneipen waren für Papa ein rotes Tuch. Das sichtbarste Zeichen einer völlig dekadenten Lebensweise. Er hatte oft genug mit angesehen, wie sich sturzbetrunkene junge Männer vor den Türen verschiedener Gaststätten die Köpfe einschlugen oder einfach nur umkippten und ihren Rausch auf der Straße oder den Bürgersteigen ausschliefen. Und das waren noch die Harmlosen. Die anderen, weitaus schlimmeren setzten sich nach einer ausgiebigen Zechtour ins Auto und bauten nicht selten tödliche Unfälle. Von seinen ehemaligen Arbeitskollegen auf dem Bau ganz zu schweigen.

Einmal hatte Papa sogar aus der Ferne beobachtet, wie ein betrunkener Mann torkelnd die Bahngleise überqueren wollte, die durch unser Dorf verliefen. Er saß im Auto und verfolgte fassungslos, wie der Mann von einem Zug erfasst und in Stücke gerissen wurde. Das war der Tag, an dem er uns bei Strafe verbot, auch nur einen Fuß in eine Kneipe zu setzen. Wir durften zu Hause gerne ein halbes Glas Wein oder Bier trinken, weil es zum Essen dazugehörte, aber ansonsten galt: keinen Tropfen Alkohol!

Er hatte keine Ahnung, dass wir und unsere Freunde seit etwa zwei Jahren gar nichts anderes taten, als das, was er uns so strikt verboten hatte.

Die deutschen Kneipen waren eine ganz eigene Welt. So etwas existierte in Messina nicht. Dort gab es nur Bars, in denen man auf die Schnelle einen Espresso herunterstürzte und weiterzog. Die Kneipen hier waren für viele ein zweites Zuhause. Als ich zum ersten Mal eines dieser übel riechenden, verrauchten Lokale betrat und mich mit meiner Clique, die aus acht guten Freunden bestand, etwas verunsichert an einen Tisch setzte, wunderte ich mich vor allem über die Einrichtung und die seltsamen Gestalten, die dort herumsaßen.

Sämtliche Flächen waren mit vergilbtem Holz vertäfelt, was in mir den Eindruck erweckte, in einer alten, überdimensionalen Holzkiste zu sitzen. Der Besitzer schien ein passionierter Jäger zu sein, denn an beinahe jeder Wand hingen Hirschgeweihe und Bilder röhrender Hirsche. Hirsche waren damals schwer im Trend. Solche Bilder gab es in fast jedem deutschen Wohnzimmer, sogar wir hatten eins. Papa hatte es von einem Arbeitskollegen geschenkt bekommen, und da war ihm nichts anderes übrig geblieben, als es an unsere Wohnzimmerwand zu nageln. Obwohl er sich so gar nicht für die Hirschjagd begeistern und dem Bild nicht wirklich viel abgewinnen konnte.

Zwischen den verschiedenen Jagdmotiven hingen beschriftete Holzschilder, auf denen ein unbekannter Poet schmachtende, sehnsuchtsvolle Gedichte, universelle geometrische Formeln und seine gesammelten Lebensweisheiten eingebrannt hatte. Da hieß es dann: »Ich sitze hier und trinke Bier und wäre doch so gern bei dir! Starkes Sehnen, starkes Hoffen, kann nicht kommen, bin besoffen«, oder: »Wir sitzen hier am runden Tisch und saufen, bis er eckig ist«, oder: »Gottes schönste Gabe, das ist und bleibt der Schwabe!«

Und genau unter diesem Schild saßen vier dickbäuchige Männer um einem großen, runden »Stammtisch« herum. Einer schielte geistesabwesend in die Unendlichkeit, ein anderer steckte in schmutziger Arbeitskleidung und versuchte seinen Kopf daran zu hindern, ungebremst auf die Tischplatte zu knallen. Zwei weitere vergruben ihre großen roten Nasen in einer beliebten Tageszeitung und lallten von Zeit zu Zeit geistreiche Kommentare über die darin abgebildeten, leichtbekleideten jungen Frauen. Wie wahr, wie wahr.

Vom Anblick dieser schieren Pracht überwältigt, kam man nicht umhin, in Verzückung zu geraten und dem Schöpfer auf Knien für diese Meisterleistung zu danken. Na gut – kritische Geister könnten sich vielleicht fragen, was er sich dabei gedacht haben mag. Aber diese Frage stellten wir uns nicht. Schließlich war es für uns eine ganz neue Erfahrung, und da ist man nicht ganz so kritisch.

Mit diesem ersten Kneipenbesuch begann für uns eine neue Art der Freizeitgestaltung. Bald hingen wir nur noch in Kneipen herum. Und da Bier billiger war als jedes andere Getränk, tranken wir eben Bier. Das gehörte in diesem Land einfach zum Erwachsenwerden dazu. Die richtig tollen Kerle konnten, ohne mit der Wimper zu zucken, in weniger als 15 Sekunden zwei Halbe herunterkippen. Im Laufe eines Abends konnten sie ohne Probleme fünf Liter Bier durch ihre körpereigene Kläranlage filtern, ohne überzulaufen. Mir reichte schon ein Bruchteil davon, um irgendwann die Toilettenschüssel zu umarmen und nach Ulrich zu rufen.

Aber ich war ja auch kein Schwabe. Echte Schwaben rücken etwas selbst Bezahltes nicht freiwillig wieder heraus. Für sie war Bier kein Alkohol, sondern ein Lebensmittel. Jede Freude ohne Alkohol war künstlich! Jede Feier ohne Bier eine Beerdigung. Die nächste Steigerung erfolgte mit dem Eintritt ins Berufsleben. Zum Lustsaufen kam dann das Frustsaufen hinzu.

Dann setzte nämlich etwas ein, was vermutlich alle Berufsanfänger früher oder später erleben. Die Euphorie, die das erste selbst verdiente Geld noch ausgelöst hatte, verflog sehr schnell. Was blieb, war die Erkenntnis, dass es jetzt ein Leben lang so weiterging. Aufstehen, arbeiten, essen, Frust wegtrinken, schlafen. Dazwischen: warten. Warten auf die Mittagspause, warten auf den Feierabend, warten auf das Wochenende, warten auf den Zahltag, warten auf Feiertage, warten auf den Urlaub, warten auf die Rente, und irgendwann: auf den Tod. Das ganze Leben – eine große Warteschleife!

Wir trafen uns zwei- bis dreimal die Woche, redeten uns den Frust von der Seele und organisierten die Wochenendpartys, die bald zum wichtigsten Ereignis wurden. Denn der Punkt »Frust von der Seele reden« war aufgrund unserer pubertärer Wortkargheit in weniger als zwei Minuten abgehakt.

»Ha! Dämliche Schufterei!«

»Hm! Da sagst du was!«

»Mann du! Mein Meister ist vielleicht ein Depp!«

»Ha, und meiner erst!«

»Und die Weiber sind auch alle blöd!«

»Hm, und ob! Dämliche Weiber!«

»Hä … War gut, mit dir zu reden.«

»Ja, war eine richtig anregende Diskussion. Schorsch! Bringst du uns noch zwei?«

»Wozu hat man denn Freunde?«

Danach ging es an die Organisation der Party! Wobei die Begriffe Party oder Fest lediglich andere Namen für »sinnloses Besäufnis bis zum Augenstillstand« waren. Die Alten, die täglich in den Kneipen saßen, hatten es schon immer gesagt: Dieses Leben konnte man nur im Suff ertragen! Richtig gute Partys zeichneten sich dadurch aus, dass am Ende keiner mehr auf den Beinen stand. Dann hieß es: »Mann, war das eine super Party! Alle waren besoffen!« Neben der Arbeit drehte sich alles nur noch um Partys, Diskos, Feste, und »Weiberaufreißen«, wie wir das stundenlange sinnlose Herumstehen am Rand der Tanzfläche in verschiedenen Diskotheken nannten.

Das war aber auch schon mehr als genug. Allein der letzte Punkt war nämlich gar nicht so einfach und bedurfte durchaus einiger Übung. Kaum war die erste pubertäre, unbeholfene Tollpatschigkeit überwunden, musste auch innerlich ein neues Selbst geschaffen werden. Und das sollte naturgemäß sehr stark, unglaublich männlich, vor Selbstbewusstsein strotzend und mit allen Qualitäten eines Alphatiers ausgestattet sein. Wie so oft klaffte zwischen Wunsch und Wirklichkeit eine große Lücke. Deshalb war das Erste, was gelernt werden musste, ein möglichst cooles, männliches Auftreten.

Wobei das coolste Posen freilich nutzlos war, wenn der Name nicht passte. Schließlich konnte man sich schlecht als Satan himself präsentieren und hinterher, wenn die begehrte Dame angebissen hatte, als Gottlieb oder Detlef outen. Also mussten zuallererst coole Spitznamen her. Möglichst was Amerikanisches, denn die Amis klangen immer cool. Der Zufall wollte es, dass in jenem Jahr ein Film in die Kinos kam, der perfekt zu meiner Clique und mir passte: *The Wanderers*. Ein Film über eine amerikanische Jugendgang, die sich mit genau den gleichen Problemen herumschlug wie wir. Den Streifen sahen wir uns so oft an, bis wir die Dialoge auswendig mitsprechen konnten.

Danach stand für uns fest: Wir gründen unsere eigene Gang! Wir kauften uns weiße Jeanswesten, klebten einen goldenen Tiger auf den Rücken, trugen dazu einen schwarzen Hut und nannten uns »Golden Tigers«. Mit diesem Entschluss schwammen wir voll im Trend, denn es bildeten sich gerade jede Menge

Motorradclubs und Gangs, die im Gegensatz zu unserer Bande beinahe paramilitärische Strukturen aufwiesen. Sie hatten einen Präsidenten, eigene Gesetze, einen unantastbaren Ehrenkodex, und es hieß, dass sie zehn Frauen an jedem Finger hätten und sich vor Mädchen nicht retten könnten. Also genau das, was uns noch fehlte.

Mit dem unschätzbaren Vorteil einer Gang ausgestattet, klapperten wir als Nächstes sämtliche Diskotheken der Umgebung ab und stellten uns in Reih und Glied möglichst nah an die Tanzfläche. Dort trieben sich nämlich auch die Mädchen herum. Jetzt nur noch ein kurzer Kontrollblick auf die wichtigsten Accessoires: weiße Kutte, schwarze Kunstlederjacke, ein Bierkrug in der einen und, um die Bierfahne zu überdecken, eine Zigarette in der anderen Hand. Nachschubwege mussten rechtzeitig ausgekundschaftet werden, denn das Bier durfte nicht leer werden und die Zigarette nie ausgehen.

Wenn man dann keine Frau abbekam, so war wenigstens sichergestellt, dass man seinen Kummer vorbereitend ertränkt und sich den Brummschädel ehrlich erarbeitet hatte. Der Rest war reine Formsache. Einfach nur das tun, was auch alle anderen coolen Typen taten, die reihenweise rings um die Tanzfläche lungerten: breitbeinig dastehen, Augen verengen, Kinn vorstrecken, Schultern verbreitern, Bauch einziehen, lässig auf und ab wippen, trinken ohne zu sabbern, mit einem Fuß den Rhythmus in die Tanzfläche stampfen und eine animalische, männliche Aura verströmen.

Das kam schon verdammt cool. Alternativ konnte auch ein entschlossenes, rhythmisches Kopfnicken megacool wirken. Aber niemals bei der falschen

Mucke! Bei Boybands wie den Bay City Rollers oder Vadder Abraham und die Schlümpfe, bei deutschen Schlagern, blecherner Volksmusik und artverwandten Magenverstimmungen galt selbst rhythmisches Kotzen als uncool. Angesagt waren nur die ganz harten Mörderbeats von AC/DC, KISS, Led Zeppelin, Deep Purple oder Black Sabbath.

Das war richtige Rockmusik, bei der man auch mal die Luftgitarre auspacken und sie ordentlich polieren konnte. Dabei durfte man aber nie das eigentliche Ziel aus den Augen verlieren ... Äh – die Mädchen! Also die Luftgitarre schnell wieder eingepackt und den Blick nach allen Richtungen schweifen lassen.

»Achtung, Superpuppe auf halb sechs!«

Acht Köpfe drehten sich wie ferngesteuert in dieselbe Richtung und verfolgten mit starrem Blick den schlanken, blonden Vamp, der von links nach rechts die Tanzfläche durchschritt. Ihre rosa Ringelsöckchen, gepaart mit den super engen Jeans und der halb durchsichtigen Bluse verrieten auf den ersten Blick, dass sie in Sachen Paarungsbereitschaft kurz vor der Explosion stand. Leider übersahen wir dabei den knapp zwei Meter langen, ungefähr drei Meter breiten Kerl hinter ihr, dessen Kopf aus der Entfernung an eine Orange erinnerte.

Plötzlich baumelte ich einen halben Meter in der Luft, und die Superpup... äh die blöde Kuh rief: »Johannes, lass das! Dass sind doch nur Kinder!«

Ja, wenn einer aussah wie eine wandelnde Strafvollzugsanstalt, dann durfte er natürlich auch Johannes heißen.

30. **Der Preis des Wohlstands**

Nach den ersten Reinfällen stellte sich heraus, dass es absolut sinnlos war, sich gezielt einzelne Mädchen auszugucken. Wenn wir in der Gang schon zu acht waren, so dachten wir, müsste es doch einfacher sein, gleich eine ganze Gruppe anzusprechen. Wir vereinbarten eine neue Strategie und legten gleich los. Jeder nahm seine Position ein, und sobald eine Mädchengruppe in passender Stärke vorbeikam, trat einer vor, der möglichst einen ganzen Satz herausbringen konnte und erst danach in Ohnmacht fallen durfte.

Der Satz war denkbar einfach: »Hey ihr! Meine Kumpels da, John, Jim, Jack, Jeff, Jerry, James, Jesse und Joel, wollen mit euch gehen!«

Sich diese ganzen erfundenen Namen zu merken war da schon deutlich schwieriger, denn wenn die Mädchen nicht gleich vor Lachen die Toilette stürmten, erwiderten sie meistens kichernd: »Und wer von euch ist wer?«. In der Aufregung gab es dann schon mal drei Johns und vier Jeffs, und die Mühe des ganzen Abends war dahin. Allerdings spielte das unterm Strich keine große Rolle, denn es war immer sehr lustig und machte so großen Spaß, dass wir uns noch Jahre später über unsere naiven Versuche schlapplachten.

Die coolen Namen tauschten wir nach und nach gegen Abkürzungen unserer eigenen Namen aus. Mike, Richie, Charly, Wolle, Fred, Reiner und Sülley waren nicht halb so uncool, wie nicht zu wissen, wie man hieß. Die Sache mit den »Golden Tigers« erledigte sich dann auch ziemlich schnell. Wir stießen zufällig auf eine echte, zwei Mann hohe Rockergruppe, die uns bei der erstbesten Gelegenheit gleich die Hüte eindellen wollte. Wir hatten das Verbrechen begangen, auf unsere Kutten »MC« zu schreiben. Sie klärten uns auf, dass diese Buchstaben nur Mitgliedern eines echten Clubs zustanden, die Motorrad fuhren. Wir seien aber wohl eher ein jugendlicher Wanderverein und hätten weder Motorräder und sehr wahrscheinlich noch nicht mal Haare am Beutel.

Ihre Annahme war zwar sehr gewagt, aber da die beiden schwergewichtigen, vollbärtigen, nach Benzin und Kettenöl stinkenden, bis zur Halskrause tätowierten, bärbeißigen, als Menschen verkleideten Schaufelbagger Oberarme hatten wie andere Leute Oberschenkel, beschlossen wir, uns in der Unterzahl zu fühlen, unsere Kutten auszuziehen und nach Hause zu laufen. Mit diesen Kerlen war nicht zu spaßen. Ihr Ruf als unbarmherzige Schlägertruppe eilte ihnen kilometerweit voraus, und der Legendenbildung standen alle Türen offen.

So gab es damals so manche Kriegerdenkmäler, die kaum vermuten ließen, dass unter den langen Mähnen, den Vollbärten, den martialischen Kutten, dem Kettenbehang und Nietenlook oft angenehm freundliche, gemütliche Motorradfahrer steckten, die ihr Hobby gern mit anderen teilten. Diejenigen Gesellen, die jeden verkloppten, der ihnen einen begrenzten

Wortschatz vorwarf, gab es natürlich auch. So eine Unverschämtheit kann sich ein kultivierter Mensch, der sich in mehreren Sprachen fließend prügeln kann, schließlich nicht bieten lassen.

Ende der Siebzigerjahre tauchten dann auch die ersten Punker und Popper in der Jugendszene auf. Die Punker erkannte man daran, dass sie weiße Ratten gegen deren Willen als Schmusetiere benutzten und sich zusätzliche Körperöffnungen bohrten, um tonnenweise Metall mit sich herumzutragen. Von Sicherheitsnadeln über Nägel, Ketten und Flaschenöffner bis zum Fünfkiloschraubstock, der natürlich nur zu besonderen Anlässen von der Backe baumelte. Nieten gehörten ebenso zum Outfit wie die Radkappen von Vatis altem Käfer – weil sie den Hintern so vorteilhaft betonten.

Punker gingen übrigens nie ins Freibad. Zum einen, weil der steife Irokesenschnitt im Wasser schlappmachte, zum anderen, weil sie am Grund des Beckens auch nicht lange durchhielten. Sie sahen teilweise wirklich furchterregend aus, waren aber zum Großteil sehr friedfertige Jungen und Mädchen, die sich von der Erwachsenenwelt abgrenzen wollten und auch nicht mehr Alkohol- oder Drogenprobleme hatten als alle anderen.

In Jugendkreisen richtig verhasst waren die Popper: die überangepassten, arroganten Schnösel, die sich für die Oberschicht hielten. Zu erkennen an der geföhnten Tolle, die mindestens ein Auge bedecken musste, pastellfarbenen Sakkos, mit hochgeschlagenen Ärmeln, Mokassins und den Lacoste-Polohemden. Popper glaubten, dass ein durch Hosen einer Edelmarke gefilterter Pups nach Rosen duftete. Soll heißen: Sie hielten sich für etwas Besseres, das sich mit dem übrigen Abschaum nicht abgab. Ihnen ging es nur um: Geld, Erfolg, Karriere, Titel, gesellschaftlichen Aufstieg, Statussymbole. Popper sahen für mich noch furchterregender aus als Punker. Man sah ihnen ihre menschenverachtende Arroganz auf zwei Kilometer Entfernung an. Sie waren die Lieblinge der Erwachsenen, und das allein war Grund genug, sie nicht zu mögen.

Diese verschiedenen Jugendgruppen bargen Konfliktstoff bis in unsere Familie hinein. Papa und Mama fanden Punker und Rocker abartig und widerwärtig. Die Einzigen, mit denen sie sich ohne Widerrede angefreundet hätten, waren die Popper. Diese adretten, immer topgepflegten Jugendlichen benahmen und kleideten sich vorbildlich.

Mein Bruder und ich sollten sie uns gefälligst zum Vorbild nehmen und nicht ständig in Jeans und Lederjacken herumlaufen. Meine weiße Kutte, der schwarze Hut, die Abzeichen meiner Gang, all das war ihnen vom ersten Tag an ein Dorn im Auge. Das ging sogar so weit, dass Mama die Sachen eines Tages vor meinen Augen in unseren Ofen stopfte und verbrannte. Daraufhin sprach ich vierzehn Tage lang kein Wort mehr mit meinen Eltern. Aber da sie sich im Recht fühlten hatte diese Schweigeaktion ungefähr dieselbe Wirkung, als hätte ich unsere Couchgarnitur ignoriert.

Tatsächlich hatten wir uns zu der Zeit schon sehr weit von unseren Verwandten in Messina entfernt. Nicht nur von den Erwachsenen, auch von unseren Cousins und Cousinen. Wir entwickelten uns in völlig verschiedene Richtungen. Unsere ganze Familie bestand aus Poppern!

Auch in Messina hatte sich einiges verändert.

Durch den wirtschaftlichen Aufschwung waren neue Arbeitsplätze entstanden, die ordentliche Verdienstmöglichkeiten boten und so dafür sorgten, dass es vielen Familien sehr viel besser ging als noch vor wenigen Jahren. Die Autos in unserem Viertel wurden Jahr für Jahr größer, die Kleidung der Menschen edler, die Häuser durch immer weitere Anbauten schöner und die Inneneinrichtung teurer.

Im Sommer 1979 fuhren wir mit Papas neuem Fiat 131 Mirafiori in unseren Hof und betrachteten erstaunt mehrere Luxuskarossen: Neben deutschen Modellen von BMW und Mercedes stand sogar ein schnittiger Maserati. Im Jahr davor waren es noch lauter Mittelklassewagen gewesen.

Peppi erzielte mit seinen Pelzmänteln traumhafte Gewinne und gab sein Geld gern mit vollen Händen aus. Die Innenstadt und die Einkaufsmeile in der Viale San Martino strotzten nur so vor Luxus. Überall hatten Edelboutiquen eröffnet, die mit Pelzen, Lederwaren und anderen Luxusgütern handelten. Dafür entvölkerte sich nach und nach unser Viertel. Bis auf Gianni und Franci, die noch bei ihren Eltern wohnten, hatten sich alle anderen Cousins Appartements und Villen in Ganzirri gekauft. Das Viertel lag am anderen Ende der Stadt, wo traditionell Messinas Oberschicht lebte. Lorenzos kleine Jacht ankerte im Hafen, und Peppi war gerade dabei, den Flugschein zu machen, weil er sich in eine einmotorige Cessna verliebt hatte. Mit dieser kleinen, wendigen Maschine hoffte er die Dauer seiner ständigen Reisen verkürzen zu können.

Viele unserer älteren Bekannten arbeiteten bei Peppi, verdienten sich ihren Anteil, kauften ebenfalls Häuser und verließen unser altes Viertel. Die Alten blieben, was sechs Jahre zuvor noch als undenkbar gegolten hatte, allein zurück.

Santina hatte sich innerhalb kürzester Zeit recht gut eingelebt, arbeitete ebenfalls in Peppis Schneiderei und fühlte sich im Großen und Ganzen recht wohl. Bei dem überstrengen *nonno* Luigi hatte sie es nicht lange ausgehalten und war schon wenige Wochen später zu *zio* Baldo, *zia* Maria und ihren Kindern Alba und Tonio gezogen. Sie vermisste uns zwar, aber da sie durch ihre Arbeit recht viele neue Freundinnen gefunden hatte, war sie nicht unzufrieden. Trotzdem konnte sie nach wie vor nicht verstehen, warum Papa und Mama sie weggeschickt hatten, und weinte schon während der Begrüßung bittere Tränen.

Das Leben in Messina hatte eine unerwartete Wendung genommen, und ich stolperte immer öfter über so manche Merkwürdigkeit, nicht nur meiner großen Familie, sondern vielmehr der Einheimischen an sich. Autos spielten plötzlich eine sehr wichtige Rolle. Wenige Jahre zuvor hatten sie noch als ganz gewöhnliche, wenn auch teure fahrbare Untersätze gegolten, die einfach nur funktionieren sollten. Kleinere Blechschäden, Kratzer oder Dellen bedeuteten nicht gleich den Untergang des Abendlandes und waren in den engen Gassen oder im dichten Autoverkehr oftmals nicht zu verhindern.

Inzwischen hatten Autos einen hohen Streitwert, und das Vokabular der stolzen Besitzer wurde bereichert durch Wörter wie Wertminderung, Wiederverkaufswert, Schafmelker und Kameltreiber. Die Leute legten plötzlich Wert auf ein neues, gepflegtes Fahrzeug, das sie bei weitem nicht mehr so lange fuhren, bis es auseinanderbrach, sondern nach spätestens zwei Jahren möglichst teuer wieder verkaufen konnten. Eine sonderbare Entwicklung.

So ähnlich verhielt es sich mit ihrer Wohnungseinrichtung. Unsere Verwandtschaftsbesuche beinhalteten immer auch eine kostenlose Vorführung sämtlicher Neuanschaffungen, und da jedes Jahr etwas hinzukam, dauerten diese Besichtigungstouren immer länger. Die meisten unserer Verwandten renovierten ständig an ihren Häusern herum. Von außen gesehen, veränderte sich nicht wirklich viel, und so mancher Bau sah nach wie vor aus, als ob der nächste Platzregen ihn mitsamt seinen Bewohnern ins Meer spülen könnte. Für die glänzende, glitzernde, funkelnde Inneneinrichtung dagegen war, um schweren Augenentzündungen vorzubeugen, die Verwendung stark getönter Sonnenbrillen dringend angeraten. Da gab es edle, hochglanzpolierte Granitböden, filigran verzierte Schleiflackmöbel mit glänzend weißen oder irisierenden Perlmuttoberflächen samt goldfunkelnder Beschläge, dazu wuchtige elfenbeinfarbige Ledersofas und verspiegelte Glasvitrinen, die das darin zur Schau gestellt wertvolle Porzellan und die edlen Bleikristallgläser wie Kronjuwelen präsentierten.

An den Wänden hingen kitschige, moderne oder romantische Kunstdrucke, die nur selten zum Rest der Einrichtung passten, aber zumindest dank ihrer mächtigen goldverzierten Rahmen einen gewichtigen Eindruck hinterließen. Die Krönung eines jeden Wohnzimmers war ein riesiger Kristallleuchter mit Hunderten diamantförmig geschliffenen Glaskristallen, die wie kleine Sterne glitzerten. Beim Anblick solcher Pracht wäre selbst Queen Elisabeth erblasst.

Am Ende der Besichtigungstour – nach der huldvollen Würdigung des erlesenen Geschmacks der Gastgeber und den herzlichen Glückwünschen zur erfolgreichen Plünderung des Buckingham Palace – deckten sie das edle Mobiliar mit bereitliegenden Schutzfolien ab und verriegelten das Wohnzimmer einbruchsicher mit einer siebenfachen Schließanlage. Bis zur nächsten Vorführung. Das Vorführzimmer durfte sonst von keinem lebenden Menschen betreten werden und Stubenfliegen ohne Überflugrecht wurden sofort und ohne Vorwarnung abgeschossen.

Die meiste Zeit des Tages hielten sich unsere Verwandten entweder draußen auf oder in der alten, schäbigen Küche. Dort saßen sie dann auf in die Jahre gekommenen, wackligen Stühlen, aßen aus rissigen Tellern und tranken aus gesammelten Gläsern, die sie gemeinsam mit dem darin enthaltenen Brotaufstrich gekauft hatten. Oder, was damals schwer im Kommen war, aus Plastiktellern und -bechern.

Anfangs war ich über diese Schrulligkeit nur leicht verwundert, doch als ich dann merkte, dass dieser Spleen die ganze Familie angesteckt hatte, fragte ich mich ernsthaft, ob ein Virus dahintersteckte. Ein bösartiges Virus, das die Menschen zwang, sehr viel Geld für Dinge auszugeben, die sie allem Anschein nach nur sporadisch, nämlich für Präsentationszwecke, benötigten. Für den Fall, dass die alte Queen Mum eines Tages unangemeldet vor der Tür stand. Oder der Jet des Staatspräsidenten sich in den Olivenhain hinterm Haus bohrte und er deshalb auf einen Espresso hereinschneite.

Ich war sogar so weit, meiner *nonna* Maria eine neue Kaffeemaschine zu schenken, weil sie noch immer mit einem alten Vorkriegsmodell herumhantierte, das beim Kochen wie ein angreifender Sturzkampfbomber klang. Jedes Mal, wenn sie das alte Ding auf den Herd setzte, verspürte ich das dringende Bedürfnis, in Deckung zu gehen, bevor das Teil explodierte und die ganze Straße in Schutt und Asche legte. Kaum hatte ich ihr angedroht, bei meinem nächsten Besuch eine neue mitzubringen, führte sie mich zu einer Truhe, wo sie für den womöglich bevorstehenden Besuch des Papstes und seiner wichtigsten Kardinäle gleich zwei nagelneue Maschinen aufbewahrte.

Ansonsten machten alle, vor allem die Männer, einen sehr geschäftigen Eindruck. Niemand hatte Zeit, alle mussten bis spätabends arbeiten, etwas Dringendes erledigen, hatten wichtige Termine, klebten ständig am Telefon, befanden sich auf unaufschiebbaren Geschäftsreisen, redeten nur noch über ihre Arbeit und über die Aufbruchstimmung, die in der Stadt herrschte. Letztere hatte selbst die Leute erfasst, die sich sonst nie ernsthaft um eine geregelte Arbeit bemüht und sich nie große Gedanken über Geld, Wohlstand oder Karriere gemacht hatten. Alle wünschten sich, dass ihre Tage 48 Stunden hätten. Und selbst die könnten sie problemlos so voll packen, dass sie am Ende wieder nicht ausreichten.

Die langen Abende, an denen die ganze Familie draußen vorm Haus saß und sich Geschichten erzählte, gehörten endgültig der Vergangenheit an. Alle hockten allein vor ihrem Fernseher und gingen früh ins Bett, weil der kommende Arbeitstag mehr abverlangte, als sie bei vierzig Grad im Schatten zu leisten in der Lage waren. Nur die verheirateten Frauen blieben nach wie vor zu Hause und unterhielten sich den lieben langen Tag mit ihrem Fernseher, der rund um die Uhr lief. Oder mit den neuen Mitbewohnern, reinrassigen Siam- oder Perserkatzen mit ellenlangem Stammbaum, die nur von der Urkunde des deutschen Schäferhundwelpen übertroffen wurde, die nebst einem Hakenkreuz noch die Unterschrift von Adolf Hitler höchstpersönlich trug. Somit war sichergestellt, dass Mama keinen gewöhnlichen Straßenköter, sondern ein wirklich kostbares Geschenk erhalten hatte. Von Deutschlands berühmtestem Hundezüchter wärmstens empfohlen. Das neue, kläffende oder miauende Familienmitglied war eine kleine Wiedergutmachung der Söhne. Weil sie so wenig Zeit hatten und sich kaum noch blicken ließen.

Cagnolino und *micino*, wie Hund und Katze verniedlichend hießen, wurden allein schon wegen ihres horrenden Anschaffungspreises wie Könige behandelt. Wenigstens so lange, bis klar war, dass auch Tiere edler Abstammung wie gewöhnliche Straßenköter einen Teppich ruinieren konnten, und man sie aus dem Haus verbannte. So weit ging die Liebe dann doch nicht. Noch! Sehr seltsam das Ganze. Und vor allem seltsam vertraut.

Dem wachsenden Wohlstand zum Trotz wirkten unsere Verwandten alles andere als glücklich auf mich. Wo wir auch hinkamen, die meisten beklagten sich über die ungewohnte Einsamkeit. Und auch die erste Scheidung der Familiengeschichte sollte nicht lange auf sich warten lassen. Für mich stand ohne jeden Zweifel fest, dass dies der Preis des Wohlstands sein musste.

Dennoch genoss ich die Zeit in Messina und unternahm viel mit meinem Cousin Gianni. Er war zwar zu einem der schlimmsten Popper geworden, die ich persönlich kannte, doch ich konnte ihm deswegen nicht böse sein. Wir blieben unzertrennliche Freunde. Auch aus dem Grund, weil wir alle Themen aussparten, bei denen unsere unterschiedlichen Ansichten keine Annäherung zuließen, und uns nur auf diejenigen konzentrierten, bei denen es keine Reibungspunkte gab: Mädchen, Spaß und Musik. Sein Freundeskreis nahm mich immer sehr herzlich auf, obwohl ich in ihren Augen ein reichlich seltsamer, kauziger Typ war. Ein langhaariger Deutscher, der keine Ahnung von Mode hatte, nicht tanzen konnte und einen merkwürdigen veralteten Dialekt sprach. Die Jugendlichen sprachen inzwischen ein Italienisch wie sonst nur die Norditaliener: Die künstliche Sprache der Fernsehmoderatoren. Die meisten unserer alten gemeinsamen Freunde gingen über alle Unterschiede hinweg, als ob sie nicht existierten. Aber es gab auch andere. Vor allem Giannis neue Freunde, die ich bei einer Gartenparty kennen lernen durfte.

Sie waren allesamt Söhne und Töchter aus sogenanntem gutem Hause, die mich von oben bis unten musterten, sich hinterrücks über meine Kleider, meine Frisur und meine Sprache lustig machten. Für sie war ich nicht einmal ein Deutscher, sondern nur ein minderbemittelter Emigrant, der vor den Problemen in Sizilien davongelaufen war. Um Konflikte zu vermeiden, beschloss ich, nur dann mit Gianni loszuziehen, wenn er sich mit normalen Menschen und nicht mit diesen affigen Aliens traf. Wenn Arroganz nach faulen Eiern riechen würde, müssten sich manche dieser Leute in Parfüm ertränken.

Giannis Clique vereinbarte beinahe täglich Spritztouren mit dem Roller quer durch das schöne Sizilien. Zum Tauchen nach Taormina, zum Eisessen nach Cefalu, zum Tanzen nach Catania, eine Tagestour zum Etna – nicht selten endeten diese Ausflüge erst spät in der Nacht an verschiedenen Stränden. Dort saßen wir dann um große Lagerfeuer herum und verabschiedeten, ohne einen Tropfen Alkohol zu trinken, grölend und tanzend den Tag. Sizilianer erreichten den Zustand der Freude offenbar auch im nüchternen Zustand.

Dabei lernte ich auch ein paar sizilianische Mädchen kennen und musste überrascht feststellen, dass sie ganz anders waren als die Deutschen. Sie hatten völlig andere, mir fremde Rituale. In Deutschland sprach ich Mädchen einfach an und unterhielt mich mit ihnen ganz zwanglos. Entweder sprang dann der Funke über oder eben nicht. In Sizilien war die Sache etwas komplizierter. Vor allem hatte ich bemerkt, dass Mädchen sich in Anwesenheit von Jungen auf einmal anders verhielten und mit ihnen auch ganz anders redeten.

Im Gespräch mit Jungen nahmen sie immer wieder bestimmte Posen ein, die sie kleiner wirken ließen, als sie ohnehin schon waren. Sie wiegten sich in den Hüften, spielten an ihren Haaren, ihre Stimme rutschte eine Tonlage höher, so dass sie wie kleine Mädchen klangen, und statt zu sprechen verfielen sie in einen seltsamen Singsang, der ungemein einlullend wirkte. Dabei machten sie bei Lauten wie »Ohhh« und »Uhhh« einen übertriebenen Schmollmund und präsentierten dabei ihre üppigen Dekolletés wie wunderkerzenbespickte Geburtstagstorten. Bei allem, was sie taten, strahlten sie eine freundliche, mit sexuellen Signalen gespickte menschliche Wärme aus. Dadurch vermittelten sie einem das Gefühl, dass man sich nicht mit einer Fremden, sondern mit einer engen Freundin unterhielt, die man begehren, umarmen, beschützen musste. Mit vielen Dingen kam ich noch ganz gut zurecht, doch bei manchen fehlte mir jedes Verständnis.

Eines Abends sprach ich auf einer Party ein Mädchen an. Sie war siebzehn Jahre alt, dabei hätte ich sie eher auf Mitte zwanzig geschätzt. Die Kleine war umwerfend schön, mit hüftlangen schwarzen Haaren und einem fransigen Pony, der ihr bis in die großen, dunklen, fast schwarzen Augen fiel. Dazu ein asiatisch anmutendes, zartes Gesicht, volle rote Lippen, zartbraune Haut und eine schlanke Figur, die an genau den richtigen Stellen üppiger ausgestattet war. Eine Frau, die eine Kfz-Versicherung binnen weniger Minuten ruinieren konnte, wenn sie im falschen Kleid über die Straße lief.

Als sie mich anlächelte, quasselte ich einfach munter drauflos, während sie stumm blieb wie ein Fisch. Ich schob ihr gleich mehrere Kassetten nacheinander ins Ohr und in meiner Verzweiflung schließlich sogar den ganzen Rekorder. Sie lächelte zwar weiterhin, machte aber keinerlei Anstalten, sich in irgendeiner Form an der Unterhaltung zu beteiligen. Schließlich gab ich es auf und fragte mich, ob es vielleicht daran lag, dass mein seltsamer Dialekt in ihren feinen Ohren viel zu ordinär klang. Oder ob die Ärmste vielleicht einfach nur taubstumm war.

Ich dachte gerade darüber nach, ob ich es noch einmal in perfektem Fernsehmoderatoren-Italienisch versuchen sollte – das ich gar nicht konnte – oder mit ein paar Sätzen Englisch, Französisch oder Gebärdensprache – was ich ebenfalls nicht konnte. In meiner Ratlosigkeit schwieg ich einfach und war überglücklich, als mein Cousin plötzlich neben mir stand. Völlig unerwartet erwachte das Mädchen zum Leben und sprach ihn mit zuckersüßer Stimme an.

»Hör mal, Gianni, kannst du mir diesen Jungen nicht endlich vorstellen?«, sagte sie zu meiner Verblüffung. »Ich würde ihm nämlich ganz gerne antworten.«

Ich war außer mir! Sie hätte doch etwas sagen können, anstatt mich die ganze Zeit reden zu lassen. Ich war ihr nicht vorgestellt worden, also durfte sie nicht mit mir sprechen. Während Gianni mir die Sachlage augenzwinkernd erklärte, entschuldigte er sich und stellte mich ihr als germanischen Höhlentroll vor, dem die Gebräuche der feinen sizilianischen Gesellschaft fremd waren.

Mein Ärger verflog sehr schnell, denn Eleonora war ein wirklich süßes Mädchen. Auch wenn sie mir aus Rache für die drei Kassetten nun mit hoher Stimme beide Ohren ablaberte. Drei Stunden lang. Ununterbrochen. Sie fand mich offensichtlich ganz süß. Ich fand sie mehr als nur süß, hätte ihr aber am Schluss trotzdem gerne den Mund zugeklebt. Sie wurde erst ruhiger, als sie erfuhr, dass ich nur noch eine knappe Woche in Messina war. Das verwunderte mich zwar, aber da sie mich sowieso schon halb bewusstlos gequatscht hatte, empfand ich die Stille als äußerst angenehm.

Als Gianni und ich nach Hause liefen, kniff er mir in den Nacken und lachte. »Na, du hast dich aber gut unterhalten was?«, sagte er und zwinkerte mir zu.

»Ja, meine Ohren bluten immer noch«, antwortete ich.

Eleonora und ich trafen uns in den nächsten Tagen noch öfter, denn irgendwie hatten wir uns ineinander verliebt. Doch mein Urlaub ging unweigerlich zu Ende, und so fragte ich sie an meinem vorletzten Abend, ob sie mir nicht ein Foto von sich schenken könne, als Erinnerung. Im Gegenzug bot ich ihr eins von mir an.

Ihre erste Frage lautete: »Ein Nacktfoto?«

Ich sah sie überrascht an und musste lachen. »Och, das hatte ich nicht gehofft, aber ein bisschen mehr als nur dein Gesicht darf schon drauf sein, und gegen ein bisschen Haut hätte ich auch nichts einzuwenden.«

»Ich bringe dir morgen eins mit«, versprach sie, grinste frech und verabschiedete sich.

Am nächsten Abend kramte sie in ihrer Handtasche, holte ein Foto hervor und gab es mir. Ich warf einen Blick drauf und prustete los. Eleonoras Gesicht wirkte wie durch eine Gummilinse aufgenommen. Mit übergroßem Mund und Nase im Vordergrund und winzig kleinen Augen im Hintergrund. Ihr Mund war weit aufgerissen, dazwischen ein Hähnchenschlegel.

»Was ist das?«, fragte ich lachend.

»Ein bisschen mehr als mein Gesicht. Und ein bisschen Haut ist auch noch dran«, erwiderte sie trocken, während ich mir vor Lachen den Bauch hielt.

Sie lachte mit, wurde dann aber schlagartig ernst und fragte mich, wann ich denn für immer zurückkäme. Ich antwortete, dass meine Berufsausbildung noch mindestens zwei Jahre dauere. Eleonora machte ein trauriges Gesicht und fragte, ob ich nicht früher zurückkommen könne. In dem Augenblick, als ich ihr sagte, dass es nicht möglich sei, nahm sie mir das Foto aus der Hand und musterte mich mit Tränen in den Augen an.

»Ich würde ja gerne auf dich warten«, sagte sie. »Aber du kommst einfach zu spät. Ich werde im

Januar achtzehn Jahre alt. Bis dahin will ich jemanden haben, den ich liebe und der mich heiratet. Wenn du es nicht sein willst, wird es eben jemand anders sein. Ciao!«

Sie drehte sich um und verschwand.

31. Wir sind Brain Dead

Nach meinem Erlebnis mit Eleonora war ich am Boden zerstört. Andererseits war ich auch sehr glücklich. Ich war selbst gerade mal achtzehn Jahre alt und hatte mit Heiraten noch nichts am Hut. Damit konnte ich damals absolut nichts anfangen. Kein Beruf, kein Geld, keine Zukunft, aber um jeden Preis heiraten wollen. Das schien in Sizilien normal zu sein. Mann hatte hier keine »Freundin«, wie ich es aus Deutschland kannte. Entweder man hatte eine Verlobte oder gar nichts. Eine Verlobung war aber bereits ein Heiratsversprechen. Sizilianische Mädchen gingen sehr viel zielgerichteter auf Partnersuche und planten deutlich weiter voraus als die deutschen. Sie suchten keinen Freund, sondern einen zukünftigen Ernährer. Einen Ehemann.

Am nächsten Tag verabschiedeten wir uns und fuhren zurück. Santina gab uns viele liebe Grüße für ihre Freundinnen mit auf den Weg und das feierliche Versprechen, dass sie am Tag ihrer Volljährigkeit sofort nach Deutschland zurückkehren wollte. Ich konnte sie gut verstehen. Der Abschied von unserer Heimat fiel uns allen immer leichter. Die Gespräche auf der langen Rückreise drehten sich meistens darum, wie sich alles verändert hatte, denn nicht nur die

Stadt, sondern auch die Menschen waren nicht mehr so wie früher. Selbst meine Eltern hatte die Illusion der heilen Großfamilie, die geduldig darauf wartete, dass wir alle irgendwann wieder vereint wären, langsam verloren.

Auch wenn sie es, kaum in Deutschland angekommen, bald so weit verdrängten, dass im darauffolgenden Jahr alles wieder bei null anfing. In Deutschland ließen sie ihr idealisiertes, verklärtes Bild Siziliens der 60er Jahre unverändert weiterleben. Sobald das Wetter auf Grau umschlug und die Sehnsucht nach Sonne und Wärme größer wurde, holte Mama ihr altes Fotoalbum aus dem Schrank, erträumte sich das Meer und erfreute sich an den Bildern aus glücklichen Tagen, als die ganze Familie noch im Schatten knorriger Olivenbäume gesessen und kulinarische Feste gefeiert hatte. Damals, als die *bonanime*, die guten Seelen aller zwischenzeitlich Verstorbenen, noch lebten, als alles schöner war, alles seine Ordnung hatte, als Männer noch Männer waren und Frauen noch wussten, wo ihr Platz war.

Böse bis in die Haarspitzen, wie ich nun mal war, führte ich meine eigenen Ergänzungen an, die sie freilich nicht hören wollte. Weil es damals eben nur schöner war, weil sie nichts anderes gekannt hatten, viele von ihnen arbeitslos waren und viel Zeit hatten, sich um Familie, Bräuche und Traditionen zu kümmern – und den Patriarchen heraushängen zu lassen, der seine Frau auch schon mal in die Küche prügelte, damit sie nicht vergaß, wo sie hingehörte. Erwachsene, so hatte ich festgestellt, lebten in einer ganz eigenen Welt. Kaum waren die Schmerzen abgeklungen, waren sie auch schon vergessen, und selbst die schlimmen Erlebnisse wurden zur »guten alten Zeit« verklärt.

Drei Tage später stand ich in der Werkstatt, und der Alltag hatte mich wieder eingeholt. Im Jahr davor hatte ich die Schule beendet und eine Ausbildung zum Automechaniker begonnen. Ich wusste zwar nicht warum, aber Papa hatte mich davon überzeugt, dass Automechaniker in Messina sehr gefragte Leute seien. Außerdem könnte ich dann mein Auto selbst reparieren und viel Geld sparen.

Das sagten mir auch alle meine Freunde: »Automechaniker? Super! Dann kannst du ja dein Auto selbst reparieren und eine Menge Geld sparen.« Das schien bei der Berufswahl ein sehr wichtiges Kriterium zu sein. Totengräber? Super! Dann kannst du dir dein Grab selbst schaufeln und eine Menge Geld sparen. Schon während der Ausbildung wusste ich, dass dieser Beruf nicht der meine war.

Filippo hatte sich für eine Friseurlehre entschieden. Papa hatte ihn vielmehr überzeugt, dass in Messina nur jeder zweite Friseur sei und dass es auf einen mehr auch nicht ankomme. Das Problem war nur: Ausbildungsplätze waren Mangelware. Deutschland steckte in der Krise! Gut, das war nichts Neues. Wollte man den Leuten auf der Straße Glauben schenken, dann ging Deutschland zweimal täglich den Bach runter. Und wenn man gar dem Wahrheitsgehalt einer beliebten Tageszeitung vertraute, was aber offiziell keiner tat, sogar dreimal täglich. Kein Land der Erde stand so oft so nah am Abgrund wie Deutschland.

Kein Wunder, dass die Nerven der Leute blank lagen. Sogar die Uhren gingen falsch. Kaum teilte einer mit, dass es fünf vor zwölf sei, fand sich ein zweiter, der mit todernster Miene »Handlungsbedarf!« anmahnte, weil es laut seiner Uhr schon fünf nach zwölf war. Manchmal fand ich diese Diskussionen ziemlich albern. Die Uhren in anderen Ländern gingen in dieser Hinsicht zwanzig Jahre nach, und hier stritten sich ein paar Kappen wegen zehn Minuten.

Selbst in der Kneipe, in der ich mich mit meinen Freunden regelmäßig traf, war dies ein heiß diskutiertes Thema. Einige Stammtischbrüder machten sich sogar ernsthafte Sorgen. Na gut, auch dies war nichts Neues. Ich kannte die Schwaben nun gut genug, um zu wissen, dass sie sich eigentlich ständig Sorgen machten. Die Schwaben wissen nämlich nicht, was morgen oder eines Tages sein wird, daher finden sie es gut, sich schon mal vor-zusorgen.

Das haben sie den Sizilianern voraus. Die wissen nämlich auch nicht, was morgen oder eines Tages sein wird, und leben lieber im Jetzt und Heute. Gut, vielleicht sehen sie aus diesem Grund etwas unbeschwerter aus, aber: das täuscht! Der Sizilianer rechnet eigentlich täglich mit seinem Ableben und fragt sich daher, warum er dreißig Jahre im Voraus planen soll, wenn er nicht mal weiß, ob ihn in zehn Minuten der Schlag trifft.

Der Schwabe dagegen ist sich der theoretischen Chance, die nächsten zehn Minuten zu überleben, sehr wohl bewusst, und die addiert er nun so oft zusammen, dass er eine Lebensversicherung abschließt. So schnell sind dreißig Jahre verplant. Aber da er sein Häusle in etwa genau so lange abzahlen muss, ist es nicht weiter tragisch. Dann wird eben später gelebt. Wenn die Lebensversicherung fällig ist. Die lässt er sich »im Erlebensfall«, wie es so schön heißt, in bar auszahlen, um endlich in Saus und Braus zu leben. Dann wird ein neuer, tiefergelegter Rollstuhl samt einer neuen, schnittigen Krankenpflegerin angeschafft, die ihn durch die Gegend schieben darf. Zur Krönung gönnt er sich täglich einen pürierten Rostbraten und dazu ein Glas Most.

So unvernünftig ist dieses Vor-sorgen also gar nicht. Denn wenn sich plötzlich keiner mehr sorgen würde, wären alle Versicherungsvertreter arbeitslos und Deutschland schon wieder auf dem besten Weg den Bach runter.

Einer dieser Stammtischbrüder meinte jedenfalls genau zu wissen, warum es so schlecht um Deutschland stand: Das Boot war voll! Und das ausgerechnet im Schwabenland, wo es doch sowieso, mangels fahrbarer Gewässer, so wenige Boote gab. Da saß er nun, spielte den unerschütterlichen Menschenfreund, dem es nur um das Wohlergehen des deutschen Volkes ging, wies auf die christliche Traditionen hin, die es zu bewahren galt, pumpte alle paar Sätze ein Bier ab und predigte ununterbrochen, dass an allen Problemen die Ausländer schuld seien. Ich verdrehte nur die Augen. Fruchtlose Kneipendiskussionen endeten entweder mit einem schweren Besäufnis oder, wenn es zu persönlich wurde, schmerzlich.

Die Diskussion an jenem Abend verlief allerdings ganz anders. Ein junger Mann, etwas älter als ich, groß wie ein Bär, mit einem runden Gesicht, glatten rotblonden Haaren und einem zerzausten Bart in derselben Farbe, setzte sich zu dem Stammtischbruder. Innerhalb weniger Minuten widerlegte er auf ruhige, sachliche Art sämtliche seiner Parolen. Ich saß zwei Tische weiter, verfolgte das Gespräch und war regelrecht erstaunt. Der junge Mann, der sich Ben nannte, formulierte sehr präzise, untermauerte seine Argumente mit Fakten, Zahlen und Beispielen und ließ dem Stammtischbruder keinen anderen

Ausweg, als klein beizugeben. Ich war total begeistert. Und das, was als Nächstes folgte, beeindruckte mich noch viel mehr.

Der Stammtischbruder leerte sein Bier, setzte das leere Glas ab und rief: »Bei solchen Vaterlandsverrätern ist es kein Wunder, dass alles vor die Hunde geht!«

Ben sah ihn nur scharf an und forderte ihn in einem ruhigen Ton auf, die Kneipe entweder sofort und auf seinen eigenen Beinen zu verlassen oder den Schwachsinn zu wiederholen und sich auf einer Trage hinausbefördern zu lassen. Zum Abschied sagte er noch: »Wenn du und deine Kumpane so heilig wärt, wie ihr euch darstellt, dann könntet ihr übers Wasser laufen und müsstet euch nicht über volle Boote beklagen!«

Der Mann entschied sich schnell für das Verlassen des Lokals auf eigenen Beinen, zahlte und verschwand. Ich setzte mich zu Ben, und wir unterhielten uns sehr lange. Ich mochte die Art, wie er redete. Ruhig, sachlich, überlegt. Dahinter steckte ein System, das ich unbedingt kennen lernen wollte.

Ben war ein seltsamer Kauz. Er studierte. Das erzählte er jedenfalls jeden der es wissen wollte. Ob er es tatsächlich tat, wusste kein Mensch. Relativ schnell fand ich dagegen heraus, dass es eigentlich keinen Tag und keine Uhrzeit gab, an denen er nicht bei einem Glas Wein in irgendeiner Kneipe saß. Immer bereit; eine Diskussion anzufachen und sich anderer Leute Sorgen anzuhören. Ich lernte ihn zu einer Zeit kennen, als er sich aus seinem alten Freundeskreis verabschiedete, indem er ihm die Pest an den Hals wünschte.

Manche dieser Leute, darunter auch angehende Studenten, benahmen sich einfach nur furchtbar. Sie inszenierten sich am liebsten selbst, hörten sich sehr gerne reden und waren stets bemüht, Selbstsicherheit, geistige Überlegenheit, Intelligenz und Kompetenz auszustrahlen. Oder zumindest überzeugend vorzutäuschen. Auf eine gewisse Weise hatten sie sehr viel Ähnlichkeit mit den gefürchteten, als »verrohte Primitivlinge« verschrienen Rockern. Nur dass sie, statt mit bloßen Fäusten, mit geschliffenen Worten, ausgefeilter Rhetorik und nervender Klugscheißerei aufeinander einschlugen.

Die Ziele waren stets dieselben: Demütigung, Herabsetzung und Ausgrenzung des vermeintlichen Gegners. Die einen setzten auf körperliche, die anderen auf seelische Grausamkeit. Ich fand Rocker ehrlicher. Die ranzten jemanden einfach an, und der wusste sofort, dass ein Ortswechsel dringend angeraten war. Die vermeintlich klügeren Intellektuellen meuchelten dagegen verbal. Mit einem überheblichen Lächeln im Gesicht. Hinterhältig und zynisch. In ihrer affigen, arroganten Art glichen sie den Söhnen und Töchtern aus besserem Hause in Messina aufs Haar. Auch die hielten sich ohne eigenes Zutun, sondern allein schon wegen Papis größerem Geldbeutel und den damit verbundenen Vorteilen, für was Besonderes.

Als ich zu dem Streit zwischen Ben und seinen ehemaligen Kumpanen dazustieß, war er schon fast vorbei. Ich hörte, wie die Anwesenden tuschelten, verstohlen lachten und ihn hinterhältig fragten, an welcher Uni er denn eingeschrieben sei. Als ob er ihnen gegenüber irgendeine Verpflichtung hätte, sich und seine Lebensweise zu erklären oder zu rechtfertigen. Selbstgefällig saßen sie an ihren Tischen, lachten und verhöhnten ihn so lange, bis er seinen Mantel nahm und gekränkt davonstapfte. Ben war ein klassischer Außenseiter.

Rasch verabschiedete ich mich von meinen Freunden, lief ihm nach und sah gerade noch, wie er eine andere Kneipe betrat. Unter dieser Kneipe hatten sich Jugendliche einen feuchten Kellerraum als Treff eingerichtet. Ein paar alte Sofas, jede Menge Poster an den Wänden und ein paar bunte Glühbirnen, die den Raum eher verschwammen als erhellten.

Hier war auch meine Freundin Heidrun ab und zu anzutreffen. Ich hatte sie in einer der vielen Dorfdiskos kennen gelernt, in denen ich mich mit meinen Freunden herumtrieb. Ihre langen, dunklen Haare, ihr überaus hübsches Gesicht und ihre mandelförmigen, dunklen Augen ließen eher eine exotische Indianerin als eine Schwäbin vermuten. Aber da sie Heidrun hieß, bestand an ihrer Herkunft kein Zweifel.

In der Disko war an jenem Abend nicht sonderlich viel los. Es lief auch keine typische Diskomusik, sondern irgendetwas Psychedelisches, das stark an die Zeiten erinnerte, als halb nackte Blumenkinder in anderen Sphären schwebend herumgehüpft waren. Zwei davon waren auf der Tanzfläche und sprangen zu den sphärischen Klängen einer winselnden Geige von einem Bein auf das andere.

Die hübsche junge Frau kam auf mich zu und erkundigte sich, ob ich lieber zu Diskomusik tanzen wolle. Ich gab ihr zu verstehen, dass ich rhythmisches Räkeln, über die Tanzfläche Robben und einbeiniges Weitspringen eigentlich auch ganz toll fand. Sie lachte, ging zu ihren Freunden zurück, und ich nahm mir fest vor, sie kennen zu lernen.

Allerdings sollte es noch ganze drei Monate und viele zufällig herbeigeführte Begegnungen dauern, bis ich sie endlich so weit hatte, dass sie sich mit mir in einer gemütlichen Kneipe verabredete: im Café Egon. Dieses Lokal wurde von zwei sehr alten Herrschaften geführt, die ihr großes Wohnzimmer in ein gutgehendes Café umgewandelt hatten. Dort traf sich meistens Salachs intellektuelle Jugend: angehende Studenten und Jusos, die nichts anderes taten, als stundenlang zu diskutieren.

Am späten Abend gaben wir uns in einer Ecke des Cafés einen ersten verstohlenen Kuss, der sofort zu heftigen Reaktionen führte. Die betagte Hausherrin, die solche Schweinereien in ihrem Haus nicht duldete, forderte uns auf, das Lokal sofort zu verlassen. Heidruns Freundinnen gaben ihr gleich zu verstehen, dass sie ihr die Freundschaft kündigten, sollte sie sich tatsächlich mit einem Möchtegern-Rocker zusammentun. Und meine Freunde fragten mich entgeistert, was ich an dieser komischen, alternativen Tussi so toll fand, die für ihr Leben gern über Friedensbewegung, Umweltschutz, Frauenrechte und ähnliche, völlig uncoole Themen diskutierte.

Im Laufe der nächsten Monate erweiterte sich der Kreis der Nichtbefürworter unserer Beziehung um ihren Vater – weil ich Italiener war – und meine Eltern – weil sie Deutsche war. Die ganze Welt war gegen uns – die beste Basis, um eine stabile Beziehung aufzubauen. Dennoch gelang es uns, auch wenn wir sie uns mühselig, allen Widrigkeiten zum Trotz und durch alle Instanzen hindurch hart erkämpfen mussten. Wobei sich meine Familie übrigens als die härtere Nuss erwies.

Als ich den Kellerraum betrat, sah ich vier Jungen,

die in einer ohrenbetäubenden Lautstärke eine kaum wiederzuerkennende Rocknummer aus den späten Sechzigern spielten. Ben hängte sich gerade eine Gitarre um den Hals und stieg Sekunden später in das Stück ein. Schon nach den ersten Klängen war mir klar: Er war ein verdammt guter Gitarrist!

Nun stand ich zum zweiten Mal mit offenem Mund da und staunte über seine Fähigkeiten. Noch mehr genoss ich das Gefühl, so nah an etwas dran zu sein, was ich bis dahin nur aus der Konserve kannte: eine echte Rockband! Zwar keine richtig gute, aber gut genug, um mich zu beeindrucken und um die erste Idee eines Entschlusses reifen zu lassen: Das wollte ich auch können!

Zwei Tage später war ich stolzer Besitzer einer gebrauchten E-Gitarre, die alle möglichen Kratzgeräusche von sich gab, aber nichts, was auch nur im Entferntesten an Musik erinnerte. Nicht mal einen erkennbaren klaren Ton brachte ich zustande. Ich schredderte das Ding ordentlich durch, würgte ihren Hals, schlug ihr in den Bauch, hebelte am Hebel, knöpfelte am Knopf, werkelte am Werkel und erkannte sofort, dass die Suche nach meinem verborgenen musikalischen Talent vergeblich bliebe. Meine Eltern hatten in der Eile wohl vergessen, mir ein Wunderkind-Gen einzupacken. Das würde ein deutlich längerer Weg werden als erhofft.

Ben erklärte sich netterweise bereit, mir ein paar Griffe zu zeigen, zusammen mit einem guten Dutzend Fingerübungen, um meine Schnelligkeit zu trainieren. Ich ging nach Hause, spielte, spielte, spielte und spielte. Jeden Tag, jede freie Minute, bis meine Fingerkuppen anfingen zu bluten und ich sie schnell verpflasterte, um weiterspielen zu können.

Ich ging mit meiner Gitarre ins Bett, stand mit ihr a… und nahm sie sogar mit aufs Klo, um ja keine Minut… zu versäumen. Langsam stellten sich die ersten Erfolge ein: der erste sauber klingende Ton, der erste kratzfreie Akkordwechsel und eine ungeheure Freude am hörbaren Fortschritt. Es brauchte seine Zeit, aber mit ein wenig Geduld würde ich es schaffen.

Bald hingen Ben und ich jeden Nachmittag zusammen. Wir trafen uns bei mir oder gingen zu ihm, übten, spielten, diskutierten, nahmen Stücke auf und tranken dazu Bens Lieblingswein. Ein billiger Fusel, den er Pennerglück nannte, weil er nur geringfügig besser schmeckte als Kopfschmerzen und Sodbrennen. Allem Anschein nach kaufte er das Zeug gleich palettenweise. Anders war die große Anzahl an Flaschen, die sich in seinem Zimmer angesammelt hatten, nicht zu erklären.

Als es eines Nachmittags etwas später wurde, hatte ich die große Ehre, seine Mutter kennen zu lernen. Sie war eine große blonde Frau von Ende fünfzig, mit großen Lockenwicklerlocken, die wirr auf ihrem Kopf herumhüpften. Das Verhältnis zwischen den beiden schien nicht das beste zu sein. Ben hatte ihr irgendwann verboten, sein Zimmer zu betreten, und sie hatte offensichtlich Mühe, sich daran zu halten. Auch an jenem Tag öffnete sie die Tür, steckte den Kopf durch den Spalt, überhörte meinen freundlichen Gruß und nahm meine Anwesenheit auch optisch nicht wahr. Stattdessen schnaubte sie, Ben solle seine dreckigen Unterhosen nicht in seinem Zimmer sammeln, weil die Ratten sonst versuchen könnten, sich durch die Mauern zu nagen. Danach knallte sie die Türe zu und fragte noch mehrere Male brüllend, ob er sie verstanden habe.

versank vor Scham in seinem Sessel. Dann er gequält auf, packte seine Gitarre weg, sam- eine Menge Flaschen in eine große Sporttasche, b die restlichen unter sein Bett und flüsterte mir dass ich jetzt besser gehen sollte. Von der anderen te der Tür drang ein seltsames Zischen in meine ren: pffft, pffft, pffft, pffft. Verwundert blickte ich mich um und fragte Ben, was das für Geräusche seien. Daraufhin öffnete er die Tür und stieg über seine kniende Mutter hinweg, die mit einer Sprühflasche Sagrotan und einem Putzlappen die Tür und den Boden vor seinem Zimmer desinfizierte.

Kaum war Ben am Ausgang, keifte sie auch schon los. »Wo gehst du denn jetzt schon wieder hin? Sag! Wo gehst du jetzt schon wieder hin? Hiergeblieben! Du endest noch wie dein Vater!«

Ben drehte sich um, schaute sie scharf an und zischte: »Na und? Den hast du doch ins Grab gebracht! Und bei mir wirst du es auch noch schaffen, da mache ich mir keine Sorgen.« Mit diesen Worten winkte er mich raus.

Seine Mutter starrte mich an, und ich bekam vor den leeren, ausdruckslosen Augen der Frau einen mächtigen Bammel. Rasch drückte ich mich an ihrem massigen Körper vorbei und ging schnell zur Tür. Nicht, dass sie noch auf die Idee kam, mich mit ihrem Sagrotan zu desinfizieren. Ben schob mich aus dem Haus und machte, kaum dass wir draußen standen, seinem Ärger Luft. Unter diesen Umständen konnte ich nachvollziehen, warum er sich lieber in Kneipen herumtrieb. Der nächste Weg führte ihn in einen Laden ganz in der Nähe seines Hauses, wo er die leeren Flaschen gegen volle eintauschte. Ich ging nach Hause, schob die Gitarre unter mein Bett, setzte mich zu Filippo, Mama und Papa aufs Sofa und freute mich riesig über mein Elternhaus.

Bald hatten Ben und ich unsere ersten selbst arrangierten Songs geschrieben und den Entschluss gefasst, eine Band zu gründen. Ich hatte meine Welt entdeckt. Das war genau das, was ich immer machen wollte, und nichts anderes. Jede freie Minute verbrachte ich damit, Gitarre zu spielen, Pläne zu schmieden, nach Musikern zu suchen, die in unsere Band passten, und nach einem Probenraum, wo unsere eigene Musik zum Leben erweckt werden sollte.

Kurze Zeit später stieß Zornie, ein Bassist, zu uns. Er war ein sehr sympathischer, sechzehnjähriger Kerl, mit langen Haaren, einem mächtigen Schnauzbart, Grübchen in den Wangen und einer runden Nickelbrille mit dicken Gläsern. Alsbald gesellte sich Uwe zu uns, den Ben und ich schon eine ganze Weile kannten. Sein Markenzeichen waren die lange blonde Mähne, eine kräftige Rockröhre und ordentlich schnelle Finger an der Gitarre. Als Letzter stieß Mike zu uns. Er war ein eher stiller, dunkelhaariger Kerl mit dichtem Vollbart, aus dem nur Nase und Augen herausschauten, und vervollständigte mit seinem Schlagzeug unsere Band. Unsere erste gemeinsame Probe, die ersten gespielten Songs erzeugten Glücksgefühle, die sich kaum beschreiben lassen.

Als wir kurz darauf ein paar Freunde zu unserem ersten Proberaumkonzert einluden, explodierten die Gefühle. Wir spielten unsere drei Songs mit einer Dynamik und einer Lebendigkeit, die unsere Zuhörer buchstäblich von den Sitzen riss, berauschte, zu hysterischem Geschrei und orkanartigen Beifallsstürmen zwang. Wir fühlten uns wie GÖTTER!

Als der letzte unserer Exfreunde zehn Minuten

nach unserem genialen Konzert immer noch zuckend am Boden lag und die Stimmen nach einem Notarzt immer lauter wurden, beschlossen wir, auf Zugaben zu verzichten. Für uns hatte er keine Schmerzensschreie ausgestoßen, sondern, völlig zu Recht, hysterisch gejubelt.

Kein wirklicher Star stellt sich die Frage, ob die Leute kreischen, weil der Song gut ist, weil er zu Ende ist oder weil er Panikattacken auslöst. Beifall ist Beifall! Man fühlt sich toll, nimmt den Applaus dankbar entgegen und diskutiert neidvolle Kritiken wie »Echt klasse! Wer von euch hat den Presslufthammer gespielt?« so lange durch, bis alle überzeugt sind, dass der Kritiker nur den treibenden, durchdringenden Rhythmus gelobt hat.

Das Einzige, was uns jetzt noch fehlte, war ein klingender Bandname, der die Größe und Erhabenheit der zukünftigen »Legends of Rock« in die Welt trüge. Am Ende eines strengen Auswahlverfahrens entschieden wir uns für »Brain Dead« – die Hirntoten! Zwei Tage später änderten wir ihn dann in »Brain Storming«, weil ein paar Neidhammel der Ansicht waren, dass dieser Name den geistigen Zustand unserer Band ziemlich genau beschrieb.

Im Sommer 1981 hatte ich mit der Band, meinen Freunden und Heidrun so viel Spaß, dass ich zum ersten Mal gar nicht so wild drauf war, nach Messina zu fahren. Natürlich fuhr ich trotzdem mit. Und bearbeitete Mama und Papa so lange, bis sie zustimmten und Heidrun mitkommen durfte. Wenn wir allein gefahren wären und einen großen Bogen um meine Familie gemacht hätten, wäre es bestimmt ein wunderschöner Urlaub geworden. Meine Schwester Santina, die Cousins und Cousinen reagierten toll und nahmen Heidrun ohne Wenn und Aber auf. Die Erwachsenen sahen sich in der Pflicht, sie mit sizilianischen Bräuchen und Traditionen zu drangsalieren, die selbst ihre eigenen Kinder nicht mehr interessierten. Meine Eltern verbannten sie, um unsere Keuschheit zu wahren, auf eine Matratze am Fußende ihres Bettes und ließen zu jeder Berührung und jedem Kuss, den wir uns gaben, böse Kommentare ab.

Nonno Luigi bemängelte ihr mangelndes Schamgefühl, weil sie es wagte, bei vierzig Grad im Schatten einen Bikini anzuziehen. *Zio* Paolo veranstaltete ein Riesenspektakel, als mir im Gespräch herausrutschte, dass wir nicht vorhätten, sofort zu heiraten. Meine Tanten äußerten ihre Sorge, dass ich, im Falle einer Heirat, in nicht allzu ferner Zukunft an Pastamangel zugrunde gehen könnte. Am Ende könnte der mir bevorstehende sinkende Tomatensoßenspiegel im Blut schwere Allergien bis hin zur *morte subitania* führen. Außerdem hatten sie gehört, dass deutsche Hausfrauen nicht so fleißig seien wie die sizilianischen, weil sie sogar für ihr schmutziges Geschirr eine Maschine benötigten. Ihrer Ansicht nach waren Geschirrspülmaschinen der Gipfel der Dekadenz.

Das warf natürlich irgendwann die grundsätzliche Frage auf, was deutsche Hausfrauen den ganzen Tag über taten, wenn sich doch die ganze Arbeit auf Knopfdruck und damit sozusagen von allein erledigte. Dass trotz aller Maschinen noch genug Arbeit übrig blieb, lag offenbar außerhalb ihrer Vorstellungskraft. Selbst an Waschmaschinen, eine echte Arbeitserleichterung, hatten sie sich nur langsam gewöhnt.

Wenn Heidrun und ich meine alte *zia* Lina, *nonno* Luigis Frau, beim Wäschewaschen beobachteten, lagen wir manchmal vor Lachen auf dem Boden. Mit fortschreitendem Alter hatte sie einfach nicht mehr die Kraft, ihre Wäsche von Hand zu waschen. Da in unserem Haus eine ungenutzte Waschmaschine herumstand, stopfte sie alle drei Tage ihre Kleidung hinein und schaltete sie ein. Statt sich in der Zwischenzeit um andere Dinge zu kümmern, wartete sie die ganze Zeit über bei der Maschine, bis das Programm fertig war, und schimpfte ohne Unterlass über deren Langsamkeit. Dann lief die 140 Zentimeter kleine Frau mit der auffälligen, grau-lila gefärbten Einsteinfrisur gebeugt und mit auf dem Rücken gekreuzten Armen auf und ab und auf und ab und auf und ab. Zwei Stunden und drei Kilometer später verfluchte sie die Maschine, zerrte ihre Wäsche heraus und beschwerte sich bei *nonno* Luigi über das nutzlose Gerät, das sie viel mehr ermüdete als die frühere Handwäsche.

Die einzigen Geräte, die es ohne Protestbewegungen in jede sizilianische Küche geschafft hatten, waren Fernsehgeräte. Die Glotzkisten hatten sich zu einer echten Landplage entwickelt, denn sie liefen Tag und Nacht. Selbst wer das Haus voller Gäste hatte, machte sich nicht die Mühe, die Kiste abzuschalten. Zwanzig Leute quatschten wild durcheinander, und die laufenden Fernsehsendungen lieferten neben Gesprächsthemen auch Hintergrundmusik.

Heidrun und ich nahmen es mit Humor. Wir spazierten durch die Stadt, schlenderten die Hafenpromenade entlang, bewunderten Messinas schönste Sehenswürdigkeiten. Manchmal schämte ich mich dann für den Schmutz, der in den schwärmerischen bunten Beschreibungen meiner erträumten Stadt nicht existiert hatte, den sie aber im wirklichen Messina zu sehen bekam. Etwa den schönen Sandstrand, der mit stinkenden Fischabfällen übersät war. Die Abwasserkanäle, die ihre giftige Fracht ungeklärt ins Meer trugen, und kokelnde Müllberge am Straßenrand. Auch dies versuchten wir mit Humor zu nehmen, obwohl nicht zu übersehen war, dass dieser Anblick sie schwer schockierte. Zum Glück wogen die vielen schönen Dinge die hässlichen auf.

Wir erfreuten uns an *zio* Nuccios und *zio* Baldos lustigen Späßen, die am Strand immer zu Hochform aufliefen. Genossen das wunderbare Essen, die Gespräche mit Santina, die sich in eine hübsche junge Frau verwandelt hatte, die Ausflüge mit Gianni und seiner Clique und Heidruns vergebliche Versuche, sie dazu zu bewegen, ihren Abfall nicht überall achtlos liegen zu lassen. Die meisten waren zutiefst überrascht, dass sich ein junges Mädchen aus Deutschland um den Dreck in Messina sorgte. Heidrun wiederum war sprachlos, dass sich die jungen Leute hier offensichtlich um gar nichts sorgten. Weltpolitik, Umweltschutz, Emanzipation spielten so gut wie keine Rolle. Sie sorgten sich nur um das, was sie unmittelbar betraf, und das hatten sie mit der Mehrzahl der Erwachsenen gemeinsam. Sie lebten in einer kleinen, überschaubaren Welt, der Strom kam aus der Steckdose, Müll verrottete von allein, Frauen hatten das Recht, eine ordentliche Mahlzeit zuzubereiten, die aber keinesfalls schlechter als die ihrer Schwiegermutter sein durfte, und für den Rest waren der liebe Gott und die Heiligen zuständig.

32. Entscheidungen

Die meisten Sizilianer sorgten sich tatsächlich nur um das, was in ihrem unmittelbaren Einflussbereich lag. Um alles andere kümmerten sie sich recht wenig. Die Lokalpolitik wurde von den meisten noch aufmerksam verfolgt. Alles, was darüber hinausging, wurde dagegen schon beinahe als gottgegeben hingenommen. Wichtig war nur, dass die Herren Politiker nicht bloß aßen, sondern auch essen ließen. Was letztlich bedeutete, dass ihnen sehr wohl bewusst war, dass die meisten ihrer gewählten Volksvertreter korrupt, käuflich und nur auf ihre eigenen Vorteile bedacht waren. Dennoch waren sie im Grunde schon zufrieden, wenn von deren reich gedecktem Tisch so viele Krümel fielen, dass auch für das einfache Volk noch etwas übrig blieb.

Die gemeinsamen Ausflüge mit Gianni und seiner Clique gehörten für Heidrun und mich zu den schönsten Erlebnissen unseres Urlaubs. Die hochansteckende unbeschwerte Fröhlichkeit, Lebensfreude, Ausgelassenheit und auch die Freundlichkeit dieser jungen Leute verdrängten so manche unschöne Debatte und den Kampf gegen die dummen Vorurteile. Letztere führten schließlich zu einem bösen Streit mit *nonno* Luigi. Er warf mir vor, keine Ehre im Leib zu haben, weil ich meine schöne Frau nicht, wie es sich gehörte, eifersüchtig ins Haus sperrte, sondern sie zu Ausflügen mit fremden Männern mitnahm. Für ihn stand fest, dass Deutschland einen Waschlappen aus mir gemacht hatte. *Nonno* Luigi und ich waren in unserer Denkweise ein ganzes Jahrhundert voneinander entfernt.

Doch schon am selben Abend spielte der Streit zwischen mir und meinem Großvater keine Rolle mehr. Mein Bruder hatte eine Entscheidung getroffen, die er beim Abendessen verkündete.

»Ich bleibe in Messina!«, sagte er und sah abwechselnd Papa und Mama an, in der Erwartung ihrer Reaktion.

Die kam auch postwendend. Papa erklärte ihn kurzerhand für geisteskrank und rechnete schnell nach, wie viele Gläser Wein er wohl gebechert hatte.

Filippo blieb sehr ruhig, legte die Beweggründe seiner Entscheidung dar und verkündete die Pläne, die er bereits gemacht hatte. In Deutschland sah er für sich keine Zukunft. Er war nach all den Jahren ein Ausländer geblieben, und er glaubte auch nicht, dass sich das eines Tages änderte. Er wollte sich unbedingt selbstständig machen, und das ging seiner Meinung nach in Deutschland mit seinen Tausenden Regelungen, Vorschriften und Gesetzen sowieso nicht. Er wollte seine Ausbildung in Messina beenden, hatte sich bereits um eine Stelle bemüht und wollte gleich nach unserem Urlaub mit der Arbeit beginnen. Ich musterte Filippo verduzt. Diese Klarheit und diese Entschlusskraft hatte ich meinem jüngeren Bruder gar nicht zugetraut. Nachdem er Papa und Mama vor vollendete Tatsachen gestellt hatte, blieb ihnen gar nichts anderes übrig, als ihn zurückzulassen.

Eine Woche später saßen meine Eltern und ich beim Abendessen in unserer Wohnung in Salach. Mama starrte die leeren Stühle an und begann zu weinen. Ihre Familie war zerfallen. Ihr Traum, dass wir gemeinsam arbeiten, uns etwas aufbauen und am Ende geschlossen wieder nach Hause zurückkehren würden, war zerbrochen. Papa versuchte sie zu trösten und schlug vor, die Wohnung aufzulösen und schnellstmöglich nach Sizilien aufzubrechen. Mama musterte ihn nur verständnislos und sagte zu unserer aller Überraschung: »Ich will nicht nach Messina zurück! Ich wollte, dass wir alle zusammen hier bleiben!«

Mit diesem Satz versetzte sie Papa einen Schlag in die Magengrube. Er war ganz selbstverständlich davon ausgegangen, dass Mama genauso dachte wie er und möglichst bald wieder nach Hause wollte. Doch da hatte er sich böse getäuscht, denn sie dachte nicht im Traum daran. Das Einzige, was sie bedauerte, war die Tatsache, dass nun zwei ihrer Kinder in Messina waren und sie früher oder später zurückmusste.

Im Jahr darauf wies bereits alles darauf hin. Filippo und Santina kamen mit der sizilianischen Mentalität überhaupt nicht zurecht. Filippo hatte ein Mädchen kennen gelernt, das schon zwei Monate später zur Heirat drängte. Santina hatte sich in einen Mann verliebt, der zehn Jahre älter war, und lebte unverheiratet mit ihm zusammen. Das war ein Skandal, der seinesgleichen suchte. Als wir nach Messina fuhren, fanden wir eine schockierte Familie vor, die nicht fassen konnte, wie sich die beiden so völlig danebenbenehmen konnten. Dass ein Zwanzigjähriger und eine Achtzehnjährige es wagten, eigenständige Entscheidungen zu treffen, dass sie alle gutgemeinten Ratschläge der Familie in den Wind schlugen und sich von niemandem hineinreden ließen, war ungeheuerlich.

Bald machten die wildesten Gerüchte die Runde. Haarsträubende Geschichten. Allerdings waren sie nicht unglaubwürdig genug, als dass man sie nicht trotzdem unter dem Mantel der Verschwiegenheit weiterreichte. Demnach war Santinas Verlobter ein Analphabet, der noch nie in seinem Leben eine Schule besucht hatte. Zudem war er sehr wohlhabend, und da jemand ohne Schulbildung es zu nichts bringen konnte, waren legale Einnahmequellen automatisch ausgeschlossen. Demnach konnte er lediglich Auftragskiller, Waffenschieber, Topterrorist, Mafiaboss, Spion oder Ministerpräsident sein. Letzteres galt jedoch als nicht sehr wahrscheinlich, weil ihn niemand für skrupellos genug hielt.

Filippos Freundin hingegen war angeblich ein Barackenkind auf der Suche nach einem Heiratskandidaten mit richtig viel Kohle. Da Filippo nicht viel besaß, war für alle offensichtlich, dass sie ihn nur ausnehmen und danach zum Teufel jagen wollte. Nach dieser objektiven Beurteilung durch unsere Verwandten konnten meine Eltern und ich den beiden »Verlobten« natürlich nicht mehr ganz vorbehaltlos gegenübertreten.

Zugegebenermaßen war Santinas Wunschkandidat tatsächlich etwas gewöhnungsbedürftig. Adriano sah auf den ersten Blick aus wie Adriano Celentano, wenn auch mit dreißig Kilo Übergewicht. Ich rieb mir die Augen, als ich ihm zum ersten Mal begegnete, aber die Vision blieb und rollte unaufhaltsam auf mich zu. Sein betont schaukelnder Gang wirkte auf mich, als balancierte er einen kantigen Backstein im Schritt. Und erst sein weißer Anzug, der aussah wie der von John Travolta in *Saturday Night Fever*, und das bis zum Bauchnabel offene schwarze Hemd, aus dem ein lockiger Langhaarflokati herauslugte. Um seinen Hals baumelte eine dicke goldene Ankerkette mit einem massiven goldenen Jesusanhänger, groß wie ein Gullydeckel. An beiden Handgelenken trug er schwere, funkelnde Panzerketten und am linken eine derart wuchtige Rolex, dass der Arm glatt einen halben Meter tiefer hing, als der rechte.

Ein Orthopäde hätte die Uhr wegen der einseitigen Belastung und der Gefahr einer möglichen bleibenden Wirbelsäulenverkrümmung sicher als gesundheitsschädlich eingestuft. Vor seinem Haus parkte ein metallicblauer Lamborghini Countach, den er nach eigenen Angaben nicht fuhr, weil er Angst davor hatte. Der Wagen stand nur da und repräsentierte. Ab und zu waren wohl einige seiner Freunde damit gefahren, die ihn eines Tages mit einem Motorschaden vor der Tür abgestellt und sich seither nicht wieder gemeldet hatten. Seitdem diente das gute Stück nur noch als Taubenklo, strahlte aber immerhin noch dekadenten Reichtum aus.

Analphabet oder nicht: Adriano war ein ausgebuffter Kaufmann, der seit seinem sechsten Lebensjahr in der Pelzbranche arbeitete und Kontakte zu zahlreichen Modehäusern Italiens pflegte. Er hatte genau verstanden, was einen wichtigen von einem unwichtigen Mann unterschied, und das hatte weder mit Bildung noch mit Abstammung zu tun. Das Einzige, was wirklich zählte, war Geld! Was jedoch nicht darüber hinwegtäuschte, dass er als Namensgeber für den perfekten neureichen Proleten hätte herhalten können.

An ihm war einfach alles künstlich und protzig. In

der Öffentlichkeit wirkte alles, was er tat, wie einstudiert – jeder Satz, jede Bewegung, jede noch so kleine Geste. Selbst die einfachsten Dinge, wie eine Eistüte kaufen. Normale Menschen holten einfach eine Münze aus ihrem Geldbeutel, bezahlten und verabschiedeten sich. Adriano zog erst mal ein dickes Bündel 100.000-Lire-Scheine aus seiner Hosentasche, wedelte damit vor der Nase des Eisverkäufers herum und tat so, als ob er die ganze Eisbude kaufen wollte.

So angeberisch und laut er sich auf der Straße auch gab, so kleinlaut und kränklich wurde er, sobald er zu Hause war. Da fiel er innerhalb von Sekunden buchstäblich in sich zusammen. In den vierzehn Tagen, in denen ich Santina und Adriano traf oder mit ihnen telefonierte, lag der Mann ungefähr dreißigmal im Sterben. Er starb kontinuierlich. Ein klarer Fall für das *Guinnessbuch der Rekorde*. Wenn er nicht gerade starb, blätterte er in Dutzenden Röntgenbildern herum, suchte nach dem Grund seines Siechtums und schimpfte auf die Ärzte. Denn seiner Meinung nach waren sie nicht in der Lage, die tödliche Krankheit zu erkennen, die ihn jeden Tag vierundzwanzig Stunden lang an seinem letzten Atemzug herumröcheln ließ. Dabei holte er alle paar Schweißtropfen ein sauber gefaltetes Taschentuch aus der Hosentasche und fuhr sich damit übers Gesicht. »Aaaaah … Ich kann nicht mehr! Ich stäärbää!«, winselte er dann.

Meiner Ansicht nach hätte die sofortige Verbrennung seines John-Travolta-Anzuges mit Sicherheit eine wundersame Spontanheilung herbeigeführt. Aber auf mich hörte ja keiner. Santina bat mich, wegen Adriano in der Familie zu vermitteln. Ich verstand zwar nicht, was sie an diesem Prachtexemplar fand, aber sie liebte ihn. Und solange ich ihn nicht heiraten musste, sah ich keinen Grund, ihr die Bitte abzuschlagen. Ich versprach ihr, mein möglichstes zu tun, und brachte kurz darauf gleich mit dem ersten Satz meines Vermittlungsversuches die ganze Familie gegen mich auf. Als älterer Bruder hatte ich die Aufgabe, Santina diese unmögliche Beziehung zu verbieten, und nicht, sie darin auch noch zu bestärken. Am Ende wünschte ich alle Beteiligten zum Teufel und riet meiner Schwester, genau das zu tun, was sie für richtig hielt.

Filippos »Verlobte« hingegen verhielt sich genau so, wie es die Familie vorausgesehen hatte. Kaum war die gemeinsame Wohnung komplett eingerichtet, löste sie die Verlobung auf. Als Begründung musste eine schäbige Geschichte herhalten. Auf der Suche nach schmutziger Wäsche hatten ihre Eltern einen dunklen Fleck auf unserer Familienweste entdeckt. Unbestätigten Gerüchten zufolge hatte einer unserer Urgroßväter um die Jahrhundertwende herum ein Stück Seife gestohlen und war dafür ins Gefängnis gewandert. Nach dieser entsetzlichen Entdeckung, stand für die Brauteltern fest, dass die Verbindung zu einer Verbrecherfamilie wie der unseren unzumutbar sei.

Nach diesem bitteren Ende war Filippo natürlich todunglücklich. Die ganze Familie machte sich auf die Suche nach dem unbekannten Seifenstrolch, der wohl an einem irreparablem Waschzwang gelitten hatte. Warum sollte denn sonst jemand ein Stück Seife stehlen? Da die Suche trotz intensiver Nachforschungen erfolglos blieb, beschloss die Familie, die Sache auf sich beruhen zu lassen. Filippo sollte sich über die Auflösung der Verlobung freuen, und Amen. Dass seine Exverlobte die Wohnungseinrichtung nicht mehr herausrückte, war ja wohl Ehrensache.

Am letzten Tag vor unserer Abreise, nach einer sehr heißen, stickigen Nacht, setzte ich mich am frühen Morgen todmüde in *nonno* Luigis Hof, schaute mir die vielen leer stehenden Wohnungen unseres Viertels an und dachte über die ganze Geschichte nach. Das Verhalten und die Ansichten meiner Familie, meiner Freunde und Bekannten waren mir so fremd geworden, dass ich mir die Frage stellte, wohin ich zurückkehren sollte. Mit dieser Stadt und den Menschen verband mich eine schöne Kindheit, die inzwischen leider vorbei war.

Übriggeblieben war das ganz normale Leben mit den kleinen und großen Dramen der Erwachsenen. Voller Arbeit und Schweiß. Unsere Familie hatte, so wie wir in Deutschland, ihren vorgegebenen Tagesablauf. Viele sahen sich oft nur einmal im Jahr. Nämlich genau dann, wenn wir in Messina waren und nach ihnen riefen. *Nonna* Maria betreute tagsüber *zia* Rosettas und *zio* Raffaeles Kinder und fiel abends nur noch todmüde ins Bett. Die älteren Cousins waren bereits verlobt oder verheiratet und gingen ihre eigenen Wege.

Sogar mein Lieblingscousin Gianni war verlobt. Ein süßes, zartes Wesen namens Maria hatte es ihm angetan. Die Sache schien ernst zu werden, denn sie sprachen schon von ihrer Hochzeit. Ich hatte ihn und auch die anderen diesmal kaum gesehen, und allmählich wurde es einsam um mich herum. Mir fiel auf, dass ich hier in Messina im Grunde nichts hatte. Keine Freunde, keine Gleichgesinnten und auch keine Gesprächspartner, wie etwa meine deutschen Freunde, mit denen ich auch über Dinge reden konnte, die hier in Messina tabu waren. Religion zum Beispiel. Die wenigen Male, die ich gewagt hatte, etwas in Frage zu stellen, oder wenn ich manche Widersprüche der katholischen Kirche kritisierte, hatten mir sehr böse Blicke eingebracht und den Vorwurf, ein Ungläubiger geworden zu sein. Ich schätzte mich sehr glücklich, dass Scheiterhaufen aus der Mode gekommen waren. Ich war bereits so weit von meinen Wurzeln entfernt, dass ein Leben in Messina für mich keine Rückkehr bedeutet hätte. Es wäre vielmehr ein ganz neuer Anfang.

In Deutschland angekommen, planten Papa und Mama unsere endgültige Rückkehr. Sie wollten noch neue Möbel und verschiedene andere Dinge erstehen und legten den Zeitraum der Abreise für das Frühjahr des nächsten Jahres fest. Meine Entscheidung, nicht mit ihnen zu gehen, löste beinahe eine Familientragödie aus. Dem Geschrei und den Wutausbrüchen folgte ein weitaus belastenderes Schweigen.

Heidrun half mir über Streitigkeiten und die vielen seelischen Tiefs hinweg. Und auch, das schlechte Gewissen zu verkraften, das ich immer dann bekam, wenn mir Mama vorwarf, sie im Stich zu lassen. Aber ich hatte mich entschieden – und blieb dabei. Ein paar Monate später räumte eine Spedition unsere Wohnung leer und verfrachtete alles nach Messina. Meine Eltern verabschiedeten sich von allen Freunden und Nachbarn und kehrten nach zwölf Jahren Deutschland endgültig in ihre Heimat zurück.

Ich bereute meine Entscheidung nicht. Heidrun und ich planten, vorerst in einem Zimmer im Haus ihrer Eltern zu wohnen, bis unsere finanzielle Situation eine eigene Wohnung erlaubte. Ihre Eltern nahmen mich zwar sehr herzlich auf, aber so ganz wohl war mir beim Anblick ihres mürrisch dreinschauenden Vaters nicht.

Egon war ein schwäbisches Urgestein, groß und schwer wie ein Berg auf zwei Beinen. Er hatte einen spärlichen Kranz weißer Haare, die meistens wild vom Kopf abstanden, einen weißen Schnauzbart, einen mächtigen Bauch, Hände wie Bratpfannen und eine Stimme wie Donnergrollen. Äußerlich und vom Wesen her war er eine liebenswerte Mischung zwischen zwei bundesweit bekannten Fernsehstars: dem NDR-Maskottchen Antje und Alfred Tetzlaff aus *Ein Herz und eine Seele*«. Heidruns Vater war ein Meister derber Sprüche und zotiger Späße und hatte einen sehr eigenwilligen Sinn für Humor, der sich, im Gegensatz zu »Ekel Alfred«, während des Essens aber wenigstens nicht die Zehennägel abknipste.

Die ersten paar Tage stand ich klein und verschüchtert vor diesem riesigen Fleischberg, bekam kaum einen Satz heraus und beim Abendessen kaum einen Bissen herunter. Als typischer Schwabe sprach Heidruns Vater naturgemäß sehr wenig, und das, was er sagte, hörte sich an, als wollte er mich im nächsten Augenblick am Kragen schnappen und mich am ausgestreckten Arm verhungern lassen.

Heidrun sagte dazu nur: »Das ist völlig normal. Wenn er dir in zwei Wochen einen Spitznamen gibt, hat er dich ins Herz geschlossen.«

Knapp zwei Wochen später wehte dann mein erster, äußerst liebenswürdiger Kosename durchs Haus: »Sauhund! Sauhund bist du schon da? Hast du etwa schon Feierabend? Das Arbeiten hast du wohl auch nicht erfunden, was? Was bist du eigentlich von Beruf? Mausfallenhändler? Auf, Schnupperlui, komm rauf! Essen ist fertig. Heute gibt es was richtig Gutes!

Das schmeckt viel besser als in die Hosen geschissen!«

Ich blieb mit offenem Mund am Treppenabsatz stehen und stellte mir die Frage, wie er wohl jemanden nannte, den er nicht ins Herz geschlossen hatte. Trotz allem konnte ich mir nur schwer vorstellen, dass etwas besser schmeckte, als in die Hosen zu scheißen. Bis ich feststellte, dass es seine ganz spezielle Art war, zu sagen, dass es etwas Leckeres zu essen gab. Bei Heidruns Vater schmeckte es nicht einfach gut oder toll, nein, es schmeckte besser als dumm rausgeschwätzt oder sogar besser als eine Goschvoll Reißnägel.

Mit diesen sonderbaren Kosenamen bedachte er nicht nur mich, sondern jeden aus seiner Umgebung. Armin, sein ältester Sohn, hieß je nach Tageslaune entweder Oberschlak oder Don Promillo. Harald, der zweite, hieß meistens Schlak oder Hafaseff, und der Großvater wegen seiner cowboyähnlichen O-Beine Coltsepp. Im Gegenzug nannten sie ihn wegen seiner mächtigen Wampe Egon Blonzki, klopften sich anschließend auf die Schulter und grinsten bis über beide Ohren.

Gefährlich wurde es eigentlich nur, wenn er einen mit »Schätzle« oder »Liebling« ansprach. Diese an sich harmlosen Wörter waren meist die Vorboten eines aufziehenden Sturms, der sich schnell in dröhnendes Donnern entlud. Und zwar inklusive der wüsten Drohung, jedwede abstehenden Körperteile entweder abzudrehen, abzuschrauben, weich zu klopfen, auszubeulen, auszuhängen, auszurenken, auszuleiern, einzudrücken oder einzudellen, um sie anschließend in einer Plastiktüte zu verstauen. Zum Glück blieb es immer nur bei der Drohung.

Ich stellte fest, dass die Schwaben sehr eigenartige Menschen waren. Noch eigenartiger als anfänglich vermutet. Aber Egon sprach mich von diesem Tag an, als er mir mit Sauhund und Schnupperlui meine ersten Kosenamen gab, wenigstens nicht mehr in der Mehrzahl an. Mit dieser Eigenart pflegten vor allem ältere Schwaben Fremde, die sogenannten »Reingschmeckten«, zu verwirren. Als Reingschmeckte gelten alle zugezogenen Dorfbewohner, die keine über mindestens drei Generationen zurückgehende Abstammungslinie im Dorf vorweisen konnten.

Da sich so mancher Schwabe bei diesen Fremdlingen das »Du« nicht zu verwenden traut, das »Sie« aber zu förmlich, vielleicht auch zu unverdient klingt, nimmt er eben den Umweg über das »Ihr«. So vermittelt er den Eindruck, als ob er sein Gegenüber doppelt sähe, zu einer Gruppe spräche, die noch nicht vollzählig oder einfach nur geistig unterbelichtet ist. Der so Angesprochene sieht sich dann ständig um, blickt über die Schultern und fragt sich, ob noch jemand hinter ihm steht.

Heidruns Brüder Harald und Armin waren lustige Gesellen. Beide etwa 1,90 Meter groß, breitschultrig und immer für einen Spaß zu haben. Zwischen ihnen fühlte ich mich mit meinen schmächtigen 170 Zentimetern irgendwie etwas zu kurz geraten. Vor allem, als sie mich in die Mitte nahmen, um mir lächelnd zu erklären, auf wie viele Arten sie gedachten, mich kaltzumachen, falls ich ihre Schwester nicht anständig behandeln sollte. Sizilianische Brüder waren da bei weitem nicht so einfallsreich. Die Vorstellung, dass ich bei Zuwiderhandlung meine Knochen in einer Plastiktüte spazieren tragen und meinen Lebensunterhalt als Kukident-Model verdienen müsste, klang nicht sehr erstrebenswert. Außerdem bekam ich langsam eine veritable Aversion gegen jegliche Art von Plastiktüten.

Egons Ratschläge im Umgang mit seiner Tochter klangen dagegen sehr vernünftig. Nach zwei Monaten nahm er mich zur Seite und riet mir, fehlende Knöpfe an meinem Blaumann lieber selbst anzunähen. Sie hatte ihm als Kind, um das langweilige Blau modisch ein wenig aufzupeppen, mal alle blauen, gegen große, glänzend rote Knöpfe ausgetauscht. Er bemerkte Heidruns verspielte Akzente erst, als er im Umkleideraum seiner Firma stand, seine Arbeitskollegen vor Lachen in die Spinde fielen und sein Meister ihn fragte, ob er sich als Werkstattkasper versuchen wolle. Außerdem riet er mir, meine Schallplattensammlung vor ihr in Sicherheit zu bringen.

Aus der berechtigten Sorge heraus, dass sich ihr Herr Papa mit einer Überdosis schwarzbrauner Haselnüsse das Gehirn aufweichte, hatte sie seine geliebten Heino-Platten mit einer Drahtbürste tiefengereinigt. Diese Behandlung hatten die Vinylscheiben leider nicht überlebt. Na gut, das empfand ich jetzt als nicht weiter dramatisch. Ich hatte nicht vor, Heino-Platten zu kaufen, zu hören oder gar zu sammeln. Außer mein Hausarzt würde sie mir verschreiben. Angeblich soll Volksmusik bei akuten Verstopfungen ja wahre Wunder bewirken. Wie auch immer. Wenn ich jedenfalls Heidruns Untaten zu meinen addierte, sollten wir uns für den Fall, dass wir einmal Kinder bekamen, warm anziehen. Am besten, wir schlossen noch vor deren Geburt eine Hausrat-, Gebäudebrand-, Unfall-, Kranken-, Haftpflicht- und eine Rechtschutzversicherung ab.

Meine Eltern und ich blieben telefonisch in engem

Kontakt. Sie riefen mich regelmäßig an und erzählten mir, was in Messina so alles passierte oder welche Schicksalsschläge unsere Familie mit schöner Regelmäßigkeit heimsuchten. Manches war zum Lachen, anderes zum Weinen. Vier Monate nach ihrer Rückkehr starb *zio* Nuccio. Der große, witzige Mann, der seit meiner Kindheit bei jedem Familienfest für Stimmung gesorgt hatte und den ich nur mit einem lausbübischen Grinsen im Gesicht gekannt hatte, war innerhalb eines Jahres von einem Tumor dahingerafft worden. Diese schreckliche Nachricht stürzte mich zeitweise in fürchterliche Albträume.

Dann wachte ich jedes Mal schweißgebadet auf, setzte mich in die Küche und kämpfte meine Ängste nieder. Ich kam zu der Erkenntnis, dass es letztendlich egal war, wo ich in Zukunft lebte. Ob Deutschland oder Sizilien - ich würde in jedem Fall liebenswürdige, für mich wichtige Menschen zurücklassen und in jedem Fall die Angst verspüren, den einen oder anderen nicht mehr lebend wiederzusehen.

33. Deutsch-sizilianische Feste

Was ich in den Gesprächen und den Stimmen meiner Eltern immer öfter heraushörte, war die Sehnsucht nach dem Leben, das sie in Deutschland geführt hatten. Nach ihren Freunden, ihrer Arbeit. Mama war mit ihrem Hausfrauendasein nicht gerade glücklich.

Heidrun und ich beschlossen, Heiligabend in Deutschland zu verbringen und am ersten Weihnachtsfeiertag nach Messina zu fahren. Zum ersten Mal feierte ich das Weihnachtsfest zusammen mit meiner schwäbischen Familie. Inge, Heidruns Mutter, hatte alles wunderschön vorbereitet. Das Esszimmer war weihnachtlich geschmückt, rote, schillernde Sterne baumelten von der Decke, und sanftes Kerzenlicht spiegelte sich in einem mit buntem Lametta geschmückten Christbaum. Durchs Haus wehte ein wundervoller Geruch, bei dem man automatisch Hunger bekam.

»Es gibt gefüllten Truthahn!«, verriet mir Heidrun. »An dem Vogel werden wir traditionell die nächsten sechs Tage zu kauen haben. Aber da wir morgen fahren, bleibt es mir dieses Jahr Gott sei Dank erspart.«

Ich betrachtete den riesigen Vogel, pfiff durch die Zähne und staunte. »Pfiuu! Womit ist der denn gefüllt? Mit einer halben Sau und ein paar hundert

Laugenbrötchen? Reicht er überhaupt für uns sechs? Oder soll ich noch schnell ein paar Pizzen in den Ofen schieben?«, ulkte ich.

Egon zwängte sich zur Tür herein, schnupperte an dem Vogel, klatschte in die Hände und rief dröhnend: »Hou, hou! Jetzt gibt's aber was Feines, Schnupperlui! Setz dich hin und iss, bis du platzt! Das schmeckt besser als ein Sack voll Hasenmist.«

»Da bin ich aber beruhigt!«, erwiderte ich und setzte mich an den Tisch.

Kurz darauf kamen Harald, Armin und Inge hinzu, und wir aßen von dem köstlichen Vogel tatsächlich so viel, bis wir beinahe aus allen Nähten platzten. Trotz der Fressorgie hielten sich die Abnutzungserscheinungen an dem Riesentruthahn in Grenzen. Nach dem Essen entwickelte sich eine lustige, feuchtfröhliche Party mit reichlich Wein und mehreren Bierchen, die nur von der sehnsüchtig erwarteten Bescherung unterbrochen wurde. Alle tauschten Geschenke aus, und am Schluss saßen alle vor mehreren Päckchen und freuten sich. Bis auf Egon.

Er hatte sich nämlich »nichts« und »steigt mir doch alle in die Tasche« gewünscht. Etwas, was sich nur sehr schwer in Geschenkpapier einwickeln ließ. Während nun alle lächelnd anfingen, ihre Geschenke auszupacken, wurde sein Gesicht immer länger. Erst als er mürrisch und leise zu brummeln anfing, griffen alle hinter sich und holten seine Päckchen hervor. Kaum lagen die fünf Geschenke auf dem Tisch, glitzerten auch seine Äuglein, woraufhin er sich überschwänglich bei der ganzen Familie bedankte, alle der Reihe nach liebevoll beschimpfte, bevor er überglücklich seine fünf paar »Furzguckahalter« auspackte. Das war seiner Ansicht nach etwas, woran es einem Mann niemals mangeln durfte: Hosenträger!

Später dann, als alle schon ziemlich angeheitert, kichernd und lachend am Tisch saßen, versuchte Inge an die besinnliche Stimmung zu erinnern, die an Weihnachten herrschen sollte, und bat darum, dass wir alle zusammen ein Weihnachtslied anstimmten. Sie schlug *Oh du fröhliche* vor, und wir sangen umgehend los. Egon fügte am Ende jeder Strophe mit seiner Bassstimme »Awa! Alter Scheiss!« hinzu. Harald, dessen Brille mittlerweile schräg im Gesicht hing, spielte Lichtorgel, indem er das Licht ein- und ausschaltete. Armin, als eingefleischter Kung-Fu-Fan, demonstrierte beim Singen, wie man mit gesprungenen Sidekicks die Papiersterne von der Decke holte. Heidrun versuchte, ihrer Mutter zuliebe, eine gewisse Ernsthaftigkeit zu bewahren, während ich einen Lachanfall nur mit Mühe unterdrücken konnte. Für jegliche Form von Besinnung war es definitiv zu spät.

Am nächsten Tag beluden Heidrun und ich das Auto und machten uns auf den Weg. Da es ein Überraschungsbesuch nach Papas Art werden sollte, hatte ich zu niemandem ein Wort gesagt. In Messina angekommen, fuhren wir die Einfahrt hoch, schlichen uns bis zur Wohnungstür meiner Eltern, öffneten sie, ohne anzuklopfen, und standen – mitten in einer deutschen Bauernstube in Eiche rustikal, samt holzvertäfelter Decke.

Heinos *Blau, blau, blau blüht der Enzian* klang gerade aus, und Heintjes *Oma so lieb* begann ölig aus zwei Lautsprechern zu tropfen. An jeder Wand hingen Bilder von röhrenden Hirschen, die aus verträumten Waldlichtungen herausglotzten. Einer schien sogar zu grinsen. Direkt darüber hing ein Hirschgeweih und daneben ein Holzschild mit dem eingebrannten Spruch: »Hopfen und Malz, ab in den Hals!« In einer wuchtigen altdeutschen Vitrine standen stämmige Maßkrüge neben Weizenbiergläsern, daneben sizilianische Eselskarren und ein Dutzend *bonboniere*. Das sind kleine Porzellan- oder Glasfiguren, die in Italien zu Hochzeiten, Taufen und anderen festlichen Anlässen verschenkt werden und die Grenze zum Kitsch nur in Ausnahmefälle nicht überschreiten.

Heidrun und ich brachen bei dem Anblick in schallendes Gelächter aus. Wir sahen die neuen Möbel meiner Eltern zum ersten Mal und hatten keine Ahnung, dass sie das Vorzimmer des Münchner Hofbräuhauses exportiert hatten. Mangels Schrotflinte ging ich zur Stereoanlage und würgte Heintje mitten im Refrain ab. Sekunden später kamen meine Eltern hereingestürzt, staunten Bauklötze und freuten sich riesig. Nach der herzlichen Begrüßung führten sie uns nach draußen, wo wir ihr neu erworbenes Grundstück bewundern durften. Sie hatten sich ein seit Jahren brachliegendes, verwildertes, aber sehr schönes Stück Land auf der Rückseite des Hauses gekauft und bewirtschafteten es.

Auf dem terrassenartig bebauten Hang standen alte Oliven-, Orangen-, Zitronen-, Mandel- und Nussbäume. Das Prunkstück des neuen Gartens waren eine mit Weinreben überdachte Terrasse, eine riesige gemauerte Grillstelle und eine Bierbankgarnitur, auf der eine weißblau karierten Tischdecke in den bayrischen Landesfarben lag. Ich stand davor und schüttelte nur noch grinsend den Kopf. Mama und Papa waren nicht wirklich nach Messina zurückgekehrt. Sie hatten vielmehr ihr eigenes Stück Deutschland nach Sizilien verpflanzt.

Als Heidrun und ich unsere Mitbringsel auspackten, war ihre Freude nicht mehr zu bremsen: Leberkäse, Schinkenwürste, rote und Weißwürste, Spätzlevorrat für mehrere Monate, ein paar Flaschen Weißbier und Gummibärchen. Eben all das, was es in Sizilien nicht gab. Und das war eine ganze Menge!

Am Abend feierten wir bei Weißbier und Rotwein, roten Würsten und *arancini*, Leberkäsbrötchen und Focaccia ein unvergessliches Familienfest.

Santina hatte, gegen jeden Widerstand der Familie, ihren Adriano geheiratet. Er saß wegen seines entdeckungsresistenten Magen-Darm-Blut-Leber-Hirn-Tumors vor einem gekochten, ungesalzenen Fisch und wartete auf seinen Tod. *Nonna* Maria starrte ihn die ganze Zeit an und rief auf ihre unverwechselbare Art: »Niemand, NIEMAND am Tisch darf sterben, bevor er seinen Teller blitzblank geleckt hat!«

Nonno Luigi bombardierte mich mit seinen sizilianischen Sprüchen und schloss mit dem schönsten, der ihm einfiel: *»E ustisso unni ti porta a testa, finu chi a Sicilia, nto cori ti resta* – Es ist gleich, wohin dein Verstand dich treibt, solange dein Herz in Sizilien bleibt.«

Filippo hatte die Pläne von seiner Selbstständigkeit vorerst auf Eis gelegt. Der Friseursalon, in dem er gearbeitet hatte, wurde regelmäßig von unauffälligen Herren heimgesucht, die sich zweimal im Monat die Haare schneiden ließen, nicht bezahlten und sich obendrein aus der Kasse bedienten. Bald darauf kamen sie jede Woche, am Ende sogar zweimal pro Woche. Filippos Chef versuchte den Leuten klarzumachen, dass er mit dem Geld, das sie ihm übrig ließen, den Salon nicht weiterführen könne. Da sich die Herren völlig unbeeindruckt zeigten und ihm sogar vor seiner Belegschaft unterschwellig Gewalt androhten, warf er sie kurzerhand aus seinem Laden und drohte, die Polizei zu rufen. In der gleichen Nacht war der Salon auf mysteriöse Weise in Flammen aufgegangen.

Filippo hatte zwar eine neue Arbeit gefunden, aber er machte sich ernsthaft Gedanken, ob er unter diesen Umständen einen eigenen Salon führen sollte. Der örtliche Arm der »Ehrenwerten Gesellschaft« wollte am wirtschaftlichen Aufschwung beteiligt werden. An vielen Ladentoren in der Innenstadt waren deutliche Brandspuren zu erkennen. Das Anzünden der Tore war die letzte Warnung, bevor Blut floss. Aber im Vergleich zu anderen sizilianischen Städten, wo Mord und Totschlag an der Tagesordnung waren, blieb es in Messina relativ friedlich.

Papa war in seinen erlernten Beruf zurückgekehrt und arbeitete als selbstständiger Maurer. Teile der Familie, die in Messina geblieben waren und es zu mehr Wohlstand gebracht hatten als wir in Deutschland, verspotteten ihn deswegen. Viele Sizilianer waren der Ansicht, dass jeder, der als Gastarbeiter nach Deutschland ging, als reicher Mann zurückkehrte. Sie hatten keine Ahnung, wie hart manche schuften und was für ein genügsames Leben sie führen mussten, damit sie während ihres vierwöchigen Sizilienurlaubs den Finanzmagnaten markieren konnten. Einige wenige Pizzeria- oder Eisdielenbetreiber hatten es in Deutschland tatsächlich zu Wohlstand gebracht. Aber das war eher die Ausnahme als die Regel.

Mama war über die Rückkehr nach Messina tatsächlich nicht sehr glücklich und konnte sich nur schwer wieder einleben. Sie freute sich zwar, ihre

Schwestern und *nonna* Maria nun öfter um sich zu haben, aber ihr Hausfrauenleben langweilte sie zu Tode.

Das Erste, was Filippo von mir wissen wollte, war, ob ich es nicht langsam satt hätte, ein Ausländer zu sein. Ich sah ihn verwundert an und antwortete, dass ich mich in Deutschland schon seit langer Zeit nicht mehr als Ausländer fühlte. Ich hatte eine Familie, gute Freunde, meine Band, und da gab es niemanden, der mich anders oder schlechter behandelte oder mich gar fühlen ließ, dass ich nicht dazugehörte. Andere, bei denen ich dieses Gefühl hatte, waren mir nicht wichtig genug, als dass ich mir darüber Gedanken gemacht hätte. Leute, die so oberflächlich waren, sich an meiner Herkunft zu stören, denen mangelte es meistens auch an anderem, was für mich wichtig war: soziale, geistige oder charakterliche Eigenschaften. Die Nähe zu solchen Leuten musste ich nicht unbedingt suchen.

Auf der Suche nach einer Wohnung hatte ich sehr wohl bemerkt, dass manche Vermieter durchaus darauf achteten, keine Ausländer in ihr Eigentum zu lassen. Vor solch einer traurigen Gestalt saßen Heidrun und ich ein paar Tage nach unserem Urlaub. Der Hausbesitzer war ein älterer, arbeitsloser Bauarbeiter, der, wie er uns im Vertrauen erzählte, auf die Annahme seines Antrages auf Frühverrentung wartete. Schließlich wolle er sich wegen dieses Staats, der ihm alles wegnahm, um es danach an Asylanten zu verteilen, nicht mehr krummschuften.

Er führte uns in ein kleines, verwinkeltes Zweizimmerloch mit völlig verschmutzten, abgewohnten Teppichböden, einem winzigen Bad mit Sitzbadewanne und einer Küche, die diesen Namen nicht verdiente.

Das Ganze pries er uns an, als ob es sich dabei um ein herrschaftliches Anwesen handelte. Heidrun und mir stand das Entsetzen über die schreckliche Wohnung, die zudem sehr teuer war, ins Gesicht geschrieben. Plötzlich klingelte das Telefon, und der Mann eilte ein Stockwerk tiefer in seine Wohnung. Heidrun und ich hörten, wie er sich am Telefon meldete. Wir hörten ihn so deutlich, als ob er im Nebenzimmer stand. Bei den nächsten Worten des »netten« Vermieters sträubten sich mir die Nackenhaare.

»Lernt doch erst mal Deutsch! Bevor ihr anständige Menschen mit eurem Gesabber belästigt! Elendes Pack!« Er legte auf und quälte sich brummelnd die Treppen hoch.

Noch bevor er etwas sagen konnte, formulierte ich im borniertesten Ton, zu dem ich fähig war, und auf Hochdeutsch eine erste Frage. »Ich halte es für angebracht, Ihnen mitzuteilen, dass ich kein deutscher, sondern italienischer Staatsbürger bin. Stellt das etwa auf irgendeine Weise ein Problem für Sie dar?«

Der Mann starrte mich an, als ob ich ihn gerade mit dem Auto überfahren und mein Vorderrad auf seinem Oberbauch geparkt hätte. Das Einzige, was er von sich gab, war ein langgestrecktes »Häääääää?«. Es dauerte sehr lange, bis er die Fassung wiedergewann, um dann eindringlich, aber wenig glaubwürdig zu beteuern: »Ich habe doch nichts gegen Ausländer! Solange sie arbeiten und uns nicht auf der Tasche liegen, sind sie mir piepegal! Aber man muss sich doch wenigstens mit ihnen unterhalten können!«

»Ja, Kommunikation ist für uns Menschen sehr wichtig«, antwortete ich. »Geben Sie sich nicht auf! Lernen Sie aufrecht gehen und sprechen, dann können Sie vielleicht irgendwann mal mitsabbern.«

Auf unserer Suche nach einer bezahlbaren Wohnung stießen Heidrun und ich leider immer wieder auf solche Menschen. Der Mann stand mit seiner Einstellung lange nicht so allein da, wie ich anfangs angenommen hatte. Meistens hieß es nur: »Was? Sie sind Italiener? Das sieht man Ihnen aber nicht an, und man hört es auch gar nicht. Na gut. Falls wir uns für Sie entscheiden sollten, melden wir uns.« Dazu kam es seltsamerweise jedoch nie. Bis Heidrun und ich unser erstes eigenes Zuhause beziehen durften, sollten noch unzählige Wohnungen besichtigt werden und insgesamt achtzehn Monate vergehen.

In meinem Berufsleben und auch mit Bekannten gab es hingegen überhaupt keine Probleme. Selbst meine neuen Arbeitskollegen, allesamt Schwaben, bei denen ich mich schon in der ersten Arbeitswoche mit einem Paukenschlag vorgestellt hatte, zeigten nicht mal Anzeichen von irgendwelchen Ressentiments.

An jenem Morgen war ich spät dran gewesen. Ich fuhr auf den Hof und stellte mein Motorrad in aller Eile auf dem Parkplatz ab, wo in Reih und Glied auch die Maschinen meiner Kollegen standen. Rasch stieg ich ab, lief über eine Treppe zu der Tür, die in die Werkstatt führte, öffnete sie und hörte im selben Augenblick eine beängstigende Folge von lauten, knautschenden, berstenden Geräuschen.

Meine neuen Kollegen, die in der Werkstatt bereits arbeiteten, drehten sich sofort zu mir um. Wie festgenagelt stand ich auf der Schwelle und zuckte bei jedem Schlag zusammen. Sofort machte ich auf dem Absatz kehrt und sah gerade, noch wie die letzte der vier Maschinen scheppernd zu Boden krachte. Mein Motorrad war einfach umgefallen und hatte alle anderen Maschinen wie Dominosteine umgerissen. Die Männer kamen aus der Halle gerannt, nannten mir ihren Namen und zeigten auf ihre Motorräder.

»Hallo! Günter Siegl. Die mit dem zerschlagenen Koffer gehört mir.«

»Brogna, Luigi. Freut mich!«

»Hallo! Pröschel, Helmut! Mir gehört die schwarze mit den gesplitterten Blinkern und den zerkratzten Seitenteilen.«

»Brogna, Luigi! Nett, deine Bekanntschaft zu machen.«

»Servus! Uwe Letz. Die mit der Delle im Tank ist meine.«

»Brogna, Luigi. Sehr angenehm.«

Danach fielen allerlei freundliche Worte wie Dackel!, Idiot!, Penner!, Blöder Sack!, Arschnase!, Sackgesicht!, aber keine einzige Schmähung, die darauf abzielte, dass ich Italiener war. Wir wurden schließlich gute Freunde. Meine Kollegen ließen ihre Motorräder auf meine Kosten reparieren, und die Sache war vergessen.

In meiner kleinen, überschaubaren Welt spielte mein Geburtsort keine Rolle mehr. Sobald ich sie jedoch verließ, gewann er sofort wieder an Bedeutung.

Für staatliche Stellen, Politiker, Ämter, Banken, Arbeitgeber und für die Presse spielt die Herkunft eines Menschen offenbar immer eine Rolle. Auch dann, wenn dieser Mensch sein Leben lang in Deutschland lebt, arbeitet, das Finanzamt hintergeht und sich auch sonst ziemlich unauffällig verhält. Ein Mörder wird in manchen Zeitungen automatisch zu einem »Mörder(Italiener)«, auch wenn er hier geboren ist und die deutsche Provinz noch nie verlassen hat. Für das Opfer spielt die Nationalität des Täters dagegen eine eher untergeordnete Rolle. Ob der Mörder Italiener, Türke, Kongolese mit brasilianischem Pass, Niederländer mit irischen Vorfahren oder schwäbischer Wahlberliner mit andalusischer Schwiegermutter war – im Jenseits macht das definitiv keinen Unterschied. Berichte, dass jemand glücklicher abgetreten war, weil der Täter sich vor der Tat als deutscher Staatsbürger ausgewiesen hatte, liegen jedenfalls nicht vor.

Ein »italienischer Messerstecher« macht, in einer fetten Schlagzeile quer über das ganze Blatt, allemal mehr her als ein Oberhausener, Untertupfinger, Nordbadener oder Südhesse. Obwohl es auch unter diesen Menschen mit Sicherheit welche gibt, die, um Angst und Schrecken zu verbreiten, kein Besteck auspacken müssen.

Manche Politiker profilieren sich sehr gerne auf Kosten der ausländischen Minderheit. Sie schüren Ängste, missbrauchen die Unsicherheiten der Bevölkerung für ihre politische Karriere oder parteiinterne Intrigen. Sie werden niemals müde zu betonen, dass es einen Unterschied macht, ob ein jugendlicher Ladendieb deutsche oder ausländische Eltern hat. Manche gehen mit Ausländerhetze und Fremdenhass auf Stimmenfang. Wenn ihnen gar nichts anderes mehr einfallen will, packen sie allzu bereitwillig die »Überfremdungskeule« aus, prügeln damit auf bundesrepublikanischen Stammtischen herum und hoffen auf die eine oder andere verängstigte Wählerstimme.

Auf einem Formular meiner Hausbank entdeckte ich eines Tages den Vermerk »**Gastarbeiter**« hinter meinem Namen. Da man mich bisher stets sehr freundlich und zuvorkommend behandelt hatte, blieb mir der Sinn dieses Vermerks verborgen.

Manche meiner wenigen italienischen Freunde beschwerten sich darüber, dass ihre in Deutschland geborenen Kinder, trotz schulischer Qualifikation und ausreichender geistiger Fähigkeiten, keine Empfehlung für höhere Schulen wie die Realschule oder das Gymnasium bekamen. Das verschlechterte natürlich ihre Chancen auf eine gute berufliche Ausbildung erheblich und machte sich bei der Suche nach einem Ausbildungsplatz sofort bemerkbar.

Der kleine Grenzverkehr der Vorurteile funktionierte also noch immer tadellos. Und zwar weltweit. Landerübergreifend. Grenzenlos. Aber im Vergleich zum Jahr 1972 hatte sich sehr viel verändert. Deutschland war erfreulicherweise schon sehr viel weltoffener und freundlicher geworden. Ob die Vorurteile irgendwann mal voll und ganz verschwinden würden, bezweifelte ich allerdings. Und wenn, dann würde ich es sicher nicht mehr erleben.

34. Kleine Siege, große Niederlagen

Ein erbärmliches Quietschen drang schmerzhaft an meine Ohren und holte mich schlagartig aus meinem unruhigen Dämmerschlaf. Seit der kleine, schnarchende Mann das Abteil verlassen hatte, war ich bestimmt schon hundertmal hochgeschreckt. Ich lag in meiner Koje und sah mich verwirrt um. Der Zug bremste weiter ab. Das grässliche Quietschen schien sich direkt in meinen brummenden Schädel zu bohren. Ich nahm zwei Aspirin aus meiner Jackentasche und spülte sie mit einem abgestandenen Schluck Cola herunter. Über die Kopfschmerzen wunderte ich mich eigentlich nicht. Meister Romadurs ätzende Gase hatten schließlich die ganze Nacht Zeit gehabt, mir das Gehirn aufzuweichen und sich in jeder Windung festzusetzen.

Aber egal. »Was nicht unmittelbar zum Tod führt, härtet ab!«, sagt der Schwabe. Und damit hat er meistens Recht. Nach dieser Fahrt konnte es eigentlich nur besser werden. Ein gut gekleideter Herr in Anzug und Krawatte betrat das Abteil und wünschte mir einen guten Morgen. Ich erwiderte den Gruß und blickte ihm verwirrt ins Gesicht. Das war eindeutig der hässliche Nachbar, der mich in der Nacht erschreckt hatte. Frisch gewaschen, gekämmt und mit eingesetztem

Glasauge sah er gar nicht mehr so furchterregend aus. Der Mann sprach deutsch mit friesischem Akzent und konnte sogar ein paar Brocken Italienisch. Nachdem ich ihm gesagt hatte, dass ich Italiener sei, wollte er sie unbedingt an mir ausprobieren.

»*Come sta?* – Wie geht es Ihnen?«, rief er mir begeistert zu.

»Bene, grazie – Danke, gut«, erwiderte ich.

»*E i Suoi genitali* – Und Ihren Genitalien?, fragte er mit strahlendem Lächeln weiter.

»Äh – *ma bene grazie* – auch gut, danke«, erwiderte ich leicht verwirrt und fügte hinzu: »Aber danach fragt man normalerweise nicht.«

»Warum denn nicht? Sind Ihre Eltern etwa schon gestorben?«

»Ah! *Genitori*! Nicht *genitali*! Okay? *Genitali* ist vielleicht ein bisschen zu direkt. Für den Anfang.«

»Ja, das ist es wohl«, erwiderte er lachend. »Sie leben im Schwabenland, was?«, fragte er weiter.

»Ja, in Eislingen, Kreis Göppingen«, antwortete ich.

»Die Schwaben. Ein komisches, introvertiertes Volk. Was hat Sie denn dahin verschlagen?«

»Eigentlich ein Zufall«, antwortete ich. »Außerdem, so komisch sind die Schwaben gar nicht. Weder besser noch schlechter als andere. Meine besten Freunde leben da.«

Der Mann fuhr sich über die Haare, musterte mich skeptisch und brummte: »Ich habe ein paar Jahre lang dort gelebt und gearbeitet. In einem kleineren Stuttgarter Vorort. Nach drei Jahren hatte ich keine Handvoll Freunde, und die meisten nannten mich ›Fischkopf‹. Ich war froh, wieder nach Oldenburg zurückzukönnen, wo ich herkomme. Damals habe ich mir geschworen: Nie wieder Schwaben! Obwohl die wenigen Freunde, die ich hatte, eigentlich schwer in Ordnung waren. Mit denen habe ich noch nach über fünfzehn Jahren regen Kontakt.«

»Das kenne ich leider nur zu gut«, erwiderte ich.

Der Mann war sehr nett. Er erzählte mir, dass er einen guten alten Freund besuchen wolle, einen ehemaligen Gastarbeiter, der mit Eintritt ins Rentenalter nach Sizilien zurückgekehrt war. Er spielte mit dem Gedanken, sich in Sizilien ein Haus zu kaufen und Deutschland nur noch sporadisch zu besuchen. Italien war sein Traumland geworden. Die Sorglosigkeit, Lebensfreude und das Lebensgefühl der Italiener sagten ihm sehr zu. Sie wären spontan, fantasievoll und hätten vor allem die Fähigkeit, auch dann noch glücklich zu wirken, wenn ihr Leben und ihre Zukunft alles andere als gesichert schienen. Ja, selbst wenn feststand, dass sie, weil sie nie etwas in eine Rentenkasse einbezahlt hatten, keine Rente bekämen.

Die Familien ließen niemanden im Regen stehen. Wo es für vier reichte, reichte es auch für sechs. Er dagegen hatte es satt, in Deutschland zu leben. Deutschland war für ihn ein ewiges Jammertal voller Egoisten geworden. Wo sich die Menschen, das größere Glück vor Augen, an dem kleinen, täglichen Glück, das ihnen das Leben bescherte, nicht mehr erfreuen konnten. Wo Hunde mehr Freiheiten genossen als spielende Kinder. Wo alles so lange schlechtgeredet wurde, bis man das Gute gar nicht mehr wahrnahm. Wo Neid und Missgunst die einzigen ehrlichen Gefühle waren, die viele überhaupt noch aufbringen konnten. Wo jedes Problemchen so lange zerredet wurde, bis man es aus den Augen verlor und es ungestört zum Problem heranwachsen konnte. Wo der einzige Lebensinhalt vieler Menschen nur der zu sein schien, zu bestimmen, wie ihre Mitmenschen zu leben haben, ohne dass sie sich um ihr eigenes Leben kümmerten. Wo jeder Mann genau wusste, wie viel Geld er auf dem Konto hatte, sich aber nicht an das letzte Lächeln im Gesicht seiner Frau erinnern konnte, weil es schon sehr lang zurücklag.

Als er sich gerade so richtig in Fahrt redete, dachte ich: Wenn es wirklich etwas typisch Deutsches gibt, dann gehörte diese Meckerei ganz bestimmt auch dazu!

Das, was der Mann mir alles erzählte, war absolut nichts Neues. Diese Fluchtgedanken hatten viele. Raus aus dem deutschen Alltag. Am besten gleich ganz auswandern. In Deutschland zählten nur die Arbeit, der Beruf, die damit verbrachte Zeit und was man sich von dem sauer verdienten Geld, das man mit seiner Gesundheit und seiner begrenzten Lebenszeit bezahlen musste, alles kaufen konnte.

Mein Freund Ben war ganz anders. Er versuchte anders zu leben und stieß damit überall auf Ablehnung und offene Anfeindung – bis zur völligen Ausgrenzung. Ben arbeitete nicht. Er wollte auch nicht arbeiten. Er lebte von dem ererbten Geld seines verstorbenen Vaters und von dem, was ihm seine Mutter gab. Mehr brauchte er nicht. Er hatte damit keine Probleme.

Aber manche schienen ihn, den faulen Hund, den Tagedieb, zutiefst zu verachten. Er verstrickte sich immer mehr in komplizierte Lügengeflechte, um sein Nichtstun vor seinen Mitmenschen zu rechtfertigen. So wie die Sache mit seinem Studium, das er nie begonnen hatte. Er hörte jedem zu, kannte vermutlich die Probleme aller Jugendlichen im Dorf, war stets bereit, Ratschläge zu erteilen, Lösungen und Hilfe anzubieten, aber Anerkennung bekam er dafür nicht. Er lebte definitiv im falschen Land. In Deutschland, wo sich die Menschen nur dann gebraucht und wichtig fühlten, wenn sie länger als ihre Nachbarn arbeiteten, wo selbst Frauen, die wegen ihrer Kinder zu Hause blieben, sich als »nur« Hausfrauen bezeichneten, funktionierte so etwas nicht. Ich kannte Hausfrauen, die bei der Frage, was sie taten, ihren erlernten Beruf angaben, weil es ihnen peinlich war, »Hausfrau« zu sagen. Weil Hausfrau sein in der deutschen Gesellschaft nicht gut genug war. Weil es nichts zählte.

In Messina gab es einen Mann, der in seinem vierzigjährigen Leben an keinem einzigen Tag gearbeitet hatte. Das Einzige, was er tat, war, für die alten Leute, die niemanden mehr hatten, einkaufen zu gehen. Er besuchte sie regelmäßig und unterhielt sich mit ihnen. Dafür bekam er das, was er täglich zum Leben brauchte: etwas zu essen und ein Glas Wein. Mehr brauchte er nicht. Bei den alten Leuten war er sehr beliebt, und keiner wäre je auf die Idee gekommen, ihn deswegen einen »faulen Hund« zu nennen.

Ben fiel in Deutschland aus der Norm und damit aus der Gesellschaft. Er versank langsam, aber unaufhaltsam in Selbstmitleid und machte sich systematisch durch Alkohol kaputt.

Zornie und ich wuchsen während dieser Zeit buchstäblich zusammen. Meine alten Freunde so wie mein Kumpel Mike, mit dem ich den größten Teil meiner Jugend verbracht hatte, hatten sich bei der Bundeswehr verpflichtet. Viele Freunde waren mir nicht geblieben. Zornie wurde zu dem Freund, den sich jeder Mensch insgeheim wünscht. Es verging kein Tag, an dem wir uns nicht trafen, stundenlang quatschten und Ben davon überzeugen wollten, mit dieser maßlosen Trinkerei aufzuhören. Seine Uneinsichtigkeit war zum Verzweifeln. Da wir nicht mehr mitmachten, suchte er sich andere Saufkumpane und zog mit denen durch die Kneipen. Selbst zu den Bandproben erschien er manchmal in einem Zustand, bei dem nicht mehr erkennbar war, ob er noch lebte oder bereits ein anderes Stadium erreicht hatte und nur zu betrunken war, es zu bemerken. Zornie und ich hatten es uns zur Aufgabe gemacht, Ben vom Alkohol abzubringen, und hofften es durch die Arbeit in der Band auch zu schaffen. Wir organisierten im Jugendhaus eines Nachbardorfes ein Konzert und schleppten Ben wochenlang jeden Tag zu einer Bandprobe.

Unser erster Auftritt wurde ein unvergessliches Erlebnis. Der Tag verlief wie im Traum. Die Spannung hämmerte im Bauch, das Lampenfieber förderte Dinge zutage, die ich nie für möglich gehalten hätte: Schweißausbrüche, durchgehendes Zittern aller möglichen Gliedmaßen und das unmögliche Gefühl, ständig aufs Klo rennen zu müssen. Dabei war schon rein technisch gesehen nichts da, was noch hinauskönnte, weil der Magen schon am Vortag wie zugeschnürt gewesen war und sich geweigert hatte, irgendetwas bei sich zu behalten. Kurz vor Beginn des Konzerts kam dann auch noch Herzrasen hinzu! Wenn das so weiterging, würde ich noch vor dem ersten Ton im Umkleideraum tot umfallen. Ich bat Zornie, mich auch dann auf die Bühne zu schleppen, wenn mein Körper wegen der einsetzenden Leichenstarre steif werden sollte. Ich wollte wenigstens einmal auf einer Bühne sein. Ob im Liegen oder im Stehen, ob tot oder lebendig, war mir völlig egal.

Es gab genügend Musiker, bei denen man nicht wusste, ob sie noch lebten oder ob sie, mit ihrer schwarzen Sonnenbrille und der Wanderklampfe in den steifen Armen präpariert, auf einem rollenden Brett festgetackert, einfach nur auf die Bühne gerollt worden waren.

Dann ging es endlich los. Das Jugendhaus war zum Bersten voll. Wir betraten die Bühne und entfesselten ein Inferno. Der erste ohrenbetäubende Rockriff explodierte aus den voll aufgedrehten Verstärkern, Zornies hämmernder Basslauf nagelte unseren Zuhörern die Sohlen in den Hallenboden. Ben, Uwe und ich föhnten mit druckvollem Gitarrensound den Fans in der ersten Reihe die Locken glatt und bliesen sie in Schräglage. Tommy, unser neuer Schlagzeuger, prügelte sich mit einem ordentlich treibenden Rhythmusteppich durch, und Uwe schmetterte aus voller Kehle den Titel des Songs in sein Mikrofon: Black Beauty! Den Text hatten wir, mangels ausreichender Englischkenntnisse, aus einem amerikanischen Pornoheftchen abgeschrieben, das Ben, auf der Suche nach englischen Texten, irgendwann mal angeschleppt hatte. Mit seiner Vermutung, dass es sowieso niemand merken würde, behielt er Recht. Ebenso mit seiner Behauptung, dass eine Liveband in so einem kleinem Raum nicht gut, sondern nur laut sein muss. Denn gut waren wir nicht. Dafür aber umso lauter.

Was aber völlig egal war. Innerhalb weniger Minuten verwandelte sich der Raum in einen brodelnden Hexenkessel. Bierflaschen und Kleidungsstücke flogen durch die Gegend, zuckende Körper hüpften vor unserer Bühne und schrieen nach mehr. Lauter.

Schneller. Plötzlich sah ich inmitten der vielen bekannten und unbekannten Gesichter zwei junge Männer herumhüpfen, die ich schon seit sehr langer Zeit nicht mehr gesehen und dennoch nie vergessen hatte: meine ehemaligen Klassenkameraden Jörg und Karl.

Die beiden schlimmsten Albträume meines Lebens hüpften und schrieen zum Klang meiner Musik. Meiner Band! Meiner Gitarre! Für einen kurzen Moment wurde ich stocksteif. Tausend Gedanken schossen mir durch den Kopf. Angefangen bei dem Wunsch, die Gitarre auszustöpseln und ihnen damit die Beine zu brechen bis hin zu der Idee, bis nach dem Konzert zu warten und ihnen dann die Beine brechen. Uwe rief mir zu, dass ich meinen Einsatz verpasst hatte, und nannte dabei meinen Namen. Ich versuchte mich wieder aufs Spielen zu konzentrieren und verschob meine Rachegelüste auf später.

Plötzlich schrie Jörg meinen Namen, riss beide Arme in die Höhe und röhrte ein lautes: »YEEEAAHHH!« Karl starrte mich nur an, als wäre ich ein Außerirdischer, verzog das Gesicht zu einem breiten Grinsen und stimmte in Jörgs Geschrei ein. Sekunden später hüpften alle beide wie Rumpelstilzchen vor mir herum, feuerten mich an, schrieen und klatschten frenetisch mit. Am Schluss des Konzerts, als kleine Showeinlage, standen wir Gitarristen und Zornie mit seinem Bass dicht an dicht am Bühnenrand und schüttelten zum hämmerndem Rhythmus von »Smoke on the Water« unsere langen Mähnen. Karl und Jörg stürmten auf die Bühne und spielten zwei astreine Luftgitarren dazu.

Meine anfängliche Wut verflog, und ich dachte, dass wir uns damals, als Kinder, nicht verstanden hatten. Seither hatte sich vieles verändert. Ich hatte mich verändert. Und, wie es schien, auch die beiden.

Nach dem Konzert, die letzten Besucher verließen gerade die Halle, saßen Jörg, Karl, Zornie, Ben und ich noch immer an einem Tisch, redeten und tranken ein paar Bier. Karl und Jörg klopften mir ständig auf die Schulter und wurden nicht müde zu sagen, was für eine tolle Band wir seien und dass ich super Gitarre spielte. Irgendwann kamen wir auf die Vergangenheit zu sprechen. Ich warf ihnen vor, sich wie Idioten benommen zu haben. Jörg senkte den Kopf. Er entschuldigte sich zwar nicht, sagte aber einen Satz, der einer Entschuldigung recht nahe kam: »Dumm gelaufen!«

Karl behauptete steif und fest, dass ich den Streit mit ihm angefangen hätte. Nachdem er mir seine Version erzählt hatte, musste ich ihm sogar Recht geben. Demnach hatte ich ihn damals wüst weggestoßen, weil er in einem giftigen Ton behauptet hatte, dass ich faustdicke Ohren hätte! Ich war damals der Ansicht gewesen, dass meine Ohrwatscheln diese Beleidigung nicht verdienten. Jetzt verstand ich es. Ich hatte es faustdick – hinter den Ohren. Das hatte nur wenig mit der Beschaffenheit meiner Horchbretter zu tun, aber: Woher hätte ich das wissen sollen? »Dumm gelaufen!«, sagte ich daher nur.

Ben saß ein paar Meter von uns entfernt, becherte sich ebenfalls ein paar Biere und sackte urplötzlich in sich zusammen. Er rutschte von seinem Stuhl, schlug der Länge nach hin und blieb bewusstlos liegen. Zornie und ich sprangen sofort auf und versuchten vergeblich, den leblosen Berg wieder aufzurichten. Kurze Zeit später traf der Notarzt ein. Ben wurde sofort in ein Krankenhaus eingeliefert. Ein paar Tage später versagten seine Organe, und er starb den einsamen Tod, den er selbst jahrelang vorbereitet hatte. Zornie und ich waren untröstlich. Vor allem, weil wir sehr lange versucht hatten, ihn davor zu bewahren. Aber letztendlich hatten wir nur machtlos dabei zusehen können. Wir erhielten nicht einmal die Gelegenheit, uns von ihm zu verabschieden. Es gab keine Beerdigung. Nur eine Feuerbestattung und den Wunsch seiner Mutter, dass sie niemanden von uns dabeihaben wollte.

»Ja, ja, das Leben nimmt manchmal schon seltsame Wege«, hörte ich jemanden wie aus weiter Ferne sagen. »Hätte ich Fabrizio nicht kennen gelernt, wäre ich vielleicht nie auf die Idee gekommen, irgendwann einmal in Sizilien leben zu wollen. Oder? Finden Sie nicht auch, dass das Leben eine zunächst sinnlos erscheinende Folge von seltsamen Zufällen ist? Oder Glauben Sie an ein persönliches Schicksal eines jeden Menschen?«

Der nette Mann saß mir gegenüber und sah entweder mich an oder aus dem Fenster. So genau konnte ich das nicht sagen, weil die Blickrichtung seines Glasauges nicht eindeutig festzumachen war. Er hatte sich wohl die ganze Zeit über mit mir unterhalten, während meine Gedanken sehr weit abgeschweift waren.

»Ich weiß es auch nicht«, antwortete ich. »Als Kind habe ich immer geglaubt, dass ein Fluch über meiner Familie liegt. Irgendwann habe ich erkannt, dass dann über jeder Familie ein Fluch liegen müsste. Weil in jeder Familie Dinge geschehen, die uns nicht gefallen, mit denen wir nicht einverstanden sind und die wir manchmal nicht verstehen können. Meine Oma

Maria, eine sehr nette, weise Frau, hat einmal gesagt, dass das Leben so ist, wie es ist. Egal, wie wir es nennen wollen. Ich glaube, dass sie damit Recht hatte. Egal, wie wir es zu steuern versuchen, letztendlich ist das Leben das Schiff und wir – sind nur die Passagiere.«

Als der Zug Villa San Giovanni erreichte, verabschiedete ich mich von dem netten Mann. Ich verließ den Bahnsteig und lief, immer der Nase nach, in das Bordrestaurant der Fähre. Dort kaufte ich mir zwei *arancini* und ging zum erstbesten Passagierdeck.

Ich atmete die salzige Seeluft ein, betrachtete das weite Meer und sog den herrlichen Geruch der *arancini* durch die Nase ein. Mein vor Freude überquellendes Herz machte die strapaziöse Reise sofort wieder vergessen. Ich stand an der Reling, genoss den überwältigenden Anblick der Meerenge von Messina und den unvergesslichen Duft meiner Kindheit.

Dank

Alle Geschichten in diesem Buch könnten sich tatsächlich so zugetragen haben. Vielleicht aber auch nicht. Es ist *meine* ganz persönliche Wahrheit, die sich nicht unbedingt mit den Wahrheiten anderer decken muss! Selbstverständlich darf jeder seine Sicht der Dinge ausführlich an den Rändern dieses Buches niederschreiben. Ansonsten gilt, dass alle Figuren in diesem Buch fiktive Kunstwesen – also meiner Fantasie entsprungen sind. Jede Ähnlichkeit mit noch lebenden, toten, scheinlebenden oder scheintoten Personen ist zufälliger Natur und absolut nicht beabsichtigt! Das gilt in besonderem Maß für Herrn Bronzerle. So jemanden könnte es im wirklichen Leben gar nicht geben. Oder?

Mein Dank gilt:

meiner schwäbischen und meiner sizilianischen Familie – einer stattlichen Anzahl liebenswerter Menschen. Allen voran meiner Frau Heidrun, die mich beim Schreiben tatkräftig unterstützt und eine riesige Quelle verschütteter Erinnerung dafür freigelegt hat. Natürlich auch meinen Töchtern, Natascha und

Tamara, weil sie klaglos hingenommen haben, dass sie mich monatelang nur noch vor einer Tastatur sitzend von hinten sahen.

Nicht zu vergessen: Petra Durst-Benning, Angela Troni und everyone bei Ullstein. An dieser Stelle gleich mal allen, mit denen ich im Laufe der Zeit zu tun hatte, freundlich zuwink! Ein fetter Gruß geht an alle meine Freunde, Mitmusiker und Ex-Traubler.

Für Zornie, weil er noch immer bei uns ist. Und für Sam, der neben ihm sitzt.

Stefan Ulrich

Quattro Stagioni – Ein Jahr in Rom

Originalausgabe

ISBN 978-3-548-26854-5
www.ullstein-buchverlage.de

»Habt Ihr's gut ...« ist der Kommentar ihrer Freunde, als für Familie Ulrich endlich der alte Traum von der Dolce Vita in Bella Italia wahr wird. Doch das Leben in der ewigen Stadt erweist sich als alles andere als »dolce«: die Wohnung ist bei der Ankunft in chaotischem Zustand und Tochter Bernadettes Meerschweinchen wird vom Hausbesitzer mit einer Ratte verwechselt. Wichtige Erkenntnisse der Rom-Anfänger: Ein Palazzo ist ein ganz normales Mehrfamilienhaus, römische Kindergeburtstage haben es in sich und die Italiener beschweren sich auch bei strahlendem Sonnenschein andauernd übers Wetter. Trotzdem versuchen die Ulrichs, Bella Figura zu machen! Und entdecken doch noch das süße Leben in Rom.

ullstein

UB476

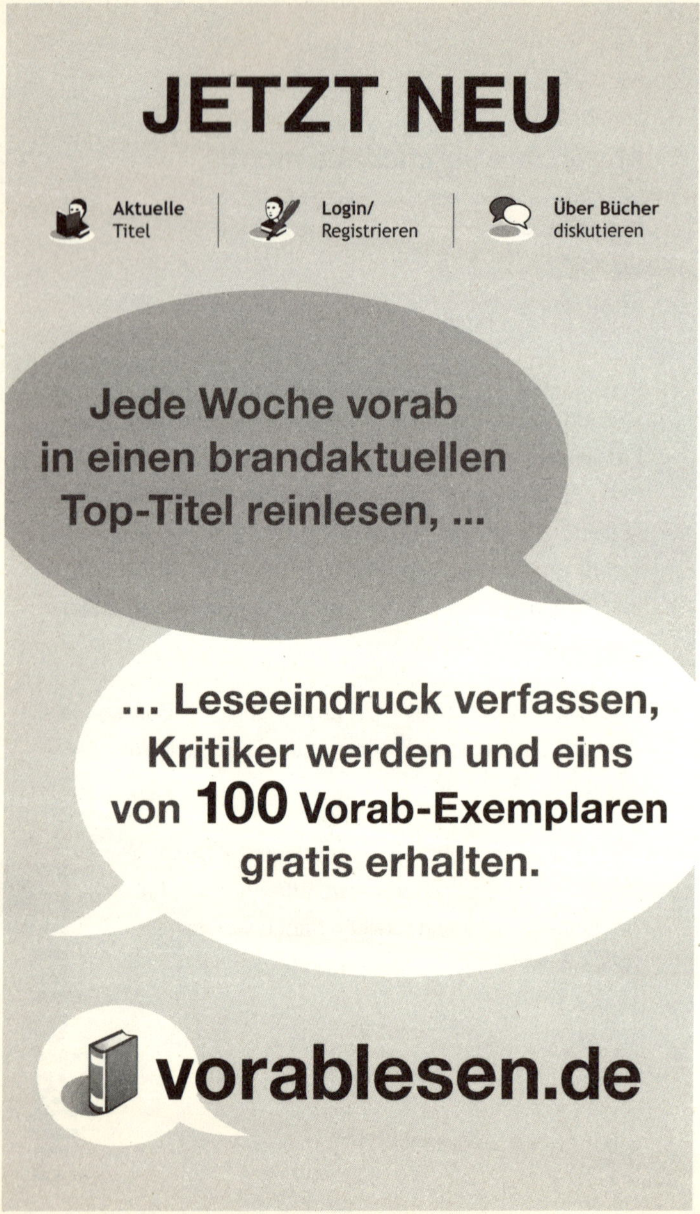
JETZT NEU
Aktuelle Titel
Login/ Registrieren
Über Bücher diskutieren
Jede Woche vorab in einen brandaktuellen Top-Titel reinlesen, ...
... Leseeindruck verfassen, Kritiker werden und eins von 100 Vorab-Exemplaren gratis erhalten.
vorablesen.de